Петр
Алешковский

Петр Алешковский
Крепость

Роман

РЕДАКЦИЯ
ЕЛЕНЫ ШУБИНОЙ

Издательство
АСТ
Москва

УДК 821.161.1-31
ББК 84(2Рос=Рус)6-44
А49

Оформление переплета — *Андрей Рыбаков*

Алешковский, Петр Маркович.

А49   Крепость : роман / Петр Алешковский. — Москва :
Издательство АСТ : Редакция Елены Шубиной, 2017. —
592 с. — (Новая русская классика).

ISBN 978-5-17-092687-9

Петр Алешковский — прозаик, историк, автор
романов «Жизнеописание Хорька», «Арлекин»,
«Владимир Чигринцев», «Рыба». Закончив кафед-
ру археологии МГУ, на протяжении нескольких
лет занимался реставрацией памятников Русского
Севера.

Главный герой его нового романа «Крепость» — археолог Иван Мальцов, фанат своего
дела, честный и принципиальный до безрассудства. Он ведет раскопки в старинном русском городке, пишет книгу об истории Золотой Орды и
сам — подобно монгольскому воину из его снов-ви-
дений — бросается на спасение древней Крепости,
которой грозит уничтожение от рук местных ну-
воришей и столичных чиновников. Средневеко-
вые легенды получают новое прочтение, действие
развивается стремительно, чтобы завершиться
острым и неожиданным финалом.

Роман удостоен премии «Русский Букер».

УДК 821.161.1-31
ББК 84(2Рос=Рус)6-44

Памяти отца —
Марка Хаимовича Алешковского —
исследователя древнерусских летописей
и археолога

Быть или не быть — таков вопрос;
Что благородней духом — покоряться
Пращам и стрелам яростной судьбы
Иль, ополчась на море смут, сразить их
Противоборством? Умереть, уснуть —
И только; и сказать, что сном кончаешь
Тоску и тысячу природных мук,
Наследье плоти, — как такой развязки
Не жаждать? Умереть, уснуть. — Уснуть!
И видеть сны, быть может? Вот в чем трудность;
Какие сны приснятся в смертном сне,
Когда мы сбросим этот бренный шум, —
Вот что сбивает нас, вот где причина
Того, что бедствия так долговечны;
Кто снес бы плети и глумленье века,
Гнет сильного, насмешку гордеца,
Боль презренной любви, судей медливость,
Заносчивость властей и оскорбленья,
Чинимые безропотной заслуге,
Когда б он сам мог дать себе расчет
Простым кинжалом?

В.Шекспир. «Гамлет». Пер. М.Лозинского

Часть первая
Город

1

Весь вечер и весь следующий день Иван Сергеевич Мальцов пытался дозвониться до Нины, но та не отвечала, потом просто отключила мобильный. Вечером он еще крепился, но к концу второго дня не выдержал, сбегал в магазин, купил две бутылки водки.

— В спину и в сердце, два кинжала, два, — бормотал он, допивая первую.

В сердце ударила Нина, сбежавшая вчера к Виктору Калюжному, археологу новой формации. Последние год-полтора она громко восхищалась финансовыми успехами Калюжного — тот часто наведывался в их экспедицию, вроде из чисто научного интереса. Десять лет назад Виктор защитил слабенькую кандидатскую в Тверском университете. Иван Сергеевич выступал на защите оппонентом и поддержал-пожалел, выдал аванс молодому человеку, но парень не оправдал надежд. Получив диплом и некий вес в провинциальном ученом сообществе, Калюжный сразу же переключился на поиски денег для раскопок. Экспедиция его заработала как часы, землю лопатили кубическими метрами, но наукой там и не пахло, о науке новоиспеченный кандидат больше не вспоминал. Виктор вызывал теперь у Мальцова брезгливое отвращение.

ОАО Калюжного «Вепрь» копало всё подряд: путепроводы газовщикам, шурфы при строительстве водопровода в области — всё, за что хорошо платили. Работали на откате, а потому с заказчиками всегда был полный альянс. «Вепрь» паразитировал на всемирном археологическом законе: без заключения специалистов строить на земле, под которой лежит культурный слой города или даже маленького поселения, нельзя — котлован уничтожит бесценные остатки прошлой жизни. По закону от общей сметы небольшой процент выделялся ученым, работы могли начаться только когда слой был раскопан экспедицией до материка. Крохи от огромных проектов складывались в весьма приличные суммы — Калюжный и подобные ему «археологи» процветали.

Вчера утром, пока Мальцов в музее выслушивал директорский приговор, с женой связалась Светка-секретарша, ее подруга, и всё рассказала. Нина решительно собрала вещи и удрала в Тверь, откуда была родом. Потом уже позвонила, коротко и резко простилась, обрезала его вопросы, сказала, что навсегда, что требует развод.

Второй удар нанес Маничкин, бывший одноклассник, преуспевший в школе по комсомольской линии, отучившийся в Твери на эколога. Он поработал в Деревске в Горзелентресте, а когда трест лопнул, перебивался несколько лет шабашками, составлял для городских властей планы озеленения и ратовал за возрождение в районе старинных усадебных парков. В начале девяностых Маничкин стал директором деревского городского музея-заповедника, созданного благодаря обстоятельному письму-прошению в верха самого́ великого академика Лихачева, бескорыстно любившего их древний город.

Впервые Деревск упоминался в письменных источниках в связи со святым Ефремом, основателем первого на Руси Борисоглебского монастыря в первой трети одиннадцатого века. Житие святого сохранилось в поздней редакции, что отмечал еще Ключевский, но из него становится ясно, что Ефрем служил конюшим у князя Бориса, убиенного в 1015 году на реке Альте в первой и одной из самых драматических братоубийственных междоусобиц, что позднее стали обычными на Руси. Вместе с князем Борисом погиб и брат Ефрема — дружинник Георгий Угрин. Братья были из венгров (отсюда и прозвище-фамилия), житие приписывает им высокое боярское происхождение. Третий брат — Моисей Угрин — немедленно удалился в Киево-Печерскую лавру, где принял постриг и скончал свои дни, тогда как Ефрем отправился на реку Альту, на берегу которой чудесным образом обрел отрубленную голову брата-дружинника, и вместе с этой реликвией подался подальше из Киевской земли в Верхневолжье. Там, на глухих берегах реки Деревы, по свидетельству жития, он заложил «церковь каменну» во имя страстотерпцев Бориса и Глеба. Как особо отмечает житие, святой Ефрем так дорожил головой брата, что всегда держал ее в своей келье, а перед смертью, «вырубив себе гроб каменный», завещал похоронить себя вместе с ней. Рака святого, мощи коего были обретены иеромонахом Юрьева монастыря только в шестнадцатом веке, находится в соборе, построенном через много лет после смерти Ефрема. Первый каменный собор в монастыре построили в двенадцатом веке, но и он не сохранился. В восемнадцатом столетии ветхое здание снесли, великий архитектор-классицист Барсов возвел на его месте огромную желтую гаргарину с четырьмя портиками и рядами толстых уродливых колонн, куда и перенесли драгоценные останки святого. Большевики после революции вскрыли раку, ища там по своей безграмотности драгоценности, но не нашли ни тела святого, ни головы Георгия, ни запрятанных сокровищ.

Мальцов знал: крестоносцы в Палестине, почитая мощи погибших в битвах с неверными родственников, заказывали специальные серебряные ковчежцы для останков, в них заключали кости рук и черепа и, возвратившись в фамильные за́мки, благоговейно хранили мумифицированные реликвии в алтарях домовых капелл как свидетельства героических подвигов во имя Христово представителей своего славного рода. Многие монахи-воины держали такие ковчежцы в кельях наряду с крестом и писанием — обычай проживать с останками родственника не казался им странным. Эта удивительная деталь жития, не встречаемая более ни в одном жизнеописании русского святого, единственная, казалось, сохранилась не переиначенной поздними составителями, указывая на сильную устную традицию, не умирающую и сегодня в нашей церкви. Остальные нестыковки объяснялись исследователями поздним текстом: составитель жития трепетно собрал все легенды и записал их, как смог. К шестнадцатому веку реальная история забылась, события перемешались, сохранилась лишь память о страшном убийстве первых князей-мучеников, погибших от руки Святополка Окаянного. Летописец взвалил всю вину на него, заклеймив навечно уничижительным прозвищем. Из всей истории вытекало лишь то, что Деревск напрямую связан со святым Ефремом и является одним из древнейших домонгольских городов на Руси. Это делало город вожделенным объектом исследований для археологов и музейщиков.

Отец-основатель музея Пимен Каллистов — краевед и подвижник — слепил его из четырех мелких коллекций районного масштаба, находок археологической экспедиции уже работавшего здесь Мальцова и собрания старых книг и рукописей, принадлежавших ранее Ефремовскому монастырю. Первый директор добился небывалого прямого федерального подчинения, минуя областную Тверь, пригласил к сотрудничеству питерских этнографов и ученых из Пушкинского Дома. Экспедиции прочесали прилегающие районы и набили фонды разноцветной крестьянской одеждой: сарафаньем, рубахами навыпуск, обложенными речным жемчугом киками и вышитыми крестиком рушниками с петухами и барынями, а еще зеленым городским стеклом и серийным кузнецовским фарфором, обливными чугунами и ухватами к ним, самопрялками, рубелями, самоварами, купеческой мебелишкой, костлявыми скелетами барских экипажей, хитро гнутыми саночками с приклепанными по бокам жестяными силуэтами голубых лебедей, подпотолочными лампами-трехклинками и прикроватными фарфоровыми светильниками с дутыми бочкáми и цветными абажурами, ригельными замкáми, кованым ломом, целым выводком грубо окрашенных резных статуэток местночтимого святого, выразительно застывшего на вбитых в стену костылях в вечном летаргическом деревянном сне, поздними деревенскими иконами и староверским литьем. Из далекого барского поместья привезли на грузовике двух чугунных львов, мелкорослых и пучеглазых, с орлиными когтями и курчавыми гривами, установили их на постаменты перед центральным входом, обозначив этими традиционными постовыми место пристанища старых вещей.

Каллистов развернул дело правильно, но на взлете карьеры погиб в автомобильной катастрофе. Мальцов работал у него научным консультантом, потом замом по научной части, счастливо и упорно исследовал город, писал статейки и отчеты, ездил на конференции и в ус не дул. Женился, пожил пять скучных лет с добродушной женой, стряпавшей диссертацию о крюковом пении, но забывавшей сварить макароны, детей не завел, развелся по обоюдному согласию и об этом опыте жизни забыл.

Маничкина поставили не без протекции Мальцова. После гибели Каллистова его самого настойчиво тянули в директоры, но он был убежден: ученый не должен занимать административные посты. Мальцов собирал материалы к докторской об отношениях Золотой Орды и Руси, подписывать сметы и отвечать за бюджетные деньги не умел и учиться этому не собирался. Он тогда решительно отказался от директорского кресла и числился первым заместителем по науке и руководителем археологической экспедиции. Вчера Маничкин уволил Мальцова и уничтожил экспедицию.

Оба удара были подлые и оба смертельные.

— Видишь ли, — говорил Мальцов, беседуя с бутылкой, — оба удара смертельные, а я пока еще жив. Странно.

Прикончив первую, он свернул голову второй. Радости водка не приносила, только тело обмякло, будто утратило держащий его скелет, и в голове заклубилось нечто, как бывает при решении логической задачи. Он чувствовал священный трепет, словно вот-вот уловит пока еще недосягаемый высший смысл. Мозг взвешивал аргументы строго и точно, отбирал ходы, как в шахматном поединке, но все они разбивались о наглую, крепкую защиту противника, и Мальцов никак не мог найти брешь. Мысль, устав спотыкаться, ускользала, и его бесило, что не удается решить мучившую его жизненно важную задачу. Наконец он потерял все связи, что поначалу так красиво выстраивались в голове. Голова вдруг опустела и, глупая и бесполезная, только оскорбляла его тем, что еще как-то и зачем-то сидела на поникших плечах.

В окно врывался мертвенный свет луны, нырявшей в низких тучах, холодные тени скользили по стенам, по столу, по дивану. Мальцов почувствовал озноб, потянулся к одеялу, но понял, что и оно не спасет.

Холод продирал до костей. Хотя на дворе стоял поздний август, термометр за окном показывал плюс семь. Холод сочился из стен. Мальцов на мгновение представил себя замурованным в мокром заплесневелом склепе, где в темных углах расселись повылезавшие из скользких нор жирные зеленые жабы. Положив облепленные бородавками головы на надутые груди, они изредка моргали глазками, презирающими белый свет и чистый воздух, следили за ним, мающимся в запечатанном заклятьем подземелье, как за обреченным попасть на их липкий язык мотыльком. Сидели и ждали беззвучно, ждали нехорошего, что всегда случается там, где из кирпичных пор проступает солоноватая ржавая верховая вода, где беззвучно пересекают прокисшую черноту кожистые крылья нетопырей, где тишина пропитана едким грибком и давит, как тяжелая глина на гробовую доску, и того гляди продавит несортовую колючую сосну и погребет навечно, отрежет даже малейшую возможность выскрестись отсюда, залепит глаза, забьет рот, погрузит в невыносимое небытие, в мокрое безмолвие железистого болота, на котором построены все наши старые северные города.

Он тряхнул головой, откинул с глаз потную челку, как старый конь у водопоя, атакованный тучей оводов, и прогнал адское наваждение. В Твери у него была маленькая двухкомнатная квартира, в которой они какое-то время жили с Ниной и умирающей матерью. Он продал ее, когда расписался с Ниной, и решил дожить в родном городе до конца. И только тут ощутил, что у него есть свой дом. Наследственная хрущевская халупа в Твери всегда казалась ему чуждой, он не воспринимал ее как фамильное гнездо. Здесь же всё начиналось правильно, стала выстраиваться семья, правда, дом оказался не простым — с историей. Двухэтажный, длинный, он стоял на взгорке в тянутой перспективе таких же желто-белых строений екатерининской застройки по берегу реки. Могучий, аки крепостная стена, за века дом накопил в себе тугую энергию, распиравшую его изнутри. От нее стены кое-где пошли трещинами, их спешно замазывали цементом, да раз в десять лет город латал железную кровлю. И вот нá тебе, теперь зачем-то и дом ополчился на Мальцова. Проверял, что ли, на прочность?

Метровые стены впитали недельный дождь, всосали из фундамента речные туманы и теперь отдавали холод и сырость. С ними в жилое пространство из большемерного шамотного кирпича вплывали сновидения и страхи, рожденные в воспаленных головах прежних хозяев. Лампочка под потолком незамедлительно реагировала на потусторонние явления — начинала потрескивать и светила тускло, вполнакала, дым из печки с громким выдохом выбивало сквозь заслонку в комнату. Сосед за стеной по-своему разбирался с чертовщиной, начинал громко стучать в чугунную сковороду овечьими ножницами, щелкал ими хищно, стриг воздух и орал что есть мочи: «У-у, гребаный Чубай, опять электричество тыришь! Я тебя! Кыш, прощелыга, чур-чур, я свой, не замай меня!» Если и эти заклятия не помогали, выбегал в коридор в одних подштанниках и мел березовым голиком по стенам, тыкал в разные стороны: «Я вас, шушера, замету, за Бел-окиян, за Латырь-камень!» Этот немощный дедок, бывший истопник котельной, был потомственным бесогоном. Бурашевская клиника душевных болезней пролечила его циклодолом и отступилась, дед был признан неизлечимым, но неопасным.

Тут извечно проживали такие вот истопники, мелкие лавочники, посадские кожемяки, выжиги, портные, брадобреи, костоправы, ломовые извозчики и плотогоны. Мужики побогаче круглый год ходили в смазных яловых сапогах, густым запахом дегтя с примесью едкой кошачьей мочи пахло в рундуках-подъездах даже в лютые морозы. Нищета фистуляла утиными шажками в кожаных поршнях, от ношения которых пятки растаптывались вширь, как неподкованные копыта, а вросшие в дикое мясо ногти толщиной в пятак люди приучались терпеть до последнего, пока хромота не заставляла расщедриться на полушку для мучителя-лекаря, что вырывал ногти в темной каморке на базаре с громким хеканьем малыми копытными щипцами. Да и руки у тутошних были одинаковые: ладонь жестче наждака, с потрескавшейся задубевшей кожей, на тыльной стороне не пропадающие даже по теплу цыпки. Эти окаянные жители, казалось, вылезали на божий свет кто с топориком в пухлой ангельской ручке, кто с засапожным свинорезом, а кто и с сыромятным тяжелым кнутом палача. Они не брили бород, подпоясывали домотканые рубахи льняной бечевкой, чтобы не пробралась к сердцу нечистая сила, носили на гайтане медный крест с ликом Спасителя, что не очень-то уберегал от смертных грехов, на которые их толкала здешняя жизнь. Многие попали за нехорошие дела в застенок и потом сгинули в холодной Сибири, навсегда занесенные снегами. Их жёны — ткачихи-надомницы, трактирные кухарки, златошвеи, сборщицы хмеля, дворничихи, повитухи и презренные служанки, коих пользуют в хвост и в гриву, блядешки и набожные богомолки в чистых темных сарафанах — по утрам и в предночье копошились у пышущих и вечно чадящих печей. Женщин этих роднил дом — многоквартирное общежитие, в котором жили, как пчёлы в улье, только без пчелиной королевы, все одной судьбой, одним пошибом. Почти все они в ранней юности глупо и безрадостно теряли девственность, а после двадцати пяти — красоту и привлекательность, все погрязли в сплетнях, пересудах и заботах о вечно голодных необстиранных детишках, стреляющих на матерей из темных закутков острыми блестящими глазенками, словно выводок мышат из свалявшегося соломенного гнезда. Детки, как и их матери, беспрестанно сопели и кашляли от копоти, от кислой вони жирных котлов и замызганных чугунов с прилипшими к стенкам листами квашеной капусты, от серых обмылков щелочного мыла, сваренного на живодерне, от запахов безденежья и безнадеги, что никогда не покидали этих метровых кирпичных стен. Рубленых бараньих котлеток с мясом дикой утки, паюсной икры во льду и макарон с пармезаном здесь не пробовали никогда, срывались в сердцах на капризничающих малышей, отворачивающих щербатые рты от тарелки с блестящим, только что отсикнутым творогом: «Щё, блятенята, каклеток вам накласть или мирмизану подать?» На праздники тут варили студень из огромных свиных голов и пекли знатные пироги с капустой, яйцом и зеленым луком, рыбники с лещами и высоченные курники с коричневатой крышкой, украшенной толстыми вензелями.

По ночам хозяйки и их мужья тяжело дышали от морока, колыхавшегося посреди комнаты живым, крепко сотканным парусиновым покрывалом, как едкий угарный дым в черной бане, икали, хрюкали, стонали и взвизгивали во сне от наплывающих страхов. Страхи вдавливали их в пролежанные и потные топчаны, чьи пружинные утробы начинали сами собой вдруг гулить, трещать и звякать, а то и горготать бесовскими бесстыдными голосами. Что ни ночь домовые громыхали на кухнях тяжелыми ухватами и загнутыми глаголем кочережками и валили их с грохотом на пол. Потомственные квартировладельцы и нищеброды-съемщики просыпались на миг, запивали полуночный кошмар мутным огуречным рассолом или тошнотворной дрожжевой брагой и вновь проваливались в топкий сон. Поутру, в предрассветной мгле, они, как и вчера и позавчера, принимались разводить огонь в печах, носили коромыслами воду, громыхали ведерной жестью, топали сапожищами, цокали коваными каблучками, шаркали плоской стопой и фыркали зло на подвернувшихся под ноги вальяжных котов. Затем будили сонных ребятишек, любовно расчесывали их свалявшиеся волосики редким гребнем — вошегонкой, легонько целовали в лоб, шептали на ушко ласковую охранительную молитву, поминая троекратно Николу и Пантелеймона-целителя, и, наскоро похлебав постных щей, начинали новый трудовой день, мало чем отличавшийся от отлетевшего.

В эру материалистического безбожия их сменили постояльцы Страны Советов, наглухо завалившей прошлое тифозными костями и мощами новопреставившихся мучеников. Учетчики ворованного зерна, вохровцы из Ефремовского монастыря, отданного под спецколонию для малолеток, токари ФЗО, трактористы МТС, отличники ДОСААФ, вырвавшиеся из полумертвых ограбленных деревень в сытый, как им грезилось, городишко, жившие теперь под кровавым кумачом, а не под темной иконой, но не расставшиеся с дедовскими запугами, так же страдали застарелыми страхами. Даже комсоставские, которым полагалось забыть старый мир навсегда и строить счастливое и безоблачное будущее, тайно крестили лоб и плевали на Врага через левое плечо. Вопреки предписаниям новой веры, страхов только прибавлялось. Тряслись все, ночами, а порой и днем: и ежедневно присягающие вездесущим портретам Усатого, косящиеся угрюмо на воронки со лживой надписью «Хлеб» по обоим бортам, и несчастное лагерное мясо, в этих воронках увозимое в страну, где вечно пляшут и поют. Никого не щадили эти стены, впитавшие сизый ужас жизни: ни учителей физкультуры — ветеранов Великой войны, ни торгашей, вечно ждущих ревизии ОБХСС, ни директоров доржилкомхозов, ни жиревших на недоливе торговцев керосином, ни сухогрудой поэтессы в горжетке из драной лисы, пишущей в районную многотиражку стихи про весну и прилетевших в перелесок снегирей, у которой и была куплена Мальцовым эта квартира. В городе про дом ходили дурные слухи, но они с Ниной не побоялись, купили жилплощадь по дешевке и жили себе тут сладко и любили друг друга до поры. Теперь, в одиночестве, он собственной кожей прочувствовал, что люди понапрасну не наговаривают — даже водка не спасала от стылого холода этих стен.

Пришлось растопить печь. Высокая, обложенная старинным кафелем, она потребляла мало дров, зато тепло держала почти двое суток. Мальцов сел на пол около открытой заслонки, глядел на огонь, отпивал из бутылки глоточками, как бабкин кипяток с малиной, лечился известным способом — так традиционно поступали постояльцы этого древнего общежития.

Огонь загудел в боровах, энергия погибающего дерева вошла в кровь, на лбу выступила испарина. Он смотрел на языки пламени, льнущие к кирпичам, как цыганские цветастые платья льнут к налитым силой телам таборных танцовщиц. Истребляемые огнем еловые поленья трещали, как кастаньеты. За окном ветер рвался из-под туч, студеный, резкий, но без дождя. Ветер раскачал тополя на берегу реки, ветки гнуло в татарские луки, листья дрожали в трансе.

Тени высоченных тополей в серебряном свете луны сплетались в тревожные фигуры, тремор листьев передался ветвям, просочился в стволы — змеерукие ветви за окном исполняли примитивный танец, полный особого, тайного смысла.

Он добрался до дивана, упал лицом вниз и увидел вдруг большой зал Правящего Неба в Каракоруме. Здесь собирались только на самые важные заседания. Посредине зала в козлоногих китайских жаровнях горел огонь. Хан Угедей, третий сын Чингиз-хана, лежал на высоком резном ложе, укрытый по грудь стегаными одеялами с вшитыми в тесьму сирийскими бусинами, чьи глазки́ охраняли от нечистой силы. Его перенесли сюда вчера из Большой юрты, стоявшей в пустынном, напоминавшем монголам степной простор, внутреннем дворе грандиозной дворцовой постройки. Угедей был по обыкновению мертвецки пьян. Хан бормотал бессвязные слова, правая рука, привыкшая держать поводья Белохвостого, сейчас вцепилась в одеяло, как будто он хотел приглушить ярость коня, рвущегося перенести всадника в дальний край безлюдной Великой Степи. Повелитель мира дышал тяжело, губы его посинели и вдыхали воздух жадно, но мелкими глоточками, словно воздух был его любимым кайфынским вином, которым он так и не сумел напиться за всю свою жизнь.

Рядом тесной группой стояли ближние вельможи. Впереди высокий и кряжистый одноглазый Субудай, самый верный Чингизов полководец, командовавший правым крылом Великого похода в северный Китай. Похода, который из-за грозной болезни хана пришлось теперь приостановить. По правую руку от Субудая стоял Толуй — младший сын Чингиз-хана, в китайском походе он вел левое крыло войска. Двенадцать непрестанно творящих заклинания шаманов в чудно́й одежде с косичками, бусами и бубенцами расположились полукругом у одра Угедея. Дым от шаманских кадильниц, едкий, как дым кизячного костра, сплетался с благоуханным дымом жаровен, доставляя хану дополнительные страдания. Угедей заходился утробным кашлем, и тогда один из шаманов поил его из белой фарфоровой пиалы горьким отваром. Хан давился, грязное темно-зеленое, как яд тростниковой змеи, зелье выливалось на одеяло, стекало по сальному подбородку на безволосую грудь. Но дым и отвар были священными: они, как и бусы на одеяле, отгоняли злых духов и очищали умирающего.

Вчера прорицатели гадали по внутренностям убитых животных и пришли к выводу, что причина тяжелой болезни хана — бушующие внутри него духи земли и воды. Необходимо было принести жертву — выбрать особенного человека, который впустит злых духов, терзающих хана, в свою печень. Начали спешно отбирать молодых и крепких пленников, окропили землю вокруг дворца молоком сотни белых кобылиц, пустили пленникам кровь перед порогом дворца, но хану стало еще хуже. Духи выталкивали сквозь синие губы синюю злую кровь, отравленную, не оставляющую почти никакой надежды. И тогда перед шаманами выступил младший хан — Толуй. Любимец войска, одержавший множество побед в китайских кампаниях и в войнах с мусульманами в Азии, наследник самого лакомого куска империи — центральных монгольских земель, в своем улусе он был почитаем людьми как честный и справедливый, но строгий правитель. Толуй родил четырех сыновей, он крепко стоял на ногах. Он никогда не знал болезней, никогда не пил презираемого монголами вина, только традиционный айран — перебродившее кобылье молоко. Младший брат любил старшего Угедея. Непоколебимо преданный ему, как стрела луку, сабля руке, чтящий семейную кровь превыше жизни, он вышел перед всеми, ударил себя в грудь кулаком и сказал громко, словно обращался к стоящему войску:

— Читайте, шаманы, свои заклинания, заговаривайте воду!

Он предлагал свою печень, добровольно выбирал уход в иной мир, чтобы великий хан смог жить дальше и править неисчислимыми землями, собранными в единый кулак их великим отцом.

И вот все собрались в зале, суровые и сосредоточенные, понимая, что́ им предстоит сейчас пережить. Шаманы жужжали, как рой диких ос, дергались и приплясывали, глаза их, отрешенные и чужие, нечеловеческие вовсе, обозревали иные миры, и лишь старик — главный шаман — стоял твердо и прямо и держал перед собой небольшую нефритовую чашу. Одноглазый Субудай кивнул. Толуй сделал шаг, принял чашу и, не отрывая взгляда от брата, выпил ее одним глотком, как и пристало багатуру. Старик-шаман простер руки к верхнему миру, что раскинулся высоко за облаками, за Великим Синим Небом, запрокинул голову и отлетел к дальним пределам на поиски блуждающей в них души Угедея. Тело шамана, как бумажная фигурка из китайского театра теней, приклеилось к каменному полу в неестественной для живого позе. Изо рта его исторглись звуки, подобных которым не издавало ничто в известном монголам мире — ни скрипящее в бурю дерево, ни степные ветры, ни маленькая бурая птичка, живущая в камышах и оплакивающая на восходе и закате своих деток, пожранных алчным камышовым котом, ни волки, приветствующие сильную луну, ни кричащий младенец. А вместе с тем в воплях шамана угадывалось всё это и многое другое — каждый сам для себя решал, что он в них расслышал.

Толуй стоял навытяжку, прижав стиснутые кулаки к бокам. Видно было, что это дается ему напряжением всех жил еще сильного тела. Но вот его ноги начали мелко дрожать, и тогда Субудай, крепко обняв героя за плечи, подвел к постели хана. Уложил Толуя на спину рядом с больным, пропихнул руки младшего под руки Угедея — тот ничего не заметил. Напиток растекся по жилам и начал действовать — губы у Толуя посинели, заплетающимся языком он препоручил свою семью заботам старшего брата. Угедей вдруг приоткрыл глаза и снова погрузился в беспамятство. Толуй быстро слабел. Соргахтани, его любимая жена, склонилась над головой мужа. Субудай стоял рядом, готовый подхватить ее, если потребуется, но крепкая женщина не обронила ни слезинки. Главный шаман внезапно затрясся, рухнул на пол, задергался, как издыхающая овца, и замер. Секунды потребовались ему для перехода в мир людей, он вдруг вскочил словно ужаленный и сделал несколько шагов в сторону ложа. Он возложил свои руки братьям на головы, через свою печень, как через мост, соединил их жизненные энергии. Визг камлающих колдунов мгновенно умолк. Шаманы вросли в пол, словно огромные кувшины-хумы в зернохранилище. В павшей на всех торжественной тишине все расслышали последние слова уходящего Толуя:

— Всё, что хотел я сказать, я сказал. Опьянел я.

Глаза закрылись. Дух покинул его тело.

Наутро хану Угедею стало лучше. Поддерживаемый двумя заклинателями, он встал с ложа и помочился в глиняную миску. Моча дала обильную пену, что свидетельствовало о чудесном выздоровлении. Ему рассказали о жертвенной смерти брата, жестокий правитель и смертельный пьяница затребовал большую чашу вина и плакал над ней как ребенок.

...Мальцов проснулся посреди ночи. Случившаяся в 1231 году смерть Толуя, подарившего брату десять лет жизни, о которой он читал в «Тайной истории монголов», не оставляла его. Он сходил в ванную, умылся, но голова была тяжелой и мутной. По преданию, Мальцовы происходили от Толуя, точнее, от одного из потомков его правнука Тугана. Туган бежал из Китая, где осела эта ветвь рода, от преследований хищноглазой родни и какими-то неведомыми путями переместился в Солхат — крымскую вотчину Мамая. Оттуда после гибели Мамая, разбитого наголову в 1380-м ханом Тохтамышем, он удрал в Москву, принял крещение и получил надел от великого князя Дмитрия Ивановича. От Тугана, как рассказывала прабабка, пошли на Руси Старшовы, Мальцовы и Туган-Барановичи. Мальцовская ветвь потеряла свои земли еще в восемнадцатом веке, обнищала и, что редко случалось, перешла в иное сословие — дед был священником в пятом поколении. Прабабка любила рассказывать, что Белая Волчица, явившаяся в самый важный момент жизни Чингиз-хану, когда тот был еще степным бродягой-грабителем, приходила потом и к его сыновьям, и к их потомкам. Мальцовский дед — соборный протоиерей Вознесенской церкви в селе Большое Котово — якобы видал ее за день до того, как явились чекисты и отправили его в Воркуту. Дед отсидел десять лет, вернулся после лагерей в свой дом и успел похоронить мать и понянчить внука, но про Белую Волчицу никогда ему не рассказывал.

В Воркуте дед повидал и Рюриковичей, и Гедиминовичей, и Чингизидов, но людей ценил не за древность крови, а за их поступки. Служил в своей церкви тихо, чинно и, что удивительно, внука за собой не тянул. На искренний вопрос школьника-пионера, почему он никак не может поверить во Христа, дед ласково щурил глаза и отвечал: «Искра должна проскочить, жди искру, иначе бессмысленно всё». В доме деда постоянно ночевали беглые попы, какие-то игумены и тишайшие и ласковые монашки. Мальчиком Мальцов слушал их непонятные рассказы и сердцем чуял: люди эти были очень хорошие, но почему-то несчастные.

Столкнувшись с новоиспеченными священниками, завладевшими древним Ефремовским монастырем и наименее разрушенными городскими церквями, воюя с ними за сохранность памятников, которые они бросились поновлять так, будто вселились в обыкновенные обветшалые дома, требующие веселенького ремонта, он хорошо усвоил: нынешние полуобразованные попы не похожи на тех, что он наблюдал в детстве. Не видел он в них искры, про которую говорил дед, впрочем, он и в себе ее не ощущал. Сожалел иногда, но не ощущал, факт.

Ветер стих, потеплело; от тополей, стоявших в жидком тумане, поднимался в небо парок, как от лошадей в деннике, пробежавших рысью тридцатикилометровый дневной перегон. Деревья спали, и лишь изредка судорога проходила по их мощным кронам — вероятно, им снилась буря, которую они только что пережили.

Голова трещала, но всё же хватило сил не пить — в бутылке оставалось еще больше половины. Мальцов крепко завинтил крышку, спрятал ее в угол за ящики с керамикой, выпил стакан невкусной стоялой воды и завалился спать. Последнее, что он помнил, был тихий и тоскливый вой Белой Волчицы. Она тянула ноту, рожденную где-то в подвздошье, свистящую и хриплую, как поют легкие, пробитые стрелой. Уже засыпая, понял, что не задвинул заслонку, и это ветер тянет из печной трубы драгоценное тепло. Сил закрыть печь не было. Он провалился в сон и очнулся уже утром.

Солнце било через окно прямо в глаза. Яркое и по-утреннему животворное.

Мальцов встал, почистил зубы, выпил стакан кефира. Похмелье его не мучило.

— Толуй забрал похмелье, — сказал он, горько усмехнулся и сел к компьютеру.

2

Писем не было, все словно забыли о нем. Четверо сотрудников, уволенных вместе с ним, не писали и не звонили, что было странно. Впрочем, он сам, уходя из музея, назначил разбор полетов на понедельник. Он, будто предчувствуя новое предательство, затаился, как в подполье ушел, не мог тогда ни думать, ни действовать. Надо было отлежаться, посоветоваться с Ниной, но совета от нее он не получил, увы. Мальцов отключил почту, автоматически кликнул на клыкастого красного дракона, скалящегося на рабочем столе. Сыграл в маджонг — на удачу. Кости убирались легко, первая игра всегда была простой, компьютер заманивал, чтобы затем выдать уже более сложные расклады.

Этим утром он сыграл один раз, победил и из суеверия больше играть не стал. На экране высветилось: «if justice rules the universe, we are all in trouble»[1]. Обычно он не обращал внимания на эти предсказания, но сегодня обратил. Предсказание было отвратительным, что укладывалось в его теорию.

— Татарове, чистые татарове, — пробормотал он любимую цитату из «Дней Турбиных», выключил компьютер и вышел из квартиры.

---

[1] Если справедливость правит во Вселенной, мы все в беде (*англ.*).

Цыганка Танечка в синем плюшевом халате и босоножках стояла у подъезда и лузгала семечки. Мощенный древним булыжником двор был весь усеян шелухой. Рядом с Танечкой сидели три ее драные кошки, вечно гадящие в подъезде.

— Здрась, че, эт, спозаранку? — половину звуков она проглотила вместе с неразжеванными семечками.

Он кивнул в ответ. Танечка была в подпитии. Похоже, проводила очередного ухажера и задержалась на свежем утреннем воздухе — дома у нее воздух был спертый и вонючий. Дети у Танечки плодились с невероятной быстротой и так же быстро то исчезали, то появлялись снова. Никто не знал, те же ли, что исчезли, или зависавшие у нее залетные ромы подкидывали ей своих в обмен. Конечно, она не работала, конечно, гадала на картах и не отказывала ни одному распоследнему мужичонке, что просился на ночлег с бутыльком. Добиться, чтобы Танечка убирала хотя бы за кошками в подъезде, было невозможно.

— Вчера на тебя гадала, — Танечка посмотрела исподлобья, — дорога у тебя плохая будет, пиковая, пересиди день дома.

— Иди спать уже, — бросил он беззлобно, поддал ногой ворох шелухи, и она разлетелась по булыжнику и совсем уж некрасиво, мгновенно прилипнув к мокрым камням, заснула на них, как Танечка, что вырубалась у себя дома нагишом на топчане, покрытом колючим солдатским одеялом. Она не стеснялась ползающих по полу запущенных детей и соседей, заглядывающих в открытую настежь дверь.

Ощутив вмиг свою полную беспомощность, он нагнул голову и зашагал по направлению к Крепости. Высокий берег Деревы был сложен из мощных известняковых плит. Там, где город был разбит войной, на пустырях среди развалин старого мельзавода купцов Алиферьевых порода обнажилась, выветренные, потрескавшиеся пласты, все в бородах оползней, наплывали один на другой, как морщины на грудях у старухи. Кое-где встречались пещерки-комнатки — остатки смолокурен, или дровников, или каких-то еще подсобных сооружений прошлых времен, в которых летом любила собираться городская молодежь. В этих дармовых приютах посреди города, на длинном, вытянутом вдоль реки пустыре, куда многие горожане не отваживались заходить даже днем, у входа в пещерку палили высоченные костры. Пламя костров стелилось по ветру во мраке, дым мешался с речным туманом, и вокруг темного зева, уходящего на несколько метров в скалу, разлетались горячие цепочки искр. В свете огня глаза собравшихся казались застывшими. Здесь жарили на огне хлеб на палочках и пекли в золе картошку, щупали девчонок, целовались, как полагалось, «без языка», ставили «засосики», горланили хором «Шизгару», «В Ливерпуле, в старом баре, в длинных пиджаках», «Девушку из Нагасаки», устав, переходили на протяжные воровские баллады с печальным и нравоучительным концом, в перерывах неслись наперегонки под откос к реке. Девчонки глубоко в воду не лезли, брызгались на мелководье, смешно подергивая попами в белых синтетических трусиках, блестевших в лунном свете, как рыбья чешуя. Парни купались голышом. Они врезáлись в воду табуном и плыли кто скорей по серебристой лунной дорожке сквозь страшные ночные травы и путающиеся в ногах кувшинки — русалочье одеяние. Преодолев тугую ночную воду, парни победно скакали в высоком бурьяне противоположного берега, тоже мертвого, незаселенного, изъеденного войной, прыгали на одной ноге, выливая попавшую в уши воду. Там, на другом берегу, их ватага протаптывала целые тропинки, носясь наперегонки, как жеребята, дорвавшиеся в ночном до воли, крапива стрекала по голым ляжкам, но им было плевать, они только тыкали друг в друга пальцами, хохоча над сморщенными от холодной воды пиписьками, похожими на лежалую неуродившуюся морковку, кричали дурными голосами, залихватски матерились, подначивали новичков прыгнуть бомбочкой в глубину омута у насосной станции, что считалось верхом геройства.

Девчонки поджидали их в пещерке; уже одевшись, отжав трусики и высушив полотенцем волосы, сидели, протягивая покрытые гусиной кожей руки к огню, и делали вид, что не глядят на уставших героев, вылезающих из сонной воды. И конечно, глядели, и шепотом обсуждали подсмотренное. Под утро, угомонившись, сморенные пьяным воздухом и деревенским самогоном, засыпали вповалку. Нацелованные лихие вакханки, что оставались на гулянках до утра, тесно прижимались одним бочком к парням, другим — к впитавшим тепло известняковым плитам самодельного очага, благо этого добра было вдосталь.

Мальцов вспомнил Катю Самоходиху, с которой гулял в юности. Они целовались тайно, по-взрослому или по-цыгански, то есть «с языком», — засовывали поочередно язык глубоко в рот друг другу. Это считалось запретным, но многие пробовали и потом бахвалились перед малолетками. Толстый Катькин язык затворял горло, заставлял сопеть носом — ничего приятного в этой процедуре не было, но почему-то после таких поцелуев им становилось весело и беспричинная радость заливала грудь. Он валил Катьку навзничь, мял тугие маленькие груди как раз по размеру ладоней, но путешествующую вниз пятерню она отталкивала обеими руками и гневно шипела: «С ума? Увидят, ты чё, Ванька!» Мальцов поспешно отдергивал руку, и они устраивались на спинах поближе к жару костра, рядышком, щека к щеке, слушали возню и сладкий шепот друзей и приятельниц и ровный гуд комарья, отпугиваемого едким дымом. В головах гулко звучала веселая кровь, настраиваясь на ритм привольного тиканья мира, который и услышишь только в такие минуты, когда он раскрыт, распахнут весь что вширь, что ввысь. Небо было утыкано звездами, казалось, некуда вонзить и щепку — так густо Млечный Путь заливал небосвод. Где-то рядом шуршал осыпающийся со стен камень: скала росла в ночи и дышала. Катька заставляла его приложить ухо к отполированной ногами плите пола и побожиться, что он слышит. Раскопав в соломенной подстилке окошечко, он прижимался ухом к стылому известняку, и слышал, и божился, а потом целовал ее и так, и по-цыгански.

Камень тут добывали издавна. В княжеские времена пиленые прямоугольники везли в санях по зимнику в Москву, позднее сплавляли на баржах в судорожно строившийся Петербург. По низкому берегу над кромкой воды проходил бечевник — лошадиный путик. Кони тянули баржи-дощаники, что сколачивали тут же за городом около целого сплота частных лесопилен, приносивших деревскому купечеству верный доход, благо леса́ кругом стояли сосновые, строевые, богатейшие. В дощаниках везли через Деревск зерно с Низа, необработанные козлиные кожи и мягкую юфть из Твери, деревские звонкие доски и белый деревский камень. В Питере баржи вытягивали на берег и разбирали на дрова: тянуть их порожняком назад было невыгодно. Камень всегда был в цене: хоть клади из него облицовку фундамента, хоть вытачивай завитушки фризов, хоть вырезай листья-волюты, свисающие с толстых колонн, необхватных и кичливых, стараясь переплюнуть узоры лекал, доставленных из богатой дождями и серебром Голландии. Там была другая, столичная земля, пропахшая заморским

33

табаком, пересекшим океан в пустых бочках из-под ямайского рома и впитавшим его дьявольски сладкий привкус, безбородая, развратная и жестокая, где ветер с немецкого залива вынимал у людей из груди души, аки падший Сатанаил, чьим попущением всё там вертелось.

В старых штольнях и карстовых пещерах в десяти километрах от Крепости постоянно тренировались спелеологи из Москвы. Говорили, что некоторые пещеры уходят вглубь на десятки километров, и, конечно, существовала обязательная легенда, что из Крепости шел подземный ход под рекой, выходящий далеко-далёко в чистом поле. Как ученый, он понимал, что это ерунда, и только улыбался, когда ему рассказывали всякие ужасы о подземельях: о потайных озерах с увитыми сталактитами сводами выше и красивей, чем в Грановитой палате Кремля, о татарских кладах — несметных горах золота и серебра, жемчуга и драгоценных каменьев, упрятанных в глубоких ямах, заколотых ножами и булавками, запертых в дубовых сундуках навек тяжеленными замками, от одного прикосновения к которым крошились даже самые закаленные свёрла, и о заклятиях, сторожащих сокровища пуще сков и железа, призванных из рек шумящих, из ручьев гремящих, от нечистых духов-переполохов, что наложили на них гундосым ведовским шепотом запрятавшие их богачи. Никаких подземелий, понятно, не существовало, как и лаза под водой: на противоположном берегу выходов известняка не наблюдалось, материком там была синяя моренная глина.

Старожилы говаривали, что перед самой войной в пещерах энкавэдэшники устраивали схроны — свозили и прятали оружие и тушенку, галеты, соль и сахар, спички и патроны для партизанского сопротивления на случай, если деревские земли захватит враг.

После войны эти схроны искали целенаправленно, но не нашли, довоенный архив секретной организации сгорел от прямого попадания бомбы. Энкавэдэшников сдуло военным ветром, и никто уже не мог сказать достоверно, были ли они на самом деле, или только померещились двум-трем инвалидам, рассказывавшим байки о подземельях за дармовую водку, что наливали им слушавшие их россказни столовские обыватели. Чудом выжившие в Великой войне, они вспоминали ее поденно в закрытом кругу понимающих, составлявших некий орден, куда пускали только тех, в чьих глазах навсегда застыли неподдельные холод и боль.

Крепость стояла на самой круче у реки. Неподалеку, на любимом взгорке в сотне метров от старых стен, откуда она была видна как на ладони, он обдумает, как убьет Маничкина.

Засада заключалась в том, что Мальцов даже курице голову срубить не мог, всегда отворачивался, когда бабушка делала это в Василёве. Не мог забыть, как петух, уже лишившийся головы, вырвался у бабушки из рук и принялся бегать кругами по двору. Бессильные крылья свешивались с боков, но ноги истерично перебирали утоптанную землю перед курятником. Страшная голая шея, выскочившая из свалявшегося воротника перьев, кровоточащим темным колом торчала из нее, и в воздух, как из пережатого шланга, били черные струйки. Безголовый обежал два круга и только потом рухнул на бок. Костлявая нога проскребла когтем по земле, но, не удержав ее, сжалась в крюк, захватила лишь кусочек незримого воздуха и тут же застыла, как кованая кошка, которой достают из колодца утопленные ведра. Ванька не притронулся к бабушкиному бульону, плакал ночью долго и тяжко, пока дед не сел рядом и не положил свою крепкую, теплую руку ему на голову, как делал сотни раз, принимая исповедь у прихожан. Чистые льняные простыни почему-то запахли морозной свежестью, тени по углам перестали метаться, а блики света от лампадки из цветного стекла казались теперь волшебными, празднично-новогодними и больше не напоминали темную петушиную кровь. Он продавил головой в подушке гнездышко, подтянул ноги и свернулся калачиком, вслушиваясь в мерное дыхание деда. Тот безмолвно творил про себя Иисусову молитву. Мальцову стало тогда хорошо, спокойно, и он заснул. Но безголового петуха запомнил на всю жизнь.

«Зашить ему, Маничкину — существу подлей собаки, — произнес он страшное ордынское ругательство, — все верхние и нижние отверстия, закатать в войлок и бросить в реку». Такой бескровной казни удостаивались у монголов только преступники ханского рода, простым воинам, а также ворам и мздоимцам, каковым был директор музея, секли головы, что считалось невероятным позором. В особом случае могли, правда, и срéзать с тела триста кусочков мяса, запихивая их в рот осужденному.

«Если справедливость станет править Вселенной, нам всем хана», — вспомнил Мальцов китайское предсказание. В гробу он видал эту сегодняшнюю справедливость, построенную на откатах, этот музей и это министерство культуры...

Он давно прошел руины мельзавода, свернул на Кирова, бывшую Посадскую. Миновал серую трехэтажную школу, которую закончил и где до переезда в Тверь преподавал отец, мимо аптеки, где работала мать, мимо развалин пивного завода Раушенбаха.

Немцы сбросили на завод несколько бомб, и люди, невзирая на бомбежку, тут же рванули в цеха к разверстым бродильным чанам. Очевидец рассказывал ему со смехом, как под налетающими самолетами мужики и бабы тащили, кто в чем, погибающее в пожаре крепкое, не отстоявшееся еще пиво, черпая его из огромных луженых чанов. Даже на лодках приплывали за пивом с другого берега. Пьяные валялись в тот день на улице Кирова, а немецкая авиация бомбила и бомбила город, в котором расположились штаб фронта и три больших военных госпиталя. В одном из них, кстати, лежал тогда отец с первой своей раной, спасшей ему жизнь. Из той отцовской роты выжили четверо, и всё благодаря легким ранениям.

Деревск немцы не взяли. Война остановилась в нескольких десятках километров. Тут она переросла в страшную позиционную, пожиравшую людей, как ненасытная мартеновская печь жрет специально приготовленный для нее кокс. Полтора с лишним года, пока длилось это адское стояние, подводы и грузовики везли нескончаемый поток раненых в городские госпитали.

5 марта 1238 года город взяли татары. Не нынешний, по которому он шел. Даже не Крепость, сложенную позднее из местного известняка, вдали от города, как форпост на новгородской границе. Город там не прижился, в пятнадцатом веке какие-то особо мудрые посадники решили перенести поселение, но люди упрямо продолжали жить на старом месте, и Крепость захирела, а небольшая слобода под ее стеной выродилась в простую деревеньку. Татары атаковали то, что теперь называлось Нижним городищем. Этот «объект государственной охраны», заросший кустами и некосимой травой, истыканный старыми пнями, находился в центре города над водой. На нем каждый год и работала мальцовская экспедиция.

Тот первый город Батый сжег дотла: «*исекоша вся от мужеска полу до женска, иерейский чин все и черноризский, и все изобнажено и поругано, горькою и бедною смертию предаша души своя господеви*».

Три недели — ровно столько понадобилось монголам, чтобы одолеть осажденных, но эти недели задержали их медленно текущую орду. Каждый воин вел пять и более лошадей. Сто двадцать килограммов мяса от забитой лошади легко могли накормить сотню воинов. Воины вели за собой семьи, а те гнали перед лошадьми и верблюдами, гружеными юртами, по тридцать и более овец. Это был переселяющийся народ, оккупанты и колонисты: сто тысяч человек, триста тысяч лошадей и около двух миллионов овец вытаптывали и выедали огромные пространства, оставляя позади обглоданную пустыню. Трехнедельной задержки хватило, чтобы спасти Великий Новгород. У Игнач-креста, на близких подступах к столице северной Руси, монгольские тумены повернули назад: весной монголы всегда заканчивали войну и откочевывали в свои привольные степи. Мудрые и богатые новгородцы, зная участь сожженных дотла русских городов, уяснили главное правило: сдавшихся добровольно монголы не трогали. Взвесив все «за» и «против», новгородцы решили откупиться: отправили к хану Батыю посольство и приняли Ясу — Чингизов закон. А после, войдя в состав растянувшегося от монгольских степей до Самарканда и от Каспия до Волхова грандиозного государства-паразита, платили-платили-платили из последних сил. Спасли дом Святой Софии, но весь тринадцатый век даже церквей не строили: все деньги улетали по хорошо налаженным путям на берега Итиля — в Орду, а уже оттуда в далекий Каракорум.

Когда они копали на Нижнем городище, на трехметровой глубине всегда появлялась почти метровая прослойка Батыева разорения: жирный уголь, перемешанный с пеплом, землей и коровьим навозом, в который въелись спекшиеся куски стеклянных браслетов, обгоревшая керамика и изъеденные огнем бревна — нижние венцы срубов. В слое сохранились брошенные вещи: ножи, топоры, просыпавшиеся сквозь половицы бусины, ножницы для стрижки скота, обрывки цепей, дверные замки, ключи от них, косы, точильные бруски и многое-многое другое — хлам и абсолютно новые вещи, не нужные уже никому, кроме археологов. Ученые извлекали их из слоя с жадностью, присущей этой профессии. И везде на этом останце кровавой трагедии притаились впившиеся в землю маленькие и злые татарские стрелы — те, что пролетели мимо и не отведали человеческой крови. Они взмывали в небо темным облаком, сорвавшимся с тетив простых, но крепких степных луков. В маленьких раскопах, которые отрыла за двадцать пять лет экспедиция Мальцова, счет стрел велся на сотни, но всё же для общей статистики их было маловато. Англичане посчитали, например, что в битве при Хаттине, где в 1187 году султан Саладин разбил крестоносцев, было израсходовано миллион триста тысяч стрел. В отличие от воинов Саладина, которым стрелы поставляли лучшие мастера-стрелоделы того времени, монголы делали свои простые луки и стрелы к ним сами. Набрать во время похода нужных веток и настрогать коротких стрел было их прямой обязанностью, за этим неотступно следили ретивые десятники. Кроме стрел у осаждавших город имелись стенобитные машины — пороки, как их называли на Руси. Чудовищные орудия монголы позаимствовали у просвещенных китайцев. Высокие и страшные шагающие башни со специальными вóротами в брюхе, которыми оттягивали рычаги с противовесами, походили на одноруких великанов. Пороки забрасывали крепость смертоносными камнями и горшками с зажигательной смесью, отчего дымный воздух был пронизан особым пугающим гулом, в который врывались визгливые крики и улюлюканье тысяч иноземных глоток и хищное пение стрел, роем висящих в небе, жалящих защитников и несчастных жителей. В раскопах, стоя на слое пожарища, Мальцов всегда представлял себе небо, залитое едким дымом, и стрелы, летящие сквозь темень и огонь безжалостным нескончаемым потоком. И всё же горожане выстояли три недели — двадцать один день ада, огня и крови, а потом «*беззаконии*», как называет монголов летописец, быстро обезглавили косыми степными саблями измученных, но не сдавшихся — всех, включая женщин и детей.

В этом году на долю экспедиции выпала невероятная удача: они нашли клад — деревянное ведро, зарытое под обгоревшими бревнами. Сруб выгорел дотла. Серебряные дутые звездчатые колты были уложены поверх височных колец, которые женщины вплетали в прическу, привозные каменные и глазчатые бусы — остатки ожерелий — перемешались с кусками хорошо сохранившейся льняной воротной ткани от рубах. Ткань была расшита богатой золотной нитью: мощнокрылые умиротворенные ангелы, окаймленные типичным древнерусским орнаментом — плетенкой, облегали когда-то лилейные шеи, охраняя и украшая владелиц этого сокровища. Верхний слой вещей спекся от жара — московские реставраторы всю зиму расчищали драгоценный ком, и вот теперь вещи были готовы лечь на зеленое сукно выставочных стендов. Но Маничкин издал приказ: экспедиция распускалась, шестеро ее сотрудников получили расчет и больше не числились служащими музея. Двадцать пять лет Мальцовской жизни были перечеркнуты одним росчерком пера.

Он поклялся: клад Маничкину не отдаст, отправит в новгородский музей, в крайнем случае в нелюбимую Москву. У Маничкина вещи сгинут, как чуть было не сгинули древнейшие фрески. Пять лет назад они месяц ползали по склону городища, вылавливая из осыпавшегося слоя кусочки раскрашенной известки. Когда великий Барсов добился разрешения построить на месте разваливающейся церкви двенадцатого века свой классицистический танк, как называли археологи огромную желтую гаргарину, стоящую на краю обрыва, у бывшей стены Ефремовского Борисоглебского монастыря, старинную церковь просто спихнули с обрыва, забабахали в землю мощные фундаменты и возвели крестообразный храм с толстопузыми колоннами. Однажды ранней весной, взбираясь на городище, Мальцов увидел в промоине кусочек фрески. Заложили раскоп и выловили тридцать тысяч фрагментов уникальной росписи. В Новгороде, в разрушенных немцами церквях на Волотове, Ковалеве и Нередице такие работы велись с пятидесятых годов, и реставраторам удалось спасти-восстановить большие куски древней живописи. Мальцов потребовал тогда у Маничкина теплое и сухое помещение для хранения находок и специальные лотки.

— Нахрена мне эта требуха!

Мальцов, не в силах сдержать возмущение, орал на него тогда, непристойно махал руками перед носом директора на глазах у остолбеневших сотрудниц музея.

— Музей не прорабская контора, ты тут наживаешься на крови, да-да, на крови людей, когда-то защищавших наш город! Музей должен! обязан! собирать и сохранять остатки старины, а ты строишь дачи генералам в Подмосковье! Я выведу тебя на чистую воду, козел!

Утратив страх и осмотрительность, он грозился писать на самый верх и так напугал, что добился и лотков, и помещения. Маничкин тогда промолчал, но не забыл и зло затаил. С тех пор их отношения окончательно испортились. После истории с фресками директор уедал экспедицию везде, где мог, это превратилось для него в любимую игру — досадить археологам. Когда же из министерства спустили указ сократить штат, он наконец отыгрался — разогнал экспедицию, о чем радостно отрапортовал наверх.

Маничкин заслуживал казни, монгольской, изощренной, ему, сатрапу, бездарю и вору, следовало бы сидеть в тюрьме, но близкий друг — прокурор города — никогда бы не дал кореша в обиду. Ведь это через прокурора — понятно, что не безвозмездно, — к Маничкину стекались заказы на отделку генеральских подмосковных дач. Целое подразделение «реставраторов», числящихся на балансе музея, пропадало на подмосковных усадьбах. Маничкин жирел, как помещик за счет крепостных, в девяностые обзавелся связями, построил себе целых два дома: в одном жил сам, в другом, на выезде из города, к пенсии планировал устроить гостиницу.

Мальцов вышел из города. Впереди уже виднелись стены Крепости. Как всегда, при виде ее ему стало спокойней. Он ускорил шаг. До заветного взгорка оставалось с километр.

3

Солнце, маленькое и нестерпимо яркое, било уже из самой высокой точки. Припекало. Мальцов скинул куртку и повалился на нее. Он с детства любил лежать вот так, на пузе, положив подбородок на скрещенные руки. Трава на лугах стояла высокая, спутанная ветром и дождями, коровы и овцы в соседней с Крепостью деревушке давно вывелись. Зелень пахла оглушительно, воздух дрожал от испарений. Далекие деревья, покачиваясь, утопали и выныривали из колеблющейся дымки, казались чуть приподнятыми над землей. Глядеть вверх даже сощурившись, закрываясь ладонью, было больно. Он опустил голову и принялся разглядывать отдельные растения: белый донник — донной в Древней Руси называли подагру, настоями этих цветов ее и лечили; желто-белые ромашки, уже пожухлые, перестоявшие, негодные теперь в парфюмерное дело; крепкие стебли зверобоя-плакуна, обсыпанные медно-имбирными цветками. Бабушка заваривала с ними чай, добавляя еще садовую мяту и душицу. Основой лу́га были высокие, до пояса, травинки с выжженными солнцем до тусклого серебра метелками, называемыми в народе «костер». На местах старого жилья, ближе к реке, на вздымающихся кучах строительного мусора росла жирная крапива, и из нее торчали малиновые хвосты иванчая и тянувшая к солнцу толстые языки, покрытые мелкими белыми соцветиями, густолистая лебеда — ее с древности в голодные годы добавляли в хлебное тесто. Ниже, в темных зарослях, у кустов расположились высокие зонтики болиголова — ядовитым соком этого сорного растения, по преданию, отравили Сократа.

В зеленых зарослях он разглядел и букашек, что проживали в этих тенистых джунглях веки вечные: усатых бронированных жуков, самовлюбленных кузнечиков, пучеглазых мотыльков-дневок, мелких бесшабашных бабочек, хищных полосатых ос и наглых мушек, жирногузых мокриц и волосатых сороконожек. Кругом кишел микромир, подчиненный тем же знакомым законам существования: одни поедали других, другие — третьих. Энергия солнечного света переходила по пищевой цепочке в новые формы жизни, видимые глазом. В них, доступные только увеличительному стеклу электронного микроскопа, царили простейшие грибы, паразиты, вирусы. Они холодно и оценивающе присматривались к иммунной системе хозяина и совершали невероятный финт: либо обманывали ее, надевая шапку-невидимку, либо просто и жестоко подчиняли своим потребностям. Результат был всегда один — кормежка за счет порабощенного существа. При этом оккупант иногда щадил хозяина, иногда превращал в послушного зомби, готового умереть по приказу микроскопического господина. Понятно, что убивец успевал соскочить с умирающего, и тут совершалось чудо: он целиком преображался, менял одну личину на совершенно другую, чтобы разбойничать дальше. Теперь он паразитировал на другом виде живых существ, более подходящем его новому обличью. Его многочисленное потомство вылуплялось и вырастало в первой ипостаси, вновь закрепляясь на первом виде, повторяя путь прародителей, чтобы продолжить нескончаемый цикл чудесных перерождений. И тем не менее это вызывало у Мальцова не ожидаемый, казалось бы, ужас, а, наоборот, чистую эйфорию. Уже не хотелось грузить себя возникшей проблемой: как-нибудь он решит ее, или она сама решится.

Над лугом гудели шмели, дружественная человеку стрекоза зависла над его головой, повисела какое-то время, села ему на плечо. Мальцов замер, скосил глаз, и они немного поизучали друг друга. Стрекоза вспорхнула и растаяла в теплом дрожащем воздухе.

Он поднял голову, перевел взгляд на Тайничную башню, потом на Водовзводную, потом на Никольскую — любимую. К ней прилепилась самая нелепая из известных ему колоколенок. В семнадцатом столетии в углу крепости построили Никольский храм, а на стенах ненужной теперь башни поставили маленькую колокольню. Крепость возводилась по старинке в конце пятнадцатого века, когда преимущество пушек на войне не всем было понятно, и поэтому почти сразу устарела. Дурацкий проект посадников с переносом города провалился, но свою функцию форпоста Новгородской республики Крепость выполнила — отразила нападение литовцев в 1428 году.

Теперь она стояла пустая. Церковь, правда, действовала, некоторые горожане ходили сюда на службу. За крепостными стенами растянулось одно из деревских кладбищ — прихожане были традиционно связаны с погостом. Еще в Крепости стояла изба — бывший шахматный клуб. Мальчишкой Мальцов занимался здесь, шахматы были тогда в моде. Ездил на соревнования, заработал первый взрослый разряд, потом и звание мастера спорта, а дальше в университете заниматься шахматами уже не хватило времени. Клуб закрыли в начале перестройки, с тех пор дом, числившийся на городском балансе, стоял заколоченный. В какой-то момент Маничкин хотел прибрать его к рукам, но прибрал ли — Мальцов не отследил, тогда это его мало волновало. Посередине Крепости, на большой несуразной клумбе — наследии безоблачных советских времен, с обязательной гипсовой вазой в центре, — разбили цветник. Мальцов всё примерялся к раскопкам в Крепости, можно было бы поискать фундаменты первоначальной церкви пятнадцатого века, жилые постройки, но Нижнее городище было важнее и до Крепости руки не доходили. Он даже был этому рад. Он любил ее просто так, берёг в душе, загадал, что разобьет раскоп когда-нибудь после выхода на пенсию. Не хотелось трогать ее, она была махонькая, других таких смешных каменных крепостей на Руси не существовало. Шесть башен, пролом на месте Святых ворот, рухнувших еще в восемнадцатом веке, и яркие цветы на клумбе, которые сажала теперь уже не за деньги, а из любви к искусству Любовь Олеговна — старушка из ближайшей деревни. Когда-то она получала за это зарплату: мела дорожки, стригла ветки на деревьях, развела в одном из углов яблоневый сад — когда яблоки поспевали, сад становился любимым местом городских пацанов. Они ломали ветки, рвали яблоки еще зеленымми, но деревья выстояли, корявые, старые, как сама Крепость, которую они украшали. Мальцов с Ниной любили ходить сюда на прогулки.

Нина появилась в его экспедиции студенткой, приехала на истфаковскую практику. В первый же выходной он увел ее сюда гулять. Рассказал ей историю осады. В начале пятнадцатого века, когда из-за внутренних усобиц Орда ослабела, Великое княжество Литовское — западный сосед России — представляло грозную силу. Земли его простирались от моря и до моря — от Прибалтики до Крыма. В его состав входили южнорусские земли с Киевом и Черниговом, Полоцком и Смоленском — православие здесь мирно уживалось с католичеством, а польский, литовский и русский были равноправными государственными языками. Литовские князья, связанные с Польшей Великой унией, постоянно воевали: с рыцарями-меченосцами на севере, с татарами на юге, с русскими феодальными княжествами, поддерживая тверских князей, с которыми состояли в кровном родстве, в борьбе против поднимавшей голову Москвы. В 1428 году литовская рать пошла на Новгородскую республику. Первый бой приняла Крепость. На бугре великий литовский князь Витовт приказал поместить пушку. Страшную, тяжеленную, похожую на ведьминскую ступу, поставленную на огромные колеса. Ее отлили невесть где, возможно, генуэзцы: литовское государство владело землями в Солхате, нынешнем Старом Крыму. А может быть, ее изготовили бургундцы, большие мастера пушкарского дела, и ее взяли как трофей в Грюнвальдской битве. В Европе пушки уже грохотали на всех войнах, тогда как на Руси были внове, почитались почти за чудо. Пушка звалась «Галка». Летописец особо отметил имя: все пушки в те времена имели собственные имена, как корабли, викингские мечи и боевые знамена.

Глубокие черные глаза-маслины следили за ним неотрывно, Нина слушала его и дышала медленно и глубоко. Мальцов вошел в раж, начал размахивать руками, чертил перед собой схему расположения войска. Ее щеки покраснели, маленькие груди, похожие на два граната, выпирали из майки, как войско, готовое сорваться в атаку. Она откидывала лезшую в глаза прядь одним резким движением, как конь, в нетерпении бьющий копытом. Она стояла так близко, что он почувствовал ее тепло, оно пробрало его от макушки до пяток.

— Представляешь, что такое была эта «Галка» в 1428 году? Атомная бомба! В битве при Равенне одно пушечное ядро сбило наземь тридцать три тяжеловооруженных всадника, убив их всех наповал! Горожане смотрели в ее бездонное горло с крепостных стен и истово молились, поджилки у них тряслись от страха, потому что они только слышали рассказы о страшных орудиях, плюющихся огнем и каменными ядрами. А теперь они увидели эти белокаменные ядра, тесанные специальными мастерами, воочию, их бережно скатывали с телеги по одному и укладывали рядом с орудием. Вот отсюда должен был прозвучать выстрел, дав начало атаке. Деревляне стояли на стенах, и лица их покрывались испариной. А сам Витовт расположил свою армию подковой, обняв Крепость, поставил главный шатер почти напротив нас — вот там, метрах в пятидесяти левее Никольской башни.

Ранним утром пушкари начали забивать «Галку» мешочками с порохом. Тогда еще не знали точных расчетов, зелье готовили на глазок — толкли селитру

с углем и серой, перемешивали специальными ло-
паточками и растирали на покрытой шкурой доске.
Порох хранился в пушкарской подводе, но одни мешки могли подмокнуть, другие, наоборот, могли быть
слишком сухими из-за переложенного угля.

Важнейшей частью пушки была зарядная камера — емкость с толстыми стенками и меньшим, чем
у ствола, внутренним диаметром, она находилась
в казенной части — заднем конце пушки. У некоторых
орудий камера была такой же длины, как и сам ствол,
у других это был сосуд, похожий на высокую пивную
кружку. Артиллерист на глазок загружал в камеру заряд пороха и утрамбовывал его деревянным банни-
ком. Чтобы выстрелить, камеру крепили к казенной
части орудия, надежно зафиксировав деревянными
или металлическими клиньями, которые упирались
в заднюю часть деревянного лафета. Эти ранние гро-
моздкие бомбарды были опасными сооружениями.
Рядом с лафетом лежали горкой пороховые заряды
для второго и третьего выстрела. Хотя главный пу-
шечных дел мастер был у Витовта известным евро-
пейским специалистом, в этот раз он просчитался
или в дело вмешалось Провидение.

Только начало светать. Малиновый верх солнца
поднялся на востоке над лесом, ртутное зеркало реки
покрылось багровыми пятнами. Литовский маль-
чишка-конюх замешкался с лошадьми на водопое.
Тени их тянулись по страшной воде прочь от берега,
ноги неестественно выросли и стали тонкими, словно у карамор. Лошади жадно пили воду, от их морд
расходились по воде колышущиеся круги. Длинноно-
гие создания покачивались на этой затейливой стиральной доске, кони-чудовища казались забрызган-
ными каплями солнечной крови. Они мерно брели,
не удаляясь ни на шаг, словно несли на себе невиди-
мых пока всадников Апокалипсиса.

Высоко на берегу у шатра великого князя взревела труба — сигнал к началу атаки. От резкого звука кровь рванула по жилам, а сотни глоток шумно вдохнули свежий утренний воздух и так же слаженно выдохнули его. Ноздри людей расширились, словно у гончих, почуявших зайца. Все замолчали, слышно было, как травинки от согласного дыхания воинов роняли на землю тяжелые капли росы. Шутки в строю оборвались на полуслове, сердца застучали в унисон. Латники приподняли длинные осадные лестницы — по восемь человек на одну, дерево ударило в железные панцирные доспехи, отчего по рядам прокатился глухой рокот, похожий на ворчание несытого зверя. Осажденные на стенах последний раз перекрестились и следили теперь неотрывно за пушкарским человеком, что поднес к запальному отверстию ярко горящий факел. И «Галка» выстрелила.

Гром небесный, бьющий в степи над головой, был стократ тише рыка, раздавшегося с бугра. Всё утонуло в клубах синего дыма и языках пламени. Ядро просвистело и сбило верхний камень на стене, срикошетило, ударило в Никольскую башню, отскочило от нее и угодило прямо в разноцветный Витовтов шатер. Смело прочную корабельную крашенину, переломало опоры, убило двух княжеских слуг и повалило наземь великокняжеское знамя. Витовт остался жив чудом: перед выстрелом вышел из шатра, чтобы наблюдать за началом атаки в раздвижную подзорную трубу. В Крепости никто не пострадал. Когда дым рассеялся, на стенах с радостью увидали, что «Галка» стоит с развороченным рылом, казенная часть, отскочив назад, разнесла в щепки лафет. Порох, предназначенный для следующих выстрелов, воспламенился и разом пожрал расчет и самого́ главного пушкаря. Острые осколки разлетевшейся меди посекли еще нескольких непричастных к воинскому делу обозных, стоявших поблизости.

Это было великое чудо! Летописец так и записал о разом закончившемся сражении. Великий князь упал на колени, вознес хвалу Спасителю, что остался живым, и приказал трубить отбой. Осада была снята. Крепость выстояла. Витовт отвернул от Новгорода.

Мальцов помнил, как Нина проворно облизала маленькие пухлые губы, когда он закончил рассказ, подняла на него горящие глаза, словно запаленные тем страшным пороховым взрывом. Он легко коснулся ее ладони, ладонь была мокрой и дрожала. Остро отточенный тонкий ноготь указательного пальца прочертил на его руке затейливую букву, и электрический разряд едва не сшиб с ног. Зрачки ее глаз стали огромными. Тогда он вдруг взял ее запястье и пощупал пульс — пульс был учащенный, как при лихорадке.

— Ты в порядке? — зачем-то спросил Мальцов.

Она вырвала руку и разрыдалась, как маленькая, горько, словно ее незаслуженно обидели. Лицо ее перекосилось и вмиг стало некрасивым. И, сознавая, что натворил, дрожа от чувства жуткой вины, он ухватил ее за рукав, поспешно и оттого грубо, притянул близко-близко и, ощутив яростный прилив силы, сказал громким шепотом: «Прости. Прости, я идиот!» И, не дав ей опомниться, поцеловал крепко и больно. Нина вскрикнула, но не отстранилась. Грудь ее ударила ему прямо в колотящееся сердце, он в восторге ощутил ответные бешеные толчки. Они упали в высокую траву и, на виду у Крепости, целовались, обезумевшие, счастливые.

Мальцов вспомнил, вжался головой в ладони.

Не сказал ей тогда правды, купил на байку лживого летописца. Другая летопись зафиксировала: «Галка» действительно погибла, но Витовт отступил только потому, что новгородцы заплатили одиннадцать тысяч рублей серебром — невероятную сумму по тем временам. В пятнадцатом столетии Новгород давал ослабевшей Орде уже значительно меньший «выход», чем при Батые. Вновь накопившая несметные богатства и силу, республика Святой Софии опять предпочла откупиться. Она ценила жизни своих граждан, и в этом была, вероятно, основная ошибка новгородцев. «Всё дело в деньгах», — утрируя Нинину интонацию, рассказывавшую ему об очередном многомиллионном контракте Калюжного, язвительно произнес Мальцов. Этот лозунг годился и для Витовта, и для московских князей, победивших чуть позднее изнеженных новгородцев.

Доведенная до ручки нищенской музейной зарплатой, Нина в последний год часто попрекала его, толкая к халтуре — пустой трате времени и сил. Мальцов убеждал ее: наука важнее, но, как показало время, не убедил.

Красота луга, Крепости, счастье уединения мгновенно отлетели. И тут зазвонил мобильник. Мальцов вскочил как ошпаренный, бросился искать карман в куртке. Увидел на экране имя. Перевел дух — озлился на себя, что, размечтавшись, ошибся.

— Да, Николай, что надо?

4

— Иван Сергеевич, здоро́во живешь, дорогой.

— Здоро́во, какие новости?

— Ты где? Степан Анатольевич велел тебя разыскать и доставить. Едем на охоту.

— Я не охотник, спасибо, и дел много.

— Знаю про твои дела, на охоте и поговоришь с шефом. И еще — ты ж понимаешь, если я тебя не привезу, он меня уволит. Пожалей меня, Иван Сергеевич.

— Никак нельзя отговориться? Скажи, что телефон выключен.

— Сергеич, ты же в курсе, у нас как в армии — все будут: фээсбэшник, полковник милиции, генерал вертолетный, мэр. Уважь шефа.

— Приезжай к Крепости, черт с тобой.

— Ты там стой только, стой у ворот. Я мигом. — Николай отключился.

Значит, весь Деревск уже осведомлен. Впрочем, город-то — тридцать тысяч человек, новость разносится как искра, а тут — Мальцова уволили. Может, и хорошо, что так вышло, ехать, пожалуй, было надо.

Началось всё с раскопа. Степан Анатольевич Бортников — генеральный директор завода «Стройтехника», великий бизнесмен и теневой глава города, реставрировал, а точнее, возводил заново набережную с дореволюционной гостиницей, пристраивая к старой линии домов четыре коттеджа — себе и своим топ-менеджерам. Размахнулся широко — не умел узко. Мальцов тогда заложил раскоп под фундамент одного из его гостевых дворцов, попадавшего на участок с культурным слоем. Условие было — сделать за лето. Шампанское на материке пили в начале ноября. Всё кругом было усыпано пушистым снегом, словно археологические ангелы постарались застелить грязную яму белоснежной скатертью перед долгожданной пьянкой, означавшей конец мучениям всей группы. Как они выстояли, было им самим не очень понятно, но выстояли же. После на скорую руку Мальцов устроил в музее выставку находок, их было много, особо ценные — три берестяные грамоты — лежали в центре витрины под специальными стеклами. Бортников пришел на выставку, привез с собой ящик сухого вина, выслушал доклад Мальцова, принял благодарность от директора и археологов. Затем отвел Мальцова в сторону.

— Я ж не дурак, Иван Сергеевич, всё вижу. Ты, значит, под снегом пахал, а Маничкин джип купил на мои деньги. Сперва подумал, распи́лите пополам и копать не станете — выпишете мне справку. Теперь так: ты ко мне заходи, всегда помогу, а директору твоему цена копейка, я с ним дел больше не имею.

С тех пор и правда помогал: то даст денег на лопаты, то на мальцовское пятидесятилетие подарил письменный стол и кресло. Сам, конечно, не пришел, прислал Николая с подарком.

Степан Анатольевич появился в городе лет двадцать пять назад. Пришел на завод инженером, быстро дорос до директорского кресла, в нужный момент приватизировал предприятие и развернулся так, что стал в области первым налогоплательщиком. Невысокого роста, широкий в плечах, Бортников, по слухам, каждый день занимался на тренажерах. Гостей любил и поил от души, но себе наливал в рюмку целебный нарзан. На заводе, говорят, орал на подчиненных почем зря, самодурствовал, как рассказывали уволенные. Те же, кто работал, на директора молились — даже в девяностые заводские трубы коптили небо, а бухгалтерия исправно выплачивала зарплату трем тысячам сотрудников. Империя его постоянно разрасталась, побочных бизнесов у Бортникова было много, сам он хвастал, что не все их может упомнить. Но явно лукавил, всё держал в кулаке, крепко и жестко, как умелый жокей, раз за разом приводящий лошадь первой к финишу, и, богатея на глазах, не жадничал, подкидывал нищему коммунальному хозяйству — то на три километра асфальта, конечно, на подъезд к его заводу, то на закупку компьютеров для школ, то на дорогие немецкие аппараты для УЗИ в горбольницу. Всегда проверял, как распорядились его деньгами, на то был поставлен Николай. А вот с Маничкиным вышла промашка, что Бортникова и разозлило.

Если Бортников устраивал праздник или охоту, не явиться к нему значило нажить страшного врага. Генеральный был мстителен, хотя и умело это скрывал. Николай, его «помощник», а по-старому денщик, был далеко не пентюх, и, если намекнул на разговор с шефом, значит, такой разговор планировался.

Когда Мальцов подошел к пролому, «тойота» Николая уже ждала его.

— Иван Сергеичу привет, — Николай протянул пятерню.

— Здорово! Надо бы домой заехать, не по-охотницки одет.

— Это ерунда, оденем тебя, доставим домой — всё в лучшем виде, шеф сам тебя повезет.

Мигом домчали до бортниковского особняка. Директор уже сидел за рулем. Мальцов пересел к нему, и они тронулись.

5

Черный «гелендеваген» выбрался из города и рванул по шоссе. В двадцати километрах, в селении Дорниково, сохранился единственный на весь район неубыточный колхоз «Светлый путь». Николай Афанасьевич Быстров — старый, еще советской закалки директор, умудрился не только не развалить хозяйство, но даже его укрепить. Трактора в «Светлом пути» были новенькие или выглядели таковыми, парк машин не разворовали, кузница работала, зернохранилища набивали доверху. Но главное — стадо. Бортников, помогавший старому директору, выписал из Франции породистых быков мясной породы и удоистых особенных коров, свиней, достигавших рекордных размеров, и настоящих холмогорских овец из столичного института животноводства. В городе у «Светлого пути» был свой магазин, торговавший мясом и молоком, сметаной и маслом, народ из колхоза если и бежал понемногу, то не валом, как из других деревень. В колхоз даже приезжали молодые специалисты — ветеринары, агрономы, инженеры, Быстров где-то находил их и сманивал к себе. Поселял в трехэтажки еще советской постройки, делал в квартирах за счет колхоза ремонт: страшного вида потолки зашивались пластиковыми блестящими квадратами, на стены клеили обои с пышными геральдическими лилиями, деревянные переплеты заменяли на двухслойные пластиковые. Новоселам Быстров платил небольшую, но не нищенскую зарплату.

— Вот, можно ведь и с сельского хозяйства кормиться, — Бортников с гордостью показал на аккуратные рули с сеном, запаянные в пленку.

Машина свернула с шоссе и мчалась по длиннющей липовой аллее к центральной усадьбе колхоза.

— Мы Быстрову помогаем, а он учится понемногу и сам в долгу не остается. Увидишь, какой мы тут заказник сооружаем.

Главной чертой Бортникова было постоянное бахвальство. Так он взбадривал себя, держал в тонусе.

— Строю в лесу поселок — десять домов. Захочешь, например, ты книгу писать, приедешь, поселишься на месяц. Чем не курорт, белые под окошком растут!

— Поселок на продажу?

— Земля выкуплена — сорок гектаров угодий, лес, пруд отроем настоящий, сейчас пока маленький есть, но уже с карпами. Только продавать не буду. Продать всегда успеется. Теперь, когда Маничкин уволил, что делать думаешь?

— Честно? Не знаю. Буду книгу писать. А Деревск я так просто этому ублюдку не отдам.

— А вот это ты зря. Не с того конца заходишь. Я вот что думаю. Давай, Иван Сергеевич, замутим историю, создадим общество любителей нашего города. Сам подумай: город древний, стоит на трассе, надо его восстанавливать, на старину теперь спрос. Маничкин нос по ветру держит, у него в Москве крепкие зацепки. С ним сосуществовать надо, но и своего не упускать, так будет вернее. Денег всем хватит. Вот Быстров — колхоз не сдал, с областными чиновниками в хороших отношениях, ни с кем никогда не воевал, всё потихонечку, но продуманно.

— При чем тут Быстров? Он один на всю область, потому ему и помогают, он у них для галочки. Город — совсем другое дело. Строить в центре нельзя, надо реставрировать, а значит, сначала изучать. Вряд ли это окупится. Впрочем, я в бизнесе ничего не смыслю.

— Опять не с той стороны. Ты строй и изучай, только смету не раздувай, как твой директор. Тогда деньги заработают.

— Помните раскоп? Ведь до белых мух копали. Нельзя так — это сталинские какие-то методы, вредные. Наука спешки не терпит.

— Помню хорошо. Но вы же не отказались, взялись копать? Денег дал — бегом прибежали. И выставку отличную сделали, и грамоты берестяные нашли, опять же слава! Вот я и предлагаю: ты будешь копать, мы — строить.

— Что строить собрались, Степан Анатольевич?

— Это посмотрим. Есть люди в Москве, крупные очень люди, хотят центр с путевым дворцом себе оттягать, на Верхнем городище поставить деревянную крепость с башнями, а в ней — туристический центр. Нужен он городу? Нужен! Вот и привлекай людей в наше общество, считай, мы его уже создали, будем строить!

Бортников всегда напускал туману, махал руками, улыбался, недоговаривал и тихой сапой гнул свою линию. Всё сводил к деньгам, сметам, жил этим и по-своему был прав. Приучить его к тому, что у науки есть свои интересы, стоило годов совместной работы. Только кара за несанкционированное строительство свела их вместе: если бы не запреты Росохранкультуры, Мальцов был бы Бортникову не нужен.

— Так что строить конкретно? Если дворец реставрировать, это правильно, он давно разрушается. Если крепость на городище — я вас в тюрьму посажу, зуб даю. Крепость у нас уже есть, и уникальная, а Верхнее городище — городской посад семнадцатого–восемнадцатого веков, когда-нибудь и его археологи возьмутся изучать. Городок для туристов! До такого даже Маничкин, гад, не додумался. Нельзя там ничего трогать! Места пустого — море, ставьте туркомплексы, гостиницы на окраинах, где культурного слоя нет, в конце концов, устраивайте гостиницы в старых домах на набережной. Можно и на высоком берегу, и у речки, только скажите — место я подберу. Может, и на Крепость глаз положите? Вполне голливудская затея!

— Не кипятись, Иван Сергеевич, я не даром время трачу. Мне и тебе помочь охота, и чтоб общая польза была. Крепость, кстати, простаивает — факт, далековато только от центра. А история твоя — мы сами ее строим. По кирпичику! Этими вот руками!

Бортников оторвал руки от руля, помахал ими перед мальцовским носом. Благостной улыбки, с которой начинал разговор, не было теперь и в помине.

— Так дело не пойдет, — вскипел Мальцов. — Давайте по порядку: что, где, когда? Мне ваши деньги по барабану. Никак вы, Степан Анатольевич, не усвоите: я не по этой части.

— Ладно, Иван Сергеевич, усек, — Бортников тут же сменил тон. — Жаль, что ты не хочешь понять, но придется, мир изменился, назад пути нет. Ты верно сказал, что «Светлый путь» только на Быстрове и держится, умрет дед — всё, пожалуй, растащат. И людям он платит самый, так сказать, прожиточный минимум, а трактора — новые. Скопидом дед, за что уважаю и поддерживаю. Интересно смотреть, как у него получается. Людям много не надо, они — кирпичи, из них всё лепится.

Мальцов закусил губу, смолчал.

— Дед мой на войне сгинул, вымостили им дорогу к победе, батька на заводе от звонка до звонка всю жизнь пахал. Я — другой. Строить куда интересней, так?

— Так, Степан Анатольевич. Моим дедом и батькой тоже дорогу мостили, но недомостили — чудом уцелели. Знаете, кстати, какое соотношение погибших было тут у нас, на линии фронта? На одного фрица — тридцать–сорок наших! И это вы называете умением воевать? Здесь человека всегда, как на турецкой перестрелке, берегли.

— Один к тридцати, говоришь?

Бортников на минуту замолк. Потом заговорил снова уже спокойно.

— Мое дело сказать. Я тебя ломать и не думаю. Сейчас приедем, там будет Маничкин, я его позвал, может, удастся вас замирить. Не кипятись, не кипятись, выдержи, лично прошу.

— Не стану я с ним мириться, — буркнул Мальцов.

— Вдруг он станет? Жизнь — штука непредсказуемая. Не лезь на рожон, а от охоты не отказывайся.

Мальцов не ответил. Замолчал и Бортников, но лишь на минуту, сегодня его распирало. Они давно проехали Дорниково — скучное, построенное рядами поселение, миновали лесок, луга и въехали в деревеньку Ратмирово с большим прудом посередине, с не растащенными на стройматериал животноводческими постройками.

— Тут мы с Быстровым напополам: коровы его — по лесу ходят, значит, грибы растут и округа обкошена, а вот свиньи — мои. Сто пятьдесят голов! Захочешь ты мяса, к примеру, а вот оно! — В подтверждение своих слов Бортников указал на длинный свинарник.

Около дверей прямо на земле два мужика палили паяльной лампой бока огромного хряка.

— Специально тетку из заводской столовой выучил, вертит колбасу, как мама делала, — пальчики оближешь. У меня московские едят — умоляют продать хоть килограммчик, а я задарма даю. Чистым зерном кормим, мясо мне дороже в полтора раза встает, чем на рынке, зато свое и чистое!

Как-то давно, в запале, Бортников бросил Мальцову по телефону, что встретиться сейчас не может: летит на Кайманы острова — отдохнуть и открыть счет. Тогда надо было выглядеть современным бизнесменом. Теперь он бахвалился своей деревней, как заправский помещик. Этой стороны жизни директора «Стройтехники» Мальцов еще не знал. Генерал Троекуров, подумал Мальцов, хлебосольный, взбалмошный и властный, готовый на потеху цепным медведем мелкого гостя потравить, упивающийся жизнью, где всё ладно устроено, отмерено и взвешено, надо только решить небольшие проблемы, и жизнь станет райской. Но не походил Бортников на старосветского помещика, да и не был им. Что-то он затевал серьезное, иначе не пригласил бы на барскую охоту.

Подъехали к охотничьему дому. Вся обочина была уставлена джипами, гости их уже поджидали.

6

Были действительно все: милицейский полковник Руслан — тихий скромный осетин, севший в уголочке и за всё застолье не сказавший ни слова. Фээсбэшный подполковник Арсентий — худой, подозрительный и мрачный; этот постоянно щурил глаза, сверля ими собеседника. Он тоже больше слушал и ржал мелким дурным смехом над рассказанными анекдотами. Прокурор города Земский и друг его Маничкин оккупировали дальний угол стола напротив Руслана. Они выбрали другую тактику: всё время балагурили, тянули разговор на себя. Маничкин бросил кинжальный взгляд на Мальцова, отвернулся к другану и больше за весь вечер на Мальцова не взглянул. Были еще и московские: Сергей, представитель «Стройтехники» в столице, хладнокровный и рассудительный, приятно и без подобострастия улыбающийся каждому, и трое москвичей, вовсе неприметных и бессловесных. Приехал и городской глава, импульсивный и незлой человек из отставных военных, поставленный на должность Бортниковым. Он присел рядом с генерал-майором, начальником летного полигона, своим бывшим замполитом, говорил мало, зато пил рюмку за рюмкой, как заведено у высшего комсостава. Был еще один, Пал Палыч, московский думец, выросший из заместителей прежнего губернатора в столичного вельможу. В области Пал Палыч был притчей во языцех. В бытность замом губернатора ему принадлежало шестьдесят процентов добываемого леса, о чем знали даже мужики-лесорубы, — доли же в иных предприятиях, кормившие хорошо и сейчас, оставались тайной. Заместитель умело обскакал бывшего шефа, вовремя сдал, когда тот лоханулся и чуть не провалил выборы «Единой России». Шеф удрал, числился теперь в бегах и под следствием за растрату казенных средств, а Пал Палыч взлетел шибко выше и спланировал прямо в Государственную Думу, где теперь лоббировал интересы области. Все ему льстили, особенно старался зам генерального Николай. Сам Бортников к Пал Палычу обращался с почтением, но на «ты», считая, вероятно, что особое внимание помощника автоматически должно указывать и на любовь его хозяина. Мальцов впервые оказался на таком приеме и с интересом наблюдал заведенный здесь этикет. Пал Палыч сидел по правую руку от хозяина, Мальцова посадили почему-то по левую.

Две девушки в чепчиках и фартучках, официантки из бортниковского ресторана при гостинице, обносили огненным, очень вкусным украинским борщом.

Заговорили о Путине. Пал Палыч ругал областных чиновников: прошляпили, не пронюхали о неожиданном визите Владимира Владимировича в старинную церковь, что стояла на границе с Москвой, но на земле области. То, что на литургию не пригласили губернатора, было, по его мнению, плохим знаком.

— Не случайно, не случайно, срока не досидит...

Собравшиеся слушали молча: думец мог позволить себе высказать то, что им не полагалось.

— Райские Кущи продали Величко, а братьям Миньчукам отказали. Братья к самому близко, такое не прощается. Ошибочка вышла, и большая, скажу вам. А братья на город глаз положили.

Пал Палыч поднял палец, словно оракул, повертел им в воздухе, опустил к столу и артистично подцепил рюмку.

— Давайте за хозяина, за его удачу, за охоту. Степан Анатольевич, за тебя!

Все похватали рюмки. Мальцов отметил: до дна пили немногие. Сам он хлопнул целиком: подумал, вдруг захмелеет и его освободят от охоты. Маничкин с прокурором, кстати, на водку налегали без стеснения.

После первой выпили за Пал Палыча — дорогого земляка, за «наш любимый город». После третьей застолье пошло уже своим чередом, каждый ел и пил сколько пожелает. Разговор дробился, общались больше с соседями. Мальцов жевал знаменитую «мамину колбасу», мама дело знала отменно. Когда Николай вдруг попросил его произнести тост, он дипломатично произнес:

— За колбасу! А значит, и за маму Степана Анатольевича, что передала ему свое умение.

После этого про Мальцова на время, к счастью, забыли. Только Пал Палыч взглянул на него оценивающе — так оценивают новый штакетник или наплодившихся поросят.

После борща внесли шашлыки из свинины, каждому по длинному титановому шампуру с резной деревянной ручкой, похожему на церемониальную шпагу. Потом желающие пили чай и кофе с тортом и еще горячими ватрушками. За столом не курили. Постепенно публика перетекла на улицу — там тоже стоял столик с водкой, виски, коньяками и закусками на любой вкус. Всё у Бортникова было как в лучших домах. Пал Палыч достал старый серебряный портсигар с несущимся на всех парах паровозом на крышке, поднялся из-за стола и вдруг кивнул Мальцову так, словно они знакомы сто лет:

— Пойдем покурим.

На крылечке шепнул заговорщицки:

— Райские Кущи, на твой взгляд, сколько стоят?

Это имение восемнадцатого столетия было построено великим Барсовым для отставного павловского генерала. Паркетный вояка в недолгое правление курносого императора сумел сколотить бешеное состояние, построил дом с круговой колоннадой, а в центре, назло отправившему его в отставку Александру Первому, поставил фигуру удушенного подушкой императора-отца. В советские времена имение пережило с десяток незавершенных реставраций:

прорабы воровали так рьяно, что работа вставала. Прорабов увольняли, строительные леса вокруг памятника прогнивали. Новый этап всегда начинался с разборки и установки новых лесов, затем всё повторялось заново, растрату списывали на очередного прораба, а дело с мертвой точки так и не сдвигалось. Последние леса вокруг главного дома простояли более десяти лет и покрылись грибком, ходить по ним стало смертельно опасно.

— Странный вопрос. Насколько я знаю, этот памятник культуры отдан в аренду на шестьдесят девять лет.

— Ну да. Лет через пять, уверен, Величко найдет способ перевести его в собственность.

— Разорится на реставрации ваш Величко. Дом построен на плывуне, с одним фундаментом сколько раз мудровали, а угол как отваливался, так и отваливается.

— Разорится, говоришь? Это вряд ли. А что про путевой дворец скажешь?

— Интерьеры сохранились плохо, надо искать остатки, работы специальные не велись, насколько я знаю. Само здание несуразное: комнаты анфиладой, если делать гостиницу, много людей не поселишь, лучше губернаторский дом отстроить, там хоть остов крепкий.

— Интерьеры искать? — Пал Палыч затянулся и потерял к Мальцову всяческий интерес. Отошел на шаг, нарочито взял под локоть прокурора, закусывавшего малосольным огурчиком, прокомментировал:

— Гриб и огурец — в жопе не жилец! Сальцем закуси.

Прокурор заржал и тут же парировал вельможную шутку — рассказал сальный анекдот про огурец и монашку.

Так хамски с Мальцовым еще не разговаривали никогда. Он пошел к столу, но по пути столкнулся с вездесущим Николаем.

— Иван Сергеевич, скорей одевайтесь, егерь всё подскажет. На охоту, на охоту пора!

В одной из спальных комнаток с двухэтажными нарами облачались Сергей и один из неприметных москвичей, милиционер Руслан и летный генерал. Здоровенный егерь со зловещим лицом, не иначе бывший спецназовец, принялся напяливать на Мальцова теплый комбинезон. Затем подал сапоги с шерстяными носками, навесил на пояс портупею с двумя рожками и выдал вязаную шапочку с прорезями для глаз.

— Банк пойдем грабить, — состри́л Мальцов, скрывая смущение.

— Никак нет, Иван Сергеевич, кабанов лупить! — Генерал подмигнул ему по-свойски. — Печеночку-то, небось, любишь?

Мальцов в жизни не пробовал кабаньей печени.

Егерь выдал ему карабин с оптическим прицелом.

— СКС, классика, десять патронов в обойме, сняли с предохранителя, — продемонстрировал на незаряженном оружии, — оттянули затвор, готово к бою. Карабин полуавтоматический, передергивать затвор вторично не требуется. Оптика отечественная — «Пилад», крест — простая и надежная. Вопросы есть?

Егерь вставил обойму в магазин, поставил карабин на предохранитель, протянул Мальцову.

Последний раз Мальцов стрелял на сборах черт знает сколько лет назад. Заслужил тогда оценку «отлично»: стрелял кучно и метко — из «калаша» и СВД, его даже отметили в приказе по сборам.

Егерь подтолкнул Мальцова на выход. У дома дожидались уазик-буханка для охотников и «Нива» с егерями. Степан Анатольевич сидел на командирском кресле рядом с водителем, в ногах стояла короткая винтовка с богатой золотой гравировкой.

— «Голанд-голанд»? — спросил Мальцов с иронией.

— «Зауэр-303», корневой орех, спецзаказ. Пал Палыч подарил.

Из дома вышел Сергей, он тоже нес навороченную иностранную винтовку. У остальных — генерала, милиционера и москвичей, у прокурора и Маничкина, которых быстро снарядили вслед Мальцову, — были отечественные карабины, как и у него. Гостевые, догадался Мальцов.

Пал Палыч сел в «кадиллак» и отбыл в столицу. Уазик тронулся. За ним отъехала «Нива» с егерями. Оставшиеся помахали охотникам на прощание и ушли в дом.

— Теперь выпьют в удовольствие, безнадзорно, так сказать, — прокомментировал генерал.

— Маток не стреляйте, бейте молоденьких сеголеток, — отдал последний приказ Степан Анатольевич, — а выйдет секач — постарайтесь отличиться.

Въехали в лес. Мальцов всё думал о словах «великого и ужасного» Пал Палыча; стрелять не хотел и молился в душе, чтобы зверь не вышел из леса.

Первым ссадили одного из москвичей, из «Нивы» вылез один из егерей, повел того на засидку. Следом настал черед Мальцова.

Здоровенный егерь, объяснявший ему принцип работы СКС, повел его к поляне. На плече у него висел стандартный карабин, у пояса широкий нож в ножнах, на шапочке — прибор ночного видения. Поймав заинтересованный взгляд Мальцова, егерь пояснил:

— Вам и оптики хватит, ночи светлые, а нам полагается. Отстреляетесь, звоните, — подал визитку с номером мобильного. — Телефон, конечно, сейчас выключите. Залезайте, располагайтесь, зверь выйдет.

Перед большой поляной у кромки леса стояло сооружение, похожее на избушку Бабы-яги. Высокий сруб с упрятанной внутри лестницей, на втором этаже крепкий пол, удобное деревянное кресло и бойница с обшитым старым матрасом подоконником, чтобы приклад не шумел. Мальцов сел в кресло, отключил телефон, отставил карабин и вперился в поляну. Метрах в ста посередине пустого пространства торчала одинокая кормушка — деревянное корыто, покрытое от дождя добротным навесом. Засидки Бортников строил генеральские — деревенские ходили на кабана с лестницей: прислоняли ее к елке на краю засеянного поля, садились на верхнюю ступеньку и, замерев, как куры ночью на нашести, караулили зверя.

7

Он устроился поудобнее. Положил карабин на мягкий подоконник, оглядел опушку леса: просветленная оптика позволяла изучить каждое деревце, каждую группу кустов. Затем тщательно осмотрел землю, искал примятую на выходах траву. Выходов оказалось два — около большой березы справа и в прогале между зарослями олешника слева. Кабаны ходили часто: невысокая отава была утоптана до самой кормушки. Затем направил прицел вдаль. Поляна походила на широкую просеку — наверняка раньше тут было колхозное поле. Бортников просто приспособил его под нужды охоты, не дал зарасти: в конце июня егеря косили траву, создавая нужную полосу метров в триста шириной. Справа, там, где поле начинало скатываться под уклон, виднелась крыша еще одной кормушки. В линии деревьев напротив нее он разглядел засидку попроще — простую платформу с перильцами, сколоченную прямо на мощных ветвях березы, и черную точку — притаившегося охотника.

Скоро стена леса слилась в единое пятно, солнце уже зашло, стремительно наползала темень. Мальцов развалился в кресле, наблюдал, как засыпает природа. На небе начали загораться звезды. Сбоку из-за леса выползло ночное светило, косой серебряный свет растянул тени, облил неровности на поляне. В древние времена люди поклонялись луне: свет ее пугал и притягивал их одновременно.

Луна поднималась быстро. Он слушал ночь, затаившись в скрадке, как птица в ветвях дерева. Кормушка-ориентир, ни звука кругом, серая мгла и изрезанная угловатая полоска деревьев на фоне звездного неба. Бесшумная тень упала с высоты, спикировала на конек кровли над корытом. Сова. Расположилась на командной высоте, обозревала луг, но вдруг сорвалась и растворилась в черноте. Часы показывали половину десятого. Еще с полчаса он настороженно вслушивался, уловил один раз далекий хруст, но не сменил позы. Сидел, скрестив ноги, в самом центре отрезанного от мира заповедного пространства и смотрел, как по краям его прочерчивается нервная линия: верхушки деревьев на фоне неба строгой стеной опоясали этот рукотворный уголок дикой лесной пустыни, скроенный для мимолетного кровавого развлечения. Где-то далеко ухнул филин. Эхо недолго покатало сиплый голос, но ночь быстро съела и его. С безжизненного поля потянуло холодной росой. Где-то справа сухо хлопнул выстрел. Началось! Мальцов поднял воротник комбинезона, долго вглядывался в темноту, глаза стали наливаться свинцом. Кругом стояла тишина. И тут он услышал визг молодняка. Свиньи давно выжидали, стояли в темноте у березы, как колхозницы, поджидающие автолавку, и вот — вывалили сразу все, причем первыми вышли две матки: прогнутые спины, отвисшие животы, за ними — темные сгустки кипящей энергии — поросята.

Свиньи замерли перед последним рывком. Мальцов наклонился к бойнице, передернул затвор, сон как рукой сняло. Он не уловил сигнала — малышня-сеголетки, черные, казавшиеся издалека хохлатыми, уже мчались галопом по тропе. Они рвали наперегонки, более крепкие и крупные оттирали слабых. Свиньи всё так же стояли у кромки, стерегли стадо. Молодежь начала тыкаться рыльцами в чистое зерно, повизгивая и хрюкая от нетерпения. Сеголетки были слишком возбуждены, вертелись, расталкивали друг друга. Ловя на перекрестье их силуэты, Мальцов вдруг понял, что не принадлежит себе; примагниченный к крестику в окуляре, он решился стрелять, адреналин бушевал в крови, адских сил стоило наладить дыхание, а потому отложил карабин, лишив себя соблазна необдуманного выстрела. Свиньи наконец успокоились и потрусили к корыту, бесцеремонно раскидали деток, закопались в корм с головой.

Наевшись, поросята принялись носиться по поляне, описывая круги вокруг кормушки, подлетая иной раз к угощению уже из чистого озорства. Это и был его шанс. Некоторые проносились близко от засидки, так что трава шуршала и свистела, но стрелять по движущейся мишени Мальцов не умел. Он выжидал.

И тут всё изменилось. Поросята как один дернули было к лесу, затем замерли, подняв уши-локаторы. От их тел валил пар. Прямо из-под домика, где сидел Мальцов, появился секач. Зверь деловито пересек поле широким хищным шагом. Спеша к дармовой еде, он грубо оттолкнул зазевавшуюся свинью, и та, хрюкнув, отлетела в сторону, словно слепленная из папье-маше новогодняя игрушка. Вторая свинья покинула корыто заблаговременно. Сеголетки уже сбились в стадо: от голодного папаши можно было ожидать любой пакости. Кабан жрал молча, зарываясь в корыто по плечи, и вскоре поросята снова принялись играть. Некоторые, понастырней, даже подскакивали к кормушке, хватали крохи и уносились прочь от недоброго взгляда борова. Свиньи так глупо не рисковали — стояли поодаль, пока господин набивал утробу. Наконец он наелся и отошел в сторону.

Мальцов внимательно следил за ним; от напряжения заломило в висках, глаз зачесался, жилка на шее, пульсируя, отбивала удары, мерно отдававшиеся в голове. Он что есть силы втянул носом воздух, выпуская его через рот мелкими порциями, чтобы полностью освободить легкие перед новым вдохом. Йоговское упражнение успокоило. Красный крест в прицеле накрывал то горбатую спину, то зад, но самец не подставлял корпус. Вдруг кабана что-то насторожило, он резко развернулся и начал принюхиваться, уши на голове встали торчком. Черный, налитый силой силуэт, похожий на нацеленную торпеду, был виден теперь отчетливо, Мальцов рассмотрел вздувшиеся желваки челюстей, белый клык, выпирающий из нижней губы, блестящий пятачок носа, мелкий, запрятанный в кудлатую, чуть подрагивающую шерсть глаз аспида, в котором сверкнул и погас холодный лунный блик. Навел перекрестье на точку под лопаткой. Задержал дыханье и, как учили, плавно, словно бесшумно загребая веслом, потянул курок. Карабин дохнул, раздался чавкающий удар пули по корпусу, вепрь сделал неуверенный шаг в сторону. По его телу волной прошла крупная дрожь, он сдавленно хрюкнул, выдохнув боль. Ноги животного подогнулись, кабан упал на колени, словно земля под ним как по волшебству внезапно вспучилась. Предательская твердь не держала его больше, он как-то по-стариковски охнул и завалился на бок. Задние копыта несколько ударили воздух, туша разом приняла беззащитное утробное положение, судорога вжала ноги в брюхо. Кабан дернулся и затих, превратился в темный ком на фоне пустого поля. Мальцов не заметил, как убежало стадо, он следил только за добычей, лоб покрылся испариной, руки вцепились в карабин. Выждав несколько мгновений, наконец сморгнул слезу. Он стрелял метров с семидесяти, наверняка, но не ожидал, что на такого мощного зверя хватит одной пули. Кабан зарылся рылом в траву, ухо висело тряпкой. Горячая волна радости ударила в голову, Мальцов закричал в голос:

— Ага! Вепря убил! Одной пулей, мать ети!

Черный ком на поле не исчезал. И тут тишину вспорол рев мотора с лесной дороги. Машина затормозила напротив засидки, кто-то уже ломился к домику сквозь лес, мотор снова взревел, две полосы света черкнули по еловым веткам, и машина исчезла в ночи.

Егерь возник как черт из табакерки, вынырнул из люка, светя прямо в лицо налобным фонарем, — тот здоровенный, похожий на спецназовца.

— Стреляли? — выпалил, задыхаясь.

— Стрелял, — сказал Мальцов, отводя взгляд от бьющего по глазам фонаря. — Вон лежит. Секач! Как вы узнали?

— Сколько раз стреляли?

— Один! С одной пули, не поверишь.

Егерь посмотрел на поле, луч скользнул по поваленной туше, скакнул выше и судорожно заметался в лесной чаще, напротив.

— Секач? Здесь часто выходит. Ладно, сдавайте карабин и подсумок, пожалуйста, — добавил уже мягче.

— Да что происходит? — взревел Мальцов. — Вон, лежит на поле, смотри, с одной пули!

— Маничкина подстрелили, а он справа от тебя сидел. Понимаешь?

Егерь цедил слова сквозь зубы, словно хватил ледяной воды из ключа, а конец фразы, беря на испуг, прошипел и вовсе по-змеиному, вынул обойму и принялся считать оставшиеся патроны.

— Как подстрелили? Насмерть? Кто подстрелил?

— Выясним. У вас все, кроме одной. Так и запишем. Сам позвонил минут с десять назад, сказал, подранили его. Ребята поехали. Точно не палили в ту сторону?

— Сдурел? Свиней распугать? Сам видишь: одной не хватает! А выстрел справа я слышал, одиночный, но далеко стреляли. Нет, пошли, пошли на поле, не веришь, сам убедишься, там секач лежит.

— Ага. Пошли.

Егерь ввинтился в люк. Мальцов полез за ним, ноги дрожали, спускаться по лестнице стоило большого труда. Вдруг вепрь ему только померещился и сейчас начнется дознание? А он-то уже предвкушал триумф. Черт знает что сейчас начнется. Злость ударила в голову. Он шел по полю, с каждым шагом ставя ноги всё увереннее, шел точно на свет фонаря.

— Правда ваша, с одной, прямо в сердце! Везет, дядя, ты уж прости. И патроны не стреляны, хер кто подкопается теперь, ведь на вас сперва подумали.

Егерь светил фонарем на тушу.

— С победой! Знатный трофей, килограмм под двести, знаем этого секача. Степан Анатольевич будет доволен.

Он уже улыбался во весь рот и тянул Мальцову руку. Мальцов машинально пожал ее.

— Как там Маничкин? Позвони своим.

— Щас выясним.

Громила-егерь достал из-за пазухи рацию.

— Первый, как у вас? Тут ученый вепря завалил. С одной пули. Даже не рыпнулся, как стоял, так и упал. Чисто снайпер! Патроны? Недокомплект один патрон — смотрите с другой стороны. Отсюда стреляли? Не знаю, не знаю. Ученый вроде слышал одиночный справа. Как пострадавший? Повезли? Давай, потом высылай трактор и нас заберешь. Можно курить, садитесь, — сказал он Мальцову. — Не самое худшее, кость, похоже, не задета, артерия точно нет, сквозное, кровь уже остановили, вроде в бедро его. Стреляли с вашей стороны. Там не домик — помост, он поднялся, его и сняли! Одной пулей...

— Ты знаешь чего, кончай намекать! — разорался Мальцов. — Смотри, патроны не потеряй, отдай лучше мне.

— Не волнуйтесь, не положено. Разберутся кому следует, а с вас причитается, чисто отстрелялись, так у нас только Бортников стреляет.

Мальцов опустился на землю около туши, трава была холодная и мокрая от росы. Волосы на голове стали колкими и чужими, расступились в разные стороны, испуганно пропуская пробегавшие по их лабиринту трескучие разряды. Голова отчаянно зачесалась, затылок онемел, хотелось ущипнуть себя, разогнать застывшую кровь. Он с трудом поборол это желание. Туша рядом пахла тяжело, душно, забивая чистый запах ночной прохлады. Так и просидел до приезда трактора. Пока закидывали на навеску тушу, чекерили ее тросом, не стронулся с места. Потом встал, повернулся к фарам спиной. Струя не дрожала, но во рту поселился едкий железный привкус, какой появляется, когда пробуешь кончиком языка батарейку, проверяя ее на пригодность. Мальцов глядел на егерей исподлобья, как секач на сеголеток у кормушки.

— «Нива» пришла, пойдемте. — Егерь осветил ему путь.

Мальцов выпрямился во весь рост и жестко, упрямо расправив плечи, не оборачиваясь, пошел с поля прочь.

8

Охотников уже доставили в дом. Пиршество продолжалось, оставшиеся были здорово навеселе. Степан Анатольевич снова восседал во главе стола, пил нарзан, перед ним дымилась тарелка с гуляшом и макаронами, к которой он даже не притронулся.

— Иван Сергеевич, дорогой, поздравляю, вот не ожидал! — слишком бодро поприветствовал он Мальцова. — С одной, значит, пули? Молодец!

— Как Маничкин? Что произошло?

— Охота! Шальная пуля нашла... Бывает, только у меня такое в первый раз. Вроде всё рассчитано, скрадки разнесены далеко. Главного егеря придется теперь уволить, его недогляд, жаль — отличный специалист. А был бы кто из Москвы? Люди ко мне серьезные ездят!

— При чем тут главный егерь? — вмешался прокурор. — Саню не шальная пуля накрыла.

— Игорь, ты говори-говори, да не заговаривайся, тут пока киллеров не замечено. — Бортников навалился на стол, кожа на сухих скулах налилась кровью. — И не думай дело заводить, сами всё раскопаем, если что. Но что может быть? Компания спетая, все друзья, так? — Он обвел застолье вопрошающим взглядом и продолжил рассуждать вслух: — Вот Иван Сергеевич, вроде к Сане в претензии и рядом сидел, так патроны все целы, кроме одного. А стреляный — в секаче! Егерь свидетель. Недоразумение какое-то. У Маничкина пустяк рана, навылет, и слава богу, могло б и как секача... — Он хохотнул. — В ЦРБ им уже доктор Вдовин занимается, всё будет в ажуре, похромает месячишко, а мы ему, как в строй встанет, путевочку на Кипр подарим и премию выпишем. Так, Арсентий Евгеньевич? — обратился он вдруг к сильно поддавшему фээсбэшнику. — Ты ж ездил на Кипр, хорошо там?

Бортников открыто настраивал застолье, подавая происшествие как несерьезное, иначе могло б выйти некрасиво, очень даже. Но все, от кого зависело, замять дело или раздуть, сидели за столом. И все — и Руслан, и Арсентий в первую очередь — усердно закивали головами.

— Аль-Каида в наших лесах за неделю сдохнет, — фээсбэшник хохотнул. — А на Кипре хорошо, Степан Анатольевич, мне лично понравилось.

— Значит, еще раз поедешь. Ты как думаешь, Игорь? — Бортников медленно повернулся к прокурору и взглянул ему прямо в глаза. — Впрочем, мы с тобой еще покалякаем, идет?

— Шальная — значит шальная, Степан Анатольевич...

— Ну и отлично! Надо, братцы, выпить за трофей, вон Наташа уже печеночку пожарила. Полагается по охотницкому обычаю, ешьте на здоровье, чистая, клещей нет. Да откуда б им взяться, свиньи, можно сказать, домашние, только на выпас отправлены по лесам. Ну, значит, за Иван Сергеича! Не знал, не знал, что так стреляешь. Где служил?

— На сборах служил, правда, стрелял тогда хорошо.

— Выходит, не растерял навык. Теперь сделаем тебя председателем общества любителей нашего города, заслужил! За председателя! Или хочешь охот-коллективом руководить?

Все потянулись к Мальцову с рюмками. Он выпил, чтоб унять предательское колотье в боку, но больше не стал, надо было держать себя в форме. История эта пахла отвратительно. Он в который уже раз поблагодарил Бога, что не послал вдогон рухнувшему вепрю вторую пулю.

Ел кабанью печенку машинально, почти не ощущая вкуса. Ловко настроив застолье, Бортников перевел разговор на нужды города. Мэр клюнул, принялся сетовать на отсутствие средств. Бортников немедленно пообещал дать три миллиона. Пока мэр продолжал тянуть привычную жалобу, Бортников вышел. Вскоре стол покинул и прокурор. Минут через десять они вернулись плечо к плечу, довольные, сияющие.

— Ну, господа, с охотой! И по последней на посошок, пора и восвояси. Ты, Иван Сергеевич, со мной, как прибыли. Подарки на улице!

Каждому приглашённому егеря выдали три набитых пакета: со свининой — не зря ж палили борова, с мясом секача и третий — с бутылками: две бутылки «Белуги», две бутылки виски с черной этикеткой, «Камю» и бутылка текилы. Бортников одаривал широко, гости это знали.

Мальцов еще раз пристально посмотрел на охотников. Кроме Сергея и неприметных москвичей, которым предстоял дальний путь, все хорошо поддали, раненого больше не вспомнили ни разу. То, как быстро примчался егерь, и прибор ночного видения на его шапке не давали Мальцову покоя. Но лица вокруг были либо умиротворенно-пьяные, либо непроницаемые.

Всю обратную дорогу Бортников болтал без передыху и ни о чем. Осталась позади охотничья деревенька, пруд с карасями-карпами. Луна царила высоко, бесстрастная, одинокая среди мириадов звезд.

— Красота. Знаешь, как на Украине? Звезд миллиарды! Китайцев на земле не уродилось столько, сколько у нас звезд, не чета здешним звездам, и поярчей и побольшее ваших будут. И тепло, и запах от реки и с лугов пряный! Тут так не пахнет, тут всё холод да тинка поганая. А вода — зеркало, а в ней сомы кувыркаются, чисто русалки, а брызги — чешский хрусталь отдыхает! Жил бы себе тихо, сидел бы с удочкой, бродил бы с ружьем по болотам с собакой. Все мы к земле тянемся, в крови это у нас. Но покой нам только снится — так поэт сказал?

Мальцов лишь буркнул в ответ.

— Что такой насупленный, Иван Сергеевич? Сердце петь должно, отличился!

— Устал.

— Брось. Никто к тебе претензий не имеет. Держи хвост пистолетом, чего только на охоте не случается.

— Был же стрелок.

— Все стреляли. Генерал вон обойму рассадил в молоко. И что? Он? Брось, забыто. И недруг твой из строя выбыл. Советую воспользоваться. Пал Палыч перед отъездом предупредил: из Москвы, из министерства культуры комиссия вот-вот нагрянет, Маничкиным там, кажется, сильно недовольны. Тебя кто в Москве-то прикрывает?

— Никто. Звонил в институт археологии, сразу, как из музея вышел. Может, они?

— Всё может быть, но недоговариваешь, Иван Сергеевич, нехорошо, я к тебе с открытой душой.

— Да бросьте вы.

— Твое дело. Так будем общество поднимать?

— Об этом не на ходу говорить. Если серьезно — дело отличное, нам нужно труды экспедиции издавать.

— Пришли Николаю сметку, идет? Только не борзей, Иван Сергеевич, и всё у нас будет, договорились?

— Вроде как. Спасибо за подарки.

— Так сам же и стрелял. И колбасу, колбасу ешь, коли понравилась. Я там велел тебе положить отдельно.

«И меня, выходит, купил. Походя, легко, водкой, колбасой и обещаниями», — подумал Мальцов, пожимая крепкую руку Бортникова. Тот подвез прямо к дому, лихо развернулся и укатил.

9

Печь держала тепло. Он рухнул на кровать, ворочался, вставал, пил воду — сон не шел. Мерещился подстреленный вепрь, казалось, руки пахнут его тяжелым мускусным запахом. Встал под душ, тщательно терся мочалкой, но и чистое тело не принесло покоя. Он хорошо знал это состояние, накатывавшее редко, но неотвратимо, — убеждал себя, что надо б выпить, чтобы успокоиться и очистить голову от думок. У них в семье алкоголь был под запретом, мать никогда не ставила на стол графин, даже чекушку, только если приезжал из Москвы ее брат — дядя Вадя, флотский кардиолог. При нем отец не слетал с катушек, выпивал чинно, не больше трех лафитничков. Дядя Вадя, балагур, бабник и отличный специалист, лечивший в советские времена самого адмирала флота Горшкова, с которым состоял в приятелях с молодости и дружбой с которым дорожил и похвалялся за столом, даже спирт пил, как воду, — привык на фронте и в госпиталях. Отец его почему-то стеснялся. Выпивал поначалу за компанию, после покидал застолье, тихо ложился на кровать и засыпал.

Отец запивал неожиданно, но крепко. Правда, пил недолго — три, от силы четыре дня. Сбегал на автобусе в рабочую столовку на окраине города, находил там собутыльников — оставшихся в живых фронтовиков, и с ними пил без стеснения; приходил домой на бровях, стучал в прихожей ботинками, что-то гневно буровил под нос, валился снопом в свой угол. Мать начинала причитать, разводила клюкву в большом бокале, ставила у кровати и переходила спать на диванчик. Пьяного отца не переносила, брезгливо оттопырив мизинец, сгребала его грязное белье, замачивала в тазу в мыльной воде. Наутро с остервенением терла отцовские брюки на волнистой стиральной доске, лупила скрученной в жгут ковбойкой по стенкам ванной, изгоняя из невинной байки смрадный дух загула. Отец ее пил горько и тиранил мать и дочек, был драчун и забияка. Далеко не единожды, подхватив на руки маленькую сестренку, сунув босые ноги в валенки и накинув на ночную рубашку кроличью шубку, мать сбегала к бабушке, жившей через две улицы, и там, на русской печке, отогреваясь и глотая вкусный малиновый чай вперемешку со слезами, потихоньку успокаивалась, пока тепло от печи, малиновый настой и добрые бабушкины руки не погружали в спасительный и безопасный сон. Мальцов-отец не буянил никогда, всю жизнь он безропотно терпел женины словечки, язвительные, а порой и вовсе обидные, но, когда накатывало, срывался и уходил и пил, сколько могли вместить душа и желудок. На второй день вставал хмурый, прибитый, волоча ноги, шел похмелиться, теперь уже в городской шалман у моста, в двух шагах от дома, и опять приходил пьяней вина. На третий день отлеживался молча, крепился, лишь иногда отхлебывал из бутылки, но всю не выпивал, спал-бодрствовал, пил-лежал, как оглоушенный. Утром четвертого дня долго и тщательно чистил зубы мятным порошком и отправлялся в школу преподавать свою географию. Мать выливала остатки из бутылки в туалет и дня три, а иногда и неделю с ним не разговаривала. Отец не просил прощения, не чувствовал за собой вины. Школа и география, которой был предан, не давали ему скатиться на дно, как большинству вернувшихся с войны. Постепенно семейная жизнь входила в привычное русло. Мальцов знал: мать прожила жизнь в постоянном страхе, детская травма так и не прошла. В школе отца прикрывал директор-ветеран, который его понимал и ценил. Про войну отец никогда не рассказывал, сколько бы сын ни приставал с расспросами. Мальцов знал только, что тот воевал сперва рядом, прошел Вяземский котел; дошел до Будапешта, где его ранило под списание. Вернулся в родной город, отучился в областном педе, всю жизнь проработал в школе. Запивал раза два-три в году. В обычной жизни был как все учителя: возился с детьми, проверял тетрадки, читал единственному сыну сказки, играл с ним в города и столицы. До сих пор Мальцов помнил столицы всех государств, хоть ночью разбуди.

Вот теперь накатило и на него, благо дармовая выпивка стояла на столе. Мальцов бросил на сковороду кусок свинины и, пока мясо жарилось, пропустил рюмочку «Белуги» под кусок бортниковской колбасы. Водка была отменная. Убрал мясо и вторую бутылку в холодильник, туда же поставил и початую магазинную — охлаждаться.

Опять налил и выпил уже под свиной эскалоп. И опять налил-выпил. Тепло разлилось по телу, докатилось до головы, свинцовая тяжесть ушла из живота. Отчего-то проснулся зверский аппетит. Отрезал еще кусок, бросил на сковороду, нарезал полукольцами лук, высыпал горкой на мясо. Готовил машинально — думал, кто и зачем покушался на Маничкина. Кому выгодно? Бортникову? Пал Палычу? Неведомым москвичам, посягающим на город, мечтающим построить тут очередной доходный туристический бизнес?

Выглянул в окно. Темень стояла адская, облака затянули небо, хорошей погоде, пожалуй, наступал конец.

«В такую погодку б на печке валяться и водку глушить в захолустной пивной, в такую погодку б к девчонке прижаться и плакать над горькой осенней судьбой», — пропел куплет из блатного романса. Воспринял его как тост, накатил и опрокинул рюмочку, еще из дедовых запасов, граненую, хрустальную. Девчонки не было, печка и водка — под боком. Если правда удастся создать общество любителей города, можно б было жить, но Бортников плевать хотел на публикации, на книги — впрочем, может, сегодня и они ему были зачем-то нужны. Что за туча надвигалась на город? Но то, что надвигалась, — факт.

— Выйдем на сте́ны, отстоим! — по привычке, в подпитии он начинал разговаривать сам с собой, случалось, и покрикивал в голос. Когда ловил себя на этом, знал: отключка скоро. Вырубил газ, оставил на сковороде недоеденную свинину, утащил бутылку в кровать. Перед сном проверил входящие. Трижды звонила Нина.

Надо будет — перезвонит. Отключил телефон, бросил в кресло, покидал на него одежду. Нырнул под одеяло, опять отпил, уже из горлышка.

Перед глазами встал кабан, напряженно вслушивающийся в тишину, а вокруг — заливший всё свет высокой луны, отрешенный, надмирный. И вот кабан превратился в зверя, выходящего из бездны, что сохранился на фрагменте найденной ими фрески. Большой кусок можно было бы выставить в залах музея, но Маничкин предпочел заточить его в подвале. Тонированное светло-зеленым кобальтом пространство очерчивал потускневший киноварный круг — клеймо, выделявшее на фреске образ страшилища. Зверюга с волнистым алым языком выступал наружу из темной пропасти ада. Он уже показался весь из дыры, разверзшейся меж острозубых скал, заступил лапами на размытый кисточкой зеленый фон. Мощную треугольную лопатку покрывала струящаяся грива, копьевидные уши застыли торчком, злой глаз-бусинка впивался в тебя, как уголек во льдину, прожигал глубоко, поселяя в груди ужас, напоминал о зыбком пограничье бытия-небытия. Зверь был изображен вполоборота, принюхивающимся к дыханию жизни, которую собирался пожрать. Он чуть присел на задние когтистые лапы, готовясь к стремительному броску. Зеленый, успокаивающий фон, разлитый предвечерним туманом, живописец выбрал специально, подчеркнув контраст мира духовного и осязаемого чувственно черно-алого материального чудища. Они противостояли друг другу, находясь в подвижном равновесии. Так налаженная, ровно текущая жизнь готова в любой момент расколоться, обрушиться на голову предательством жены, громким ревом машины, грубым окриком егеря и погнать галопом от покоя к суете, от цельного к мелочному.

И потащило против воли, всё скорей, куда-то вниз, вглубь, как будто под землю затягивал огромный пылесос. Замелькали в голове картинки: вепрь, а на нем три большие буквы ОАО — клеймо на шее подстреленного секача, почему-то горящее голубоватым пламенем, словно его полили спиртом... Бортников с трубой, как архангел на монастырской фреске, — маленький, стоит на подножке «гелендевагена», а труба больше его в три раза, тянется золотым раструбом к облакам... Егерь-громила в черных спецназовских доспехах, с прибором ночного видения вместо глаз этаким робокопом выглядывает из кустов и целится прямо в грудь из бластера... Маничкин, в смокинге и полосатых гангстерских брючках и желтых крокодиловых туфлях, стоит на трибуне, убранной лозунгами «Единой России»... он вскидывает руки и заваливается вбок от ударившей пули, путается в бело-сине-красных простынях и исчезает из поля зрения, как боксер, вылетевший за канаты... Всклокоченная Нина верхом на опаленной свиной туше, в плащ-палатке и с пионерским галстуком... Жирный Пал Палыч, приблизивший жуткое лицо упыря прямо к его глазам... Он настойчиво стучит тяжелым серебряным портсигаром Мальцову по лбу. Стук отдается в висках. Голова раскалывается от стука...

Мальцов приоткрыл глаз. На улице затяжной дождь, по мутному оконному стеклу стекают серые струи воды.

Воды!

Вскочил, приник к крану. Стук не унимался. Полез в холодильник, откупорил вторую бутылку, налил в хрустальную рюмочку. Выпил. Стук всё не унимался. Понял наконец: кто-то назойливый колотится в дверь.

— Чего надо? Я болею.

— Иван Сергеевич, вы как? Это Дима, откройте.

Натянул штаны, махнул еще рюмку для уверенности. Пошел открывать.

10

Дима Кузнецов, самый преданный из четырех сотрудников экспедиции, пришел к ним на раскоп летом после шестого класса школы. Остался — и стал незаменим. В прошлом году он кое-как закончил школу, в армию его не брали из-за астмы. У Мальцова Дима хватался за любую работу: летом пропадал на раскопах, зимой помогал в камералке — мыл керамику, рисовал находки. Еще Дима отвечал за склад инструментов — на нем держалось хозяйство. Мальцов его полюбил, Дима платил за любовь бескорыстной преданностью. Отец давно бросил их семью, спился и тянуть двоих детей матери, торговавшей в магазинчике на площади овощами, не помогал. Экспедиция, раскопки, разведки по области, костер — это было Димкино. Он хорошо и с удовольствием работал руками, из него должен был получиться отличный реставратор.

Дима ворвался в квартиру, увидал немытую посуду, оценил состояние шефа.

— Что же вы, Иван Сергеевич? Не время сейчас. Из Москвы завтра комиссия приедет, Маничкина снимают. Кто-то там капнул, что нас разогнали.

— Кто сказал?

— Светка-секретарша. По факсу пришло письмо: сама Лисицына едет. Завтра в девять тридцать в музее полный сбор. Нина Петровна меня послала, она вам дозвониться не может. Она приедет с Калюжным.

— Этого что черти несут? Он тверич, тут наша вотчина.

— Я не знаю, Иван Сергеевич. Вы водку не пейте больше, ладно?

— Всё, всё, понял. Иди. Нине скажи: утром подойду. Не доноси на меня, я буду в порядке, обещаю.

— Мы все за вас, Иван Сергеевич, не сомневайтесь.

— Давай-давай, — Мальцов потеснил мальчишку к двери, — еще повоюем. Бортников нас поддержит, вчера был у него на охоте.

— Говорят, Маничкина подстрелили. Он в ЦРБ лежит, к нему музейских не пускают.

— Выздоровеет. На нем как на собаке заживет.

— Нина Петровна вам будет звонить, а я пошел. Я не скажу, Иван Сергеевич, но вы того — кончайте, ладно?

Мальцов закрыл дверь на ключ и на засов. Достал из холодильника бутылку «Белуги». «Водка для трусов», как называл ее Калюжный, — после «Белуги» не бывало похмелья.

— Ну, значит, с праздником!

Чокнулся с холодильником, проглотил не поморщившись. Налил вдогон, выпил махом, пошел в комнату, упал на постель. Телефон включать не стал. Приедет с Калюжным, сама всё расскажет.

— Слетаются вороны, падаль учуяли!

Стало вдруг нестерпимо жалко себя, экспедиции. Нина, Нина, ей-то что было не так? Ведь всё, всё он ей дал, вылепил из нее специалиста. Злоба вскипела, на глаза навернулись слезы.

— Нельзя так, нельзя. — Беспохмельная водка пала на вчерашние дрожжи. — Нельзя, в запой уходить нельзя. Отлежусь. Бабы... где найти настоящую бабу, все прохиндейки...

Потянул носом — показалось, что почуял запах мертвого кабана, душный, тяжелый. Плечи и шея словно налились свинцом — встряхнул головой, но легче не стало. Заплачки надо было кончать, но так хотелось, чтобы Нина лежала рядом. Прижался бы к ней и сразу б уснул. Но не было никого рядом — холодные беленые стены, грохочущий на кухне холодильник. Две фотографии на книжной полке — мамы и Нины. Обе ушли от него. Обе навсегда. Сжал зубы, стиснул кулаки. Встал, походил по комнате из угла в угол. Долил остатки водки в подвернувшуюся под руку чашку и потом только отключился снова.

День проспал мертвым сном, зато ночью дважды вставал под душ, затолкал в себя вчерашний кусок свинины, пил чай с малиновым вареньем. Потел. Глядел в темное окно. Слушал свист ветра и дробь капель по кровельному железу, к водке больше не притронулся. Под утро побрился, сменил рубашку и начистил до блеска ботинки. Еле-еле дождался девяти. Ноги предательски дрожали, пока надевал носки. Но главное, чтоб руки не подвели, чтоб по ним не вычислили. И злость вылечила, вспыхнула, ударила в голову: в самом-то деле, па-ашли они все! Вытянул руку, пальцы развел — не дрожат! Успокоился.

Но шагал по улицам как конвоируемый: голова опущена, руки за спиной. Считал шаги — это всегда помогало. А сердце подсказывало: ждать хорошего от начальника музейного департамента нечего. Про Лисицыну рассказывали разные гадости. Маничкин перед ней лебезил, раз в месяц ездил в Москву на поклон, похоже, кормил ее, отношения деревского музея-заповедника и министерства были самые расчудесные. И нате вам с кисточкой — комиссия, Маничкина снимают.

Официально Мальцов числился уволенным, бояться было нечего. Но страх был. Ведь как только узнал об увольнении, о Нинином предательстве, написал на одном дыхании и отправил в столичную газету статью. Разгромную. Рассказал про воровство Маничкина, про то, как Москва и местные власти душат культуру в Деревске. Ночью проверил в интернете: статья вышла. Редакция сопроводила ее врезом, от министерства требовали срочного ответа. Приезд Лисицыной — реакция на статью? Своим он о статье не сказал. Дима явно не был в курсе. И Маничкин на охоте смолчал. Лежит себе подстреленный в ЦРБ. Можно ли его уволить, больного, на бюллетене? И собираются ли его снимать? А Пал Палыч, Бортников?

На музейном крыльце курил Афоня — Афанасьев, заместитель директора по хозчасти, верная маничкинская шестерка.

— Иван Сергеевич, день добрый, рад видеть. Алла Николаевна уже приехала, вас ждут. Что там на охоте приключилось? Мы все в догадках...

Прошел внутрь, не поздоровался: Афоня был главный гонитель экспедиции, все пакости директор делал его руками. Теперь Афоня мел хвостом.

11

Когда он вошел в кабинет, Алла Николаевна сидела за приставным столом, но не на его месте, в кресле, а демократично расположилась на стуле, напротив собравшейся экспедиции — Антона, Димки, Сергея Носова, Вали, Нины и Калюжного. Иван Сергеевич поздоровался со всеми, госпоже из министерства галантно поцеловал ручку. Кисть у нее была маленькая, узкая, с длинными пальцами; тонкое обручальное кольцо на безымянном и золотое, со старой сердоликовой геммой, на мизинце. Ногти подстрижены коротко и покрыты бесцветным лаком. Алла Николаевна носила строгий брючный костюм, подчеркивающий четкие линии фигуры. Линии эти незаметно дублировала воздушная белая блузка с тонкими складочками: два ряда шелковых защипов из-под кокетки, стоячий кружевной воротник. Круглые перламутровые пуговицы, выстроившиеся в ряд на ровно отглаженной планке, схваченные по краю тонкой темно-желтой окантовкой, чуть вздрагивали и мерцали на свету синими и зелеными искрами, когда Лисицына говорила. Окончательно сразили Мальцова ее ноги: балетные, девичьи, в легких замшевых туфельках на пружинившей каучуковой подошве. Потом, когда прогуливались вдвоем, Мальцов завороженно смотрел, как она тянула носок, ставила ноги чуть вразлет, словно резала коньком лед. Легкая фигурка в аккуратном светло-бежевом плаще — спина прямая, как свеча — плыла над мостовой рядом с его черной курткой, нелепой и неуместной, смахивающей на шкуру чудовища, прилепившегося к выпорхнувшей из тумана нимфе. Говорила Лисицына мягким и уверенным голосом, низким, как у всех курящих, в котором безошибочно угадывались властные нотки. Сколько таких встреч-летучек провела она на своем посту, скольких убедила, улыбаясь кончиками губ, заговорщицки, доверительно вкладывая в уши то, что хотела вложить? Только одно в ней настораживало — глаза. Они были всегда опущены, словно Лисицына страдала затяжной бессонницей, а слегка набухшие утомленные веки и длинные густые ресницы берегли хозяйку от лишнего света. Она лишь на мгновение поднимала глаза на собеседника и тут же опускала долу. И всё же что-то в ее бездонно-карих украинских очах было нездоровое, что при всей уверенности в себе она всячески старалась скрыть, не выпустить наружу. Не потому ли так старательно и отводила глаза от собеседника? Или это был такой выработанный прием, отдаляющий ее от подчиненного, ставящий необоримый барьер вопреки манящему и успокаивающему тембру голоса? Но не грубо по-провинциальному, когда выпученные зенки начальницы стервотной кислотой проедают подданного, а тактично, но строго, что только придавало Лисицыной таинственности и силы. А сила ее ощущалась сразу. Как мотылька на лампу, Мальцова поманило к необычно куртуазной столичной чиновнице, поманило и напугало одновременно.

Алла Николаевна уже разогрела собравшихся, успела настроить на нужный лад. Лица ребят светились, даже Нина посмотрела на Мальцова не с дерзким вызовом, как он ожидал, а тепло, дружески. Калюжный приветливо кивнул. Мальцов нарочито уселся в свое рабочее кресло во главе стола. Лисицына отметила его фрондерство мягкой улыбкой и воздушным повелевающим кивком позволила влиться в общую беседу. Директор, сказала она, продолжая разговор (Алла Николаевна упорно не называла фамилии), конечно, заворовался. Два дома, огромный участок земли, внедорожник «лендкрузер» — такое на музейную зарплату не приобрести. Так и сказала —

«заворовался», правда, тут же заметила, что никто пока за руку его не поймал.

— Но все мы знаем, где живем, понимаем же, — выгнула бровь дугой и продолжила тихо, четко проговаривая каждое слово: — Я могу сейчас снять его с должности. Могу. Но я считаю, это будет неверно. Кажется, ваш директор попал в больницу?

— Это ненадолго, скоро выпишут, — вставил Мальцов.

— Неважно. Сейчас нас могут неправильно понять. Нужны факты, ревизия КРУ. Ее, впрочем, легко устроить. Ваши проблемы мне тут объяснили, Нина рассказала, как закрыли экспедицию. Нагло закрыли и бесчеловечно. Большая глупость, если не сказать — диверсия. Я не дам пропáсть известной старой экспедиции. Институт археологии очень хорошо отзывается о вашей работе, Иван Сергеевич. Я о ней, конечно, тоже знаю. Я предлагаю, — она выдержала театральную паузу, — вам спокойно продолжать работать, делайте свое дело. Я дам грант в два миллиона рублей — вам хватит до конца года. А с нового года подготовим решение и проведем всё как полагается, спокойно и взвешенно. Что скажете, Иван Сергеевич?

— Я уволен из музея и рад этому. С Маничкиным, вором и обманщиком, работать больше не буду. У него доллары перед глазами, судьба города его не волнует. А как вы можете дать деньги? В конверте?

— Зачем же, вот господин Калюжный получает от министерства гранты. Думаю, правильно сейчас сохранить экспедицию как звено его организации, самостоятельное звено. Или вы готовы в течение недели создать свое ОАО?

— Я в деньгах ничего не понимаю... — начал Мальцов.

— Погоди, Иван, Алла Николаевна правильно говорит, — Нина посмотрела ему прямо в глаза, — ведь это то, о чем ты мечтал. Стать независимым от Маничкина.

— И попасть в лапы к Калюжному?

— Не язви, деньги придут на его счет, но достанутся экспедиции. Мы сможем написать отчет, закончить камералку, даже подготовить первый том трудов, и еще останется.

— Посмотрим. Вчера Бортников предлагал помощь.

— Степан Анатольевич? — переспросила Лисицына.

— Предлагать еще не значит дать, — отрезал Мальцов.

— Иван Сергеевич, при всех заявляю: Деревск мне родной, я только деньги приму и тут же и передам, в дела ваши не полезу, мне Твери и области хватает, — важно заявил Калюжный.

Лисицына подхватила его слова, развила, нарисовала радужную и четкую картину. И всё так устроилось, что уже невозможно было перечить ей. Говорила она логично, без недомолвок. Калюжный и Нина тут же вцепились в ее предложение, начали обсуждать детали. Мальцов сидел молча, пристально смотрел на Нину и не понимал, боролась ли она за экспедицию ради Калюжного, или передумала, простила. Мальцова, понятно, только это и волновало. А она всё время обращалась и к ребятам, и к нему, поддакивала Лисицыной, она была мед, его Нина, она улыбалась, и он поверил ей. Ожидал, что станут подкупать, думал, заставят идти на мировую с Маничкиным, но нет, привычная к разводкам Лисицына всё поставила на свои места, легко и красиво. Вору — свое место, науке, уважаемой и драгоценной, — свое.

— Иван Сергеевич, вам стоит занять директорское кресло. При всех спрашиваю, пойдете?

— Алла Николаевна, я — пас, не мое это.

— А я готова, хоть сейчас, — сказала Нина звонко, с улыбкой.

Алла Николаевна посмотрела на нее испытующе.

— Давайте не будем забегать вперед. Я должна всё взвесить. Вы же понимаете, проблема с Деревском должна быть решена. Но бюджет на культуру урезается постоянно, там, наверху, заняты нанотехнологиями и строительством Сколково, — она подавила смешок. — Маничкин поступил глупо и нерасчетливо, отыгрался на вас. А вы тут клад домонгольский нашли, как мне Нина похвасталась, я этого не знала. Сами понимаете — очко в вашу пользу. Да и Деревск — не простой город, с домонгольским слоем, с берестяными грамотами, с сохранившейся екатерининской застройкой. Сейчас многие хотят к нему подобраться поближе. Стоит он на питерской трассе, удобно и выгодно. Если с умом подойти, тут можно туризм развивать. Для старта нужны деньги, но деньги у людей сейчас есть. Опять-таки археологи без дела не останутся.

Речь ее убаюкивала. И Нина смотрела на него как прежде, темные глаза ее кричали: соглашайся, всё будет хорошо. Мальцов кивнул ей, она в ответ хитро подмигнула.

Они беседовали с час, под конец внесли чай с печеньем, Лисицына привезла с собой вкусные бельгийские ракушки с белым шоколадом. Нина воспользовалась случаем, за чаем еще раз звонко, как на пионерской линейке, заявила:

— Алла Николаевна, подумайте, я правда хочу и смогу быть директором!

— Подумаю, Ниночка, но сначала нам надо с Иваном Сергеевичем обсудить одно дело.

Простилась со всеми, еще раз повторила, что ждет срочную заявку на грант, взяла Мальцова под руку. Они шли по набережной к главной городской площади, мимо пушистых елей, высаженных мэрией в прошлом году, мимо памятника архитектору Барсову, мимо ротонды, где продавали сувениры, к мосту на другую сторону, на бортниковскую часть, на его набережную.

— Неплохой получился ансамбль, — Алла Николаевна провела рукой по зданиям, по гостинице «Дерева», по штаб-квартире «Единой России» с провисшим трехцветным флагом над крылечком.

Мальцов поддакнул. Он был насторожен. Он ждал разговора о статье, вслушивался в ее речь, но министерская дама, похоже, наслаждалась прогулкой, искренне изумляясь бортниковскому тщеславию.

— Как всякий нувориш, он начал с архитектуры, это похвально, но и тривиально. Вроде для города, но для себя ж оттяпал лакомый кусочек, умно.

— Степан Анатольевич оплатил большой раскоп, и вообще он помогает не только экспедиции, но и коммуналке, больницам, школам.

— Раскоп был под одним из этих зданий?

— Конечно, но Бортников — единственный в области, кто поступил по закону, раскопал котлован, а не захватил его, хотя, наверное, мог бы.

— Губернатор у вас особенный, — Лисицына вдруг резко сменила тему. — Вы знаете, что он любитель старины, собирает мебель, картины и, поверьте мне, хорошо в этом разбирается?

— Откуда мне знать? Пусть что угодно собирает, но культуре он не очень-то помогает. Придумал отдавать в аренду памятники архитектуры, Райские Кущи продал. Все теперь пекутся только о выгоде.

— И очень хорошо, Иван Сергеевич, в других губерниях памятники стоят мертвым грузом, а ваш додумался. Ведь аренда — это не собственность, да и реставрировать придется. Деньги на дороге не валяются, их откуда-то взять надо, вы об этом задумывались?

— Переведут в собственность, через год-два и переведут, им, простите, всё дозволено. Создали государство в государстве, где то́ им можно, что другим нельзя... Обязательно переведут, а там, сами знаете, нос не сунешь, заборы построят.

— Ошибаетесь; а охрана культуры на что? Вот тут-то вы и выступите как наш сотрудник. Федеральный, что важно. Вам не то что Деревск — Тверь, по большому счету, не указ. Подчинение прямое. Если вместе с министерством, то очень даже можно и управу найти. Вы видите по-другому? Или считаете, что нужно всё по старинке латать, через государство? Но государство больше на реставрацию на местах денег не даст. Местные памятники — на месте и реставрировать, а если денег нет, искать инвесторов.

— Инвесторов, типа нефтяного короля? Он же Райские Кущи угробит. Или всесильных братьев-дзюдоистов? Много они в классицизме смыслят.

— Иван Сергеевич, почему всё-таки вы отказываетесь? Боитесь ответственности? Подозреваете меня, думаете, в обиде на статью?

— Не думаю я ничего. Написал правду, за каждое слово отвечаю.

— Понимаю и принимаю, нам в Москве не всегда всё видно. Вот мне и нужен свой человек в провинции... Вы человек прямолинейный, но толика дипломатии вам бы не помешала. Вот ваша Нина, пыталась меня очаровать, а вы не пытаетесь, почему?

— Не умею.

Тут Мальцов не выдержал и рассмеялся.

— Наконец-то. Нина еще совсем молодая, а у вас опыт. Если согласитесь, приезжайте в Москву, договоримся, я не кусаюсь. Поможем, подскажем, обговорим все условия.

Она протянула руку вверх, где на высоком берегу в листве тополей выглядывал купол путевого дворца.

— Замечательное здание, восемнадцатый век. Перестроить бы его под эксклюзивную гостиницу. Там теперь интернат для неполноценных детей?

— Семьдесят три человека плюс штат. И куда их девать?

— Отселить в современное здание. Путевой дворец Романовых — согласитесь, звучит! Не так и много их сохранилось. Гордостью города мог бы стать — не чета бортниковским новоделам.

— Делал, как умел, он был первым.

— Пора людям со вкусом прийти и стать первыми, не находите?

— Что-то не вижу таких. Здание реставрировать надо.

— Научно реставрировать. Пора возрождать то, что загубили. В стране научной реставрации практически не существует.

— И перепланировать под нужды времени?

— Что же в этом плохого? Дворец не забегаловка, не трактир с пожарскими котлетами, а ВИП-резиденция, для того и строился. Вы не видали, как сегодня приспосабливают под нужды времени старинные здания во Франции, например, в Бургундии?

— Не доводилось, знаете ли.

— Стажировка вам необходима. Вот станете директором, съездите, посмотрите. Нет, прекрасное здание, и эти две улицы на задеревской стороне, там же целые линии старинных домов. Я ваш скепсис понимаю, но, если бояться и ничего не делать, всё рухнет окончательно.

— При чем тут скепсис, я везде кричу, что надо реставрировать. У нас же «Мосфильм» ежегодно кино снимает — типичный провинциальный город послевоенного периода. А если залезут нувориши — всех на корню купят и понастроят балаганов. Простите, не верю я пока в просвещенных инвесторов. И министерство, боюсь, не сдюжит, тут вам не Москва — захолустье.

— А вы не бойтесь. Как я понимаю, вы тут единственный знающий человек. Времена меняются, Иван Сергеевич. Вы думаете, что люди готовы бросать деньги на ветер, а это не так. Люди учатся, у них появляются новые амбиции.

Она улыбалась, говорила так же тихо, вкрадчиво и не поднимала уставшие глаза, словно всё время следила за дорогой, словно боялась наступить своими балетными туфельками на осколок бутылочного стекла.

— Времена меняются, Алла Николаевна. Нина — современный человек, она с интернетом на ты, а я со свечой живу, как она говорит. Мое дело — руководить наукой, а Нине интересно всё, и сил у нее немерено.

— Предлагаете семейный подряд?

— Предлагаю реального кандидата, который не допустит простого распила и откатов, на чем пока всё стоит. Я старомоден, мне в эти битвы ввязываться поздно. Дело свое знаю, помогать готов, как всегда, но с бизнес-сообществом мне не по пути. Времени осталось мало, надо делать то, что умею: книгу дописать, докторскую защитить... Сметы, деньги — это не мое.

Алла Николаевна вдруг стрельнула по нему быстрым взглядом, но тут же опустила глаза и сказала тепло, почти по-матерински:

— Я вам очень признательна, Иван Сергеевич, за прямоту и честность. Буду думать. Сейчас скажу, что вы меня удивили, приятно удивили, но и озадачили. Я надеялась, мы с вами сработаемся.

— А я не отказываюсь, я всю жизнь тут, и помру тут, и никуда не собираюсь. И в Бургундию съездить не против, всю жизнь мечтал, — перебил ее Мальцов.

— Конечно, конечно. В Бургундию, и еще бы в Лондон. Вам просто необходимо посмотреть, как современные здания в старый город вписывают, замечательно, не лужковско-рублевское барокко, — Лисицына хихикнула и презрительно сморщила носик. — Время прорабов прошло, пора созидать, идя порой со временем на компромисс, но не в ущерб стилю. А стиля-то как раз нам и не хватает! Да, задали вы тут мне задачу, но рада, что выбралась, посмотрела своими глазами. Я ведь Деревск со студенческих лет люблю. Печально, если дома развалятся окончательно и мы не успеем их спасти. Очень печально.

— Бортников собирается создать клуб любителей нашего города, вступайте в клуб, будете почетным председателем.

— Степан Анатольевич тут главный воевода, он ведь и мэров меняет по своему усмотрению, но это до поры до времени. Ему тоже учиться надо, а он, как я поняла, упрям и своевластен.

— Какой есть, Алла Николаевна, воевода, да, как и везде, власть сама их понаделала. Но я с ним ладить научился и не боюсь, потому что независим. Город важнее. Вот вам и компромисс, между прочим.

— Ну и слава богу. Насчет статьи не волнуйтесь, министерство уже отреагировало. С Маничкиным разберемся, с экспедицией дело решенное, вы согласны?

— Согласен работать, но не с ним. Не могу против принципа идти, простите.

— Никто вас и не заставляет. Но писать пока в прессу излишне, как думаете?

— Прижало — написал. Пока больше не стану, вы ж приехали, разобрались, как мне показалось, а надо, и на таран пойдем! — Он испытующе посмотрел на нее. Она погасила его взгляд улыбкой.

— На таран всё-таки преждевременно, не надо. Разобралась. Тут разобралась, а знаете, сколько у меня таких протестов, таких горячих проблем, обид, незаслуженных увольнений? Горы! Во Пскове с директором заваруха, в Ростове Великом бухгалтера во главе музея хотят поставить, хорошо еще не водопроводчика, но Деревск у нас на особом счету — федерального подчинения музей, и, повторяю, я люблю ваш город.

— Все его любят, — просто сказал Мальцов.

У гостиницы дожидался лисицынский «мерседес», шофер вышел, распахнул заднюю дверь. Алла Николаевна вложила свои ладони в руки Мальцову, подчеркивая этим жестом возникшую меж ними связь, заговорщицки кивнула головой.

— Спокойно работайте, Иван Сергеевич, решайтесь, всё у нас получится.

Он проводил взглядом «мерседес» и, когда тот скрылся за поворотом на шоссе, вдруг осознал, что слишком гладко прошел разговор, слишком красиво. Чего она достигла своим визитом? Купила их грантом, Маничкина пообещала снять, однако не сняла, зато протест с места погасила: пообещал же ей лично больше не писать в прессу. «Мерседес» почему-то особенно задел его. Лисицына была, конечно, крупная шишка — завдепартаментом, но недемократичность ее кареты, это в нищем-то министерстве культуры, заходы насчет путевого дворца, обещание заграничных стажировок... Она прощупала почву и легко переиграла Мальцова, Нину, Калюжного... Не шел из головы ее тяжелый, опущенный к земле взгляд и то, как она вдруг полоснула по нему глазами, когда он сказал насчет откатов.

12

Он поспешил домой, знал, что все там и его ждут. Нина открыла дверь, он поцеловал ее в щеку, она позволила. Наигранно-весело распахнула дверь из прихожей в комнату:

— Встречайте нового директора деревского музея-заповедника! — уступила ему дорогу.

— Я отказался! — Обвел своих сотрудников взглядом и увидел, как мгновенно потухли их глаза; они старались не глядеть на него, насупились, ждали, что он им предложит взамен.

— Отказались, — выдохнул Димка, — что ж, опять под Маничкина?

— Зачем? Под Калюжного или вот под Нину Петровну, — хмыкнул Мальцов.

Рассказал про прогулку с Лисицыной и еще не поставил точку, не упомянул барский «мерседес», как Нина грубо перебила его и сразу сорвалась на крик:

— Идиот, от такого предложения не отказываются! Ты не понял? Она меня ни за что не поставит, ей ты нужен, твой авторитет. Надо было дипломатично и вежливо соглашаться, хвостом мести, а потом... — Она задохнулась, из глаз брызнули слезы.

— Хвостом мести я не умею и не стану! Хочешь, чтоб я шел к этой лисе в услужение? Думаешь, она такая ласковая и простая? Она всё выведывала про дворец. Всех этот дворец интересует, крупная дележка идет наверху, а ей надо обязательно встрять, долю не упустить. Она меня открыто вербовала, ей тут доверенное лицо нужно, чтоб руку на пульсе держать, федерального значения приказчика ей подавай! Я ей про распил и откаты, так она меня глазами высверлила, не ее ли имею в виду. Такая же, как все, только ножка балетная с толку сбивает, но откуда б взяться другой? Других в команду не приглашают, разве ты это еще не поняла? Я статью написал в газету, она приехала гасить пожар и погасила — грантом умаслила. Думаешь, отдаст она Маничкина? Не отдаст. Он ей верой и правдой все годы служил. И про нападки на экспедицию она знала, если сама их не благословила. Не будь ты такой простой!

— Дурак! Тебя прощупали, и ты сдался, сразу, как тряпка! Был момент, и ты его упустил! Не могу, не хочу с тобой иметь ничего общего!

Слезы против ее воли катились по лицу, щеки покрылись красными некрасивыми пятнами. Она уже не кричала, почти шептала. Этот сдавленный, незнакомый прежде шепот напугал Мальцова больше, чем если бы она голосила.

— Ты, ты... ты мне противен, противен! — выдавила сквозь силу и выбежала на кухню.

Бежать за ней Мальцов при всех постеснялся. Он сел, грозно нахмурился, упер руки в колени. Поднял взгляд на наблюдавшего за ним Калюжного.

— Ты веришь, что она отдаст Маничкина?

— Какая разница, — сказал Калюжный. — Нина права, ты упустил момент. Лисицыной всё равно — ты, Маничкин... Ей надо было в ноги падать, сказать, что ее до гроба, а там как пойдет. Она не вечная, а Деревск — вечный, не понимаешь?

— Нет! Нет! К чертовой матери! — На Мальцова накатило. Он закричал на Калюжного, на перепуганных ребят так громко, что не только Нина на кухне, но, наверное, полдома услышало его вопли. — Ни за что! Я не буду на побегушках у сборщиков подати! Слугой у новых бар? А-а-а! Размечтались! Под татарами не ходил и не хожу! Скажите еще, чтоб откат ей предложил на блюдечке! Принес: вот, извольте кушать! На колени, может, еще встать для пущего эффекта?

Он задохнулся, закашлялся, замахал руками, наконец вдохнул полной грудью и заорал с новой силой.

— Бюджет музея за миллион долларов в год переваливает, и ты это отлично знаешь! Миллион зеленых! У сраного заштатного музейчика! А сотрудников тридцать человек по ведомости, а работающих вдвое меньше! Маничкин ей платил, доказать не могу, но знаю, он из Москвы не вылезал. Вы хотите, чтоб я так музеем управлял? В данники записался? Меленьким таким воеводишкой заделался? Не подпишусь! Совесть не потерял! По мне, лучше на помойку, чем с ними!

Он бросался на всех сразу, яростно, как цепной пес на подвернувшихся чужаков. Калюжный, единственный, кто мог бы возразить, сам строил бизнес на откатах, а потому опешил и промолчал. Мальцова уже несло, Нинины слова прожгли ему сердце, и он орал, обвиняя их всех в продажности и бог весть в чем еще. Понятно, что, заорав в полный голос, он быстро сорвал дыхание, силы вдруг оставили его, он захлебнулся своим криком, задышал тяжело, замолчал, закрыл пылавшее лицо руками. В павшей тишине расслышал, как заскрипели стулья, зашаркали подошвы, — народ потихоньку тянулся к выходу. Говорить после его отвратительной истерики было не о чем. Все были так прибиты прилюдной ссорой начальников, слезами и визгливыми воплями, оскорблены его облыжными обвинениями, что находиться сейчас рядом им было противно и страшно.

Мальцов поднял голову — никого. Пошел на кухню. Нина стояла у окна, смотрела на реку.

— Нина. Дорогая. Ты, ты... — Он потерял вмиг все слова, подошел сзади на цыпочках, прижался к ее спине, обхватил за плечи. Она не шелохнулась, как если бы его и не было рядом. Ее холодность враз остудила порыв, сердце тыкнуло, сорвалось с обычного ритма, рухнуло в провал и будто исчезло вовсе, руки скользнули по ее плечам и повисли как плети. — Нина. Скажи, ты правда думаешь, надо им подыгрывать? Ведь это нечестно, Нина? Наука не имеет никакого отношения к их мышиной возне. У науки есть своя этика.

Она повернулась, положила ладонь ему на грудь, медленно и презрительно отстранила от себя, как отталкивают неодушевленный предмет.

— Ты невыносим, Иван. Только о себе, только о себе. Деньги, конечно, не всё, но я устала, не могу больше, ты ослеп, любуешься собой, а я... У нас будет ребенок, иди прочь, прочь! Не хочу тебя, ты мне отвратителен, мерзкий, старый, прочь! — Толкнула его уже сильно, требуя дорогу. И пока он, потерявший дар речи, смотрел на нее, неприступную и оттого особенно прекрасную, она протиснулась между ним и плитой так, чтобы не коснуться его даже ненароком, и не оборачиваясь пошла к двери.

— Господи, Нина, Ниночка, стой!

Она ушла, сильно хлопнув дверью. Ватные ноги не держали его, он осел кулем на пол. В голове еще стояли собственные вопли, и ее шепот, и мертвое, серое, словно у глядящей сквозь воду русалки, лицо. Тишина навалилась, придавила к полу. Он вдруг поймал себя на том, что голосовые связки онемели, как от заморозки, и он воет, давится странными, нечеловеческой речи звуками. И ни слезинки из глаз, и накатившее безволие, и нет сил бороться с истерикой. Щеки запылали от прилившей крови, в голове пульсировало: «тряпка», «о себе», «только о себе», «будет ребенок»... Раскачивая головой, как хасид на молитве, он встал, бормоча Нинины слова, побрел вслед за ней. Но на улице никого уже не было.

Он шагнул в сторону реки, еще раз шагнул, шел, только б уйти подальше от проклятой квартиры, где не мог оставаться ни минуты. И постепенно, с каждым новым шагом, гордость, и злость, и обида на себя, на них на всех, на Нину, что так, так! предала его, в такой момент, всё больше трезвили его. Он уже дышал, а не хапал воздух пережатым, онемевшим горлом, уже передвигал ноги, чувствовал их, и руки, которые некуда было деть, упрятал за спину. Он даже расслышал какую-то птичку, испуганно чвинькнувшую в кустах у ручья.

— Идивот, — обругал себя, так всегда говаривал ему дед, когда внук особенно доставал его. Не зло ругал, скорее ласково. Постоял, бездумно пялясь под ноги. — Идивот и есть! Истинный идивот! — Выдохнул и опять начал взбираться в гору.

Что стоило согласиться, пообещать Лисицыной взять в руки музей? Но понимал всегда, еще когда в первый раз предлагали, что придется ставить крест на науке. Почему-то вспомнилось вдруг седьмое правило Тимура-завоевателя, что гласило: «Всегда давал лишь такие обещания, какие мог исполнить: я думал, что если точно выполнять обещания, то всегда будешь справедливым и никому не причинишь зла». Назидательный текст, составленный для потомков, велеречивый и пафосный, написанный в канцелярии Великого Хромца, подчинившего полмира, разбившего хана Тохтамыша и тем спасшего Русь от тягот монгольского ига... Мальцов питал слабость к красивым оборотам обволакивающей восточной речи. Правило Тимура он выучил и старался руководствоваться им всегда, он и Нине любил его цитировать. Поначалу оно ей нравилось.

Повторил снова, и вдруг как пропасть разверзлась под ногами. Тимур — жесточайший правитель, кровавый тиран, о каком зле или добре мог рассуждать человек, уничтоживший сотни тысяч побежденных, стиравший с лица земли целые города? Слова́, пустые слова́! Как и эта слепая вера в науку. О какой этике могла идти речь? Нина носила его ребенка и ради этого готова была на всё, лишь бы зарабатывать достаточно, она думала и о нем, о Мальцове... Но ведь молчала, сказала только теперь, когда уже было поздно что-либо изменить. Побоялась? Знала, что он свое решение не изменит?

Два года назад Нина забеременела, легла на сохранение, но не сумела доносить. Скольких трудов стоило вернуть ее из полубезумия, в которое она тогда впала. Нина и проклинала его, и бросалась на грудь, и опять проклинала. Очень кропотливо, медленно и ласково Мальцов ее вы́ходил. А потом сорвался, впал в недельный запой, и они чуть не расстались. Она простила. Но взяла клятвенное обещание — никогда, ни рюмки. И он держался, пока она не ушла. Не призналась, не посоветовалась, бросила, как дворняжку. Но никогда, даже в самой страшной ссоре, Мальцов не видел ее такой стеклянной, белой, бескровной. Презирающей. Принявшей главное решение. Ребенок. Он боялся ребенка, ему пятьдесят один, но она хотела, настаивала. Потом вот не смогла доносить. А теперь опять? Что это за бабские выкрутасы? Как раз сейчас бы надо вместе, но — презирает, отталкивает. И всё потому, что он лишился места? Сама, значит, будет и рожать, и воспитывать, а он? Или у них с Калюжным роман? Нет, глупости, он бы почувствовал. Он бы почувствовал? Тряпка! Купиться на их подачки, стать как все и при этом тихонько делать свое? Нет, так не бывает, дорогие мои, так вот и страну просрали, незаметно.

Как же он орал на нее, когда Нина собралась вступать в «Молодую гвардию», чтоб через эту организацию достучаться до губернатора и нажаловаться на Маничкина, который уедал их всё сильнее. Он орал, потом гладил по голове, объяснял, что так не бывает, что платить придется, обязательно. А она отвечала: «Это я испачкаюсь, а не ты, оставайся чистеньким». И не сломил ее, упрямую дуру.

И ничего, вступила, провела неплохую даже акцию — замотали разрушающиеся здания облитыми марганцовкой бинтами, как будто они — раненые головы, и с той акцией попали в газеты, в интернет. Дошла до губернатора, и тот ее принял, выслушал и дал личное указание Маничкину их не трогать. И отступил трус, год не приставал, замолчал, затаился. А Нину теребили звонками разные одиозные отвратительные личности, звали в «Молодую гвардию». Она ходила на встречи с новоиспеченными комсомольцами, возвращалась с раздувающимися от гнева и омерзения ноздрями: так откровенно покупали ее, сулили посты, деньги и блага. С креативом в их рядах было туговато, Нина была им нужна.

Она устояла, несладко ей было выдерживать молчаливый укор, написанный на мальцовском лице. Как-то даже и призналась, что не права, и вдруг разревелась взахлеб, по-детски. И сразу всё стало легко и хорошо. Тогда-то, наверное месяца три назад, и сделали этого ребенка. Этого! И три месяца молчала? Не рассказала, еще и затаила зло на него. Она всегда хотела ребенка, страстно, и добилась своего, а его бросила, легко, как пустышку. Тряпку! Но ведь при Лисицыной не играла, глаза горели. Глаза... «Только о себе...» Он думает о себе? Она больна, больна, те неудавшиеся роды сломали ей психику, окончательно сломали. Только о себе он думает? Полжизни на гречневой каше! Но теперь, как же теперь? Калюжный станет фактическим руководителем раскопов? Бездарный, умеющий только сметы составлять, забивший на археологию, в жизни не прочитавший ни одной летописи, прораб! А он? Ненужный? Один против всех. Ведь и Нина подписала себе приговор:

станет помощницей прораба. А вдруг всё еще хуже: свалит его потихоньку, она с амбициями, но знаний и общей культуры у нее нет. Неужели ей не страшно?

Все ушли, молча, не простившись. Ну, наорал, такое случалось, но ушли! Обещания... никому не причинить зла... Прикрывался словами изверга, играл в словечки. Совестливый, а люди, они другие? Они — другие. Или правда — любит только себя и себя, любимого, бережет? Глупость! Глупость! Какая нелепость!

Слова путались в голове, опять стало тяжело дышать. Он ощутил себя песчинкой перед огромным, раскинувшимся миром, и бороться с этим миром было бессмысленно. Нина это понимала, а он прикрывался словами изверга только потому, что они, видите ли, соответствовали его нравственным установкам. Это же просто лень, гордыня, в которых на самом пике ссоры упрекала его Нина. Но это было давно, после ее неудачных родов. Когда он запил, из-за каких-то глупых слов тещи, вечно встревавшей в их отношения. Теща всю жизнь проработала мотальщицей на швейном комбинате и уважала только одно — деньги. Науку она презирала, как Маничкин, так Мальцов спьяну ей и врезал. У-у, теща зашлась в крике, но он просто отрубил телефон. Нина, казалось, встала на его сторону, поняла. Чувство, не покидавшее ее окончательно, тогда их опять спаяло. Или одиночество и страх погибнуть без него толкнули тогда ее в его объятья? Нет, нет, вспоминая то время, он гнал от себя поганые мелкие мыслишки, нет, она его любила, в то время еще любила.

Нашла в себе силы, занялась им, вытащила с самой кромки дна, ставила капельницы, гладила по голове. Ох, как же было это ему нужно, как же сладко было лежать в безделье, этаким сраженным королем, лежать под тяжелым одеялом и впитывать тепло ее ладони, щекотно путешествующей по затылку, по макушке, по краю уха, по бровям, по крыльям носа, по небритой щеке... Как Христос босыми пятками по душе пробежал, говаривал в таких случаях дед. И шепот, волшебный, обнадеживающий, втекающий в ухо, вмиг отогрел сердце так, что не стало мочи терпеть, и стыд, весь стыд сразу вырвался наружу горячими каплями из глаз, сознательно залитых водкой, запрятанный глубоко, в потайных закромах сердца стыд хлынул безудержными словами прощения. Тепло слов растопило лед. Они снова любили друг друга и так много дней засыпали единым существом.

А сегодня там, на кухне, он ощутил вселенский холод, словно Нина была где-то далеко, как звезда из другой галактики, отрешенная, отстоящая на миллиарды световых лет. Ее презрение, нескрываемая ненависть прожгли его не испытанным до сих пор адским холодом. Холод сковал и отключил разум, который начал было через злость, через ощущение обиды, через любовь к себе врачевать страшный, неожиданный удар. Холод впился в каждую косточку, втек в каждую мышцу тела, обложил сердце ледяной коркой.

Он поднимался в гору по задеревской стороне города. Часть надпойменной террасы, распахнутой всем ветрам, отсекал ручей Здоровец, с напольной стороны вздымался крутой десятиметровый вал. Треугольный мыс над рекой, поросший бурьяном и кустами сирени, и был древним городищем. Он шел слепо, испуганно ощупывая подошвой земляную дорожку, припечатывал поверхность подошвой, шаркая, — дряхлый пенс, выброшенный на свалку старик. Сквозь стесанные кроссовки острые камешки впивались в ступни, Мальцов не понимал, откуда взялась эта странная колкая боль, морщил лицо и еще сильнее втирал подошвы в гравий, боясь заскользить, скатиться в овраг, сдохнуть там неприметно, как старый кот, чье время приспело. Сколько раз поднимался он здесь на свои раскопы, знал каждую лужу, каждую выбоину, а теперь вот шел как по незнакомой планете.

С городища дохнуло холодным ветром, Мальцов инстинктивно опустил голову. Из левого глаза сорвалась слезинка, Мальцов всегда плакал на ветру. Приложил рукав куртки к глазу. В школе мальчишек, промокавших глаза платком, высмеивали. С тех пор он невзлюбил платки, теперь признавал только бумажные, но их в кармане не оказалось. Платки, как и еду, покупала Нина. И готовила она, хотя Мальцов мог бы и сам, за годы археологических разведок научился. Но он любил, когда она накрывала на стол. Так было правильно и, что скрывать, удобно.

И вот, вышел на городище. Увидел заросшие сорняками ямы выработанных раскопов, спиленные черные пни — остатки послевоенных лип, посаженных, когда здесь недолго существовал городской парк. Присел на пень. Прижал колени к груди, недоверчиво сложенные крестом руки почти въелись в грудь, посмотрел на пальцы — пальцы мелко дрожали. Упрятал их, зарыл в подмышки. Волосы прилипли ко лбу. Ветер тут всегда дул сильный и холодный, но он ощущал лишь внутренний холод, сгорбился, сник совсем. Мир вокруг дрожал, воздух дрожал, пальцы дрожали, мелко дрожали колени. Галки сидели на проводах чуть покачиваясь, ветер раздувал перья на шеях. Нахохлившиеся черные птицы с серыми шапками голов походили на отряд инквизиторов в кружевных воротниках, пронзительными меленькими глазами следивших за ним, грешником, возведенным на эшафот. Ветер взметал на дорожке пыль, пыль закручивалась в смерчики, взмывала в небеса и просыпалась на голову, на плечи, как зола, которой чернят разбойника перед казнью.

Он замер, лицо вытянулось, казалось, небеса сейчас обрушатся, погребут его здесь, в культурном слое, для будущих археологов. Для Калюжного, вдруг резанула злая, завистливая мысль, для Калюжного, которому теперь достанутся его раскопы.

Жалкий, отчаявшийся, никому не нужный алкоголик, замерший, как кролик в свете фар, невидящими глазами уставившийся в спутанную, неухоженную траву, под которой лежал его древний город, поделенный и проданный за два миллиона рублей... В мозгу словно открылся какой-то маленький краник, бессилие, парализовавшее его, было вызвано не страхом — нет, наоборот, он уже ничего не боялся. Где-то там, под черепной коробкой, молекулы нейромедиатора, регулирующего стресс, сковали его, превратили в ничего не чувствующую сосульку.

Он смотрел на город, раскинувшийся вдали за рекой, на маяки колоколен, сохранившихся, не порушенных большевиками, на реку, темную, свивающуюся в узлы в водоворотах, на серебристые струйки воды, одолевающие каменистую отмель чуть ниже моста, на далекие облака, густые, как холодная вода, темные и грозные, нависшие перстом судьбы, против которой был он бессилен. Остывающая кровь медленно билась в виске, рождая боль, которой он был даже рад, боль глушила все звуки жизни вокруг. И только гулко свистел в ушах ветер и студил помертвевшее, кривое лицо.

13

Мальцов давно осознал, что отстал от мира, ставшего глобальным благодаря паутине, плотно опутавшей, связавшей человечество надежно и бесповоротно. Монголы принесли на Русь систему китайской почты, наладили ямскую гоньбу, сделали доступными поклонные поездки князей в неведомый Каракорум за ярлыком на княжение на обязательные сборы монгольской знати — курултаи. На этих грандиозных празднествах оглашались законы и новые постановления, утверждались права на владение землями, которые, под страхом смерти, никто во всей огромной империи не имел права нарушить до следующего курултая. Дороги и ямская гоньба совершили в тринадцатом веке пространственно-временную революцию, после которой до паровоза и открытия братьев Райт мало что изменилось на планете для путешественников. До появления комфортабельного пульмановского вагона человек ощущал пространство и время на собственной шкуре, расстояния мерили весомыми отрезками жизни, и требовали они невероятных усилий; одна борьба с буранами и беспутицей чего стоила. Природа вставала на пути человека, как выросший из самшитового гребня лес перед ведьмой, а бесконечная дорога, хоть и протянувшаяся по земле, а не по традиционной до того воде или санному зимнику, побеждалась творимой под нос молитвой и громким мугамным пением Востока, пришедшим к нам из обетных богомолий в далекий и прекрасный Иерусалим.

Монголы, сыны голых степей, читавшие направления набегов по звездам Великого Синего Неба (как вчера еще, до изобретения GPS, мы различали стороны света по компасу), привнесли в наши ямщицкие песни еще большую тягучесть, визжащие повторы-восклицания в конце куплета и беспросветную грусть. Да и нечему было особо радоваться. Над каждым смертным нависло свинцовое, как осеннее небо, бремя дополнительной повинности, забирающее излишки, уводящее из стойл мычащий и блеющий приплод, сгребающее подчистую всё сделанное умелыми руками ремесленника и отправляющее добро в бесконечных караванах скрипящих арб с высоченными колесами в дальнюю даль Заитилья. Там деловитые чиновники удела Джучи тщательно сортировали и описывали дань, откладывая для властителя что подороже, а остатки меняли на рынке Сарай-Бату на звонкую монету, навешивали на сыромятные мешки бирку с тамгой, и это ставшее звонким и веселым людское несчастье уверенно кочевало дальше сквозь монгольские степи под приглядом отряда узкоглазых воинов, вооруженных кривыми саблями. Сабли подпрыгивали и выбивали чечетку на левых ляжках, словно им, саблям, не терпелось опробовать многочасовую заточку на шиферном оселке, отведав человеческого мяса и крови. С правого бока терлись о лошадиную шерсть, напитываясь горячим конским потом, емкие сумы с отчетами, деловой перепиской, секретными сведениями, в которых заключалась жизнь и смерть людская, что стоили недорого во все времена. Маленькие и неприхотливые, как и их всадники, степные лошадки шли экономной, но ходкой рысью, грызли удила, исходили желтой горячей слюной, проедающей в заснеженной дороге черные извилистые норы. Отряд из десяти степняков запросто подчинял город, перед ними распахивали ворота, зная, что одно неверное слово, один недобрый взгляд немедленно будут наказаны: сабля взмывала в стылый воздух, синий металл со свистом рассекал его и падал на череп провинившегося, разрубая от темени до трахеи. Данники гнули спины, мели меховыми шапками снег перед ногами лошадей, давили в груди вскипающую злобу, шептали беззвучно то ли молитвы, то ли заклятия, учась отнюдь не ангельскому терпению. Подобно волкам, сопровождавшим в степи отряд монгольских всадников, они ждали удобного случая, чтобы наскочить и погрызть всех без разбору, но случай никак не подворачивался, и они всё терпели, терпели, терпели, а злость и голод только прибавляли сил. Вечером, когда на небо начинала взбираться луна и ветер стихал, погружая мир в безмолвное спокойствие, когда в сенях на ведрах застывала ломкая корочка льда, — при свете трескучей лучины хозяин вставал на колени перед ликами заступников, отбивал истовые поклоны, прося у мучеников их веры, их терпения. Затем замирал, пригнув подбородок к груди. Боясь потревожить храпящих извергов, вспоминал пограбленное хозяйство, пересчитывал в уме скот, приготовленный на угон, особо жалея любимую дочкину козочку, которой на дочкиных же глазах одним ударом ножа порвали яремную вену, бросили истекающую кровью тушку на соломе в хлеву, приказав поскорее подать на стол. А после хлебали густое варево, и сопели, и чавкали, стягивая губами с костей молодое мясо, высасывали из разбитых костей жирный мозг и бросали обглоданные остатки собакам, что всегда предательски увивались за теми, у кого найдется чего пожрать. Наевшись досыта, алчные баскаки валились на полати, где потеплей, поближе к раскаленной печи, а утром, выйдя во двор, орошали его поганой мочой, оставляя после себя дымящийся желтый снег и прохудившиеся закрома, с которыми предстояло продержаться до нового урожая. Молившийся на сон грядущий поднимал выцветшие от горя и лютых ветров глаза горе, и с губ его срывался неудержимый долгий стон, сродни волчьему вою, разлетающемуся по степи у затухающих костров отряда. Знакомый каждому монголу с детства, он радовал их, как радовала когда-то колыбельная старухи в юрте, погружая в еще более крепкий сон, дарующий силы для следующего дневного перегона.

Вопреки верованиям, центр мира сместился. Иерусалим остался мечтой, к которой стремились души, зато Каракорум стал на долгий век властной точкой, где, как паук в тенетах, сидел кровожадный каган, поджидающий свежую дармовую кровь. Маленькие русские княжества вдруг оказались клочками, заплатами на великой простыне человечества, разросшейся до неописуемых размеров. Из белых углов этой простыни во все восемь щек дули пучеглазые четыре ветра, насылая на род людской, кроме грабителей-монголов, снег и солнце, радость и туманную печаль, гнойную чуму, затяжные чахоточные дожди, беспросветные метели, суховеи и египетскую саранчу, сиречь голод, худобу и смерть. И всё же слово, описывающее, объясняющее тленный мир, связующее его образы, законы, углы и закоулки, накрепко въедалось в отпаренную бересту или в лист дорогущей китайской бумаги, расцветало киноварью заглавных буквиц на толстом свином пергаменте, застывало на восковой доске-цере, как клеймо на коровьей ляжке. И неважно, что́ это были за буквы — уйгурские закорючки, греческие червячки или привычный кириллический устав, — весть была овеществлена, осязаема и не перемещалась без сумы хозяина или его гонца. Самим материалам, на которых запечатлевали информацию, можно было найти и другое применение: разжечь костер на стоянке в степи, где бересты бес накликал, обвернуть сочащуюся сукровицей рану от широкого монгольского срезня, соскоблить чуждое латинское вранье и написать свое правдивое пояснение на «Точное изложение православной веры» Иоанна Дамаскина, — но лучше и правильнее было читать умные словеса в тишине, утверждаясь в мудрости, взыскуя благости Божией, что «*всё призывает и привлекает к тому блаженному концу, когда прекратится и отбежит всякое страдание, печаль и стон*». После запечатленную мудрость следовало хранить как семейную драгоценность, как свидетельство, как оправдание этой тягостной земной жизни. Ибо сказано было знающим, что «*небеса и те будут уничтожены не до конца, ибо вся обветшают, и яко одежду свиеши я, и изменятся, и будет небо ново и земля нова*». И там, на новопоселении, без старых словес некуда будет деться, новое без старого пусто и оголено, лишено смысла, как неплодоносная монгольская степь, смыкающаяся в дальнем далеке с бескрайним небом.

Сегодня же неподвижная пластиковая телефонная трубка, светящийся экран монитора, непонятно чем набитая коробка компьютера — тоже вещи, приписанные к владельцу, но хозяину не надо выходить за порог дома, не надо ждать порой несколько лет, чтобы поговорить и даже увидеть корреспондента, сидящего за своим рабочим столом на другом конце света. Легко и ненакладно совершить сегодня виртуальную экскурсию в тот же Иерусалим, отстоять молебен в храме Гроба Господня. Время сжалось предельно, хотя кто знает, как еще сожмут его компьютеры новых поколений. Пространство стало тоже иным: почтовая связь, конверты с марками уже прошлое, а миниатюрные модемы теперь можно подключить практически везде и общаться с Иркутском и Пномпенем, стремительно забывая искусство вдумчивого, неторопливого письма и навыки чтения ответных посланий. Пространство расширилось до бесконечности, стало виртуальным, то есть неосязаемым, оно не отменило километры асфальтированных трасс, но, раз засветившись на экране, принялось жить своей остраненной жизнью, как некогда литература, родившаяся из путевых описаний неведомых земель и покаянной исповеди блаженного Августина епископа Гиппонского. Вечная жизнь поселилась не в заповеданном Иерусалиме небесном, не на экране даже, не в самой вещи, в которой пытливый Маркони спаял передатчик, антенну и аккумулятор в одну цепь, –

она существует даже не в миниатюрных кремниевых чипах, а прячется где-то еще, там, где заповедал ей жить Стив Джобс и иже с ним, там, где нам точно нету места. Вечная жизнь по-джобсовски творится на наших глазах, если не стереть ее мановением руки, а точнее щелчком нарисованной стрелочки, одним незаметным кликом. Ведь и после смерти создавшего их файлы на рабочем столе будут жить так, словно хозяин еще здесь, задумался и курит в сторонке. Тело его будут пожирать земные черви, а вот файлы только если они плохо защищены, могут пострадать от весьма прожорливых электронных червей, которых нельзя разглядеть даже в самый современный микроскоп, потому что их нет, тогда как мы знаем: они есть и весьма опасны. Страшно подумать: тела нет, а виртуальное существование в наличии, в виде адресов и линков, что продолжают бесконечное взаимодействие где-то в параллельной Вселенной. И это не привычная библиотека с томами, хранящими мудрость ушедших творцов, а бог весть что такое, не поддающееся разуму, но созданное им ему же на потребу.

Нина, как он ни бился, как ни подсовывал, не читала художественную литературу. Он, например, любил Лескова, а она морщила нос и фыркала: «Фэйк!». Модное иностранное словцо казалось Мальцову производным от понятного даже мелюзге слова «fuck», ее электронный жаргон был чужим, резал слух. Те книги, что Нина иногда проглатывала за вечер, он не понимал совсем. Все эти руководства, программы... В них была ее, отдельная от Мальцова жизнь, там она чувствовала себя на коне и слезать с него не собиралась. Вечно торчала в сети, списывалась с «френдами», которые всегда готовы были помочь-разъяснить устройство нового гаджета, подсказать ход или просто посудачить о чем-то, Мальцову недоступном. Он не ревновал ее к виртуальным связям, но не понимал и не принимал ее увлечение, чувствуя, что с каждым днем всё больше превращается в ископаемое, беспомощное, не приспособленное к завоевавшей мир новой жизни. Слово «гаджет» вызывало у него рвотный рефлекс, и они часто ругались с Ниной из-за его старомодности: ни тебе джипиэса в разведке (впрочем, он был у молодых), ни ридера, ни айпэда, ни айфона. Он называл их «мутью», пасовал перед ними, научился только играть в маджонг, предпочтя его простецким пасьянсам, и с гордостью заявлял, что доживет и так, без этих знаний. Вероятно, в глубине души он всё же ревновал ее к неизвестным «Гризли», «Панкрайдерам», «Чечеточкам» и уж вовсе непроизносимым «NG-34», «Globetrotter'ам» и прочим, с которыми она смеялась в скайпе, зависала в чатах, засиживаясь далеко за полночь, когда он начинал похрапывать, отчаявшись дождаться ее в постели.

Зато Нина не ловила кайф от писцовой скорописи семнадцатого века, буквы которой, рассыпа́вшиеся перед глазами на закорючки, вензельки, костыльки, детские галочки и хитрющие запятушки, больше походили на китайские иероглифы, чем на родную речь. К ним надо было привыкнуть, сжиться с рукой писца, долго разбирать приемы его личного написания, чтобы потом победно прочитать документ. Научную литературу Нина почитывала, но не любила, зато на раскопе научилась тонко разбираться в слоях и прослойках, лихо орудовала с электронным нивелиром и, переговариваясь с подчиненными по рации, начинала с позывного: «Алло, говорит вождь». Она была организатором, честолюбивым и работоспособным капитаном батареи, на котором лежит вся черновая работа войны. Ответственность за ежегодные отчеты лежала на ней, Мальцову было даровано небожительство полководца. Он призывался для разрешения непонятных моментов, где требовались его начитанность и эрудиция. Немногочисленные берестяные грамоты и свинцовые печати читал и атрибутировал только он. В Деревске на церковнославянском читали единицы — некоторые попы и кучка староверов, державшихся наособицу возле своей моленной, запрятанной в линиях улиц за городским рынком. На древнерусском не читал никто...

Погруженный в странные мысли, мозг понемногу начал оттаивать от сковавшего его холода, в пальцах закололо. Мальцов пошевелил ими, пальцы обрели чувствительность. Подвигал испуганно ногами, покачал в коленях. Подумал еще: со стороны его можно принять за идиота, занимающегося сидячей гимнастикой для пенсов. Тело корчило, он принялся качать плечами. Затем покрутил бедрами, словно хула-хуп повертел, уже собрался встать, чтобы окончательно размяться, но вдруг подозрительно прислушался. Кто-то мощный и тяжелый стремительно приближался со спины, рассекая шуршащую некошеную траву, треща сухими ветками, словно зверь, мчащийся напролом к жертве. Мальцов не успел повернуть голову, как дикий, откуда-то сверху свалившийся крик «Га-а-а-а! Га-а-а-а!» ударил по ушам, заставил по-черепашьи втянуть голову в плечи.

— Сидишь, горюшко, кукуешь в одиночестве! Га-а-а!

Некто огромными лапищами накрыл его плечи и затряс, словно ящик с гвоздями, чтобы меленькие, утонув, выдавили искомые крупные на поверхность, отчего все кости и хрящики тела, все рёбра бултыхнулись внутри, словно крепились к позвоночному столбу на веревках.

— А я иду, а ты сидишь! Га-а-а! — Деланный смех бесцеремонно ворвался в уши. Человек развернул Мальцова вполоборота, приставил свою бородатую рожу близко к его носу, дыхнув в лицо перегаром. — Эй, родимый, не унывай! Я унылых не люблю, смертный грех, отец настоятель прописывает за уныние сто земных поклонов. — Он вдруг икнул и растянул рот в идиотской улыбке. — Познакомимся, дядя? Николай. На рыбалке — просто Коля!

Мужик, прервавший его думы, был огромен, черен, немыт, носил обтрепанную долгополую рясу и вьетнамки на босу ногу. Глаза его блестели, огромный нос картошкой шмыгал и нетерпеливо морщился над мясистыми розовыми губами, шумно втягивая воздух, — похоже, странник простудился в своей не по сезону выбранной обуви.

— Откуда ты свалился, Просто-Коля?

— А из монастыря сбежал. Га-а-а-а! Командировочку выписал. Вернусь, может быть, когда землю потопчу, куда ж еще идти. Настоятель меня любит, простит, вместе когда-то учились. Душа винца запросила, устала душа от неправедного устройства, да! Вот у ефремовских переночевал, но прогнали, не желают делиться, накормили, и вали — жмоты. Но я кагору бутылку свинтил, будешь? — Из глубины церковного одеяния факирским жестом извлек бутылку массандровского кагора.

— Для причастия вино спер?

— Там знаешь сколько, ящиками стоит, им спонсор поставляет. Га-а-а-а! Га-а-а-а! Что лупаешь, меня припадочным зовут, многие молодые послушники боятся, как сисек голых, рот мне крестят, зааминивают, но еще никого не укусил. Га-а-а! Это во мне радость существа моего играет. Открывай, ножик-то есть? — он протянул Мальцову бутылку.

— Ножик найдется.

Мальцов достал из кармана подаренный Ниной швейцарский армейский нож с белым крестиком, который по старой полевой привычке всегда носил с собой. Проткнул пробку штопором и вмиг вытащил. Ему вдруг страстно захотелось сладкого крепкого вина.

— Начнешь? — Николай недвусмысленно посмотрел на бутылку. — Давай-давай, гляжу, крючит тебя... половинь.

Мальцов запрокинул голову, прильнул к горлышку и забулькал.

— Эгей, дядька, о страждущих не забывай!

Николай резко выхватил бутылку и одним махом влил в себя оставшуюся половину.

— Ангельское винцо, га-а-а!

Глаза его сразу умаслились и подобрели, он присел на соседний пенек.

— Делись-рассказывай, как дошел до жизни такой?

Коля вытащил из глубин облачения пачку «Мальборо», чиркнул зажигалкой и глубоко затянулся.

— Сигареты тоже в монастыре стащил?

— По-братски позаимствовал. Видишь, грешен, курю, когда выпью.

— Братья, выходит, тоже покуривают?

— Осуждаешь? Они, может, и баб пользуют, и что? Эт ты зря, себя суди строже, я вот себя осуждаю и каюсь постоянно. Набегаюсь, нагрешу, потом помчусь стрелой к настоятелю, ночь не ночь, с порога бухнусь в ноги, колени его обхвачу и слезами изольюсь, всю подноготную выскажу, какой я есть. Отец настоятель меня знает, хар-рашо знает! Как начнет отчитывать, тихо так, терпеливо, но строго, наставительно... знает мое паскудное житие, жалеет... Тут слёзы сами катятся, веришь? Ершиком железным душу продерет и новенького, блестящего, как в баньке отмытого, отправит нужники чистить, картошку в подвале перебирать, дрова колоть, а я на всё горазд, гордыня ух какая, не сломить меня нипочем. А ты куксишься, как сука голодная под забором. Ну, похорошело? — Николай весело и со значением подмигнул — так воришка в пригородной электричке, втершийся к бабке в доверие, показывает: мол, всё, старая, допрыгалась, доставай-ка кошелек!

Мальцов кивнул и неожиданно рассмеялся. Кагор растекся по жилам, вывел из анабиоза. Николай гнал привычную пургу, исполнял заготовленный номер и весь был как на ладони, а всё ж смешил, зараза, на чем, собственно, нехитрый номер и держался.

— Что, теперь сто рублей попросишь? Я ж тебя вижу.

— Га-а-а! Га-а-а! А то я тебя не вижу. Выпить тебе еще надо, дядька, дашь сто рублей?

— А вот не дам, что тогда?

— Дашь! Не дашь — отдашь, давай сыграем. Камень-ножницы-бумага, знаешь? Кулак — камень, — Николай сопровождал свою речь показом, кулачище вмиг нарисовался перед мальцовским носом. — Ты не задумывался, ведь вот вся наша жизнь в этой игре. Ножницы — чики-чики, — постриг пальцами, — бумагу режут? — Перед мальцовским лицом застыла ладонь твердая, как тесак. — Режут! Легко режут. А камень ножницы бьет? А бумага — бьет камень, потому как на ней Божье слово написано. А бумагу ножницы — чики-чики. И так круг, круг страшенный замыкается, и мы в нем все, души наши в нем заключены. Всё бьет всё, никакой защиты и нет. Думал?

— Думал, думал, — ответил Мальцов, лишь бы тот прекратил гон.

— Давай по сто рублей на кон, сам сказал, сто рублей! Играем?

Любой игрок знает, что первый, кто сказал слово, проиграл. Мальцов сиживал в молодости в разведках за покером, а потому промолчал, испытующе уставился на Николая.

— Играем, играем! Сову по полету видать, тиха- ришь, а сам готов уже, руки-то чешутся. — Николай заводил его мастерски — любо-дорого смотреть. — По сотенной?

— По десять! И покажи свои сначала, — не выдер- жал Мальцов.

— Запросто, — в руке Николая образовалась новая желтенькая монетка, — ставлю десять! — И тут же за- тряс кулачищем: — Раз-два-три, ну, давай, и ты в лад со мной!

Мальцов не утерпел, энергия била из Просто- Коли — фонтан, не человек! Поставил пятьдесят ру- блей, забрав предварительно монетку. Выкинули. Ла- донь Николая побила мальцовский кулак. Николай схватил пятидесятирублевую купюру, сунул в карман.

— Погоди-ка, мы ж по десять рублей договори- лись!

— Своих не обманываю, ты что! Продолжаем, всё одно мои будут, ты запоминай!

Он опять затряс кулаком и побил мальцовские ножницы камнем. Не стерпел, не сиделось ему, вско- чил с пенька, принялся подпрыгивать на месте, как пацан на пружинном матрасе в пионерском лагере, сыпал словечками, комментировал выигрыши, под- начивал Мальцова, и так запуржил ему голову, что тот в десять минут проиграл Николаю еще две сотен- ные. В кармане оставалась одна тысячная, но Маль- цов вовремя опомнился, гипноз косящего под юро- дивого Коли будто спал с него.

— Уфф! Повеселил и будет. Доволен?

— А я завсегда доволен, хлеб есть — доволен, хле- ба нет — песни пою. Но лучше, когда есть водочка. Теперь после кагора купишь мне бутылочку, посидим- поокаем, потом домой пойдем, замерз я что-то, — вы- тянул грязную ногу с вьетнамкой. — Ботики бы какие достать, у тебя-то не разживусь?

— Вот что, Коля, повеселил, подзаработал, вали теперь, куда собирался. Я своей дорогой пойду, ты — своей.

— Прогоняешь, значит? Ну и ладно, не заплáчу, пойду, пожалуй, Беловодье искать, знающий человек говорил, тут старинная тропа начинается. Надоело на этом свете бесчестном, хочу к правде прибиться, правды хочу, понял ты меня, дядька? И всегда так было, всегда правду искал, а нет ее тут. Га-а-а-а! Напугал? Что отшатнулся? Еще, еще выпить тебе надо, в душе-то еще стужа адская, и голова начнет болеть. Правильный опохмел, когда на сто грамм более выпил, чем накануне накатил. Ладно, не жадный, держи.

Из складок рясы выскочил в руку двухсотграммовый флакончик с бальзамом «Алтайские травы».

— Вот тебе и бальзам. Га-а-а! В чай его, в чаек доливают, мощный антигрустин, доложу тебе, сто тридцать три травы, сила, Лазаря воскресит! В любой аптеке без рецепта продают.

Коля свернул крышечку, флакончик в его руке потерялся, только горлышко торчало из кулака, тоненькое и сиротливое. На сей раз он начал первым, набрал в рот темный тягучий настой, закинул голову и заклокотал им, полоща горло. Щеки пошли красными пятнами, он долго наслаждался утробным бульканьем, как ребенок. Наконец проглотил, выдохнул и протянул Мальцову флакончик.

— Благодать! И болезнь прогоняет, и дыхалку чистит прилично, изволь!

Едкая жидкость обожгла глотку, смесь на ста тридцати трех травах была крепкой, спирт тут же начал всасываться в слизистую, из глаз Мальцова брызнули слезы, дыхание на миг перехватило.

— Коля, предупреждай, чистый же спирт.

В голове сразу зашумело. Мальцов уставился на хохочущего Николая.

— Проняло, проняло! Я как Моисей в пустыне, вылечу тебя, дядька, на ноги поставлю. Или уже завалиться решил, голову повесил?

— Я о Беловодье вдруг подумал, — начал Мальцов, — о правде твоей. Ты что же словами бросаешься? Боженька язычок-то оттарабахает. Сколько людей его искали и зачем? — Он заметно захмелел.

— Если старые люди искали, значит, есть что-то! Значит, есть оно. А где? Сам подумай, книги про то написаны, тайные книги. Люди бежали от попов, от власти государевой, искали уголок. Может, и нашли, и утекли туда все, и сейчас хорошо живут, без гнета. Про такое в газетах не трубят, про такое заветное тихо-тихо шепчутся, доверенным передают. Не смотри на меня тюленем, глазки протри, я правду говорю, есть такие пределы, в иной материи лежат и всегда лежали. Там стона и скрежета зубовного нет и быть не может, там пение ангельское.

Николай преобразился. Он снова уселся на пенек, уронил голову на лапищи и загрустил.

— Я тебе сокровенное слово сказал, а ты не веришь. Эх, дядька, поясню тебе всё, слушай.

— Иди, Коля, бог с тобой, — отмахнулся Мальцов. — Беловодье в Алтайских горах искали, но не нашли его там. Беловодье в сказочных пределах существует, это мечта человеческая. Плохо тебя просветили.

— Ученый, значит?

— Ученый. Археолог.

— Га-а-а! Га-а-а! — Николай взбрыкнул головой. — Когда-то и я был ученый, материализьму недоучился, выгнали за пьянку. А про Беловодье ты, ученый, ни черта не знаешь. Почему святой Ефрем сюда пришел в одиннадцатом веке? С головой убиенного брата пришел, на руках ее принес, святыню свою. Брат его Георгий конюшим был у святого Бориса, первого русского страстотерпца. Ефрем прозорлив был, он в здешних лесах правды искал, от произвола алчных властителей-братоубийцев спасался, дверь искал, что в Беловодье отворяется. Но не открылась ему дверка, за грехи его не открылась, он монастырь и построил, дабы себя и брата отмолить. Отец настоятель мой тоже грешен, вот он молится так молится, и меня отмолит, побожился мне, сам дорогу указал, благословил идти по миру. Мне странствия на роду написаны. Глядишь, занесет и на Белые воды. Хочется мне всё-всё изведать, с детства хотелось землю обойти, потому как неусидчив, пытлив и гордый очень. Сидел бы и пироги с капустой уминал — нет, тянет меня, куда-то ангел зовет, может, мне-то и откроется дверь.

— Тебе откроется?

— Как знать, дядя, по вере дается, как знать, во блаженном юродстве многие двери открываются.

— Какой ты юродивый? Хлюст и пьяница. Играешь хорошо. Кормит тебя твоя игра?

— Подкармливает, с голоду не подыхаю. Ну, как зовут-то тебя, дядя? Свечку, может, поставлю.

— Иван.

— Иоанну, значит, Ангелу пустыни и поставлю. Прощай. Коль не хочешь мне обувку подарить, я и сам достану. Не держи зла. А сотенную еще подай, пригодится.

— Нету больше, иди.

— Ну, значит, прощай! Держи пять!

Николай протянул ему ладонь, Мальцов машинально пожал ее.

— Га-а-а! Га-а-а! — Николай загоготал во всю глотку, ткнул в мальцовскую ладошку пальцем, в ней осталась приставшая к коже голубиная какашка. — Га-а-а! Га-а-а! — Он уже бежал прочь, махал руками, ветер развевал полы рясы, казалось, что черный человек сейчас взлетит и исчезнет в облаках. Но он просто скакнул на лету в овраг, и тот поглотил его.

14

Кагор с алтайским бальзамом разожгли в желудке огонь, в голове просветлело. «Просто-Коля» растормошил его и насмешил детской верой в мифическое Беловодье. Утробный смех, поднявшийся из глубин живота, разгладил мышцы лица, ему стало легко и хорошо, захотелось выпить еще. Сверчок поселился в животе и принялся наяривать на скрипочке: «пили-пили-пили», просил, умолял он, «пили-пили-пили, бу-дем пить, бу-дем пить!», добавлял торжественно и бесстрашно. Чего бояться, чего бояться, даже такой перекати-поле, как Просто-Коля, повидавший, потершийся между разными жерновами, выбрал для себя птичье существование — кружка пива, и день свободен! Чем он-то хуже? Держать в себе думки, складывать в животе камешки невзгод, чтобы утянуло под землю? Однова живем! Ух, как он себя настегивал, спеша к спасительному магазинчику недалеко от дома. Забыл, забыл, что у него полно бортниковской выпивки, всё из головы выветрилось, одна цель манила.

Вытащил тысячную, протянул молодящейся рыжей продавщице, обильно выкрасившей губы помадой, а ресницы дешевой тушью, склеившей их, как смола хвоинки, и затвердевшей на кончиках черными катышками. Она, вероятно, представлялась себе этакой хищницей-вамп, но усердный макияж преобразил ее миловидное личико, оно стало походить на клоунскую маску паркетного рыжего, которому вечно достаются незаслуженные тумаки.

— Милая, дайте, пожалуйста... — начал Иван Сергеевич.

— Чёй-то я тебе милая стала? — рыжая кокетливо состроила глазки.

— Не милая? Тогда — красавица! Дай-ка мне... — он жадно проинспектировал ряды бутылок, — вот этот портвейн, две! Да, две бутылочки. Бутылочку, значит, водочки, какая у вас свежая?

— Все до канавы доведут, — буркнула клоунесса. — Бери «Беленькую», ее, говорят, не бутят.

— Значит, «Беленькую», тоже две. Хватит денег?

— Еще двести восемьдесят останется.

— Ну и лимонадику две, пакет покрепче и какую-нибудь закусь, сосиски, наверное, чтоб не мучиться с готовкой.

— В путешествие собрался? — Рыжая знающим глазом оглядела его с головы до ног.

— Да-да. В путь-дорогу, в Беловодье.

— В запой ты, дядя, пошел, — пророчески отметила продавщица, — аж руки колотятся от нетерпения.

— Так заметно? — Руки и правда тряслись, соскребая с прилавка мелочь. — А я думал, подойду вечерком, провожу до дома, как, рыженькая?

— Вечерком ты в укатайку будешь. Ты только дверь открыл, я уже определила: в полет собрался.

— Что, права не имею? — чуть подвывая, спросил Мальцов.

— Все права свои вспоминаете, когда у прилавка третесь, а детишки за что страдают?

— Нету у меня детишек, поняла? — отрезал Мальцов. — Пока нету, может, вот появится, баба вроде забеременела.

— Ой, поздравляю! Тогда надо ж и выпить. — Губы растянулись у рыжей во всё лицо, в глазах заплясали веселые искорки. — Ты, значит, празднуешь? Тогда давай, дядя, повеселись напоследок, заботы только начинаются!

Она легла на прилавок, свесив голову, словно прикидывала, перескочить, что ли, да и удрать со смешным дядькой из прискучившего магазина, но передумала, зашлась утробным смехом:

— Ой, уморил, девки! Надо же, старый дед ребенка заделал, бывает же такое! Ой, уморил! У всех осень на дворе, а у него весна!

Мальцов шел по своей улочке, и чем ближе к дому, тем делалось веселей на душе. Весна! Коля-богодул, рыжая — живые люди вселили в него позабытую удаль.

На пороге у подъезда всё так же стояла Танечка в своем халате, словно и не уходила. Шелухи вокруг заметно прибавилось.

— Трудишься, Танечка? — Мальцов указал на шелуху.

— Чё делать-то? Налил бы кто, горит.

— Пойдем! — Решение родилось само собой. Он ухватил ее под руку, повел по ступенькам, чуть забегая вперед, словно приноравливался, как бы поэффектнее закружить ее в танце.

— Отпусти, я сама, — Танечка вдруг застеснялась, попыталась высвободить руку, но он не отпустил.

— Пойдем, Танечка, налью, еще как налью.

Танечка сразу успокоилась, прижалась к нему доверчиво, он ощутил теплое тело и понял, что хочет ее. Они почти взбежали на второй этаж. Мальцов распахнул дверь в пустую квартиру, пропустил соседку вперед.

— Лети в душ, я пока сосиски сварю. Полотенце найдешь!

— Раскомандовался! Налей сперва, говорю, горит.

Плеснул по чашкам портвейн, махнул за раз. Танечка не отстала, только она тянула вино, как лошадь воду, тоненькой струйкой, но выдула свои полчашки. Улыбнулась благостно пухлыми губками.

— Я пойду. Там у тебя колонка?

— Колонка, колонка, разберешься. — Он отвернулся к плите, чтоб не смотреть на нее, поставил кастрюльку с горячей водой под сосиски.

Она ушла в ванную. Танечка вела себя просто, без жеманства, и он был ей за это благодарен. Сосиски сварились быстро. Разложил их на тарелки, нарезал хлеб. Выпил еще, в глазах вспыхнул фейерверк, он посмотрел на Нинину фотографию и показал ей неприличный жест.

Мылась Танечка долго, использовала выпавшую удачу на все сто, горячей воды в ее квартирке не было. Он изрядно захмелел, съел свои сосиски, смолотил хлеб, откинулся на диване. Наконец она выплыла из ванной, распаренная и красная, довольная, закутанная в большое махровое полотенце, как в вечернее платье с оголенными плечами. Ступала босыми пятками по половикам, почти беззвучно, и улыбалась — чисто ребенок, невинная Афродита, вынырнувшая из пены морской.

— У тебя шампуни вкусно пахнут!

— Все попробовала?

— Ага! — рассмеялась звонко, потянулась к нему, выпрашивая поцелуй. — Я тебя давно заприметила, — выдохнула после, повела худенькими плечиками, чуть потупила взор, строила из себя девочку-распутницу, что выглядело особенно непристойно и возбуждало. Взяла его чашку с портвейном, отхлебнула, лихая и вовсе не такая неряшливая, какой казалась во дворе. — Я всегда получаю, что захотела, поняла? — сказала, утвердительно стукнула босой пяткой в пол, жадно допила портвейн и взмахнула руками, как крыльями. Полотенце скользнуло на пол. Танечка стояла перед ним, затвердевшие соски уставились на него, как два ствола, не выполнить пожелания которых было равносильно погибели. Он обнял ее и потянул на кровать.

И обезумел, весь дрожал, как малец, пока она уверенно избавляла его от ненужной одежды, шептала что-то ласковое на ушко, щекотала щеку пушистым от шампуня локоном. Руки их, как руки слепых, принялись беззастенчиво путешествовать по разным местам, изучая географию и рельеф тел, лаская и знакомясь с ними. В первобытном этом желании не было ничего постыдного, только сила, что кинула в объятья, сплела, сплотила накрепко, и поверилось на миг, что надолго. Губы ее оказались влажными и ни на йоту не уступали его губам в силе. Они были настойчивы, жадно просили и получали просимое незамедлительно, а в передышках прикасались едва-едва, чтобы тут же впиться в его шею. Вихревая энергия, что протрясла их души, родилась в голове, пронеслась электрическим торнадо от макушки до пят, натянула каждую жилку в теле, словно подкрутила незримые колки, превратила их, эти жилки, в струны древнего музыкального инструмента, что плачет от нестерпимой боли-радости, пропитывая каждый стон нотами беспричинного счастья.

Потом они долго и молча лежали, спутавшись руками, как две лозы, тянущиеся к солнцу, и в этом было что-то дикое и жизнеутверждающее, потому что их нега только прикидывалась бессилием. Сквозь прикрытые ресницы он следил за ее мерно колышущейся грудью, вздымавшейся в такт с умиротворенным дыханием, вспоминал, как только что пристально всматривался сверху в ее зрачки и не мог оторваться от них, темных и глубоких, так же неотрывно читающих что-то в глубинах его души. Тогда ее голова была крепко схвачена его ладонями, устроилась в них, как щенок, окруженный материнским мехом, в ее глазах он вычитал доверие и детский восторг и малую толику победной хитрости, наполнившие его сердце глупой петушиной гордостью. Она медленно повернулась к нему, прижалась, хитрюга, вовсе не безнаказанно, маленькие пальцы тут же совершили набег, хозяйничая там, где он их поджидал, и на ее лице расцвела лисья улыбка, а из округлившихся губ вырвалось, повторяя их абрис, троекратное «О-о-о!».

— Ах, ты, — выдохнул он, перевалился, укрыл ее своим телом, пряча от всех-всех невзгод, от судьбы и неустроенности жизни, и был столь внимателен, что заслужил пение древней скрипки, завершившееся жаркой и грубой площадной бранью. Только здесь ей был дарован другой пыл и смысл, слова рассыпáлись из запекшегося рта как драгоценные брызги артезианской чистейшей воды, вытягивая из него оставшиеся соки жизни, и вымотали до донца, как и заповедано природой.

— Голодный ты, не прокормишь, зверюга, — пропела Танечка, когда они отдышались и сердца стучали уже гулко, но не заполошно.

Легко встала, худое ее тельце ничего не весило, прошлепала в ванную и вышла оттуда охолонувшая, в привычном халате-мешке, вмиг упрятавшем девичью талию и крепкие, крутые бедра. Так упавший занавес преображает неистовых влюбленных в обыкновенных актеров, принимающих с авансцены стандартные голландские розы и махровые белые хризантемы.

— Я сосиски заберу, детям сварю, ладно?

— Конечно, конечно, в холодильнике кусок свинины, его тоже бери. — Вспомнил про бортниковский подарок, вскочил, стыдясь наготы, натянул штаны.

— Ты отдыхай, — она положила ему руку на грудь, намотала на палец колечко волос, небольно потянула к себе, — я покормлю и приду, хочешь?

— Хочу, — сказал он честно.

— Ну и отдыхай, я мигом.

И выпорхнула в дверь ласточкой.

15

Он заснул и проспал в мирном забытьи несколько часов. Очнулся от прикосновенья ее пальцев, Танечка ласково гладила ему голову, тихонько нашептывала:

— Вставай, зверюга, я детей накормила, мясо пожарила, небось, проголодался.

Мальцов разлепил глаза и увидел ее, улыбающуюся, довольную собой, потянулся и спросил:

— Который хоть час?

— Десять. Ты чё, всю ночь дрыхнуть собрался?

— Встаю, встаю, проголодался.

И правда, ощутил, что страшно голоден, притянул ее к себе, поцеловал в лоб, как печать поставил, потянулся было к губам, но Танечка властно отстранила.

— Куда, иди в душ, поешь сперва. Ночь длинная. Я карты принесла, погадаю, хочешь? Ты ж со своей поругался, я слышала.

— Что, громко орал?

— Нет, тихо — стены тряслись.

Она опять прыснула в кулак.

— Что смешного?

— Разбаловал, видать, ее, или надоела? — Она встала с кровати не дожидаясь ответа, пошла на кухню. Оттуда уже крикнула: — Мне всё равно, а тебя жалко: неустроенный.

Мальцов вскочил, бросился в ванную и долго тер тело мочалкой, яростно мыл голову, прогоняя хмель. Потом врубил холодную, взвыл и исполнил в чугунном поддоне дикий танец. Вышел из душа как новенький, надел чистое белье и белую рубашку. Танечка уже накрывала стол в комнате, нашла в холодильнике квашеную капусту, наварила картошки и пожарила свинину.

— Ух ты! — оценила его вид. — Никак на танцы пойдем?

Танечка не переоделась, так и осталась в своем плюшевом балахоне — в нем она чувствовала себя непринужденно и свободно.

Он обнял ее, крутанул, притянул к груди и поцеловал уже страстно.

— Голова кружится. — Она опустила глаза, положила голову ему на грудь. Так простояли какое-то время, тихо и счастливо. Танечка очнулась первой. — Кушать будешь?

— Буду, голодный!

Уселся за стол напротив нее, следил, как она ловко подцепила вилкой картофелину, шмякнула на тарелку толстый ломоть свинины.

— Наливай! — Танечка протянула дедов лафитничек.

Ела она вкусно, пальчик не отставляла, орудовала вилкой и ножом легко, с двух рюмок не захмелела, только щеки стали красные, живые; от третьей отказалась.

— Мне гадать, не буду.

Мальцов махнул третью, скорее чтоб утвердиться за столом, поймал радостный блеск ее глаз и понял, что поступил правильно, сделал так, как сам хотел, Танечка это в мужчинах ценила. Он принялся рассматривать ее пристальней, раньше вообще оглядывал походя, а недавно, в постели, кроме обращенных вглубь глаз мало что и разглядел. Отметил широкие скулы и чуть-чуть раскосые глаза, что делало ее похожей на лисичку.

— Ты ромка?

— Не-е, я другая. Наша кость — киат, знаешь? Крымчаки, как вы говорите.

— Кияты, вот это да! Из Мамаевой орды?

Мальцов был уверен, что племя киат, некогда знаменитое, породненное с самим Чингиз-ханом, владевшее землями в Солхате, нынешнем Старом Крыму, давно исчезло с лица земли.

— Ты и про Кичиг-Султан-Мухаммада знаешь? Айяй! — Танечка радостно взвизгнула. — Откуда знаешь?

— В книгах вычитал. — Мальцов отвалился от стола, смотрел на нее уже по-новому, как, впрочем, и она. В ее глазах он прочел восхищение. — Между прочим, бабушка рассказывала, что мы сами от Тугана происходим по одной линии.

— Борджигин? — Танечка захлопала в ладоши. — А я вот из кият, знаешь, родственные кости, ну племена, как вы говорите. Только борджигин — прямые чингизиды, а Мамай — из боковой ветви. А я-то чую, что-то с тобой не то... — она залилась смехом, закачала головой.

— Что же ты не в Крыму, там ваши опять, говорят, рулят.

— Наши разные, — серьезно ответила Танечка. — Наших там нет теперь, все разлетелись. Да и кият и борджигин прямых не осталось, почти.

Она вдруг опустила голову, а когда подняла, глаза, вспыхнувшие было яростным огнем, опять стали черными и бездонными, спокойными, словно вспышка в них ему только померещилась. На него глядела всё та же знакомая Танечка из подъезда.

— Давай погадаю! — Она вскочила, вмиг унесла со стола всю еду, не тронула только водку, воду и нарезанное на дольки яблоко.

— Что твои карты скажут, ты в них веришь? — Мальцов неотрывно следил за ней, она умело разожгла любопытство, но почему-то не захотела продолжать разговор о предках.

— Верю, — ответила Танечка просто. — И ты поверишь. — Вытащила колоду из-под себя — всё это время, оказывается, просидела на ней. — Только не смейся, карты не любят.

Она уже волховала, и он увидал ее опять новой, почти незнакомой. Взгляд сосредоточен на колоде, что положила стопкой между ними на скатерти. Руки с растопыренными пальцами над картами, словно укрывают их от дождя или, наоборот, впитывают невидимые токи, идущие от колоды. Она вся была в деле, Мальцов как-то подсобрался и сам: неожиданный разговор, перемена, произошедшая в Танечке, против воли настроили на сеанс.

— Сначала на короля, — почтительно прошептала Танечка, выложив перед собой бубнового короля. Тщательно перетасовала колоду, сняла от себя, развернула веером. — Тяни. Три карты, не больше, не ошибись.

Мальцов вытянул три карты наугад, протянул ей, рубашкой вверх. Танечка отложила колоду, по одной открыла карты, положила одну над королем и две по бокам. Сверху лег трефовый король, справа — пиковая четверка, слева — бубновая пятерка. Подняла трефового короля, показала ему, зажав между пальцев, как пачку сигарет.

— Человек, о котором ты думаешь, очень хитер. Не стоит проводить с ним столько времени, но при встрече будь с ним ласков. Будь с ним осторожен, помни, что тебя спасет один человек.

Король треф выскочил из ладони, описал полукруг, упал на стол рубашкой вверх. В руке уже была направленная прямо на Мальцова пиковая четверка.

— Остерегайся сварливой женщины, она желает зла. Причина твоей печали — твоя слабость. Береги слезы, они будут нужны: скоро наступит ужасный день.

Танечка говорила каким-то не своим, загробным голосом, отчего по коже пробежали мурашки. Мальцов никогда не относился к предсказаниям и гадалкам серьезно, но тут было иное — он почуял, что лучше молча принимать ее слова. Казалось, рассмейся он, задай неверный вопрос, она бросится и разорвет его, как дикая кошка.

— А бубны? — спросил он, чтобы разрядить обстановку.

Четверка описала полукруг, и, пока следил за ней, в Танечкиной руке уже закрепилась бубновая пятерка.

— Ты сожалеешь об упущенной возможности. Это научит в другой раз быть умнее. Утешайся тем, что эта неприятность пойдет на пользу. Сердце у тебя доброе, но оно не понято.

Пятерка совершила пируэт, и тут же резкими движениями ладоней Танечка смешала карты на столе, собрала в колоду, перетасовала и убрала опять под себя, села на них, как наседка на яйца.

— Не очень-то весело. Всегда так?

— Еще на будущее погадаю, потом, сразу нельзя, колоде остыть надо. — Танечка протянула ему лафитник: — Наливай, хочется после гаданья, устаю я.

— Это уже перебор. Только что насупленная сидела, и опять как с гуся вода!

— Нет, не говори так, устаю быстро. — Она уже улыбалась.

Он пошел в холодильник, достал бутылку текилы.

— Пробовала такую?

— Чё это?

— Мексиканская водка из кактуса. Ее надо с солью и лимоном.

Налил, принялся ее учить. Такая учеба Танечке пришлась по душе. Она раскраснелась, вмиг слетели остатки сосредоточенности. Браво слизывала с его ладони соль, защемляла своими маленькими белыми зубками лимонную дольку и высасывала сок.

— Вкусно! И в голове сразу тепло-тепло, не как водка, больше на план походит!

Довольный, он приобнял ее за плечи.

— Ты не бойся, карты только дорогу чертят, может, и свернешь еще, кто знает. Бабушка меня учила, она была гадалка, а я — так. — Танечка засмеялась искренне и протянула лафитничек: — Налей-ка еще.

Он налил и, когда она выпила, притянул к себе и поцеловал в губы.

Потом опять лежали без сил, он гладил ее голову, и она немного задремала у него на груди. К Мальцову сон не шел. Он тихонечко переложил ее голову на подушку, она тут же очнулась:

— Чё не спишь, отдыхай.

— Не спится, выспался.

— Нет, так не годится.

Танечка встала, прошлепала в коридор, принесла маленький целлофановый пакетик с сушеной травкой. Вскипятила чайник, заварила пол чайной ложечки прямо в стакане. Накрыла блюдечком. Дала постоять несколько минут, протянула ему.

— Выпей, отдохнешь.

— Что это?

— Увидишь. Травы. Бабушка собирала, я тоже умею.

Лицо ее приняло невинное выражение.

— А ты?

— Я домой пойду. Завтра зайду — расскажешь. — Она уже облачилась в свой плюшевый балахон.

— Оставайся.

— Пей. Вся печаль пройдет.

— Это что — наркотик?

— Травки. Разные — полевые, горные. Попробуй, дурак будешь, если откажешься. — Она кивнула на стакан. — Другие просят, воинам подавали после битвы, а ты повоевал сегодня, я не ожидала.

Последнее замечание его убедило. Он отхлебнул. Пах настой чем-то мятным и чем-то затхлым, и почему-то чуть захладел и словно начал застывать язык. Танечка нагнулась, чмокнула в щеку.

— Спи сладко, багатур. Я там у тебя еще мясо нашла, много, можно, возьму детям? — Он молча кивнул, разрешая. Она что-то добавила на своем языке, радостно расхохоталась и убежала.

Мальцов проводил ее взглядом, потом поднял глаза к потолку. Ему показалось, что стены и потолок начали раздвигаться ввысь и вширь.

— Вот ведьма, опоила! — сказал он, чувствуя растекающуюся по жилам силу. Жар ударил в голову, в виске застучало второе сердце. Принялся тянуть из стакана настой мелкими глотками и с каждым новым ощущал, что он становится сильнее, его прямо распирало изнутри. Допил, поставил стакан на стол, хотел встать, но понял, что тело налилось свинцом и он не может даже руку поднять. Упал на подушку, отдался неведомой силе, что еще росла и росла в нем, подчиняя себе всю его волю. Веки стали тяжелыми. Последнее, что Мальцов увидел, был стремительно улетавший в недосягаемую высь потолок. Потолок постепенно погружался в синеву, затем почернел, стал глубоким, холодным и бездонным, на нем зажглись мириады звезд.

16

Туган-Шона вышел из шатра. Луна выбелила просторы неба. Звездная дорога походила на солончаковый такыр, по которому ему вдоволь пришлось попутешествовать. Такыр был плотный, копыта лошадей не оставляли на нем следов, отпечатываясь только на выступавшей корке соли, этой застывшей пене древнего моря, что, запечатанное в подземных пропастях, выталкивало излишнюю горечь наверх. Соль изъедала всё — живое и неживое. Своды ребер павших верблюдов и лошадей, серые и изъязвленные черными точками, покрытые трещинами, словно расписанные неведомыми письменами, держались на потаенных скрепах и казались останками музыкальных инструментов великанов, они гудели и плакали здесь на непристойных великаньих сходках задолго до появления людского рода. Легкий ветерок выдувал из них свист и неожиданные печальные стоны, заставляя путешествующих в ночи тревожно озираться по сторонам и рождая страшные легенды, которыми пугали новичков на привалах у огня. Стоило же подуть ветрам посильнее, как иссушенные остовы осыпáлись со стуком и мерзким шорохом и лежали уже в полном беспорядке на темной тверди, напоминая путникам о бренности земного существования.

Верный Кешиг разжег у входа костер, теперь огонь догорал, только меж двух корневищ алела жаркая норка, отгонявшая стелющуюся по земле ночную прохладу. Кият спал, завернувшись в стеганый халат-дели, подложив под голову заседельный мешок. Туган-Шона присел на корточки, подставил ладони к жару, что жил еще, выдыхая струйки сизого дыма из глубины давно засохших, плотных корней. Лагерь напомнил ему пустынные барханы, которые он проезжал давным-давно, во время своего поспешного бегства из Китая, с тем только отличием, что построение лагеря имело четкий замысел, приданный ему людьми. В распахнутом пространстве пустыни не было натоптанных улиц и переулков, деливших огромное стойбище на владения туменов и сотен. Не было там и конских хвостов-бунчуков, развевавшихся на шесте над куполом юрты командира-темника, предводителя тысячи воинов, ни племенных знаков — тамг, начертанных жирным углем на последних шатрах в ряду. Пустыня была чистым листом мира, и письмена, если б и нашелся чудак, пожелавший их начертать, замело бы песком, поддерживающим эту девственную убийственную чистоту. Барханы были тогда кругом, как сейчас навершия шатров, и только один караванщик знал путь среди них. Они шли по ночам, спасаясь от дневного зноя, при свете луны, ориентируясь по звездам, что медленно спутешествовали им навстречу. Наверху у звезд были свои неизменные и заповеданные Верховным Повелителем тропы и дороги, и знать их было необходимо даже простому воину-арату, иначе в этом мире его поджидала бесславная и мучительная смерть.

Огуль-Каби учила его в детстве находить путь в степи. Бабушка старательно прививала видку главное умение, без которого человек, живущий в распахнутом пространстве мира, был обречен на верную гибель. Она вывозила его ночью далеко в степь и показывала небо. Заставляла найти Большой Ковш с главными в нем звездами — Змеей и Черепахой. Ручка ковша, по-разному наклоненная, указывала время наступления зимы или приход лета. Звезды имели замечательные имена: Рог, Угол, Небесные Врата, Чрево Дракона, Ключ, Привратник, Пошлина, Весы, Четверка Небесных Лошадей, скачущих там, где по окончании ночи всегда вставало дневное светило.

— Давай, мой маленький волчонок, ищи, — говорила она, обыгрывая вторую часть его имени. Шона — по-монгольски означает «волк».

Заставляла искать дорогу домой, и он, затвердив ее уроки, эту дорогу находил, мысленно пуская стрелу между Змеей и Черепахой или целясь прямо в Четверку Небесных Лошадей. Знания давались ему легко, как и чужие языки. Когда он поворачивал коня в нужном направлении, бабушка всегда повторяла: «Ай, баирлах, сэйн, сэйн!»[1]

---

[1] Ай, спасибо, хорошо, хорошо! (*монг.*)

Бабушку Огуль-Каби он вспоминал по ночам, когда смотрел на небо. Ее горящие глаза, утонувшие в складках морщинистого лица, пронзали любого, даже самого знатного воина острым взглядом уверенной в себе женщины.

Она никогда не отводила глаз, старуху уважали за храбрость и правильную жизнь, а слухи о ее былой красоте стали еще при жизни частью киятских легенд. Воины у костра пели песню, в ней говорилось о том, как она гарцевала на жеребце с луком в руке и пустым колчаном, прекрасная и гордая, с прямой спиной, а длинная черная коса, подчеркивая стройный стан, ниспадала на седло, богато украшенное блестящими заклепками. Бабушка мастерски стреляла из лука и однажды пригнала к шатру табун из сорока кобылиц — главный приз, что достался ей, победившей десятерых самых метких воинов темника Дордже-Улаана.

В молодости она пасла стада и охотилась наравне с мужчинами своей кости, пока однажды ее не засватал дед Тугана. Она родила ему восьмерых сыновей и трех дочерей. Туган-Шона был самым младшим ее внуком. Она сама воспитала мальчика, когда мать скончалась от чумы, что завезли в степь торгующие уйгуры. Не покинула внука и после, переехала с ним в Китай, берегла его, пока другие верховоды рода воевали друг с другом, уничтожая одного за другим тех, кого она произвела на свет.

Бабушка спасла ему жизнь.

Двое из дядьев прислали отряд нукеров, чтобы опасного отрока удушили и привезли его отмытую и умащенную голову, наколотую на аккуратный бамбуковый колышек, в столицу улуса. К тому времени из всех претендентов на главенство в роде оставалось четверо, но четвертый был не в счет — слабый умом, он никогда не садился на коня. Бабушка послала отряд в степь, сказав, что Туган-Шона кочует со скотом, собрала его пожитки, написала письмо Магомет-Султану в его крымскую вотчину и наскоро простилась с внуком. Предводитель племени кият, фактически властвующий в Золотой Орде, доводился Огуль-Каби дальним родственником.

Туган-Шона скакал три месяца сквозь пески и степи, переплывал реки, одной рукой держась за гриву коня, другой за надутый кожаный мешок, ехал по каменистой земле у подножия старых холмистых гор, поросших курчавыми деревьями. Их увитые светло-зелеными лианами, изрезанные морщинами толстенные стволы выпирали из буйных зарослей колючих кустов подобно гигантским зонтам, защищая от едкого солнца всё, что плодилось внизу во влажной, пряно пахнущей тени, под защитой их столетних крон. В колючих стенах были пробиты бреши-тропы, похожие на узкие бойницы на китайских крепостях, из них выходили на тропу черные косматые кабаны, провожавшие всадников мелкими злыми глазками. Он ехал в ярком солнечном свете сквозь высокую траву, щекочущую брюхо лошадям, напоминавшую некошеные травы сказочной страны Эргунэ-Кун, и зеленым, колышущимся на ветру волнам не было конца, словно поверхности соленого моря, которое он тоже увидал, добравшись наконец до солхатских владений на Крымском полуострове.

Здесь уже было людно. Черный, будто прокопченный на костре, старик грек приютил его на ночь, а утром указал путь, напоил молоком и накормил теплой лепешкой с вкусным, остро пахнущим соленым овечьим сыром и сладким виноградом. На закате Туган-Шона выбрался на горную тропу, что шла под нависающей скалой. Трещины разрезали камень, словно молнии небо, галька шуршала под копытами, и струйки ее стекали в опасную пропасть. Конь шел медленно, осторожно ставя копыта на незнакомую поверхность, усыпанную острыми камнями и желудями, нападавшими с карликовых дубов. Эти чудные деревца росли прямо на отполированном временем черепе дикой скалы. На широком уступе Туган-Шона остановился и долго смотрел вниз на долину, где ему довелось ночевать. Она тянулась далеко, вся покрытая абрикосовыми и яблоневыми деревьями, вишневыми кустами, и лишь местами на лысых клочках желтели поля, с которых уже собрали зерно. Виноградники взбирались по отлогим склонам, и в темной, маслянистой зелени нет-нет да проглядывали соломенные крыши маленьких глинобитных домов. Люди в этих домах не знали ремесла войны, откупались от нее десятой долей урожая. Вокруг жилья, словно искры от костра, полыхали красные, розовые и малиновые узоры — сливавшиеся в несказанной красоты ковер цветы дикой розы — сарнайцэцэг, разросшиеся в непролазную природную изгородь. Она украшала спокойную человеческую жизнь от рождения до смерти.

Солнце уходило за гору, долина начала словно тлеть, как остывающий тандыр, кровавые пятна и оранжевые блики заскакали по зеленям, и ему показалось, что он забрался на самый край изведанного мира. Ястребок в вышине протяжно свистел, выискивая в скалах зазевавшуюся мышь, чуть ниже его на теплых восходящих потоках парила пара воронов, присматривающих за готовившимся ко сну уголком света, в котором им была отведена почетная и мудрая доля неспешных наблюдателей за привычной суетой жизни. Но дорога не кончалась, петлями взбиралась вверх, и за лысым перевалом открылась другая долина, обильная водой и кипучей жизнью, погружавшаяся стремительно в наползающую тьму. В ней расположился Солхат, окруженный недавно отстроенными стенами из местного известняка, город-крепость — нововведение, которое позволил себе дальновидный Магомед-Султан-бек. В других местностях, где царил закон Ясы, монголы не строили крепостей и запрещали подневольным народам ограждать свои поселения. Потом на Руси Туган-Шона, правда, увидал и высоченные насыпные валы, и дубовые стены с квадратными башнями, крытые серебристой дранкой, и острые зубья частокола, натыканные в залитых водой рвах, но это было потом, позже.

Семнадцатилетний всадник въехал в город в полной темноте. Лишь громкий треск цикад приветствовал его появление. Ночная прохлада разносила по долине запахи садов, без которых здешняя жизнь была немыслима, как немыслима степь без привычного для степняка запаха горькой полыни.

В Крыму он обрел покровительство вельможи. Мамай принял тепло, расспросил об Огуль-Каби. В молодости он видел ее раз, и она оставила в его сердце незабываемый след. Так сказал повелитель, соблюдая закон гостеприимства. Туган-Шона получил титул эмира, как и подобало ему по крови. Мамай выдал ему серебряную пайцзу с двумя плывущими лунами и ярлык с алой квадратной печатью на земли в своих бескрайних крымских владениях. Понравившаяся Туган-Шоне с первого взгляда долина являлась их центром, и этот дар он принял как благословение небес, одобривших таким чудесным образом его стремительное бегство.

Конечно, дождь почестей излился на его голову после того, как он произнес монгольскую присягу повелителю Солхата, прошел через ряды очищающих огней и склонил голову, которую бек накрыл полой своего халата. Мамай настоял, чтобы новый эмир принял ислам. Это нужно, объяснил он, для придания Туган-Шоне особого веса в глазах его канцелярии и купечества. Признавая Аллаха еще одним богом, монгол никоим образом не нарушал главный закон — Ясу. Веротерпимость, завещанная Чингиз-ханом, позволяла держать в повиновении все народы, отданные Великим Небом его потомкам, как покоренные, так и те, что еще предстояло покорить. Он повторил нужные слова шахады за учителем-арабом и стал теперь называться Хасан-Туган-Шона — впрочем, в ставке мало кто называл его новообретенным именем.

После две недели пролежал на циновке, питаясь сушеными абрикосами, грецким орехом, медом и миндалем. Боль в лишившемся крайней плоти зеббе, как называли гордость мужчины арабы, постепенно утихала, он сносил ее легко, как должен был сносить любую боль монгольский всадник. Он лежал под тенистым навесом около журчащего ручейка, несущего воду на поля, смотрел в безоблачное Синее Небо и на третий день разглядел в нем горного орла. Тот кружил прямо над головой в гордом одиночестве, упорно поднимаясь всё выше и выше, затем застыл на короткий миг, разметав крылья прямо на диске солнца, недвижимый, как изображение на монете или печати, и вдруг пропал, словно и не было его. Туган-Шона воспринял это послание как благое — орел в небе, запечатленный на солнце, предвещал ему быстрый взлет и еще большие почести.

Туган-Шона зависел только от милостей бека, тот мог рассчитывать на его верность и не просчитался. За последние двенадцать лет, во всех смутах и скитаниях Туган-Шона ни разу не изменил повелителю. Он знал уйгурский, говорил по-китайски, а еще свободно изъяснялся по-русски: вскормившая его рабыня Уля была из далекого Суздаля. Муж ее, кузнец Марк, родился в Рязани и, что странно, умел читать и писать. Этим своим умением он поделился с внуком хозяйки. Огуль-Каби поощряла знание не меньше умения стрелять из лука. Стрелу он, правда, пустил много раньше, чем с губ сорвалось первое русское слово «прости», которое часто произносил Марк. Он собезьянничал, повторил за ним, Марк улыбнулся и погладил его по голове. Для русских это слово было наиважнейшим. Без прощения не бывает и спасения, наставлял его русский кузнец. Туган-Шона вскоре уже читал Пролог и изумлялся терпению святых, сносивших муки ради Распятого. Как настоящий монгол, он презирал слабость, неумение отомстить обидчикам. Он не видел слабости у русских, но это странное слово почему-то часто слетало с их языка.

Когда Туган-Шона сумел заарканить первого жеребца, Марк купил у уйгуров звездного железа, найденного в степи, и выковал ему первый маленький меч. Потом перековал его в нож, а из новой порции сделал уже взрослый меч, длинный и острый, им было легко рубить с коня. Синяя сталь, прокованная не одну сотню раз, покрылась таинственными разводами, дающими металлу необычайную гибкость и прочность, и долго держала заточку. Лезвие, закаленное в крови не отведавшего травы козленка, легко сбривало густые волосы на руке русского кузнеца. На рукоять пошли драгоценные полосы темно-желтого бивня древнего слона. Маньчжуры часто находили подобные бивни в оползнях на склонах своих меловых гор и умело приторговывали ими. Туган-Шона назвал меч «Уйгурец», любил его и никогда с ним не расставался.

Огуль-Каби научила его приглядываться к чужим обычаям.

— Все люди не монголы даны нам великим Чингиз-ханом, чтобы мы могли разумно править ими под

Небом, но это не значит, что дышащие с нами одним воздухом только прах и пыль. Настоящий монгол учится всю жизнь. Люди живут лишь затем, чтобы нести знание. Выбрать пригодное и припомнить в нужный момент может только сметливый, — говорила Огуль-Каби.

Мальчик просыпался среди ночи и, не найдя бабушки, выходил под звездное небо: знал, что старая плохо спит, предпочитает сидеть у жаркого костра, разглядывая небесные огни или вглядываясь в танцующее пламя, пожирающее сухой хворост. Туган-Шона устраивался рядом, и бабушка рассказывала ему про древнего Огуз-хана, девятый потомок которого в незапамятные времена потерпел сокрушительное поражение от своего кровного врага Сююнюч-хана и погиб вместе с большинством своих детей. Спаслись только младший сын Киян и его родственник Нукуз. Они нашли убежище в местности Эргунэ-Кун, где травы достают до стремян конника, а воздух чист, как ветер с гор, покрытых шапкой искрящегося снега. Стрелу охотника там всегда поджидает удача, а овцы никогда не приносят меньше двойни.

После того как потомки Кияна и Нукуза умножились и их стало что звезд в небе и могущество их укрепилось, они покинули Эргунэ-Кун и расселились по всей Великой Степи. Первый хан Государства Всех Монголов — Хабул — происходил из кости кият, потомков легендарного Кияна. От его старшего сына Окин-Бархака пошел род кият-джуркин. Внуком Окин-Бархака был Сача-бэки, который безуспешно соперничал с самим Тэмуджином — будущим Чингиз-ханом — за ханский титул. Есугэй-багатур, сын Бартан-багатура (второго сына Хабул-хана) и отец Чингиз-хана, стал основателем рода кият-борджигин — из него происходили все последующие монгольские ханы и их преемники.

Посылая Туган-Шону в крымские степи, бабушка, сама киятка, рассчитывала на помощь Магомет-Султана, и не просчиталась: Мамай, как ласково, уменьшая грозное имя пророка, звали его крымчаки, принял знатного юношу. Сам Мамай был по отцу в родстве с линией Чингиз-хана, происходя из двоюродных. Он стоял ниже кровных чингизидов на одну ступеньку, по закону ханский престол был ему недоступен, как и склонившему перед ним голову Туган-Шоне. Мамай был от рождения умен и честолюбив. Прикрываясь малолетним чингизидом Мухаммадом, которого сам же и провозгласил ханом удела Джучи и властителем столичного Сарая, он правил делами Золотой Орды от его имени, присвоив себе должность бекляри-бека — главную в государстве. Он добился бы объединения всех земель, подмял бы под себя и соседнюю Синюю Орду, кабы не бесконечные междоусобные войны и судьба, в конце концов изменившая ему.

Русские князья, платившие дань в Сарай, грызлись друг с другом, как собаки из-за мозговой косточки, но ведь и в Орде в последние двадцать лет стало не лучше. Ханы-чингизиды передрались за владычество над Сараем. Мамай не раз за последнее десятилетие терял власть в главном городе, а значит, и над всей Золотой Ордой, отступал в Солхат, в свой крымский удел, и опять возвращался.

Русские зорко следили за событиями в Орде, выжидали, искали слабины. Война за ярлык на великое княжение между двумя закоренелыми врагами Михаилом Александровичем Тверским и Дмитрием Ивановичем Московским то набирала силу, то затихала. Имевший ярлык собирал несметную дань, ежегодно отхватывая от неисчислимой суммы весьма лакомый кусок. Орда напрямую зависела от русской дани — без нее было сложно расплачиваться с генуэзцами и венецианцами в Крыму, персами из Хорасана, уйгурскими и китайскими купцами, привозившими драгоценный шелк. Серебро было кровью любой власти. Правда, Мамай наладил подвоз золота из Индии и принялся чеканить новую монету, но без русского серебра всё грозило погибнуть в одночасье. Потерять власть над Русью означало для Мамая подписать смертный приговор.

Не так давно всколыхнулась Рязань, постоянно воевавшая с поволжскими вассалами Орды. Мамай послал Туган-Шону, Башир-Ердена и Ковергу проучить рязанцев. Земли рязанского князя предали мечу, войско вышло к Оке — на другом берегу его уже поджидали полки московского князя Дмитрия. Приказа Мамая атаковать москвичей не было, Туган-Шона убедил рвавшихся в бой Башир-Ердена и Ковергу, что москвичи просто выставили пугающий заслон. Ведь не пришли на помощь рязанцам, с которыми состояли в военном союзе, не воспротивились наказанию за нападение на поволжские полки. Его уловка позволила сохранить лицо и войско. Но сам факт был возмутительным: встали оружные, живым частоколом оградили берега Оки. И верно учуяли, собаки, слабину Мамаеву: в Орде свирепствовала чума, болезнь косила людей страшней, чем русские стрелы и мечи.

Москвичи еще и отказали в выходе — перестали платить дань. В следующем году ярлык на великое княжение Мамай выдал Михаилу Тверскому. Туган-Шона предупреждал: не спешить бы, взвесить еще раз — тверские силы были не чета московским, но Мамай рассудил жестко: следовало проучить поднявшего голову москвича, лишить его пополнений в казну. Не тут-то было. Москва пришла под Тверь, да не просто Москва — всё союзное войско Северо-Восточной Руси встало на стрелке при впадении Тьмаки в Итиль.

После двухнедельной осады Михаил Александрович сдался, заключил с князем Дмитрием мирное докончание и отказался от претензий на великокняжеский престол. Эта бескровная сдача еще больше сплотила непокорных русских вассалов. Они отказались теперь признавать уже и самого Мамая с Мухаммад-ханом, встали под руку хана Каганбека, захватившего тихой сапой Сарай, пока Мамай решал неотложные русские дела. Воевать бекляри-беку приходилось на два фронта, что выматывало несказанно.

Был объявлен общий сбор войска. Со всех дальних улусов, с Кавказа, Поволжья, из мордовских лесов потянулись подвластные Мамаю пешие и конные отряды. Стараясь выиграть время, послали посольство — Туган-Шона ездил к князю Дмитрию с грамотой: Мамай требовал теперь не старой дани, а старинной, что была в треть более, как платили еще при хане Джанибеке. Москвичи поили его своим хмельным пивом, кормили лебедями и жареной щучьей икрой, одарили соболями, но отпустили ни с чем — ответ обещались выслать чуть позже, но, понятно, не выслали. Это был верный знак — обе стороны готовились к решительной схватке.

А потом всё завертелось стремительно: так табун молодых жеребцов, напуганных грозным рыком небес, срывается и несется по степи, не разбирая дороги. Ужас въедается в мокрые спины, пронзает каждую мышцу, отчего только безумнее становится бег табуна. Копыта строчат по раскисшей земле, жирные брызги и комья грязи летят в стороны, лишь сверкают дикие лошадиные глаза, в них отражаются всполохи серебряных молний, режущих небо жадными до живой крови острыми кривыми серпами, от которых нету спасения. Кони сбиваются в плотную лаву, дождь хлещет по разгоряченным спинам, слегка охлаждая полыхающий в легких пожар. Шеи вытянуты вперед на всю длину жил, хвосты летят по воздуху, рассекают его со свистом, степная грудь стонет от невыносимой тяжести копыт, кровь в висках стучит заполошно, перекликается со стонами земли. Черные грозовые облака с кипящими малиновыми брюшинами несутся вдогон табуну, вот-вот настигнут адские сковороды, обрушатся, обожгут и придавят, и погребут, переломают кости, покалечат, как рвущийся с горы камнепад, и бросят подыхать, всех вместе, всех до единого. Гон этот длится всю ночь, лишь храп и редкое ржание, задушенное, короткое, подстегивающее выбившихся из сил, мешается с завываниями ветра. Сладкий запах пены и душный запах конского пота разливаются по степи, забивая резкий аромат чабреца и полыни и пьянящий холодок животворного воздуха, прочищенного раскаленными молниями...

Мамай послал Туган-Шону в самую гущу битвы. Приданный отряд из сорока всадников быстро отстал и затерялся в людском месиве, лишь два верных кията, солхатские вассалы — Кешиг и Очирбат — неотступно следовали за ним, берегли его спину. Русские полки изменили привычной тактике обороны. Неожиданно они бросились к Непрядве и, переправившись стремительно и сплоченно, грозным строем навалились на ряды наемников, которых Мамай успел-таки невероятным напряжением сил и воли сплотить в не меньшее, если и не большее, чем у московского князя, войско. Основное войско было на подходе — не хватило-то недели, пяти дней, чтобы собрать всех под бунчук хана Мухаммада.

Прозорливость Дмитрия Ивановича Московского заключалась в том, что его лазутчики умело справились с задачей, просчитали и доложили: сейчас или никогда. Ягайло Литовский занял выжидательную позицию, его полки так и не пришли, нарушив докончание с монголами. Москвичи рассудили: ломить — и ударили клином, врезались в сборное монгольское войско, как окованный таран в ворота осажденного города. Татарские луки быстро стали непригодными, в дело пошли тяжелые старинные мечи армян, топоры кавказских горцев, кривые сабли мелких степных орд, что, алкая наживы, примкнули к Мамаю. Поначалу ордынцы продавили русских. Потом ряды сбились, так что с холма ставки невозможно было понять, кто побеждает.

Тут-то и был послан Туган-Шона донести волю ставки: бить и наступать! Он скакал сначала полем, потом, истошно крича «Алю-алю!» — «Давай-давай!», разгоняя разбегающихся из-под копыт пеших, вклинился в задние ряды — и вот уже увяз в самом теле битвы. Два верных кията держались чуть позади, а Туган-Шона рвал удилами в кровь рот своего коня и кричал, разыскивая темника, но всё тут смешалось, бунчук его, похоже, затоптали, а жив ли был сам темник, не было возможности и понять. Верный конь вынес на передний край, и в этой мешанине тел, рассеченной плоти, железа, крови, воплей и стонов они втроем пробивались, топча и сбивая всё, что вставало на пути. «Бить и наступать!» — кричал он, пока не сорвал голос. Рука рубила машинально, он почти не чувствовал ее, выручал уйгурский клинок синей стали, что проходил сквозь тела как сквозь масло.

Кругом люди и кони устилали землю, от истошных воплей ломило в ушах. Он понял, что надо скорей выбираться отсюда, приказ бекляри-бека тут никому был не нужен, разобраться же в том, кто кого пересиливает, можно было только с холма, из шатра ставки. Он поворотил коня, и тот споткнулся, осел на передние ноги. Туган-Шона упал на гриву, ожег лошадиный круп плашмя своим Уйгурцем. Конь ско-

сил на хозяина безумный глаз, рванул что было силы,
высвободил запутавшиеся в чем-то живом ноги, поднялся с колен и отпрянул в сторону, готовый снова
повиноваться хозяину. Туган-Шона натянул поводья,
поднял коня на дыбы и развернул, но вскачь не пустил. Споткнувшись, конь спас его: русская сулица,
предназначавшаяся господину, пролетела над головой и достала Очирбата. Тонкое метательное копье
въелось прямо в левый глаз, и темный наконечник,
напитавшись кровью, выскочил чуть пониже шлема,
раздробив последний позвонок. Верный кият еще
сидел в седле, руки намертво вцепились в гриву лошади, а сулица моталась, как страшный рог, выросший вдруг откуда-то из-под брови. Он умер сразу,
запекшиеся губы не дрогнули, не прошептали даже
начальное слово молитвы. Конь под Туган-Шоной
вдруг захрапел, из ноздрей рванула алая пена: какой-то безумец москвич пробил ему легкое тяжелым
копьем с листовидным наконечником. Выпученные
глаза и клокастая рыжая борода возникли на миг совсем близко от его колена. Туган-Шона успел сверху
вниз заглянуть в эти мутные глаза и лишь затем снес
рыжую голову одним ударом. Голова с вылезшими из
орбит глазами откатилась в сторону. Из обрубка шеи
вырвались на волю четыре струи — две темные и две
алые; шипя, как разъяренные змеи, они спешили покинуть бездыханное тело. Кто-то заполошно завопил
рядом, и трое пеших отважно ринулись к Туган-Шоне с широкими обоюдоострыми мечами. Двоих, опе-
режавших на два шага третьего, он зарубил, пустив
коня промеж нападавших, мгновенно перекинув меч
из правой руки в левую. Последнего, бросившего-
ся было бежать, но поскользнувшегося на разлитой
всюду крови, догнал и раскроил от лопатки до пояса.
Сизые кишки посыпались из распахнувшегося живота, русский пал на колени и, причитая что-то сры-

вающимся голосом, возя дрожащими пальцами по грязной земле, старательно пытался запихнуть уже не нужную ему требуху назад.

Кешиг следовал за своим эмиром, тоже рубя сплеча направо и налево. Они начали пробиваться сквозь свалку, перед ними расступались, давая дорогу. Несколько волосатых горцев, с их гортанным говором, с тяжелыми топорами, в кожаных доспехах и круглых войлочных шапках с нашитыми стальными пластинами, все залитые красным, словно искупались в красильном чане, обступили посланника ставки, и так, маленьким отрядом, проломились и ушли. Долго еще стоял в ушах вопль верного кията: «Дорогу эмиру, дорогу посланнику ставки!» И вот уже скакали вверх, к холму с шатрами, потеряв где-то спасших их горцев.

Туган-Шона оглянулся назад, и вдруг понял: хлынувшее с фланга войско — не долгожданная подмога, а засадный полк москвичей: над островерхими шишаками в двух местах он приметил шесты с трехъязыкими хоругвями. Туган-Шона всадил пятки под брюхо коню, тот понес, и скоро они влетели на холм к белым шатрам. Но и здесь всё уже смешалось — бились истово, поколенные кольчуги и вытянутые, длинные московские щиты мелькали повсюду. Он наконец увидал бекляри-бека, окруженного личной гвардией верных солхатцев, бунчук смотрел в синее небо, три белых лошадиных хвоста развевались по ветру. Мамай сам рубил саблей, расчищая дорогу к бегству.

«Гай дайрах! Гай дайрах!»[1] — вопил нукер в кожаном панцире, бежавший от ражего детины в кольчуге. Москвич догонял монгола с топором, высоко занеся его для последнего удара. Он был уже в двух саженях от жертвы, но Кешиг вынырнул ниоткуда и спас нукера: стрела ударила русского прямо в глаз,

---

[1] Случилась беда! Случилась беда! (*монг.*)

и он ткнулся в землю лицом, не выпустив из рук тяжелый топор, и всё перебирал ногами, словно продолжал преследование.

Нукер подскочил к стремени с правой стороны. Туган-Шона заметил: на левой руке воина не хватает четырех пальцев. Кровь стекала на землю из обрубленной ладони, но тот, кажется, не чувствовал боли. «Зарезали Мухаммад-хана, наши все полегли!» По лицу беспалого, совсем еще детскому, безусому, текли крупные слезы.

Кешиг был уже тут как тут, бросил нукеру уздечку, где-то ухитрился поймать крупного русского коня странной мышастой масти. Нукер вскочил в седло, занял место за спиной нового покровителя. Туган-Шона сразу понял, что означает смерть хана. Без истинного чингизида Мамай терял право на власть.

Но сейчас надо было спасать жизнь, бежать. Конница бекляри-бека поворотила строй, слаженно рванула вниз с холма, прочь от сражения, Туган-Шона с трудом успел догнать их. На ходу перескочил на прибившуюся порожнюю лошадь, обернувшись, увидал, что верный кият тоже сумел сменить скакуна, причем тянул на аркане за собой еще трех лошадей. И его коня заарканил-таки, не оставил врагу! Беспалый скоро где-то затерялся, отстал. Сменные лошади им очень пригодились.

Мчались без остановки, покрывая за сутки стоверстовые перегоны, — Мамай спешил к месту встречи с основным войском. Отряд, насчитывавший сначала несколько сотен воинов, таял на глазах. Не сбавляя темпа, прямо с коня Мамай отдавал приказания, и двадцать–тридцать солхатцев откалывались от общей лавы и растворялись в степи. Они разносили приказы, Малыш — Кичиг, как ласково прозвали Мамая нукеры-солхатцы за его малый рост, — и не думал сдаваться. Всю жизнь он отступал и возвращался в большей славе и силе, чем прежде, но никогда еще не терял хана, на котором висела, как на тонкой нити судьбы, его удача.

На редких привалах первым делом осматривали лошадей, отпускали на волю утомленных, пересаживались на запасных и продолжали стремительный бег. Костров не разжигали, ели прямо в седле.

Туган-Шона давно заметил: чем хуже складывались обстоятельства, тем веселей становился Мамай, он никогда не падал духом, шутил, смеялся, подбадривал людей, вселяя в их сердца уверенность в скором возмездии. Никто уже и не сомневался: кара настигнет предателей-москвичей, и голова их князя Дмитрия будет красоваться на колу, как и подобает голове непокорного вассала и клятвопреступника, восставшего против мощи Орды.

Главное войско нашли в степи на шестые сутки. Вдвое, втрое многолюднее и сильнее того, что потеряли на берегах Непрядвы. Шатры невозможно было охватить глазом. Здесь собрались большей частью ордынцы — закаленные в боях ветераны и примкнувшая к ним безусая молодежь, жаждавшая ратной славы. Мамая и его бунчука приветствовали стройными голосами. Сразу же последовало распоряжение устроить пир. Дымы от походных костров немедленно закоптили небо, закрыли его, как беспощадная саранча, что закрывает своими крыльями огонь солнца. Баранов и лошадей резали сотнями, рабы полдня носили в кожаных мешках воду, наполняя котлы.

Туган-Шона подошел к шатру предводителя, и тот нашел теплые слова для своего друга, как он прилюдно назвал его, возвысив и поблагодарив за бесстрашие в битве. Бек дал своему эмиру десять лошадей и двадцать новых золотых монет. Еще самолично поднес ему хадаг — желтый шелковый платок, что было великой честью. Мамай спросил, нужно ли оружие, но Туган-Шона и его кият сохранили всё, не потеряв в битве даже короткие поясные ножи, чем заслужили улыбки и восхищение темников и начальников канцелярии, восседавших за дастарханом правителя.

— Что еще пожелаешь, мой друг? — спросил его невысокий и крепкий человек, посмотрев ему прямо в глаза.

— Стрел в пустые колчаны и спать, мой господин, — ответил Туган-Шона. Присутствующие хором рассмеялись и одобрительно закивали головами.

— Иди отдыхай, ты мне скоро понадобишься, — отпустил его Мамай.

Туган-Шона ушел в отданный ему шатер, не притронулся к вареной баранине, выпил только чашу мясного отвара, повалился на ковер и захрапел.

Он спал, и ему снилась какая-то старая разрушенная русская крепость-хэрэм, на камнях росли мелкие березки, сквозь камни то тут, то там пробивалась трава. В углу крепостицы стояла пузатая низенькая церковь, на разобранной почти до основания башне возвели необычную кургузую колоколенку. Он бывал в Суздале, и в Твери, и на Москве с посольствами, но таких колоколен не встречал. В крепости был сад, точнее небольшой холмик с цветами и странным блюдом посредине из непонятного белого материала и яблони вокруг, много-много корявых деревьев. Ветер срывал с яблонь белые лепестки цветов, они кружились в воздухе, устилали, словно снег, буйную молодую траву, заполонившую эту непонятную безлюдную крепость. Странно, промелькнула мысль, русским князьям Орда не позволяет строить новые крепости. Вот генуэзцам — другое дело. Хитрый дипломат бекляри-бек разрешил построить стены только торговым колониям у моря. Может, он увидал во сне греческий хэрэм вассального княжества Феодоро, граничившего с его землями? Подумал — и снова провалился в сон и проснулся среди ночи крепким, выспавшимся, готовым к новому пути.

Он стоял около костра, и воспоминания проносились в голове, как стая мелких стремительных уток-чирков, которых и глаз-то не успевает различить, а слышен только свист крыльев, рассекающих вечерний воздух над камышами лимана. Ковш в небе уже прошел больше половины пути. Оранжевая звезда прочертила небо над степью и беззвучно истаяла в холодном воздухе в той стороне земли, где начинались русские поселения. Кому-то повезет найти ее след — звездное железо, что она принесла, подумал Туган-Шона. И еще он подумал, что мимолетная красота может обернуться кровью для одних и защитой и богатством для других. Положил руку на рукоятку верного Уйгурца, задержал дыхание и выпустил воздух сквозь сжатые губы порциями, успокаивая стучавшее быстрее обычного сердце.

Луна стояла высоко, маленькая, вдруг окрасившаяся кровью небес, что предвещало перемену погоды. Тьма над головой хранила безмолвие, неисчислимые звезды уткали весь небосвод. Они горели на небе всегда, задолго до Чингиз-хана, что создал новый мир и Ясу, — так поучала его Огуль-Каби. Великий правитель умел держать людей в руках, все племена и языки, завоеванные монголами, были равны числом звездам на небе. Чингиз не допустил бы такой сумятицы и беспорядка, что стали твориться в последние десятилетия в Орде. Малорослый Мамай следовал его заветам, все силы и средства отдавал тому, чтобы собрать воедино расползающийся на отдельные узоры богатейший ковер монгольского мира, заразившегося междуусобной хворобой у русских князей. Русские вечно делили землю и власть, а потому были пока легко побеждаемы фактическим властителем

Сарая. Неудача в битве при Непрядве ничуть Мамая не огорчила, наоборот, побудила впредь действовать умнее, хитрее и жестче.

Войско спало, в небо взлетали алые искры от костров, ветер разносил их над шатрами, как горевестниц пожаров — скоро они покроют всю опальную Русь. Прохладный ветерок приятно охладил затылок, и Туган-Шона потянулся, расставил руки и покрутил бедрами, разгоняя по телу силу, что прибыла за время сна. Перед глазами возник мертвый Очирбат с сулицей в глазу, но он прогнал наваждение и поклялся отделить от благостей повелителя приличную часть и отдать вдове, чтобы та ни в чем не нуждалась в этой странной и всё продолжающейся жизни.

Затем он обошел шатер. Позади, у коновязи, был привязан его конь вместе с тремя запасными. Кешиг не отпустил их в ночное, накормил, смыл кровь и пот битвы, но оставил тут, на случай срочной гоньбы. Жеребец узнал хозяина, чуть наклонил голову, закатывая глаза и пофыркивая. Туган-Шона протянул ему ладонь, в которой горкой лежали сухие абрикосы и миндаль. Конь тихо заржал, фыркнул, уткнулся влажным носом ему в плечо и только потом бережно принял бархатными губами лакомство и зажевал, тяжело вздыхая, роняя на землю оранжевую слюну. Туган-Шона стоял, прислонившись к теплому телу боевого товарища, вдыхал знакомый с детства запах лошадиной силы и думал о том, что, похоже, жизнь, в который раз не оборвавшись, начинается новая, столь же опасная и непредсказуемая, как и прежде.

Его захлестнула волна печали, так бывало в детстве, когда он собирался горько заплакать, а бабушка ласково смотрела на него лучащимися глазами и говорила: «Э-э-э, зугээр[1], терпи, мой воин, багатур никог-

---

[1] Всё хорошо (*монг.*).

да не плачет, терпи». И когда, согретый ее теплом, он всё же разражался плачем, Огуль-Каби хмурила чело, на нем проступали строгие морщины, как грозные волны, набегающие одна на одну при сильном западном ветре, несущем непогоду, и он, напуганный переменой в ее лице, давясь и всхлипывая, затыкал рот ладошкой, сопел и вздыхал, а слезы сами катились по лицу, крупные, как слезы того беспалого нукера, потерявшего своего хана. Тогда бабушка раскрывала объятия, и он прятался в ее теплой груди, под полами длинного халата, перепоясанного красным кушаком, знакомо пахнущего вареной бараниной, дымами очага и кислым запахом кобыльего молока.

Огуль-Каби согревала его, как боевой конь, в бок которого он сейчас незаметно вжался, так что слышен стал в глубине мерный стук успокоившегося после безумства последних дней доброго лошадиного сердца. С неба закрапал дождик, костер у ног зашипел, из его алых глубин вырвались едкие облачка пара и истаяли в прохладном ночном воздухе без следа.

Утро выдалось холодным, на траве лежала ледяная роса. Небо было серым и тревожным, словно никогда-никогда не рождало бесконечное множество звезд, и солнце долго не появлялось, а когда взошло наконец, то было окутано дымкой, сквозь которую желтый и больной его глаз не грел, а светил нехорошим ночным светом луны, что камлающие сочли недобрым предзнаменованием.

17

Пир продолжался целую неделю. За это время к основному войску успели подойти мелкие отряды. Подошедшие разбили новые шатры на окраине кочевого города. Рабы бесконечным потоком гнали стада овец, предназначенных на убой.

Разведчики донесли нехорошую весть: пока Мамай воевал с князем Дмитрием, Тохтамыш-хан, властитель Синей Орды, перешел границу и бескровно взял Сарай. Арабшах, захвативший год назад столицу Золотой Орды, взвесил шансы и немедленно покорился старшему чингизиду. Признав его власть, он получил жизнь и огромный улус Шибана в придачу с правом передачи земель по наследству. Мамай очень рассчитывал, что под Сараем случится битва и оба властителя сильно потреплют свои войска. Не вышло. В лагере эту новость держали в секрете. Разведчики докладывали, правда, что войско нового властителя Сарая устало и сильно уступает туменам властителя Солхата в численности.

Мамай поднимал боевой дух, не ленился, обходил со своими военачальниками огромный полевой стан, не пропуская ни одного закоулка. Разговаривал с простыми воинами, ел с ними похлебку из одного котла, вспоминал совместные сражения, с радостью откликался на кличку Кичиг-бек. Лично знакомых воинов старался обласкать, но хвалил и тех, кого особо отмечали командиры. Пробовал пальцем заточку сабель и в восхищении цокал языком: «Сэйн, сэйн!»[1]

На третий день была устроена скачка по большому кругу. Выигравший ее жилистый и коротконогий поволжский арат с утонувшими в выдубленной коже черными глазками получил в награду верблюда и табун из двадцати голов объезженных четырехлеток. Бек лично поздравил победителя, приказал назначить воина начальником сотни. Подтверждением его нового статуса послужил тут же выданный пояс с серебряными бляшками. Мамай принял поклон нового сотника, сам склонил голову почти-

---

[1] Хорошо, хорошо! (*монг.*)

тельно, затем снял с перевязи богатую саблю, покрытую серебряными насечками, и протянул ее коннику.

Ропот восхищения прокатился в толпе: простого арата награждали, как отличившегося в настоящем сражении багатура, и всадник, отмахавший девяносто верстовых кругов по степи и едва державшийся на ногах, выхватил саблю из ножен, поднял ее к небесам и восславил щедрость своего полководца. Преодолевая усталость, он вскочил на незаседланного жеребца из подаренного табуна и, погарцевав перед главной юртой, осадил строптивого конька, заставив его склонить голову перед предводителем, затем стрельнул камчой и погнал табун в расположение второго тумена.

Удаляясь к себе в шатер, Мамай вдруг поманил Туган-Шону пальцем:

— Давай-ка сыграем в шахматы.

В Солхате, когда приходилось месяцами выжидать вестей, взвешивая доносимые сведения и готовя очередное выступление, они часто сражались на клетчатой доске. Бекляри-бек был грозным противником, в Туган-Шоне он нашел равного себе по умению. Поддававшихся Мамай больше к доске не приглашал.

Бросили кость, беку выпало играть белыми, что сулило удачу. Его войско быстро заняло центр, пехотинцы, выдвинутые вперед, завязанные друг на друга, постарались укрепить его. С флангов подтягивалась и белая конница.

Черные Туган-Шоны отвечали уверенно, в центре заварилась рискованная контригра: черные воины выстроились острыми углами, грозя рассечь белых. При этом черные слоны выдвинулись на позиции, дающие им далекий контроль над глубинной обороной противника.

— Что думаешь о Тохтамыш-хане? — спросил вдруг Мамай, не поднимая глаз от доски.

— Думаю, что он — чингизид, законный властитель Синей Орды, наследник хана Уруса. Бежав от врагов и получив поддержку в Самарканде у властителя Тимура, он приобрел недостающую силу и сейчас стал нашим самым опасным соперником. Он куда опаснее русских, которые празднуют победу и зализывают раны. На него в первую голову следует обратить внимание. Первая битва предстоит с ним, а не с князем Дмитрием. И еще. Тохтамыш-хан — монгол, верный законам Ясы, но он невоздержан, не видит мира таким, каков тот стал после великой чумы, выпившей реки чингизидской крови. Он стремится лишь следовать старине, презирает торговцев и купцов, он только воин, сильный и беспощадный. Если он соберет Орду в свой кулак, сжав им шею подданных, задохнутся все. Его правление будет дорого стоить всему миру. Оно его же и погубит, но не сразу, не в один час, как может случиться при проигранной битве. Думаю, нам придется воевать, я не могу найти другого выхода.

— Ты хорошо видишь шахматную доску мира, Туган, я ценю твои советы.

Мамай произвел размен слонов, затем обезопасил своего падишаха, продвинув его в короткую сторону. Туган-Шона зеркально защитил своего падишаха, радуясь, что белые первыми вынуждены были передвинуть шатер полководца. Белый эмир побежал сквозь поле по косой, отрезая путь наступающим черным пехотинцам, белая башня подтянулась с фланга, стремясь развить давление по линии в центре. Мамай играл свободнее, легко перемещая фигуры, но один ход черного слона поменял игру, черные вдруг начали ломить сразу в трех местах, получив серьезное преимущество.

Белые подтянули конницу, потеряв при этом двух воинов, — монголы никогда не щадили пеших. Черные согласно потеряли двух своих, но их правый слон при этом начал теснить конницу левого крыла Мамая. Белый конь отступил на короткий шаг, вернувшись под прикрытие пеших воинов.

Черные, рванув, пожертвовали еще одним пешим, вытягивая белого пехотинца вперед, подальше от флангов, и через ход его судьба была решена, а линия белых оказалась неожиданно расколотой на два лагеря.

— Напоминает последнее сражение, не так ли? — усмехнулся маленький повелитель. — Ты хорошо усвоил тактику русских.

— На своей шкуре усвоил, мой господин, потеряв при этом верного Очирбата.

— На всё воля Аллаха, — молвил бек, омывая руками лицо. — Я потерял там не одного верного нукера, а может быть, и всю свою жизнь. Но ведь это не впервой, так? Что ты сказал о Тохтамыше, верно, его войско меньше моего, это внушает надежду.

Фигуры Туган-Шоны начали плести рассчитанную на много ходов удавку. Мамай, видно, задумался о своем и проглядел западню. На ход черного слона он переместил своего, черный конь, не мешкая, пришел на подмогу, ему ответил белый конь, незамедлительно шагнув из-под защиты пехоты. Слон Туган-Шоны тут же сорвался в набег, ударил, грозя одновременно и неприятельскому падишаху, и коню. Понятно, что белый повелитель вынужденно сместился на шаг в сторону, замедляя тем самым темп всей битвы. Черная конница сразу поглотила левого коня, вырвалась из засады, тесня поддерживаемого тремя пешими белого коня на правом фланге, и разметала белый строй. И вот уже бит белый эмир, падает белый пехотинец. Затем второй. Истребив двух обреченных на заклание пехотинцев, черные добились решительного перевеса и начали загонять Мамаева падишаха в угол. Они недолго гнали его, рыскающего по полю, привычного держаться до последнего даже в самых проигрышных ситуациях, надеявшегося еще заключить мировую, но перевес был явным — два черных пехотинца беспрестанно угрожали, и вот падишах склонил голову из эбенового дерева на клетчатое поле доски.

— Молодец! Ты победил, Туган-Шона! Преимущество играет решающую роль в битве. Так что насчет Тохтамыш-хана? Его войско выступило вчера, я получил сообщение голубиной почтой.

— Я последую за тобой до конца куда пожелаешь, — сказал Туган-Шона, глядя маленькому человеку прямо в глаза. — Но жаль, что нам не хватило времени добраться до Солхата.

Воин и дипломат, Мамай вдруг улыбнулся широкой отеческой улыбкой.

— Я в тебе не сомневаюсь, а вот в этих... — он показал на приоткрытую завесу шатра.

— Правильно было подарить столь богатую саблю арату, — не сдержав улыбки, ответил Туган-Шона.

— Когда мы победим, я дам каждому по такой, — сказал бекляри-бек. — Похоже, до Солхата нам не дойти и нового хана провозгласить не удастся. Иди, выспись хорошенько, мне нужна твоя умная голова. А ведь как ты сумел заманить меня, пожертвовав своего воина! Так всегда поступали наши предки, бросаясь в ложное отступление, заманивая алчущих легкой поживы. У нас много рабов и степного сброда — их следует пустить в первую голову. Впрочем, может быть, надо начать с конницы и пожертвовать

одним из двух коней? Тут стоит подумать, Тохтамыш-
хан — серьезный противник.

Туган-Шона встал с колен, поклонился и вышел
из шатра.

18

В предрассветной мгле он заседлал коня. Кешиг уже
сидел в седле, хмурый, как еще не проснувшееся
небо. Конь стрельнул глазами, ожидая подачки, но
Туган-Шона не стал его баловать, хотя мешочек с сушеными абрикосами и миндалем был накрепко привязан к поясу за верным уйгурским ножом. Они ехали по спящему лагерю, ночные тени еще метались по
углам огромного кочевого города, что мог быть свер-
нут в считанные часы.

Выехали в степь. Ветер трепал травяные гривы,
приятно холодил лицо. Где-то чвинькнула ранняя
птица, и тут же, словно откликнувшись на ее призыв, в траве завел свою грубую песню затаившийся
дергач. На невысоком степном кургане Кешиг заметил худую лисичку-корсака, она замерла, повернув
острую мордочку в сторону двух всадников.

— Морендоо![1] — закричал Туган-Шона и первым
сорвал коня в галоп. Кият с радостью рванул наперегонки.

Далеко-далеко, на окраине плоской земли, где
небо сходилось со степью, расцветали первые розовые всполохи, и скоро темно-серое небо стало
набирать фиолетовые тона, а по земле пробежали
розовые и красные, как розы Солхата, пятна — вест-
ники восходящего солнца. Всадники мчались вперед, прямо на огромную оранжевую горбатую спину
огненного чудища, выползающую из ночного заточе-

[1] Поскакали! (*монг.*)

ния. Кешиг пронзительно взвизгнул: «Алю-алю-алю!» и огрел лошадь камчой. Маленькие мохнатые кони с радостью снялись в бешеный галоп и воспарили над землей, вытянувшись в беге. Они неслись, и топот копыт сливался в одну бесконечную дробь. Всадники, привстав на стременах, припали к лошадиным шеям.

Начищенные сердцевидные заклепки на упряжи заблестели на солнце, от бликов иранской меди зарябило в глазах. Кешиг вырвался на полкорпуса вперед, и Туган-Шона дал нукеру попервенствовать какое-то время, выматывая его лошадь, потом отпустил поводья и обхватил руками мокрую шею своего скакуна. Сохранивший силу жеребец рванул так, что воздух засвистел в ушах. Они слились в едином порыве, конь еще наподдал и медленно, но уверенно начал доставать лошадь кията, отвоевывая пространство пядь за пядью. Когда кони поравнялись, жеребец Туган-Шоны мотнул головой, словно проглотил недостающее расстояние, и вырвался вперед. Непреклонная воля хозяина передалась коню, ноги его попарно сгибались и распрямлялись, сгибались и распрямлялись, и сердце, легкие, почки и печень и каждая жилка, каждая косточка этого привыкшего к неимоверным перегрузкам тела работала, выполняя поставленную задачу — вырвать победу! Опередив соперника на полтора корпуса, он сам чуть сбавил темп, экономя силы, в его раскрытых глазах с дикой скоростью проносилась окружающая их степь. Умный жеребец бежал так, чтобы кият сохранял дистанцию и не мог их догнать.

Солнце взошло почти целиком, лишь маленький кусочек его донца никак не соглашался покинуть земные пределы. Словно опасаясь, нечаянно оторвавшись от земли, заскочить в середину огненного круга, до которого, казалось, вот-вот достанут разгоряченные ноздри скакуна, Туган-Шона поймал поводья и потянул их на себя. Конь тут же перешел на рысь, прострочил по земле с треть версты и встал, мотая головой и косясь на всадника. Широко раскрытые ноздри мгновенно сузились, вздымавшиеся бока чуть опали под коленями всадника, он уже дышал размеренно и только коротко заржал, ударив в землю копытом и выбив в ней неглубокую ямку, словно ставил точку в их незапланированном забеге. Эмир благодарно похлопал его по шее, вытер мокрую от лошадиного пота руку о кожаные штаны и, расправив плечи, чуть откинулся в седле, поджидая спутника. Кешиг поравнялся с ними, встал и вдруг вытянул правую руку, положил ее на верхний край светила и залился детским смехом, когда будто по его приказу солнце наконец выкатилось всё, огромное, на глазах набирающее высоту.

На дне длинной балки неподалеку журчал ручеек, по илистой отмели важно вышагивали длинноносые кулики, оставляя за собой следы-трезубцы, тут же заполнявшиеся блестящей водой. Над степью тянулся косяк уток, меняющих место ночной кормежки на более спокойное дневное укрытие. Выше над ними парил большекрылый ястреб, оглашая окрестности нервными криками, словно отмерял время. Без этих звучащих с завидным постоянством призывов всадникам бы показалось, что мир на мгновенье онемел, словно его околдовали.

Целый день они охотились. Упорно прочесывали покрытые сухой травой балки, пока в одной из них Кешиг не выгнал прямо на Туган-Шону стайку антилоп. Стрела сбила первую же скакнувшую в воздух, ужалила в сердце на лету — животное сложило ноги в прыжке и рухнуло на землю, тяжело, ломая хрупкие кости, и забилось в агонии. Туган-Шона прыжком соскочил с коня, перерезал шейную жилу и, прижав стройную голову к сухой земле, гладил по жесткой скуле, творя вслух искупительную молитву, словно убаюкивал разгулявшегося перед сном ребенка, которого пока так и не успел произвести на свет. Темный выпуклый глаз уставился на него, запоминая его образ навсегда. В умирающем взоре читалось что-то такое, что не дано было разгадать, но дано было почувствовать сейчас особенно остро. Безысходность свершенного накрыла Туган-Шону, он не мог оторваться от смиренно потухающего глаза, тот быстро стекленел; покрывающая его пленка была еще мокрой, когда из уголка скатилась крупная слеза.

Кешиг помог освежевать добычу, побросал мясо в мешок, и они продолжили охоту, переместившись к тянувшимся одно за другим озеркам-полоям, где настреляли разных уток.

Рыскали так весь день, подобно голодным волкам, выматывая себя и своих лошадей до предела, и к вечеру, отмахав не один десяток верст и не встретив ни одного верхового, остановились на крутом глиняном обрыве у небольшой реки под раскидистой старой ивой. Стреножили лошадей, пустили их пастись. Пока Кешиг разжигал костер, Туган-Шона сбежал по склону к воде, разделся на песчаной косе и бросился в воду. Черная степная змея в испуге заскользила по водному зеркалу прочь от человека, треугольная голова стрелкой торчала над водой, по воде за ней тянулся извивающийся ртутный след. Туган-Шона лег на спину, раскинул руки и закрыл глаза. Полегоньку покачиваясь на прогретой воде, он почти задремал. Иногда приоткрывал один глаз: темное зеркало начинало алеть в лучах заходящего солнца. Две важные цапли застыли в стоячей заводи, как изваяния, нацелив клювы в темные оконца в зеленой ряске. На противоположном низком берегу на песчаной косе сидели две разомлевшие на солнце пары казарок. Он лениво изучал их роскошное оперение: рыжие щеки, окаймленные белыми ошейниками, белые брюшки и короткие рыжие шеи, повернутые к спине клювы, зарывшиеся в теплый черный пух с синим отливом. Иногда, подобно задремавшему воину, гуси приоткрывали глаз, чтобы оценить расстояние до отдыхающего существа, бесцеремонно развалившегося на глади их реки. Тени от деревьев по берегам стали длинными, потянулись к Туган-Шоне, стремясь излечить его успокаивающуюся душу, дотронуться и приласкать, как ласкала и убаюкивала нагревшаяся за жаркий день медленно текущая вода.

Спустя время он очнулся, перевернулся на живот, заработал руками и ногами, как лягушка, с силой отталкиваясь от воды, рассекая ее широкой грудью, быстро поплыл к берегу, затем опустил голову в воду и замахал руками, выкидывая их далеко вперед, чуть переваливаясь при гребке с боку на бок. Потом скакал на пятке, тряс головой, выливая из ушей воду. Две водные черепахи, пролежавшие целый день в мокром прибрежном иле, не выдержали его варварского танца — с громким презрительным хлюпом ухнули в реку и скрылись под водой. Кешиг стоял на круче высоко вверху и следил за ним — кият не любил и боялся воды: у него не было бабушки, которая в детстве научила б его плавать.

Потом, лежа на боку на расстеленных халатах, расслабив все мышцы, поддерживая голову рукой, согнутой в локте, медленно ели жареное мясо, срывая по кусочку с чуть обгорелой ивовой ветки. Ели долго и много, как умеют есть только степняки или волки, впрок, и почти прикончили антилопу. Запили речной водой, всласть отрыгнули и разлеглись на спинах.

Немного погодя Туган-Шона неохотно поднялся, отошел от жаркого костра справить нужду. Присел недалеко. Он хорошо видел Кешига, вперившего взгляд в рвущиеся вверх языки пламени. И вдруг в самый неудобный момент всей кожей спины почувствовал, что чьи-то чужие глаза следят за ним из темных кустов. Тело мгновенно покрылось гусиной кожей. Он медленно встал и обернулся. Всего в нескольких шагах большая серебристо-белая волчица безмолвно вышла из тени куста и неотрывно смотрела, как человек судорожно завязывает кожаные тесемки штанов на животе. В узких темных глазах ее отражалось красное пламя костра. Холодно и внимательно она изучала его, и он сдержал внутренний трепет, зная, что запах страха только притягивает и распаляет хищника. Туган-Шона замер, боясь пошевелиться. Оружия при нем не было, Кешиг, смотря через огонь в темноту, ничего разглядеть бы не смог и был ему бесполезен. И вдруг его как ужалило. Белая волчица вышла на свет вся, и он понял, что это не простое животное. Вспомнил тайное сказание о белой волчице-прародительнице, и лоб мгновенно покрылся испариной. Тело окаменело, но дикое напряжение всех жил, казалось, готово было разорвать его изнутри. Неземная сила разлилась в ночи и накрыла его. Туган-Шоне почудилось, что всё пространство вот-вот вспыхнет синим огнем, как случалось, когда молния била неподалеку в степи. Волчица была высокой и немолодой, влажный нос блестел, неподвижный, нацеленный прямо в его грудь, уши не прижаты к затылку — нападать она не собиралась.

И сразу отпустило, как тяжелый промокший халат свалился с плеч, кровь вскипела в голове, от неожиданной удачи чуть закружилась голова.

— Сайн байна, Шона-бэки[1], — он вежливо склонил голову, здороваясь с ней.

Зверь сделал еще один шаг, затем другой в его сторону, будто собрался что-то ответить, и вдруг фыркнул, мотнул головой, словно отвечая на приветствие. Глаза сузились, превратились в узенькие щелочки, в них блеснули веселые искры. Волчица вдруг повернула направо всем телом, крутанулась вокруг своей оси на задних лапах и мгновенно исчезла, растворилась в завихрившемся завитке тумана, быстро зализанном взявшимся ниоткуда дыханием низового ветра.

И только тут Туган-Шона ощутил, как страшно замерз: озноб прошил от макушки до пяток. Никак не укладывалось в голове, не померещилось ли ему с устатку? Но нет, он не мог забыть чуть раскосые глаза, в которых двумя угольками отражался огонь, немигающие, бесстрастные, какие бывают у дикого зверя, и вдруг на мгновение ставшие веселыми, как у смеющегося, счастливого человека.

— Эй, — закричал от костра Кешиг, — слишком много съел, да? — И добавил совсем уж непристойность, вполне нормальную между двух отдыхающих на привале воинов.

Туган-Шона вышел из темноты, опустился напротив кията, не ответил на его шутку. Протянул чуть дрожащие руки к костру, буквально впитывая тепло, уставился в пламя. Вежливый Кешиг сделал вид, что не заметил перемены в его лице, достал флейту и принялся выдувать из семи ее разновеликих трубочек протяжную, грустную мелодию. На этом древнем инструменте его научили играть солхатские греки.

Туган-Шона поднял голову, всматриваясь в густой мрак ночи, но ничего не разглядел. Волчица исчез-

---

[1] Здравствуйте, госпожа Волчица (*монг.*).

Петр Алешковский. *Крепость*

ла. Заломило во лбу. Он с силой потер глазницы кулаками, и перед глазами, словно насмешка, возникли красные круги, никак не похожие на красные угольки в глазах явившегося ему предка. Он повернулся к костру. Печальный мотив флейты пал на душу и повлек за собой.

Музыка обволокла осиянный светом костра маленький уголок мира, потянулась наискосок вслед за дымом к быстро темнеющему небу, мешаясь с трескучими искрами. Тоскливые, согласно тянущиеся звуки напитали дым, и он изменил направление, начал подниматься столбом и принялся танцевать над костром, покачиваясь из стороны в сторону, словно танцовщица, покачивающая своими крутыми бедрами в медленном танце. Флейта пела о мимолетности мгновения, о прошедшем дне, оплакивала дарованную богами охоты антилопу, отяжеливную их желудки, поселившую в них тепло и обманчивую уверенность в том, что и следующий день будет так же удачлив, как стремительно пролетевший этот. Перед Туган-Шоной распахнулась бездна, наполненная тянущейся и тянущейся мелодией, более бездонная даже, чем небо, под которым он лежал. Она влекла куда-то, и сердце его наполнилось жаркой кровью, и какая-то невесомая его часть последовала за музыкой, отделилась от тела и воспарила над ним. Вся невыразимая печаль и радость жизни смешались в чудесной песне семи просверленных трубочек, крепко сплоченных кожаным ремешком. Музыка не лепила образы, что вставали перед глазами, но объясняла что-то куда более объемное и непостижимое. Через нее душу заполнил след Бога, который в другие минуты жизни неуловим.

Звёзды опять высыпали на небе, луна светила уже высоко, когда они нашли коней, заседлали их и поехали шагом к лагерю. Кешиг ехал как в трансе, не в силах оторваться от флейты. Звуки ее не умолкали ни на мгновение, окутывали степь и разлетались по ней далеко-далеко, как накрывший землю после жаркого дня туман. Зачарованные лошади едва перебирали ногами, тихо ступали по твердому телу степи, боясь неправильным движением разрушить чувство, поселившееся под сводами их крепких ребер. Это чувство росло и росло, заполняя теплые пустоты в глубинах четырех сердец, заставляя их биться тихо и размеренно, разнося напитавшуюся им кровь по организмам людей и лошадей. Густой воздух вокруг стал временем, в котором они просто жили, нащупав особым древним чутьем всё внутреннее беспокойство земного бытия и смирившись с ним.

Уже перед лагерем, завидев огни костров, Кешиг спрятал флейту.

— Благодарю тебя, господин, ты подарил мне день, — сказал он и склонил голову в глубоком поклоне.

— И я тебе благодарен, Кешиг-бей.

Туган-Шона нахмурил бровь, и сказал то, что собирался сказать ему весь день:

— Тохтамыш-хан — чингизид. Впереди только боль и кровь, я знаю это точно. Я не тяну тебя за собой, ты волен поступить как пожелаешь.

И словно в подтверждение своих слов услыхал далекий вой волчицы.

Туган-Шона огрел коня камчой и поскакал по широкой улице меж шатров не оборачиваясь, словно сказал нечто постыдное.

19

Перед самым восходом солнца у белого шатра в сердце лагеря запела труба. Ее властный звук разорвал тишину, и вмиг всё войско было на ногах. Выдернуть центральный шест и скатать войлок, завязать его крепкими ремнями и приторочить к спинам лошадей и верблюдов — на это ушло не более часа. Люди выстроились в походном порядке, и воинство тронулось. Разведчики ускакали вперед еще ночью.

Люди шли, растянувшись по степи длинной змеей, барабаны в сотнях отбивали ритм, чтобы пешим было легче преодолевать путь. Обоз тащился сзади и скоро затерялся на пыльной дороге, разбитой неисчислимым количеством ног и копыт.

Туган-Шона и Кешиг ехали в арьергарде трех солхатских сотен — личной гвардии бекляри-бека, который сам приказал Туган-Шоне быть всегда под рукой. За спиной предводителя развевался треххвостый личный бунчук — знамя погибшего Мухаммад-хана, спасенное в битве при Непрядве, лежало где-то в обозе, надежно завернутое в прочную крашенину, поднять его над войском было бы святотатством. Мамай сидел на вороном арабе. Длинноногий красавец один стоил целого табуна мохноногих лошадок, но для битвы не годился. Вороно́й был парадной лошадью, подчеркивающей богатство и особый статус маленького всадника.

Бек был в ярко-красном халате, расшитом желтым шелком, со стоячим воротником с золототкаными узорами. Красный — цвет очистительного огня, он приносил удачу, желтый — отгонял злых духов. Поверх халата бек надел любимую кольчугу с золотой насечкой — изделие константинопольских кузнецов. Наносник на шлеме был поднят, маленький штырь не давал ему упасть меж глаз. На самой макушке из заостренного навершия шлема вздымался к небу султан из перьев белой цапли.

Свитские тоже разрядились, словно ехали не на битву, а на мирный курултай. Блестело золото и серебро, утопавшее в переливающихся на солнце русских соболях. Неспешным походным шагом войско продвигалось навстречу Тохтамышу, его рать уже три дня как выступила навстречу. Мамай направлял свои отряды к небольшой речке Калке, на ее берегах, по странному стечению обстоятельств, более чем полтора века назад войска Джэбэ и Субэдэя разгромили наголову русско-половецкое войско. Мамай хорошо знал местность в южном Приднепровье, это придавало ему уверенности. Пугало другое: выйдя навстречу выходцу с востока, он становился мятежником, поднявшим руку против исконного чингизида, монарха, подчинившего теперь обе Орды — Золотую и Синюю, восстановившего после двух десятилетий раздоров улус Джучи в его старинных границах. Почтовые голуби принесли известия от шпионов: многие из еще недавно верных предали бекляри-бека, как это сделал старинный боевой товарищ, даруга кырк-еркский Хаджи-бек. Тохтамыш принял его присягу, даровав возглавляемому им племени сюткель щедрые подарки.

Мамай смешил своих эмиров разными историями, неприметно вглядываясь в лица, но лица монголов из ближнего окружения оставались непроницаемы. Они смеялись шуткам предводителя иногда от всего сердца, иногда лишь кончиками губ, когда шутка выходила не слишком удачной. Все они напрямую зависели от его щедрот, что, как уверял себя Мамай, связывало их крепче той конской жилы, которая сшивает намертво слои толстой бычьей кожи, натягиваемой на обод круглого степного щита.

К берегам Калки прибыли через два дня. Через день притащился обоз. Разведчики доложили, что силы противника следует ожидать через сутки. Мамай удалился в шатер и полдня не показывался, потом вышел к войску, сделал последний смотр. Строгое лицо и уверенная походка, короткие команды, поданные резким, не знающим возражений голосом, вселили в воинов уверенность в своем командире. Они радостно приветствовали Малыша-Кичига, заверяя, что будут биться до победного конца. Предсказатели напророчили удачу, за что получили по белой кобылице.

И вот настало утро. Седой туман заткал берега реки и все углубления земли, но с восходом солнца рассеялся, как его и не бывало. Войско Тохтамыш-хана подошло ночью, расположилось полукольцом напротив их вытянутого в линию строя.

В противном стане запела труба, им отозвались Мамаевы фланговые трубы, давая сигнал к наступлению. Люди двинулись, подбадриваемые командирами, и вот уже и побежали, но тут вражеский строй расступился, пропуская вперед горстку всадников. Один — черный, в короткой холеной бороде и простых кожаных доспехах воина-степняка, подпоясанный статусным поясом с нашитыми золотыми бляшками и в шапке с тремя перьями цапли, подчеркивающими его высокий воинский чин, подался немного вперед. За ним неотступно следовал знаменосец, несущий белое знамя чингизидов с плывущей по его полю рогами вверх черной луной. На перекладине над древком развевались по ветру девять белых бунчуков из хвостов отборных жеребцов, перевитые красными лентами, обеспечивающими благоволение небесных сил.

Лошади замерли на небольшом бугре, бородатый, отчетливо видный всем, выехал еще на два шага вперед, поднял руку. Пешие мамаевские вои замедлили бег и встали, грохот этой непредвиденной остановки разнесло по всей степи. Первые, особо ретивые, не добежали до глашатая один перестрел — расстояние, равное полету стрелы. Казалось, все как один неотрывно смотрят на знамя с черной луной, ибо не человек в поясе, а небесные силы черной луны остановили войско, влив в его жилы страх и великое почтение. Туган-Шона, возглавлявший правое крыло конницы, поднял руку, сдержал рысивших за ним лошадей, иначе конница влетела бы в задние ряды и смяла их, внеся еще бо́льшую сумятицу в происходящее. Приложив ладонь к уху, он принялся жадно слушать слова.

Чернобородый закричал, голос его полетел над замершими полками.

Перечислив все титулы и владения своего хана, он провозгласил прощение всем, кто примет присягу новому законному властителю. И тут произошло невероятное. Пешие стали опускаться на колени, всадники слезали с коней и падали ниц прямо в грязную землю, касаясь ее лбами и произнося простые слова присяги на верность. За какой-то миг войско словно усохло на глазах, воины приняли молитвенные позы, составив ровные мирные ряды, отложив бесполезное оружие в сторону. Несколько знатных эмиров Мамая подъехали к группе всадников и принесли присягу чернобородому лично.

Туган-Шона поворотил коня. Пока все были заняты нехитрой, но весьма убедительной церемонией, обращенные как один вперед, он направил коня к группе солхатцев, окруживших на самых задворках войска своего повелителя. Мамай выжидающе смотрел на него.

— Я с тобой, бек, как всегда, — сказал Туган-Шона громко. Сердце забилось бешено, словно стремилось вырваться из груди.

— Я и не сомневался. — Мамай резко поворотил вороного араба. — Айда за мной, тут больше нечего делать.

Мятежные три сотни прикрыли своими спинами предводителя, понеслись прочь от места несостоявшейся битвы. Мамай скакал впереди отряда, белый султан из перьев цапли бился по ветру. Наносник на шлеме он так и не опустил.

20

Араба пришлось отпустить на волю, в выносливости он сильно уступал монгольским лошадям. Туган-Шона заметил: от отряда отделились два нукера и полетели в степь, вдогонку за длинноногим скакуном. Коня они выгодно продадут, когда всё уляжется. Это были первые из сбежавших.

Отряд гнал в полную силу. Перескакивали на ходу на запасных лошадей, давая отдых уставшим, бежавшим следом налегке. Вооруженные люди и сменные кони мчались лавой, четко выдерживая расстояние между рядами. Держали на юг, в спасительный Солхат, под защиту своих вассалов и верных генуэзцев, которым бекляри-бек особо покровительствовал, поощряя выгодную для обеих сторон торговлю. Пока Тохтамыш не перекрыл пути, надо было успеть укрыться за крепкими стенами крепости — вот когда она наконец-то пригодилась. Втянувшись в мерный галоп, степняки привычно умудрялись отдыхать в седле, делали так всегда — с того момента, когда безусый юнец переходил в разряд лучников.

Останавливались у воды напоить лошадей. Костров не жгли; укрывшись под тенистыми деревьями, пережидали час-два самого знойного времени суток. Наверстывали упущенное ночью под звездным небом, которое читали, как генуэзцы — свои лоции побережья и чертежи прилегающих к морской воде земель, тщательно скрываемые от посторонних глаз.

Степь начала меняться. Стало больше попадаться сухой травы, на твердой, потрескавшейся от зноя земле всё реже встречались несомые ветром колючие шары перекати-поля. И вот вдали показались темные спины предгорий, то тут, то там замелькали хилые деревца — предвестники богатой водой земли.

Наконец копыта лошадей зацокали по камням: из земли выползли застывшие пласты плитняка, на которых грелись на солнце юркие ящерицы, волосатые сколопендры, мелкие прыгучие паучки и ядовитые толстые змеи. Горы встали впереди, от них дохнуло долгожданной прохладой, по сторонам дороги потянулись убранные поля, готовые принять через год семена нового урожая. Отряд втянулся в извивающееся ущелье. Тут скакали уже по накатанной колесными арбами пыльной дороге, проносясь мимо низких крыш — густые шапки почерневшей соломы свисали с них почти до земли. В каменных уличных очагах горел под котлами огонь, женщины мешали длинными деревянными лопатками густую ячменную похлебку. Обрабатывавшие поля мужчины заранее сходили на обочину, глядели навстречу несущимся всадникам из-под руки, защищая глаза от яркого солнца. Когда бешеная кавалькада проносилась мимо, они, разглядев бекский бунчук, низко кланялись или падали на колени и, согнув спины, касались лбами земли.

После очередного дневного привала, когда залегли передохнуть, расстелив халаты под навесом у неглубокой пещеры с прокопченными от пастушьих костров сводами, в тихом месте у бежавшего с гор ручья, недосчитались пяти десятков всадников. Они ушли незаметно, просто отстали, свернули в сторону и затерялись в разветвлениях огромного ущелья.

Мамай вдруг изменил направление, приказав спешить к Кафе. Город считался владением золото-ордынских ханов, но принадлежал частью и генуэз-цам, там мятежный бек рассчитывал найти верное убежище. Тохтамыш вряд ли отважился бы выбивать его оттуда силой; на худой конец у генуэзцев имелись быстроходные корабли. Как всякий монгол, Мамай не любил море, боялся плавать по нему, но в крайнем случае отважился бы взойти на борт многовесельной галеры с косыми парусами. Ему нужна была передышка, когда б он смог подтянуть к себе гарем и, главное, женщин из рода Бату-хана во главе с Тулунбек-ханум. Он бережно охранял их много лет. Устраивая жизнь высокородного семейства, бекляри-бек черпал от благородных женщин мальчиков Чингизовой крови, каковым был погибший в битве при Непрядве молодой Мухаммад-хан. Взвесить силы, начать рассылать гонцов, плести и плести бесконечные интриги, становясь незаметно день ото дня всё сильнее, провозгласить одного из имевшихся в запасе царевичей новым ханом, и ждать, ждать нужного момента, как степная лисичка, окаменев у норки, дожидается глупого и жирного суслика, — Мамай мастерски играл в подобные игры, он умел ждать.

В такие дни, недели, месяцы, если Туган-Шона оказывался под рукой, они много разговаривали, слушали музыку, рассматривали звёзды, объедались жирной бараниной, печеными овощами и сладкими солхатскими дынями. И неизменно играли в шахматы, война на клетчатом поле никогда им не надоедала. Когда же пресыщение бездействием становилось особо невыносимым, отправлялись на охоту, лазали по горам за горными козлами и баранами, травили в темных дубовых рощах кабанов и медведей или, поймав веселый степной ветер, гонялись за хитрыми зайцами, набивая по тридцать и сорок штук за раз. Монголы жили охотой, равно как и войной, Мамай не был исключением. Измученные, радостные, пропахшие по́том, смешавшимся со сладковатым запахом лошадей, возвращались в спасительную тень. Там снова ждали, отлично зная, что заточенное и отполированное руками рабов-умельцев, смазанное козьим нутряным салом оружие тоже ожидает в ножнах своего времени, когда надо взлететь в воздух подобно кривой молнии, упасть и рассечь голову врага с хрустом, как нож слуги рассекает красный сахарный арбуз.

К вечеру третьего дня показались стены Кафы. Мощные, сложенные из местного плитняка, высокие, увенчанные, как зубами дракона, зубцами, они казались неприступными. Дорога упиралась в крепкие, окованные толстым листовым железом ворота. Над воротами, как предупреждение входящему, красовалась закладная строительная плита. Герб Генуи — крест — соседствовал на ней рядом с тамгой чингизидов, обозначая верность союзническому договору, подчеркивая и закрепляя верность обетам, данным ордынскому хану. Но ворота не открылись. Горластый малец в камзоле, расшитом кричащими цветами герба города-государства, в простой войлочной шапке со сходящимся на темени красным крестом, прокричал совместное решение городского совета: «Во въезде в город отказано!» Отцы города показались на миг среди широких известняковых зубцов, в своих золотых нагрудных цепях, увешанные блестящими побрякушками, в дорогих собольих мантиях, засвидетельствовали свое присутствие, как бы подтверждая вынесенный вердикт. Затем повернулись и исчезли в глубинах спасительной стены. На смену им в бойницах немедленно выросли одетые в надраенное, кипящее на солнце железо лучники. Их большие луки были натянуты наполовину, наконечники нацелены вниз, в сторону сбившегося в кучку небольшого отряда.

Это был жестокий приговор. Мамай выругался зло, обозвав лучников течными суками, презрительно рассмеялся, но видно было, что смех дался ему тяжело.

— Побоялись убить, спрятали головы в норы, как суслики! — Он рванул поводья на себя, поднимая коня на дыбы.

— Кичиг-бек! — Верный гвардеец подвел к нему какого-то человека.

— Кто ты?

— Гонец из Солхата, мой повелитель. Боюсь, я привез плохие новости. Тохтамыш-хан перехватил в пути гарем и Тулунбек-ханум с мальчиками, они направлялись к Кафе, как ты им повелел.

Мамай аж взвизгнул от вскипевшей ярости, огрел ни в чем неповинного коня камчой.

— Кто со мной, в Солхат? Кутлуг-Буга укроет нас. — Не оборачиваясь, поскакал назад. За ним последовали не все, десятка два всадников остались стоять перед закрытыми воротами.

Пришлось проезжать по знакомой долине, полюбившейся Туган-Шоне с первого взгляда, но он не завернул в свой пустой дом. Сарнайцэцэг и Гюль-ханум приготовили бы ему баню, староста Деметриос пришел бы с поклоном и долго бы ждал господина, готовый дать подробный отчет о делах хозяйства. Туган-Шона лишь задержался на миг у въезда в селение, подозвал Кешига.

— Скачи домой. — Кешиг жил с семьей неподалеку от его дома. — Ты достаточно повоевал, приглядывай за хозяйством.

— Господин, я не брошу тебя, — в голосе кията прозвучала сталь.

— Лишаю тебя присяги. Друг, подели деньги со вдовой Очирбата и жди меня, может, всё и обойдется. Береги здешних людей, ты мне важнее тут.

— Хорошо, — в глазах Кешига сверкнули гневные искорки, — я понял. Не переживай, дом и хлеб для тебя всегда тут найдутся.

Принял мешочек с серебром, поднял руку в степном приветствии, отдавая честь своему эмиру, резко отвернул морду коня и поскакал прочь.

Туган-Шона бросился догонять маленький отряд. Через час он нашел всадников отдыхающими под знакомым скальным навесом.

— Прости, Кичиг-бек, я отправил своего человека проведать хозяйство.

— Хорошо, ты должен заботиться о своих людях, как я вот пытаюсь заботиться о своих.

Мамай поднял руку, показал на кучку всадников, развалившихся вокруг него, и рассмеялся уже от души.

— Похоже, Туган-бек, и я должен лишить тебя присяги.

— Не выйдет, я не простой воин — эмир, и клятве не изменяю.

— Зря, я бы воспользовался случаем. Но ты, как твой клинок, из звездной стали, — крепкий и верный, и я тебе благодарен, Туган.

Мамай встал с земли, воины тут же вскочили, готовые выслушать приказание.

— Здесь остались верные. Слушайте. Всю жизнь я старался собрать в кулак то, что растащили по кускам злобные, алчные, непостоянные. Мы еще повоюем, я не забуду вашей преданности. А если не судьба... Что тогда?

Он смотрел прямо в их лица, казалось, прожигая каждого своим пытливым взглядом.

— Тохтамыш вынужден будет воевать с Тимурленгом Самаркандским, им не усидеть на одной земле, — сказал Туган-Шона.

— Слушайте его, воины, из встреченных в этой жизни я не нашел более опытного игрока в шахматы.

Мамай вскочил на коня и, заливаясь утробным смехом, поскакал к перевалу. Туган-Шона не сразу догнал его. На самой вышине Мамай остановился, разглядывая высокие стены крепости.

— Знаешь, — обратился он к Туган-Шоне, — здешние жители должны меня ненавидеть. Я повелел втрое увеличить подушный налог, чтобы возвести эти прекрасные стены, да еще каждый отработал трехсотдневную повинность на строительстве.

— Кутлуг-Буга примет нас хорошо, он ваш верный союзник, — поспешил успокоить его Туган-Шона.

Они принялись спускаться с горы и через три часа подъехали к городу. Но Кутлуг-Буга не открыл ворота: он рассчитывал сохранить пост даруги Солхата при новом хане.

На следующий день, на закате, когда небольшая группа оставшихся медленно ехала по дороге, направляясь к прибрежному селению, из купы зеленых тополей выехал всадник в черных кожаных доспехах. Мамай остановил коня. По тайной команде из травы выросли черные лучники. Сзади из засады выступил хорошо вооруженный отряд.

— Им нужна моя печень, — сказал Мамай.

Он пустил коня шагом навстречу человеку в черных доспехах. Спешился перед ним, снял с перевязи саблю и отбросил в сторону, как ненужную деревяшку. Повернулся к отряду, поймал напряженный взгляд Туган-Шоны и вдруг сказал одно слово, о котором они как-то долго говорили в далекое мирное время.

— Прости, — сказал мятежный бекляри-бек по-русски и радостно ухмыльнулся, словно оценил свою самую удачную шутку; качнул головой, вроде хотел что-то добавить, но смолчал и решительно шагнул навстречу поджидающим.

Черные окружили бека, отвели в приготовленное место в кустах. Там, у холодного потока, лизавшего окатанные валуны, маленького воина положили на расстеленный войлок, лицом вниз. Их командир сел на спину Мамая, накинул ему на шею петлю из прочного конского волоса и затянул ее одним рывком. Он тянул конец на себя, словно старался сдержать бешеный галоп резвого скакуна, и покорил его, держа аркан, — тянул, пока не закончились конвульсии и ноги не выпрямились, застыв в вечном покое. Повернул теплое еще тело на спину, всмотрелся в страшно выпученные, налитые кровью глаза. Потом приложил грубые пальцы воина к наливающейся трупной синевой шее и, не услышав биения сердца, снял петлю с умерщвленного. Мамаю была дарована почетная смерть без пролития крови.

— Вам разрешено похоронить, — сказал командир-палач, обращаясь к Туган-Шоне.

Поклонился, отдавая последнюю почесть удавленному, вскочил на коня. Черный отряд запылил по дороге, миг — и он исчез за поворотом. Пыль от копыт в полном безветрии беззвучно оседала на придорожную зелень. Солнце садилось. Куда ни кинь взгляд: на дороге, кустах, камнях и застывшем море травы — расцветали теплые розовые пятна. Цикады начали свою бесконечную трескотню. От нее заломило в висках, но Туган-Шона знал: спрятаться от назойливого хора невозможно.

21

Туган-Шона ехал уже второй месяц, поднимая желтую песчаную пыль. Пыль оседала на ногах коней. На длинном аркане за собой он вел запасного жеребца и вьючную лошадь. Эмир не стал участвовать в погребении. Преданный командир солхатцев сделает всё, что нужно. Кутлуг-Буга, вне всякого сомнения, выделит людей и рабов. Беку выроют просторную могилу, в глиняной стенке сделают удобный подбой — камеру, где посадят мертвого, в самых дорогих одеждах, при оружии, которое он особенно любил. Рядом поставят сосуды с любимыми кушаньями, нальют воды, чтобы там, где нет печали и воздыханий, Мамай ни в чем не нуждался до прихода ангелов. Затем над тщательно засыпанной ямой возведут высокий курган. Землю станут черпать изо рва, образовавшегося у подножия. Ее, как всегда, не хватит. Рабы и простые воины примутся носить землю мешками не один день, пока холм не достигнет должной высоты. Он будет виден издалека, возвышаясь над старой дорогой, чтобы каждый проезжающий мог помянуть покойного добрым словом и попросить у Аллаха снисхождения к его нелегкому земному пути, начертанному повелением свыше за семь дней до рождения.

Возможно, Кутлуг-Буга почтит память умершего конными состязаниями и уж конечно расщедрится на богатое угощение. Воины сядут в круг и примутся вспоминать былое, и многие, отяжелев от баранины и кумыса, лениво отползут в тень и заснут, мирно похрапывая, и проспят так до самого стылого утра, когда осевшая книзу из ночного тумана холодная влага отрезвит их соловые головы.

Туган-Шона заехал к Кешигу. Долго не разговаривали. Кият снабдил его необходимой провизией, но отговаривать от сумасшедшей затеи не стал.

— Дай больше бурдюков для воды, мне понадобится много.

Кешиг навьючил лошадей, выбрал из своего табуна самых выносливых.

Туган-Шона решил отправиться через Мертвую степь и смертоносные Белые Пески ко краю

Кавказского моря. Лишь пройдя их, можно было попасть в Самарканд к эмиру Тимуру. Туган-Шона поклялся отомстить за смерть своего господина. Принять присягу Тохтамыш-хану он не мог себе позволить.

Он ехал на восток, завернув лицо от носившегося в воздухе песка дареным Мамаевым желтым платком-хадагом, правя так, чтобы Четверка Небесных Лошадей бежала перед ним, указывая дорогу. Она и неслась сквозь тьму неукротимо и мощно, растянувшись в широкую линию, спасаясь от Белого Тигра, что преследовал ее каждую ночь на другом конце небосклона прямо за его спиной. Большое и красное Чрево Дракона в этом году входило в Зал Света в Восточном Дворце беспрепятственно, Привратник не в силах был затворить Небесные Врата, что предвещало страшные потрясения — войны, пожары, засуху и гибель многих и многих людей.

Солнце, вставая, било ему прямо в глаза. Когда жар становился особенно нестерпимым, он, если не посчастливилось укрыться в случайной тени, найти которую становилось всё сложнее, стреноживал лошадей, бережно расходуя воду, поил их. Затем сооружал из козьих шкур подобие палатки, ложился на расстеленный халат, спасающий от раскаленного песка, и впадал в забытье, экономя энергию, стараясь дышать медленно и не ворочаться с боку на бок. У него сильно похудели седельные мешки с припасами, почти закончилась мука и ячмень, мешочек с сушеными абрикосами опустел наполовину, и он позволял себе положить в рот лишь один желтый кругляш и долго перекатывал его в сухом рту, пока не начинала прибывать сладкая слюна.

Далеко позади остались реки, что он переплыл, с радостью остужая прожарившееся на солнце тело, земли, сплошь покрытые колышущейся травой, как в сказочной стране Эргунэ-кун. Там он почти не тратил запасы, много охотился, и верный лук отменно кормил его. Здесь, в Белых Песках, сквозь которые решались проходить только самые отважные караван-баши, он понял, что брошенный природе, Тохтамыш-хану, здравому смыслу вызов, скорее всего, приведет его к бесславной гибели.

Он давно не видел людей и лошадей, кроме своих трех, отощавших, с трудом передвигающих ноги в топком песке. Змеи и ящерицы были его спутниками, а еще скорпионы, от которых он спасался, оградив палатку кольцом толстой и колкой веревки из конского волоса. Но настырные и злые создания всё равно умудрялись проникнуть в оградительный круг, ища, как и он, спасения в тени, и чудом только что не ужалили его. Очнувшись от забытья, эмир не раз стряхивал скорпионов со своей груди.

Воды оставалось мало. На очередной стоянке он зарезал вьючную лошадь, напился из яремной вены горячей крови. Освежевал ее и разложил мясо под палящим солнцем на широком, истрепанном кушаке. Закрыл глаза, погрузился в состояние, когда явь мешается со сновидением, и в который раз принялся думать, зачем Мамай сказал это русское слово на прощанье. Но так и не додумал до конца, утонул в колодце сна, а когда проснулся, услышал движение и хлопки крыльев там, где лежало мясо. Туган-Шона выполз из укрытия, замахал руками и закричал — с подвялившегося мяса взлетели два орла-падальщика, отлетели недалеко, уселись прямо на песок, принялись изучать измученного человека с задубевшим от солнца и невзгод лицом. Один из орлов, взлетев, когда тот взмахнул рукой, издал клекот, и Туган-Шона понял, что почти потерял голос, — птица кричала много громче, чем он.

Лошадиного мяса хватило на две недели. Когда остался последний небольшой кусок, он в очередной раз выбрался под вечер из палатки, чтобы продолжить путь, и нашел вторую скаковую лошадь мертвой. Рой мух уже облепил застывшие глаза, освоился в мгновенно засохших ноздрях. Есть падаль не отважился. На вторую лошадь он очень рассчитывал, ее б хватило надолго — вьючную он ел жадно и просчитался.

Погрузив на коня только самое необходимое и поняв, что остался почти без воды, Туган-Шона упрямо тронулся навстречу солнцу.

То, что люди проходили эти гиблые места, он понял по начавшим встречаться выжженным добела костям. Иногда это были отдельные части скелетов лошадей и верблюдов, иногда просто скалившиеся черепа, на которых кое-где сохранялись остатки прикипевших к костям волос. Однажды заметил на верхушке бархана свившуюся, словно от мучительной боли, верблюжью шкуру, явно снятую с туши человечьими руками. Дважды из песчаных кос, заметенные до самых скул кочующим низовым ветром, на него взирали человеческие черепа, на пожелтевших зубах горели блестки белых песчинок. Кто отвечал за гибель этих людей? Почему им суждено было принять такую бесполезную смерть? — думал он, заползая в ставшее уже родным жалкое убежище из шкур. Жар в этом сердце пустыни стал совсем нестерпимым, продвигаться можно было исключительно ночью. Дни он лежал, экономя силы, застывший, как иссушенный скелет, полуприкрыв ве́ками воспаленные глаза, болевшие от нестерпимо белого песка. Пространство пустыни словно накрыл стеклянный колокол, он и лошадь дышали мелко, впуская раскаленный воздух скупыми порциями в саднящие легкие.

Временами на них нападал сухой кашель, сотрясавший изможденные тела коня и всадника. Все привычные ориентиры, за которые цеплялся глаз степняка, давно исчезли. Он постоянно твердил про себя, как молитву: «Четверка Небесных Лошадей...Четверка Лошадей».

Похоже, дивы пустыни закрутили его, он давно б должен был выйти, но пески не кончались. В один из дней Туган-Шона наткнулся на бедренную кость лошади, что глодал неделю назад. Тут он сел на песок и беззвучно заплакал. Потом, спустя какое-то время, встал, залез на коня и дернул узду — одно упрямство могло еще спасти его. Поразмыслив, понял, что всё время забирал влево, а потому чуть скорректировал путь, надеясь, что выбрал правильное направление.

Перед очередным привалом он отдал коню последнюю горсть ячменя. Конь стоял рядом, и Туган-Шона слышал, как тяжело двигаются его челюсти, старательно перетирающие каждое зернышко. Съев ячмень, конь тяжко вздохнул, опустился на колени, затем завалился на бок и застыл, кося глаз на ящерицу, — та, привстав на камне, наблюдала за ними круглыми глазками, темными и выпуклыми, питая недоверие к огромным существам, собравшимся, кажется, отдать дуˆши пустыне во владениях, исконно принадлежащих ее роду.

Измельченный белый кварц, основа здешнего песка, отражал солнечные лучи, приумножая их силу, делая палатку практически бесполезной, убивая человека и коня медленно и бесповоротно. Тело страшно исхудало, покрылось коркой зудящих струпьев, превратилось в обтянутый кожей скелет. Он закрыл глаза, выбросил из головы мысли, расслабил каждую мышцу, забыл думать о воде, об окружавшей его пустыне, об ужасе, который, как лиса в норе, угнездился внизу пустого живота. В этой части песков исчезли даже мухи, их маленькие крылья не в силах были растолкать плотный, спрессованный воздух. Смрад, исходивший при дыхании из его рта, въелся в хадаг, сладкий и тошнотворный, смрад преследовал его, напоминая, что так пахнет тлен и разложение всего сущего. Других запахов пустыня не предлагала. В конце концов свыкся и с этим, обоняние отключилось первым, по рассказам бывалых он знал, что за ним последует потеря слуха и лишь затем — слепота.

Руки потеряли былую силу и сноровку. Он давно перестал расседлывать коня, но подтянуть подпругу становилось тяжелей день ото дня, и иногда это простое дело занимало значительное время. Медленно ехал под звездами, покачиваясь и размышляя о вечном. Почему всегда приходит война, чума и голод? Кто отвечает за людей, за то, как они живут и как умирают? Почему ему выпало на роду родиться всадником, а не довелось вкусить простой жизни землепашца? Аллах? Великое Синее Небо? Безмолвствовали голубые и пустынные небеса, богооставленность поселилась в его иссыхающем теле, и только непонятная самому ему сила заставляла снова садиться в седло. Туган-Шона не боялся смерти, но и не звал ее, как зазывали смерть скулившие от боли, рассеченные страшным ударом с плеча раненные в битве. Те вопили в последнюю силу гортани, прося Азраила поскорее накрыть их своим крылом. Он даже не шептал таких кощунственных слов. Просто молчал, давно перестав разговаривать с конем, слова теснились в голове, порой пугая его; такие точные и емкие, они всплывали на миг, поражая своей красотой, и вдруг терялись, и он не мог вспомнить их, как ни старался. Он привык к раскаленному дневному зною, к жаркому дыханию песков в ночи, к постоянному привкусу песка во рту, к скрипу песчинок меж зубов, к тому, что язык распух и с трудом помещается в сухом рту.

Однажды, взглянув на ввалившиеся глазницы коня и вдруг ощупав свои, понял, что выглядит так же пугающе страшно. Мамай, подумал он, в таком положении нашел бы силы рассмеяться назло прибирающему впавших в уныние Иблису. Но почему же тогда он сказал это унылое русское слово, недостойное степняка?

По ночам пустыня звучала, разные голоса долетали до него — так остывали белые пески и камни, что уставали выдерживать запредельный жар. Перекаленные песчинки лопались, рассыпались в прах, рождая тревожные звуки. Он вспомнил о наставлениях караванщика, что поучал их во время бегства из Китая. Но те пески он прошел с людьми, а тут, отдавшись воле рока, просто приказал себе не поддаваться ужасам, которыми был полон мир с момента своего рождения. Конь брел, полагаясь на разум всадника, а всадник раскачивался над ним, вверив свою жизнь четвероногому другу, и это было правильное решение. Изорвавшийся желтый хадаг надежно защищал от злых духов пустыни.

Он сбился со счета дней. Но однажды ночью, когда небо ничего не предвещало, Туган-Шона ощутил вдруг странное движение в воздухе, словно невидимые крылья опахнули его лицо. Раз, другой, третий... Он принялся приглядываться и в свете луны различил бесшумно скользящих в полутьме мерзких тварей. Летучие мыши охотились за мошкарой. Это означало одно — скорый конец пути. Откуда-то из потаенных уголков тела, что еще не превратились в опаленную солнцем головешку, медленно, в такт движению ног скакуна, стала подниматься энергия, совершенно пустая голова, получив спасительный прилив, очнулась, полуприкрытые глаза раскрылись шире.

Когда начало истаивать звездное молоко и забрезжил рассвет, он разглядел в дальней дымке темные силуэты гор. Он прошептал благодарственную молитву, верный конь услышал его срывающийся голос, изумленно поднял торчком уши. Ноздри с силой втянули воздух. Жеребец мотнул головой и легонько заржал — тоже разглядел спасение.

До гор добирались целый день, не останавливаясь на привал, и вот конь уже принялся рвать сухую траву и, жуя на ходу ее лишенные соков стебли, всё тянул и тянул вперед, вероятно, учуяв воду, что была им всего нужней. В заходящих лучах солнца, бьющего в спину, Туган-Шоне показалось, что он различает в дрожащем от испарений кровавом мареве скачущего навстречу всадника. Нет, не померещилось, черная точка росла, приближалась. Туган-Шона привстал в нетерпении на стременах, израсходовав на этот рывок остаток сил. Голова загудела, мир закружился вокруг. В глазах потемнело. Он стремительно полетел вниз, на землю, и всё летел и летел, и почему-то не почувствовал, как ударился о нее головой. Слова пришли к нему словно из другого мира:

— Чиный иэр хэн бэ?[1]

И, кажется, он прошептал в ответ:

— Ус уух[2].

22

Мальцов очнулся и долго не мог сообразить, где находится. Чувствовал себя отвратительно — все мышцы ныли. Он неловко перевернулся со спины на бок,

---

[1] Как тебя зовут? (*монг.*)
[2] Выпить воды (*монг.*).

и судорога тотчас свела ногу, словно икроножную мышцу кто-то очень сильный, впившись в нее всей пятерней, пытался оторвать от кости. Он рывком выставил пятку вперед, превозмогая боль, с силой потянул пальцы ног на себя. Судорога отступила, но икра отходила долго, и на всякий случай он еще подержал пятку отклаченной, пока иголки, терзавшие мышцу, не исчезли совсем. Затем с трудом сел на кровати, спустил ноги на пол, уставился в окно безмолвный, как камень. На улице моросил дождик. Глядя на бисеринки влаги на стекле, он вдруг понял, что мечтает об одном — глотке холодной воды. Сушняк, обычное следствие выпивки, превратил горло в отвратительную шершавую пещеру; казалось, и глубже в желудке слизистая обезвожена, а кишки скрутились винтом и покрылись трещинами наподобие кожуры тыковки, пролежавшей у батареи долгую зиму. Язык распух, губы потрескались. Он посидел какое-то время на постели, собираясь с силами. В голове крутились незнакомые слова, на которых сон оборвался. Он зачем-то попытался их вспомнить, но не смог, хотя знал, что слова означали что-то очень важное.

Наконец встал, шагнул раз, другой — его мотало из стороны в сторону. Если учесть, что он чудом поборол смерть в безводной пустыне, его нисколько не удивляло телесное бессилие. Пошаркал в шлепанцах на кухню, припал к холодной струе из-под крана и пил долго, отрываясь и вновь приникая к ней, тянул воду губами, как лошадь. Клетки организма напитались не сразу, голова слегка кружилась. Он перевел дух, выдохнул с силой и сунул голову под кран, и это было божественно. Потом еще пил, хотя понимал, что жадничает зря: живот раздуло, вода в нем булькала, как в бурдюке, и просилась наружу. Не выдержав внутреннего давления, рванул в туалет, освободился от лишней влаги, стеная и кляня свою глупую голову, вечно ввязывавшую его в ненужные телу излишества.

Сон-трип был явно наркотический. Танечка опоила его сильнодействующим зельем, такого сушняка с похмелья, пожалуй, он не испытывал еще никогда. Наконец забрался под душ и менял воду: то жарил тело невыносимо горячей, то врубал на полную холодную и терпел что было мочи, пока не начинало колотить от переохлаждения и тело не покрывалось гусиной кожей. Опять вставал под горячие струи, отогревая уже душу.

Голова прояснялась, обод, сковывавший ее, разжался — вода совершила свое целительное действо, вернула к жизни. Потом залез под одеяло, полежал несколько минут, но заспанная постель, пропитанная пьяными миазмами, вызывала физическое отвращение — откинул одеяло, вскочил, оделся во всё чистое.

Сварил сладкий крепкий кофе, отхлебывая по глоточку, смакуя, выпил большую чашку, заставил себя съесть кусок сыра. Холодильник Танечка обчистила капитально — мясо исчезло, а с ним и все бортниковские бутылки. В заначке за кроватью нашел полбутылки водки. И вдруг с радостью понял, что исцелился полностью. Вылил водку в унитаз, гордясь своим поступком, как юннат, посадивший дерево в честь какого-нибудь пионера-героя Вали Котика или Марата Казея.

Включил телефон, увидел, что семь раз звонила Нина и два раза Димка. Отзвонил Димке — с Ниной пока разговаривать не решался.

— Иван Сергеевич, вы живой, я уже дверь хотел ломать. Два дня телефон отключен, дверь не открываете.

— Живой-живой, слышишь, мы — бодры-веселы. Что происходит?

— Маничкин выписался из больницы, хромает с палочкой, но уже в музее. Нина с Калюжным подали на грант в министерство, звонили Лисицыной, она обещала заявку рассмотреть вне очереди. Вы как? Правда в порядке?

— Слышишь же, в полнейшем.

— Вроде да. Нина, кстати, в городе, она вам тоже звонила, пыталась зайти, но вы, вроде, не открыли. Она у подружки ночевала, чем-то расстроена, и очень. — Димка замялся, замолчал.

— Говори уже, что стряслось?

— Нина вашей соседке по морде надавала, кто-то вас спалил, видели, как она от вас выходила. Нина очень ругалась.

— Ой, мало ли кто к кому и зачем заходит. Люди во всём ищут подвох. Разберусь, спасибо, что предупредил. Всё, отбой, пора жизнь налаживать, созвонимся.

— Нина с Калюжным на завтра назначили общее собрание, у вас на квартире. Ждите, они придут.

— Пускай приходят. До завтра.

Кто-то уже успел настучать. По морде надавала? Надо было спуститься к Танечке, разведать, что там у них вышло. Заодно спросить, что таки она ему подсыпала.

Танечкина дверь, как всегда, была приоткрыта, кто-то там бубнил пьяным басом, словно что-то втолковывал или читал Псалтырь над покойником. Он понял: в квартире идет гульба, пропивают бортниковские запасы, закусывая его же свининой. Похоже, мясо не детям досталось. Из двери выскочил худенький бритоголовый мальчишка. Мальцов схватил его за руку:

— Стой, кто там у мамы?

— Чё хватаешься? Пусти, говорю.

Парень вырвался, отскочил в сторону.

— Дядька какой-то смешной в черном платье, пьют они второй день. Дядька сильный, тебе с ним не совладать, не ходи туда, прибьет. — Мальчишка засмеялся хриплым смехом. — А то зайди, трендюлей выпишет за мамку.

Развернулся и убежал.

Мальцов толкнул дверь. В большой комнате было сильно накурено. На диване восседал Просто-Коля, в своей рясе, распахнутой, сильно помятой; привалившись к его плечу, полубодрствовала-полуспала осоловевшая Танечка. Коля поднял на него глаза — взгляд был тяжелый, недобрый.

— Заявился, ети-корень. Тебя тут не ждали. Иди нахер, не налью.

Тут в голове Николая что-то щелкнуло, глаз его мгновенно ожил и заблестел.

— Га-а-а! Ученый! Иван? Я тебя спутал. Спутал, ха! Прибился бомжара городской, я его гнал-гнал — и рожу бил, и со ступенек кидал, так он на халяву горазд, всё возвращается, упорный, сучара. А, не важно теперь, спутал, прости ради бога. Голова — сам понимаешь, того уже. Садись за стол. У нас всё есть!

Он повел рукой, эдакий барин, над грязными тарелками, в которых лежали застывшие и почерневшие куски мяса и засохшая вареная картошка.

— Текилу уважаешь? — Николай загреб рукой знакомую бутылку, в ней оставалось еще граммов сто пятьдесят. Разлил в подвернувшиеся стаканы. — Смотри: макаешь палец в соль, лимончик, — подхватил завядшую дольку мальцовского же лимона. — Я ведь тебя выискивал, а обрел вот — счастье свое, — он кивнул на Танечку. — Давай за славную нашу встречу! Соль-стакан-лимон! Греет, зараза.

— Спасибо, я пропущу, — сказал Мальцов. — Завязал.

— Га-а-а! Га-а-а! Значит, с выздоровлением? Эт понятно, с твоей разбираться предстоит. Тут налетела что фурия, Танечке в глаз, меня пыталась поцарапать, чисто тигра, но я развернул дамочку — и в дверь, как того бомжа. Га-а-а! Колю на ноготь не возьмешь! — Он облизал палец, проглотил текилу махом и впился в лимонную дольку. — Наплел ей кто-то про вас с Танечкой, а она говорит, только погадать к тебе заходила. Га-а-а! Мы-то, мужики, на эти разборки с прибором клали, так? Что лупаешь глазами, выпей, полегчает.

— Сказал, не стану.

— Как желаешь. Танечка! — Он сильно тряхнул подругу, та отлетела в сторону и чуть не впечаталась в стену головой. Плюшевый халат распахнулся, под ним ничего не было. Коля заботливо запахнул полы. — Спит, что ты будешь делать? Танечка, очнись, сосед на разборку пришел.

Тут только Мальцов заметил, что левый глаз у Танечки заплыл, под ним красовался большой фиолетовый фингал.

— А-а-а... — выдавила из себя Танечка. — Пришел. Что хочешь? У меня гости, вот... — Она уронила голову на грудь, Коля приподнял ей подбородок, попытался влить текилу в безвольные губы, но Танечка мотнула головой. — Пашшел ты! — непонятно кому из мужчин в комнате выкрикнула она. — Пашшел, я спать буду!

Отвалилась на диванный валик и захрапела. Коля недоуменно развел руками:

— Невмендоз. Мы тут третий день на пристани как пришитые.

Налил полстакана, махнул, выдохнул и сразу сдал. Глаза поблекли, веки отяжелели.

Мальцов вдруг осознал, что натворил, ему стало противно. Танечка, привычно пьяная и расхристанная, вызывала если и не омерзение, то жалость. Никак не напоминала ту, что он, похоже, просто выдумал. Шагнул за порог, вдогон донеслось:

— Га-а-а! Нас просто не возьмешь! Ты, слушай, ты заходи вечером, продолжим. Надо отдохнуть малёхо, голова трещит! Заходи, как там тебя, мы же с тобой не договорили, заходи — договорим, да?

Во дворе после угарной квартиры дышалось легко. Поднял голову — с улицы через двор нервной походкой прямо на него шагала Нина. Она шла, как галера, настроившаяся на таран, глаза горели яростно. Она напоминала маленькую, но бойкую птичку, нахохлившуюся, готовящуюся напугать своим видом грозного врага, угрожавшего ее гнезду. Нина пролетела мимо, туристские ботинки забухали по гулким ступенькам, с лестницы бросила через плечо:

— Иди за мной!

Мальцов пожал плечами и пошел за ней.

23

— Совсем в свинью превратился, проституток в дом водишь!

Куртку и ботинки не снимала — значит, задерживаться не собиралась.

— Успокойся, Танечка мне на тебя гадала, и всех-то делов.

— Гадала? На меня? Вот на этом гадала?

Она метнулась в ванную, притащила оттуда Танечкины трусики. Видно, та их постирала и забыла на батарее.

— Трусики женские, факт. Ничего не помню. Пьян был. Наверное, она в ванную залезла, у них же горячей воды нет.

— Зачем ты врешь? Я же этого не забуду, никогда, тебе ясно? Во что ты превратился, алкаш! Я видела, какой тут срач был, ты как обдолбанный спал. Я пришла, всё зачистила, но ночевать в хлеву не стала, ушла к подруге.

— Ты вернулась?

— Не надейся. Надо решать вопрос с жильем. Жить с тобой в одной квартире я не могу и не хочу.

— Погоди, я всё объясню...

Он шагнул к ней, но она резко отступила, встала вполоборота, словно готовилась нанести удар от бедра.

— Мне не нужны объяснения, не понял? Ты мне омерзителен! Ничего общего! Жить с тобой не буду!

— Хорошо. Не живи.

Он вдруг совершенно успокоился. Нина же, наоборот, заводилась всё сильнее и сатанела на глазах.

— Где мне жить, под забором? Ты обязан уступить нам квартиру.

— Вам?

— Я беременна, забыл? Ты вообще понимаешь, что натворил? Маничкин вышел на работу, уже звонил Лисицыной и завтра собирается в Москву, на поклон.

— Значит, так. Мне наплевать на Маничкина. На Лисицыну. На министерство и их подачки. Пусть едет, куда хочет. Что до квартиры, можешь жить тут сколько захочешь. Ты не забыла, что прописана у мамы в Твери? Так вот — живи. Я уезжаю в Василёво. Я и сам не смогу пока с тобой жить. Ты невменяема. Помочь я не в силах. Одумаешься — приезжай, не я тебя бросил. Ясно?

— Грозишь?

— И не думаю. Пускай Калюжный даст уазик, кое-что надо перевезти — стол и кровать, кое-какие книги, сковородку и кастрюлю.

— Будешь зимовать в деревне?

Нина не ожидала, что он сразу согласится, смятение ее выдавали пальцы, принявшиеся теребить ворот рубашки.

— Квартиру на нас отпишешь?

— Надо будет — поговорим и о квартире. У меня, Нина, ничего не остается. После всего... не ожидал, что так поступишь. Я буду книгу о татарах писать, грант РГНФ не даст мне умереть с голоду. Когда тебе рожать?

— Неважно... в феврале... Так и бросишь всё, сбежишь?

— Всё — это ваши с Калюжным поиски бабла? Археологический бандитизм?

— Как ты смеешь! Лентяй, бездельник. Я спасаю то, что ты просрал! Ты тряпка, не мужик, знать тебя не хочу. Завтра, имей в виду, у нас совещание по созданию ОАО, ты должен быть. В двенадцать. Сегодня я переночую у подруги, но завтра тебе надо будет съехать. Насчет уазика я договорюсь.

Она ушла так же решительно, как заявилась, напряженная, как рояльная струна.

Мальцов посидел для приличия с полчаса, вышел в город, надо было хоть хлеба купить и колбасы на ужин-завтрак.

И тут позвонила теща. Она всегда была против брака дочери со стариком, как называла его в разговорах с соседями по дому. Соседи, естественно, с удовольствием ему эти разговоры доносили.

— Здравствуйте, Элла Леонидовна.

— Иван. Что творится? Нина плачет. Ты готов ответить за то, что натворил?

— Что же такого я натворил?

— Совсем допился, проституток стал водить, это когда жена беременная!

— Элла Леонидовна, вас неправильно информировали. И вообще — это наши с Ниной дела, советую вам не вмешиваться. Поняли меня?

— Что? Да мы тебя засудим! Имей в виду, если Нину не пропишешь, очень пожалеешь. Засудим, по судам затаскаем, по миру пойдешь! — она уже визжала.

— Элла Леонидовна, обратите лучше внимание на дочь, ей надо показаться психиатру. И не кричите так, у меня уши заболели.

— Тебе самому пора в Бурашево, погоди, я тебя туда закатаю! Так пропишешь?

— Я думал об этом. Теперь точно понимаю: не пропишу. Хочет жить — пускай живет, может, одумается. Ей так сказал, вам повторяю.

— А-а-а! — теща сорвалась в крик. — Вот ты как? Имей в виду, ребенка мы и сами вырастим, и фамилию твою он не получит. Много ли ты зарабатываешь, алкаш, бездельник, сидишь у молодой жены на шее! Иди к черту, провались ты со своей квартирой! Да, да! И учти, ребенок-то не от тебя, ты бесплодный, яйца пропил, сукин сын! Погоди еще, я тебя на весь город ославлю!

Мальцов отключил телефон. Сел на первую попавшуюся лавочку, в голове крутились гнойные слова. Теща была баба сварливая и противная, но такой пакости от нее он не ожидал.

Объявлять войну открыто было тактически неправильно, но что оставалось? Сносить молча тещин натиск? Подобно алчной гиене, задумавшей погубить жертву, она станет кружить и выискивать слабые места, пока не подстережет и не пожрет окончательно. А ведь ославит, добьется своего, постарается уничтожить еще и морально. Такие люди живут местью. Маничкин слеплен из того же теста. И это сейчас, когда его ребенок готовился появиться на свет. Его ли? Теща умело уела его, но и этот удар под дых он стерпел бы, если б не Нина, ее безумное поведение. Что и когда он проглядел? Простая, грязная дележка — господи, за что?

Заморосил холодный дождик, смывая с его лица последнюю теплоту жизни. Низкие тучи запечатали небо над городом. Этот дождь смоет в сточную канаву всё, что было прежде сделано в этой жизни, — так он себе сказал. Плюнул три раза через левое плечо, как делал втихаря дед, отгоняя терзавших его временами бесов. Легче не стало.

Мальчишки бежали по улице, кричали, размахивали руками, дождь был им в радость. Прошлепала мокрая старушонка в заношенном мужском пиджаке, перла из магазина в тяжеленной сумке еду. Пронеслось пустое такси, за ним автобус, набитый рабочими, застывшими у окон, словно куклы, — автобус развозил заводскую смену. Огромный самосвал, рассыпая по обочинам комья мокрой грязи, обдал дизельной копотью из выхлопной трубы.

Мальцов сидел на лавочке, злые слова улетели из опустевшей головы.

24

Водитель Бортникова вел машину и обиженно молчал: с тех пор как выехали из Деревска, его спутник не проронил ни слова.

Мальцов молчал, вспоминал собрание. Он так старался сохранить хоть то немногое, что оставалось. Не срослось.

Калюжный сразу объявил экспедиции: Нина становится руководителем с окладом в двадцать пять тысяч, Мальцов — ее заместитель по науке с ежемесячной зарплатой в пять тысяч рублей. Это резануло и обидело. Но тут уже распоряжался Калюжный — грантополучатель. Он подробно расписал, что и как и сколько можно будет сделать на два миллиона, упирал: «Это начало, ОАО разрастется, получит выгодные хоздоговора, станет рентабельным. Это просто как дважды два, я это давно проходил, я помогу».

Нина смотрела на него с обожанием.

Мальцов ехидно спросил:

— Что будет делать экспедиция в научном плане? Или вы решили стать еще одной землеройной командой?

— Ваш сарказм, Иван Сергеевич, не по делу. Наука — потом, сейчас важно решить первостатейную задачу — на что станем жить!

И, что всего противнее, он увидал: Нина с ним полностью согласна. Да что Нина, ребята тоже оживились и размечтались о немыслимых прибавках. Слушал дальше вполуха, всё стало по барабану, понял для себя, что работать в одной команде с ними не сможет. Смогут ли они без него? Всё враз опостылело. Встал, перебил Калюжного:

— Простите все, кто меня еще любит, я уезжаю в деревню. Жить, как задумали новые господа начальники, не могу. От зарплаты отказываюсь.

— Иван Сергеевич...

— Дима, прости, не могу, и баста! — Он рукой указал сорвавшемуся со стула парню на его место. — Давайте сперва перезимуем. Отчет посмотрю, подвезете, будут ошибки — выправлю. Ты, — обратился к Калюжному, — выдели мне машину, надо кое-что перевезти.

— Бросаете нас, в самый разгар? Когда Маничкин войну объявляет? Это — шантаж?

— Бросаю? Нет, просто исчезаю. Маничкин — никто, и звать его никак. Мне надо писать книгу. Я устал, деньги меня не интересуют. Приоритеты у нас разные, значит, не по пути. Вряд ли ты поймешь — нет, это не шантаж.

— Тогда я не смогу выделить вам машину, она нужна для нужд моей экспедиции, деревский отряд выезжает завтра же на обследование газовой трассы. Гранта еще нет, надо зарабатывать. Нина пока подготовит документы по ОАО, — Калюжный презрительно надул губы и отвернулся от Ивана Сергеевича.

Мальцов молча покинул собрание. В городе неожиданно увидал джип Николая, взмахнул рукой. Через полчаса сидел в кабинете Бортникова.

— Бросил их? Думаешь, выкрутятся?

— Не мое теперь дело.

— Круто заворачиваешь, Иван Сергеевич, но, может, и правильно. Мне тут Пал Палыч звонил. Ты в курсе, что вчера министра культуры сняли?

— Я телевизор не смотрю.

— Это всю расстановку сил меняет. Сильно меняет. Решение о строительстве скоростной окружной магистрали в пяти километрах от Деревска — дело почти решенное. Подписать подряд на строительство гостиницы в путевом дворце было бы очень правильно, не думаешь?

— Мне теперь, если честно, всё равно.

— А вот в мелочах как раз самая красота и скрывается. Мелочи — основа нашего бизнеса, ты учти.

— И что теперь будет?

— Кто строит дорогу, тот и дворец бы поднял легко, понимаешь? ВИП-гостиница на скоростной трассе — то, что нужно для нашего города. Для поднятия имиджа.

— При чем тут министр культуры?

— Иван Сергеевич, не валяй дурака, включи мозги, проект серьезный, за него много копий поломано. Дворец пока мало кого волнует, так скажем.

Ставки меняются, не до ВИП-гостиницы покуда. Сечешь?

— Честно? Нет.

— Маничкин оклемался, но станут ли его поддерживать в министерстве? Вопрос: кто-то у него помимо министерских есть в Москве, и крепко сидящий и высоко? Я даже подозреваю, откуда ветер дует. Так что лучше тебе пока в деревне посидеть. Прокурор мне уже звонил, Маничкин уверен, что ты по нему стрелял.

— Бред, Степан Анатольевич, вы же знаете.

— Я — знаю, Маничкин — знать не хочет. Он с цепи сорвался, строит планы мести. Ему ваше ОАО поперек горла. Любыми способами ему надо вас очернить. Он это умеет. Хорошо, перезимуешь, а мы тем временем всё вернем на свои места.

Бортников уже построил схему, уже верил в нее, он умел выжидать.

— Дело на меня он завести не сможет.

— Ославит на весь город, а нет тебя — славить некого. В Василёве дом зимний?

— Вполне. Буду книгу писать — когда еще случится, и грант у меня есть по писцовым книгам — три тысячи в месяц, перезимую. Картошка посажена, только не копана пока.

— Помнишь, мы как-то говорили о подарочном альбоме, по материалам раскопа под мой дом?

— Вы сами же тогда эту идею похоронили.

— Теперь пора к ней вернуться. Пиши альбом, я тебе выдам аванс тридцать тысяч. Осилишь?

— Он в компьютере, почти готов.

— Бери. — Бортников достал деньги из кармана, отсчитал, протянул Мальцову. — Фотографии, смету потом представишь Николаю. Буду дарить гостям как представительский.

— Деньги Нине отдайте — она теперь всем рулит, она и смету представит.

— Отказываешься?

— Нет, моя работа сделана, остались технические вопросы.

Бортников сгреб отодвинутые Мальцовым деньги.

— Ты и упрям, Иван Сергеевич, обижаешь.

— И не думаю. Как насчет общества? Надо труды экспедиции печатать, пока не поздно.

— Идею я не оставил, не думай. Повременим немного. Ладно, как хочешь, я не в обиде. Не могу почему-то на тебя обижаться, Мальцов. Надо еще чего?

— Мне бы уазик и шофера, вывезти барахло.

— Не проблема. Николай организует. — Бортников уже тянул руку, прощаться.

— Степан Анатольевич, честно и между нами: кто стрелял?

— Уверенности нет, но доложили, что Пал Палыч на охоту с каким-то человечком приезжал, хотя к домику один с шофером подъехал. Значит, по пути ссадил? Язык не распускай, однако.

— Выходит, из-за дворца?

— Там большая была комбинация, но жизнь, — Степан Анатольевич ухмыльнулся, — рокировочку предложила. Говорят, в шахматы хорошо играешь?

— Играю.

— Сыграем как-нибудь, это я люблю. Но без поблажек!

— Согласен, без поблажек!

Всё решилось, но в голове не укладывалось, зачем Бортников сдал ему Пал Палыча. Со стороны казалось, что они из одной команды. Степан Анатольевич явно знал больше того, что рассказал.

...Он ехал в Василёво. Чувство гадливости к миру, брошенному решительно и бесповоротно, овладевало им, и это было очень страшно. Разговор с тещей... Плевать хотел... Не получилось плюнуть, не оставляло, жгло. Если ребенок не его — чей? Заскрежетал зубами, отвернулся к окошку. В какой же грязи он вывалялся! Руки зачесались, словно покрылись несмываемой коростой. Он спрятал их в карманы, втянул шею в воротник.

Деревья по обочинам горели красным, оранжевым и желтым. Он ехал в бабье лето, любимую пору, старался думать о грибах, что хорошо бы успеть их насолить, о картошке, о луке и чесноке, о тыквах, разросшихся на компостной куче, о зиме и книге. Смотрел в окно, но наплывающие знакомые пейзажи казались сродни мыслям, что возвращались к нему, не отпускали. Он задышал тяжело, как загнанный, сдержался, не заплакал, хотя так хотелось. Случайно, как к раскаленным угольям, прикоснулся к высокой и опасной игре. Послужил в ней пешкой, которую чудом не разменяли ради сиюминутного преимущества. На этой жестокой доске не щадили людей, на ней игрой правили шальные деньги. Вышел живым, но где-то внутри под сердцем обожженное место саднило. Мальцов несколько раз вздохнул глубоко и выпустил воздух скупыми порциями через нос, как советует китайская дыхательная гимнастика. Немного полегчало, но во рту поселился горький привкус желчи. Он смотрел на бегущую навстречу дорогу, почти не замечая ее.

— Что загрустили? — услышал вопрос водителя.

— А-а, о своем.

— Понятно, что не о чужом. Радоваться надо — отпуск, грибы. Я б сейчас погулял, только Бортников хрен отпустит, в охотхозяйстве делов море. Я ведь видел секача, которого вы завалили, знатный. С одной пули. Голову на трофей Гришкину отдали делать?

— Трофеев не держу. Не люблю трофеи, понял?

Водитель хмыкнул и обиженно замолчал. Так и доехали молча.

Дом стоял холодный, сильно побитый дождями, на темных, набухших бревнах блестели выступившие из щелей серебряные слезы. Тропинка заросла свалявшейся травой: косил всего раз в конце мая, когда готовил грядки под посев. Нина над его посадками насмехалась, возиться в земле не любила. Он сажал огород в память о деде и матери, а еще для соседей, чтоб знали: жив, не бросил дедов дом. Сажал, но полоть приезжал раз — мокрица забила борозды, вряд ли урожай будет богатым. Под ногами на участке валялись изъеденные осами красные полосатые яблоки.

Уазик разгрузился и уехал. Мальцов вошел в дом, затопил печь и растворил окна настежь — прогонял затхлый воздух и въевшуюся внутрь нежилую сырость.

Присел на скамеечке на улице — на ней любил посиживать отец. Смотрел в необычную фарфоровую голубизну неба. Облака, неотъемлемая часть северного пейзажа, куда-то все отлетели. Далеко в вышине, над разноцветным лесом, поднималась ввысь сильная сила галочьей стаи, черные точки набирали скорость и быстро приближались. Вскоре чистая голубизна неба вся была опоганена их грязными крыльями. Стая тянулась бесконечная, она всё летела и летела, будто кто-то невидимый выпускал ее из подземного схрона мерными большими порциями-зарядами. Печальные крики птиц сливались в один истеричный гомон, что против воли въедался в уши. Суетно хлопая крыльями и заполошно вопя, темная орда нескончаемой воздушной дорогой неслась над деревней, словно тени умерших, не успевших исповедаться перед кончиной, спешили со страхом на последнее судилище. Птицы тянули далеко, выискивая единственное распаханное поле среди заброшенных пустошей, поросших олешником и бурьяном. Они летели и летели, и не было им конца. И вот наконец показался исход темной силы. Еще догоняли основной костяк отставшие отряды, а за ними, истошно лупя воздух, поспешали слабаки-одиночки. Небо снова очистилось и вскоре совсем освободилось.

Солнце стояло в высшей точке. Припекало. Мальцов снял рубашку, остался в одной майке. Жадно втянул воздух, почувствовал, что он пахнет давлеными яблоками и вкусным запахом черносмородиновой листвы, столь нужной сейчас для засолки грибов. Грибы ждали в дальнем лесу, который освободил для него мерзкий галочий рой.

Часть вторая
Деревня

1

На следующий день он проснулся рано, умылся, выпил чаю и вышел на огород. Набрал полные легкие чистого колкого воздуха, расправил плечи, повращал головой и сделал с десяток приседаний, прогоняя остатки сна. Его движения напугали сорочью пару. Черно-белые птицы сорвались со штакетин забора, громко треща, зашныряли в воздухе и скрылись в березняке. Зелень кругом была мокрой от росы, над ней висел густой туман. Из леса наперегонки с лучами встающего солнца полетели едва различимые тикающие звуки: то ли ветка стукалась о пустой осиновый ствол, то ли так созывал собратьев-полуночников в укрытие манок лешего, и, словно клюнув на его соблазнительную морзянку, бестелесный студень над полем заколыхался, обрел движение, пошатываясь, потянулся к лесу, чтобы простоять там под еловыми лапами до вечера. Туман выползал на закате, опутывал сырую землю древними колдовскими нашептами, сберегающими ее теплоту от ночных холодов.

Школьником он приезжал к деду и бабе на каникулы. Василёво в те годы еще насчитывало одиннадцать дворов. Напротив дедова дома, где теперь зиял заросший бурьяном пустырь, жила тетка Паня по прозвищу Чернокнижная. Паня знала нехорошие травки, изгоняющие нежелательный плод, лечила настоями и шепотом паховые грыжи, почесуху и рожистые воспаления. Она избавляла телят от диспепсии, спасала коров от отеков вымени и болезней копыт, натирая заболевших буренок пахучим камфарным маслом, накладывала на пораженные роговые башмаки соломенные жгуты с красной глиной, беззвучно шевелила губами над больным местом, и гной перерождался в сукровицу, а рожистые воспаления исчезали без следа. Занимаясь лечением, Паня всегда прогоняла посторонних. Тетка эта жила сама по себе, ни родных, ни детей, вставала затемно, бродила по лесам, собирала травы, листочки и корешки и сушила их в черном сарае, привалившемся к ограде на самом краю ее огорода. Мальцов пробирался туда тайно, после завтрака, когда Паня уходила в лес, залезал на высокую гору перезимовавшего сена. Сквозь дырявую дранку полутьму сарая протыкали желтые нити невесомого солнечного вещества, в них танцевала сухая пыль, белые бабочки-капустницы и мелкие кружевные паутинки.

Пауки издавна облюбовали Панин сарай. Мальцов всегда сперва проверял главную сеть: протянувшись от необструганной несущей балки, она парусом закрывала весь дальний от входа угол. Утром на липких волоконцах еще блестела жемчужная роса. Здесь было царство крестовухи, или тенетника, как звала большую паучиху с крестом на пузатом горбу тетка Паня. Стоило бросить в паутину жужжащую муху и прошептать: «Тенетник-тенетник, лови мух, пока ноги не ощипали», как из темного угла показывалась хозяйка. Перебирая страшными волосатыми ногами по ажурным нитям, она спешила к жертве. Накрывала ее и впивалась в голову. Муха издавала пронзительный визг и затихала. Волосатые ноги заворачивали муху в мягкий саван, пока она не исчезала в нем вся без остатка. Затем, подняв голову с маленькими бусинками глаз, паучиха, как ему казалось, совершала церемонный поклон — одно едва заметное движение, и вот страшный крест уже подрагивал на удалявшейся горбатой спине. Тенетник уходил в свой угол и прятался под дранкой. Кормление хищника рождало в голове мучительные и горячие фантазии, от которых кровь почему-то приливала к чреслам. Вместе с ней приходил стыд, а за ним следом и страх, от которого начинали предательски дрожать колени. Что-то таинственное и необъяснимое, как клейкая нить, прочно связало его с паучихой.

После гибели мухи в сарае повисала напряженная тишина, он всей кожей ощущал, как она сгущается и начинает давить на уши. Чтобы разрядить обстановку, Мальцов съезжал на попе с горы сена, шумно отряхивался, отчего потревоженные солнечные лучики начинали метаться по углам, а ночные бабочки, дремлющие в складках дранки, улепетывали на волю, осыпая на прощанье его макушку белой пудрой со своих крыльев.

Он хорошо изучил запасы тетки Пани, внимательно исследовав корни, похожие на детенышей динозавров, на хищных зобастых пеликанов, на слепых рыб и хитрых лесовиков с глазастыми лбами, ртами, расположенными на брюхе, с толстыми ногами, меж которых торчали вздыбленные корешки с косичкой на конце. Он смущенно ощупывал их, испуганно озираясь по сторонам. Сушеные плети растений висели на бельевой веревке и медленно умирали, скручиваясь в хрупкие темные свитки. Сарай был полон тайн, его тянуло сюда, как туман, что леший поутру втягивал обратно в лес: тетка Паня рассказывала ему о леших страшные сказки.

Однажды он забрался на груду сена, но не успел еще пробраться в угол к большой паутине, как услышал звук босых ног, шлепающих по нахоженной тропинке: кто-то спешил к сараю со стороны леса. Дверь скрипнула, ловкая рука накинула крючок, отрезая путь к отступлению. Мальцов вжался в сено и замер, подобно перепуганному зайцу, только уши уловили шелест быстро снимаемой одежды, сердитое мужское сопенье и сдавленный Панин смех. Затем послышались звуки непонятной возни, словно двое боролись, схватив друг друга за плечи, как это делают борцы в начале поединка. Паня явно проиграла, мужчина, скрутив ее, принялся наносить тетке странные тычки, похожие на яростную работу песта, которым Паня толкла в чугуне распаренную свеклу для поросенка. Каждый такой тычок обдавал мальчишечье сердце зарядом кипящей крови. Теплые и томительно-сладкие испарения, напоминающие запах разгоряченного лошадиного тела, поднимаясь вверх к стропилам, заполнили его ноздри. Снизу раздавались сдавленные стоны, мучитель, кажется, затыкал тетке Пане рот ладонью. Мальцов не выдержал, чуть приподнялся и увидел красное от натуги лицо соседа Степана, качавшего голые Панины ягодицы на своих коленях, раскрытый Панин рот и ее закатившиеся глаза. Он чуть не закричал и в испуге припечатал губы ладошкой. Паня услышала шорох в трухлявом сене, вскинула голову, поймала его взгляд и вдруг непристойно подмигнула. Разоблаченная, она вовсе утратила стыд, впилась в свои маленькие груди пальцами, словно намеревалась выдрать их с корнем, и закричала срамным, некрасивым басом. Степан зарычал ей в ответ, отпрянул от нее и, быстро натянув штаны, повалился на колени, и затрясся, будто наступил на оголенные провода. Мальцов нырнул в сено, затаился в нем, ждал, пока они уйдут, боясь пошевелиться. Наконец услышал удар железного крюка о дерево, скрип двери, удаляющиеся шаги.

Несколько дней избегал встреч с теткой, боялся, что в отместку она наведет на него порчу. В сарай больше не заходил. Степан здоровался с ним как ни в чем не бывало — похоже, Паня сохранила их жуткую тайну.

Середина лета выдалась жаркой, деревенские занимались покосами. Мальцов бегал в Котово на пруд, нырял там с тарзанки, курил кислые папиросы «Север» с котовской ребятней, перед возвращением домой жуя противный мускатный орех и заедая его трехкопеечным леденцом на палочке, купленным в сельпо, чтобы баба не учуяла запаха.

Однажды возвращался с пруда, отгоняя ивовой веткой от мокрой головы стаю оводов. У обочины дороги зияла свежевырытая яма. Рядом стояла тачка, в глиняном отвале замер отполированный добела черенок лопаты. На траве у могилки сидела Паня. Ее длинная худая фигура сжалась и как бы уменьшилась в размерах, как у всех пережидающих время горемык, для которых обычное гражданское время потеряло значение. Он не сразу узнал ее, приняв за незнакомую заключенную из городской тюрьмы — черные грузовики привозили их на поля убирать лен. Покатые плечи вздрагивали, над головой зависло сизое облачко папиросного дыма. Паня горевала над большой, вздувшейся тушей поросенка. Хлюпающий нос разбух, побагровевшие веки превратили глаза в узкие щелочки. Тетка яростно затягивалась беломориной, выпускала дым и сидела, уставившись в никуда застывшим взглядом, словно перед ней расстилался не яркий луг, а белесая пустота. Костлявые пальцы нервно размазывали по щекам прилипшую к ним глину; кое-где уже подсохнув, глина стянула кожу, превратив Панино лицо в ирокезскую боевую маску. Он робко окликнул ее, она медленно подняла голову.

— Ванька, ты? — Паня шмыгнула носом и взмолилась: — Ванька, сынок, помоги. Мне ж его, заразу, одной не сволочь. Пока везла, пока копала, силы ушли. Отравила, сучья кочерга, отомстила.

— Кто, тетка?

— Лена Степкина. Думаешь, почему он сдох? Глотка вся синяя — чистая потрава. Позавчера снадобье у меня выпросила. Я, дура, сама же и дала, в таких делах вопросов не задают. Откуда мне знать, кого она, сучка, гасить удумала. Как не дать — я виновата перед ней, как ни скажи, виновата. Мой бы Степка был, коли б она не забрюхатела. У меня его увела. Поросенка зло отравила, еще и с карельским нашептом, видишь, как изнутри распёрло, это слова в нем камнем спеклись. Мне такой не снять, карельский заговор русским словом не отвести.

Мальцов, как примерный пионер, в заговоры не верил, но зарыть поросенка помог. Работал лопатой, а тетка сидела рядом, курила и скорбно молчала. Потом покачала головой, сказала: «Под дых ударила Ленка. Как теперь зиму жить, без мяса и денег, ума не приложу».

Так он оказался посвященным в тайну негласной василёвской войны. На следующий год, приехав на каникулы, узнал, что поздней осенью, прямо перед первым снегом, в тихую, безветренную ночь загорелся Панин дом. Тетка успела выскочить в чем мать родила. Все понимали, кто поднес спичку, но никто и словом не обмолвился. Паня уехала в город, больше в Василёве ее не видели.

Много позже, когда уже учился в университете, отец рассказал Мальцову, что Параскева Быстрова была внучкой спасского кузнеца, расстрелянного красными в девятнадцатом. Он был одним из шестнадцати руководителей восстания зеленых, казненных на месте, без суда. О самом восстании сохранились смутные воспоминания, их намеренно вытравила из памяти жителей волости окрепшая советская власть. Ленин дед — Федот Пименов, тверской карел, тоже был расстрелян, но позднее. Он сбежал в лес и два года скрывался. Говорили разное, но кто и почему на самом деле выдал его чрезвычайке, так и осталось неизвестным.

2

История Паниной страсти вспомнилась в связи с туманом, укутавшим луг, с языческой верой Пани в сглаз и нашепты. Здешние крестьяне, исконно крестя лоб двумя пальцами, жили больше лесом и его законами, чем прицерковной жизнью. Дед их почему-то любил и легко находил с ними общий язык, за что его уважали. Впрочем, было это давно, теперь людей старинной закалки по окрестным деревням почти не осталось.

Мальцов посмотрел на огород, взял в чулане старую тяпку и направился к грядкам. Роса промочила кроссовки, они отяжелели, к подошвам липла жирная земля. Это его не остановило, утренняя прохлада и встающее над лесом солнце настраивали на работу. Луковые перья-переростки полегли на землю и поползли по ней, стремясь вырваться из душного плена сорняков. Солнце спалило их, вытянув за лето все едкие зеленые соки. Соседка тетя Лена вовремя оборвала стрелки, вопреки ожиданиям Мальцов навязал семь больших плетенок и повесил за печку поближе к теплу. Мелочь сложил в посылочную коробку, поставил там же на пол. Рядом с луком вскоре повисли косы крупного чеснока.

С картошкой провозился неделю, высушил на ветру в тени старого покрывала, отсортировал, спустил в погреб и разложил по деревянным клетям.

Зарыл в песок морковку. Собрал ведро свеклы. Снял гигантские кабачки. Съездил на велосипеде в магазин за десять километров в большое село Спасское, накупил окорочков, куриных шей, соли, сахару, чая, масла, макарон, муки и помидоров. Целый день потом готовил кабачковую икру, закатал в банки, залил сверху маслом и тоже спустил в подпол. Кабачков на грядках оставалось еще много.

Лучше всего уродились тыквы. Длинные серо-зеленые шершавые плети растянулись во все стороны от старой компостной кучи, над ними зонтами выстроились шеренги листьев-лопухов, снизу сквозь траву просвечивали большие желтые огоньки пустоцветов. Яркие и упругие, пузатые, как барабаны погибшего войска, тыквины вольготно разлеглись в густых зарослях, над ними в безостановочном танце толклись тучи плодовых мушек. Мальцов насчитал двенадцать тыкв и порадовался богатому урожаю. Он ел их редко, любил только добавлять вместе с изюмом в пшенную кашу, но пятна темно-красного и оранжевого и их большие размеры веселили глаз, придавали огороду солидности.

Потом принялся за огурцы. Тетя Лена, дружившая еще с его бабой, принесла два огромных таза огурцов: сажала их по привычке на большую семью, которая вся почти переселилась на лесное кладбище. Она же весной ткнула ему на грядки капустной рассады и всё лето следила за ней, как за своей: дважды опрыскала от гусениц, подкармливала жидким навозом и поила согретой на солнце водой. Кочаны рьяно набирали вес, упругость и восковую белизну, им полагалось еще постоять до первых заморозков.

В детстве Мальцов любил наблюдать, как баба священнодействовала, засаливая огурцы. Начал с того, что выкопал корень хрена. Затем настриг ножницами его молодые листья, их вытянутые опахала держались на крепком стержне, который непросто сломать рукой. Цвета яркого кобальта, длинные и узкие листья были похожи на хвостовые перья сказочной птицы. Нащипал сливовых, черносмородиновых и дубовых листьев. Каждый потер большим пальцем, освобождая от налипшей паутины и прочей мелкой трухи, любуясь, как по-разному, но с любовью к строгой симметрии вырезал им края кремневым скальпелем создатель эдемского сада. Выбирал только здоровые и большие, дубильное вещество, содержащееся в листьях, делало огурцы крепкими и хрустящими. Начистил горку чеснока. Острое лезвие ножа едва поддевало нежную, не успевшую еще засохнуть перламутровую кожицу, она легко отделялась от зубка, оставляя на пальцах липкий, остро и вкусно пахнущий сок. Принес из огорода ветви укропа, ополоснул их в ведре с холодной водой, стряхнул на пол, словно освятил избу кропилом, — по ней тут же разлетелись волны бодрящего укропного запаха. Устелил дно банки листьями хрена, на них бросил половинку разрезанного по длине небольшого волосатого корня. Пока резал хрен, хватанул его едкие флюиды, радостно чихнул раз, другой, помотал головой, разгоняя ударившую в лицо кровь, вытер полотенцем навернувшиеся на глаза слезы. Потом достал сорванные утром огурцы, набравшие из воды в тазу ее свежести, аккуратно отделил горькие кончики. Экономя пространство, укладывал в банку огурец к огурцу, стараясь не сдавливать пупырчатую шкурку, покрывал каждый слой закладки чесночными зубками, укропом и листьями. Засыпал две столовые ложки крупной серой соли, залил всё студеной родниковой водой и долго всматривался в оттенки зеленого и белого, следил за мелкими, живыми пузырьками, спешившими со дна к узкой горловине банки, где они соединялись с естественной для них средой обитания, издавая на прощанье легкие хлопки. Сильные запахи пропитали избу, прочищали мозги, прогоняя из них дурь и болезнь, привезенные из города.

Днем, занятый заготовками, Мальцов как-то отключался от дум, но вечерами, разжигая печку и глядя в огонь, снова погружался в свою боль. Боль порождала изощренные химеры. Мерещилось Нинино лицо, он пытался вообразить его ужасным, изъеденным, например, проказой или гнойными прыщами, но не получалось. Память рисовала ее то холодной и чужой, то веселой и полной энергии, но всегда красивой и недостижимой. Как удар тока ощущал вдруг ее узкие и длинные пальцы на своем запястье, отчего мурашки пробегали по вздыбившимся волоскам до самого предплечья. Он остро чувствовал, что пока не разлюбил ее. Хотелось позвонить, но отговаривал себя, понимал, что звонком окончательно всё разрушит. Еще надеялся. Ждал.

Нина не звонила. Никто из города не звонил.

Далекий лес стоял за окном черной стеной, перед ним, за изгородью, начиналась веселая и спутанная шевелюра березняка, уничтожившего колхозное поле. В блеклой мгле подступающей ночи он был один как перст. Трое постоянных жителей умирающей деревни ничем не могли ему помочь. Тишина затыкала уши и потихоньку сводила с ума. Мальцов лежал без сна, глядел в отполированный временем потолок, в плотно пригнанные, потемневшие доски, разделенные крепкой балкой на ровные половины. Мышь не скреблась в застенке, не лаяла единственная василёвская собака Ветка. Сосед Сталёк — всегда неожиданно — врубал фонари на столбах около каждого дома. Неживой белый свет взрывал ночь за окнами, начинал слоями сочиться сквозь стекла, расползался по избе, более назойливый и вредный, чем попрятавшаяся в углы темнота. Безмолвие казалось предвестником катастрофы.

Он воображал себя оказавшимся на плоту в самом эпицентре штиля, гнетущего и смертельно опасного, когда барометр падает ниже отметки в 700 миллиметров, предвещая надвигающийся великий ураган. Измотанный вконец фантазиями, он принимался считать подозрительно пропадающие удары сердца и долго не мог найти лучевую артерию и нащупать пульс, и тогда пугался уже по-настоящему. Искал приметы начинающегося инфаркта и находил их, потому что хотел найти, вжатый в твердые кочки матрасной ваты бессонницей и бессилием. Неуклюже тер лопатку, массировал колющую точку на левой груди, вздыхал и стонал, ворочался с боку на бок, елозил и извивался на простыне под направленными лучами настольной лампы, как голый дождевой червь под жалящим солнцем, затем вставал, отмерял в рюмку сорок капель корвалола и выпивал махом. Тяжелая смесь валерианового эфира, мятного масла и едкий дух спирта с примесью барбитурата, угнетая оголенные нервы мозга, разливалась по голове и всему телу, укутывала сердце наподобие ворвани, глушащей на миг разбушевавшиеся волны, на миг же и успокаивала. Желваки на скулах расслаблялись, тяжесть спадала с век, подушка мягко обнимала затылок и не казалась больше набитой слежавшимся песком.

Он стремился к покою, но призраки не давали расслабиться. Ловил себя на позорной мысли, что не думает о новой жизни в Нинином животе, а лишь гадает об отце ребенка, глубоко уязвленный тещиной издевкой. И тут же невыносимо близко возникала она, навеки врезавшаяся в его сердце. Одно гибкое движение талии, и доверчивые, родные бедра требовательно прижимались к нему вплотную, твердые соски жалили его в открытую грудь, а пальцы рук сплетались на его затылке. Он таял, как выкачанная рамка в воскотопке, крупные капли пота затекали с лица на шею, руки взметались, пытаясь обнять ее, но обнимали пустоту. Тут же озлившись, что так легко поддался соблазну воображения, он вскипал от полыхавшего в груди пожара, вытягивавшего влагу из губ, отчего они тут же твердели и покрывались соленой корочкой. Дед раз недоглядел, и огонь выпарил всю воду в воскотопке. С причитаниями дед сорвал ящик из нержавейки с огня, соты потемнели и потеряли красоту, скрутились и быстро застыли мертвым комом. Мальцов вспомнил тот бурый ком, так же затухнув после очередной истерической вспышки.

Он хотел уничтожить всё прежнее, но никак не мог отказаться от себя — уникального, неповторимого, в прошлом успешного и состоявшегося. И жгло сердце, что так запросто осмеяли, отобрав дело жизни, предали, ни за что ни про что обвели вокруг пальца, как дурачка. Они словно подглядели его главный изъян, что сам он в себе не замечал, и ударили точно под левую грудь, где его изводила колющая боль. Снова и снова упрекал себя в гордыне, но тут же и сбивался, начинал путаться в мыслях, принимался винить во всём их — бесталанных мздоимцев, сук позорных, пакостных нечестивцев. Что мог он предпринять? Где, когда допустил ошибку? Или всё же он прав в своем бегстве — сила кроется в бездеянии? Часто спасавшее прежде живительное чувство слияния с природой никак не наступало. Нужно время побороть разлад и хмарь, бормотал он себе под нос. Но нужно ли было ему время?

Место, что было отведено ему на земле, всего лишь точка или даже меньше — песчинка в стеклянной колбе, отмеряющей общее время, думал Мальцов. Чего ради ничтожной крупице колотиться о замкнутые стенки? Не проще ли просто ссыпаться вместе с подобными ей песчинками вниз, в воронку, что неизбежно унесет их в другое, нижнее, но тоже запаянное, замкнутое пространство? А потом, когда колба перевернется, всё просто повторится снова. И так без конца? Но ведь за стеклом есть что-то еще?

К чему заботиться о будущем, говорил он себе. Капуста растет, скоро он пойдет за грибами и напасет их на целый год, займет руки и голову, будет нанизывать грибы на нитку и сушить у печки, солить, нажарит и закатает в банки и упрячет в старый грохочущий холодильник.

Тепло от печки растекалось по телу. Вставали перед глазами живые картины из сновидений: Туган-Шона, вышедший победителем из поединка с пустыней, белое знамя с черной луной, идиллические крымские пейзажи. Они вклеились в сны из воспоминаний о студенческой экспедиции, проведенной в скалах над Бахчисараем, давно, когда Нины рядом и в помине не было. Но стоило ее имени промелькнуть в сознании, как она упрямо врывалась в грезы, и всё начинало нестись по знакомому мучительному кругу. Хотелось зарыться поглубже, закопаться под землю, утратить лицо, но не получалось — мир крепко держал его и не желал отпустить. Какую еще тебе надо жертву? — вопрошал он с нарочитым пафосом свое отражение в оконном стекле. Гадкий галогеновый фонарь с улицы бил по глазам, Мальцов задергивал занавеску, но свет протекал в щель, дрожал и корчился в узком луче в натопленном воздухе избы, беззвучно смеялся над ним, как призрак, лишенный голоса.

Тишина и запахи солений обложили со всех сторон, он пропах ими с ног до головы, словно сам засолил себя в банке. Лег на бок, хлебнув для спокойствия корвалола, и стало казаться, что это он сам покрывается пузырьками в бродильном рассоле, просто выжидает три-четыре дня, пока рассол доведет его до кондиции. Тогда рассол проварят как следует, снимут пену и обдадут его, Мальцова, крутым соленым кипятком с ног до головы, и он окончательно успокоится, начнет впитывать соль ошпаренной и простерилизованной кожей и набирать хрусткость, столь ценимую всеми, кому довелось отведать его соленых огурцов.

Песчинка, песчинка, бормотал он, смыкая веки. В глазу тут же поселялась огненная точка. Она начинала набухать, разрастаться, пыжиться, заполнять всё большее пространство, подменять его собой. Он открывал глаза, утыкался лбом в наволочку, промокал испарину, садился глаголем на постели. Жалость к себе доводила его до исступления. Хотелось молиться, но ни Бога, ни веры в душе не было. Он твердил себе, как молитву, что все печали и радости преходящи, что они ничто, гроша ломаного не стоят, ничтожны и суетны. Твердил и сбивался, слова застревали в пересохшей глотке, путались меж зубов. Отпивал из чашки воду, специально поставленную рядом на столик. Вода стекала по сухому руслу гортани, охлаждая немного жар безумия. Потом валился в належанную в матрасе норку и засыпал крепко и без сновидений, до самого утра.

3

В детстве, когда он ходил с отцом за грибами, по лесу водили колхозное стадо и грибы росли везде: прямо на лесных дорогах, по кромке леса, на открытых полянах и в больших сосновых борах. Преподавая географию, отец никогда не оставлял школьного увлечения ботаникой, он любил растения и цветы и хорошо в них разбирался. В отцовском детстве дед показывал ему цветы: как всякий пасечник, он обязан был знать в них толк.

Они бродили по осенним опушкам, утопая в ворсистых коврах из седого мха, усыпанных облетевшей хвоей. Муравьи проложили в ней гладкие и утоптанные дороги, старательно отчистили их, утащив все хвоинки в муравейники на окраинах опушек. Муравейники сознательно строили на освещенных опушках, чтобы лучи восходящего и закатного солнца залетали в норы все без остатка. Отец научил его добывать муравьиный спирт. Срезáл ивовый прутик, аккуратно снимал кору, клал белую, источающую сок хворостинку на верхушку пирамиды. Муравьи облепляли ее и начинали носиться по ней, как безумные канатоходцы. Они ощупывали готовыми атаковать жвалами каждую микроскопическую пору, застывали в угрожающих позах, поднимали черное брюшко с выкинутыми в стороны задними ногами и орошали инородный предмет своим спиртом, санируя его наподобие медперсонала, смывающего микробов со сверкающего пола операционной тряпками, пропитанными едкими химическими жидкостями. Через пару минут муравьиной беготни отец выхватывал палочку, стряхивал с нее насекомых и прилипшие хвоинки, протягивал сыну. Мальцов лизал кислую палочку, жмурясь от удовольствия, и обязательно разжевывал ее после: терпкий вкус ивовой горечи удалял излишки щиплющей язык муравьиной кислоты.

Заросли вереска подступали к муравейникам, оплетая опушки по краям, очерчивали границу между залитыми солнцем кустарниками на старых гарях и спокойной и настоянной на хвойном аромате темнотой под высокими корабельными деревьями. Над лилово-розовыми вересковыми цветочками всегда вились пчелы и гудящие шмели. Дед зачастую выставлял ульи на опушках, собирал целебный вересковый мед, темно-красный, ароматный, слегка терпкий на вкус, с приятной горчинкой, которую ни с чем не спутать, как уверял Мальцова отец. Вересковый сбор плохо откачивался медогонкой, приходилось без устали вертеть и вертеть ручку, чтобы отжать соты, зато получившийся мед кристаллизовался медленно, сохраняя в банках тягучесть до поздней весны.

От влажных участков леса, там, где начинались черничные болота, ветер приносил стойкий запах багульника, обладавшего опьяняющим эффектом, от него начинало ломить голову. Но Мальцов почему-то любил этот эфирный запах, он притягивал его, как кота валерьянка.

Осенний лес был полон красок. Четырехгранные волосистые стебли буквицы со светло-пурпуровыми цветами и ее мягкоопушенные листья залечивали раны. Он порезал палец складнем, отец тут же взял листья буквицы в рот, пожевал и приложил к порезу, туго перевязал палец носовым платком. Кровь скоро остановилась, а через два дня ранка затянулась и перестала болеть.

На вырубках среди пней горели медные капли зверобоя, доцветали заросли кипрея. Совсем по низу, на разреженных участках, невысоко поднимаясь над землей, выглядывали из-под треугольных листьев спаренные золотые сережки — цветы купыря. Рядом с ними порхали крыльями темно-синие фиалки, получившие в народе название «мотыльки». Среди них, как часовые, расставленные по периметру, чуть покачиваясь на тонких стебельках, тянули к небу темно-красные овальные головки кровохлебки.

Кровохлебка помогала при поносе, дед вылечил ею не одного зэка от дизентерии — болезни всех заключенных ГУЛАГа. Отца она тоже спасла. Под Вязьмой они тайно питались лошадиной дохлятиной, за такой самовол могли запросто отправить в штрафбат. Ночами солдаты вырубали мясо из слежавшегося, глазурованного наста нейтральной полосы.

Потом ползли назад в окопы, таща за собой тяжеленную ногу баварского тяжеловоза, рубили на снарядном ящике и варили в обрезанных немецких бочках, превращенных в походные котлы. Отец жестоко заболел тогда, и только чай из кровохлебки, добытый разведчиками у местной знахарки, поставил его на ноги.

Он любил эти грибные походы с отцом. Тот чувствовал себя в лесу естественно и, если не рассказывал и не обучал, обожал завалиться в высокую траву на спину, сунуть в рот кривую травинку и слушать тишину, смежив глаза и подставив лицо солнцу. Мальцов тихо ложился рядом. Худое жилистое тело отца, его впалые, изрезанные морщинами щеки, седая щетина и едва заметное синее углубление у виска — укус шрапнели, в котором пульсировала жизнь его сердца, наделены были той суровой красотой, от которой перехватывало дыхание. В объявшем их вакууме тишины на Мальцова нисходило ликование и благодарность за то правильное, дополнительное место, что он занимал на лесной поляне, казавшейся тогда несомненным центром Вселенной...

Старые леса вокруг Василёва варварски спилили еще в девяностые, только кое-где на болотных останцах сохранились островки елей и сосен. Прежние дороги заросли, приходилось протискиваться сквозь кустарник и наросшие березки, обходить упавшие, гнилые деревья, ступая по лосиной тропе, сшибать палкой исполинскую крапиву и метелки неядовитого борщевика. Но грибы росли словно вопреки лесозаготовителям, собирать тут их было некому. Он набивал за два-три часа вместительную корзину выводками крепких белых и подосиновиков, похожих на гигантские спички с их непорочно белыми ножками, синеющими даже от самого робкого прикосновения, шагал домой, быстро обедал, а потом чистил и обрабатывал улов. К запахам солений в избе прибавился язвительный аромат уксусной эссенции и благоухание подсыхающих на печке грибов.

Заготовки занимали всё светлое время. Книги, что он привез, лежали неразобранные, Мальцов никак не мог сесть за работу. Нарезав по лесу шесть-семь километров, основательно вымотавшись и пропотев, к вечеру ощущал приятную усталость. Прогонял ее, обдавшись по пояс холодной водой, забирался в кровать. Почитав на сон грядущий старый детектив, он стал лучше засыпать. Грибной азарт вернул мышцам упругость и окончательно проветрил голову, вытеснив из нее праздное оцепенение. Он убеждал себя, что завтра начнет работать, но утром как заводной опять сбега́л в лес.

Скоро пошел слой опят, и Мальцов зачастил на ближайшую выпиленную делянку, как на грядку. Он косил их пухлые ножки, оставляя на пнях и березовых стволах следы белых срезов, выделявшихся издалека, как линии прокосов на недоработанном лугу. Ссыпа́л в большой плетеный берестяной пестерь, что носил на плечах наподобие рюкзака. Аккуратно заполнял широкую корзину, чтобы грибы не слиплись в один темный и волглый ком. Тащил очередную добычу в деревню, насвистывая нехитрую мелодию и мотая головой, отгоняя летевших за ним шлейфом слепней и мух-жигалок. Засыпал опятами тазы и ушаты, деля добычу с тетей Леной, и часто вечерами они сидели на улице, чистили грибы, перекидываясь словом-другим, но больше работали молча. С Леной было хорошо, она не лезла в душу. Часто к ним прибивался пьяный сосед Сталёк из дома напротив. Он вечно мусолил сигарету, бормотал под нос, что страшно устал и пока отдыхает, но скоро выходится и пойдет зарабатывать в карьер, где ему дадут большой японский погрузчик. При этом Ста-

лёк периодически прикладывался к початой бутылке, быстро отключался, валился на бок и начинал
храпеть. Если дело шло к вечеру, Лена накрывала
спящего старым ковриком: вечера становились всё
прохладнее. Таисия никогда за сыном не приходила:
спьяну Сталёк колотил ее, она его боялась. Ночью,
проснувшись, сосед сбегал в Котово — соседнее село,
где стояла церковь, в которой когда-то служил дед,
и кое-какой народ еще держался. Там же жил Валерик — продавец дешевой самопальной водки, а точнее адского пойла с устойчивым запахом ацетона,
которое потребляли местные алкаши.

Сталёк тоже собирал грибы, но, вкрай обленившись, далеко не забирался, бродил по мелким берез-
кам на поле, резал крупные подосиновики и подбе-
резовики и, набив корзинку, спешил в Котово, где
менял грибы на бутылку или две. Он пил ежедневно —
сигареты и водка составляли его основной рацион.
Вконец оголодав, съедал сковороду жареных рожков
с вбитыми в них двумя-тремя яйцами, разнообразя
еду солеными огурцами или грибами. Кормила его
Таисия. Сталёк, как и бóльшая часть мужиков в сосед-
них деревнях, жил на ПМЖ — «Пока Мама Жива».
Таисия отработала жизнь на железной дороге, одиннадцать тысяч ее пенсии, по местным меркам, было
огромным богатством. Выйдя на пенсию, она завела
сожителя себе под стать, которого в пьяной истерике зарезала кухонным ножом. Отсидела пять лет на
зоне, продала городскую комнату: соседи зэчку по-
баивались и обещали при случае вернуть ее обратно
в лагерь. Назад на шконку не хотелось, Таисия решила начать новую жизнь. Сбежала в василёвскую глухомань, купила за пять тысяч пустующий домик недавно
умершей бабушки. Утопические надежды обернулись
новым, теперь уже почти беспробудным пьянством.
В глубине души Таисия по-прежнему считала себя не-

отразимой, при случае любила порассказать о богатых красавцах, поивших ее коньяком и шампанским, когда она служила проводницей спального вагона. После пенсии неделю-другую мать и сын закрывались в доме, пили вдвоем, никто им был тогда не нужен. Если Сталёк шлялся по березняку с корзинкой, это означало, что пенсия пропита и до новой надо как-то продержаться. Вот он и держался — летом его поили грибы.

Пока сынок сновал по березняку, Таисия отлеживалась. Придя в себя, обмывшись в тазу и постирав грязное белье, выползала из дома не раньше четырех, переходила улицу, навещала тетку Лену — они вместе смотрели дневной сериал, запивая его чаем с Лениными конфетами. Заодно Таисия съедала тарелку Ленино́го супа, не отказывалась и от жареной картошки или макарон с тушенкой. Часто к Лене приходил и Сталёк, приносил ей два ведра воды, за что всегда подъедал недоеденное мамой. Дома, как уверяла Таисия, еды у них было полно, но почему-то они предпочитали столоваться у сердобольной соседки. Большая пенсия вся оседала в кармане котовского Валерика. Таисия постоянно ругала сына, жаловалась, что тот не дает ей пожить всласть, но это было показное, сменить жизнь она уже не могла, да и знала, что тетка Лена не даст им умереть с голоду.

— Почему ты их кормишь? — спросил как-то Мальцов у Лены.

— Не обеднею, люди как-никак, ты-то не часто меня проведывать заходишь, одной скучно.

В лучшие годы Лена держала корову и телку или двух, овец, кур, гусей и индюков, кроликов и обязательно двух поросят. Пять лет назад продала корову, последнюю из всей живности, сильно сократила посевную площадь, запустила огромные картофельные поля и длинную полосу, где сажала сахарную свеклу. Но просто бросить разработанную землю и смотреть, как ее поглощает бурьян, ей не позволила крестьянская душа. Весной Лена засевала бывшую пашню ячменем. Теперь перезрелые желтые колосья клонились к земле, мели ее жесткими и колкими метелками. Ветер и дожди перемешали желтые стебли с зеленым вьюнком, листьями одуванчика и пучками травы, сплетая дебри покруче нечесаной Стальковой шевелюры. Шесть Лениных куриц понаделали в этом лабиринте ходов, нарыли ям, из середины желтого поля постоянно неслось их истеричное кудахтанье. Лена расширила своими резиновыми галошами их тропы, собирала в ячмене яйца: в теплую погоду глупые куры предпочитали нестись на свежем воздухе. По нахоженным дорогам сновали мыши-полевки, за ними, облизывая мехом землю, кралась серая стальковская Глаша. Приблудная кошка всосала охотничий кураж с молоком полудикой матери, летом почти не появлялась в доме, где ее кормили от случая к случаю, находя пропитание самостоятельно. Мальцов однажды встретил ее на поле притаившейся около свежей кротовины. Глаша посмотрела на него недобрым зеленым глазом и зашипела. Шерсть на затылке моментально вздыбилась, хвост стеганул по бокам раз, два, и кошка буквально растворилась в задрожавшем от ее злости воздухе. Она не желала иметь свидетелей своего кровавого промысла.

Отказаться от огорода Лена не могла: он ее кормил. Жизнь ее крутилась вокруг грядок, где всё росло пышно и с огромным запасом. Лена могла б легко прокормить не только своих городских, но и еще роту постояльцев, случись им встать на постой в ее большом василёвском пятистенке. Гости Лену не баловали, готовила она загодя, с вечера ставила в печь чугунок со щами и другой — с картошкой в мундире, всё светлое время проводя на грядках. Скрюченная кочергой от сковавшего кости артрита, она обязательно находила себе дело: что-то подвязывала, полола, поливала или просто совершала обход, не ленясь заглянуть и в мальцовский огород, пока там еще что-то росло. Зимой доставала с чердака станок, налаживала его и ткала половички из обрезков цветастого материала, который поставляла ей работавшая на хлопчатобумажном комбинате дочь. Дочь же и продавала их в городе, причем, по молчаливому согласию ткачихи, клала выручку в свой безразмерный карман.

— Надо двигаться, — говорила Лена, улыбаясь, — без движения что — ложись и помирай.

В этом была вся ее философия жизни. На вопрос, как жили раньше, всегда отвечала: «Работали». Вытянуть из нее больше было невозможно, если не задать точного наводящего вопроса, тогда она с удовольствием пускалась в воспоминания. Вспоминала выборочно, только хорошее. И все люди, которых она поминала, иногда по-доброму посмеиваясь над их несуразным поведением, делились у нее на «хороших» и «строгих». Как-то рассказала новеллу о сбежавшей корове, Ночке или Дочке. Дойные Ленины коровы всегда чередовали эти раз навсегда выбранные имена.

Корова почему-то сбежала в ночь. Тяжелые двери хлева, будто нечистая сила подула, распахнулись во всю ширь, и темнота заглотила ее черные раздувшиеся бока в белых пятнах. Корова была «совсем на сносях».

«Господи еси. Что ж делать? Взяла веревку, пошла искать. Свечу фонариком, кричу: «Дочка, Дочка». Не откликается. Неужто волки задрали? Беды край».

Роса стояла холодная, она выскочила в резиновых галошах на босу ногу. Ноги и юбка промокли. Лена стала замерзать, а потому прибавила шагу. Небо затянули обложные облака, фонарик выхватывал отдельные деревья, скакал по блестящей росе, мокрые метелки травы нигде не были оббиты.

«Пройди она, я б сразу заметила». Филин ухнул на Тараковом поле, нагоняя жути. Знала, что он там летает, но почему-то сердце сжалось в комок. Фонарик в руке задрожал, предательски утыкаясь в землю под ногами.

Три часа ходила по лесным дорогам, исходив все. Знала их с детства. «С завязанными глазами бы прошла. Ведь всё тут мое, каждый кустик родной». Но в обычных местах, куда порой сбегала Дочка, ее не оказалось. Прошла крестом необъятное дроздовское поле, «нашу Украину». По пояс во ржи, пересекая кабаньи тропы, прислушиваясь к каждому шороху, каждому необычному звуку. Кричала, пока не сорвала голос. Напилась в заброшенном роднике, оглядела все свежие следы, но милых сердцу следов коровьих копыт не обнаружила. Знала, что без коровы домой хода нет, Степан на порог бы не пустил. «Он строгий был. Чуть что мог огреть, а тут корова!» Все глаза выплакала. «Жалко так, хоть садись и вой».

Тут волки и завыли. Волчица на одном конце поля. Ей ответил матерый, затем подключилась стая — затянули подголосками. Волков Лена боялась. Муж, случалось, стрелял их. «Я к шкуре близко не подходила. Он шкуры в сеннике к балке подвешивал, хорошо продавал, за волков изрядно платили».

Вышла на дроздовском поле к старому сараю. «От всей деревни только один сарай остался. Я в него». Коровы и тут не оказалось, зато лежало клоками недобранное старое сено. «Ноги, как сглазили, не идут». Села на сено, не заметила, как заснула. Утром что свет побрела. Тело закоченело и ныло. «Разошлись ноги-то кое-как. Надо искать». Пошла тихонько назад, к дому. Следов всё не видно. «Коровушка тут не побывала». Шла как на заклание.

«И ты знаешь, уже на подходе, на поле, в кустиках, смотрю, что-то темнеется. Шепчу так, голоса нет совсем: «Дочка-Дочка, девочка моя». Она и отозвалась из кустов, а не идет. Я бегом, про усталость забыла. Что думаешь? Она, красавица моя, глазами лупает, а за спиной маленький, стоит на расползающихся ногах, уже его облизала».

Теленок прижался к разгоряченному мамкиному боку, весь дрожа и растягивая до ушей блестящие губы. «Бычок! Красота!» Обняла широкую шею, с восторгом отметила его крепкий круп, прошлась пятерней по слипшимся куделькам белых волос в ямке на крепком лбу, с силой провела по ребрам от хребта вниз, словно хотела разгладить на них шелковистые завитки, обвела указательным пальцем звездочку между огромных глаз, лепеча невразумительно-ласковые словечки. От тела новорожденного поднимался горячий пар, в котором она согрела озябшие пальцы. Дочка повернула к хозяйке голову и издала сдавленный стон, выражавший разом испуг и боль, которые они обе испытали за эту ночь. Затем примирительно облизала ленину руку синим шершавым языком и уставилась на нее бездонным взглядом, в котором сквозило нескрываемое умиление. Лена порывисто обняла ее за шею, прижалась к ней и, всхлипывая и подвывая, разревелась. Поголосив положенное время и немного успокоившись, подвела маленького к вымени, ткнула в мамкин горячий сосок. Малыш напился, издал вздох облегчения, качнулся от пресыщения и чуть не упал, запутавшись в разъезжавшихся ногах. Лена поддержала его тяжелую голову. Бычок облизал ей щёки, попытался пососать мочку уха, испачкав лицо сладким молозивом. Дух от него шел сильный и пряный. «Сама б его облизала. Все маленькие сладко пахнут». Накинула Дочке веревку на рога, умаслила свою черно-пеструю морковкой, потом протянула на ладони горбушку с въевшимися в мякиш крупными кристаллами соли. Ночью сама голодала, а не тронула. И повела их домой.

«Иду счастливая, не передать, будто в детство попала. Всякая травинка кругом поет, радуется со мной вместе». Бычок потом вырос, превратился в огромного бугая, вся округа приводила случать с ним коров. Через пять лет муж, устав косить на него, — «Один сарайку за зиму съедал!» — продал его и на вырученные деньги сразу купил мотоцикл с коляской. «Бык вымахал, я таких племенных не встречала, не скажешь, что мать в лесу опросталась, как нищенка».

— Муж рад был?

— Что муж! Корову с приплодом нашла — вот счастье, могли б и волки задрать. Ночь, дело темное. Так выли, так выли, кровь в жилах стыла, как сейчас помню.

В Котове позднее ее рассказ подкорректировали: корову выгнал из хлева пьяный Степан. Поддал на сельских выборах в буфете, потом накатил еще. Пришел домой вечером и потребовал сразу две бутылки. Рачительная Лена выставила одну. Степан разошелся, вопя, что он в доме хозяин, затем вдруг приревновал жену, затем подбил ей глаз и потаскал за косу. Но этого показалось мало: выскочил на улицу, набросился на скот и разогнал его весь, отвязал и натравил на овец лайку. Вернулся в дом, цыкнул на детей. Дети забились на печку, глядели оттуда, как он чуть не спалил избу, кочевряжился: чиркал спички и кидал на пол, давил сапогом и приговаривал: «Так тебе, сучка, змея холодная, потаскушка, еще не то сотворю, сиротское отродье». Допил бутылку самогону и удрал пьянствовать дальше.

Овцы вернулись в ограду, а вот корова со страху сбежала, и Лена за ней. Просидела за баней, потом поняла, что корова домой не вернулась. Пошла искать. Мужик потом неделю чертил, не показывался, так что никто их с коровой дома не встретил. Только напуганные и ревущие дети. Об этом Лена умолчала. Предпочитала больше рассказывать про «травки поющие».

Ленина мать умерла перед войной, когда ей было пять, отца она не знала. Кормил ее дядя, но больше воспитывала бабушка, «истинная голубица», как называла ее Лена. На сохранившейся фотографии деревенская девочка в простеньком платьице и вязаной кофте стоит около высокого дядиного дома, русые волосы заплетены в две тугие косы. Губы чуть припухшие, словно накусанные. Нос пуговкой. На носу веснушки. Не красавица, не дурнушка. Но глаза настороженно смотрят в объектив, словно ожидают подвоха. Муж сосватал ее в пятнадцать. «Расписывать не хотели, но я уже беременная была, потому пошли нам навстречу».

Работала в колхозе сколько себя помнила, дослужилась до должности бригадира. «Ответственная была очень».

— Значит, мужем управляла?

— Так выходит. На бумаге управляла. По работе он меня слушался.

— Любила его?

— Как мужа не любить? Степан молодой озорной был, парнями верховодил. За драку год отсидел. Тогда за драку сажали.

— И он тебя любил?

— Конечно. Прижмет в бане, голова кругом.

— Почему же бил тогда?

— Приревновывал, наверное, только я честно жила.

От такого нескромного разговора Лена вся зарделась, по лицу растеклась истома. Она выговаривала слова, как выпевала, — само спокойствие, лишь обескровленные артритные пальцы искали тепла, зарывались в мех кошки, прикорнувшей на коленях, и слегка дрожали. Складки на лице пришли на миг в движение и застыли. От переносицы побежали морщины, расходясь вширь, напоминая лучик святости, нисходящий на деревенских иконах от парящего в небесах голубя на воздевшего руки Христа-иерея. Только у Лены лучик взлетал вверх и прятался в очелье цветастого платка.

Из пятерых родившихся детей двое ушли в раннем возрасте, — один при родах, вторая, Настенька, утонула в корыте, едва научившись ходить. Муж, выпив, нередко терял рассудок и частенько учил ее повиновению на глазах у деревни, выработавшей на сей счет чеканную, как приговор, формулировку: «Бьет — значит, любит». Двое сыновей спились и легли в землю не по своей воле. Одного зарезал вернувшийся с очередной отсидки одноклассник, другого застрелили в городе по наводке прогнанной им злопамятной жены-шалавы. Дочь, мотальщица на хлопчатобумажном комбинате, жила в Деревске, наезжала весной — помочь с посадкой картошки, и по осени — забрать урожай. Лена ее ждала и иногда разговаривала с ней по мобильному, что висел в сонном бездействии вниз головой, наподобие летучей мыши, на белой оконной занавеске. Она варила городским внучкам клубничное и черносмородиновое варенье, но внучки выбирались в деревню редко, обе уже работали.

Мальцовский дед нарочно выбрал Василёво, при церкви жить ему было негде. Тогда в Василёве было полно народу. Лена деда хорошо помнила, он учил ее мужа ходить «во пчёлы».

— Хотел наслаждаться тишиной на отшибе, так он говорил. Справедливый был и скромный, а трудяга — чисто как пчела. Помню, поймал рой и простыню тряхнул случайно. Они как посыпались, что горох! Стоит в саду, халат, шапочка белые — так стали чернющие, а пчёлы по нему ползают, прямо целуют его, он им шепчет что-то, губы шевелятся, а лица не видать, всё-то облепили. Так ведь рой весь на простыню руками собрал, потихонечку, ласково, не упустил. Его пчёлы любили. Он и моего Степу научил. Но как Степа выпьет — к пчелам не ходил. А запьет — беда, мне приходилось. Я и рамки чистила, и переставляла, и мед какой год качала. Я пчел тоже не боюсь, уважаю их потому что.

Дед был вторым священником. Служил охотно, отправлял положенные требы; люди часто приходили к нему за медом, начинали говорить и засиживались допоздна, тогда бабка клала их спать в кухне на топчан или в теплой комнатке, пристроенной к основному срубу специально для сына. Дед вставал рано, часто глубокой ночью, шел два километра до шоссе к церкви и, случалось, возвращался затемно. Дед тоже, как и Лена, придерживался теории, что сидеть на одном месте вредно для здоровья. Если не было дел в церкви, занимался домом: колол дрова, белил яблони, обрезал дикие ветки, много времени проводил на пасеке в дальнем конце сада. Старые, разваливающиеся ульи лежали горкой у стены бани, Мальцов никак не решался их спалить или отнести на помойку.

В беготне и сборах провизии прошел сентябрь. Мальцов перестал поглядывать на молчавший телефон, хотя каждый вечер упрямо ставил его на подзарядку. Заготовки кончились, грибы пошли на спад. В подполе выстроилась линия банок с маринованными опятами, часть он насушил, нанизал на нитки, развесил около печных стенок. Грибные четки свисали с потолка, медленно превращались в низки узелкового письма. Еще засолил два эмалированных ведра грибов, ел их с картошкой. Простая пища быстро надоела, скука начинала одолевать, опять стали преследовать видения, но теперь другого рода. Он часто вспоминал свой наркотический трип и никак не мог отделаться от мысли, что увиденное было ярче и правдивее всего, что он мог накопать в источниках и книгах.

Однажды утром заставил себя разложить привезенное на кучки, приготовился к работе. Начал читать, даже делал выписки. Проглядел текст альбома для Бортникова, кое-что изменил и дописал. Работал с десяти до четырех. Днем обходился супом, варил большую кастрюлю овощной похлебки на куриных шеях — ее хватало дней на пять-шесть. Жарил картошку — жареная она ему никогда не приедалась. Ходил за водой. По субботам топил баню. Жизнь обрела ритм, и он увязал в нем, незаметно превращаясь в местную окаменелость.

Дожди расквасили землю, ветер пооборвал с огромных тополей на улице листья, они заполонили палисадник и огород. Чтобы размяться, Мальцов сгребал их граблями, грузил на тачку и свозил в кучу, где они тлели весь день, ветер разносил дым и запах гари по деревне. Лена тоже палила листья, прямо под окном, на дороге. Бывало, они пересекались, здоровались через забор, но попусту друг друга не беспокоили: соседка оберегала его необычное затворничество, раньше он никогда не жил в деревне так долго.

В первый же день он заявил, что приехал надолго. Лена обрадованно заулыбалась: «Вот хорошо, поживи, нам веселее». Иногда спрашивала, сколько еще пробудет, но вскоре перестала — Мальцов всегда отвечал одинаково: «Еще поживу».

Сталёк и Таисия его тоже не докучали: в первый же день наладил пьяного соседа — тот полез было в избу, но Мальцов решительно взял его за шиворот и выставил: «Запомни. Пьяный ко мне ни ногой! Я работаю. Уяснил?» Сталёк обиженно забубнил, но ушел и больше к нему просто так не совался. Таисия и вовсе обходила стороной.

У нее неожиданно случилась любовь. В свои шестьдесят девять лет она завела полюбовника из Котова — Ваську Михея, алкаша, присосавшегося скорее к ее пенсии, чем к ее прелестям. Михей гулял уже второй год, сбежал из города от зудящей и тяжелозадой жены и слонялся от бабы к бабе, ночевал по баням и сараям, где придется, пока не набрел на любвеобильную Тасю. Пили теперь на троих. Сталёк с Михеем бегали за водкой, иногда с ними гордо вышагивала Таисия. Встречаясь взглядом с Мальцовым, она подчеркнуто высоко поднимала голову, отвечая на его приветствие почти королевским кивком. Он подглядел: думая, что Мальцов ее уже не видит, Таисия сплюнула по-зэковски через губу, видимо, выражая так свое к нему презрение. Пьяная, она теперь красовалась: нацепив парик и выкрасив губы, выходила с хахалем на божий свет, на лавочку под своим окном. Михей обычно засыпал, прислонившись к ее плечу, или сидел как истукан, выпучив глаза, никак не реагируя на то, что трещала ему в ухо Таисия. В конце концов Сталёк, подозревая, что они тайком пьют в два горла, уволакивал их в дом, попутно дав матери затрещину-другую.

Сын, как ни странно, такой разудалой свою мать стеснялся. Зашел как-то к Мальцову, тихонько постучал в дверь, попросил разрешения войти:

— Я за сигареткой, дай покурить, всё подмели, гады.

Мальцов выделил ему три примины из специально купленной для него пачки.

— Бесстыжая бабка, ошалела вконец, спит с ним, представляешь? В ее-то годы. Уеду, Иван, в город, буду работу искать. Ты же знаешь, я не деревня — я городской.

Семь лет назад жена выгнала его из дома, пообещав посадить. Он сбежал к вышедшей из лагеря матери и больше ни дня не работал.

— Прости, не могу с ними, не могу, стыдно перед людьми, понимаешь?

— Понимаю, — кивнул Мальцов, указывая на дверь.

Сталёк поднялся со стула, мотнул головой и направился к выходу. Грязный, обросший, как лесовик, у которого щеки поросли засохшей сосновой хвоей.

Таисия, конечно, понимала, что ни Мальцов, ни Лена не могут одобрить ее новое увлечение. Михей уже почти не различал человеческую речь. В голове, когда он медленно поднимал ее к небу, что-то отчетливо булькало. Слеза, сочившаяся из-под воспаленных век, попав на конец сигареты, шипела и фыркала, как кошка, получившая щелбан по носу, а трескучая искра, соскочив с сигаретного кончика, норовила впиявиться в штаны и добраться, прожигая в слежавшейся вате тлеющую змеиную дорожку, до интимной глубины и жестоко укусить еще не отмершие вконец тайные уды страдальца. Несчастный опухал на глазах, всё больше становясь похожим на оплывшую пластиковую бочку из бани, в которой Таисия замачивала его обмоченные трусы, штаны и безразмерную майку бурого цвета с въевшимися и неотстирываемыми пятнами похмельного пота. После двух лет запоя михеевские почки с трудом справлялись с ацетоном, димедролом и дешевыми химическими ядами, которыми Валерик бутил технический спирт, выпаривая для добавок медный купорос и камедь, свинцовые белила и негашеную известь, кошачью желчь и семечки волчьей ягоды в большой реторте в бане при свете полной луны. Спирта в продаваемой им бутылке было минимум-минилорум, добавки же сбивали с ног и били по голове, словно кувалда, превращая местных алкашей в угрюмых зомби. Бутя и разбавляя, Валерик выжимал из поставки до ста процентов прибыли. Печень выпирала из михеевского живота, скособочив его направо, заставляя переносить упор при ходьбе на отказывающую левую ногу. Михей ковылял, припадая и выталкивая себя из расквашенной земли, как груженая телега, у которой лопнул обод. Ноги его превратились в топографическую синьку, запечатлевшую извивы и переплетения местной речки в период весеннего половодья с впадающими в нее ручейками и гиблыми болотцами. В кирзовые ботинки-«гады», выданные назад тому сколько-то лет, когда Михей искал с геологами гравий по местным лесам, ноги его уже не влезали. Ботинки зависли на заборе и кисли теперь под стылым дождем, навечно погруженные в безмолвные воспоминания о былых похождениях и лихих пьянках у лесных костров. Таисия разыскала на печке старые валенки. Шлёпа из Котова пришил к ним цыганской иглой резиновую подошву и затянул дратвой прожженные дыры. Валенки покрылись узорами, отдаленно напоминающими снежинки, и пахли редкой смесью солярки, мочевины и страдания, с которым Михей покрывал в них двухкилометровый маршрут от василёвского пристанища до спасительного дома спиртоноши.

Сорвавшись с цепи, Таисия защищала себя, как могла и умела, выставляла страсть напоказ, театрально изображая безумную любовь. Могла, например, остановиться перед мальцовскими окнами, притянуть превратившегося в умертвие Михея за шиворот, облапить и приняться целовать в ничего не чувствующие губы. Ее густая помада сливалась с цветом свекольных щек полюбовника, его синие губы принимали совсем уже страшный оттенок. Михей слизывал помаду с губ языком, как теленок, принимая ее за томатную пасту, которую с голодного детства почитал за лакомство. Таисия выкидывала и другие фортели, запросто могла с горделивой томностью по-куриному повернуть голову к мальцовскому окну, встряхнуть челкой и, сверкая глазами, выдать истерический куплет: «На окне расцвел цветок, не голубой, а аленький, ни за что не променяю Васькин хуй на маленький!» Вероятно, ей чудилось, что она всё еще находилась промеж сокамерниц в бараке, а не посреди пустынной василёвской улицы. Голова ее поплыла от фантазий и паленой водки, сквозь хаотичный слой пудры проступала серая шершавая болезнь, старость кричала из всех складок на шее, сквозила из ввалившихся в глазницы расширенных зрачков. Щедро умащенные самопальным цыганским кармином губы делали ее похожей на нечисть из телесериала, которым кормят бездельников далеко за полночь. Только сражалась Таисия не с живыми людьми — она объявила войну самой смерти, а потому сбить ее с выбранного пути не смогли бы ни черти, ни ангелы.

Завидев ее издалека, Мальцов старался отвернуться, обойтись без привычного обмена любезностями. Абстрактно он жалел старую зэчку, но на деле на дух не выносил; она, интуитивно чуя это, платила ему той же монетой.

В одну из суббот приехала на жигуленке с прицепом Наталья, Ленина дочь. Переночевала, помылась в бане, набила прицеп мешками с картошкой и овощами, банками с соленьями и укатила. В понедельник на пороге нарисовался Всеволя — котовский бомж, пришел просить у Мальцова работы. Он пропился в нули и театрально взвыл, что умрет, не дотянув до пенсии. Сговорились работать за еду — в доме оставалось много старых круп. Всеволя их оценил, кивнул головой, попросил только прибавить бутылку масла. Пять дней тюкал топором, колол дрова, купленные еще в прошлом году, расколол и сложил всё в аккуратную поленницу. Днем Мальцов наливал ему тарелку супа с краюхой черного, Всеволя ел и нахваливал — видно, оголодал вконец. Сдавая работу, выклянчил еще и полста рублей на пиво.

Мальцов дал. Через день Сталёк принес новость: Всеволя пропил полтинник, продал Валерику крупу и валяется пьяным около кладбища. Жадность Валерика знала вся округа, но Мальцов не мог представить себе, что кто-то по дешевке купит залежавшуюся крупу.

— Что ты хочешь? Всеволе не впервой голодать, а Валерик крупу курам скормит да еще и Всеволю заведет, тот снова влезет в долги. — Лена сказала это как само собой разумеющееся.

— Значит, он заранее всё рассчитал?

— А как же! Отъелся у тебя и побежал, как на крыльях полетел!

Таких, как Всеволя, еще двадцать лет назад полно было в Котове, но все они постепенно переместились на погост — если бы не действующая церковь, деревня просто бы обезлюдела. Теперь в пустых избах начали селиться пенсионеры-горожане и богомольные старушки, боготворившие нового молодого батюшку отца Алексея. Зимой в Котове домов сорок стояли разоренные или заколоченные, светились окна только в двадцати четырех избах. По нынешним меркам, деревня считалась большой, каждый вторник ее навещала продуктовая машина.

Деньги Мальцов почти не тратил, с удивлением отмечая, что прожить на подножном корму при минимальной пенсии, как жила большая часть страны, скучно, но можно. Если бы не работа, то захватывающая его, то надоедающая, можно было бы рехнуться рассудком. Похождения Туган-Шоны он даже попытался записать, но слова не давались ему, Мальцов стирал написанное и вскоре удалил весь файл.

Неудовлетворенность тем, что делал прежде, пытаясь реконструировать историю раздоров в Орде четырнадцатого века, нарастала в нем. Настоящий историк обязан иметь предельно оголенные нервы, постоянно страдать, переживая то, о чем пишет, даже упиваться человеческой болью, из которой соткана история, говорил он себе. Просто описывать бесконечные распри и походы, цитировать скупые строчки хронистов, давая ту или иную характеристику героям, стало скучно. Мальцов заставлял себя продолжать начатое из привычного мазохистского убеждения, что это кому-нибудь может быть интересно. Но теперь чувствовал фальшь. За сухими академическими словами пряталось невысказанное.

Чума в Сарае, унесшая тысячи людских жизней. Каждые двенадцать лет она возвращалась, подорвав торговлю и истребив не только простолюдинов, но и большую часть носителей священной Чингизовой крови. Всё полетело в тартарары, изменился порядок жизни. Мальцов словно видел разоренные стойбища, опустевшие юрты, разбежавшиеся по степи, никем не охраняемые табуны. Он пригибал голову, ныряя в дымы очищающих костров, через них прогоняли людей и скот, вдыхал пряный запах кадил и ароматических свечей, с которыми обходили обезлюдевшие улицы поредевших городов несторианские священники, монгольские шаманы и ламы в высоких желтых шапках. Шел следом за похоронными командами рабов, стаскивающих в скудельницы за городом огромными баграми трупы умерших зловонной смертью. А вместо этого писал: «Чума смешала карты Мамаю, на целый год отвлекла от русских княжеств, где тут же воспользовались слабостью Орды».

Несоответствие написанного живой жизни Мальцов с горечью осознал только тут, в тишине и затворе. Писать дальше становилось всё труднее. Наверное, так повлияли на него останки советской империи, брошенные властью, никому не нужные, топящие свою безысходность в дешевом алкоголе. Материк, потерпевший крах, стремительно погружался во тьму культурного слоя, полного пустых, калиброванных станком водочных бутылок, вряд ли интересных для археологов через пятьсот лет. Ему не давало покоя, как же всё это было в Орде, в период еще видимого могущества, когда никто, пожалуй, не ощущал грядущей гибели, предначертанной любой цивилизации. Он отрывался от компьютерной страницы, смотрел в окно на обложившие округу тоскливые облака, слушал, как барабанит по крыше дождь. Затем бил в раздражении по клавише, гасил экран, принимался топить печь или хлебать надоевший суп и жарить картошку. Слонялся по избе без дела. Шел к Лене, но та после праведных трудов дня лежала на мягком матрасе, вперившись в экран, где шел очередной сериал про фашистов, переживая клишированные повороты сюжета, замещающие реальную жизнь.

— Попей чайку, — предлагала она, чуть повернув голову в его сторону.

— Спасибо, Лена, я так, пойду.

— Что ты маешься, опять не работается?

— Ну да, затык.

— Головой работать — много ума надо, — серьезно говорила Лена, но от экрана не отрывалась.

Он уходил к себе, включал компьютер и до одурения играл в маджонг, пока в глазах не начинало рябить от усталости.

4

Рано утром его разбудил омерзительный звук. Что-то живое слабо скреблось в окошко над головой, словно кто-то пытался написать на стекле углем непристойное послание. Мальцов открыл глаза, прислушался, механический звук повторился — не похожий ни на настойчивый стук синичьего клюва, ни на пугающее гудение шершня, скользящего вниз по стеклу. Робкий и вместе с тем противный скрежет повторился снова, от него по коже пробежал озноб. Тополиная ветка, подумал он, но сразу понял, что веток в такой близости от окна не было, он спилил их, опасаясь, как бы они не замкнули при сильном ветре подходящие к дому провода. Мальцов поднялся, оттянул занавеску и даже отпрянул от неожиданности. Два напряженных, глубоко запавших в глазницы блестящих зрачка смотрели прямо на него.

Вовочка из Котова, сосед спиртоноши, живший в большом пустынном доме, исхудавший, как скелет, молча сверлил его взглядом лагерного доходяги.

— Твою же мать, — не сдержался Мальцов, — чего тебе? Я сплю.

В горле у Вовочки что-то заклокотало, заострившийся кадык заскакал на тонкой шее, словно искал место, чтобы проткнуть сухую кожу насквозь и поскорее выпустить на волю звуки, рождающиеся в глубине гортани и никак не желающие складываться в человеческие слова. Через двойную раму казалось, что он говорит на щелкающем и свистящем наречии пигмеев. При этом во всей его страдальчески костлявой фигуре было столько отчаяния и мольбы, что Мальцов не смог ему отказать и кивнул на дверь. Быстро оделся, вышел на кухню.

Переступая порог в растоптанных валенках-скребнях, Вовочка едва задел его носком, но и этого хватило, чтобы он чуть не упал, с трудом удержав равновесие, смешно вскинув крестом руки, словно пришел благословить сей благодатный дом. Одышка позволяла ему передвигаться только мелкими, экономными шажками. Он присел на краешек табуретки к столу, положил руки на колени и так, в позе первоклассника за узкой партой, замер, задышал с присвистом, унимая клокочущие легкие. Достал из кармана бычок, закурил и долго и надсадно кашлял после первой затяжки, пока Мальцов за перегородкой ставил чайник на плитку.

— Ты что с собой сотворил?

— Не кушал давно, — выдавил Вовочка жалостно, — когда пью, не лезет.

— Спецдиета?

— Она самая. Мать похоронил, жить неохота стало, веришь?

— Верю, но денег на водку не дам, — сказал Мальцов жестко.

— Не за этим.

Вовочка с трудом поднял голову, державшуюся на цыплячьей шее, скулы выпирали даже сквозь свалявшуюся седую бороду. Горящие глаза маниакально следили за Мальцовым.

— Зачем пришел?

— Жить недолго осталось, может, даже день или два дня.

Он затянулся глубоко, словно последней затяжкой, желтые прокуренные пальцы с огромными ногтями, которыми он царапал по стеклу, потеряли чувствительность и не ощущали, как малиновый огонек въедается в них. Мальцов подал пепельницу, но Вовочка исхитрился и сделал еще одну виртуозную затяжку, затем пальцами задавил хабарик, стиснув намертво, как давят колорадского жука, даже не поплевал на него предварительно.

— Ты, смотрю, огня уже не чувствуешь.

— Не чувствую и не боюсь. Ничего, Сергеич, не боюсь, полгода протянул без копейки. Я тебе щеночка принес, забери. Кормить нечем, помрет. Хороший щеночек. Забери, прошу, некому отдать. Валерик из помета сучку взял, так, в натуре, молочка пожалел, до сих пор кости в будке валяются. Дачники разъехались, при церкви своих собак много. Даром отдаю.

Тут только Мальцов заметил на ватнике истрепанные лямки рюкзака.

— Сними, полюбуй. Ты только молока ему налей, разом отойдет.

Снять рюкзак самому Вовочке было не под силу. Мальцов помог. Ватник распахнулся, обнажив голое немытое тело. По избе заходил тяжелый смрад. Щенок свернулся в клубок на дне рюкзака, ребра походили на тоненькие спицы изношенного зонта. Но он был жив, глазки блестели, как баянные клавиши, влажный нос сразу ожил и зашмыгал, принюхиваясь к незнакомым запахам. Щенок пискнул, встал на ноги и тут же драпанул под лавку, в спасительную темноту. Мальцов отрезал кусок сливочного масла, положил на пол. Острая мордочка метнулась к угощению, схватила его и утащила в убежище.

Вовочка издал скрип, отдаленно напоминающий смех:

— Живой, блин. Тут подхарчится, вырастет, я отца видал, кобель в силах, что надо. Он из карельских собак, волка за версту чует, а глаз — чистое сверло, от нечистой силы помогает, от сглазу отводень, старые люди у нас только таких и держали.

Он уронил голову на стол и, всхлипывая, давясь словами, принялся благодарить:

— Сергеич, зачтется тебе, мне не потянуть, понимаешь?

— Понимаю, — строго обрезал его заплачку Мальцов. — Давай чаю с бутербродом, тебя тоже откармливать надо. Спился вконец, не стыдно?

— Стыда нет. — Вовочка посмотрел на него мутным от слез взглядом, но глаз не отводил. — Чего стыдиться? Жизнь пропил, сам хозяин. А ты — молодец, не болеешь, значит?

— Случается. Ешь давай. — Мальцов намазал ему хлеб толстым слоем масла, положил на него кусок колбасы, налил чаю, бросив в чашку четыре куска сахара.

— Я тебя еще пацаном помню. Ты к деду приезжал, мы на пруду купались, ты нас нырять учил с тарзанки.

— Сколько ж тебе лет?

— Сорок два. Что, не скажешь? Думал, шестьдесят? — Голова была почти вся седая. — Поседел. Брат повесился, три года уже, знал Кольку?

— Знал, наверное.

— Тот еще был, в одно горло лил. Даже на зоне, случалось, нычкой не поделится. Мы с ним вместе треху оттянули, сельповский магазин подорвали, а Валерик со страху вложил нас. Дело прошлое, зло пеплом затянуло, он, бздило, как мы вышли, месяц нас с Колькой даром поил.

Вовочка оскалил зубы и издал уже знакомый скрип. Затем взял чашку обеими руками, отпил обжигающий чай, одним глотком опростав половину, откусил кусочек бутерброда, зажевал медленно, устремив взгляд в пространство. Еда его не радовала.

— Тот еще сучара был, — добавил он с мстительными нотками, не в силах избавиться от назойливых воспоминаний. — Но жалко — братан, в детстве не разлей вода по всей округе носились, а вот пришлось из петли вынимать. Я и поседел за ту ночь, понимаешь?

Мальцов смолчал.

— Спасибо, — Вовочка встал и вдруг поклонился в пояс. — Боялся, не возьмешь. Не могу их топить. Газетки не найдется? Еду прибери, мне до завтра хватит.

Мальцов завернул бутерброд, положил в рюкзак половину батона и полкуска масла. Подумал мгновение, достал из кармана полтинник.

— Иначе не приживется, считай — купил щенка.

Вовочка молча принял купюру, свернул по-тюремному в трубочку, пригладил ногтем большого пальца, сложил еще вдвое и спрятал в карман. Из глаз его брызнули крупные слезы, кадык опять принялся толчками прорываться на волю. Но ничего больше не сказал, вытер глаза рукавом, повернулся и побрел к двери.

Мальцову стало нестерпимо стыдно, он ушел к плите, загремел сковородками, давая гостю время исчезнуть. Когда вернулся, Вовочки в доме уже не было.

Он быстро позавтракал, вскипятил воду, вытащил щенка из-под лавки за ухо, погладил его и успокоил. Потом искупал в тазу, радуясь щенячьему визгу, отбил мылом бомжовский запах, расстелил у входа старый тканый половичок и положил на него щенка. Тот быстро освоился, вскочил, сделал круг по кухне, учуял щербатую миску и умял остатки творога, кусочек колбасы, напрудил на полу лужицу, затем свернулся на своем месте в клубок и смиренно заснул. Во сне хвост с белой отметиной на конце несколько раз дружелюбно постучал по половичку.

Пошел к Лене, рассказал о покупке.

— Это очень хорошо, веселее зимовать будет. Как пса назовешь?

— Думаю, Реем.

— Как дедову овчарку?

— В его честь.

— Ребра, говоришь, выпирают? Молока надо, творогу — костяк укрепить. Езжай в Спасское, я пригляжу за домом. Заодно купи мне конфет кисленьких, Таиска все повытаскала.

Мальцов сел на велосипед, нажал на педали. Чувства мешались в душе, он подавил вскипающую злость, вспомнил цитату из Библии: убогие мира сего назывались в ней солью земли. Выезжая на поворот к шоссе, он бросил взгляд на черные полуразвалившиеся избы на окраине Котова и показал им выпирающий из перевернутого кулака средний палец.

Покатил по дороге. Заброшенные поля расстилались справа и слева, отделенные от дороги спутанными челками лесозащитных полос. Кое-где, сбившись в стайки от непогоды, догнивали прошлогодние рули соломы и льна. На них, выставив грудь против ветра, сидели ястребы-тетеревятники, выглядывая желтыми глазами расплодившихся повсюду полевых мышей.

5

Земледельцы еще в одиннадцатом веке начали упрямо отвоевывать здесь клоки пашенной земли у елей и сосен. На земле сеяли ячмень, овес, рожь и лен, сажали репу, лук, свеклу, чеснок и капусту. Лесная ягода, грибы и дичина разнообразили привычный рацион. Квашеные рыжики и моченые грузди бóчками свозились в далекий Юрьев монастырь в Великий Новгород, считаясь первостатейной частью оброка, выплачиваемого крестьянами владеющему землей монастырю. Спасское, после кровавого присоединения Новгорода к Москве, утратило статус погоста и до революции обозначалось на карте как центр волости. С двадцать девятого по пятьдесят восьмой село прожило под районным стягом, а после хрущевского укрупнения сменило районную печать на фиолетовый колхозный кругляк. Единая партийная власть объединила мелкие колхозы в одно Спасское хозяйство и принялась посылать телеграммы на заводы страны. Пролетариат тут же откликнулся и поддержал село — километровые цеха ежечасно выплевывали из своих инкубаторов чугунные трактора и сопутствующую технику. Ревя и дрожа от напряжения, давя на дорогах глупых кур и отважных гусаков, бросавшихся с шипом под враждебные резиновые колеса, машины покатили в Спасское, растянувшись на тракте, словно стадо мычащих быков, перегоняемое на бойню. Трактора и комбайны запрудили двор у кузниц бывшей машинно-тракторной станции, их красные блестящие бока с начертанными на них пролетарскими напутствиями товарищам сельчанам походили на кумачовые транспаранты первомайской демонстрации. Левый бензин и зерно на прокорм птицы и поросят потекли потоком из их бензобаков и бункеров, цена уворованного измерялась единой валютой — бутылками дешевой водки. Запасливые деревенские старики зажили по тут же и придуманной поговорке: «Хорошо в колхозе тому, кто не спит по ночам».

С восходом луны молодежь отводила душу после рабочего дня, собираясь около сельского клуба. Девушки выстраивались вереницей под чахлым светом фонаря, алые платки на головах делали их похожими на цветки комнатной герани. Они нервно сжимали кулачки, жареные семечки подпрыгивали в карманах их фуфаек от внутренней дрожи, восторг заполнял груди, леденил и выбеливал лица, рождал в головах горячие фантазии и первые сильные чувства. Их блестящие, расширенные зрачки подмечали каждую мелочь происходящего. Парни-допризывники, шумно поплевав в ладони и покрутив плечами, словно проверяли упругость вмиг выросших на них крыльев, принимались выкрикивать унизительные оскорбления противнику, спешившему на клубные посиделки. Пришлые, набравшие войско из соперничавшего куста деревень, шли с бычьим упрямством сплоченной шеренги, захватив всю ширину улицы. Сведенные к переносицам брови и свирепые гримасы на лицах, как зеркальные отражения, походили на деланные выражения гнева, застывшие на физиономиях у местных. Стороны сходились перед входом в клуб стенка на стенку. Кровь почиталась за доблесть, обнаженный нож — за позор. Бились зло и жестоко, норовя ударить с носка тяжелым сапогом. Междометия и матюги мешались с острыми запахами пота, дегтя и крови, стонами и чавкающими ударами плоти о плоть, начищенные зубным порошком пряжки, утяжеленные свинцом, летали в лунном свете нервными зигзагами ночных мотыльков, предпочитающих смерть в открытом огне унылому прозябанию в надежном укрытии. Сраженные наповал валились на землю с глухим стуком наподобие падалицы и смиренно дожидались в пыли конца битвы, прикрывая ладонями помятые бока, наливающиеся синяками скулы и рассеченные брови. Их никогда не добивали, свято храня заветы отцов, гордящихся в бане не боевыми ранами, а шрамами и увечьями, полученными на таких же веселых молодецких сходках. Если противная сторона не пускалась наутек и стояла крепко, заводила хозяев издавал пронзительный свист, означавший конец драки. Парни потихоньку успокаивались, оттирали кровь, натужно улыбаясь, приглашали захожих молодцев «погостить». Все вместе, гурьбой поднимались по ступенькам в клуб, где занимали лучшие скамейки и, подмигнув девчонкам, принимали на грудь по граненому стакану водки, закусывая ее залихватскими звуками гармони. Разгоряченная кровь требовала от жизни красоты и забвения, и скоро белые девичьи голоса начинали бесконечный полет к звездному небу, окрашивая его протяжными песнями. Хоровое пение перемежалось взрывами безудержного взвизгивания отроковиц и таким бравым мужским хохотом, что стыдливые звездочки не выдерживали, срывались с небосклона и наперегонки неслись к земле. Девушки провожали их полет задумчивыми взглядами, краснели и загадывали сокровенные желания.

Магазины нищали на глазах, но хлеб был дешев, макароны многим заменили картошку, а о колбасе приятно было повздыхать в очереди в сбербанк, потому как закусывали самогон всё равно соленым огурцом или просто занюхивали рукавом, чтобы сшибало с ног наверняка. Время стучало, колотилось и двигалось безответственными рывками пятилеток. Новые трактора исправно прибывали раз в год, отчего старые забывали в лесу, топили в болоте или оставляли гнить на всё разрастающемся кладбище техники на окраине села. Почему-то для исковерканного железа не нашли лучшего места, чем древнее буевище. Скелеты экскаваторов и косилок, змеи расползшихся тракторных гусениц и прочая жирная чугунина покрыли группу средневековых курганов, символизируя, видимо, подношения советской власти далеким предкам. На уроках истории власть стала гордиться ратными подвигами Александра Невского, забывая о его поклонных поездках в Каракорум и Орду на ежегодные ханские курултаи, начала курить фимиам одноглазому придворному шаркуну Кутузову, сменившему на посту главнокомандующего гениального Барклая. Историю отечества переписали в очередной раз, слепо следуя установке Маркса, зафиксированной в одиннадцатом тезисе о Фейербахе: «Философы лишь различным образом *объясняли* мир, но дело заключается в том, чтобы *изменить* его». Голодные и рабы с энтузиазмом взялись за дело и, на первый взгляд, успешно справились с поставленной партией задачей.

Но что-то уже пробуксовывало в государственной машине, перемоловшей в ГУЛАГе кости лучших своих сыновей. Имена Тракторина и Даздраперма, которыми наделяли детей на октябринах, выложив вопящих младенцев на покрытые красной материей столы, не прижились и канули в бездну. Священный революционный кумач теперь беззастенчиво крали и использовали как ветошь, оттирая им руки от солярки и мазута. Транспортерными лентами научились устилать пятачки грязи у входных дверей в избы, быстро позабыв, как колотятся дощаные настилы на улицах. Власть заверяла, что вот-вот придумает атомные двигатели к тракторам, которые вспорют землю до нетронутых плодородных глубин и она станет рожать еще больше и еще лучше, отчего у крестьянина выработалась пагубная привычка жить одним днем, не задумываясь о последствиях.

Большинство окрестных деревень были столь же стары, что и породившее их Спасское. Мальцов, еще в семидесятых прошедший всю Деревскую пятину Великого Новгорода с археологическими разведками, всегда находил на пашнях древнерусскую керамику. Деревеньки были меленькие, большинство однодворки, однако они медленно, век от века, росли и количество их умножалось. Настоящий расцвет жизни начался в восемнадцатом столетии, когда дорога Деревск — Новгород, перевозившая драгоценные мешки с Низовой пшеницей, и екатерининский закон, поддержавший мелкое местное купечество, начали оставлять в карманах наиболее сообразительных весомые остатки. В Спасском выстроили огромный пятиглавый собор, приспособленный позднее большевиками под колхозный гараж. По обочинам тракта выросли ряды с разноцветным колониальным товаром. В девятнадцатом веке купеческие лавки нарастили вторые жилые этажи, широкие галереи, украшенные точеными балясинами и кружевной резьбой, соединили соседские дома-магазины. Пять огромных домов около главной площади были обмерены Мальцовым, сфотографированы и занесены в реестр министерства культуры как памятники архитектуры.

Фамильные хоромины перестроили еще раз в начальный период становления советской власти. Четырехоконные залы превратились в клетушки, заселенные победившей голытьбой. Купеческая утварь сгинула бесследно, крыши протаранили вереницы жестяных труб, отапливающих коммунальную жизнь. Огромные, как корабли, дома отправились в последний путь, хлопая бесчисленными дверями, скрипя и надсадно вздыхая от явного перегруза. Нижние венцы уходили в землю, вдавливая угловые камни-опоры в болотную трясину. Она затягивала их, кренила набок, богатая резьба и перестоявшая дранка усыпали землю, мешаясь с жирной сентябрьской листвой. Ничейные памятники погибали безвозвратно. Колхоз денег на их восстановление не выделял, зато построил четыре уродливые трехэтажки, куда постепенно перебрались расплодившиеся в купеческих палатах семьи. Труженики получили вожделенные ключи от собственности в обмен на бесплатный коллективный труд.

В девяностые в больших домах доживали только сущие опойки, довершившие окончательный разгром. Кровли прохудились, дома стали расползаться вширь, три из пяти просто рухнули. В одной из бывших лавок, превращенной райотделом милиции в место временного содержания заключенных, Мальцов обнаружил лозунг, нанесенный на штукатурку короткой флейцевой кистью: «Советская власть не карает, а исправляет!» Люди спешили пройти этот гиблый участок в центре села, не вертя по сторонам головами, стыдливо втягивая шею в воротники, хоть так демонстрируя непричастность к происходящему безобразию.

...Мальцов закупил в магазине килограмм весового творога, пачку масла, банку липового меда, пакет молока, сетку яиц, два батона только что привезенного хлеба и заказанных Леной конфет с желтым лимоном на обертке. Приторочил сумку к багажнику велосипеда. На обратном пути остановился около особняка купца Щукина, торговавшего до революции скобяным товаром. Прислонил велосипед к стене, поднялся по остаткам лестницы на второй этаж, побродил по сырым комнатам с разбитыми остовами печей. Всё мало-мальски ценное давно было вынесено, всюду валялся ненужный хлам, но профессия научила именно в хламе находить полезные для науки артефакты. Среди ворохов тряпья обнаружил жестяную коробку из-под монпансье, внутри сохранились завернутые в лист из школьной тетради малюсенькие записочки. На некоторых он рассмотрел даты — 1937 и 1943. Он не стал их читать, отложил удовольствие до дома и поспешил на улицу.

На ступеньках крыльца курил сигарету бородатый дед в аккуратно заштопанном ватнике, новые галоши блестели, как сапоги у салаги.

— Добрый день, — поздоровался Мальцов. — Что, жили здесь?

— Не жил, в Пеньково живу, — старик заговорил удушливым голосом, словно вещал из могилы. — Иду из магазина, всегда тут курю. Такой дом загубили, Щукин-купец строил, как памятник, на века.

— А что с самим купцом сталось? Я слышал, ЧК расстреляла его в девятнадцатом году, как заводилу в Спасском восстании.

— Ерунда. Всем заправляли Быстров и Пименов. Щукин из дому не выходил и в комитет к восставшим не совался. Деревенские тогда сдуру попёрли против мобилизации. Красные Колчака воевали, им солдат не хватало. Еще и продразверстку ввели. С Первой мировой люди оружия нанесли, было чем отбиваться.

— Вы в колхозе работали? — спросил Мальцов, поглядев на шершавые руки, крутившие кусок наличника с вырезанным голубем.

— Тридцать пять лет в школе. Учитель труда. Знаю, как с деревом обращаться, такой наличник кто теперь станет лобзиком выпиливать? Теперь не так, всё тяп-ляп или сайдингом причешут.

Мальцов улыбнулся новомодному слову, так не вязавшемуся с колхозным обликом деда, и снова спросил о восстании: похоже, дед что-то знал. Тот горделиво вскинул голову, глаза сверкнули и тут же потухли, как лампочки в фонаре, в котором сели батарейки. Дед пожевал вставными челюстями, слишком белые зубы несколько раз клацнули, втянул носом воздух и принялся рассказывать. Голос его зазвучал по-школьному наставительно.

— Я всю сельскую библиотеку два раза прочел. Только в книжках про восстание ни слова нет. Наши тут в девятнадцатом в войну поиграли. Тятя пацаном в Иваньково ходил с мужиками, красных разоружили и прогнали. Дед его за это кнутом выпорол и запер в сарае на неделю. Дед был умный, своей смертью помер. Красные наложили на волость стотысячный штраф и попытались его собрать. Их опять причесали, под Печниково. Бой был настоящий, с нашей стороны три пулемета и у красных три. Красные бежали, но скоро вернулись уже с регулярным войском, против наших пулеметов выставили пушку. Шестнадцать мужиков расстреляли у Немецкого ручья, а Пименов сбежал, после уже его Быстровы в отместку сдали, я-то знаю, нам Пименовы родня. После казни всю волость в ЧК целый год таскали, деда и отца, слава богу, пронесло, но деда вскоре раскулачили, он мельницу держал. Батя мой на Великой Отечественной вступил в партию, а под Кенигсбергом лег, позор отца-капиталиста своего искупил. Так то война была, священная, а в девятнадцатом что — войнушка. Две недели, от силы три побузили, а как кровью их умыли, затихли, попривыкли и опять впряглись. Память — всё, что у нас остается. Память — это наша жизнь, больше ничего нет. Ничего.

Речь утомила деда, он тихо кашлянул и затих. Затянулся сигаретой, выпустил струйку дыма и весь сжался, словно часть его тут же и отлетела вместе с дымом куда-то в небо. Веки накатились на глаза, дед по-черепашьи втянул шею в воротник из синтетического меха.

— Так что же это было, если не восстание против продразверстки, против мобилизации?

Вопрос Мальцова разом вернул старика с неба на землю, он встрепенулся:

— Свободы нюхнули! А свобода в голове — что в поле ветер, в жопе дым! — Взгляд черных глаз стал жестче, дед сжал руку Мальцова, нервно затеребил рукав его куртки, но бросил и почему-то заложил руку за спину, словно не знал, куда еще ее спрятать. — Нам свободы никак нельзя, от нее голова кругом и кровь рекой. Иосиф Сталин это понимал, закрутил гайки, знаешь, как мы работали? Так и надо. Развели сейчас вольницу, кричат, понимаешь, кто во что горазд.

— Значит, деда вашего разорили, а вы не в обиде?

— Дед в другие времена жил, мы таких, кто обиженный, нытиками называли, на собраниях и в стенгазете их высмеивали. Мы своим трудом гордились, за совесть старались, не за деньги!

Дед яростно затянулся и сощурил глаза, нарочито пристально начал сверлить Мальцова взглядом.

— Вы за кого голосовали?

— Как есть настоящий партийный человек, за Жириновского! — выпалил старик одним духом. От напряжения шейные жилы его вздулись, дед закашлялся, отбросил окурок в сторону и вскочил, как петух, выставив вперед грудь. В ней что-то скворчало и булькало, он помотал головой, с трудом выровнял хриплое дыхание и смотрел теперь на Мальцова исподлобья, готовый к любым каверзам со стороны собеседника.

— Как партийный?

— Я билет не поло́жил, как эти — предатели, — тонкие губы презрительно скривились. — Жириновский есть истинный коммунист, не Зюганов же этот, усёрок.

— Жирик, дед, вылез на войне с коммунистами! Вот уж кто не коммунист, обзовите как хотите, но только не коммунист.

— Тьфу ты, — дед даже притопнул ногой, — что с тобой обсуждать? — Он уже не скрывал раздражения. — Жизни не нюхал, городской, вижу же, не слепой.

Он набрал воздуха и вдруг перешел на доверительный шепот:

— Слушай, что скажу. Жириновский простого человека понимает и любит, а остальные предатели и капиталисты.

Возражать было бесполезно.

— Был бы жив Сталин, за него б проголосовали?

— За него, родимого, — лицо старика просияло, голос наконец-то обрел бодрость и в нем зазвенели упругие пионерские нотки. — С ним страну на ноги подняли, с ним войну прошли, а что деда моего раскулачили, так ему и надо. У нас всё для людей было. Поровну! Я тут всегда сижу и думаю, вот нахера одному человеку такие хоромы строить? Щукин жадный был, мечтал барином заделаться — не вышло, вывели на чистую воду и выпотрошили. Он от удара скончался, кровь в голову кинулась. И нынешние дождутся. Понастроили хоромы, слуг завели, но пустят им петуха! Народ — великая сила!

— Сила спать на печи?

— Всё до поры. Нас в кулаке не держать — расползёмся, страх потеряем и друг друга пожрем. К тому идет. Во какие дома погубили, а стояли бы людям на радость. Нет, подавай отопление, ванны, а-а-а — пропасть! Всё гибнет на глазах. Воры, воры к власти прорвались, растащили Россию по камушку.

Слёзы и мучительное усилие честного глупца, силившегося решить простую арифметическую задачку, застыли в его по-детски округлившихся глазах. Дед махнул рукой и побрел, бормоча под нос старые пролетарские проклятия. Громкие трубы двадцатого века выдули из его головы все субстанции разума, уничтожив заложенную в нее изначальную и простую мораль. Понимая, что Мальцов провожает его взглядом, бывший учитель труда расправил плечи, вскинул голову и вдруг принялся чеканить шаг, торжественно припечатывая асфальт блестящими галошами. Дорога пошла под откос, стекая с высокого берега к заболоченному Немецкому ручью, она отъела деду сперва ноги, затем туловище, словно он героически погружался в топкую землю, спеша на последний и решительный бой к шестнадцати расстрелянным там некогда крестьянским бузотерам.

6

1. (Обрывок синей бумаги. 10 х 5,5 см. На обратной стороне типографским шрифтом часть сохранившегося текста: «способ употребления лекарства», «применяется больными 3—4 раза в день по одной... перед приемом раздавливаются в ложке воды... и т.д.» тип. «Пролетарская мысль». Тир. 200 000 эк. Черная тушь.)

31/XII 37 г.
RP. Выйти
замуж.
DS. Один
раз.

Вр. Сысоева

2. Пожелание Надички от Маруси.
(Грубая синяя линованная бумага из тетради. 14,5 х 7 см. Синие чернила.)

Пожелание на 1937 г. Надичке.

Надичка поздравляю вас с новым годом и желаю вам провести каникулы весело и познакомиться с хорошим мальчиком, который бы ухаживал за вами.

3. Пожелание Чижовой Надечке
(Белая линованная бумага из школьной тетради, 17 x 10 см. Фиолетовые чернила. Сложено конвертиком.)
Пожелание милой подруги Надечке!
Чего вам пожелать незнаю.
Желаю, чтобы вы не разучились бы смеяться.
Желаю вам в этом году тот конец, что вы пойдете под венец.
Желаю хорошо учиться. Новый год провести весело и счастливо.
Писал поэт, фамилии нет.

4. Наде от Нины
(Серая линованная бумага из школьной тетради. 8 x 10 см. Синие чернила.)

Дорогая подруга Надя
Поздравляю вас с новым годом с новым счастьем желаю
Вам Надя хорошо
учиться справить
себе валенки
хорошие и продол-
жать свое учение
окончить техникум
и быть отличным
фельширом

5. Г. Чижову
от
Н. Абольяновой
Пожелание на
1943 г.

263

(читай 31/XII 42. В 12 ч.)
(Серая бумага. 9,5 x 7 см. Фиолетовые чернила.
Сложено треугольником.)

Пожелание Герману Ч.
от
Абольяновой Нюры.

Герман!
Поздравляю тебя
с Новым 1943 годом.
Желаю наилучших
успехов в учебе,
в провождении времени,
в работе и в гульбе.
В Новый год желаю
познакомиться с хороше-
нькой девушкой
и любить ее. А кончив
9 кл. желаю тебе
жениться, и обза-
вестись хоз-вом.

6. Герману от Клары
до 31 декабря
(Коричневая бумага. 9,5 x 7 см. Синие чернила.)

Ну-с Герман с Новым годом!
С новым счастьем,
С новыми победами
Не бойся трудностей, не
останавливайся перед опасно-
стями, а борись и побеждай.
Будь таким человеком,
которого наз. «баловнем судьбы».

7. Чижову Г. от Т.Т.
(Желтая оберточная бумага. 6 x 5,5 см. Черная тушь.)

С Новым годом!
С Новым счастьем!
Я желаю хорошо встретить
Новый год. Весело провести
каникулы. В новый год
получить хороший подарок
от матери. Следующий
год жить так, как жил
до войны. Ждать окон-
чания войны терпеливо.
Окончить 9 класс.

8. Чижову Герману
От
Сорокиной Н.
(читай 31-XII в 12 ч. ночи)
(Белая линованная тетрадная бумага. 9,5 x 11,5 см.
Черная тушь.)

С НОВЫМ годом! С НОВЫМ счастьем!
Посвяти свою жизнь
народу и его освобождению,
основою клади ты коммунизм.
Иди в огонь за честь отчизны,
за убежденье, за любовь...
Иди и гибни безупречно.
Умрешь не даром... Дело прочно,
когда под ним струится кровь.
Живи, учись любить и ненавидеть!
Желаю окончить 9-ый класс
с хорошими и отличными оценками.

9. Чижову Герману
(П.А.)
(Серая бумага. 9 x 6 см. Черная тушь.)

Пожелание Чижову.
Герман! С Новым годом

с новым счастьем и здоровьем.
Герман! Желаю успешно провести
Новый год. Напиться пьяному
И вечером найти себе девушку
а позднее вечером ей пилюль
отпустить. Желаю успешно
окончить учебный год.

10. Чижову Герману
от
Корсаковой Гали.
(Белая бумага. 15 x 9 см. Фиолетовые чернила.)

С Новым годом!
С Новым счастьем!
С новыми победами!
Желаю тебе весело встретить и провести
Новый год. Желаю хорошо окончить девятый класс и с хорошими отметками
перейти в 10-ый. Желаю благополучно
окончить школу и в будующем стать
инжинером, полюбить хорошую девушку и жить с ней в Ленинграде, конечно
после войны.

11. Чижову Герману
(Белая бумага вторичного использования, на обороте
обрывки нечитаемых слов. 9,5 x 6 см. Черная тушь.)

С новым годом.
С новым
счастьем!
Геня! Желаю
совершить
во время
каникул
героический
поступок, который

бы сделал тебя человеком
известным
всему
Миру.

12. Чижову Г.
от
А. Кр.
Читай 31/XII-42 в 12 ч.
(Серая бумага. 10 x 14 см. Синие чернила. Сложено
треугольником.)

С Новым 1943 годом.
С огромнейшими успехами.
Желаю быть счастливым
в этот год, желаю отличных
успехов в жизни, в прове-
дении каникул и т. д.
А всего сильней желаю я
тебе товарищ мой, чтобы
ты влюбился во цвете лет,
и был с ней счастливым.
Желаю чтоб ты при 3-ей
встречи ее крепко поце-
ловал, в ее алые губки.
Желаю в Рождество
справить хороший вечер
и быть в хмельном веселом
настроении.

13. Чижову Герману
Читать 31/XII.
(Белая линованная бумага из тетрадки, 16 x 10 см.
Черная тушь.)

С Новым годом!
С Новым счастьем!
С новыми успехами!

Желаю весело встретить и счастливо и весело
прожить весь этот 1943 год, окончить
9 класс с хорошими и отличными отметками.
Будь доблестным сыном своей родины и
если потребуется
сумей защитить ее от врага.
Л.С.

14. Чижовой Нади
от Паниной
(Бумага в косую клетку. 9 x 11 см. Синие чернила.)

Нади от Иры
Дорогая Надичка,
Поздравляю Вас
С новым годом.
Надичка, желаю тебе
хорошо провести
каникулы и на
хорошо здать зачеты
за семестр.

15. Надечке Ч. от
Смирновой
Лены
(Коричневая бумага. 10 x 8 см. Синие чернила.)

Дорогая подруга Надечка
поздравляю вас с новым
годом, с новым счастьем
с новой судьбой
и желаю всего хорошего
вашей жизни,
а главное хорошего
успеха в учебе. Здоровья,
и хорошо провести
зимние каникулы,

чтобы с новыми силами
вернуться в школу
прорабатывать науку
и благополучно сдать
испытания и перейти
на 2-ой курс, и в эту четверть
здать анатомию на
отлично.

7

Рей встретил его у порога, ткнулся в ладонь кирзо-
вым носом, влажным и блестящим, лизнул ее и позволил почесать пузо. Затем фыркнул, отскочил
вбок, крутанулся вокруг своей оси и застыл, чуть
пригнув голову к полу, смотрел, как льется в миску
белая струя молока из пакета. Ноздри его расширились, он в несколько прыжков пересек комнату, опустил мордочку в миску и заработал розовым языком.
Вылакал всё, облизал эмаль до блеска, жадно загло-
тал горстку творога, что Мальцов выложил рядом на
газету. Затем напрудил лужу прямо тут же, не отходя
от миски, с умным видом выслушивая мальцовские
упреки и энергично кивая головой, словно передраз-
нивал ритм его наставлений. Потом принялся вски-
дывать передние лапы, опускал их с дробным стуком,
вскидывал снова, опускал и замирал на мгновение,
глядел, сузив хитрые глаза, готовый при первом же
движении хозяина дать деру, приглашал поиграть
с ним в догонялки. Мальцов на его заигрывания не
поддался, сел читать найденные записочки, прислушиваясь к топоту маленьких кривых лап по полу. Рей
покружил немного по избе для приличия и завалился
на отведенный ему половичок. Успокоился и с оже-
сточением принялся грызть тканый угол, временами
урча от восторга.

Пожелания не самый богатый из эпистолярных жанров. В спасской школе серьезно относились к чистописанию, почерки легко читались, даже врач Сысоева, поставившая необычный диагноз и выписавшая лаконичный рецепт, выводила не обычные терапевтические каракули: буквы, срывавшиеся с кончика ее пера, получались легкими и округлыми, видимо, она старалась не для себя, а для любимой ученицы. Случайный хор голосов, доживший в хламе для того, чтобы быть им прочитанным, заново зазвучал на разные лады в мальцовской голове. Тридцать седьмой — год Большого террора — тут пережили тихо, занятые обычными житейскими заботами, чего нельзя было сказать о войне — она заставляла думать о ней даже в канун Нового года. Мальцов подолгу отрывался от записочек, аккуратно складывал прочитанные фантиками, конвертиками или треугольниками, подражающими большим письмам, которые те же молодые люди наверняка отсылали на войну своим близким. Враг не дошел до Спасского совсем немного, еще школьником Мальцов слушал рассказы, как бабы и дети под руководством участкового милиционера копали в лесах землянки, готовясь к партизанской войне. В небе над селом дважды видели самолеты с черными крестами на фюзеляже, залетевшие в их лесные края скорее по недоразумению, нежели с целью кого-нибудь уничтожить.

Фамилия Чижовы была ему незнакома. Он занес Лене конфеты, спросил о Надечке и Германе.

— Надежда, — Лена расплылась в улыбке, — она в больнице работала, людей лечила, а померла от рака. Детей у нее не было, жила одна, работала на две ставки, хорошая была женщина, ее все уважали.

— А брат?

— Геня Чижов? Помню, застенчивый был парень, в таких очках толстых ходил. Он в Ленинграде институт закончил, там и остался по распределению на судостроительном заводе, давно его не видала. Здесь Чижовых не осталось, а что?

Мальцов рассказал о пожеланиях.

— Ой, помню, мы тоже такие записочки писали, складывали в лукошко, в сенях, где встречать Новый год собирались. И обязательно писали: «Прочитать в 12 часов ночи». Старый год проводим, сидим у радио, ждем. Как часы на Спасской башне пробьют двенадцать раз, мы бегом к лукошку. Скорей, кто горазд, схватим свое и читаем. Это было очень весело. Где ты такие нашел?

— В доме Щукина, в Спасском.

— Надя Чижова там до смерти и жила, отличный фельдшер, безотказная. К нам в деревню на лошади ездила к бабушке Светловой, уколы ей ставила, они крепко дружили.

— Верхом?

— Зачем верхом, колхоз ей телегу выделял и возчика. Потом только машины скорой помощи появились, бабушка Светлова к тому времени, пожалуй, уже и померла. Грузная была женщина, давление ее замучило. Как же, помню это хорошо.

Мальцов вернулся в дом. Перечитал пожелания снова. Воркующий голосок Лены мешался с воображаемыми голосами людей, которых давно не было в живых. Дед и баба никогда не пели, растягивая гласные, как Лена, но теплая музыка их речи тоже всплыла в памяти, он решил, что завтра сходит к старикам на котовский погост.

Почувствовав, что проголодался, разогрел суп и съел большую миску, с аппетитом обсосал куриные шейки, бросил косточки Рею. Вымыл миску, понес переполненное ведро в помойную яму. Яма была старая, края обвалились. Давно следовало вырыть новую. Стащил прохудившийся щит с дверцей со слег, отволок в сторону. Принялся копать рядом, забрасывая старую яму отвальной землей. Под дерном шел полуметровый культурный слой — темная земля с вкраплениями угольков и золы. Нашел осколок оконного стекла, кованый амбарный гвоздь и четыре фрагмента белой гончарной керамики шестнадцатого века. Культурный слой подстилал не материк, за ним вылезла пустая прослойка серой земли со следами перегнившего дерна — погребенная почва, под ней снова двадцатисантиметровый слой с угольками и золой. Под ним синяя материковая глина.

Он выкопал глубокий квадрат два на два метра, перетащил старый настил с дверцей, заменил на нем гнилые доски. Уложил настил на венец из новых бревен, скрепив его скобами, а старые прогнившие слеги оттащил к забору догнивать. Лена, которой до всего было дело, заметив, что он копает на своем участке, подошла его проинспектировать.

— Смотри, — ткнул пальцем в зачищенную стенку, — видишь черную землю?

— На огородах везде такая, ей навоз нужен, она сама не родит.

— Почему, Лена?

— Задохлась, наверное. Как плугом повернешь, она воздуху схватит и оживает, но лучше, конечно, с осени навоз разбросать, тогда картошка будет хорошая.

— Ага. Видишь слой серой земли?

— Глубоко, плуг не возьмет... Если только дисками, после них земля как пух.

— Не в плуге дело. Первый слой черной земли отложился с шестнадцатого века до наших дней. Люди здесь появились раньше, но почему-то в шестнадцатом веке — перерыв: дернина наросла, значит, не пахали, пришло запустение. А ниже — опять черная земля. Еще новгородских времен.

— Учительница в школе говорила, я это помню, наша земля Новгороду исстари подчинялась.

— Правильно учительница говорила.

— Она из Ленинграда еще до войны сбежала, боязливая такая, скажет — и по сторонам озирается, но нас любила.

— Тогда было чего бояться.

— Наверное было, раз она боялась. Она одна жила, всё занавески и полотенца крестиком вышивала, продавала недорого.

— Ладно, ты слушаешь?

— Слушаю, слушаю.

— В шестнадцатом веке Иван Грозный пошел на Новгород войной, пожег дома и поубивал почти всех новгородцев. Две недели по Волхову не вода — кровь текла, так в летописи записано. Представляешь, какого царь страху нагнал, если и из деревень все сбежали и шестьдесят — восемьдесят лет на этих местах только волки выли на луну?

— Страх, говоришь?

— Что еще могло людей с места сдвинуть?

— Может, и страх.

Лена подошла к самому краю ямы.

— Это от дернины след, видишь, корешки торчат. Раньше было много деревень кругом, теперь и следов не найти. Лес быстро наступает.

Она повернулась к заросшим полям.

— Я всё думаю: кому придется эти земли вновь поднимать, им не позавидуешь. В голове не укладывается, такие поля запороли. Чистая Украина! Кругом рожь стеной стояла, и овес, и лен, и картошку сажали, а теперь без надобности? Куда власть смотрит, Иван?

— Власть не туда смотрит, Лена, власть нефть кормит.

— Нефть-то кончится аль нет?

— Всё кончается.

— Земля вечная. У нас с землей очень строго было. Поверишь, одно поле в лесу неудобное заросло, лет десять под паром простояло. Агроном вспомнил, летит: «Такие вы сякие! Под суд отдам!» Мы его вновь корчевали. Так без удобрений всё росло. Первые три года урожай был сказочный! За труды получили. И тут так будет, только я не увижу.

Она сокрушенно покачала головой и пошла домой, заложив руки за спину, привычно согнувшись, выглядывая на пустых огородных грядках невидимые изъяны. История, прошлые века для нее ничего не значили.

Обследования Деревской пятины Великого Новгорода, проведенные мальцовской экспедицией, выявили картину повального бегства. Удар Москвы был равносилен взрыву ядерной бомбы. Пустая серая прослойка погребенного дерна вылезала везде — похоже, целых три поколения скитались в неизвестных землях, пока люди снова не вернулись на родные места. Он делал об этом доклад в Москве, в Институте археологии. Куда сбежали люди, откуда пришли назад — документов не сохранилось. Но пришли же, отстроили деревни точно на старых местах. То ли их вели старики, откочевавшие в малолетстве, то ли, что скорее, земли были приписаны к новым владельцам, снова заселившим край крепостными.

Как погибает деревня, Мальцов наблюдал неоднократно. Пожар сжигает дома и сараи, остатки, годные в дело, растаскивают года за два-три. Через десять лет следы жилья можно обнаружить только по зарослям бурьяна и иван-чая, выросшего на домовых ямах. Кое-где в бурьяне привычный к поиску глаз выхватит из земли брёвна нижних венцов и осыпавшиеся холмики глины с впаянными в них обгорелыми кирпичами. Лена знала, о чем говорила:

всё можно поднять и отстроить, было бы зачем. Лена жила одним годовым урожаем, прошлое, похоже, ее не пугало. Ее страшили муки труда, заполнившего всю ее жизнь, их помнило тело, помнило «очень хорошо», как она любила выражаться.

Мальцов пристально вглядывался в тонкую прослойку — в ней не было ничего, кроме слежавшейся мертвой земли, накрепко сшитой перегнившими корнями трав и растений. От напряжения закружилась голова, он сделал шаг назад, чтобы не упасть в яму. Заросли бурьяна и лебеды в ямах посреди леса, островки высоченной травы с пробивающимися сквозь нее яркими каплями полевых цветов, захватившие брошенные поля, встали перед глазами. Ветер колыхал метелки травы, гнул их, укладывал волнами, и лишь дикие звери пробивали в этой нерушимой зеленой стене черные узкие тропы. Аккуратно зачищенный профиль был совсем не похож на жирные прослойки угля и золы — остатки монгольского пожарища в Деревске, но в нем так же притаились безлюдье и смерть. Город отстроился быстрее, на место новгородской деревни тоже пришли новые люди, снова принялись пахать землю. Выходит, историку в наследство остается одно воображение и черепки, датирующие слой, подумал он с горечью.

Мальцов посмотрел на яму, вспомнил, зачем отрыл ее. Подремонтировал настил, заменил две прогнившие доски на новые. Сменил на дверце потрескавшиеся резиновые петли, вырезал новые прямоугольники из толстой транспортерной ленты, прибил гвоздями, дверца стала как новая. Утоптал холмик на том месте, где была прежняя яма, решил, что в следующем году на нем будет правильно посадить семена тыквы. Взял заступ и помойное ведро и пошел в дом.

Затопил печь. Вскипятил на плитке чайник. Заварил крепкий чай, обдав сперва заварочный чайник крутым кипятком, затем залил сухие листья и подождал, пока чай настоится. После только налил в тонкий стакан в подстаканнике. Так пил чай дед, так пил и отец, он просто продолжал традицию, и ему нравилось держать мельхиоровый подстаканник за ручку, похожую на ухо, размешивать ложкой густой красноватый настой, смотреть, как запотевает от пара тонкий стеклянный ободок. Бросил в стакан две ложки песка. Отрезал наискось от мягкого батона горбушку. Намазал ее маслом и полил янтарным липовым медом, выписывая на холодном масле округлые вензеля. Откусил аккуратно, стараясь не смешивать мед с маслом, — так ел в детстве, когда баба, позвав его ужинать, ставила перед ним домашнее масло, хлеб и блюдце с медом. Поизучал отпечатавшиеся в масле лунки от зубов, пока жевал первый, самый вкусный кусок. Его полагалось смаковать, не запивая чаем. Затем укусил бутерброд уже глубже, уничтожая всю красоту этого вкуснейшего на свете самодельного пирожного, отхлебнул чаю, взглянул в окно.

Сталёк как всегда незаметно пробрался к столбу, включил лампу. Она разбивала темень на полосы, видно было, как мечется свет, — на деле это сновали в нем тени тополиных веток. За окном поднялся нешуточный ветер, пошел косой дождь, застучал по крыше, вмиг отрезав Мальцова на теплом пятачке кухни от разбушевавшейся за окнами непогоды. Дрова потрескивали в лежанке, красные блики вырвались из поддувала и заскакали по стенам, уютные и совсем не опасные. Он съел еще два таких же пирожных, завинтил крышечку на банке с медом и убрал батон в хлебницу, а масло в холодильник. Почти допил чай и тут услышал странные, резкие звуки. Они падали откуда-то с неба, пробиваясь сквозь дождь, ветер и оконные стекла, множились и то нарастали, то затихали, словно осколки горного эха.

Накинул плащ-палатку, вкрутил ноги в резиновые галоши, выскочил на улицу. Звуки удалялись, сквозь заряды ледяного дождя, бьющие из-под низких туч, обложивших округу, он уловил равномерное движение в воздухе и скорее понял, чем увидал: над деревней прошла гусиная стая. Он шагнул из-под козырька крыльца в холод и дождь, прошел триста метров до колодца в прогалок между двумя домами — его и руиной, оставшейся от дома тетки Риммы, скончавшейся лет с десять назад. Здесь, между двумя высоченными тополями, пролегала дорога в лес, на бывшие колхозные поля. Ветер окреп, рвал полы плащ-палатки, струи холодной воды стекали по лицу, но Мальцов стоял и ждал, и дождался. Сперва услышал резкие крики, почти сливающиеся в один тянущийся звук. Еще один косяк заходил со стороны леса на деревню, тянул низко над землей, стараясь обмануть верховой ветер. Наконец он увидел — вожака, летевшего чуть впереди, и расходящийся за ним клин. Гуси мерно махали крыльями и перекрикивались на лету. Их гаканье, как игла знахарки, проходило сквозь полотно бури, сшивало невидимые края, освобождая узкий коридор, по которому они летели, и прогоняло с дороги злых призрачных существ, снующих по эфиру, мешающих совместной работе гусиных крыльев. Косяк шел прямо на него. Мальцов стоял не шелохнувшись, большие птицы либо приняли его за столб, либо решили рискнуть и проскочить. Казалось, чуть подпрыгни, и он начнет хватать их за красные перепончатые лапки. Не долетев до него двадцать шагов, вожак вдруг резко сменил траекторию, взмыл вверх на восходящем потоке, будто им выстрелили из катапульты, и сразу оказался в другом слое воздушной трассы, выше на добрый десяток метров. Стая повторила его маневр, потеряв при этом цельный рисунок. Строй на мгновения распался, некоторых птиц вышвырнуло из линии — они залупили крыльями, загоготали пронзительно и недовольно, догоняя удержавшихся на своих местах собратьев. И вот они были уже над ним, пронеслись, почти задевая крышу дома, смог разглядеть напряженные, вытянутые вперед шеи с маленькими головками, темные и блестящие клювы, мышцы, перекатывающиеся по бокам, толкающие широко загребающие крылья. Они работали экономно, вполсилы — дикий ветер сам нес гусей к укромному месту, где стая приземлится на ночную кормежку и короткий пересып. За эти мгновения он сумел рассмотреть даже отдельные маховые перья на концах крыльев: будто сложенные вполовину боевые веера, они рождали легкий свист, с которым разрезали плотный воздух, незаметно подруливая, чтобы держать строй. В стремительном полете было столько силы и красоты, что Мальцов даже рот раскрыл от восторга. Ему хотелось закричать вслед косяку, но он смолчал, провожая взглядом большие белые тени. Гуси быстро удалялись прочь от деревни. Стая опять откликалась на гаканье вожака, отмеряющего голосом вехи пространства и время путешествия. Силуэты птиц темнели и истаивали в черном ночном небе, вскоре только ухо еще ловило отголоски гусиной переклички. Затем ветер съел эти драгоценные живые звуки, завыл сильнее, швырнул в лицо удушливый запах гари из печной трубы и погнал навстречу по улице мокрые листья и нападавшую с тополей сухую труху. Мальцов вдруг заметил, что с неба летит уже не косой дождь, а мелкий ледяной снег. Гуси принесли его на своих крыльях.

Он повернул к дому и тут услышал чавкающие звуки за спиной. Оглянулся: черная фигура надвигалась с пригорка — сквозь бурю из Котова брел домой Сталёк. Он шел, как партизан, ограбивший вражеское хранилище боеприпасов: во всех карманах торчали

бутылки паленой водки, руки прижаты к груди — видимо, под ватником за пазухой находился главный
склад этого добра. Сталёк был крепко пьян. Сосед
покачивался и ставил ноги, как утомленный конь,
машинально сгибая и разгибая взлетающие колени,
погружая сапоги по щиколотку в раскисшую дорогу
и вырывая их с силой из нее. Мальцов подумал, что
Сталёк, в принципе, так же отдается движению, как
пролетевшие гуси, тянет на длинном заводе тупо
и упрямо, давно утратив изящество настоящего пе-
шехода, да и выпитое вино всё время сносило его
в разные стороны, отчего змейка шагов за ним стру-
илась пьяным зигзагом. Гонец прошел мимо, не заметив Мальцова, а тот не стал его окликать. Сталёк
дотелепал до калитки, нырнул в нее и исчез. Тут же
раздался грохот и многоэтажный мат: видно, он поскользнулся на мокрых ступеньках. Потом хлопнула
дверь и зло клацнул тяжелый железный крючок, упав
в кольцо пробоя.

Мальцов зашагал к дому, он сильно продрог. Напротив на своем крыльце стояла Лена в наброшен-
ном на плечи ватнике, в теплом красном вязаном
платке.

— На гусей загляделась?

— Степан их всегда стрелял... За углом затаится,
подождет... Непогода их к земле прибивает.

— Зима, Лена.

Она вытянула руку, снежинки с силой въедались
в ладонь и тут же таяли.

— Это сколь же им лететь? Они где зимуют?

— В Египте, наверное.

— В Египте? Страшно-то как.

— Почему страшно, Лена?

— Не знаю. Просто страх подступает. А много их
гибнет?

— Много.

— Почему так: где радость, там и горе?

— Это обязательно? Бывает ведь и по-другому.

— Я жизнь прожила, а не видела такого.

— А ты, Лена, правильно живешь?

Она насупилась, ответила не сразу.

— Думаю, правильно. Еще бабушка мне говорила: следуй за сердцем, не ищи поблажек, их никто не выпишет, не справка.

— Ты о каких это поблажках, Лена?

— О справедливости. Нету ее здесь. Вот птюшки летят-летят и умирают прямо на лету, это я видала.

— Хочешь сказать, и люди так?

— И люди так. Кому чуть больше счастья на роду написано, кому чуть меньше.

— Сталёк прошел, весь в бутылках, как партизан. Пьют и в ус не дуют.

— Душу заливают, а не залить никак. Жалко их, вино ими управляет.

— Сколько ж можно жалеть, Лена?

— Сколько сил хватит. Я так думаю.

— А если ножом пырнут?

— Эти могут, особенно Таиска, ей не впервой, — она ухмыльнулась и сказала весело: — А сам не плошай, скалку в руках держи, если что — бей в лоб!

— Вот как, значит, можно?

— И даже нужно, иначе не поймут. Настоящий мужик так не опустится.

— Настоящий — это какой?

— Отважный до безрассудства, такого терпеть порой еще тошней, а надо. Мой вот год за драку отсидел, так он за меня хлестаться полез.

— Тебе было приятно?

— Ну уж нет, год с тремя детьми на руках, одна... Я его кляла порой ночами, а забыть такое не получается, это правда.

— Говорят, он был груб с тобой.

— Бывало, что и грубый был, я терпела.

— Зачем терпеть грубость?

— У настоящих мужиков грубость, она от упрямства, этих нипочем не свернуть, а что в сериалах показывают — сказки, таких мужиков на свете не бывает.

— Значит, счастья нет?

— Бывает иногда. Счастье... это слово такое. Есть счастье — значит, есть и несчастье. Всегда рядом.

— А что значит следовать за сердцем, Лена?

— Не объяснить словами, просто всё это внутри, сам чувствуешь, где оступился, разве не так?

— Так, так. Ты, Лена, в Бога веруешь?

— Верую, как нам положено. Есть там кто-то грозный. Дедушку твоего помню, как меня наставлял, он добрый был человек, таких больше я не встречала. Новый поп молодой всё больше стращает. А я не знаю ничего. Мне и без его слов страшно... Снег вот пошел...

— Вижу.

— Завтра надо капусту тюкать. Поможешь?

— Конечно, вдвоем веселее.

— Иван Сергеевич, — она странно замолчала, словно вдруг подавилась словами. Он удивился: Лена никогда не называла его по отчеству. — Ты хоронить меня приедешь?

— Брось, что вдруг? Смерти боишься?

— Смерти не боюсь. Земли холодной боюсь. Вот страхи-то там иль нет ничего?

— В земле не страшно, в земле уже никак.

— Вот это и страшно.

Подошел, ласково провел рукой по ее платку, смахивая застрявшие в шерсти снежинки. Рука застыла, он засунул ее под плащ, греться.

— Зима пришла, птюшки полетели, — она робко улыбнулась.

— Что ты, Лена?

— Не знаю, взгрустнулось, прости меня.

— Иди спать.

— Ага.

Они постояли еще с минутку, смотрели друг другу в глаза, молчали. Лена повернулась и ушла к себе.

— Спокойной ночи, — донеслось из темноты.

— Спокойной ночи, — ответил он и пошел к себе.

8

За ночь подморозило; когда он чуть свет вышел на огород, капустные кочаны облачились в снежные шапки. Ветра не было. Встающее солнце затерялось в тяжелых тучах, тонкая пудра первого снега освещала округу больше, чем невидимый глазом ультрафиолет. Лена проснулась еще раньше, из двух труб на крыше высоко в небо уходили столбы белого дыма — две ноги в безразмерных парусиновых шароварах. На ее огороде стояли низкие козлы с тяжелым деревянным корытом, к ним прислонилась полукруглая сечка для капусты на длинном, отполированном руками деревянном черенке.

Пока Мальцов разминал пояс, крутил плечами и приседал, появилась и соседка. Вчерашнее печальное настроение как рукой сняло. Она сполоснула кипятком деревянную бадью, притащила несколько сахарных мешков под кочаны. От бадьи и красных Лениных рук шел густой пар.

— Погоди, Лена, дай чаю попью, я зайду за тобой.

— Пей на здоровье. Я начну, подойдешь.

Ей не терпелось приступить к работе. Взяла с лавочки длинный нож, поводила им по кирпичине и вдруг воткнула лезвием в заборную штакетину: что-то вдалеке, за лесом, привлекло ее внимание.

— Что там?

Но уже и сам увидел: над лесом поднимались густые клубы черного дыма.

— Беды край!

— Думаешь, дом?

— Смотри, как тянет, не костер, точно.

— Может, покрышки жгут?

— Беда, Иван, дом горит. Бежать надо.

— Там своих людей полно, не успеем.

— Надо отливать соседние, этот уже не спасти, каждые руки пригодятся. — Лена сказала, как припечатала, и сразу засобиралась. Замотала платок, запахнула ватник. — Пойду сапоги надену.

— Погоди, тогда и я пойду.

Он быстро оделся, схватил кусок хлеба с сыром, отхлебнул кипяченой воды, дожевывал на ходу.

Шли лесом, Мальцов подлаживался под Ленины шаги, она старалась как могла, но скоро запыхалась и встала.

— Страшнее пожара ничего в деревне нет, я это не раз видела. Иди, поспешай вперед, я догоню.

Однако он подождал, дал ей продышаться. Снова зашагали, сапоги разбрасывали брызги из свинцовых луж, капли падали на тонкий покров снега и прожигали его, оставляя отвратительные черные дыры. Ноги в резине быстро застыли. Шли молча, Мальцов всю дорогу дышал на костяшки пальцев, досадуя, что забыл захватить перчатки.

Сгорел дом Вовочки. Он занялся под утро, часов в пять, когда все еще спали. Пожарная машина из Спасского приехала на полчаса раньше их с Леной, когда отливать дом было уже бессмысленно, крыша рухнула на глазах у пожарников.

Спасать следовало соседний дом. В нем жил Валерик. Пожарники получили от него авансом три бутылки пойла, наскоро похмелились, растянули рукав и принялись лить воду на стены и крышу, чтобы не занялись от жара и носящихся в воздухе искр. К пожару сбежалась вся деревня. Снег вокруг горящего дома истоптали, в жирной глине ноги скользили и разъезжались, Мальцов чуть не упал и поспешил отойти подальше, к сбившимся в группку женщинам. Они стояли напуганные, повернувшись вполоборота к полыхающему остову, и скорбно молчали, чуть опустив головы, как жены-мироносицы у Гроба Господня; в расширенных зрачках плясали отблески огня. Пламя лизало стены, внутри горящего дома что-то лопалось и трещало. Затем с грохотом обвалилась последняя потолочная балка, державшаяся невесть на чем, потянула за собой остатки кровли, и разом вспыхнула старая дранка, в небо взлетели языки пламени, над которыми разлетелись в небе целые снопы алых брызг. Бабы заголосили, но кто-то шикнул на них басом, и они разом замолчали, некоторые принялись обниматься от испуга. Вовочку нигде не было видно, шептались, что из пожара он выбраться не успел.

— Сам сотворил, жить не схотел, — всхлипывая, прошептала какая-то баба с краю, но подружки ее не поддержали, замкнулись в себе, неотрывно смотрели в адское пламя.

Около своего дома метался Валерик, материл пожарных, у которых скоро кончилась вода в бочке, истерично взывал к сельчанам, чтобы вставали в цепь и начинали отливать ведрами. Пожарную машину завели, отсоединили рукав. Старый «зилок» дернулся раз, другой, заскрипел ржавым железом и пополз на первой передаче к ближайшему водоему под горой. Побежали за ведрами, началась неразбериха. Валерик сновал от группы к группе, просил, умолял, заискивающе заглядывал в глаза каждому. Улыбка на его измазанном пеплом и сажей лице походила на гримасу. При этом он еще и не переставал всем жаловаться, бубнил как заведенный:

— Вовочка за бутылку заплатил, а ночью в три пришел, еще пять бутылок взял, сказал, что Мальцов ему за собаку отдаст. Как теперь быть? Двести пятьдесят рублей потерял!

— Человек сгорел, глядишь, и его дом займется, а ему хрен по деревне, одни деньги на уме! — зло сказала какая-то баба.

— Надо отливать, вставайте в цепочку! — скомандовал мужской голос в толпе.

До колодца было метров двести, стали выстраиваться в цепь. Встал в нее и Мальцов, ему досталось место совсем близко к горящему дому.

Он не мог оторвать глаз от пламени, его тянуло прямо в огонь, хотя от невыносимого жара кожа на лице едва ли не вздулась, как тесто в печи, слизистая в носу пересохла и каждый вдох доставлял заметную боль, на лбу выступили капельки пота. Куртка накалилась, рукава и ворот обжигали кожу, к молнии страшно было прикоснуться. Огонь бежал по поверхности завалившейся крыши волнами, обнаженная обрешетка походила на пылающие ребра гигантского живого существа, жар подвергал их адским пыткам — гнул, ломал и корежил, а вырывавшиеся из глубин подполья длинные треугольные языки пламени лизали остов кровли снизу и с боков, пытаясь истребить, уничтожить ее остатки и вырваться на свободу, глотнуть свежего воздуха, которого так не хватало в захламленной тесноте пожарища, чтобы обрести силу, способную прожечь сами небеса. Волна, прокатившись по всей длине кровли, на миг задыхалась, и на опаленной поверхности вспыхивали и гасли мелкие синие огоньки — так догорала схватившаяся дранка. Затем, вдруг, рождалась новая волна, подпитанная огнем из подполья. Она пролетала новым шквалом и, взметнувшись в небо, перерождалась в вонючий сизый дым. Ей вслед, без передышки, начинал снова сильно бить из подполья огонь — оттуда, куда провалились доски пола и нападали не выдержавшие напора пламени ребра обрешетки. Наконец в глубине занялся и начал стрелять съехавший с дранки шифер. Засвистело и заухало одиночными, но скоро листы шифера прокалились и занялись, и тогда уже застрочило, как из пулемета. Люди инстинктивно отскочили подальше. Стену огня пробивали теперь летящие в разные стороны огненные брызги, обгоняя их, как маленькие метеоры, неслись осколки шифера, оставляя за собой дымные полосы. Куски падали на огород и дорогу, залетали к Валерику на крышу, сидящий на коньке пацан сметал их метлой вниз. Шиферные бомбы зарывались в мокрую землю, прибавляя к гуду пламени, уханью и треску ломающихся конструкций свое змеиное шипение. Две стены дома еще стояли, пламя обглодало их, превратив в черные пупырчатые головешки, в пазах тлели и осыпались искрами раскаленные докрасна ленты пакли. Сизый дым сменил цвет на черный, он поднимался отвесно, энергия горящего дерева сворачивала его в жирную, коптящую небо спираль. Сверху на людей сыпались хлопья сажи, пепел и трескучие искры. Наконец внутри дома что-то гулко ухнуло, крыша зашаталась и окончательно ушла вглубь, проломив остатки пола, в небо взметнулись ярящиеся алые хвосты. Две стоявшие до поры стены не выдержали напора пламени и вывалились наружу, бревна покатились прямо к Валерикову палисаднику. Пожарные бросились растаскивать их, дружно заработали баграми. Цепочка встрепенулась, народ как будто дернули за веревочки: от колодца начали подавать ведра с водой. Люди взмахивали руками, принимая ведро правой рукой, передавали соседу, левой отдавали пустые. Приладились, поймали ритм. Ведра взлетали и опускались, взлетали и опускались, словно театральные кораблики, путешествующие по нарисованным волнам. Отливали лишь то, что раскатилось, да стену Валерикового сруба, сизые струи воды вылетали из ведер и, едва коснувшись темных бревен, вскипали, шипели, пузырились и на глазах превращались в пар. Работали истошно, так же и кричали, матеря нерасторопных, что, неловко приняв ведро, проливали воду на свои и на чужие ноги и сбивали ритм. Мальцов переваливался с ноги на ногу, принимал и толкал ведро дальше, стараясь не думать о Вовочке, но в голове вертелись его пророческие слова, что жить осталось день или, может, два.

Кто-то дернул его за рукав. Он повернулся: перед ним стоял Валерик.

— Иван Сергеевич, ты Вовочке недоплатил двести пятьдесят рублей, ты мне их отдай!

Кровь бросилась в голову, Мальцов шагнул из цепи:

— Деньги? Какие деньги? Я ему ничего не должен. Вовочка мне пса подарил, упросил взять, кормить щенка ему было нечем, понимаешь? Ты людей своим пойлом спаиваешь, от него все беды! Ты и Вовочку на тот свет отправил, гад!

— Как же, Вовочка не дурак, чтоб просто так щенка отдать... — чумазая харя Валерика скривилась в гримасе. — Он сказал...

Мальцов схватил его за грудки, тряханул и вдруг заорал изо всей силы:

— Человек сгорел заживо, сосед твой, а ты о деньгах!

Развернулся и с силой оттолкнул от себя. Валерик отлетел и шлепнулся на пятую точку прямо в жидкую грязь. Вскочил, попытался отряхнуться, но только размазал глину по штанам. Беспомощно оглядел перепачканные руки, угрожающе поднял над головой кулаки. Чьи-то руки схватили Мальцова за плечи, люди побросали ведра и растащили их в стороны. Все явно были на стороне Мальцова. Валерик стоял один, ощерившись, что волк против стаи собак, мелко дрожал всем телом.

— Так не пойдет! — взвизгнул он. — С тебя причитается, еще ответишь! — Развернулся и убежал к пожарным, принялся материть их, срывая накипевшее зло.

Но не на тех напал. Широкоплечий мужик в сварной робе схватил его за шиворот, как кутенка, рванул на себя, притянул близко-близко и что-то горячо прошептал Валерику на ухо. Потом наотмашь, как в бубен, дал кулаком в нос, поймал за ворот откинувшуюся голову, добавил еще и отбросил, будто испорченную вещь. Подмигнул Мальцову: «Не ссы, парень, твоя правда!» Валерик не упал, стоял, врыв ноги в землю, как бычок, заработавший удар кнута, мотал головой, из разбитого носа капала черная кровь. Наконец вытер нос рукавом, разглядел на рукаве кровь, потрогал нос, как-то по-детски, словно боялся обжечься, ойкнул, поднял совершенно бешеные, мутные глаза на пожарного, истошно завопил фальцетом и дал деру, побежал куда-то к себе на огород.

— Родятся же такие мудаки! — весело сказал широкоплечий.

Бабы в цепочке принялись переглядываться, по толпе пробежал язвительный шепоток, трескучий, как огни на догорающей дранке. Потасовка всех развеселила.

Тучи расползлись по небу, в просветах проглянуло солнце. Самый страшный огонь уже унялся, но остов догорал медленно и сильно дымил, поднявшийся ветерок разносил запах гари по всей деревне. Вблизи пожарища дышать было тяжело, отливающие сруб постоянно кашляли и отплевывались и вскоре прекратили подачу воды. Приползла наконец пожарная бочка, заработал брандспойт, и всё утонуло в шипящих клубах пара. Валериков дом отстояли, опасности догорающая руина уже не представляла. То там, то тут угли вспыхивали, как на мангале, но скоро покрывались красной окалиной, белели и затихали. В центре домовины вылез страшный памятник — печная труба, сама печка обвалилась. Под покосившимся черным частоколом комнатной перегородки торчал вздыбленный остов кровати, запавшей углом в подполье. На панцирной сетке кое-где уцелели спекшиеся куски ватного матраса. Одна из хромированных шишечек на стенке кровати почему-то не закоптилась и поблескивала в лучах солнца.

Неожиданно объявились менты. Принялись собирать информацию, переходя от одной группы людей к другой. Наконец подошли и к Мальцову.

— Говорят, вы слышали, что покойный замышлял на себя руки наложить? — спросил лейтенант.

— Кто говорит?

Лицо лейтенанта расплылось в доверительной улыбке:

— Шила в мешке не утаишь, ветер нам доносит.

— Владимир вчера принес мне щенка и попросил взять на воспитание, ему нечем было его кормить. Я дал пятьдесят рублей, пожалел мужика. Вот и всё.

— Он вам не говорил, что руки хочет на себя наложить?

— Он говорил, что устал от жизни, он пил полгода без перерыва. Что тут добавить?

— Это правда. С мая месяца восемнадцатый пожар в районе, и все вот так, по пьянке.

— Вы лучше с соседом разберитесь, сколько еще он будет людей травить?

— Правильно он говорит, всех на погост отправил, — вставила какая-то баба и тут же поспешила отойти и затеряться в толпе деревенских.

— Самогоном торгует?

— Хуже, паленкой. Вовочка спился с нее, как и все кругом. Хотите, напишу заявление?

— Заявления писать не надо. Мороки потом будет, мы лучше сами. Придется доказывать, что он торгует. А ведь гада надо еще подловить при продаже товара. Никто из местных его не сдаст, они только на словах бойцы, а как до дела дойдет, все в кусты. А без образца дело не завести, значит, надо добыть образец, отвезти на экспертизу, это же целая операция получается. Вы не поверите, но, чтобы сюда приехать, я на бензин по кругу собирал, кто сколько даст. Так что спасибо за сигнал, мы с ним сами, по-свойски, — лейтенант пожал ему руку, и менты поскорей отвалили.

Делать тут было больше нечего. Лена стояла со своей котовской подругой Натальей Федоровной, они что-то обсуждали.

— Пойдем, Лена, — позвал Мальцов.

— Я задержусь, чайку попью, раз уж выбралась. Нечасто выбираюсь. Иди сам, а то давай с нами. Наталья Федоровна стаканчик нальет, помянем Вовочку.

— Спасибо, не буду.

Пошел прочь не оборачиваясь. Одежда и тело пропитались копотью и, как ему казалось, жирным запахом сгоревшей плоти. В лесу он нарвал сосновых иголок, жевал, сплевывая зеленую слюну, но запах не прогнал. Решил, что затопит сегодня баньку и отмоется.

Дома нагрел котел и помылся, но настроение лучше не стало. Хотелось напиться в хлам и всё забыть. Накормил Рея, поиграл с ним, давая щенку тянуть тряпку и вырывая ее из пасти, дразнил, разговаривал с ним, сказал, что Вовочки больше нет, что тот ушел к верхним людям. Рей вряд ли его понял, он был сыт и счастлив и изо всех сил вертел хвостом.

К вечеру увидал, как мимо окна прошла Лена, но последние новости принес Сталёк. Заглянул к нему, выставил со значением на стол бутылку казенной водки.

— Будешь? Чистая, пришлось на попутке в Спасское сгонять, менты у Валерика все запасы конфисковали да еще рожу начистили, похоже, нос второй раз сломали. Он на тебя зло затаил, берегись, Валерик хуже очковой кобры.

— Бутылки разбили?

— Как же, на машине увезли. Думаешь, не выпьют? За милую душу. Валерик через неделю опять лавочку откроет. Отлежится, подождет, и опять ему привезут.

— И охота вам его отраву глотать?

— С одной стороны ты прав: пойло такое, аж желчь вскипает, но — дешево и сердито, в магазине сто восемьдесят, а у Валерика — пятьдесят, прикинь? Я и не то еще пил. Ты его сдал за дело и в лужу жопой посадил — все в Котове смеются.

— Не сдержался, зря руки распустил, сейчас жалею.

— Может, чуть в разум войдет. Ты ему ничего не должен, все понимают. Ведь сколько его били. Иной раз думаешь, сам убил бы, но нельзя мне — в тюрьму из-за него не пойду, да и где ее еще достать, в Спасское не наездишься.

— Иди, Сталёк, иди с богом. Вовочку нашли?

— Пол целлофанового мешка менты наскребли, повезли на экспертизу. Сгорел весь, даже череп рассыпался. Пожарные сказали, началось от печки, в комнате, где Вовочка спал. Только сам он это устроил, печка у Вовочки была исправная, в мае ее перекладывал и обмазывал, я ему помогал глину месить.

— Какая теперь разница.

— Ага. Ну, пусть ему земля будет пухом! Добрый был человек, никому зла не делал, и брат у него был путевый, видать, судьба такая. — Сталёк приложился к горлышку, отхлебнул и не поморщился. — Видишь, казенку пьешь как воду, закусывать не надо.

— Иди, иди, тошно уже, — погнал его Мальцов.

— И пойду, мне надо нервы успокоить, всё огонь в ушах гудит. Только попомни мои слова, так Валерик это не оставит, он злобный.

— Попомню, спасибо, — поблагодарил Мальцов, сопроводив для верности соседа до крыльца.

Им овладела страшная апатия, хоть волком вой. Он и завыл, в шутку. Рей тут же вскочил с подстилки, тявкнул, думая, что начинается игра, но Мальцов лег на кровать и повернулся лицом к стене. Сталька на пожаре он не помнил, как не мог вспомнить людских лиц — даже лица Валерика и широкоплечего пожарного вытеснили из зрительной памяти языки пламени. Они плясали на черных стенах, рвались сквозь клубы дыма из подпола, как из глубин преисподней, объедали краску со скрюченного остова завалившейся кровати, стоило только закрыть глаза. В ушах не унимались свирепое гудение пламени, хруст и скрежет ломающихся досок и пронзительный свист летящего шифера, перерастающий в грохот пулеметных очередей.

9

Два дня рубили с Леной капусту. Вечером после пожара пошел затяжной холодный дождь и шел всю ночь и весь следующий день, он смыл следы первого снега. Заунывные звуки капели наконец стихли, утром Мальцова встретила застывшая природа — ни ветра, ни движения, ни обычных звуков. Из серой пелены стали проступать очертания мокрого леса. Темная трава, изломанная линия кустарника и выросшие самосевом ряды березок на поле поникли под свинцовым светом небес, даже утренний пар от земли поднимался лениво, тяжелый и серый, как дымок от непотушенной сигареты. Нахохлившиеся грязные курицы старательно обходили мутные лужи, отпечатки их следов на черной земле тут же заполнялись водой и поблескивали — вереницы однообразных иероглифов испещрили весь двор и дорогу на улице. Над огородом безмолвно пронырнули две знакомые сороки, сели на ветки пушистой ели у изгороди и слились с черными еловыми лапами, как сливаются в одно пятно кляксы туши на пушистом ворсе промокашки.

Таисия с Михеем по-своему отреагировали на гибель Вовочки — вошли в очередной запой. Лена ходила к ним, уговаривала заняться капустой, стращала, что скоро придут холода и они погубят урожай, но парочка предпочла сбежать в Котово, и два дня о них не было ни слуху ни духу. Зато Сталёк внял Лениным советам, привез к ней в огород на тачке гору вилков, встал к сечке и усердно рубил, замучив Мальцова своей похвальбой.

— Сталёк себя в обиду не даст, — заявлял он о себе в третьем лице, — Сталёк не сдастся, капусту он любит, без капусты зимой куда? Хочешь — щи вари, хочешь — туши с грибами и с луком, а мамочка попросит, а вот ей, — он складывал в воздухе фигу, — не убирала, не рубила, ни хрена и не получит. Замучила меня мама, теть Лен, правда, все нервы измотала, уйду в город, я ж городской, у меня там комната.

— Кому ты в городе нужен, — Лена улыбалась во весь рот, — ты только за порог заступишь, жена тебя в тюрьму упрячет. Тюкай давай, правильно поступаешь, зимой без капусты пропадешь.

Мальцов прятался в доме от их разговоров, тер морковку, чистил антоновку, мыл кипятком большие кастрюли, готовил их под закваску. Потом выходил на воздух продышаться от жаркой избы, и снова неслись с Лениного огорода Стальковы жалобы:

— Я, Лена, больной человек, меня жалеть надо, а как со мной мама поступает? Предала сына своего, спуталась с Михеем, а я побоку?

— Какой ты больной, на тебе воду таскать можно.

Сталёк рубил капусту, а она посиживала рядом с ним, поддерживала разговор. Обоих такое распределение ролей явно устраивало.

— Больной я, Лена, алкоголизм тяжелая болезнь, так во всех передачах говорят, ты только этого не понимаешь. Ты же не пьешь, тебе невдомек.

— Сроду не пила, разве полбокала шампанского на Новый год.

— Вот! А я пью, я знаю, хорошо это всё изучил.

— Взять бы мотыгу и по спине тебе настучать! Какой ты больной — пьяница и лежебока.

Мальцов подошел к ним.

— Как дела?

— Забирай свою капусту, готово, — Лена подала ему полное ведерко, — этот охламон еще нарубит.

— И нарублю. Сталёк работать любит и умеет, я упористый, взялся — буду работать до конца. Садись, покури, — вытер пот со лба, достал из кармана сигарету, прикурил, опустился на чурбак, настраиваясь на долгий разговор.

— Я говорю Лене, мать меня предала, что мне с ней делать, посоветуй.

— Некогда мне с вами разговаривать, капусту солить надо, извини.

Подхватил ведро, поспешил в дом: Сталёк навевал на него тоску.

К вечеру набил мятой и посоленной капустой две десятилитровые эмалированные кастрюли, положил сверху фанерные круги, придавил камнями, выставил в коридор. Подшумил чайник, начал разогревать суп, тут в дверь и постучали.

— Иван, открой, опять беда.

Лена стояла на пороге, из-за ее плеча выглядывали Сталёк и Всеволя.

— Что теперь?

— Михей в Котове помер, — выпалил Сталёк, — помоги мамку привезти, она там с ночи пьяная на улице сидит.

— Что случилось, Лена, расскажи по порядку.

— Вот, прибежал, — Лена показала на Всеволю, — говорит, пили вчера целый день у бывшего магазина, ночевали в Шлёпиной избушке. А вчера утром Михей напросился к Валерику в баню, помылся, пошел к Всеволе, лег на кровать и умер во сне. Таиску они бросили у магазина, она там на ступеньках заснула. Оставили ей вина. Их целая компания гудела, но все разбрелись по домам, а ее никто в тепло не отвел, бросили на улице.

— Я, значит, Михея утром будить, — встрял Всеволя, — а он уже холодный. Думал, Таиска тут, вернулась в Василёво, пришел ей сказать, а ее тут нету. Наверное, она у Валерика на крыльце, мужики говорили, она там с самого утра сидела. Мы хотели вам сказать, может, поможете? Ее б домой надо доставить, холодно, замерзнет женщина.

— Мне-то зачем? Вы пили — вы и ищите.

— Иван, сходи, богом прошу, эти оба пьяны, на них нет надежды, — попросила Лена.

— Черт, черт, Лена!

Мальцов схватил куртку, надел сапоги и выскочил на улицу. Зашагал по дороге к Котову, кляня всех и вся, алкашей ждать не стал. Они, конечно, побрели за ним, но сильно поотстали.

С неба сыпал мягкий снежок, начинало смеркаться, он прибавил шагу, чтобы не замерзнуть.

В Котове сразу свернул к дому Валерика. Пожарище на месте Вовочкиного дома зияло черной дырой, из-под обгорелой балки выскочила черная собака. Мальцов присвистнул, собака испуганно посмотрела на него, прижала уши и хвост и дала деру. На дальних улицах горели редкие фонари. Надвигалась ночь.

Он вошел в калитку и сразу увидал Таисию. Она сидела на крылечке, как ледяная статуя, чуть привалившись спиной к стене коридора, грязная юбка лишь прикрывала голые колени, на застывших ногах блестели резиновые калоши, куртка нараспашку, под ней легкая бумазейная кофта с открытым воротом. Голова не покрыта, рот как-то странно едва приоткрыт, волосы и лицо всё в снежинках, словно рой пчел облепил впавшие щеки, виски, худой нос. Снег не таял даже на пепельно-серых губах, непонятно было, дышит ли она. Глаза тусклые, взгляд устремлен в никуда. Нащупать пульс на ледяном запястье Мальцов не смог. Поднес к губам часы, стекло слегка запотело, но дышала она бесшумно, словно воровала воздух. Рядом на ступеньке валялась пустая бутылка. Он позвал ее: «Таисия? Таисия!», имя прозвучало сперва как вопрос, потом как ласка — ноль эмоций. Помахал рукой перед глазами. Ни одна из мимических мышц лица не среагировала, Таисия даже не сморгнула. Смел дрожащими пальцами снег с лица. Стало не по себе, губы позорно тряслись, ноги подкашивались, он вцепился в ее плечи, словно искал опору, и принялся трясти их — безвольная голова замоталась, как будто ее пришили широкими стежками к воротнику, голова откидывалась чуть назад и вбок и снова возвращалась в изначальное положение. Но самое страшное были руки с выпирающими костяшками пальцев, лицо и голые ноги — мертвенно-бледное тело трупа, холодное, словно отлитое из серого гипса, лишенное внутреннего тепла и каких-либо признаков жизни. Если она и была жива, то впала в коматозное состояние, из которого вывести ее могли только врачи.

Мальцов прислонил Таисию к стенке, забарабанил в дверь, закричал: «Валерик, открой! Открой немедленно!»

Какое-то время в доме было тихо, он приложил ухо к двери, но ничего не услышал. Тогда он опять заколотил, теперь уже кулаком по стенам сруба. Наконец раздались шаги в коридоре, дверь открылась, на пороге стоял хозяин.

— Что надо?

Хамский тон и лицо с фиолетовыми подглазьями и сизым, распухшим носом не предвещали ничего хорошего, в его глазах мелькнула злость.

Мальцов сразу пошел в наступление.

— Ты что, не видел? Таисия тут почти сутки просидела! Ты что ж, гад, даже одеяла не вынес? Ты вообще человек, Валерик? Ты — человек? Бутылку ей скормил, про свой бизнес не забыл, а в дом затащить впадлу? Она же помирает, она в коме, идиот! Ее смерть на тебе будет, неужели не боишься?

— Что кричишь? Я за ними не надзираю, — сказал Валерик, не скрывая презрения, — хотят — пьют, хотят — подыхают. Михей вот помер вчера, до пятидесятилетия два дня не дотянул. Они загодя его юбилей начали справлять. Досправлялись. Менты только что уехали, Михея скорая в морг увезла. Для этих алкашей смерть — привычное дело, ты у нас тут только такой нежный сыскался. Ты не выступай, смотри, управа на тебя найдется, довыступаешься. — Валерик отступил в темноту коридора, взял в руки тяжелый молоток. — Думаешь, я тебя испугался? Ты мне двести пятьдесят рублей должен, когда отдашь?

— Погоди, — пришлось менять тактику на ходу, — у тебя телефон «скорой» есть?

— Всё у меня есть, я водку не пью, я правильно живу и никому не мешаю. Меня просто так не испугаешь, не такие, как ты, пытались, ничего у них не вышло.

— Погоди, давай в дом. Позвонить надо.

— А если не впущу?

— Тогда я вызываю ментов, и они не за покойником приедут, а лично за тобой, я прослежу. Пусти, говорю, времени нет, она умирает, ты не понял?

— За ментов у нас с тобой особый будет разговор. — Валерик глядел исподлобья, сдерживаясь из последних сил, но всё же посторонился, пустил в избу. Над телефоном висела бумажка с номерами, на ней был и номер больницы. — Только к себе её вези, в дом не пущу, они все вонючие.

— Ладно. Готовь тачку, ватник, одеяло и целлофановую пленку.

— За всё надо платить, ты заплатишь? — Валерик и не думал шутить.

Но тут, на счастье, в избу ввалились отставшие Всеволя со Стальком и с порога принялись горланить, кто-то из них произнес запретное слово «козел». Валерик вскинул руку с молотком и чуть развернул плечи для удара. Занесенная рука уже сама по себе означает оскорбление, все были на взводе, и от трусливого Валерика вполне можно было ожидать, что он пустит молоток в ход, отыграется теперь на безоружных и слабых за публичное унижение на пожаре. Всеволя и Сталёк напряглись, глаза их забегали по сторонам, выискивая ухват, топор или на худой конец полено, чтобы дать решительный отпор ненавистному барыге. Запахло серьезной дракой, про ожидающую помощи Таисию мгновенно забыли.

— Молчать! — завопил вдруг Мальцов, сам себя не узнавая. — Сесть всем, замолчать, меня слушать! Я звоню в «скорую», вы готовите тачку, остальное — потом. Быстро!

Почему-то его сразу послушались. Мужики присели, гнев их куда-то разом испарился. Пока вызывал «скорую», Сталёк угрюмо курил, Всеволя положил голову на скрещенные на столе руки и пристроился спать — в тепле его сразу разморило. Валерик посидел немного для приличия, но вскоре вскочил и убежал на двор. Прикатил глубокую деревянную тачку. Нашел драное одеяло, им выстелили дно, положили на него кусок пленки, затем усадили застывшую Таисию, по-прежнему неживую, с открытыми, ничего не видящими глазами, с безвольно повисшими вдоль тела руками. Накрыли ее ватником. Сталёк суетился, без конца спрашивал: «Мам, мам, тебе не больно?» Он выглядел сильно напуганным.

— Давай две бутылки! — приказал он Валерику. — Ей отойти надо, я знаю, как лечить, опохмелиться ей надо, давай, запиши на меня, с пенсии расплачусь.

Валерик принес две бутылки. Менты, видно, вычистили не все его запасы.

Сталёк взялся за ручки тачки, толкнул ее, Таисьина голова мотнулась, отвалилась назад, сквозь тонкую щель меж окаменевших губ, из самых глубин промороженного тела вырвался слабый стон.

— Жива, жива, влей ей глоток! — радостно посоветовал проснувшийся Всеволя.

— Отставить, — скомандовал Мальцов, — до приезда «скорой» ни грамма, для нее сейчас водка — верная смерть.

— Ну, я как лучше хотел, — несмело сказал Всеволя, — как знаете, не буду вам мешать.

Пристроился сзади Сталька, и они двинулись гуськом. Валерик провожал на крыльце. Мальцов кивнул ему:

— Еще поговорим!

— Как же, ты мне теперь еще больше должен, — процедил Валерик, повернулся и ушел в дом.

До Василёво добирались с час. Докатили. Перенесли в дом. Сталёк опустил мать прямо на пол, бросив на доски ватную рухлядь из тачки, прикрыл сверху старым пальто.

— Теперь проспится, отдохнет, ей не впервой, а на кровать нельзя — замарает.

— Не меряй по себе, стели пленку и клади на кровать, человек же, — приказал Мальцов.

Таисию с грехом пополам переложили на кровать. Мужики уселись на кухне у стола, поставили перед собой бутылку, закурили.

Мальцов заглянул в комнату к Таисии, та по-прежнему не подавала признаков жизни. Вышел из смрада избы на воздух. Там его поджидала Лена.

— Как она?

— Кажется, помирает, глаза стеклянные и никакой реакции. Я такого еще не видел.

— Не то еще увидишь, — задумчиво протянула Лена и невольно оглянулась, словно злые бесы преследовали ее по пятам.

Через час приехала «скорая». Фельдшерица не пустила их с Леной в дом, выгнала и Всеволю, тот обиженно жевал губы на крыльце. В приоткрытую дверь донеслись причитания Сталька:

— Мамочка моя, что же, доктор, что же мне теперь делать?

— Пить меньше надо. Подай чистое полотенце и согрей воды!

Затем дверь захлопнулась. Через полчаса фельдшерица вышла к ним.

— Забираю в город. Сын подписал бумагу, не знаю — довезем ли ее живой, женщина в коме. Позвоните утром в приемный покой, вам всё расскажут.

Шофер и Сталёк вынесли Таисию на носилках, загрузили в машину. На вид она была чистый покойник.

Машина тронулась. Сталёк ушел в избу, не стал с ними разговаривать. Звякнул засов. Всеволя рванулся к двери, побарабанил в нее, но Сталёк ему не открыл.

— Зажал выпивку, — заметил Всеволя грустно. — Иван Сергеевич, у тебя нет, хоть корвалольчику? Мне до дому не дойти, сердце останавливается.

— Нет у меня ничего, — отрезал Мальцов.

— Пойдем, — позвала вдруг Всеволю Лена, — налью полстаканчика, но больше не проси.

— Родная, Ленушка! — взревел Всеволя и потянулся за ней, как бычок за маткой.

Мальцов покачал головой, ушел к себе, сел на кухне в темноте, не стал зажигать свет. Обхватил голову руками. Пнул приставучего Рея ногой, тот обиженно взвизгнул и исчез в комнате. Так сидел долго, темнота успокаивала, он согрелся и начал клевать носом. И сил не было встать, раздеться или наконец поесть, в животе урчало, но думать о еде было так же противно, как и не думать о ней.

И тут зазвонил телефон. Он вскочил, бросился искать, вспомнил, что телефон стоит на зарядке, рванул к розетке.

— Слушаю.

— Иван Сергеевич, здравствуйте, это Дима. Как вы там?

— Нормально, работаю, что у вас?

— И мы работаем, Иван Сергеевич, отчет закончили, помните, вы обещали посмотреть. Меня Нина попросила вам позвонить, вы посмóтрите?

— Конечно, я же сказал.

— Хорошо, Иван Сергеевич, можно, я его в четверг привезу?

Он замялся: забыл, какой день на дворе.

— Можно и в четверг. Есть новости?

— Маничкин на нас пошел горой, требует клад в музей отдать. А Нина его в Москву отвезла на реставрацию, так что не будет ему клада. Пока не будет. Он грозится дело завести. Я приеду, расскажу. Иван Сергеевич, я по вас соскучился.

— И я, Дим, тоже соскучился, давай, жду.

Повесил трубку, посмотрел в телефоне календарь: вторник, 4 ноября. Выходило, что Димка приедет через день.

Маничкин, Нина, Димка — за местными бедами всё отошло на второй план, только-только начала успокаиваться душа, и вот снова, всё снова? Посмотрел на Рея, лежавшего на своей подстилке, подмигнул ему: «Прорвемся?» Рей радостно застучал хвостом по полу.

Вдохнул-выдохнул несколько раз через нос, выполнил йоговское упражнение, настроил дыхание, успокоился и почувствовал, что готов встретиться с Димкой, что не соврал ему, соскучился. Сможет проверить отчет, и даже Нине смог бы сейчас посмотреть в глаза и говорить с ней. Шевельнулась и пропала мысль: Нина просит помощи, без него ей не справиться, может, ищет повода замириться? Но тогда бы приехала сама. Или гордость не позволяет? Но гадать не стал — какая разница? Ничего уже не восстановишь, отчет — последняя связующая ниточка; посмотрит его, сделает замечания, а потом эта ниточка оборвется.

Фонарь за окном горел ровно, освещая голые кусты сирени на Стальковом огороде. Мальцов посмотрел на белую галогеновую лампочку, затем с силой сжал веки — перед глазами возникла пульсирующая оранжевая точка. Постепенно она становилась всё меньше и меньше и истаяла, ее сменила черная темнота.

Эту ночь он спал спокойно, без снов, проснулся с первыми лучами солнца, свежий и здоровый. Выскочил в трусах на улицу, сделал зарядку, облился в бане холодной водой, позавтракал, сел к столу и целый день работал, как давно не случалось.

Вечером зашла Лена, сказала, что Таисия очнулась и ей ставят капельницы, зато теперь запил

Сталёк. Отнес Валерику материнскую швейную машинку, получил авоську водки и пьет не просыхая. Мальцов выслушал ее рассказ, как доклад младшего по званию, кивнул головой:

— Всё понял. Пьет, значит, пьет, его дело. Если честно, я тут работаю целый день.

— Извини, если помешала, я просто так зашла, думала, тебе интересно.

— Спасибо, теперь буду в курсе.

Она ушла, обиженная.

Мальцов встал, растопил лежанку, размял затекшие плечи, опять сел к столу. Завтра приедет Димка, привезет деревские новости, и он услышит о Нине. Прогнал мысли о том, что услышит завтра, упрятал их глубоко, как поступал сегодня целый день, заставил себя думать о книге. Смотрел в окно на кровь небес, что начинала разливаться на закатных облаках. Ветер менял их очертания, лепил причудливые фигуры. Из-за леса показалась апельсиновая луна, она росла, горбилась, набиралась сил, затем оторвалась от земли и быстро начала возноситься ввысь. Зашныряла в облаках, уменьшаясь, меняя цвет меди на цвет серебра. Облака жили своей жизнью, одни росли, другие умалялись, сливаясь с поглощавшими их великанами. Мальцов следил за этой небесной баталией-танцем, медленной и завораживающей, и не мог отвести глаз. Веселый оранжевый и бойкий желтый давно слиняли, превратившись в тревожный красный и нутряной охряный, затем переродились в умиротворяющий фиолетовый и безликий серо-синий. После настал черед темно-синего, бездонного, несущего угрозу. Он наползал со всех сторон сразу, съедал исподволь теплые краски, как пепел и зола отнимают силу у слабеющего огня. Затем всё укрыл черный, словно потянули за огромную заслонку и она поставила финальную точку, сменив время дня на время ночи. То тут, то там загорелись редкие звезды-путеводительницы, лампады, обозначившие стороны света в пугающей черной пустоте. Высоко-высоко утвердилась серебряная монета луны — оберега кочевников. Каменный идол ее древнего божества Аль-Илах был изгнан из Каабы пророком Мухаммедом, но остался в груди каждого человека, приученного поколениями предков изливать холодному лику луны пылкие стоны и горячие чувства любви к своим прекрасным избранницам.

10

Димка приехал днем, когда он сидел за столом. Сперва услышал приближающийся звук мотора, затем раздался лай Стальковой собаки. Уазик подкатил к дому, Мальцов не без злости отметил: Калюжный не поскупился, выдал Димке экспедиционную машину. Вышел встречать на порог. Димка бросился ему навстречу.

— Иван Сергеевич, как же я соскучился! У нас теперь новые законы, Калюжный всем управляет.

— А что Нина?

— В понедельник легла на сохранение недельки на две. Я вчера ее навещал, она чувствует себя хорошо, лечащий врач ею доволен. А меня, Иван Сергеевич, бросили на реставрацию керамики, я попробовал, мне понравилось, горшки такие красивые получаются.

— В прошлый раз тоже всё сначала было хорошо. Проходи в дом, чайник сейчас вскипит.

Шофер постеснялся и в дом не пошел, что было на руку: расспрашивать при чужом человеке было бы неудобно. Сели на кухне. Димка набросился на него, как только захлопнулась дверь:

— Может, передумаете, вернетесь? Калюжный просил передать, что зря вы тогда поссорились, он будет очень рад, если вы передумаете. Если честно, нам вас не хватает, Иван Сергеевич.

— Нине тоже?

— Иван Сергеевич, она теперь с Калюжным.

Димка засмущался и опустил глаза.

— Они вместе живут?

— Вроде того, у Калюжного же в Твери семья, но он у нас постоянно и ночует в вашей квартире. Простите, Иван Сергеевич, я думаю, вам надо знать.

— Мне надо знать, ты прав, но это уже не мое дело. Я работаю, водку не пью. Ладно, давай по делу. Отчет оставь, я всё прочитаю и напишу замечания, потом позвоню. Неделю-полторы мне придется над ним поработать.

— Ага. Я снова приеду или вы к нам?

— Мне в Деревске делать нечего. Что с Маничкиным?

— Вы знаете, Лисицыну сняли, она только месяц продержалась при новом министре. На ее место поставили бывшего олимпийского чемпиона по пятиборью. Маничкин с ним закорешился, неделю из Москвы не вылезал, а теперь работает как ни в чем не бывало. Всем заявляет, что весной начнет Крепость реставрировать.

— Как это?

— Вроде они хотят достраивать стены и башни, Маничкин планирует там гостиницу построить, заказал тверским друзьям-архитекторам проект, только ему не дадут: на памятнике же строить нельзя. Я встретил Николая, бортниковского зама, он мне рассказал. Он и о вас расспрашивал.

— Черт! А что Калюжный думает по этому поводу?

— Он готов провести раскопки, это выгодно, смета получится жирная. У него теперь с Маничкиным мир-дружба.

— Нина его поддерживает?

— Тут сложней. Маничкин настаивает, чтобы мы клад сдали в музей. Нина говорит — только через мой труп. Мы же теперь независимы, у нас теперь ОАО. Она хочет клад отдать в Новгород или на худой конец в Москву, только не Маничкину. Говорит, что опять в рабство идти нельзя, а Калюжный заверяет, что обо всём с музеем договорится и ОАО не пострадает и сохранит независимость, работая на субподряде.

— Когда ей рожать?

— Вроде в феврале.

— Как раз когда в министерстве проходит грантовая комиссия. Кстати, от Лисицыной грант пришел?

— Пришел! Эти деньги нас пока и кормят, ну и разная мелочь, траншеи — наблюдения за слоем по городу. Крепость, конечно, лакомый кусок, там должны быть обследования большими площадями, но я думаю, Маничкина поддерживать нельзя, он Крепость угробит. Пока это всё планы, Иван Сергеевич, пока ничего не решено.

— Меня это теперь не касается. Значит, в нашей квартире живут?

— Да.

Димка опустил глаза. Чай он не допил. Сидел, сцепив руки, напряженно молчал.

— Спасибо за информацию. Увидишь Николая, скажи, что надо бы мне с Бортниковым поговорить. Пусть мне звонят. А что с альбомом по городу, вам его передали?

— Нина подготовила ваш текст, отобрала фотографии, осталось отнести на утверждение.

— Вот и повод будет нам созвониться. Ты макет не привез?

— Привезу, когда буду отчет забирать. И Николаю я вашу просьбу сразу передам, но там всё Бортников сам решает.

— Передавай всем приветы, скажи, что видел — Мальцов работает и в город не собирается.

— Иван Сергеевич, без вас всё как-то неправильно, народ работает, но всё уныло стало. Вот если бы вы тогда пошли в директора...

— Не могу, не мое, ты-то хоть понимаешь?

— Понимаю, но очень жалко, Маничкин город разворует и перестроит, потом не изменишь.

— Занимайся керамикой, в их разборки не лезь, легче жить будет.

— Да я вообще-то не лезу, мне по барабану, я теперь в клуб на «Стройтехнику» хожу, реконструкцией занялся. Создаем тверской полк четырнадцатого века. Сам Бортников на кружок денег отвалил, хочет, чтобы мы на праздники в Твери выступали. Мы и на Куликовскую битву поедем, деревское крыло приписано к тверскому полку. Я себе кольчугу заказал, кузнецы у Бортникова в кузнице нам доспехи куют. Они мне и меч сделают по руке. Два раза в неделю хожу на фехтование, сражаемся пока на деревянных мечах, вот это здорово, а на дела начальства мне насрать!

— Тверской полк, говоришь? Это что-то новое. И кто у вас воевода?

— Сонин, из бывших десантников. Крутой! Вот если б вы к нам в клуб пошли научным консультантом, читали бы нам лекции по истории... А что, Иван Сергеевич, ведь не вечно же вы тут жить будете. Хотите, я с Сониным поговорю, он к нам два раза в неделю приезжает, преподает рукопашный бой?

— Не нравится мне эта затея — те же казачьи лампасы, вид сбоку. Я пока поживу тут. Как подумаю о Деревске, гадко на душе становится.

— Понимаю, — серьезно сказал Димка и по-взрослому протянул ему руку. Мальцов пожал. — Я за вас, знайте, только если им не сопротивляться, они вечно будут верх держать.

— В революционеры подался?

— Были бы они у нас... Москва бастует, вся в белых ленточках, а у нас тишина, но на фейсбуке такой ад, вы смотрите?

— Нет, Дим, тут интернета нет.

— Тоска... А если модем? Хотите, привезу?

— Не надо, и так едва справляюсь, дел много.

Он дал Димке банку соленых грибов, другую попросил передать Нине. Димка взял банки и уехал. Мальцов зашел к Лене — та лежала на диване, смотрела свой сериал.

— Проведали тебя?

— По делу приезжали.

— Домой звали?

— Звали, но не поеду, нечего там делать.

— Мне только прибыток — сосед рядом. Живи на здоровье. Чай будешь пить?

— Спасибо, Лена, только что пил.

Вышел на улицу, пошел по дороге к Котову, в избу не хотелось. Дошел до шоссе, повернул назад. На подходе к деревне решился, достал телефон, позвонил. Нина ответила сразу.

— Иван?

— Как ты себя чувствуешь? У меня сегодня Димка был.

Разговор не получился. Нина была холодна и вежлива, сказала, что всё идет по плану и чувствует она себя хорошо. Про Маничкина отговорилась: всё слухи. Сказал ей про грибы — вежливо поблагодарила. Вопрос о Калюжном оставила без ответа. Попросила не затягивать с отчетом. Он пообещал и отключился.

Пока стоял на улице и разговаривал по телефону, замерз. Пошел домой, растопил печку. Сел было к столу, но мысли в голове путались. И тут услышал робкий стук в дверь.

— Кто там? Заходи! — решил, что опять приперся Сталёк. Но это был не Сталёк. На пороге нарисовался мужчина лет сорока, высокий и стройный, в вязаной горнолыжной шапочке, очках в золотой оправе и в дорогой оранжевой куртке с черной эмблемой на рукаве.

— Простите, ради бога, у меня машина в лесу сломалась, пошел по карте. Это Василёво?

— Василёво, точно. Заходите.

Мужчина обвел взглядом избу, заметил компьютер на столе, стопку книг и заметно повеселел.

— Вот здорово, я думал, в машине ночевать придется. Эвакуатор из Москвы раньше утра не сможет приехать. Вы тут на пенсии или в отпуске? — Он шагнул к столу, протянул руку: — Сергей.

Ручища у него была огромная, рукопожатие крепкое, он смотрел прямо в глаза и вежливо улыбался.

— Мальцов, Иван, садитесь. Гречку едите?

— Я вас не стесню? У меня всё с собой, взял даже спальник на всякий случай, вот он и пригодился. Тут продукты, к столу. — Гость снял с плеч рюкзак, засунул в него руку и принялся метать на стол запаянные в целлофан нарезки — колбасу, бастурму, ломтики семги, сыр, достал батон, пачку масла и в довершение выставил литровую бутылку «Белуги».

Мальцов пошел к плите.

— Рукомойник на кухне, полотенце на стене, я пока гречку разогрею с луком. Вы жареный лук любите?

— Я всё люблю, Иван, я замерз, как цуцик. Пытался завести машину и аккумулятор посадил, что-то не в порядке с зажиганием. Мастера разберутся, машина еще на гарантии. Гречка с луком — это здорово, в Европе гречку только у итальянцев можно достать, неходовой товар.

— Жили в Европе?

— И жил, и учился. Сначала в Сорбонне, потом в Берлине, потом в Америке. А вы тут один, я вас точно не стесню?

— Да что вы, Сергей, только в радость, ко мне нечасто наезжают, сижу работаю.

Пока разогревал гречку, гость накрыл на стол. Мальцов жадно взглянул на бутылку и тут же убедил себя, что с беспохмельной «Белуги» ничего с ним не случится, выпьет раз, в удовольствие и без последствий. После разговора с Ниной ему надо было выпить.

11

Сергей работал в «Аэрофлоте», руководил отделением, занимающимся закупкой новых самолетов и продажей тех, что отслужили срок. Водка ли развязала ему язык, тепло ли, или просто нашел благодарного слушателя — но говорил он уверенно и свободно, Мальцов больше слушал. Рюмку гость половинил, но подливал хозяину щедро. Беспохмельная «Белуга» растеклась по телу, усталость и раздражение последних дней как рукой сняло.

Сергей приехал осмотреть остатки имения бояр Марфиных, которым до революции принадлежали двенадцать ближайших деревень. Он уже бывал здесь, теперь следовало принять последнее решение. Услышав, что Мальцов историк и археолог из Деревска, Сергей оживился.

— Я везучий, нужные люди сами идут мне в руки! — воскликнул он радостно. — На фирме я просто делаю дело, но делаю его лучше других, и все это понимают, а потому я неуязвим от подсиживаний и интриг. С коллегами живу в мире, в чужие дела нос не сую, но в мировом бизнес-сообществе умею находить самых правильных людей, стабильно приношу большой доход, поэтому мной дорожат. Я старался и заработал свою независимость. В «Аэрофлоте» всё построено на откатах, как, впрочем, и везде, но лично я взятки не беру и не даю, всё отстроил так, что мне и не нужно, мне причитаются бонусы с каждой продажи, три процента от сделки, так что денег на задуманное хватает. Я, если честно, смотрю много выше и амбиции свои особо не скрываю, а это значит — надо быть чистым.

Рей выскочил из своего угла, завертелся около незнакомца. Сергей бросил ему кусочек ветчины прямо на пол, потом грубо оттолкнул песика носком башмака. Рей пискнул и убежал в комнату, спрятался под кровать, выжидающе смотрел на гостя из-под свисающего покрывала, ожидал следующей подачки. Но Сергей его больше не замечал, продолжал с жаром делиться грандиозными планами: слишком долго жил в плену своих фантазий, теперь настало время воплотить их в жизнь.

Он детально обрисовал земли имения целиком, все сорок гектаров с остатками парка и прилегающего к нему леса. Необходимые выписки из земельного реестра прошлого века ему сделали специально нанятые архивисты, марфинская усадьба нравилась ему своим расположением и дешевизной, как он выразился. Дом не сохранился, остались только чертежи и фотографии. Сергей понял, что восстановить усадьбу и службы по чертежам будет нетрудно и охрана памятников не придерется: он построит новодел. Проект прорабатывался тщательно. Сначала Сергей намеревался купить старый усадебный дом, нашел таких несколько — побывав в Европе, он научился ценить старину. Клюнул было на почин губернатора, начавшего продавать старинные имения.

— Отдавать в долгосрочную аренду на шестьдесят девять лет, что точнее, — поправил его Мальцов.

— Ага, это я не сразу усек. Аренда, реставрация — выяснилось, что это засада, сплошное разорение, а я сорить деньгами не привык, точно знаю теперь, чего хочу.

В Марфине сохранились каскад заросших прудов, остатки парка и две подъездные аллеи. Всё это, как Сергей уверял, несложно расчистить, подсадить новые липы, восстановить пруды и запустить в них рыбу. Стояло имение вдалеке от людей, деревня, которая там была, еще в шестидесятые исчезла. Речка рядом. Что еще нужно для счастья?

— Вы охотник? — поинтересовался Мальцов.

Сергей бродить с ружьем по лесу не любил, он метил выше — мечтал возродить псовую охоту, собирался разводить русских борзых и легавых, сказал, что любит породистых собак. Он заранее выяснил, что в Спасском по планам «Билайна» через год поставят вышку, так что связь с миром будет просто отличная. От Москвы далековато, но на выходные можно приезжать. Жена разделяла его мечты и собиралась жить тут подолгу.

— Значит, хотите построить не просто дачу, но именно имение?

— Ну да, со службами, денниками для лошадей, птичником и псарней — всё как полагается.

— Штат обслуги наберете из местных?

— Ну уж нет, здесь сплошная депрессия, людей надо отбирать тщательно, на них всё будет держаться. Местные алкаши — нелюди, мне приходилось с ними сталкиваться. Работать они не умеют и не станут.

— Не боитесь, что вас сожгут из зависти?

— Они и близко не подойдут к ограде, это трусы и ворье, здешние только горланить горазды. Поверьте, я об этом подумал: две кавказские овчарки — и вопрос решен.

— Значит, хотите возрождать усадебную жизнь, а поддерживать местное население в ваши планы не входит?

— Здесь всегда была зона рискованного земледелия. Обрабатывать поля сейчас невыгодно, и это понятно: сменился уклад жизни. Всё держалось на принуждении, на крепостном праве. Оттого и люди такие получились, никакие люди, вы уж простите, не в обиду, ну как здешние безродные дворняжки. Те, кто остался, спились и должны погибнуть простым ходом вещей. Вы сами-то в местных верите?

— Если говорить о рабочей силе, пожалуй что нет, но и идея с имением слишком романтичная. Разве можно что-то возродить? Имения возникали как царские дарения за службу.

— Кое-что возродить можно и нужно, я уверен. Давно пора научиться ходить в теплый сортир!

— Сортир как мерило культуры?

— Только давайте не станем вдаваться в исследование терминологии.

— Наука именно с этого начинает.

— Да ладно, Иван, мы же не на диспуте.

— Хорошо. По моим наблюдениям, не местный люмпен, так местная власть развернуться вам не даст. Загубили всех фермеров, которые тут начали появляться в девяностые, думаете, пустят нового помещика?

— Это следует подготовить серьезно и неспешно, что я и делаю. Если всё подать правильно, заручиться подмогой у власти, всё получится. Заметьте, я ни слова не сказал об откате, о взятках. Надо уметь договариваться, а я это умею делать. Пустят как миленькие, еще и гордиться будут.

— Ну да, и на доску почета повесят.

— С чего-то начинать надо, край совсем запустили.

— В Европе это работает — связь не прерывалась, но не здесь. Сергей, купите лучше землю во Франции.

— Во Франции несложно купить землю и старинное шале, но тут куда интереснее. Романтизм, говорите? Нет, простое знание экономики. Земля — самое правильное и долгосрочное вложение, но обустроенная земля, а не заброшенные луга и неудобья.

— Сами из дворян будете?

— Вовсе нет. Из старых московских мещан. Мой прадед на кунцевских лугах выращивал зелень для города, в Замоскворечье держал три лавки и не бедствовал, дед гимназию окончил.

— Деда и прадеда забрали в ГУЛАГ?

— Знаете, нет, прадед умер своей смертью, а дед прошел войну в тяжелой артиллерии, далеко от линии фронта.

— Вот уж и правда свезло.

— Потом преподавал в академии бронетанковых войск, вышел в отставку, похоронен на Немецком кладбище. Отец в нефтянке работал, сейчас на пенсии, горюет о прошлом. Отца жалко, такие, как он, не понимают, что мир изменился, не хотят понимать. А я рано это понял, сам свою судьбу строил. Я в Европе не планировал оставаться, хотел только получить современное образование, и получил. Надо здесь обосновываться, мои знания в экономике и логистике в стране на вес золота.

Его оптимизм сперва подкупил Мальцова, но очень скоро ему стало казаться, что гость просто произносит хорошо отрепетированную речь, которую привык говорить всем и всегда. Сергей относился к власти как главной составляющей своего личного успеха; похоже, мир был должен Сергею чуть ли не с рождения, сам же он был чист и абсолютно уверен, что, живя по им самим выстроенному закону, никому ничего не должен. Сергей с аппетитом умял гречку, аккуратно очистил тарелку, но от добавки отказался — следил за весом; отодвинул тарелку от себя, чокнулся, выпил оставшееся на донышке: «За успех!». Он, похоже, смог бы выжить в любой обстановке, но не выглядел откровенным прохиндеем, образование и воспитание научили его ставить задачи и умело решать их в свою пользу.

На вопрос, как он оказался в Европе, ответил просто:

— Изучил вопрос, написал в разные университеты, у меня школа была с углубленным французским. Я еще и английский выучил, потом и немецкий. Выиграл конкурс, добился гранта. И пахал, пахал, и до сих пор пашу, и мне это в удовольствие. Но надо думать и о старости, не всю же жизнь корячиться. Десять-пятнадцать лет, и я уйду на покой. Земля тогда сильно вырастет в цене, поверьте, мне будет что оставить своим детям.

— Всё просчитано?

— Конечно, без планирования победы не бывает победы.

Зéмли, как выяснилось, он еще не выкупил. Узнал только, что они числятся на балансе бывшего колхоза. Зная практику, Сергей искал людей, которые могут помочь. Если бы не поломка машины, он сейчас сидел бы у директора колхоза. Мальцов подумал о Бортникове — захоти, тот помог бы новоявленному помещику в два счета. Рассказал о нем гостю. Сергей отреагировал мгновенно: про «Стройтехнику» Бортникова он слышал, именно такие связи ему и были нужны.

— Опять везение! Вот здорово, Иван, похоже, вы будете крестным моего имения! — Сергей немедленно налил по рюмке. — Связи решают всё, как говаривала мачеха Золушке, помните?

Мальцов чокнулся и выпил, потом достал телефон и продиктовал номер Николая, бортниковского зама.

— Действуйте через него.

Сергей потер руки, он весь сиял. Встал, поблагодарил за ужин. В бутылке еще оставалось граммов двести пятьдесят, но гость отказался: он добился чего хотел, водка стала ему не нужна.

— Хорошая бутылка — пустая бутылка? Никогда не руководствовался этой русской поговоркой. Спасибо, отлично посидели.

Допивать при нем Мальцов постеснялся. Застелил вторую кровать, но Сергей белье не тронул, забрался в свой спальник и тут же заснул. Мальцов убрал со стола, вымыл посуду и всё время поглядывал на оставшееся в бутылке. Махнул рюмочку, потом другую. Сергей многое недоговаривал, он отлично умел сказать только то, что хотел, ни слова больше. Откровенное презрение к местному населению резануло слух, но в целом гость был прав: представить Сталька даже в роли охранника в теплой будке Мальцов не мог. Вспомнилась почему-то пустая прослойка в помойной яме, Мальцов хмыкнул, махнул еще рюмку. Завоеватель в оранжевой куртке жил в ином измерении, казалось, он пришел ниоткуда, из лишенных памяти-времени пустот космоса, где весь ход истории не принимался в расчет, существовал лишь как красивый миф. В его удобно отстроенном пространстве люди делились на два разряда — те, кому можно то, что нельзя другим, и остальные. Он прикинул и не стал наливать остатки в рюмку — допил водку прямо из горлышка. Водка наконец его одолела. Мальцов чуть не уснул за столом, но заставил себя встать, присел на корточки у собачьей подстилки, поцеловал сонного Рея в нос, взъерошил ему загривок, взял в руки большую щенячью голову, вгляделся в блеснувшие озорными огоньками в темноте глаза.

— Наелся, бездельник?

Рей лениво принял ласку, потянулся, снова свернулся клубком и засопел. Мальцов с трудом встал, добрался до кровати и отрубился.

12

Утром, когда он проснулся, Сергея в кровати уже не было. «Беспохмельная» прижилась, Мальцов отлично выспался и чувствовал себя отдохнувшим. Побрился, почистил зубы, внимательно изучил в зеркале свою гладкую физиономию и в который раз убедил себя, что не страдает зависимостью от алкоголя, просто пьет, как все, снимает усталость. Сергея он нашел на огороде. Вчерашний гость наблюдал, как тетя Лена выкапывает на грядках капустные корешки. Работая, она по обыкновению что-то попутно рассказывала, Сергей слушал, вежливо улыбался ей в ответ.

— Лена мне тут поведала, как они в колхозе жили, — доложил он и подмигнул Мальцову. — Понятно, почему ее дети не захотели навоз разгребать за три копейки и удрали в город. Власть, говорите, фермеров разорила? Так они же работать начинали по старинке, малыми площадями и с минимумом техники. Власть тут ни при чем, на ручном труде денег не заработаешь, вот они и разорились.

— А-а, что вы понимаете! Людей у нас ни во что не ставят, вот в чем беда, — Мальцов махнул на него рукой. — Если бы государство озаботилось создать специальный земельный банк, помочь с беспроцентным кредитом, выстроило бы программу поддержки и обучения... Никто и не собирался руками землю копать. Идемте завтракать, чайник закипает.

— Спасибо, я уже попил и бутерброд съел с маслом, пока вы спали, — Сергей ответил невыносимо ироничным, высокомерным тоном, чуть скривив губы, как если бы ненароком вместо чая хлебнул лимонного сока и кислота во рту всё еще раздражала слизистую. Нарочито отвел взгляд и пошел со двора на улицу пружинящей спортивной походкой, всем видом давая понять, что он-то как раз всё понимает, но тратить силы на никчемный разговор с экономически не обученным гуманитарием считает ниже своего достоинства.

Вскоре появился эвакуатор. Огромный «Линкольн-Навигатор» уже стоял на платформе. И тут Сергей выклинивался из общего потока — внедорожник был не черный, как у большинства, а белый. Сергей пожал Мальцову руку, поблагодарил, но визитки не оставил. Залез в кабину и уже не оборачивался, легко выкинул деревню и ее жителей из головы, как привык отсекать ненужное прошлое — раз и навсегда.

Дизель эвакуатора закряхтел, грузовичок принялся взбираться на горку. По дороге навстречу спешил в Василёво Валерик — ему пришлось отскочить на обочину в мокрую траву, пропуская тупо прущий вперед грузовик. Котовский бутлегер буквально впился глазами в белый внедорожник, словно на платформе везли не машину, а, допустим, заморского слона, и гневно облаял его матюгами, затем увидал Мальцова, как-то вяло и неопределенно помахал ему рукой.

Пришлось остаться на крылечке, дожидаться нового гостя, но Валерик, как выяснилось, спешил не к нему. На мальцовское приветствие процедил сквозь зубы:

— Экие к тебе господа наезжают.

— Заночевал человек, машина сломалась, — объяснил Мальцов и тут же пожалел: его слова можно было принять за оправдание.

— У меня такой не заночует, — отрезал Валерик. — Сталёк дома? Звонили из больницы, Таиска ночью умерла.

— Господи, беды край! — воскликнула Лена. Она незаметно подошла сзади, подслушала их разговор из привычного любопытства. — Что же, ее сюда привезут или в городе, как нищенку, зароют?

318

— Денег надо — тысячу санитару в морге и тысячу на перевозку, — угрюмо сказал Валерик. — У Сталька деньги есть?

Пошли в избу к Стальку. Тот спал на диване, зарывшись носом в подушку. Валерик грубо растолкал его.

— Вставай! Готовь две тысячи. Мать твоя померла в больнице.

Сталёк долго тер пустые, еще не проснувшиеся глаза, затем беспомощно обвел всех по очереди взглядом.

— Говорят тебе, мать в городе померла, звонили оттуда, — повторил Валерик.

Сталёк ойкнул, совсем по-детски закрыл лицо руками, не разводя их, глядя в дырочку между пальцами, спросил с мольбой в голосе, обращаясь к единственной женщине, зная, что та не станет его разыгрывать:

— Шутите? Ведь говорили — ходить начала? Правда это, Лена?

— Кто ж так шутит, парень? — сказала Лена сурово.

Сталёк громко втянул воздух, выдохнул с силой так, что грудь заходила ходуном.

— Ух ты, блин! Где же я деньги возьму? У матери в заначке тысяча с пенсии осталась.

— Я дам пятьсот рублей, — заявил вдруг Мальцов.

— Значит, для других у тебя есть, а мне зажилил? — вырвалось у Валерика.

— Опять ты за свое, — устало произнес Мальцов. — Ничего я тебе не должен.

— Умнее всех? — Валерик вытолкнул фразу, как льдинку, ожегшую язык, на худых скулах заиграли желваки. — Ты еще не понял, тебе здесь не жить, — прошипел он мстительно, — конец этому аулу. — Повернулся к Мальцову спиной и добавил уже миролюбиво: — Ладно, и я пять сотен добавлю, потом отработаешь, — он посмотрел на Сталька. — Мне надо сарай чинить. Идет?

— Валерик, всё отработаю, спасибо тебе. Только как же мне теперь-то?

— Хватит ныть, — обругала его Лена, — на работу надо устраиваться.

— Сталёк работы не боится. Сама знаешь, я... — осекся, зашмыгал носом и не удержался, всплакнул, принялся размазывать слёзы по небритому лицу.

— Значит, привозить? Кончай тут, — рявкнул на него Валерик, — слезами горю не поможешь. Со мной пойдешь, мужиков зови, копайте могилу. К двенадцати завтра ее доставят, прямо на кладбище.

Сталёк поднялся с кровати — он спал в одежде, — как робот, сунул ноги в кирзовые сапоги, надел ватник, помялся у порога, закурил, прокашлялся, потом шагнул в темный коридор, взял два заступа и совковую лопату. Валерик отнял у него заступ, и они побрели в сторону Котова.

— Черт, глупость какая, — прошептал Мальцов.

— Не хотела она больше жить, я еще тогда по ее глазам поняла, — пояснила Лена. — Пойду пироги ставить, человек ведь, помянуть надо.

— Помочь чем?

— Посиди, если грустно.

— Грустно, но пойду к себе.

— Иди.

Лена сощурила глаза, посмотрела на него пристально, словно изучала, в порядке ли он, но ничего не добавила.

Мальцов долго стоял на утреннем солнце, ковырял ногами мертвую заиндевевшую листву. Вокруг было пусто и холодно, в безветрии застыли большие тополя, мокрые простыни провисли на бельевой веревке, концы их утонули в желтой нескошенной траве. Почему-то заслезился правый глаз, он вытер его рукавом. Пошел в дом только когда почувствовал, что в одной рубахе сильно замерз. Набрал из поленницы дров, растопил сразу обе печи — голландку и русскую. Потом сидел за столом, еловые головешки стреляли в печи, по комнате начало разливаться тепло. Рей лежал на своем половичке тихо, видно, чувствовал, что хозяина лучше сейчас не беспокоить, лишь изредка стучал хвостом по полу, напоминая, что он тут, рядом, и всегда готов затеять игру. Не было сил даже включить компьютер. Мальцов наконец согрелся и уныло смотрел на очнувшуюся муху — она жужжала на подоконнике, вертелась юлой, тепло от печки ее разбудило, но не до конца.

— Кома, — поставил он диагноз, наблюдая за тщетными попытками мухи вернуться в живой мир.

Но вдруг, словно вдохнув холодного воздуха с улицы, протекшего в щель через ставню, муха дернулась, перевернулась на спинку и разом перестала жужжать. Лапки конвульсивно сжались и медленно расслабились — она замолкла и умерла до весны. Мальцов смахнул трупик карандашом на клочок бумаги, бросил в топку, муха вспыхнула, превратилась в раскаленную точку, из которой печная тяга вытянула алый живой язычок, унесла его сквозь черную дыру дымохода и смешала с приплывшим из-за леса стадом темных кобальтовых туч.

13

Следующее утро выдалось хмурое. Ночью шел мокрый снег, на окнах наросли прозрачные капли и кое-где к стеклу пристали нерастаявшие выпуклые льдинки, словно стекло трудилось в темноте, выпуская на волю эту жемчужную россыпь, а она не успела окончательно выбелиться к рассвету и засиять перламутровым блеском на солнце. Но солнца как раз и не было, а Мальцову так его не хватало! В Василёве, став частью природы, он ощутил зависимость от тепла и яркого света. В городе хватало ежедневных забот, он редко смотрел там на облака, всё больше под ноги. В деревне небо обнимало со всех сторон, стало ощутимой частью его жизненного пространства, и тут отсутствие солнца только усиливало тоску. Он всегда понимал: небо — часть всеобщей истории, но свободу стихии по-настоящему ощутил только здесь, в облепляющей мир тишине, уловил в завываниях ветра на чердаке, в шелесте травы и скрипе старых тополей за окном. Тут, под этим небом, тоске не оставалось места — счет времени большой истории земли был совершенно другим. Эти же небеса видели скачущих монголов и крадущуюся поступь охотника каменного века, эти же плотные тучи топтались и бурлили вокруг разбухшей в полнолуние луны, когда отступавшие сизые ледники стягивали с поверхности мягкую шкуру земли и выгоняли из ее недр огромные древние валуны, окатанные еще водами праокеана, дробили их, тянули за собой, создавая грандиозные каменные свалы, перемещали целые геологические слои, тасуя древнейшие подстилающие с более поздними, накрывшими их в моменты очередных геологических катастроф.

На подоконнике давно прижились два чертовых пальца и заизвесткованная ракушка, Мальцов подобрал их в юности в археологических разведках. Останки жизни, минеральные скелеты животных, превратившиеся в кремень и известняк, сохранившие лишь формы брони, которой эти существа защищались от шнырявших повсюду хищников. Василёвские небеса когда-то следили за медленным передвижением моллюсков и белемнитов по илистому дну океана. С тех пор почти не осталось свидетелей, разве что генетическая память мхов, лишайников и хвощей могла сохранить абрисы и силуэты отдаленных потомков животных, пробиравшихся сквозь колонии качающихся в зеркале океана водорослей, что впоследствии вылезли из воды на берег и начали медленное путешествие по земной тверди.

Длинноволокнистые болотные мхи, которыми испокон веков затыкали щели в бревнах срубов, и их соседи хвощи были куда древнее трав, деревьев и кустарников, что уж говорить о человеке. Люди, один из самых поздних видов эволюции, бросившись присваивать всё, что зацепил глаз, не замечали древнейших, уничтожали их целыми колониями, армиями, племенами, но, похоже, и те тоже не замечали людей, просто терпеливо ожидали своего часа. Сегодня хвощи стремительно бросились отвоевывать ранее забранное у них пространство, восстанавливали старинный баланс справедливости: на заброшенных полях в начале июня колонии тонконогих трубочек теперь покрывали землю фиолетовым ковром, в котором яркими пятнами светились мелкие пурпурные цветы. Хвощи не годились в букет: коленчатые фиолетовые ростки выделяли липкий сок, стоило их сорвать и приложить к белым и желтым ромашкам и синим колокольчикам, как они слипались со стеблями цветов, темнели и быстро умирали, нарушая живое обаяние букета. На земле же не было им равных в упрямой агрессии, они наступали строем, македонской фалангой, тесня и затопляя своей ордой всё, что встречалось на их пути. Бородатые мхи и седые листоватые лишайники, когда-то выбравшиеся из океанической влаги на прибрежные камни, жили и вовсе неспешно, мстить кому-либо, казалось, им совсем не пристало. По древней памяти, заложенной в их клетках, они выбирали остатки перемолотых временем гор. Их зеленые колонии прилеплялись к жестким силуэтам валунов, пили застоявшуюся в неприметных порах влагу, украшая окатанные подбородки темно-зелеными оборками и седой пеной кружевных жабо, одевали камни в мягкий лоснящийся бархат. Зато корни их незаметно продолжали разрушительную работу, что началась в глубоких недрах земли миллионы лет назад, опровергая красивое заблуждение, что большие камни неприметно растут. Они выбирали солнечные стороны деревьев, забирались в темные норы пещер, стелились по земле и кустарникам — нет такого места на планете, где разные виды мхов не нашли бы себе удобного пристанища. Адский ли холод и лед, сатанинская ли жара и безводье — везде они чувствовали себя как дома и почти всегда переживали того, на ком медленно и комфортно жили и размножались.

Мальцов взял в руки известковую ракушку, повертел, огладил рифленую спираль панциря, подумал, что нелепо ему сетовать на отсутствие солнца за окном, не сегодня так завтра оно опять пробьется сквозь тучи, но щемящее чувство тоски, навеянное непогодой, не покидало. Неправда, было здесь место тоске, было! Время его личной жизни стремительно сокращалось в здешнем бездействии, он понимал, что предает науку, и в который раз поклялся, что сядет за стол и начнет работать.

— Пережитые видения лишь видения, игра воображения, за ними нет доказательной базы, — произнес он вслух для пущей убедительности.

«Важен лишь труд, неприметный сбор информации, — любил говаривать отец, — след остается, даже если имя собирателя пропадет втуне». А он, Мальцов-младший, не лишенный тайного честолюбия, всё собирался совершить прорыв, рассчитывал на него, верил, что наконец-то поймал нечто важное, еще не описанное наукой.

Будильник на столе назойливо тикал, напоминая, что пора собираться на похороны, что время, отпущенное его соседке, закончилось. Впрочем, Таисия спешила к своему концу, отбросив все расчеты разума, настойчиво и упрямо, как преодолевала шквалистый ветер, зной и холод, трясущаяся и похмельная, одна или с почившим компаньоном вышагивая по дороге в Котово за ядовитым самопальным алкоголем.

Льдинки на оконном стекле напомнили застывшие капли на оледеневшем лице соседки. Тогда на крыльце ему показалось, что это плакало ее тело, отдавая внутреннее тепло. Когда же тепла не осталось, Таисия сделала бесстрашный и решительный шаг в царство вечного холода, отказавшись жить среди мира теплокровных, просто в ту ночь не успела дойти до последнего верстового столба. «Не хотела жить», — прозвучал в голове Ленин приговор. Мальцов знобко поежился, поспешил натянуть толстый шерстяной свитер. Официальным диагнозом Таисьиной смерти был инсульт, и он вспомнил, как Лена, услышав его, ухмыльнулась: медицинские термины ничего не прибавляли к опыту ее жизни.

Инсульт, мстительный и непредсказуемый, унес сперва отца, потом мать. Отец умер мгновенно: собирался в школу, надевал куртку в дверях, вдруг захрипел, лицо налилось кровью, руки уронили куртку и сразу стали как две немощные плети. Он упал лицом на пол, Мальцов не успел его подхватить. Всё произошло мгновенно. Мать так легко не отделалась. Болезнь парализовала правую половину и повредила рассудок. Она прожила немощной и бессловесной, запертой в своей комнате целых три года. Мальцов ходил за ней, обмывал, менял простыни, кормил с ложечки. Пытался разглядеть в колючих, по-птичьи пристальных глазах проблеск интеллекта, но не находил. Он гладил ее голову, целовал в лоб, как когда-то это делала она, укладывая его спать, — сухая холодная кожа не реагировала на ласку, только сохранившийся глотательный рефлекс продлевал ее несчастное существование. Он не пускал Нину в мамину комнату, старался ухаживать за больной сам, лишь в редких случаях, когда никак не мог прийти вовремя, Нина подменяла его, делала необходимое, но никогда не называла ее «мама», что его почему-то обижало. «Я ей то-то и то-то дала», «Загляни к своей, что-то там подозрительно тихо». Похоронив свекровь, Нина тут же отремонтировала комнату, не оставив в ней ничего от прошлой жизни, устроила в ней личный кабинет, купила новую кровать, на которой спала, когда они с Мальцовым ссорились. После маминой смерти он перестал заходить в эту чужую комнату. Мама любила яркий свет из окна, Нина, напротив, завесила окно темной синей портьерой, которую никогда не открывала: компьютер, лампочка на столе — электрический свет был для нее символом уюта. Мама умерла стылым ноябрьским утром, таким же болезненно-мутным, как сегодняшний день за окном.

И, как и тогда, серо-синее небо тяжело нависло над миром. Оно давило на деревья, на крыши домов, размазывая по ним печной дым, только над черной линией леса выделялась белесая полоса — солнце пыталось пробиться сквозь тучи, но они не оставили ему никакой лазейки.

Он вдруг заметил суматошное движение в воздухе за окном. На длинных ветках боярышника еще висели последние красные плоды-бусинки, пара знакомых сорок атаковала их. Они срывали ягоды на лету, наполняя воздух порском крыльев, отлетали, чертили в небе рискованные петли и возвращались снова за очередной порцией. Планируя на воздушных потоках при подлете, выбирая угол атаки, сороки походили на два черно-белых креста. Затем следовал стремительный нырок, перекрестья прижимались к туловищу, превращаясь в едва заметные половинки остроконечных треугольников, как у истребителя с изменяемой геометрией крыла. Удар! Птицы взмывали вверх с ягодой в клюве. Пируэт! И вот они снова ныряют крестами, выискивая цель на кусте.

Мальцов вышел на улицу, птицы истошно затрещали, обозначая надвигающуюся опасность, отлетели и уселись неподалеку на провода, распушили белоснежные грудки, грелись, наполовину утопив в пуху длинные клювы, две пары маленьких недобрых глаз следили за каждым его движением. Тонкие черные ветви высокого кустарника походили на гигантскую метлу, поставленную вверх тормашками, редкие листья еще держались на ветвях, одинокие ягоды походили на киноварные точки на затертых страницах древних рукописей. Ветер качал красные ягоды, качал сорóк на проводах — белые грудки, иссиня-черные с отливом перья на крыльях, черные длинные хвосты, вспыхивающие вдруг ультрамариновыми и изумрудными искрами, словно стеклышки калейдоскопа, — ветер качал так и не снятые с веревки плотные льняные простыни, и они слегка колыхались, холодные в своей обнаженной чистоте. Влажный воздух резко пах печной сажей.

Лена уже собралась, сложила в пластиковый пакет пироги с капустой, сунула туда четыре стопки и две бутылки разбавленного спирта, хранившегося про запас. Сталёк домой не приходил, переночевал у кого-то в Котове. Заперли навесные замки на дверях, пошли по дороге, меся липкую и холодную глину. Поднялись на взгорок, пошли сквозь заросшее березняком поле к насквозь промокшему темному лесу. Лужи на дороге затянуло первым ледком.

Мальцов вспомнил, как в детстве, играя во дворе, любил осторожно ступать по льду, вслушиваться с замирающим сердцем в хруст, следить, как расползает-

ся опасная белая трещина. Особым шиком считалось
пробежать по глубокой застывшей луже и не замо-
чить ног. Это веселое занятие всегда заканчивалось
одинаково — он приходил домой в мокрых башмаках,
быстро раздевался, совал застуженные ноги под горячую струю в ванной. Когда ноги отходили, приходилось надевать на босу ногу ненавистные колкие
шерстяные носки, а потом еще стирать промочен-
ные носки в алюминиевом тазу, слушая непрекраща-
ющиеся материнские нотации. Теперь некому было
даже отругать его, промочи он ноги, да и их поход
в Котово был вовсе не веселой детской забавой.

Сапоги с хрустом проламывали лед в лужах, оставляя на убогой дороге вместо скованных узорами стеклянных пятен вереницу темных следов, отметины
быстро затягивало взбаламученной стылой водой.
Каждый шаг стоил усилий, ноги издавали печальные хлюпающие звуки. Теплый воздух и холод земли
встречались друг с другом, темные метины следов начали парить, словно каждый след ожил и бесшумно
задышал в унисон с удаляющимися всхлипами отяже-
левшей обуви людей, что бросили их здесь на произ-
вол стихии. В низинах около леса висел густой туман,
его легко можно было нарезать ножом и расклады-
вать вилкой на тарелки.

На кладбище, неподалеку от вырытой могилы,
горел костер, оранжевые языки пламени лизали тя-
нувшиеся к ним замерзшие руки землекопов: Всеволя, Сталёк и двое незнакомых мужиков тесной куч-
кой сбились около огня. Пустая бутылка валялась
рядом — мужики грелись как снаружи, так и изнутри.
Лена постелила на столик у могилы льняное полотенце, выложила пироги, но бутылки ставить не спешила.

Подошли четыре котовские бабы, добавили к
пирогам листики сыра, тонкие кружки колбасы,

конфеты и пряники — обязательное в таких случаях подношение. Наталья Федоровна, Ленина подруга, нарезала большими ломтями две буханки черного, посолила хлеб, достала из кармана три очищенные загодя луковицы, ловко разделила их ножом на четвертушки.

Наконец появился Валерик с черным длинноволосым мужиком в рясе.

— Давайте-давайте, несите, машина подъехала, стоит у ворот, — сообщил он начальственным голосом.

Мужики покорно поднялись, гуськом пошли к воротам. Женщины похватали заготовленные с вечера еловые ветки, принялись устилать тропинку, по которой должны были пронести усопшую.

Мальцов взглянул на бородатого в рясе, встретился с ним глазами и онемел от изумления.

— Га! Ты! Ученый! А я тебя искал. Сказали, ты в деревню съехал. Ну, значит, судьба! — Просто-Коля выпучил глаза и уже лез обниматься.

— Уймись ты, черт, — Мальцов оттолкнул его. — Ты тут с каких пирогов?

— Прибился к батюшке, вторую неделю живу, я его еще по монастырю знаю, — сообщил Коля простодушно. — Ну ты даешь, значит, вот где твоя деревня! А меня, знаешь, попросили почитать, батюшка в отъезде, Валерик — хороший человек — обещал три бутылки.

— Хороший человек... наобещал тебе, а ты и горазд!

— Что такого, я же не прошу миллион, мы, сам понимаешь, подаянием живы. А я, Иван, рад тебя видеть, — прибавил Коля, широко улыбаясь. — Слыхал, Танечку менты замели за наркоту? Я еле ноги унес, повезло. Отлить вышел на улицу, а они налетели. Я огородами, огородами, и утек.

— Как же теперь ее дети?

— Во даешь, детей пристроят, они не первые и не последние, свезут в детский дом, хоть есть будут исправно три раза в день.

Тем временем принесли гроб, поставили на крепкие кладбищенские козлы. Валерик выступил вперед.

— Давай, Николай, прочти божье слово, — произнес он торжественно, упиваясь самозваной ролью распорядителя.

Бабы обступили гроб с правой стороны, мужики сгруппировались в ногах. Стальку вытолкнули вперед. Он замер у изголовья, скрюченный от кладбищенского холода, что пробирал до костей: серое небритое лицо, на губах застыла перекошенная, дурацкая улыбка.

Таисия лежала в гробу в той же простой одежде, в которой ее увезли, в несуразной кофте, застегнутой теперь аккуратно на все пуговицы. Надменное и суровое при жизни, ее лицо разительно изменилось. Кто-то смыл с него грязь и копоть, а вместе с ними и жирный слой дешевой косметики. Белая, словно фарфоровая, кожа подтянулась и разгладилась, исчезли отечность и морщины под глазами, умелая рука расчесала жесткие, черные с проседью волосы, придав им подобие простой прически, челка была уложена так, что не скрывала красивый лоб и не налезала на тонкие брови. Веки с длинными ресницами тихо накрыли глаза, казалось, Таисия спит глубоким и праведным сном без сновидений. Всем своим видом она словно бы свидетельствовала, что умереть очень просто и не стоит никаких усилий.

— Таиска лежит ну чистая красавица, — не скрывая умиления, отметила Наталья Федоровна, котовские бабы согласно закивали головами.

— Легко, значит, отошла, всем бы так, — мягко сказала Лена, достала платочек, смахнула со щеки крупную одинокую слезу и звучно высморкалась.

Покойница и правда выглядела красавицей, какой, по ее же бахвальным рассказам, была в молодости. Мертвое лицо выражало безмятежное блаженство, с него разом схлынули заботы и печали, стекла подозрительность и гордыня. На нем не осталось ни воспоминаний, ни сомнений, Таисия приняла избавление как дар, просто тихо удалилась от жизни, перестав наконец судорожно цепляться за ее воздух, бороться и страдать при каждом жадном вздохе. Мягкий овал лица только подчеркивал то, что она так тщательно старалась скрыть от всех при жизни, — свою неброскую красоту, сделанную из простого крестьянского теста, и вечную в ней неуверенность; даже заострившийся нос и узловатые руки с короткими, крепкими пальцами, накрывшие одна другую — так поступают девушки, стремящиеся скрыть смущение, — придавали ей теперь какое-то особое величие. Не знающий ее наверняка назвал бы эту маленькую и хрупкую женщину смиренницей, достойно прожившей отведенное ей время.

— Благословен Бог наш, — затянул Николай. Он уже стоял в головах у гроба, держа в руках красный молитвослов. Читал уверенно, просто, старательно выговаривая каждое слово.

Народ закрестился на троекратное «Господи, помилуй». Только Сталёк и Мальцов не осенили себя крестным знамением. Первый ничего не слышал, стоял не разгибаясь и смотрел неотрывно на мать, второй погрузился в себя и улавливал лишь отдельные слова и возгласы Николая: ему было стыдно. Мысль, что совершенно не знал свою бесшабашную соседку, которую воспринимал не иначе как лагерную прошмандовку и убийцу, запоровшую очередного мужа, пронзила и не давала покоя.

«Со духи праведных скончавшихся душу рабы Твоея Таисии, Спасе, упокой, сохраняя ю во блаженней жизни, яже у Тебе, Человеколюбче».

Древний речитатив падал на головы собравшихся, тембр и сила голоса Николая невольно отзывались в голове, затронув особые струны, таившиеся, как оказалось, в ней до поры. Бабы, строго насупив брови, с благоговением смотрели на чтеца, мужики, машинально вытянув руки по швам, превратились в караульных, охраняющих не мертвое тело, но то таинственное и до конца непонятное, что оно собой олицетворяло. Все троекратно крестились мелко и быстро, стараясь не отстать от Николая, ведущего их, произносившего отточенные за века слова молитвы. Мерный ритм и словесная мелодия звучали не только в голове, разносясь над кладбищем, они напитали особым смыслом даже стылый воздух, железные оградки, покосившиеся кресты и надгробные памятники из цемента и простого белого камня. Мальцов бросил взгляд на чтеца: напускное ерничанье слетело с того, словно никогда и не было, Николай старался донести слова и смысл неспешно, понимая, что просто права не имеет сбоить и сфальшивить здесь и сейчас.

«Сам, Господи, покой душу усопшей рабы Твоея Таисии в месте светле, в месте злачне, в месте покойне, отнюдуже отбеже болезнь, печаль и воздыхание».

Таисия, похоже, наконец-то оказалась в том приятном месте, что молил даровать ей чтец. Мальцов оглянулся и заметил, что многие не стесняясь плачут.

И вот пал на всех завершающий, последний «аминь». И сразу затоптались, оттаяли, зашептались, расправили плечи. Мужики, привычные к делу, просунули под гроб приготовленные Валериком полотенца.

— Прощайтесь, — разрешил Николай и отошел от гроба.

— Значит так! — сказал Сталёк дрогнувшим от волнения сухим голосом и как будто подавился этим неуместным зачином, замолчал, больше слов у него не нашлось. Он сконфузился, боязливо клюнул мать в лоб, поправил зачем-то дешевое покрывало из синтетической шуршащей ткани, отошел на шаг и как-то несуразно взмахнул рукой, словно капитан, разрешающий отдать швартовы. Его подхватили под руки, довели до стола, налили стакан и заботливо вложили прямо в руку. Сталёк выпил, из глаз его наконец-то брызнули крупные слезы, он засмущался и сделал вид, что закусывает рукавом.

Потянулись ко гробу всхлипывающие бабы. Мальцов стоял в стороне. Всё таинственное, красивое и необъяснимое разом исчезло, даже покойница выглядела теперь не такой безвинной, какой он успел ее разглядеть. Бабы причитали, как полагалось, а он не мог пересилить вскипающую в животе злость. Ну какая Таисия была им подруга? Они вечно кляли ее при жизни, перемывали все косточки. Нет, не о ней они думали, слушая слова молитвы, но только о себе. Подумал так и в сердцах себя обругал: откуда в нем вскипало это зло? Он опять, как и много-много раз в жизни, сделал для себя исключение, словно то, что почувствовал он, особенный, не мог и не должен был почувствовать никто другой. И опять накрыл стыд, Мальцов отвернулся. Услышал неожиданный стук молотка, вздрогнул, но прощаться не подошел, наказывая себя за гордыню. Пропустил опускание гроба в могилу и щепоть земли бы не кинул, если б Лена, всё всегда замечавшая, не ткнула в бок: «Иди, надо так!»

Бросил мерзлой землицы, из вежливости перекрестился. Бабы уже зазывали к столу, тянули ему поминальничек со спиртом. Махнул его, припечатал стопкой стол, закусил пирогом, повел плечами, разминая мышцы, прогнал пробравшийся под одежду холод.

— Давай-давай, Иван, накати еще, на кладбище всегда стужа лютая, я-то знаю, — услышал из-за спины голос Просто-Коли.

— Наливай! — не раздумывая согласился Мальцов.
Николай налил, выпили не чокаясь. Мужики навалили холмик, обстучали его лопатами, Валерик воткнул сверху свежеструганый крест.

— Хороший человек, говоришь? — шепнул Николаю Мальцов. — Она по его милости на тот свет отправилась.

— Значит, кается, видишь, как старается, — возразил Николай. — Человек он, как все, для кого-то плохой, для кого-то не очень, зла на него не держи. И прости меня, что тебя наставляю, это так, по привычке, сам-то — пьяница и босяк. Эх, Иван... — Он не договорил, рот растянулся в знакомой дурацкой улыбке.

— Дурень ты, — Мальцов шутливо толкнул его в плечо кулаком, — самый что ни на есть дурень.

— Значит, и на меня не держишь зла, домой позовешь? — тут же воспользовался моментом Николай.

— Пойдем, собирайся!

— Только водку с Валерика сублю, жди у ворот.

Мальцов зашагал по мягкой, устланной еловыми ветками тропинке. Чистый, крепкий и смолистый запах хвои прогонял прочь все нечистые запахи кладбища. «Как ладан в церкви», — успел подумать Мальцов. Тут Николай догнал его и приобнял за плечо.

— Ну, брат, сейчас оттянемся, вижу, ты не прочь!

— Сегодня, пожалуй, можно.

— Можно? Ух ты! Нужно, брат. Я бы даже сказал — необходимо! — И спутник весело и громко захохотал прямо в ухо Мальцову.

14

Сталёк в деревню не вернулся, остался в Котове: вероятно, Валерик открыл мужикам свои закрома, затягивая пьяниц в долговую яму, покойницу полагалось как следует помянуть. Лена тоже задержалась у Натальи Федоровны. Они были в деревне одни, и Мальцов подумал, что коротать время с Николаем будет не так уж и плохо, один он наверняка загрустил бы, сегодняшний день не располагал к веселью.

Пока Николай топил печи, Мальцов отварил картошки, положил в миску горьковатой, еще не просолившейся капусты, поставил банку соленых огурцов и баночку с солеными грибами. Картошку посыпал мелко накрошенным репчатым луком, обильно полил подсолнечным маслом, откупорил бутылку паленой водки. Накормил Рея. Сели выпивать.

Просто-Коля за те две недели, что прожил у котовского попа, успел перезнакомиться с деревенскими мужиками и теперь со смехом рассказал ему, что Мальцова в Котове зовут меж собой барином.

— Я про тебя слышал, ты Всеволе работу подкинул, накормил, но на водку не дал. Блюдешь, значит? С Валериком воюешь? Это зря: они тут все друг другу нужны, ты в их отношения не лезь, предадут всё равно.

— Не с чего блюсти, денег у меня нет. А в отношения их я не лезу, очень надо, — обиженно отозвался Мальцов.

— Правильно, живи сам по себе. Погреб, я видел, набил, неужели зимовать собрался?

— Выходит, так. С городом у меня любовь не вышла, бывшая жена прогнала.

— Перезимуешь. Танечка мне про тебя рассказывала, жалела тебя, но она всех жалеет. Ты только не горюй. Утолим наши печали? — Коля поднял стакан.

Мальцов чокнулся с ним, закусил капустой.

— Человеку много не надо, — быстро умяв гору картошки, изрек Николай. — Я это на себе понял. Тебе вот много надо? Нет, ну скажи честно, — он положил себе еще картошки и схватил сразу два огурца.

— Иди ты, — отмахнулся Мальцов.

— Значит, книгу собрался писать? О чем?

— О монголах на Руси.

— Ух ты! Я когда учился, их иначе, как монголо-татары, не называли. Страшное дело — иго, если задуматься, так?

— История всегда страшное дело. Русь была частью чингизидской империи, в советское время об этом предпочитали не говорить.

— Хочешь восстановить историческую справедливость? — Коля откинулся на лавке, смотрел пристально, словно чего-то недоговаривал.

— Справедливость? Что это такое? — спросил Мальцов.

— Во-во, в точку! Кому-то справедливость, кому-то наоборот, как мент: одного спасет, другого на нары отправит! Живи, Ванька, проще.

Николай раскраснелся, водка уже достала его, он умял и добавку и теперь развалился на лавке. Рясу он давно снял и бросил где-то при входе, сидел в байковой клетчатой рубахе, расстегнув три верхние пуговицы, так что видна была огромная, заросшая курчавыми волосами грудь и теряющийся в их поросли кожаный гайтан от нательного креста. Задумчиво почесал бороду, словно обдумывал что-то, и вдруг пустился в воспоминания.

— Помню, мама бежит за поездом, а я стою на подножке, в руках у меня отцовский картонный чемодан. «Колька! — кричит она мне вслед. — Чего ты там забыл, Колька, от большого ума только горя пуд, останься». А поезд тихо так катит, не убыстряет ход, словно у дизеля силенки закончились. Я ей кричу: «Мама, я вернусь!» А она свое как заведённая: «Останься, Колька!» Не остался я в Забайкалье, хрена я там забыл? Дали бы мне трактор, я б под ним валялся, наплодил бы кучу детишек, а они б начали помирать, как два моих брата. Или хуже — сели бы мне на шею. Я в школе хорошо учился, математика, физика, география, литература — одни пятерки. В Новосибирске поступил на физфак, проучился год. Нет решения. Не катит. Физические законы плоские, мир, может быть, на них и стоит, но я к тому времени уже звёзды услышал.

— Как это?

— Да просто. Вышел раз в ночь. Вызвездило, красота! Лег на траву, руки под голову, вперился в небо, созвездия читаю, я и сейчас их помню. И знаю же, что большинство из них уже сгорели, только свет еще летит к нам, а их, несчастных, уже нет и в помине, смотрю-смотрю, и поверить в это простое объяснение никак не могу. Ну никак не получается. Вот тут и услышал, свет звезд со мной говорил. Один раз и услышал, но мне хватило. Понял?

— Не очень, если честно. На каком же языке с тобой звёзды разговаривали? — съязвил Мальцов.

— Ага! Я и не ожидал, что поверишь. На очень даже звездном языке! Он внутри меня был, этот язык, всего меня до дрожи наполнил, как музыка. Я его каждой клеточкой ощутил, понимаешь? У меня тогда подруга была, я к ней пошел, рассказал — тоже сперва не поверила. Но она велась от меня, в рот мне смотрела, я ее отстучал той ночью, тогда поверила. Сказала, точнее, что верит, но скажи я, что душа у меня из тела ночью выходит и над миром летает, она бы легко и в это поверила после той ночи. Любила меня, а мне не до нее было. Я решил на истфак перевестись. Перевелся. Марксизм-ленинизм, «Государство и революция», «Как нам реорганизовать Рабкрин?», «Странички из дневника» — это я на пять сдавал, ни разу не читая. Преподаватели узколобые мою пургу слушали, я ими как хотел вертел, они же сами в свою чушь уже не верили. Тут тоже учился легко, но мне отметки пофигу, я самостоятельно занимался, широко смотрел, обобщал, чертил таблицы на ватманских листах: одни империи рушатся, другие им на смену идут, а в будущих третьих еще идолам поклоняются, но некая стадиальность в мире присутствует, я ее назвал параллелизмом. Мне казалось, что смогу поймать некий закон, по которому всё устроено и устраивается. Таблицы выявляли закономерности. Людей история не учит, а ведь время движется схоже, ой как схоже. Ловил-ловил я закон — не поймал. Главное, что наконец понял, — это сами люди, их судьбы, их пристрастия, их трусость или бесшабашность, гений, умение сыграть правильно или неверно. Мир движется благодаря большой игре, которую постоянно ведут люди! А раз люди одинаковы и время их жизни течет похоже, ошибки одни и те же, всегда. Я тогда читал ночи напролет: старые документы, мемуары, письма, а в них лишь бледные тени умерших людей. Они мне, мои герои, мерещиться стали, я их домысливал, как наяву видел, как вот в окно поглядеть на те деревья. Но зачитался, мама была права, переусердствовал, голова стала как чугун, и всё в ней вертится, перемешалось всё и никак на места не встанет. Забросил книги, пошел в загул, а как студент гуляет, ты знаешь: всякой дряни испробовал, что общага предлагает. Иногда помогало, иногда, наоборот, в такой провал утянет, не знаешь, как выкарабкаться. Но всё больше вата кругом и ночь кромешная. Тоже не решение проблемы. Ничего в прошлом, ничего в будущем, есть только сейчас и здесь, где ты сам. Ну я и сбежал из Сибири в Центральную Россию, откуда всё пошло-поехало. Походил по Новгородам-Псковам, нагляделся старины, а ответа нет. А меня мучит, распирает изнутри вопрос: зачем всё это? Как так? И уже понимаю, что, наверное, заболел или, хуже того, сошел с ума, но не сдаюсь, я упористый. Никаких звезд больше не слышу, история мне осточертела, кругом простые люди, я среди них, среди всех этих горестей, воплей, нищеты, мелочного воровства и сердечного бескорыстия, в самом пекле варюсь. И вынесло меня на одного старичка в монастыре. Он меня послушал-послушал и говорит: никакой, Коля, ты не умалишенный, никакой ты не больной. Обычный. А что мучаешься, так чем это ты от других отличаешься? Что это ты о себе возомнил, а? Наорал даже на меня, кулаком по столу стучал. Кончай, кричит, дурака валять. Живи, просто живи и радуйся. Я и стал жить. При нем стал жить, а он через полгода и помер. И опять я сбежал, те другие, что рядом были, ему в подметки не годились. А я же гордый, оч-чень гордый! Вот в чем моя беда. Или судьба, если хочешь. И ты, я смотрю, такой же!

Он замолчал. Прикрыл глаза. Мальцов терпеливо молчал.

Николай вдруг очнулся и захохотал — так он возвращал себя в привычное состояние, спуская с небес на землю.

— Что загрустил? Печальная история? Да самая обыкновенная история одного лентяя. На что я годен? Молитвослов на кладбище читать?

— Ты в Бога веришь?

— Сам как думаешь? — вопросом на вопрос ответил Николай.

— Я — не верю, а чужая душа — потемки.

— Верно, но не совсем. Иногда и другого услышать можно, надо только захотеть. Не очень и сложно. В Бога я верю, я и в людей верю, и в любовь верю, мы без нее никто — свет сгоревшей звезды. Так вот верю, верю, а потом вдруг — чик! — что-то повернется в голове, и перестаю верить, и бегу дальше, и остановиться не могу.

— Куда бежишь, Коля? От себя самого?

— Конечно, правильно ты угадал! — радостно завопил Николай. — От кого же нам бежать, как не от

самих себя. Но ведь и от людей бегу, понимаешь? Тот
старичок всё меня к людям звал, но я, выходит, и его
не послушался. Нет, мне дом не найти, возвращаешь-
ся домой, а там всё стылое, всё, что ты хотел поме-
нять, всё по-прежнему, хоть волком вой, зато всё то,
что дорого, почему-то изменилось.

— Я тебя понимаю.

— Обратно дороги нет, я это понял.

— Мама жива?

— Померла двадцать лет назад моя мама, тетка
тогда телеграмму отбила. Я хоронить не поехал. Что
там делать? Да и не успел бы. На самолет денег не
было, а на перекладных знаешь сколько до Забайка-
лья добираться? Четыре-пять дней! Ее бы всё равно
без меня похоронили. Сопли там по лицу размазывать? Так я их и так размазал, в одиночестве.

— Угомониться не пробовал? Или бабу найти?

— Ты, кажется, нашел. Полегчало?

— Сначала казалось, что полегчало. Всё думаю,
может, я сам виноват?

— Не без того, а что это меняет?

— Значит, и это попробовал? — догадался Мальцов.

— Всё я попробовал, и всё мне не подходит.

Они опять замолчали.

— Ладно, — разорвал тягостную тишину Николай, — прости меня, давненько не выговаривался.
Правильного пса ты завел — дворяне, они преданн-
ные, у меня в детстве тоже такой был пузан. Когда
это только было...

Он посмотрел в потолок, вспоминая, затем схватил стакан со стола, потянулся с ним к Мальцову:

— Отведаем лекарства, ну, в путь!

Чокнулись, выпили.

— Знаешь, я ведь у этих монголов побывал, веришь?
Из-за тебя побывал, прямо при осаде Деревска, всё видел, страсть господня! — выпалил вдруг Николай.

Мальцов вздрогнул, уставился на него, ждал, что тот еще порасскажет.

— Ты-то, небось тоже понаблюдал? А? Знаю-знаю! Танечка мне поведала, чем ты занимаешься. Поняла, чего тебе надобно, вот и отправила. Точнее, ты сам отправился. Тут ведь такое дело: о чем мечтаешь, туда и попадешь. Она ж тебя чайком поила? Или не вштырило?

— Еще как, — признался Мальцов. — Я думал, только меня одного туда носило. А ты-то зачем?

— Всё думал о тебе, вспомнил свои игры с историей, потом, как по цепочке, начал думать о Деревске, как его монголы сожгли. Мы же с тобой на городище выпивали.

— На городище, и что с того?

— Ну да, прав ты, какая разница, главное тут — думать, представить, куда хочешь попасть — так можно и на Луну слетать или на Марс. Зелье у ведьмы отменное, не желаешь еще раз попробовать? Я был бы не я, коли б не стянул ее травки. Всё хотел отправиться — попутчика не находилось, да у попа и неудобно. Заварим? — Он полез в нагрудный карман рубашки, вытащил целлофановый пакетик с пластиковой молнией, завопил: — А-а! Гуляем дальше?

Схватил заварочный чайник, высыпал в него травку, залил кипятком.

— Надо дать настояться. — Прикрыл чайник полотенцем. — А пока давай вдогон, — опять потянулся к Мальцову со стаканом.

Мальцов отрицательно покачал головой:

— Отрава! Не могу эту гадость пить.

— Как хочешь, а я ничего не боюсь, — Николай стремительно влил в себя стакан, выдохнул и по-клоунски выпучил глаза. — И правда — чистая отрава! — Захохотал, развалился опять на лавке.

Мальцов встал из-за стола, помешал в печках угли, убедился, что они прогорели, закрыл вьюшки.

— Верно делаешь, — заметил из кухни Николай, — я в прошлый раз на полу очнулся. Крепкое зелье, тут и угореть недолго. А ведь не раскололась, сучка, рецепт не продала. Я такого раньше не пробовал, а я много всякой дряни перепробовал. Ну, поехали?

Он разделил поровну бледно-желтый отвар, вышло по полстакана. Выпил мелкими глоточками, пошел и прилег на гостевую кровать.

— Нёбо немеет, крепкая штука, — пробормотал заплетающимся языком, откинул голову и тут же отключился и засопел.

Мальцов дошел до своей кровати, укрылся одеялом. Посмотрел на стакан, подождал минуту, подмигнул преданно глядящему на него Рею, решился и выпил, как водку, разом всю порцию. Вскоре веки отяжелели, в голове зашумело.

15

Полумертвого всадника, найденного на границе Белых Песков, доставили в дом вождя небольшого племени, проживавшего в долине, раскинувшейся под высокой кручей меловой горы. Во время военных действий старый вождь поставлял сотню всадников и большую отару овец со своей округи в войско эмира Тимура — предводителя Чагатайского улуса, владетеля Самарканда. Авзалэддин-аль-Халаки происходил из древнего небогатого рода потомственных землевладельцев долины. Он носил персидский тюрбан, ежедневно читал Коран и, в отличие от шлемоносных тюрков и воинственных барласов, из гущи которых вышел повелитель его жизни, как он пышно величал великого эмира, предпочитал звону стали тростниковый калам и неспешное изучение книжной премудрости. Афи — так, любовно сокращая его имя, звали перса домашние — любил проводить время в тени у журчащего арыка, слушая наставления мулл и россказни бродячих дервишей или разбирая бесчисленные тяжбы односельчан, которые всегда судил честно, что только прибавляло ему уважения соплеменников.

Истощенного монгола отмыли в подогретой воде, умастили его тело благоуханными маслами, положили на застеленный мягким войлоком кан под старым ореховым деревом. Дважды на дню к нему приходил деревенский лекарь, слушал пульс на запястье и на лодыжках, пичкал терпкими настоями с привкусом корицы, которая, по его словам, расслабляла, порождая атмосферу уюта и покоя. Сладкий, чуть резковатый запах пряной корочки действовал как теплое покрывало, согревал душу, прогоняя прочь страхи Туган-Шоны, лечил бессилие и, похоже, и правда убыстрял ток крови в измученном теле. Конечно, этому еще способствовала легкая пища, даваемая сперва небольшими порциями, ибо утроба его от долгого поста словно иссохла. Фрукты и сахарные ломтики благоуханной местной дыни лечили его столь же действенно, как порошки с корицей.

По прошествии десяти дней Туган-Шона встал на ноги и принялся совершать пробные выезды на окрепшем на тучных овсах жеребце. В столицу было отправлено письмо-отчет, и, когда в новолуние пришел ответ из канцелярии эмира, требовавший монгола ко дворцу, он поблагодарил хлебосольного спасителя и отправился в путь.

Он преодолел высокогорный перевал, спустился к благодатной земле, по которой предстояло ехать долго. Здесь было вдоволь воды, струившейся по арыкам вдоль дороги, ее поставляли черпающие воду деревянные колёса, вращаемые трудолюбивыми ишаками. Ритмичный скрип колес успокаивал, рождая в душе ощущение медленно катящегося времени земледельцев. Черные от солнца крестьяне запруживали русла кетменями, направляя ток воды к полям, пышным садам, бесконечным, уходящим вдаль бахчам, на которых, полные собственного достоинства, наливались соком полосатые арбузы, оранжевые и зеленые тыквы и вытянутые овальные дыни, покрытые сетчатой восковой коркой.

Страна, по которой он неспешно путешествовал, была яркая, веселая и прекрасная. Сверху сияло безоблачное синее небо, в него упиралась снежная шапка высоченной горы; ее седая макушка в клубящихся облаках и особое, отдельное расположение чуть поодаль от основной цепи гор вызывали священный трепет у местных жителей. Они почтительно называли гору Его Величество Соломон.

Река Аму, берущая начало в снежных ледниках в поднебесье, сперва петляла в массивах каменных складок, низвергаясь вниз стремительно, грозный рокот ледяного потока разносился по округе на перелет стрелы, пущенной из тяжелого лука. Порода, которую проточил поток, нависала спрессованными слоями над руслом и походила на аккуратные стопки плотной черепицы на хозяйственном дворе дома Авзалэддина рядом с аккуратно сложенными вязанками хвороста и высокими хорошо утрамбованными копнами сена. Уносящиеся ввысь морщинистые стены русла потрескались и просыпались оползнями, в их далеко тянувшихся по берегам бурых языках лисицы и земляные совы вырыли свои норы. Слоистое строение камня указывало на седую древность, трещиноватые пласты отмеряли долгие годы тяжких родовых мук, когда гора, взорвав земную утробу, наращивала высоту; каменные пласты походили на кольца древесного спила, по которым опытный садовник определяет возраст фруктового дерева. Туган-Шона вдыхал прохладный воздух, наполненный ледяными брызгами, и гадал: растет ли гора теперь? Ответа на этот вопрос у него не было, но он вспоминал бабушкины сказки, в которых горы всегда росли, просто их жизнь и жизнь людей измерялись разными мерами времени.

Дорога шириной в шесть всадников свернула на север, к территории, «что за рекой», или Мавераннахру. Сияющая вершина Его Величества Соломона сопровождала Туган-Шону еще несколько дней. У ее подножий раскинулся целый мир роскошных лугов, где на изумрудном ковре белыми стайками облаков паслись неисчислимые стада овец. Ниже, близ селений, в узких затененных долинах по сочной траве разбредался скот. Мир и покой здешних мест напомнили Туган-Шоне его крымскую долину, в которой, похоже, ему уже не доведется скоротать последние годы жизни. Воспоминания теснились в голове, глаза затуманились, ему хотелось петь, но он сдержал порыв, сжал бока скакуна, и тот рванул галопом. Они помчались по утоптанной дороге стремглав, как мчится счастливая и беззаботная птица над гладью воды, и этот безудержный гон был в радость и коню, и всаднику, он прогнал из их тел остатки хвори и очистил кровь от зловредных гуморов, что до конца не выгнали снадобья деревенского лекаря и тучные овсы заботливых конюхов, дважды в день насыпа́вших жеребцу пищу в деревянное корыто до самых краев. Проскакав так порядочный отрезок времени и убедившись, что конь вернул былую силу, наездник легко потянул за поводья. Жеребец весело фыркнул, скосил на него бархатный глаз и перешел на мерную, экономную рысь.

Дорога продолжалась, бесконечная и широкая, мелкие тропки, возникавшие то слева, то справа, уводящие в глубь этой благоуханной земли, не способны были заманить его, сбить с намеченного плана. Изредка встречающиеся пастухи, верхом на мохнатых низкорослых лошадях, кричали ему приветливое «Салам», и Туган-Шона с радостью откликался ответным «Ва-аллейкум-ас-салам».

Он пересек реку, едва замочив брюхо скакуна. Посредине потока жеребец пожелал напиться, Туган-Шона отпустил поводья и смотрел на тугие буруны, вскипающие на выступающих над поверхностью гладких камнях, на покрытое мелкой галькой дно, над которым вдруг заметил зеленоватую спину большой рыбины: величаво шевеля плавниками и покачивая из стороны в сторону хвостом, рыбина уверенно взбиралась вверх, против течения. Конь наконец напился, он, едва качнувшись в седле, дотронулся пятками до мокрых боков жеребца, и его четвероногий друг с радостью откликнулся на посыл, легко вышел на усыпанный галькой берег и, рванув, играючи одолел крутой косогор. Из-под купы прибрежных деревьев выскочил пугливый шакал, пережидавший в тени солнцепек, отбежал на безопасное расстояние, встал, посмотрел в его сторону долгим мутным взглядом и засеменил прочь рыскающей иноходью.

На другом берегу реки потянулись лощины, заросшие орешником и густыми дубовыми лесами с лысоватыми тропками, набитыми во мшистой земле диким зверьем. Ему удалось подстрелить крупного козла, круторогого и жилистого. Стрела пронзила самое основание шеи, но сильный самец встал, враскорячку расставив ноги, роняя на землю капли густой крови, а когда он спешился и подбежал к нему, забрыкался, пытаясь достать острыми копытами живот охотника. Туган-Шона изловчился, заскочил спереди, глядя прямо в безумные, закатившиеся белки глаз, круглые и крутые, как два вареных яйца, схватил за длинные, загнутые к спине рога, вжал голову в землю. Самец захрипел, кудлатая борода несколько раз дернулась и затихла, разлеглась на земле, как вытянутая на берег засыпающая рыба, темные губы с шумом тянули воздух, где-то в самой глубине живота заполошно стучало перепуганное сердце. Туган-Шона вжал длинную голову самца коленом в мягкий зеленый ковер и, бормоча успокаивающие слова, выкопал ножом неглубокую ямку. Затем одним ударом вскрыл яремную вену, выпустил кровь в приготовленный для нее схрон, прочитал очистительную молитву. Потом освежевал еще теплую добычу, первым делом вырезав семенники, чтобы мясо не пропиталось их мускусным запахом, привычно содрал шкуру чулком, стараясь, чтобы вонючие волосы не попачкали мясо, прикопал ямку со священной кровью, пряча ее от досужих глаз, растянул шкуру на земле, оставив на ней подношение падальщикам — рогатую голову, жилистые голяшки с копытами и несъедобные потроха, положил тушу в холщовый мешок и приторочил его сзади к седлу. Вечером, расстелив халат у костра, насладился мясом из козлиной спины, двумя сочными и пахучими полосами, их сила и крепость передались выздоровевшему телу, согрели кровь.

Дорога то взбиралась в гору, то, петляя, стекала с ее обратного склона, ныряла среди ущелий, отвесные стены которых сменили цвет с серого и бурого на различные тона желтого, зеленого и красного. Причудливо переплетенные слои песчаника походили на расписную штукатурку, на восходах и закатах каменные узоры переливались всевозможными оттенками, как колонны фальшивого мрамора, стены и потолок во внутреннем дворике дома Авзалэддина. Под шелковицами, усыпавшими землю маркими кляксами напа́давших ягод, гудели осы и бронзовые жуки. На восходе перепела кеклики, взобравшись на возвышающиеся над окрестностью камни, подзывали самочек, сперва издавая тихое «ва-вва, ва-вва», а затем выдавали звонкое и далеко слышное второе колено «спать-пора, спать-пора», на что самочки откликались из камней тихим, придушенным криком. Днем, покачиваясь в седле, он исподволь поглядывал на суетливых перепелок: дикие курочки неустанно копались в земле, рьяно разбрасывая и разгребая ее ногами, или весело купались в красной пыли.

Ущелье, по которому была проложена дорога, становилось всё глубже, стены его помрачнели; темно-красные, уносящиеся к полоске голубого далекого неба, отвесные и неприступные, они теперь нависали над путником, гулкое эхо от лошадиных копыт многократно отскакивало от их брони, дробилось, наполняя уши громким, назойливым цокотом. Наконец показались два домика-башенки, сложенные из дикого камня, узкие глаза-бойницы не мигая смотрели на медленно подъезжавшего всадника. Их выстроили справа и слева от тропы, прирастив к отвесной скале, сужая и без того тесный проход, в котором с трудом смогли бы разминуться два груженых верблюда. Башенки служили жильем для стражей. Узкое место называлось Железными Воротами, небольшой, хорошо вооруженный отряд мог здесь надолго задержать целую армию. Два тюрка в кольчугах и шлемах, увенчанных конскими хвостами, опираясь на длинные копья, выступили ему навстречу. Туган-Шона показал им письмо из канцелярии эмира, крупные мужчины с суровыми усатыми лицами, медленно растягивая слова, пожелали ему доброй дороги и скрылись, каждый в своем укрытии.

Первый за Железными Воротами караван-сарай располагался на плодородной равнине, что пересекала маленькая речка. Со всех сторон эту землю обступали высокие горы. Место называлось Шахрисабз — Зеленый Город. Его обнесли глубоким рвом с тускло поблескивающей, застоявшейся водой, надо рвом тянулась древняя пузатая стена. Из чащи цветущих деревьев — смоковниц, старых ветвистых абрикос, яблонь и груш — вырастали белые купола мазаров — гробниц и островерхие минареты, на которых глаз разглядел блестящие на солнце шлемы дозорных. Сорок шесть лет назад в этом городе родился нынешний повелитель Самарканда, эмир Тимур, на службу к которому Туган-Шона рассчитывал устроиться. С плоских крыш с перилами по краю на него взирала остроглазая ребятня. Побеленные дома образовывали внутренние стены, оберегавшие кварталы, они тянулись вдоль улиц, стекающихся к центральной площади, где расположился просторный караван-сарай.

Тут он хорошо отдохнул. Хозяин сказал, что через день-другой должен подойти караван купцов из Индии, идущий в столицу, и он провалялся на кошме в спасительной тени четверо суток, пока караван не подошел, расположился на ночлег и лишь с первыми проблесками солнца на пятый день его вынужденного безделья начал неспешное шествие к столице. Смуглые индусские купцы в разноцветных и пышных чалмах, украшенных золотыми застежками с драгоценными камнями, с радостью приняли вооруженного воина в состав каравана. Поедая на привалах сочащегося соком и приправленного чесноком и жгучими специями цыпленка, испеченного меж двух плоских камней, и заглушая пожар во рту кисловатой простоквашей со вкусной лепешкой, осыпанной кунжутными семечками, как здешнее небо звездами, он слушал переводчика, доносившего до собравшихся у огня попутчиков страшные рассказы об афганских разбойниках, дважды пытавшихся лишить их тюков со златотканой парчой и тонкостенной фарфоровой посудой из Китая. Купцы надеялись удачно продать товары в богатом Самарканде, глотающем роскошь не глядя, как весенний сом глотает мальков в ручьях, стекающих в главное русло реки из образовавшихся в половодье временных водоемов — нерестилищ-полоев.

В столице он явился ко дворцу и был немедленно направлен в казарму. Сотник, отвечающий за размещение воинов, выделил ему крохотную комнатенку, отделенную тонкой саманной перегородкой от большого зала, где спали «избранные» — ближняя свита эмира, почти целиком состоящая из его соплеменников — воинов-барласов.

Это племя воителей пришлось Туган-Шоне по душе. Подобно монголам, они не любили сидеть на месте, проводя большую часть жизни в походах со своим предводителем. Едва ли нашелся бы среди них один, на теле которого не было застарелых рубцов и кривых шрамов. Они носили легкие доспехи — стальную кольчугу под развевающимися шелковыми накидками, легко управлялись с двумя луками — тяжелым и легким, носили на поясе кривые сабли или обоюдоострые мечи и без сожаления обменивали свой скот на охотничьих соколов, которых им приносили дружественные горцы. Раз в неделю «избранные» посещали доступных женщин, для них не жалели звонкой монеты, но никогда не задерживались в женских покоях после восхода. Спокойно они чувствовали себя только в седле и не имели привычки к труду. Великодушие уживалось в сердцах этих воинов со своеволием и жестокостью. Длинные поколения их предков грабили караваны торговцев на пыльных дорогах, и они продолжали бы это опасное ремесло, кабы не нашелся в их племени один, кто сумел обуздать их волю, приучил к подчинению — гений войны, кому они вверили свои жизни все до единого.

Тимур находился в отлучке, «избранные», изнывая от бездействия, коротали дни с новым товарищем, которого распознали немедленно и приняли в свою боевую семью охотно и безоговорочно.

Наконец по прошествии двух недель, проведенных за пловом и бесконечными рассказами-разговорами, ему сказали, что эмир вступил в город и завтра примет его. Туган-Шона ушел с вечерней трапезы, уединился в своей клетушке, лег на спину и прикрыл глаза. Листья серебристого тополя, растущего под окном, нежно нашептывали что-то в мягкой осенней ночи, и он пытался расслышать в их лепете некие пророческие слова, но не расслышал и забылся под утро коротким сном без сновидений.

16

Когда самаркандская долина наполнилась вечерним ароматом роз, с приходом сумерек дальние горные хребты стали бархатно-голубыми и на улицах смолк городской шум, а подоенный и накормленный скот приготовился в стойлах ко сну, четверо «избранных», несших в тот день караульную службу во дворце, явились, чтобы сопроводить его к эмиру. Они шли длинными переходами заново отстроенного дворца, железная амуниция грозно гремела при каждом шаге. Плетеный орнамент-лабиринт на голубых изразцах и резной штукатурке подобно мелким волнам несся впереди них, порой в глазах рябило от его пышной вычурности и абсолютной, как бы неземной симметрии.

Эмир Тимур редко бывал здесь подолгу. В государстве не прекращались мятежи недовольных владетелей, многочисленные враги за границами его всё расширяющейся державы совершали молниеносные налеты, откусывая столько, сколько могли унести на своих выносливых лошадях. Огромная армия — костяк власти эмира — нуждалась в пропитании и звонкой монете, да вдобавок неусидчивый нрав воина, привыкшего к подвижной жизни, — всё вместе не оставляло ему времени на негу в заново отстроенном дворце. Подобно Мамаю, Тимур не был рожден чингизидом, а потому лишь исполнял роль управителя Чагатайского улуса при никчемном ставленнике хане Суйургтамыше из рода Угедея, целиком зависящем от его воли. Даже монгол-перебежчик из боковой ветви власти, такой как Туган-Шона, был ему на руку, повышая его авторитет. Несколько лет назад он принял Тохтамыша, бежавшего из Сарая от преследований Урус-хана, тогдашнего владетеля Синей Орды. Тимур выделил во владение Тохтамышу город Сарбан, проявив политическое благоразумие: ранее город принадлежал Золотой Орде, что позволяло ордынским властям легче переживать потерю. Тохтамыш дважды возглавлял походы на Урус-хана с войском самаркандского эмира и дважды терпел поражение, но Тимур прощал ему неудачи, строя далеко идущие планы: хотел посадить своего гостя на трон в Синей Орде, подчинив ее таким образом своему влиянию. Но, переждав несколько лет, Тохтамыш вырвался из сладостных оков Тимура и теперь, объединив Орду, являл собой независимую и грозную силу.

Отделанные золотом и перламутром массивные двери охраняли два пышноусых барласа с длинными копьями. Командир их маленького отряда сказал секретное слово, служившее пропуском. Двери бесшумно отворились, открывая проход в небольшой зал с возвышением, застланным коврами и мягкими подушками. Посредине был расстелен простой ковер, горками уложены на нем оранжевые пянджские лимоны, розовощекие персики и маленькие краснобокие яблоки. В длинном серебряном блюде лежала порезанная на дольки огромная дыня, срезы слезились каплями приторно-сладкого сока. Тут же стояли миски и мисочки с разнообразными сладостями, чищеными лесными орехами и виноградом, ядра и ягоды которых соревновались друг с другом в совершенстве и величине. Слуги с огромными медными чайниками застыли поодаль, готовые наполнить пиалы китайским чаем по одному взмаху шелкового рукава бритого наголо распорядителя.

В глубине возвышения сидели три человека. Двое, в богатых халатах из китайского шелка с драконами и небесными журавлями, были незнакомые ему монголы, третий, что сидел посередине, носил простой стеганый халат синей материи, перепоясанный наборным поясом с золотыми бляшками, указывающим на его высокий статус. На поясе, на правом боку, в потертых кожаных ножнах покоился большой нож с костяной ручкой, оправленной чеканным серебром — похоже, он привык сопровождать господина уже долгие годы.

Человек в простом халате, несомненно, и был самим эмиром. Едва ступив за порог, Туган-Шона ощутил силу его черных, бездонных глаз, пронизывающую, оценивающую, подчиняющую, свойственную только людям с военной косточкой, давно научившимся хитрому умению повелевать другими. Глаза великого эмира горели ровным и строгим пламенем, как скрытный костер на ночной стоянке. Он был невысок, почти вровень со своим гостем.

Эмир неожиданно поднялся с ковра ему навстречу, сломав привычный этикет, совершил несколько шагов, легко припадая на ногу, сделал приветливое движение рукой, обводя угощения, но руку не опустил, задержал на мгновение в воздухе, направив ладонь прямо в область его сердца.

— Поешь с нами, — сказал он просто, продолжая изучать вошедшего взглядом, — потом расскажи, что привело тебя в мой город.

Приветливый голос не ввел Туган-Шону в заблуждение. Сила невысокого человека исходила от него самого, она изливалась из его руки — воин почувствовал, как скакнуло сердце, замедляя бег, и сразу зашевелились на голове волосы, вмиг ставшие жесткими и трескучими. Но Туган-Шона не отвел глаз, ничем не выдал волнения, ни один мускул не дрогнул на его лице. Выдержав взгляд, он опустился на колени, покорно склонил голову, протянул заранее приготовленную пайцзу, что держал в рукаве, положил к ногам эмира.

— Повелеваю, встань, — приказал эмир. Выждал, пока воин поднимется с колен, задал вопрос: — Ты воевал вместе с Мамаем?

Бесшумный слуга появился из-за спины, Туган-Шона принял из его рук пиалу с чаем, отхлебнул глоток, с шумом втянул настой и почмокал губами, изображая наслаждение — так требовалось поступать благовоспитанным, — поставил пиалу перед собой на маленький резной столик и больше к ней не прикасался.

Тимур не представил его двум монголам, те лишь кивнули головами и долгое время сидели безмолвно, слушали, не вставив в рассказ воина ни слова. Туган-Шона поведал про последние месяцы жизни бекляри-бека, детально описал войско русских, сказав, что только досадное опоздание главных сил не даровало им победы в битве. Потом перешел к бескровной сдаче войска Тохтамышу.

Тимур задавал короткие, точные вопросы. Туган-Шона отвечал честно, в какой-то момент он заметил, что глаза Хромца блеснули, когда рассказал о достойной смерти Мамая.

— Почему ты пришел ко мне? — спросил вдруг эмир грозным голосом.

— Хан Тохтамыш лишил меня моих земель, я не давал ему присягу. Как я понимаю, он скоро пойдет войной на тебя, не русские представляют для Орды главную угрозу.

Кожей лица ощутил вмиг повисшую тишину. В узкие окна влетел ночной ветерок, колыхнул шелковые занавеси, желтые огоньки масляных светильников по стенам заплясали и зачадили, слуги, бесшумно двигаясь, принялись срезать нагар на фитилях острыми пружинными ножницами. Трое его слушателей не проронили ни слова, от него ждали продолжения. И он продолжил. Сказал, как видит расклад сил: хану Тохтамышу, объединившему Орду, надо было кормить воинов и, главное, умаслить многих недовольных, которых сам же породил, захватив престол в Сарае.

— Русские земли не накормят его желудок, настоящее богатство, поддерживающее власть, можно найти только в твоих владениях, о великий эмир, — сказал и склонил голову в знак смирения.

Тимур рассмеялся. Звук был резким, почти лающим, в такт ему он даже захлопал себя по ляжкам, глаза сузились, в них заплясали дерзкие огоньки. Туган-Шона отметил: на коротких, мясистых пальцах красовался только один массивный золотой перстень власти с большим голубым камнем. Эмир не привык к украшениям, понял воин, и это его порадовало.

— Ты не выпил свой чай, — Тимур хлопнул в ладоши.

Остывшую пиалу тут же заменили новой, с горячим напитком.

— Подвигайся поближе, садись, мне по душе твой честный рассказ. А вам, Идигу-хан и Тимур-Кутлуг-хан, как показалось?

Тут он счел нужным представить наконец двух молчавших до поры участников чаепития. Высокородные монголы, сбежавшие от Тохтамыша в Самарканд, были чингизиды, наследные владетели Мангытского юрта.

Когда они заговорили, Туган-Шона понял, что прошел проверку. Его понимание обстановки ничуть

355

не расходилось с тем, о чем, похоже, не раз говорили эмиру эти двое. Воин чуть-чуть расслабил мышцы живота, пять раз неприметно вдохнул и выдохнул через ноздри и почувствовал, что сердце, замедлившее биение, чуть убыстрило ход и принялось живее разгонять кровь по затекшему телу. Идигу-Мангыт напомнил о недавних пограничных стычках: отряды Тохтамыша в этом году уже пощипали земли, подвластные Тимуру. Начиналось, как всегда, со спорных земель, отобранных у Орды, но эти молниеносные рейды были привычными разведочными нападениями, что всегда предшествовали большому походу.

Тимур вежливо слушал, как беглецы-монголы подбивают его к войне с тем, с кем еще недавно сами были союзниками, слушал и испытующе поглядывал на Туган-Шону — тот сидел перед ними собранный и внешне спокойный, готовый в любой момент ответить, если ему зададут вопрос. Но высокородные чингизиды не обращали на него внимания, они вели свою игру и скоро запутались в бесконечных претензиях к хану Тохтамышу и стали повторяться. Едкая усмешка скользнула по губам Железного Хромца, он хлопнул Идигу по плечу и сказал просто, по-товарищески:

— Хватит, друг, это я уже слышал, у нас еще будет время обсудить всё подробно. — И тут же переключил внимание, обратился к своему гостю: — Значит, ты в одиночку осилил Белые Пески, не так ли?

Он грубо перебил болтовню советников и, чтобы сгладить возникшую неловкость, прибавил с особым обаянием, которым славился и которым пользовался тогда, когда хотел смягчить свою резкость и произвести на подвластных особое успокаивающее действие:

— Как это было, поведай нам, ночь длинна и печальна, твой рассказ украсит наше время и спасет от томительной пустоты бессонницы.

Идигу и Тимур-Кутлуг приняли завуалированное извинение, устроились на ковре поудобнее и немедленно замолчали. Все трое настроились слушать.

Подбодренный вежливой, но настойчивой просьбой эмира, Туган-Шона отхлебнул из пиалы, вдохнул побольше воздуха в легкие и начал рассказ. Он владел умением сказителя, столь ценимым у ночных походных костров, говорил неспешно, не упуская сочные детали, припоминая их по ходу, временами возвращаясь к ним, кружа и плетя словесное полотно, как и сам не так давно кружил и петлял по пустыне, потеряв видимые ориентиры.

Ночное небо синело сквозь длинные узкие окна, врезанные в массивную каменную кладку, цвет его во всё время долгого рассказа сохранялся таким же насыщенным, даже когда слуги зажгли дополнительные светильники и поставили посреди мисок с фруктами толстые восковые свечи в малахитовых китайских подсвечниках. Из лежавшего под ними города, из засыпáвшей зеленой долины доносились звуки медленно остывающей ночи: лай собак на пустырях, преследующих приблудившихся к мусорным кучам шакалов, смех пирующих в саду придворных и томные звуки саза, ублажающего их ночной досуг.

Когда он дошел до неожиданной смерти вьючной лошади, смерти, лишившей его пропитания, он почувствовал, что рассказ наконец-то зацепил всех троих: они подались вперед, переживая знакомые им чувства отчаяния и бессилия, случавшиеся с каждым из них на войне. Они подбодряли его прищелкиваниями языка, на щеках разгорелся румянец, они дивились его стойкости, что сохранила ему жизнь.

Никто не притронулся к угощению. По подсвечникам текли длинные восковые бороды, а голос рассказчика звучал и звучал, и слуги застыли по стенам, готовые навести порядок на дастархане, но так и не получили приказа от распорядителя, побоявшегося прервать объединившую четверых воинов повесть о бессилии и отваге.

Наконец рассказчик смолк и поднял глаза на великого эмира. Тимур поблагодарил за историю, скрасившую вечер, и отпустил, пообещав официально принять его присягу, определил в ставку Идигу-Мангыта, назначив для начала командовать сотней разведчиков. Туган-Шона встал и поклонился, понимая, что отпущенное ему время истекло.

Пятеро провожатых провели его по длинным переходам в казарму, но Туган-Шона не смог заснуть, вышел на плоскую крышу под наконец ощутимо похолодевшее дыхание ночи, уже совершенно зачернившей небо. Ноздри уловили тонкие ароматы терпких трав с дальних полей. Он смотрел, как мечутся в ночном воздухе мелкие серебристые мотыльки, летящие на губительный свет его масляной лампы, — так бесстрашно и красиво жили все воины, каких он знал, и он в который раз подивился, что еще жив и судьба, сделав очередной поворот, приуготовила ему что-то новое, о чем не стоит сейчас ломать голову. Он ощутил силу Железного Хромца и понял, что нашел нового покровителя, за которого готов биться не жалея своего живота и под водительством которого сумеет выполнить клятву и отомстить Тохтамышу.

Небо вызвездило, словно кто-то просы́пал на черном полотне мешок с драгоценной кристаллической солью. Он узнал знакомые созвездия, и ему стало легче, напряжение, не покидавшее весь вечер, спа́ло. Тишина в садах и далекой долине была такая, что он расслышал мерное постукивание колотушки ночного сторожа, обходившего вверенный ему квартал. Откуда-то с устланной камнем дороги донеслось цоканье копыт усталой лошади и скрип колес старой арбы, которую она тащила за собой.

17

Прошло семь долгих лет, как он служил под началом Идигу-Мангыта. Сотня разведчиков базировалась рядом с небольшим гарнизоном пеших воинов в пыльном городке Таш-аул, последней крепостице на пограничье с Ордой, в двух дневных переходах от Сабрана — ставки Идигу-хана. С самим Железным Хромцом он больше не виделся; сосланный в дальние пределы, носился волком по степям и солончаковым такырам, вступал в стычки с ордынцами, брал языков, спешил на встречу с караванами, выспрашивая ночами лазутчиков, рядившихся под мирных купцов, доставлял их послания в Сабран. Еще в Самарканде «избранные» прозвали его Хасаном-Шомали, или Северным Хасаном, и кличка постепенно заменила ему привычное монгольское имя. Он проводил в седле большую часть времени, муштровал своих разведчиков, делил с ними кров и простую пищу. Казалось бы, что еще нужно воину? Однако в нем вскипела досада: по происхождению он мог рассчитывать на более почетное место, но Идигу-хан держал его на длинном поводке, не приближая к своей особе. Высокородный монгол не доводился ему дальним родственником, как некогда Мамай, он окружил себя перебежчиками из наследственного ему Мангытского юрта. Усталость начала копиться в теле, Туган-Шоне всё чаще снилась его крымская долина, вся усыпанная цветами дикой розы, долина, потерянная навсегда. И вот выдалась возможность отличиться: сведения, добытые в случайной стычке, оказались важными.

Во главе десяти всадников он выехал навстречу очередному каравану, надеясь наскоро переговорить с лазутчиком, получить донесение и отправить его с гонцом в Сабран. Они трусили по широкому солончаку. Косые закатные тени тянулись от лошадей и всадников по потрескавшейся корке пустынной земли, ныряли в мелкие провалы пересохших луж, пропахивали лбами земляные останцы с желтыми прядями ломкой травы на их верхушках и, не оставляя следов, спешили дальше, прикладываясь раз за разом к земле в такт неспешной лошадиной рыси. Ноябрьский стылый ветер бил в лицо, неся с собой заряды мелкого секущего песка. Всадники плотно закутали лица платками, оставив лишь щели для узких глаз, следивших, как день отдает силу надвигающейся ночи. Они спешили к колодцу на стыке солончака и дикой степи, где должна была произойти заранее обговоренная встреча с караваном. Тени наконец слились с сумерками, на небе загорелись первые звезды, далеко-далеко, из-за самой границы мира, появился огромный серебряный щит восходящей луны.

Жеребец под ним фыркнул, втянул ноздрями воздух, словно почуял неладное, чуткие уши встали торчком. Туган-Шона поднял руку, приказывая остановиться. Молча слушали ночь и, ничего подозрительного не услышав, всё же перешли на тихий шаг, спустились в русло пересохшего ручья, что должен был привести их к нужному месту. Русло змеилось в теле земли, скрывая отряд; справа и слева поверху Туган-Шона пустил по всаднику, велев ехать чуть впереди, но не пропадать из зоны видимости. Эти двое должны были первыми заметить караван и оценить обстановку. И тут, уже на самом подходе, он услышал свист стрелы, глухой удар, выбивший правого дозорного из седла, и его сдавленный стон. Повинуясь инстинкту воина, Туган-Шона ударил жеребца пятками, взял с места в карьер, на ходу выхватил верного Уйгурца из ножен и отвел руку, утяжеленную острой сталью, назад, приготовившись рубить с седла.

Восемь всадников немедленно рванули за ним, и они вылетели из узкого русла на широкое место, в котором весенняя вода заливает пересохшую в это время года ямину, как кости, брошенные яростной рукой игрока на полированный стол. У трех мелких воровских костров, разведенных летучим ордынским отрядом, перебившим караван, сидели захваченные врасплох воины: дозорный, снявший их правого всадника, не успел подать сигнал тревоги.

Неожиданность была их единственным преимуществом, монголов было в три раза больше. За спиной Туган-Шоны запели тетивы коротких луков, пятеро грабителей поймали по стреле, некоторые вскочили с колен и бросились к лошадям, привязанным к коновязи у сплетенной из ивняка кошары. Скакавший поверху разведчик рванул наперерез — его задачей было увести коней в степь. Еще раз пропели тетивы, еще несколько вражеских душ распростились с телом, а дальше всё смешалось — стороны сошлись в первой короткой стычке. Туган-Шона снес две головы, губы одного монгола блестели, вымазанные бараньим жиром: налет оторвал его от вечерней еды.

Разведчики пронеслись вихрем сквозь вставших наконец в подобие боевого клина грабителей, выкосив еще четверых и потеряв одного из своих, напоровшегося на злую стрелу. У коновязи уже трудился воин, ему почти удалось отсечь монголов от их коней — лишь четверо вскочили в седло, но двух достали стрелы нападающих. Оценив обстановку, Туган-Шона развернул коня, с силой рванув узду, конь завопил от боли, удила разодрали губы в кровь, жеребец присел на задние ноги и, задрав передние, совершил мгновенный разворот на месте. И семеро его воинов тоже бросили коней назад, низко припав к гривам, пряча за ними легко уязвимые головы. И тут ударили монгольские луки, от свиста стрел заломило в ушах. Дикое ржание и дробный топот копыт по сухому руслу реки, вопли раненых, лязг сшибающейся стали — звуки обрушились на него разом. Туган-Шона понимал: еще раз поворотить коней и вновь ударить вряд ли удастся. Они снова проломили поредевший пеший строй, жеребец под ним раскидал двоих и вдруг гулко закашлял, врыл в землю передние копыта и замотал головой. Туган-Шона провел рукой по его шее — глубокий надрез распластал лошадиную вену и порвал гортань. Конь еще стоял, когда он уже скатился с него кубарем наземь, присел на пятки, держа Уйгурца перед собой. Двое, истошно крича, неслись на него, занеся сабли для рубящего удара. Туган-Шона резко вскочил, отбил удар первого, упал на правое колено и ударил снизу — острие меча пробило подбородок и вонзилось прямо в мозг. Не раздумывая, повинуясь приказам мышц, он перекатился под крупом умирающего коня, вскочил и обежал жеребца с хвоста, оказавшись сзади второго противника. Успел отметить краем глаза, что его воины теснят сбившихся в кучку монголов, налетел на замешкавшегося преследователя, двумя руками схватил меч и опустил его по ниспадающей косой, усилив удар, чуть сместив центр тяжести книзу, слегка присев на прочно вбитые в землю пятки. Меч рассек монгола от плеча, почти развалив туловище на две половины. Лица своей жертвы он не увидел — мертвый падал от него, лицом в землю.

— Сюда, смотри сюда, давай сохраним людей, решим всё поединком! — услышал он зычный голос. Высокий монгол, в богатой позолоченной кольчуге, опоясанной поясом с серебряными бляшками, застыл в пяти шагах, длинная и тяжелая сабля гневно вздрагивала в правой руке.

Туган-Шона перевел дух, мотнул головой, откидывая липкую прядь, застившую глаза. Начальник летучего монгольского отряда понял, что нападавшие почти сравнялись в числе с его воинами и, сумев посеять среди оставшихся в живых смятение и неуверенность в своих силах, угрожали победой. Спастись от бесчестия можно было только навязав противнику бой один на один, вызвав его на Божий суд. Проигравшая сторона в таком случае сдавалась на волю победившей. Поединки были редкостью, обычно они устраивались на курултаях для решения местных споров. Увидав в Туган-Шоне соплеменника, командир решил, что стоит попробовать, воззвав к его чести.

Бой еще продолжался, двое из разведчиков Туган-Шоны были ранены, и он не знал, насколько сильно. Он принял мгновенное решение.

— Стойте! — закричал Туган-Шона во всю силу легких, и его голос далеко разлетелся в ночи. Свои его услышали.

— Стойте! — повторил его приказ командир монголов столь же зычным голосом.

Сражавшиеся отскочили назад, огляделись, увидели командиров, замерших друг против друга, и, повинуясь, опустили оружие.

— Решим исход поединком, — объявил монгол.

Воины разошлись в разные стороны, молча встали за спиной своих предводителей. В каждой группе поддерживали раненых, но никто не опустился на землю. Стояли хмурые, еще не остывшие от смертельной схватки, молчали.

По закону следовало громко назвать свое имя.

— Меня зовут Туган-Шона из рода Тулуя, мои воины еще называют меня Хасан-Шомали.

— Алчибек из рода Бату, — просто сказал его противник.

Сразиться предстояло с чингизидом, стоящим выше него по законам Ясы, но Туган-Шона не дрогнул: Небо должно было рассудить, кому суждено победить.

Полная луна давно утвердилась в вышине, освещая место жертвоприношения, как огромная лампа. Пора было начинать.

Поединщики замерли, приняв боевую стойку, что не сводилось просто к ожиданию: они, впившись глазами друг в друга, изучали противника, уже вступили в схватку. Тело Туган-Шоны стало легким, как пушинка, и готово было повиноваться ему беспрекословно. Он обхватил рукоять Уйгурца обеими руками, выставил меч прямо перед собой, острый кончик замер чуть выше линии глаз, превратился в чуткое жало скорпиона, высчитывающее расстояние и угол, под которым удобнее нанести удар. Алчибек, чуть отведя руку с саблей от корпуса, начал медленно обходить Туган-Шону справа, повернув голову вполоборота. Оба не переставали смотреть друг другу в глаза. По блестевшему в лунном свете гладкому лицу Алчибека вдруг словно пронеслась легкая тень, от уголков глаз разбежались морщины, узкие, то выглядывающие из-под бровей, то прячущиеся под ними глаза искали брешь в обороне противника, в них собралась сейчас вся сила бойца. Он вдруг завопил и на выдохе нанес удар сбоку, резкий и мощный. Туган-Шона едва успел отразить разящую сталь, покачнулся, но не потерял связи с землей, отступил лишь на шаг. Немедленно последовал рубящий удар уже с другого бока, со свистом рассекший сгустившийся ночной воздух, за ним догоняющий выпад. Следуя правилам, Туган-Шона снова отступил и резко выдохнул, прочищая легкие, — шаг, еще один, тело слушалось его, он чувствовал, как от бедер к рукам поднимается сила и передается мечу, струится по нему, насыщая его мощью. Теперь он сам развернулся вполоборота, пружинящей, журавлиной походкой пошел по кругу, уводя за собой Алчибека. Отразив нападение, он почувствовал азарт, кровь прилила к голове, когда Уйгурец вдруг, словно не он послал его, вылетел вперед, метя прямо в лицо противника, уколол, не достал отшатнувшегося лица, отскочил, вертанулся в руках и ударил в печень, в гортань и снова в печень, метя в смертельные точки. Алчибек уходил от ударов, как уходил на ежедневных юношеских занятиях от подвешенного к веревке тюка с песком, раскачиваемого наставником из стороны в сторону, отводя колющие наскоки легко и точно, оберегая лицо и тело, как гаремная красавица, заботящаяся о белизне своей кожи. Не останавливаясь на достигнутом, Туган-Шона провел новую атаку, вложив в рубящие удары всю силу, чувствуя, как дрожат пальцы, сжимавшие рукоять Уйгурца. Но и здесь меч напоролся на крепкую закаленную сталь, взвизгнул от досады, осыпав землю гроздью мелких искр. Нападение стоило потери сил, Туган-Шона отскочил, поняв, что пробить напрямую оборону Алчибека вряд ли удастся, закружил, восстанавливая сбившееся дыхание. Высокий монгол оценил его силу, лишний раз убедил себя, что его мышцы будут покрепче, но понял, что в юркости и гибкости явно уступает сопернику. Он принял решение ломить, а потому пошел напрямую, нанося страшные, секущие удары, не дающие Туган-Шоне опомниться. Уйгурец выдерживал прямое столкновение, звездная сталь шипела и взывала, но пока служила непробиваемой стеной. Туган-Шона должен был как-то сбить темп Алчибека, похоже, тот мог размахивать своей огромной саблей до рассвета. Он опять затанцевал, подобно журавлю на болоте, голова и туловище, дергаясь из стороны в сторону, заставили соперника приостановить натиск. Три раза поразив пустоту, тот, решив поберечь внутреннюю энергию «ци», тоже затанцевал, плоское лицо его с облепленными, словно шерстью, мокрыми волосами качалось из стороны в сторону, пристально всматривавшиеся в глаза Туган-Шоны глаза монгола следили, выжидая, откуда последует удар. Опасный танец противника угрожал Туган-Шоне неожиданным боковым наскоком, он отвел меч вправо, почти упрятав его за спину. Огромная сабля тут же заняла защитное положение, опоясав корпус хозяина, замерла на мгновение, давая короткий роздых напряженным мышцам. И тут, незаметно перехватив меч в левую руку, качнувшись влево же и мгновенно развернув правое плечо навстречу Алчибеку, еще гадавшему, что бы должен был означать этот резкий качок, воспользовавшись единственным моментом его замешательства, Туган-Шона с силой оттолкнулся от земли и, взлетев с воздетыми руками, как нападающий тигр, в падении рубанул наискось. Самый конец клинка рассадил щеку, губы и подбородок, разорвал завязки шлема и скользнул по пальцам взнесенной на уровень сердца правой руки, не сумевшей защитить тело от коварного удара. Шлем отлетел прочь, напугав раненого, Алчибек утробно вскричал, посеченная рука непроизвольно разжалась, он обронил саблю и, потеряв самообладание, рухнул на колени. Туган-Шона приземлился прямо на дрожащее лезвие, оттолкнул саблю подальше и приставил острие Уйгурца к горлу побежденного.

— Сдаюсь, — прохрипел Алчибек, давясь кровью, заливавшей ему лицо.

— Займитесь нашими ранеными, а этих свяжите покрепче, — приказал Туган-Шона задыхающимся голосом и, обессилевший, тоже упал на колени рядом с поверженным врагом и захохотал громким деланным смехом. Захохотал, чтобы только не заплакать.

18

Люди, шедшие с караваном, оказали сопротивление монголам, пытаясь защитить свое добро, а потому почти все были уничтожены: купцы и их слуги, старый караван-баши и самаркандский лазутчик валялись в кошаре — монголы сволокли туда двадцать четыре посеченных трупа. Там же, в другом углу, лежали связанные четверо уцелевших. Верблюды и вьючные лошади не пострадали, товары были приторочены к спинам, монголы собирались, наскоро поев, гнать их назад в свой лагерь. Пленных караванщиков освободили от пут и наскоро расспросили. Один, на счастье, оказался индийским купцом, он мучился болями в животе, а потому весь налет пролежал в кошаре и чудом остался жив. Двое, его слуги, находились при господине, зато четвертый — крепкий и жилистый русский с обветренным лицом, длинноволосый и бородатый, в замызганной священнической рясе — успел, как он говорил, помахать топором и сдался только тогда, когда на плечи ему накинули аркан. Лицо его распухло от побоев, правый глаз совсем затек, на правом предплечье сочилась неглубокая рана.

— Монгол саблей достал. Неглубоко, как на собаке заживет, не привыкать, замыть бы да перетянуть потуже — кречет когтем и то глубже рассадит, — сказал русский и зашелся веселым смехом. Бородатое лицо вмиг озарилось, веселые глаза смотрели на Туган Шону по-детски доверчиво. — Ты, начальник, меня полечи, я добро не забуду, той же монетой отплачу. Только монет в кармане нету, веришь, ни одной, голая калита, всё в кости по пути просадил.

Это был типичный перекати-поле, странствующий божий человек, истоптавший полсвета: по его словам, он стремился в Иерусалим, но почему-то пристал к самаркандскому каравану. Он скалил зубы и громко смеялся, похваляясь, что ни сабля, ни стрела его не берут.

— Сколь раз в сече бывал, а заговоренный, не такая, видно, мне смерть написана на роду, а божественная, я ведь на молитву силен, даже во сне со святыми разговариваю. С детства с ними разговор веду, они меня направляют, а всех более Николай Угодник, чьим именем и крещен. Понимаешь, командир, что это значит? Угоден я чудотворцу, он меня в обиду не дает!

Туган-Шона молча кивнул, но не выдержал и улыбнулся: этот чудом избежавший смерти, смешной и никчемный человек был либо очень мужественным, либо, что скорее, не совсем в уме, напоминал базарного дервиша, живущего как придется и особо не заботящегося о грядущем дне.

Русский свободно изъяснялся на нескольких языках, чем тут же не преминул похвалиться. Поняв, что начальник понимает по-русски, он мигом переключился с тюркского на родной язык и затараторил — похоже, говорил он просто чтобы не молчать.

— Ты только меня учи, я и фарсейский здешний язык схвачу мигом, у меня тут, — он поколотил кулаком по темечку, — уйма слов уложено, и еще в три раза больше места пустого, скажешь раз, николь не забуду.

Туган-Шона опять улыбнулся: спасенный Николай напомнил кузнеца Марка, выковавшего ему давным-давно меч, спасший сегодня жизнь. Та же беспечность, почти детская открытость миру, широкая улыбка и смешливость, маска простака, надетая, чтобы не допустить чужака в глубинные мысли.

— Перевяжите ему рану, — бросил своему воину. — Мы с тобой еще поговорим. — Повернулся, посмотрел на выжившего купца.

Индус пышно поблагодарил за избавление, охая и пришептывая, встал со своего ложа, заковылял к вьюкам — ему предстояло ехать с караваном в Сабран, составлять описи, отчитываться в канцелярии, кому что принадлежало, торговать ему случится не скоро. Туган-Шона посочувствовал купцу, пошел к костру, где, связанный, с туго перемотанным лицом, на котором выделялись две щели — глазная и линия рта, сидел на корточках обессилевший Алчибек. Витязь медленно раскачивался из стороны в сторону и тянул грустную горловую мелодию — она отвлекала его от боли. Кровь чингизида защищала от смерти, делала ценным приобретением для Идигу-Мангыта, разменной монетой в грядущей войне, его следовало хорошо подлечить и сохранять до нужного случая.

— Эй, Хасан-бек, — услышал Туган-Шона веселый голос русского, — спроси-ка его, собаку, что их хан задумал? — Бородатый Николай подбежал к костру. — Спроси, спроси, бек, не пожалеешь, они ж разведка, главные силы в трех днях на восток, ждут донесений, войско Тохтамыша нацелено в самое сердце, в Маве-раннахр!

Неподбитый глаз его сиял, как алмаз, перстом, для большей убедительности, Николай тыкал прямо в знатного пленника. Он сказал это по-русски, чтобы монгол не догадался о столь важном сообщении.

— Откуда знаешь?

— Подслушал, — рожа расплылась в улыбке, огромный синяк на глазу и щеке сиял, переливаясь всеми цветами радуги. — Как меня топтать перестали, я отлетел, очнулся, они уже у костра сидят, барана жарят и спорят, откуда лучше зайти. Караван они по ходу взяли, а говорили о большом богатстве, мечтали, кому сколько достанется. Пойдут через Сабран, помяни мое слово, бог свидетель, коли я вру.

— Где основное войско? — резко задал вопрос Туган-Шона, но Алчибек не ответил, сидел, тянул свою песню, уставясь в затухающий костер.

— Ведите пленного! — приказал воинам.

— Вон того, бек, что в остром шишаке, он меня сильно потоптал, гад, этот у них десятник, — подсказал русский.

Привели длинного и костлявого десятника, тот рухнул на колени, ударился лбом в землю.

— Где ваше войско? — повторил вопрос Туган-Шона.

— Какое войско, господин?

— Думаешь, стану с тобой шутить? — он повысил голос.

— Далеко войско, в Сарае, господин, — монгол угодливо улыбнулся.

— Врет он, собака, дозволь, я ему голову причешу, — сунулся было Николай, откуда-то в его руке уже оказался боевой топор.

— Стой, где стоишь, — приказал Туган-Шона. Русский замер, поигрывая тяжелым топором, и, ухмыляясь, вперился в связанного монгола. — Рубите ему голову, ведите следующего.

Десятник побледнел и заскрежетал зубами. Погибнуть нечестивой смертью было позорно: усекновением головы казнили рабов и провинившихся преступников.

— Погоди, бек, я...

— Э-э-э, — взвыл, обрывая его, Алчибек, — молчи, нойон, молчи, запрещаю говорить!

Русский выступил вперед, носком сапога саданул чингизида по губам, тот упал навзничь, давясь хлынувшей из горла кровью.

— Говори, сын собаки, — русский подскочил к десятнику, приблизил бородатое лицо близко, так, что их дыхание смешалось, клацнул устрашающе зубами и воткнул острое лезвие топора прямо ему в рот, — или язык отрежу.

— Пощади, бек, я скажу! — завопил десятник. Острое лезвие отлетело назад, русский бородач занес топор, словно собрался снести голову пленника одним махом. — Войско в трех переходах, сам хан ведет, пойдут на Сабран, — выговорил дорожащим голосом десятник.

— Куда идет Тохтамыш-хан? Сколько человек? — спросил Туган-Шона.

— На Мавераннахр, а там как решит Аллах.

— Этих двух на коней, привязать к седлу, — Туган-Шона указал на Алчибека и десятника. — Дайте лучших лошадей. Соберите караван и выступайте за нами, ехать быстро, — отдал он распоряжения. — Ты, — он ткнул русского в грудь, — поедешь со мной. Дайте ему саблю. Из лука стреляешь?

— Могу, но лучше я с дружком справляюсь, — бородач погладил топорище, — сабелька мне легка, да и не приучен я ею вертеть.

Туган-Шона вскочил на подведенного жеребца. Раненых монголов взвалили поперек седла, привязали накрепко арканами. Русский уже сидел в седле, чуть откинувшись назад, поигрывал уздечкой, боевой топор умело приткнул за пояс, чтобы не мешал при езде, — похоже, божий человек умел не только молиться.

— Гай да! — Туган-Шона ударил пятками коня, сходу посылая его в галоп, русский свистнул по-разбойничьи и сорвался следом, привязанная к луке седла веревка потянула двух груженных пленниками лошадей.

19

Идигу-Мангыт оценил важность добытых сведений. В верховную ставку немедленно помчался отряд во главе с Тимур-Кутлуг-огланом, они и повезли добытых разведчиками пленных. Хасана-Шомали, вопреки его ожиданиям, задержали в Сабране, разведчикам приказали оставаться тут и спешно готовить город к защите от неприятеля вместе с гарнизоном и согнанным на земляные работы населением. Воины слезли с коней, похватали заступы и кетмени и с утра до поздней ночи углубляли и расширяли ров, распределяли на пустырях крестьянский скот, сгоняемый со всей округи на прокорм осажденной крепости.

Петр Алешковский. *Крепость*

Тохтамыш наступал широким фронтом, ему удалось сжечь и разграбить Яссы, столицу Туркестана, туда бросил основные силы, а потому Сабран выстоял против двух туменов, собранных из закавказского сброда: им недостало сил пробить брешь в крепкой крепостной стене и сломить дух стоявших насмерть горожан.

Авангард монгольского войска — ветераны, закаленные во многих битвах, — двинулся прямиком к Самарканду, но был разбит на Сырдарье около Зарнука Тимур-Кутлугом: он принес весть о нашествии, за что заслужил право возглавить войско. Тохтамыш отступил за Сырдарью и, преследуемый самаркандской конницей, вернулся в свои владения. Разведчиков Туган-Шоны отправили в приграничный Таш-аул, в пустую, сожженную дотла крепостицу. О командире разведчиков вспомнили на празднике середины лета, когда Идигу-Мангыт раздавал награды. Хасан-Шомали получил серебряный пояс и пятьдесят лошадей — одна лошадь на двух воинов, тогда как родичи Идигу ушли от него с золотыми поясами, каждый гнал в свое стойбище табун в триста голов.

Лошадей, сильно продешевив, продали чохом на сабранском базаре богатому туркмену, разделили деньги, но особо попировать не довелось: Тимур принялся стягивать войска к границе, готовя большой поход. Бессчетное войско готовилось пересечь Белые Пески. Эмир шел на риск: воевать на чужой земле, оставив за спиной голодные и мертвые пески, мог либо гений, либо безумец, ослепленный жаждой мести. Проводниками служили Идигу-Мангыт и Тимур-Кутлуг, в случае победы они получали вожделенный Сарай и свои старые наследные земли, несметные богатства и голову побежденного родственника — хана Тохтамыша. Сотня разведчиков Туган-Шоны шла налегке в далеко выдвинутой голове войска.

Выступили зимой. Ночевали у скудных костров, жгли кизяк и драгоценный хворост. За короткое время ночлега железо застывало, плотно пригнанные чешуйки кольчуг гнулись на рассвете с противным скрипом, вспотевшая ладонь прилипала к броне, стоило случайно к ней прикоснуться. Пар валил из уст людей и оседал белым инеем на складках платков, защищавших лица от холодной поземки. Белобородые лошади вязли в песке и с трудом держали строй. Острый запах лошадиного пота напитал пустыню и растянулся на целый фарсанг, он витал в оскверненном воздухе даже когда исчезли на востоке последние скрипучие арбы и плывущие, как по волнам, силуэты груженых верблюдов. Пустыне понадобилось несколько стылых ночей, чтобы уморить едкие миазмы чуждой ей жизни.

Главным приобретением Туган-Шоны после стычки с Алчибеком был, пожалуй, не серебряный пояс, а русский Николай. Прибыв в Сабран, промыв саднящую рану на предплечье и наложив на нее целебную мазь, вдосталь отъевшись и проспав двое суток кряду, божий человек пришел к нему в дом, запросто уселся на ковре и, прихлебывая жирный соленый чай с кобыльим молоком, попросился в отряд.

— Я так рассудил, — заявил он просто. — До Святого Города мне пока не дойти. Далеко. Кругом неспокойно, могу сгинуть. Военного человека хорошо кормят, одевают, да и к Тохтамыш-хану у меня свои счеты. Возьми в отряд, увидишь, бек, я человек веселый и в бою не подведу, ты же знаешь, стрела и сабля меня не берут! — В глазах бородача плясали плутовские огоньки.

— Какие у тебя счеты с Тохтамышем?

— Он Москву спалил, посек родителей, а сестер я потом не нашел, как в воду канули. Во время осады я был с дружиной князя Дмитрия в Костроме, мы со-

бирали войско, но опоздали, а когда вернулись, я на
пепелище дал обет идти в Иерусалим, молиться у Господнего Гроба за убиенные души родных. Тошно мне
стало, думал, сталь в руки больше не возьму. Но топорик в руках повертел и взыграло сердце, бек, злость
проснулась, ты должен меня понять. Возьми, схожу
еще раз, а там, может, и в Святой Град отправлюсь, с
детства на одном месте сидеть не умел. Прошу всем
сердцем, возьми!

В стычке у колодца потеряли троих, четвертый
умирал от ран, сгорая в горячке. Туган-Шона посмотрел русскому в глаза, тот играючи выдержал взгляд,
улыбался — всё ему было как с гуся вода, так говаривал про подобных людей кузнец Марк.

Туган-Шона велел выдать русскому коня, оружие
и халат, поставил на довольствие в первую десятку,
где недоставало воинов, и не просчитался. Весельчак
Николай мгновенно поладил с воинами, он понимал
толк в лошадях, умел их лечить, что особо ценилось
в войске, легко справлялся с саблей, но предпочитал
длинный и тяжелый топор, с которым творил чудеса: подойти к нему на расстояние удара, когда остро
наточенное лезвие со свистом рассекало воздух, не
смог ни один из разведчиков. Его зауважали.

Николай никогда не унывал, по вечерам у костра
рассказывал страшные истории про русских дивов,
что прячутся в лесах и могут превратиться в дерево
или куст, про мертвых девушек, покрытых рыбьей
чешуей, живущих в их ночных холодных реках, мастериц щекотать до смерти. Разведчики слушали его
затаив дыханье, мастерский рассказ ценили здесь
не меньше боевого искусства, а кровожадных дивов
ночи традиционно остерегались и прогоняли изощренными заклинаниями.

— Не страшно вам жить в домах, которые заваливает снегом по самые крыши? — спрашивали его.

— Тепло! — с хохотом отвечал Николай. — Снежком завалит — ветер не пробьется, скачи на полатях с девкой да в печку дрова подкидывай! — Он лениво потягивался, зевал во всю ширь рта, обтирал ручищей усы. — Давай спать, ребята, завтра новый день, до битвы далеко, до Бога высоко, а сон вот он, хватай рукой и тяни, как овчину на глаза.

Николай медленно и значительно крестился двумя перстами — со лба на грудь и по обоим плечам, клал под голову седло, заворачивался в кошму.

— Храни вас Господь! — говорил он по-русски, закрывая глаза.

Разведчики вежливо отвечали на его пожелание:

— Аллах Акбар!

На что Николай неизменно добавлял:

— Воистину воскресе! — и тут же засыпал с детской улыбкой на устах.

Туган-Шона всегда перед сном обходил сотню, проверял дозорных, справлялся, накормили ли лошадей, сколько осталось хвороста: в голодных песках приходилось бережливо расходовать драгоценные запасы, что везли с собой. Только удостоверившись, что всё выполнено исправно, поговорив с караульными, мог отправляться на ночлег. Но часто он отходил в ночь, стоял, вдыхая морозный воздух, слушал, как за спиной тихо ворочается огромный передвижной город. Где-то далеко-далеко, в самой середине, стояли высокие шатры Железного Хромца и его темников, там горели высокие костры, «избранные» стояли кольцом, охраняя сон великого воина. Здесь, в самой голове войска, Туган-Шона был наедине с ночью, мог, протянув руку, потрогать Великую Звездную Дорогу, мог прошептать всесильной Луне свои тайные просьбы, и тоненький, с каждым днем прибавлявший серебряный серпик в небе лишь казался безучастным, на деле же внимательно слушал его, раскрытый, как чуткое ухо, сохраняя навечно тайную просьбу, как сделал бы лучший друг-кровник, как умел его верный Кешиг, оставшийся в солхатской долине.

В такие ночи Туган-Шона вспоминал собрата, гадал о его судьбе. Еще он думал о русском, что пришелся по душе, казалось, он знал его давным-давно, и он благодарил Луну, даровавшую необычного спутника. Николай не солгал, он действительно пригодился. Еще Туган-Шона думал о том, что любой человек — бездонный колодец, заглянуть на самое дно которого дано только Богу, думал и удивлялся возникающим мыслям. Он привык к смерти и не боялся ее, но почему-то временами казалось: неунывающий простак знает о ней нечто особенное, что не дано понять ему самому.

Третьего дня в пустыне, опростав желудок за барханом в укромном месте, куда ходила его сотня, Туган-Шона не вернулся в лагерь, чуть отошел в сторонку и вдруг заметил стоящего на коленях Николая. Русский клал кресты и кланялся на восток, туда, куда лежал их путь. Песок заскрипел под ногой, Николай обернулся, на суровом лице не было и намека на смешинку, что всегда пряталась в его глазах, когда он был на людях. Таким он никогда еще его не видел. Туган-Шона повернулся и тихо ушел.

Сейчас, стоя на своей молитве перед великим Синим Небом, под всеслышащим ухом Луны, он вспомнил суровые складки морщин на лбу, черные, бездонные глаза, скользнувшие по его фигуре: в них сквозила неприкрытая боль, холодная, как остро наточенное лезвие боевого топора Николая.

Туган-Шона еще раз поблагодарил небеса, склонил голову и пошел назад в лагерь. Небеса очистили печень от злой, застоявшейся крови, прогнали из головы туман, теперь он хотел одного — заснуть и проснуться вместе с веселым рассветом. Завтра предстояло пройти пустыню и выйти в степь.

20

В степях стало полегче, по крайней мере лошади теперь находили себе пропитание и войску не приходилось тратить драгоценный овес. На вечернем привале Тимур устроил всеобщий смотр. Барабанщики расположились на высоком степном кургане. По невидимому приказу они слаженно забили в большие барабаны, гулкие звуки разнеслись далеко по степи. Воины шли, сохраняя строй, поднимая головы, старались ступать ритмично, в лад с ударами барабанов. Тумен за туменом проходили мимо штандарта с позолоченным полумесяцем, глаза всех были устремлены на человека в богатом халате из золотой багдадской парчи, отороченном русскими соболями. Проходящие славили великого эмира, крича во всю силу глоток. Тот стоял, широко расставив ноги, и смотрел на воинов так, что, казалось, успевал отметить каждого и влить в его грудь частичку силы и решительности, которыми сам обладал в избытке. Зазвенели литавры, музыканты, сопровождающие свиту, завели торжественный наигрыш, дуя что есть мочи в рожки и медные флейты, их перекрывал рев длинных труб, приветствующих появление каждого нового тумена. Из-за оглушающих, пронзительных звуков лошади вставали на дыбы, закатывали глаза и тревожно ржали, их приходилось приводить в чувство, до предела натягивая поводья. Хор певчих, запрокинув головы, запел героическую песнь, славя павших в сражениях богатырей.

И только когда появились обозные арбы на высоченных колесах, а за ними растянувшийся в линию караван верблюдов, эмир взмахом руки дал отбой. Музыка мгновенно прекратилась. Эмир скрылся в шатре, где собрал на пир советников и командиров.

Счастье, казалось, улыбнулось Туган-Шоне. Десятник из «избранных» нашел его и передал приказ:

сотника лично вызывали в шатер к Тимуру. Отправились немедленно, и вскоре он уже переступил порог огромного шатра. Эмир сидел во главе длинного дастархана, пир был в самом разгаре, гости ели плов, шутили и смеялись.

— Говорят, тебя стали называть здесь Хасан-Шомали, Туган-Шона-бек, не так ли? — На строгом лице эмира мелькнула улыбка.

— Это верно, мой повелитель, «избранные» прозвали меня так еще в Самарканде.

— Говорят, что ты одолел в поединке Алчибека?

— Бог был на моей стороне.

— Не посещали тебя видения в Белых Песках, ведь ты из немногих, кто проходил их прежде?

Эмир говорил, как будто они расстались вчера. Хромец славился тем, что не забывал ни одного воина, с которым прежде встречался, — земледельцев, дворовых, писцов и слуг великий эмир не замечал и общался с ними только когда того требовали обстоятельства. Выказанное уважение было приятно, хотя Туган-Шона понимал: его вызвали неспроста.

— Скорее найди мне войско Тохтамыша, ведь ты знаешь эти земли, — приказал полководец. — Сколько тебе надо воинов?

— Думаю, сотни моих разведчиков хватит, великий эмир, большой отряд теряет в скорости, а она нам пригодится.

— Пусть так и будет! — Тимур взмахнул рукой. — Найдешь войско, приходи в мой шатер хотя бы и ночью.

То была великая честь. Туган-Шона уловил ревнивый взгляд Идигу-Мангыта и на всякий случай поклонился ему низким поклоном: ссориться со своим непосредственным начальником было опасно.

Начались долгие, изматывающие рейды. Ночью, днем, при заходящем или встающем солнце разбившиеся на десятки разведчики прочесывали степи, ища следы. Случалось, напарывались на монгольские засады и уходили, несясь вместе с ветром, низко прижавшись к гривам коней, и чаще всего монголы не преследовали их далеко. Туган-Шона понял: войско эмира затягивают в глубь их земель, изматывают, чтобы, уморив голодом, наброситься и растерзать, как степные волки, преследующие обессилевшего оленя. Разведчики находили следы аккуратно затоптанных костров, спаленные кошары без единой овцы, зарытые колодцы и исклеванные стервятниками трупы лошадей. Начальник стражи эмира, которому Туган-Шона теперь докладывал результаты рейдов, качал головой: его повелитель гневался, ждал результата, бездействие угнетало полководца. Похоже, Туган-Шону обманули: до великого эмира разведчика так ни разу и не допустили.

Степная зима далась теплолюбивым самаркандцам тяжело, воины кашляли и жались к кострам на стоянках, кутались на переходах в овечьи шкуры и истрепанные верблюжьи кошмы. Колёса на обозных арбах не выдерживали тяжелого пути, крепкое дерево ломалось, плотники чинили ободья, но взятое про запас строевое дерево было на исходе. Объемы выдачи муки уже дважды сокращали. Запасенная солонина и рис давно закончилась. Последний плов воины съели три месяца назад, после смотра при выходе из песков. Люди понимали, что назад они не дойдут: позади поджидала голодная смерть. Бесконечный, выматывающий поход озлобил войско, все как один мечтали о битве. Но Тохтамыш увиливал от сражения, уводил их на восток, петлял, заставлял переправляться через мелкие реки, тянул в дальний конец своих владений — казалось, они будут идти, пока не дойдут до конца земли.

Шли по скользкому зимнему насту, вопреки воле северных ветров, вылизавших синий лед до блеска; шли, меся оттаявшую весеннюю грязь, утопая в ней по щиколотку; шли по нежно-зеленой траве, по лугам, покрытым красными маками, мрачно смотря, как ветер колышет алое море цветов; шли под перекличку летящих над ними гусиных караванов; шли, оставляя за собой неглубокие могилы умерших от бессилия и кровавого поноса, казненных за отставание, шепотом передавали друг другу слова пойманного разведчиками Туган-Шоны монгола из Тохтамышева дозора: «Всех вас поглотит наша степь!» С пленника живьем содрали кожу и подвесили на съеденье черным птицам. Страшная кукла в запекшейся кровавой корке болталась на дереве, привязанная вниз головой, воины, проходя мимо, отводили глаза, проклятие монгола стояло в ушах каждого, пугало больше, чем мертвое тело, скрючившееся от нестерпимой муки. Они шли дальше, зная, что отставшему бросят в сапоги по горсти песка или заставят идти босиком. Они шли и молили Аллаха о битве.

Солнце начало прогревать землю, лужи вокруг блестели и не покрывались более ледком, холода отступали, лишь ночи были еще стылыми и промозглыми, но войско жгло всё меньше костров. Хворост доставляли специальные отряды дровосеков, его не хватало. Огонь разводили только чтобы приготовить пищу — болтушку из муки, в которой плавали, как мелкие островки в половодье, тушки степных перепелок или порубленный на мелкие кусочки худой перезимовавший заяц. Тимуру докладывали обстановку ежедневно. Он ходил по шатру мрачный, кричал на подчиненных. Выходя к войску, преображался, подсаживался к кострам, ел вместе с ветеранами пустую затируху, вспоминал былые битвы, ободрял людей, энергичный, крепкий, с обветренным лицом, словно выкованным из дамасской стали.

Наконец, когда снова урезали выдачу муки, а ячменя и овса осталось совсем немного, была объявлена большая охота. Войско растянулось по степи на десятки фарсангов, постепенно сжимая круг. Сходились целый день — в огромном котле, безумные и напуганные, носились антилопы, олени, волки, табуны сайгаков топтали попавшихся под копыта зайцев и воющих от ужаса лис. Стрелы с визгом вспороли воздух, запах горячей крови развеселил оголодавших людей, он возносился к небесам, где щекотал ноздри древних богов. Потом все рвали зубами вареное мясо, жадно хлюпая, упивались горячим отваром, смеялись, пересказывая потешные эпизоды этой небывалой степной охоты. Войско отдохнуло, боевой дух был на время восстановлен.

Но через месяц охотничьи истории надоели до икоты, животы сводило, надвигался настоящий голод. Майское солнце высушило мелкие лужи, но воды кругом было вдосталь, в котлы стали добавлять непривычную рыбу, съедобные травы и корешки, не прибавлявшие силы. И тут десятка Туган-Шоны вышла на след. Прячась в кустах ивняка у соленого болотца, лежали сутки, от звона комаров мутился разум, лица пришлось мазать жидким илом, но ил всё равно не уберегал от укусов. Впереди стояли шатры арьергарда, разведчики насчитали двести шатров — два тумена, призванные защищать отходящее войско Тохтамыша.

Вечером недосчитались одного разведчика — рябого Тургэн-нойона. В осажденном Сабране он украл огромный казан с рисом и в одиночку расправился с ним, но был пойман. За прошлые заслуги его не казнили, но понизили с десятника до простого воина и отправили из отряда мангытских воинов в сотню к Туган-Шоне. Тургэн старался выслужиться, восстановить доброе имя стало для него навязчивой целью. Туган-Шона взял его в свою десятку, Тургэн не подвел ни разу. И вот теперь пропал.

— Сказал, что скрутило живот, отполз в дальние кусты, — доложили Туган-Шоне.

В кустах, куда он уполз, Тургэн не нашелся, пропала и его лошадь.

— Тургэн из мангытов, бек. Кому выгодно иметь здесь свои уши и глаза? Тургэн Большое Брюхо уже докладывает Идигу-Мангыту о войске. Похоже, у тебя украли удачу, бек, — сказал Николай.

— Если так, Тургэн опережает нас на день пути, его не догнать. Что предлагаешь?

— Надо взять монгола, с его сведениями ты будешь опять нужен, Идигу не посмеет тебя тронуть.

Они снова залегли в кустах, спали поочередно и дождались своего. На третий день подстерегли пятерых всадников, отъехавших от лагеря, окружили, сняли стрелами четверых, одного сбили наземь и взяли в полон. Плененный монгол тут же признался: основное войско отходит к реке Кондурче.

21

Не щадя лошадей, погнали с пленным по степи к своим: если Тохтамыш успеет перейти реку и закрепиться на высоком берегу, вступить с ним в бой будет равносильно поражению. На счастье, у них были сменные лошади — загнав основных, пересели на запасных. На ночлег не вставали, Туган-Шона позволил лишь небольшую передышку — на роздых коням. Тут-то их и окружил отряд во главе с Дэлгэр-багатуром — главой личной охраны Идигу-Мангыта. Предатель Тургэн красовался на коне рядом с ним.

— Приказано освободить вас от пленного, мы довезем его в лучшей сохранности, — с издевкой сказал Дэлгэр.

Их было девять против двадцати мангытских, Туган-Шона подчинился приказу. Тургэн выехал вперед, взял лошадь с пленным монголом за узду.

— Не делай этого, бек! — закричал Николай: он заметил, что мангыты выхватили короткие луки, но было поздно.

— Стреляйте! — закричал своим Туган-Шона, выхватил Уйгурца и с отчаяния бросился на предателя. Срубил голову Тургэну не раздумывая, и тем подписал себе смертный приговор. Впрочем, он и так был уже подписан: его десятке суждено было погибнуть здесь, посреди степи, Идигу-Мангыту не нужны были лишние свидетели. Запели мангытские стрелы, четверо разведчиков качнулись в седлах, поймав свою смерть. Дэлгэр-багатур не ожидал сопротивления, а потому в числе первых поплатился жизнью, Уйгурец достал его, отправив в вечную пустоту — отсеченная голова командира покатилась по земле вслед за головой предателя. Мангыты окружили пленного монгола — свою главную добычу и выхватили сабли. Началась сеча. С правого бока железо ударило в железо: тяжелый топор Николая, пробив шлем, свалил конного мангыта на землю.

— Надо уходить, бек, мы их не осилим! Они не станут догонять, взяли, что хотели! — прокричал русский, сбивая еще одного мангытского воина с коня.

— Уходим! — прокричал Туган-Шона и поворотил коня. Четверо верных разведчиков пустились за командиром, но двоих достали мангытские стрелы. Пятеро всадников пустились за ними вдогон, остальной отряд повернул к ставке.

Они гнали что есть мочи, но лошади начали быстро сдавать, сил у них почти не оставалось. Туган-Шона на ходу дважды посылал стрелы назад, одна достала преследующего, второго подстрелил кто-то из разведчиков. Силы сравнялись. Туган-Шона придержал коня.

— Этих жадных пчел надо убить, сами они не остановятся, — разгадав его затею, прокричал Николай.

Они развернули коней, выстрелили дружно, ранили еще одного и, налетев на оставшихся, порубили их. Туган-Шона заарканил мангытскую лошадь, другую поймал Николай. Остальные лошади, гонимые страхом, разбежались. Еще час скакали прочь от предавшего их войска, там их ожидала теперь только позорная смерть. Спрятались в неглубоком овраге, разожгли бездымный костер в маленькой известняковой пещерке. У его весело трещавшего пламени умер раненый разведчик, их осталось трое. И только тут, спешившись, Туган-Шона заметил две стрелы, застрявшие в левом плече и в левом боку Николая.

— Еще хвастался, что заговоренный, — с горечью сказал Туган-Шона, осматривая раны.

— Не впервой, — выдавил русский сквозь зубы, — ты только их вытащи, бек, всё заживет, слово тебе даю, умирать мне нельзя.

— Молчи, береги силы.

— Вот уж чего точно не будет, — прошептал Николай сиплым голосом. — Я сейчас буду орать так, что звёзды с неба повалятся.

Он закусил зубами седельный ремень, кивнул головой, призывая командира к действию. Туган-Шона обмыл раны, сломал наконечник стрелы, что пробила бок и вышла наружу, потянул за оперенье и легко вытащил ее, заткнул отверстие скрученной в жгут тряпицей. Потом занялся стрелой, застрявшей в плече. На лбу Николая вздулись жилы и выступили крупные капли пота, он громко сопел, но зубы не разжал.

— Терпи, друг, терпи, я ее достану, — приговаривал Туган-Шона, тихонько раскачивая стрелу, расширяя рану. Затем резко потянул на себя, наконечник вышел, из раны струйкой потекла густая кровь. Николай охнул, глаза его закатились, и он провалился в спасительный обморок. Иса, последний из оставшихся в живых разведчиков, раскалил на огне нож.

Когда сталь заалела, Туган Шона отнял тряпку, прижег рану; тело Николая свело судорогой, он очнулся и заорал как скаженный.

— Кричи громче, друг, звёзды всё еще на небе, — ласково сказал бек, вытирая пот со лба русского.

Николай вертел мутными глазами, он еще плохо соображал и всё порывался встать на ноги и бормотал что-то неразборчиво.

— Ты вернулся, теперь всё будет хорошо, — Туган-Шона вдавил его плечи в расстеленный халат. — Лежи тихо.

Мокрой тканью еще раз обмыл русскому раны, поплевав на них разжеванной каменной афганской смолой, наложил тугие повязки. Укутал Николая верблюжьей кошмой, напоил, поддерживая дрожащий подбородок.

— Ложитесь спать, завтра будем думать, — приказал Николаю и последнему из своей десятки. — Я стерегу первую половину ночи, Иса — вторую.

Подбросил в огонь плотный корень степного кустарника. Пламя облизало дерево, прогрело его, корень занялся и загорелся, потрескивая, рассыпая мелкие искры. Искры вспыхивали, как светлячки, впивались в каменный навес пещерки и рассыпáлись весело потрескивающими огоньками. Тугая струя дыма стелилась по стене и потолку, незаметно мешалась с ночной теменью и отлетала к безмолвному небу.

22

Утро выдалось солнечное, Туган-Шона проснулся от птичьего гомона: в кустах ивняка беззаботно чирикали мелкие птички, радовались теплому июньскому солнцу. Иса оседлал коня и отправился на охоту. Вскоре он вернулся с подстреленным зайцем и большой серой цаплей, их запекли в углях, наелись, легли на расстеленные халаты. Николай поел через силу, раненое плечо покраснело и начинало гноиться, пришлось снова прижигать края железом. Русский вдосталь наорался и теперь притих, тяжело дышал, черты его лица заострились, глаза утонули в почерневших подглазьях и лихорадочно блестели, у него начинался жар. Иса постоянно менял повязки с мокрой глиной, глина оттягивала внутренний огонь, не давая ему распространиться по телу. От горячки помогал и отвар из сухих трав, Иса возил их с собой для такого случая. Разведчик сварил травы на костре в котелке и теперь потчевал настоем раненого, которого уложил на ложе из сухого камыша между двумя дымными кострами: дым отгонял злых духов болезни.

Так провели два дня. Николаю стало получше, но рана в плече причиняла еще сильную боль, ехать рысью он не мог, терял сознание, сползая с седла. Нашли ручей, поехали шагом по его руслу, теша себя надеждой, что вода течет в большую реку, к которой спешили теперь оба войска. На одном из привалов Николай кивком подозвал Туган-Шону.

— Теперь, бек, тебе меня надо беречь, — прошептал он. — Я послан от князя московского доглядеть за Тимур-эмиром. Надо битву выглядеть, как хочешь, а надо. После пойдем на Москву, князь тебя хорошо примет, возьмет на службу, ваших теперь в его войске всё больше прибавляется, князю на руку. Согласен, бек?

Туган-Шона промолчал. Идти было больше некуда.

— Возьмет, говоришь? — переспросил на другой день Николая.

— Не сомневайся, бек, еще и землей одарит, одно условие: ты должен будешь принять святое крещение, но это ведь тебя не остановит, правильно я понимаю?

Туган-Шона кивнул. Ночью он вспоминал, как по просьбе Мамая принял Аллаха. Принял и забыл — Великое Синее Небо простиралось над всем миром, над мелкими богами, что были лишь частью единого целого, как многочисленные звездные костры были лишь цветами, вышитыми на ночном покрывале; светя людям в степи, все они подчинялись одной госпоже — Луне, следуя за ней, как верные псы за охотником.

Признание Николая Туган-Шону не удивило, наоборот, увидал в нем знак свыше. Казалось, небо решило покарать его, лишив покровительства великого эмира, но тут же и спасло, опять подарив надежду, и он ухватился за нее, понимая, что, пока не прошел весь свой путь, должен идти по земле, ибо ложиться в нее, похоже, было для него рановато. Иса принял известие молча — простой воин подчинился сотнику, как всегда подчинялся командирам.

Они медленно ехали по топкому берегу ручья, вперед; теперь важно было не напороться на разведчиков с обеих сторон, спрятаться, увидеть и уцелеть. На четвертый день пути самаркандское войско нагнало их, весь день они пролежали в густом кустарнике и остались незамеченными. Войско ушло вперед к реке, они стали двигаться за ним на безопасном расстоянии, в трех фарсангах позади медленно тянувшегося обоза.

На пятый день Иса вызвался в разведку, растворился с лошадью в предрассветном тумане и назад не вернулся. Может быть, он примкнул к войску, может, пал, сраженный стрелой в степи, — Иса исчез, больше они никогда его не видели. Отвар ли, которым он поил Николая, сделал свое дело, или дымы отогнали духов болезни, только русский медленно шел на поправку. Горячка прошла, боль в плече стала терпимее.

Через десять дней после схватки с отрядом Дэлгэра, спрятав коней у ручья, они прокрались ночью к высмотренному заранее высокому кургану, залегли на его макушке в зарослях высокой, шелестящей на ветру траве — отсюда открывался вид на оба войска. Тохтамыш не успел перейти реку, Тимур навязал-таки ему битву.

23

Эти земли арабские торговцы называли Землей Теней, потому что людей, населявших эти болотистые пустоши с их клубящимися туманами, застревавшими в шевелюре тонкоствольной ольхи, с серыми валунами, выпирающими из устланной мхом земли, никто никогда не встречал. Арабы, по их рассказам, клали привозимые на обмен товары на вершины высоких курганов, а когда возвращались, находили там горы пушнины и тяжелые чушки болотного железа, из которых получалась отличная оружейная сталь. Небесный свод здесь стелился низко над пустынной землей и ничем не напоминал царственную голубизну неба над Самаркандом и высокий небосвод монгольских степей. То были гиблые земли, здешнее серое, сырое и безлюдное пространство внушало страх. Летом дни были бесконечными, а ночи краткими, блеклыми, полными пугающих видений. Солнцелюбивые люди чувствовали себя в этих гнилых землях бродягами, голодные и озлобленные, они мечтали либо умереть, либо вернуться домой со славой, лишь бы поскорей прекратилось это унылое существование. И потому, когда в Тимуровом войске увидали полки противника, воинами овладело лихорадочное предвкушение битвы. Муллы отслужили вечерний намаз, благословив героев. Ночью не жгли костров, точили оружие, проверяли упряжь, проклинали время, как будто специально замедлившее свой бег.

На заре выступили. Ордынское войско расположилось напротив самаркандцев длинной подковой. Тимур выстроил людей косой линией, разделив армию на семь туменов, основные силы находились на чуть выдвинутом вперед левом фланге, там же Туган-Шона разглядел и знамя великого эмира. В центр поставили наименее боеспособных воинов из покоренных племен и земель — их никогда не жалели, их и набирали-то в войско для первого удара, в таких отрядах обычно выживал лишь каждый двадцатый, да и то не всегда. Тимур рассчитывал втянуть Тохтамыша вглубь и, быстро сведя фланги, захлопнуть ловушку. С правого фланга стояли воины младшего сына эмира Мираншаха, для усиления ему придали три сотни «избранных» из братства смертников во главе с Шейхали-багатуром.

Туган-Шона отлично знал знамена своего войска, а потому читал строй как книгу, ему был понятен замысел Великого Хромца. Николай слушал и глядел, временами крутил головой, прогоняя жар: ночью рана на плече открылась и лихорадка вернулась снова. В какой-то момент он сдался и впал в забытье, Туган-Шона не заметил, когда это случилось: начавшееся сражение заворожило его, он привстал на колени и неотрывно смотрел вперед. Правый фланг самаркандцев начал битву. Пять тысяч всадников сорвались в яростную атаку, Туган-Шона знал их пронзительный клич: «Дар и гар!» — «Получай и умри!» Край левого крыла ордынцев пришел в движение, совершил обходной маневр, устремился навстречу конникам Мираншаха. Поднявшийся ветер донес до кургана завывания огромной трубы и грохот большого барабана у шатра великого эмира, но вряд ли эти звуки помогали воинам: конницы смешались, началась кровавая сеча. Новые и новые полки устремлялись на подмогу правому флангу, левый эмир предпочитал беречь, он всегда бросал его в схватку под конец сражения, но войско Тохтамыша не стремилось втягиваться в приготовленную ловушку. Солнце миновало свою высшую точку, но ни одна из сторон пока не получила перевеса — бой становился всё более жестоким, умирающие не бросали оружия, бились до последнего вздоха. Туган-Шона увидел, что левый фланг тимуридов атаковали свежие ордынские силы и, кажется, смешали планы Великого Хромца и начали теснить противника, разворачивая его строй, ломая задуманный ход сражения. И тогда великий эмир наконец бросил в прорыв нетронутые резервы, ударил прямо во фланг войск Тохтамыша. Удар был столь мощным и неожиданным, что ордынский фланг дрогнул, прогнулся, а затем побежал, увлекая за собой всё войско. Этот решительный натиск решил исход битвы. Тохтамыш бежал, оставив свое воинство, к вечеру Тимур одержал тяжело давшуюся победу.

Туган-Шона обнаружил, что его трясет сильнее, чем Николая в лихорадке. Гул битвы удалялся, но он никак не мог еще отойти от виденного: лава вооруженных всадников, как смертельная волна, идущая наперерез другой волне, расклинившая ее, разметавшая людей и лошадей, проломившаяся глубоко сквозь ряды обороны, крушившая, топчущая, неистовая и неостановимая, стояла перед глазами. Как круговые волны на воде от упавшего с высоты камня, во все стороны разбежалась ее сила. Черные точки ордынцев, разбегающихся кто куда, и достигающие их пики и окровавленные клинки, предающие бегущих лютой смерти, ненасытные, алчущие новой и новой крови, — он словно сам побывал там; застыл, как суслик у норки, на вершине кургана, и только тяжело дышал, потрясенный увиденным.

На кургане пролежали всю ночь. Николай метался в бреду, ему стало совсем плохо: похоже, внутри, в пораженном плече, разгорался смертельный огонь. Туган-Шона снял свой халат, укутал больного и лишь перед рассветом, в спасительном тумане, кое-как довел спотыкавшегося товарища к ручью, где отважился разжечь небольшой костер, зажарил на углях подстреленную заранее утку и втолкнул сквозь запекшиеся губы несколько кусочков мяса. Находиться здесь было опасно: победившие должны были утром отправить отряды дровосеков, собиравших дерево для костров. Туган-Шона не стал задерживаться, затоптал костер, засыпал его землей, привязал плохо соображавшего Николая к седлу и повел лошадей вверх по ручью, туда, откуда они и пришли.

Он ехал по Земле Теней, опустошенный, сраженный тем, что увидел. Думал о том, что должен был участвовать в этой битве, но судьба опять превратила его в бездомного странника. Три лошади, умирающий русский, который вряд ли увидит своего князя, пославшего его доглядывать за победоносным великим эмиром, и он, обездоленный и несчастный, — маленькие точки посреди гиблых и зловонных болот, затерявшиеся невесть где, обезумевшие и никому не нужные, обреченные на бесславную смерть. Но постепенно разум вернулся к нему, Туган-Шона осознал важность этой великой победы. Поражение Тохтамыша несло московскому князю долгую передышку, а значит, и свободу. Орда была разбита основательно, и кто еще сумеет собрать ее осколки и сумеет ли? Бедные земли русских Великого Хромца не интересовали, он давно рвался в золотоносную Индию, теперь, победив Тохтамыша, мог наконец начать приготовления, чтобы свершить свою великую мечту: стать властелином мира, затмить своими подвигами свершения великого Чингиз-хана.

На четвертый день, когда Николай впал в забытье и не откликался уже на его голос, Туган-Шона вышел к истокам ручья, к большому, раскинувшемуся насколько хватало глаз болоту, поросшему чахлыми деревцами, кустиками и зеленовато-красной кислой болотной ягодой. Справа, на бугорке, он заметил дымок, повернул к нему и вскоре оказался перед длинной землянкой, покрытой дерном. Одетые в шкуры, косматые, невысокие мужчины окружили его, взяли под уздцы измученную лошадь, развязали Николая и унесли под землю, туда, где жили. Туган-Шона на всякий случай показал им Мамаеву пайцзу, главный кивнул и заговорил почтительнее — похоже, ордынцев здесь боялись и уважали. Его отвели в другую землянку, поменьше, которую он сперва не заметил. Напоили горячим рыбным отваром. Он выпил отвар, повалился на приготовленное ложе и заснул. Люди Теней были гостеприимны и не стали терзать его вопросами, отложив их на следующий день.

24

В поселке болотных людей, говоривших на странном подобии тюркского наречия, прожили пятнадцать дней. Здешние жители оказались умелыми врачевателями, они сумели вылечить Николая. Больного поили темным отваром из березового гриба, пахшим столь же затхло, как их болотная вода, прикладывали к ранам повязки с пережеванными в кашицу травами, мохнатыми листьями и скатанной в шарики паутиной. Два дня Николай был в забытьи, но на третий очнулся, и тогда стало понятно, что русский не умрет.

Окрепнув и отдохнув, вкусив привольной жизни, они тронулись в путь. Люди с болота выделили им провожатого до следующего селения. Там их встретили так же радушно, накормили и сопроводили дальше. Болотный край тянулся долго, летнее солнце припекало, воздух звенел от мошкары, здесь приходилось обильно мазать лица дегтем. Его тошнотворный запах впитался в поры, покрыл щеки и лоб черной коркой. Длинные спутанные волосы, отросшие кудлатые бороды — они превратились в лесовиков. Ехали неспешно, покачиваясь в седлах, добывали пропитание охотой: так жили в этом суровом краю здешние люди, косматые и жилистые, выносливые, словно звери, хлебосольные для мирного путника и жестокие и смертельно опасные для залетного насильника.

Болот становилось меньше, а высокого хвойного леса всё больше, и вот он уже заполонил всё пространство, словно их древние боги сеяли черные ели и лиственницы, просыпая семена с небес вместе с частыми в здешних местах дождями. Душа степняка, привыкшая к необозримым просторам, сжалась в комок и занырнула куда-то глубоко-глубоко в норку под самым сердцем: темень леса пугала. Как некогда в пустынных песках, мерещилась по ночам всякая нечисть, от нее спасал лишь открытый огонь жаркого костра. Дров тут не жалели, валили на уголья два смолистых сосновых ствола, они прогорали медленно и отдавали жар до самого утра.

Туган-Шона замкнулся и стал немногословен: непредсказуемость будущего пугала не меньше непроходимого елового леса, зато набравшийся сил Николай, наоборот, с каждым днем становился всё веселее, шутил, стараясь приободрить своего спутника. Они приближались к границам русских княжеств.

Дорога пошла по берегам рек и речушек. Лес подступал прямо к воде, а однодворные деревни, окруженные небольшими, отвоеванными у елок полосками полей, прятались в живом зеленом частоколе, как медведи в зимних берлогах. Люди в деревушках смотрели на них сурово и подозрительно, руки их впивались в длинные топорища с тяжелыми и остро наточенными секирами на конце, с которыми они не расставались, похоже, даже во сне. Николай озорно шутил, здороваясь с ними; называл имя своего князя, тогда только в глазах, прятавшихся под насупленными бровями, загорались живые огоньки, но отвечали им коротко и весомо, словно каждое произносимое слово имело отдельный вес и цену. Им давали ночлег, кормили и молча провожали, застыв у порога, и долго глядели вслед, словно ожидали какого-то подвоха. В таких лесных логовах привыкли ко всему, особого добра от заезжих ордынцев тут не ожидали. Если б не Николай, вряд ли Туган-Шона сумел бы в одиночку проехать по этой раскисшей от частых дождей опасной тропе, которую здесь гордо называли стезей или путиной.

В самом начале сентября добрались до Нижнего Новгорода. Начальник караула у ворот выделил им провожатого, тот довел до княжьего подворья. Никита Илларионович, ближний боярин, посадил их за свой стол как дорогих гостей, поближе к себе. Московский наместник был в отлучке, но его вскоре ожидали, только он мог решить их участь. Про поражение Тохтамыша тут уже слыхали, но детали битвы всем были интересны. Николай рассказывал, а им всё подливали и подливали хмельного меда — не пить у русских считалось обидой для хозяина. К концу вечера Туган-Шона с трудом стоял на ногах, мальчик проводил его до покоев. Он рухнул на постель, голова кружилась, в ушах стоял шум застолья, его потянуло куда-то быстро и неотвратимо, сопротивляться этой неумолимой силе было невозможно. Он смежил веки, его куда-то понесло, перед глазами плясали размытые цветные картины битвы: люди, кони, завывания большой трубы, грохот барабана... и всё потонуло в черной и плотной темноте.

25

Он очнулся оттого, что кто-то настойчиво тряс его за плечо.

— Так, ты чё, вставай! Водки море, маму надо помянуть!

Мальцов с трудом разлепил глаза: Сталёк навис над ним небритый и пьяный.

— Господи, отвали. Зачем пришел, тебя разве звали? И без тебя голова болит.

— Меня всегда зовут, когда человеку плохо, я в скорой помощи работаю, не знал? — На небритой роже расплылась детская улыбка. — Гудишь? Дружок твой вчера сбежал, а ты всё спишь, два дня спишь, я уж думал, что и ты умер.

— Погоди! — Мальцов резко вскочил, поскользнулся на резиновой тапочке, чуть не угодил лицом в лежанку. Голова болела, изба плыла перед глазами, ноги плохо слушались, его мутило. Наконец кое-как сунул ноги в подвернувшиеся валенки, рванул в сортир.

Два дня, два дня, дружок сбежал — вертелось в голове. Холод пробрал до костей, отрезвил и вернул к действительности, в голове немного прояснилось.

Вернувшись в избу, первым делом оделся, потом затопил печь, умылся и долго и основательно чистил зубы. Сталёк никуда не ушел, сполз по печке на пол, сидел в ватнике и валенках, вытянув ноги по половицам, молча наблюдал за мальцовскими метаниями; рядом на полу стояла ополовиненная бутылка паленки, он уже успел приложиться, теперь закусывал «курятиной» — смолил едкую сигарету, не забывая стряхивать пепел в жестяной поддон у опечья.

— Иди сюда, рассказывай, — Мальцов позвал соседа на кухню. — Что стряслось? Откуда у тебя водка, ты же последние на похороны отдал?

— Тебе причитается, — растягивая гласные, с трудом проговорил Сталёк, — друг твой велел тебя похмелить.

— Что тут без меня случилось?

— Что случилось? Попик твой фотоаппарат азерам толкнул за пять тысяч, заплатил твой долг Валерику, накупил водки — вчера весь день бухали, а потом он на попутке в город рванул, сказал, что еще бухла привезет. Мне четыре бутылки выдал — нам с тобой на опохмел. Завещал, можно и так сказать! Не вернется он, чую, погулял и дал деру. — Сталёк опять улыбнулся, не выдержал, прыснул от смеху: — Нет, он заводной, твой Николай, всё анекдоты травил, мы все в укатайку! Хороший человек, хоть и божественный, простой!

— Погоди, давай по порядку. Чаю хочешь?

Мальцов уже вскипятил чайник, отрезал кусок хлеба, намазал маслом — за два дня отключки он оголодал.

— Знаешь же — когда пью, я не ем, — сказал Сталёк, глотнул из бутылки не поморщившись, затянулся, начал рассказывать. — Значит, так. К Валерику приехали азеры, завезли ему товар. А твой попик там сидел. Он им фотоаппарат продал за пять тысяч. Азеры купили. Разгрузились и уехали, и мы стали снова маму поминать. Ты что, забыл, как Таисию Геннадьевну хоронили? Ты не чай, водки выпей, подлечит, вы тут, смотрю, хорошо посидели.

— Не надо водки, скажи, какой фотоаппарат?

— Откуда я знаю, японский, кажется, «Никон», да, «Никон», Мамед так сказал. Я его и не видел, мне-то он ни к чему, елки фотографировать?

Мальцов вскочил из-за стола, рванулся в комнату: на столике у окна, где лежал его «Никон», фотоаппарата не было, зато лежал лист писчей бумаги, черным фломастером на нем было написано: «Прости, брат!», и внизу пририсованный смайлик.

— Ах ты! — Даже дыхание перехватило от гнева. Фотоаппарат подарила ему Нина на годовщину свадьбы, Мальцов снимал им раскопы и найденные вещи для отчета. — Спер, представляешь, фотоаппарат спер, гад! Говоришь, долг мой Валерику заплатил?

— Сполна, все пятьсот рублей, чин-чинарем, — подтвердил Сталёк, — к тебе претензий больше никаких. И это хорошо, Валерик бы подлянку придумал, так что, выходит, Николай тебя спас.

— Какой долг? — завопил Мальцов. — Какой нахрен долг? Не должен я ему ничего!

— Брось, — мягко посоветовал Сталёк, — Валерик сука та еще, не отстанет, с ним связываться опасно. Заплати долги и спи спокойно, — он хохотнул и как-то сразу помрачнел, опустил голову на грудь — видимо, готовился отключиться.

Этого уже Мальцов вынести не мог, растолкал соседа, поднял, вытолкал за порог.

— Бутылку-то возьми, твоя, — всё повторял Сталёк, протягивая ему ополовиненную поллитру.

— Иди, иди с богом, иди, — уговаривал его Мальцов, тесня в коридоре к крыльцу.

— Подумаешь, — фыркнул Сталёк на прощание, — была бы честь предложена. Сталёк — он честный, чужого нам не надо! — Он запихал бутылку в карман, побрел домой не оборачиваясь, бормоча под нос что-то нечленораздельное.

Фотоаппарат надо было выручать. Мальцов быстро позавтракал, запер избу и поспешил в Котово. Полчаса чапал по дороге через лес, по сторонам не глядел, в голове вертелись обрывки: Туган-Шона, битва при Кондурче, Николай, гогочущий, пьяненький, развалившийся на скамье за столом, записка с насмехающимся смайликом.

Валерика дома не оказалось, на двери висел большой замок.

— Он в город уехал, творог и сметану на базар возит, — сказала проходившая мимо баба, Мальцов видел ее на пожаре.

— Неужели тут не продать?

— Цену ломит городскую, свои не купят, а если и купят, то только если уж очень захочется, — сказала баба. — Творог у него — ни жиринки, нахрена такой сдался, — баба гневно сверкнула глазами и пошла дальше.

В Котове один Валерик и держал еще корову, но, похоже, местные его бойкотировали, а всего скорее, считали копейки, как и сам Валерик, вот и не задавалась местная торговля, только водка была нарасхват, потому что тут, понятно, никто не скупился.

Сторожить Валерика Мальцов не собирался. Вспомнил, что хотел навестить родных на погосте, пошел к церкви по длинной единственной улице, глядел по сторонам: каждый второй дом заколоченный или, хуже того, разоренный. С разбитыми стеклами, вытащенными половицами — ничейное умирало мгновенно: налетали, как воронье, выклевывали всё основательно, оставляя голый скелет-сруб, чтобы потом прокрасться и к нему, выпилить стены на дрова. Дальше такие инвалиды — косые, с провалившейся крышей — стояли сколько могли, их обходили стороной, зная, что ненароком может и придавить. Почему-то в детстве он не помнил таких руин, даже брошенные сараи в лесу стояли аккуратные, в пробой совали оструганную палку — входи любой, прячься от непогоды, только, уходя, не забудь опять закрыть двери. Дров в лесу было не больше и не меньше, чем теперь, но так вот от лени дома не опиливали, даже с краю деревни мертвые дома обрастали мхом и умирали медленно и достойно в своем сонном забытьи, тревожить которое почиталось за грех.

Посередине деревни на взгорке, на самом сухом и прогреваемом месте, стоял большой двухэтажный каменный дом, цоколь фундамента был сложен из гранитных блоков. Правая половина, заброшенная, прогнила: шиферная крыша кое-как еще держалась, но окна были выбиты и заколочены фанерой. В левой половине жила Наталья Федоровна — толстая, грузная пенсионерка, Лена дружила с ней с молодости. Федоровна ютилась на первом этаже, верхние комнаты принадлежали ее разъехавшимся детям. Дети наезжали по праздникам, жарили шашлыки, коптили рыбу, клялись, что займутся домом, пойдут куда следует, отпишут на себя вторую половину, покроют крышу заново и вставят новые рамы, но дальше клятв под стакан дело не продвигалось — дом умирал, как и его деревянные собратья. Ленивая и грузная хозяйка пекла пироги к приезду родни, остальное время сидела-лежала на диване, вперившись в телевизор. Лестница на второй этаж обвалилась, туалет переполнился, она не стала его чистить, ходила на двор — в большой скотный сарай, благо места там было много; летом по огороду растекалась крепкая вонь, но, похоже, ее это устраивало.

Дома, где селились божьи люди, державшиеся за нового священника, отличались от аборигенских: городские пенсионеры следили за огородом и садом, как за своей душой, участки были обкошены, прополоты, оградки покрашены, в окнах цвели герань и фиалки, а в межоконьях лежала свежая вата, украшенная веточками калины и вырезанными из фольги снежинками. «Понаехавшие» с местными разговаривали мало, лишь по необходимости: запертые на замок губы, длинные платья у женщин, косынки или теплые пуховые платки, старые «Жигули» у ворот, на которых ездили в город на базар по субботам-воскресеньям. Стоящая позади села пузатая церковь-ротонда — творение всё того же Барсова, — с низкими и толстыми колоннами у входа, с закопченными стенами, была основательна и аляповата, как современная якобы итальянская обувь от «Carlo Pazolini», изготовленная в Верее или Тамбове. Рядом прямо из земли выдвигалась в небо колокольня — эдакий трехчастный телескоп, увенчанный большим позолоченным крестом: Барсов после поездок по Италии обожал цилиндры и круги. Одинокая и чуждая в здешнем лесном краю красная труба с ужасом взирала на разоренное пространство, купаясь в галочьем грае, хлопая при сильном ветре по куполу оторвавшимися листами жести. Церковная ограда сохранилась, железные решетки красили раз в год зеленой масляной краской прямо поверх старой, а потому вскоре старая ржавчина начинала проступать, краска пучилась и облетала. Калитка на церковную территорию и на большой погост, начинавшийся прямо за апсидами, не закрывалась, зато около колокольни и около церковных дверей стояли большие собачьи будки, по натянутым проволочным жилам по двору бегали два здоровенных кавказца. Нечесаная, слежавшаяся шерсть придавала им свирепости, псов кормили раз в день, а кучи собачьего дерьма убирали только перед воскресеньями и праздниками, когда отпирали церковные двери для службы. Собак на это время уводили на двор поповской усадьбы, отгороженной глухим двухметровым забором. За забором стояли два больших рубленых дома, виднелись крыши баньки и гаража. Старый кирпичный дом причта использовали теперь для приготовления просфор. Невидимые в дни служб собаки гневно брехали из-за забора на прихожан сиплым басом, даже колокольный звон не мог заглушить до конца их злющий лай. Две натоптанные псами тропинки тянулись параллельно тропинкам, ведущим в храм и на колокольню, цепи были натянуты так, что собаки чуть-чуть не доставали идущего, бесновались у самых его ног. Собачьи будки, огромные псы, звенящие цепи, почти недоступные двери — всё должно было внушать страх потенциальным грабителям. Такой свирепый способ защиты от посторонних вызывал у Мальцова брезгливое отвращение.

Пройти на кладбище было можно только по длинной кривой, почти прижимаясь к забору усадьбы, что Мальцов и сделал: дед с бабкой, мать и отец лежали на почетном месте справа от апсид, в самом начале кладбища. Кавказцы, завидев его, зашлись в истерике, они рвались с цепей, проволока гудела и взвизгивала, цепи звенели, впечатление было такое, словно он вплотную подошел к государственной границе или к стене зоны, намереваясь перекинуть через нее посылку с чаем и сигаретами. В усадьбе приоткрылась калитка, девочка в кроличьей шубке выскочила на секунду и тут же занырнула назад, с грохотом закрыла железную дверь. Он поспешил завернуть за апсиды. Собаки полаяли еще для проформы и успокоились, загремели цепи, было слышно, как они забираются в свои будки.

— Аки львы во рву, — сказал он и усмехнулся.

Мальцов подошел к железной оградке, открутил проволоку, открыл дверцу и зашел внутрь. Снег лежал на серых бетонных плитах, как овчинная оторочка на дубленке, завалил цветники и засохший букет прошлогодних полевых цветов. Мальцов вытащил из-за дедова памятника веник, смел снег, стоял и смотрел на фотографии.

— Простите, вы тут по какой надобности? — раздалось из-за спины.

— А что, собственно, я нарушил? — ответил Мальцов не оборачиваясь.

— Тут лежат уважаемые люди, сюда чужим нельзя.

Тут уж он повернулся. Священник стоял в теплой длиннополой сатиновой шубе с меховым воротником, в меховой шапочке-пирожке, щеки его раскраснелись от морозца, аккуратно подстриженная борода и очки в черной оправе делали его похожим на дореволюционного профессора.

— Здравствуйте, отец Алексей. Пришел проведать своих. Тут дед мой, иерей, и бабка, отец и мать лежат. Не бойтесь, я не грабитель, да вы и постарались защититься, живете, как в крепости, со своими львами.

— Добрый вам день, не знаю вашего имени, простите. — Священник чуть склонил голову. — Времена сегодня такие, приходится остерегаться. Слыхали, в Прокшине священника живьем в доме сожгли?

— Как же, телевидение на всю страну раструбило, жуткий случай. Говорили, что он бандитам задолжал, это правда?

— Глупости, журналисты и не то придумают. Думаю, его сектанты-сатанисты сожгли, из мести: он их на каждой проповеди клеймил.

— Да-а-а, дела... Тут вот на днях Вовочка сгорел, менты сказали — восемнадцатое самосожжение по пьяни в районе за год. Меня зовут Иван Сергеевич Мальцов, давно хотел с вами познакомиться.

— Очень хорошо, дедушку вашего тут помнят, говорят, был очень добрый священник. Он ведь при Сталине пострадал, верно?

— Было такое, дед много не рассказывал. Просто я помню с детства: церковь всегда стояла открытая, когда он тут был или староста, то есть почти каждый день.

— Извините, Иван Сергеевич, времена изменились, воры кругом, видели, наверное, как деревню разбомбили. Приходится обороняться, у нас же иконы старинные, но если желаете свечку на канун поставить, я вам открою.

— Спасибо, не стоит беспокоиться, я просто зашел, постою и назад пойду. При деде иконы в церкви те же были, но тогда не воровали.

— Раньше проще жилось. На мне ведь большая ответственность, понимаете, люди вот потянулись, община растет потихоньку. Заглянете к нам в воскресенье? Приходите, рады будем. В такие времена лучше быть вместе.

— А какие теперь времена, батюшка, расскажите.

— Оскудение всеобщее, пакости, содомиты кругом... Смотрите, что по телевизору показывают, — срам, да и только.

— А вы пробовали телевизор отключить? Я вот не помню, когда его и смотрел, времени нет. И при чем тут содомиты, к вам-то, слава богу, никто не лезет, так?

— Упаси Господь, при чем здесь я — люди в смятении, надо о спасении думать, а они, эти, митингуют... — Тут батюшка осекся. — Вы ведь не в насмешку?

— Дед говорил, что всё держится на любви, а не на страхе, вы уж простите, если не так сказал. А что, батюшка, Николай, что у вас тут обретался, не появляется, сбежал?

— Знаете его? Отчего спросили?

— Разговорились. Он молитвы читал на кладбище. Оказалось, историк по образованию, как и я.

— Николай человек особенный, грешит-грешит, зато как кается! Беда с ним, он и в монастыре нас мучил, но человек не пропащий, большой души. Странник, одним словом, бредет по жизни, такого на привязи не удержишь.

— Юродивый, значит?

— Юродивыми по благословлению становятся, он пока не заслужил. Николай вас чем-то прогневал?

— Ага, спер дорогой фотоаппарат, накупил водки, напоил местных пьяниц и сбежал. Большой души человек, это правда.

Отец Алексей немного опешил, но нашелся, сложил руки на животе, посмотрел на него ангельским глазом:

— Не держите зла, я помолюсь за него, может, одумается, бесы его мучают. — Зрачки под толстыми стеклами очков расширились, он почти прошептал: — Отчитывали его не раз, помогает на какое-то время, а потом опять. Это не он — бесы, я знаю!

— Ну, бесы так бесы, а фотоаппарат жалко: жена на годовщину подарила.

— Простите, — отец Алексей заторопился, — мне надо идти, хозяйство большое. Заходите, будем вас ждать, может, и про дедушку людям расскажете, прихожанам интересно будет и поучительно.

— Спасибо, что просветили, я бесноватых раньше не встречал, теперь буду знать.

Мальцов с трудом сдерживался, чтобы не рассмеяться ему в лицо, но, когда священник отошел, смеяться почему-то расхотелось. Постоял еще минуту-другую и пошел назад. Собаки молчали, носа из будок не показывали — признали за своего?

Дом Валерика всё еще был под замком, он прошел его, свернул на василёвскую аллею. Через полчаса был уже дома. Растопил русскую печь, поставил в чугунке картошку. Сел к столу, подумал о фотоаппарате, понимая, что его уже не вернуть, незаметно переключился на Нину. Опять навалилась тоска.

— Почему меня люди мучают, ну что я им такого сделал? Мучили бы бесы, было бы понятно, — сказал, заглядывая в глаза ластящемуся Рею, погладил песика по голове, почесал за ушами. Навалил ему целую миску вареных макарон с куриными шейками. Смотрел, как щенок уписывает еду и счастливо урчит. Потянулся погладить еще, но Рей вдруг поднял сальную мордочку, обнажил мелкие зубы и зарычал.

Нине скоро предстояло рожать, но она была далеко, Нина, уже не его Нина.

— Черт с ним, с фотоаппаратом, — сказал в сердцах, — хотя бы Валерик теперь отстанет! Нет худа без добра.

Взял ухват, вытянул чугунок, принялся сливать картошку и ошпарил штаны, а через них и коленку. Заплясал, замахал руками.

— Твою ж мать! Вот непруха!

Долго не мог остановиться, махал руками, от гнева задохнулся, из глаз даже брызнули слезы. Но кое-как отдышался, сел к столу, принялся очищать картошку от липкой шкурки, перекидывал из руки в руку, чтоб не обжечься. Вспомнил, как учил есть картошку «по-военному» отец, когда они пекли картофелины в костре на лесных привалах. И захотелось есть, аж слюнки потекли от тех воспоминаний. Он постелил на стол газету, насыпал горкой крупную соль, откусил кусок от четвертушки луковицы. Едкий запах ударил в нос, основательно прочистил мозги. Он поскорей обмакнул сладкую картофелину в серые кристаллики соли, откусил и блаженно размял картошку во рту, выдохнул изо рта излишки жара, подул на пальцы и заел ломтем черного хлеба. Ел долго и сосредоточенно, теплая пища согрела и прогнала из живота поселившуюся там сосущую тревогу.

Съел полчугунка, пока не насытился окончательно, свернул газету с остывшей, склеившейся кожурой, бросил газетный ком в печку на тлеющие угли. Газета задымила, на ней заплясали синие огоньки, затем раздался едва слышный хлопок, самодельная скатерть занялась алым пламенем, и оно осветило закопченный свод печи. Умирающие угли тут же отозвались, запыхтели, отстрелив последние искры. Он придвинул лицо близко к устью, словно хотел искупать его в жарких волнах, идущих из таинственной глубины, в которую любил всматриваться с самого детства: умирающий огонь притягивал, как волшебный магнит. Дождался, пока газета не превратилась в белый прах. Затем поднял с пола жестяную заслонку, закрыл печное устье, подумав, что слово «устье» — производное от «уста». Поев сам, накормил и печку, теперь настал через ей отдавать накопленное тепло. И чтобы не кормить ненасытный ночной ветер, взял тяжелый железный блин и запечатал им трубу, и конечно же измазал руку в жирной саже. Долго мылил руки, старательно отмывал их, потом почистил зубы и плеснул в лицо холодной водой — всё, как заставляла делать мать, следившая, чтобы он не рос чумазым голодранцем, — так она в сердцах называла его, прогоняя перед сном к рукомойнику.

26

Сон не шел. Он долго читал детектив, где садист-убийца прятал расчлененные трупы в ледниковых пещерах во французских Пиренеях. Зачитался и не заметил, что на улице началась метель. Ветер выл и колотился в окна. От каждого сильного порыва старые стёкла вздрагивали в рассохшихся пазах и испуганно тряслись. Он отложил книгу, встал, принялся всматриваться в то, что творилось на улице. Свет фонаря метался по нараставшим на глазах сугробам, иногда совсем пропадая за пеленой несущегося снега. Что-то прогрохотало на чердаке, на миг почудилось, как по жести пробежали неведомые ноги, и он подумал: не дай бог, сорвало лист кровельного железа. Но грохот стих и больше не повторялся. Дуло изо всех щелей: из подпола, из рассохшихся ставен — старый дом плохо держал тепло, в трусах и майке Мальцов сразу продрог. Пришлось растопить лежанку.

Сухие дрова занялись сразу, по стене заплясали оранжевые зайцы, выскочившие стайкой из поддувала. Он надел шерстяные носки, закутался в одеяло, сел в старое кресло, придвинув его вплотную к стене лежанки и скоро согрелся, читать почему-то расхотелось. Сидел так в полудреме, вслушиваясь в рев улетающего в дымоход пламени, пережидал, пока прогорят дрова. Вьюга за окном выла безустанно, усердно мешая небо с землей и сон с явью. Он задремывал и просыпался, задремывал и просыпался, встал сквозь силу, помешал кочергой алые угли, раскопал непрогоревшие головешки. Головешки сначала дымили, затем на них проросли синие ядовитые огоньки, и вот огонь охватил их, а тяга унесла огонь на улицу. Алый жар из печи опалил лицо, он поскорее закрыл дверцу, опять возвратился в свое гнездо из одеяла, нырнул в сон, вынырнул из него через какое-то время, долго тер глаза, но бодрости это не прибавило.

Печь уже раскалилась, по избе растеклось сладкое, обволакивающее тепло. Тикал будильник, и ему стало даже весело на какой-то миг: за окном творилась сплошная чертовщина, а тут — дрема, бессилие и тишина, как в склепе, только будильник напоминал, что он еще жив. Жалобно взвизгивал во сне маленький Рей. Щенок спал, свернувшись клубком на подстилке, наверное, ему привиделась прошлая голодная жизнь. Мальцов вспомнил, как песик зарычал на него, отгоняя от миски с едой, сонно улыбнулся, встал опять, проверил печь. Огонь наконец-то погас, угли еще дотлевали, он закрыл вьюшку, рухнул в кровать, обхватил руками большую подушку, и тут же всплыло перед глазами Нинино лицо: она стояла на дне раскопа, гордая, перепачкавшаяся серой материковой глиной, и держала на вытянутых руках горшок с кладом, в глазах ее сияло торжество. Он тогда сфотографировал жену, обрамил и подарил ей портрет. Фотография в рамке осталась в Деревске, Нина повесила ее в большой комнате так, чтобы было видно сразу из коридора. Триумфальная, счастливая, сияющая, какой больше не увидеть ему никогда. Будильник на столе безжалостно тикал. Мальцов вжался в подушку, — все звуки сразу исчезли, — закрыл глаза, в навалившейся жаркой черноте Нинин образ начал таять и, слава богу, исчез.

Утром метель поуспокоилась, но не прекратилась, мело еще два дня, буря уходила с неохотой. Снег валил и валил, засыпая весь мир, покрыл землю, лег шапочками на каждый столбик, на каждую перекладину забора, устлал крыши, укутал деревья, сровнял ямки на дороге, настроил сугробов — запечатал въезд в Василёво, похоже, уже до весны. Выходил днем, махал широкой фанерной лопатой, расчищал дорожки к колодцу, к бане и к мусорной яме, но на следующий день пришлось всё чистить по новой. Тропинки утонули в пушистых отвалах, которым предстояло только расти, поэтому он старался кидать снег подальше. Эта работа напоминала чистку отвалов в студенческих экспедициях: отвалы неуклонно росли по краям раскопа. Мальцов работал, привычно экономя силы, но вскоре пот начал заливать глаза, тогда он остановился, утер лицо рукавом, передохнул, плечи и голова моментально покрылись снегом. Он отряхнулся, снова взялся за лопату: дорожки были единственной связью со сжавшимся до пределов усадьбы окружающим миром.

Потом он серьезно занялся домом, нарыл в кладовке старого тряпья, заткнул все половые щели, хорошенько законопатил, из еще бабкиных запасов муки грубого помола сварил клейстер, процедил его через марлю и заклеил рамы полосками газетной бумаги. Застелил пол половичками: в чулане хранились огромные рулоны половичков, он постелил их все, в два слоя. После обеда снова вышел на улицу, прикопал избу по окна снегом вкруговую и обстучал его лопатой — устроил своеобразную завалинку, которую правильные хозяева сооружали на зиму из соломы: снег, тая, впитывался в нижние венцы, и тогда они быстрее сгнивали. Мальцов соорудил снежную крепость и сразу ощутил результат: печи теперь нагревали избу и кухню так, что он смог сидеть за столом в одной рубашке, а по половичкам можно было даже ходить босиком — теперь мороз был ему не страшен.

В окно он видел Сталька и Лену, они тоже чистили дорожки вокруг своих домов, но к нему не заходили; по вечерам окна их изб светились мертвенно-синим светом: соседи смотрели телевизор.

Так и зажили, день потянулся за днем. Со скукой и тишиной он боролся за столом, начал работать, и втянулся, и не заметил, как пролетел декабрь. Сталёк дважды выбирался в Котово с санками, ездил за хлебом к автолавке, привозил, что заказывали, за привоз получая плату — бутылку всё той же паленой водки. На третьей неделе Сталёк не выдержал, убежал в Котово раньше срока, пропадал три дня, про-

пустил автолавку и вернулся с расцарапанным лицом
и пьяный в хлам, затворился в своем логове, и только
дым над трубой возвещал, что он жив. Лена каждый
день заходила к Мальцову «на минутку», выпивала
чашку чая с принесенной конфетой, они переки-
дывались ничего не значащими фразами и расходились: Лена заметила раскрытые книги на столе и на
полу, горящий экран компьютера и Мальцову не до-
саждала, она от рождения была деликатной.

Снег шел и шел теперь беспрестанно, солнце
спряталось, появлялось из-за туч редко и ненадолго.
Отвалы по краям тропинок выросли по пояс, и еже-
дневное махание лопатой вошло в привычку, прогоняло по утрам сонливость. Серый день стал совсем
коротким, Мальцов много спал, но странно, Туган-
Шона исчез из снов, зато однажды ему приснилась
каменная вкладная плита из генуэзской крепости,
в которой наряду с гербом Генуи красовалась рогатая
луна — чингизидский символ, что потянуло за собой
ряд интересных рассуждений в книге. Он нащупал наконец подтверждение своей версии, в корне противоположной официально устоявшейся. Доказатель-
ства и примеры находились легко, неопровержимые,
они работали, идея обрастала мясом истории, и это
было здорово. Москва и Питер на историков с пери-
ферии посматривали свысока, и Мальцов знал, что
только стройная теория заставит ученый мир от-
нестись к его идее благосклонно. Он потирал руки,
злость вскипала в голове, продуктивная злость, что
тешила его гордыню, и он ухмылялся, откидывался
в кресле, заложив руки за голову, смотрел на серый
день за окном, на хлопья падающего снега и мечтал,
интуитивно чувствуя, что на верном пути. Потом
опять придвигался к столу, работал, забыв про обед;
всё, что мучило прежде, отлетело, работа доставляла
ему радость. Телефон не звонил, время от времени

ставил его на зарядку, проверял входящие, но их не было, и это, как он сумел себя убедить, было отлично: не отвлекало от работы.

Двадцать девятого декабря проснулся затемно: Лена вчера попросила его сходить в лес за елочкой. Решили, что отметят праздник у Лены. Лена пообещала наготовить пирогов и поставить холодец. Снег перестал валить еще с вечера. За ночь похолодало, термометр показывал минус десять. Он оделся тепло, влез в старый овчинный тулуп, еще дедов, подпоясался ремнем, сунул ноги в валенки с галошами, положил в рюкзак топор и веревку, встал на лыжи. Решил идти по дороге к реке, к старой леспромхозовской делянке: в отличие от воровских порубок, лесозаготовители сажали на выработанных участках елочки, за десять лет деревца выросли, было из чего выбирать.

Пока собирался, пил чай с хлебом с маслом, начало светать. Малиновый свет растекся по облакам, лег на верхушки деревьев. Он тропил лыжню, проваливаясь в рыхлый снег по щиколотку, лыжи легко катились и поскрипывали. Розовый, красный, оранжевый быстро сменяли друг друга, по снежному покрову пробегали синие и фиолетовые искорки, и наконец снег взорвался и заблестел и запереливался под яркими лучами окончательно проснувшегося солнца так, что смотреть на него стало больно, до рези в глазах. Солнце ярилось в голубом небе, таком чистом и высоком, какого он не видал за весь прошедший месяц. Морозец и не думал пока отступать, всё живое попряталось или тихо наблюдало за ним из своих ночевок, даже птицы молчали, не спеша выбираться на кормежку. Тени от деревьев втянулись в глубь леса, тишину вокруг нарушал только шорох лыж, нарезающих две параллельные линии в едва заметном провале занесенной старой дороги.

Справа и слева потянулись заросшие березками поля. За деревенской околицей заяц навязал ночью на поле своих петель, чуть дальше по дороге четко, как по нитке, недолго бежала лисица, но вскоре свернула в березняк на ту же сторону, откуда пришла. Отец учил его читать следы, но отличить лису от зайца мог любой деревенский школьник, так характерны и различны были рисунки их следов на снегу. Он почти прошел поле и тут заметил на дороге отпечатки копыт кабана. Зверь бежал быстро, разметая брюхом пушистый снег, вынырнул из березняка, справа: спешил по дороге к реке, как раз туда, где росли нужные Мальцову елки. Мальцов нагнулся и внимательно осмотрел глубокий тянувшийся след: отпечатки копыт были широкие, значительно притупленные спереди, кромки следов свежие и острые, еще не опавшие — ночью здесь пробежал большой секач. Что-то его напугало, кабан шел на рысях, шаг не вихлял, вытянулся почти в прямую линию. Мальцов подвинулся с середины дороги, заскользил по обочине, чтобы не порушить кабаний след. У самого леса, где кончались поля, всё стало понятно. Справа из березняка тянулась хорошо утоптанная ниточка следов, она выскочила на дорогу параллельно кабаньей тропе: волки гнали борова, и тот тянул к реке — возможно, надеялся пройти по воде, замести следы. На повороте у дороги ровный, как по компасу проложенный, волчий след на мгновение распался: несколько молодых переярков срезали путь, выбившись из линии. Он насчитал по крайней мере пятерых. Стаю вел матерый, волк был тяжелее молодняка, да и следы оставлял шире, подушечки его пятки отпечатались очень четко, как и все четыре пальца с когтями.

У входа в лес Мальцов остановился, на всякий случай достал из рюкзака топор и пошел, уже не выпуская его из рук. Волки, похоже, нагоняли добычу: кабан здесь припустил галопом, задние ноги занося за передние, отпечатки их располагались теперь не рядом, а несколько наискось друг к другу. Так же изменилась и ниточка многократно крытых отпечатков волчьих ног. Линия оборвалась, звери перешли на махи — следов стало больше, второй и последующие за ним разбивали при приземлении отпечатки мчавшегося впереди. Мягкий пушистый снег не выдерживал тяжести плюхающихся со всего размаха тел, разлетался по сторонам, припорошив целик на обочине.

Лесная дорога тянулась с километр и выходила на высоковольтную просеку, за которой начиналась старая вырубка — цель его пути. По тому, как был разметан снег, походило, что волки уже увидели добычу; кабан рвал из последних сил, делая огромные скачки, разрыв между следами копыт еще увеличился. Мальцов не раз останавливался и прислушивался, воображение рисовало страшную картину, он чуял, что развязка наступит скоро, и попасть на пиршество стаи совсем не спешил. В лесу стало темнее, занесенные снегом ели стояли здесь густой стеной, закрывая свет. Он вздрогнул от неожиданного глухого звука и начал испуганно озираться по сторонам, но тишина снова навалилась, и всё утонуло в безмолвии. Неожиданно звук повторился снова, с другой стороны, совсем близко, и он понял, что это срывались с еловых лап снежные шапки. Постоял еще чуток и расслышал только, как испуганно колотится сердце. Стая затаилась, залегла, словно ее и не было, где-то тут, рядом. Он заставил себя идти вперед, стараясь двигаться почти бесшумно. Мальцов тяжело дышал, пар изо рта выбелил уши у шапки, лоб вспотел, и морозец начал пощипывать щёки и нос.

Наконец темный лесной отрезок закончился. На широком просторе просеки, совсем недалеко от дороги, Мальцов прочитал последний эпизод погони. Всё поле с торчащими из снега старыми пнями, поросшее молодыми березками, было словно вспахано кабаньей грудью и носившимися кругами волками. Кабан принял смерть у большой рябины, у кромки просеки, волки не дали ему уйти в лес, отрезали и от реки, загнали в угол. Большой круг около дерева был плотно утрамбован лапами и копытами, усеян замерзшими брызгами крови. Около рябины крови было больше, как около полыньи, из которой черпают воду, кровь смешалась с мочой, выжелтившей некоторые участки, но, что удивительно, от всего быстрого пиршества остались только клоки жесткой медно-бурой шерсти и почему-то не съеденная кабанья печенка — исконное лакомство всех хищников. Вероятно, стая добрала больного секача, оставив пораженную печень всеядным воронам. Мальцов снял лыжи, исходил всё поле битвы, но не нашел больше никаких останков кабана — волки сожрали всё или унесли с собой остатки на дневную лежку. Следы их потянулись сквозь лес, вынырнули на дороге, метрах в трехстах ниже, где уже начинался уклон к реке. Теперь хищники шли медленно, шагом, опять семеня след в след, кое-где рядом с отпечатками лап он находил заледенелые капли крови. Волки перешли реку и скрылись в увалах высокого берега. Мальцов проводил стаю до кромки воды и здесь встал надолго. Река текла под уклон, быстрину еще не сковало льдом. Стоял и смотрел на черные, тугие струи, текущие по каменистому руслу. Вода обтекала два черных валуна, устремлялась в проход между ними, ускоряясь в узком горле, зло наскакивала на каменные лбы и пела в стремнине захлебывающимися веселыми голосками. Журчание воды успокаивало. Солнце начало припекать, он снял ушанку, стряхнул с нее белые надышанные сосульки, расчесал слипшиеся от пота волосы пятерней и поскорее надел шапку на голову: на ветерке у реки легко было и простудиться. Где-то из прибрежных зарослей понеслось гулкое горловое «курр-курр» — лесные голуби завели утреннюю перекличку.

Стая убийц загнала ослабленного и больного одиночку, сделав это виртуозно, расчетливо, выгнав на распахнувшуюся просеку, где их преимущество было неоспоримо. Загнала, пожрала целиком и побежала дальше. Не так ли поступили и с ним?

— Так, да не так, — сказал он вслух, и голос прозвучал неожиданно и до того громко, что вяхирь в чаще поперхнулся, испуганно булькнув, и замолк.

Мальцов смотрел на речку и не мог от нее оторваться. Здесь у выходящей из леса дороги раньше стояла мельница, река тут замерзала только с сильными морозами. Основная ее часть была уже подо льдом, чистым и некрепким — зелено-голубая змейка вилась по болоту, укрытому нетронутым снегом, и чуть парила в не схватившихся еще окончательно полыньях, как живое, спокойно дышащее существо. Наконец он вспомнил о цели похода — о новогодних елках, развернул лыжи, пошел назад по укатанной лыжне. Нашел две пушистые елочки на обочине дороги, срубил их, перевязал, закинул на спину и отправился домой. Он вдруг почувствовал, что проголодался, от пережитого волнения разыгрался аппетит. Пригрезился салат оливье — обязательное блюдо на новогоднем столе, и он понял, что завтра поедет в Деревск, одним днем, закупится в магазинах и, может быть, навестит Нину, — ему надо было ее увидеть, ведь скоро она должна была родить его ребенка. Его ли? Он прибавил ходу и скоро увидал тополя на василёвской улице и черные силуэты домов. Над двумя из них прямо вверх поднимались густые столбы дыма.

27

После обеда он залез на чердак, вынул из сундука старые обувные коробки: в них хранились елочные игрушки. Стеклянные шары были переложены ватой и завернуты в мятую газету, на одном обрывке сохранился кусочек первой страницы «Деревского рабочего» от 20 декабря 1974 года с короткой заметкой из раздела «Разное». Заметка называлась «С помощью актива». Он прочитал: «К началу подписки на газеты и журналы на 1974 год в Деревском железнодорожном узле готовились заблаговременно. Было проведено не одно инструктивное совещание с многочисленным отрядом общественных распространителей печати. Их снабдили всем необходимым. Общественные распространители умело провели разъяснительную работу и подписку. Многие железнодорожники подписались на газеты "Правда", "Гудок", "Калининская правда" и "Деревский рабочий". В. Рукавишников».

Смятая бумага с мертвым языком умершей страны сохранила его любимый светло-зеленый шар: на стекло серебряной краской были нанесены две нити, они опоясывали шар выпуклыми параллельными спиралями, и если покрутить шар, зажав нитку в пальцах, спирали создавали ощущение бесконечного движения. В детстве он непременно крутил шар перед тем, как повесить на елку, и однажды чуть было не разбил, когда перетерлась ветхая ниточка, лишь чудом подхватил его и спас. Мама была рядом и всё видела, она тогда больно Мальцова отшлепала. В детстве мама часто ругала и шлепала его, ставила в угол и оставляла без сладкого — отец смотрел на шалости единственного сына сквозь пальцы и ни разу не ударил. Мальцов всегда вешал зеленый шар на самые верхние ветки. В темноте при горящих свечах игрушка начинала светиться из глубины тихим зеленым светом, спокойным и притягивающим, словно в шаре была заключена какая-то тайна, что оживала в нем только по ночам в преддверии Нового года. Он пристроил шар на верхнюю пушистую ветку, уравновесив с другой стороны таким же, но темно-красным, этот светился изнутри рубиновым светом, как звезда на кремлевской башне. Пониже нашлось место для серебряных витых сосулек, оловянного ангела с длинной трубой, хрустального колокольчика с отбитым язычком, для санок из бисера и ватных яблок и груш со сморщенными и обшарпанными боками, для бисерной же мельницы с голубыми крыльями и лебедя из серебряной бумаги с гордо изогнутой шеей. Это были старинные, еще дореволюционные игрушки. Нина как-то сказала, что их надо перевезти в Деревск, а он просто забыл это сделать и теперь обрадовался, обнаружив их на чердаке. Пожелтевшая вата, которой были переложены игрушки, легла на ветки и под елку, изображая снег. В другой коробке лежали игрушки новые, купленные уже в его детстве: однотонные золотые и серебряные шары — им нашлось место пониже, — ярко раскрашенный пушкинский звездочет с длиннющей белой бородой и в красных остроносых сапогах, жестяной паровозик с помятой трубой, картонные снежинки, две пики — навершия, слишком яркие, переливающиеся от переизбытка цветных глазков, и старая звезда из медной проволоки, похожая на расплющенный ершик, — проволока сильно потускнела от времени. Дед всегда прикручивал к верхушке елки звезду, хотя мама настаивала на ярких пиках: это она их купила, хотела, чтобы было «как у всех», но, сколько он себя помнил, пики на верхушках так и не прижились. Мальцов снова завернул их в газету, а наверх водрузил привычную старушку звезду. В третьей коробке спали Дед Мороз с деревянным посохом и мешком через плечо и Снегурочка с длинной русой косой из мочала, в голубом полушубке с блестками. Куклы были сделаны из такой же крашеной ваты, что и яблоки и груши, их он поставил под елку. Еще в коробке лежал плюшевый заяц с одним ухом — одна из первых его игрушек; он посадил зайца на почетное место посредине, между Дедом Морозом и Снегурочкой. Зато свечек, к сожалению, не осталось, лишь подсвечники на прищепках и перегоревшая гирлянда с лампочками. Он отнес ее к Стальку, тот повертел в руках и пообещал починить. Не нашлось в коробках только серебряного дождя и блестящих гирлянд из фольги.

Елка без огоньков и блеска серебряной канители была неживой — всё подталкивало совершить вылазку в Деревск. Он отнес к Лене чистую рубашку и брюки, попросил выгладить: не мог позволить себе появиться в городе в старых джинсах и разношенном свитере. Обсудил с соседкой приготовления, та заказала конфет и шоколадного печенья.

Они как раз пили с Леной чай, как зазвонил телефон.

— Иван Сергеевич, здрасьте, это Дима. Я звоню по поручению Нины, она вас просила заехать перед Новым годом. Приедете?

— Как раз завтра собирался, а что случилось?

— Что-то срочное с документами, она просила передать: она завтра весь день дома. Я в камералке буду, увидимся?

— Нина в порядке?

— Это по отчету, его же в январе сдавать, вы не волнуйтесь, с ней всё нормально.

— Хорошо, тогда до завтра.

— Вызывают? — Лена ревниво сощурила глаза. — Глядишь, там встречать будешь?

— Нет, Лена, это вряд ли, завтра же и вернусь.

— Ну и ладно, отпразднуем не хуже, чем в городе. Я тесто поставлю... Каких хочешь пирогов?

— Капустник и с луком и яйцом.

— Тогда вези зеленого лука и два десятка яиц.

Наутро чуть свет вышел на трассу. Скоро ему повезло, почтовая машина тормознула и за полтора часа довезла до города.

Деревск еще освещали ночные фонари, но люди уже стекались из улочек к старому базарному тракту, карабкались в гору по посыпанной дворниками песком лестнице, ведущей к огромному пятиглавому собору, за которым раскинулись палаточные ряды праздничной ярмарки. Базар уже работал, всюду переливались электрические лампочки, на столах грудами лежали елочные украшения, фейерверки и бенгальский огонь. Мальцов выбрал две коробки с электрическими лампочками попроще, две упаковки дождя и несколько кружевных гирлянд из фольги. Затем в продуктовых рядах купил литровую бутылку водки, кусок говяжьей мякоти, два яблока, зеленого лука, сухих приправ, две банки горошка и большую банку майонеза, два десятка яиц, коробку конфет «Мерси» и шоколадного печенья — Лене в подарок — и десять пачек ярославской «Примы» для Сталька. Денег оставалось мало, Мальцов жадно осмотрел сырокопченые колбасы, но купить даже полпалки себе не позволил. Продукты аккуратно сложил в рюкзак, яйца пристроил в тряпичную сумку отдельно, чтобы не побить, пошел с базара вниз по лестнице, к реке, к дому. Успел уйти вовремя, солнце начало вставать, сверху город был как на ладони, весь залитый розовым светом, на котором расцветали расширяющиеся к небу фантастические кроны, сотканные из печных дымов. Люди шли ему навстречу, как муравьи, на лестнице началась толчея.

— Иван Сергеевич!

Его окликнула Светка — секретарша из музея, Нинина подруга. Он поздоровался, но останавливаться не собирался, Светка сама преградила ему дорогу.

— Ой, Иван Сергеевич, давно вас видно не было, где вы пропадали?

Пришлось остановиться.

— В деревне, Света, сижу работаю.

— Здо́рово! Вот здо́рово! — вскричала она с излишним наигрышем, так звонко и весело, что Мальцов почувствовал, как у него сводит скулы от злости. Светка поняла, что пережала, и тут же перешла на заговорщицкий шепот: — У нас тут на Маничкина дело завели, министерские деньги использовал не по назначению! Ему не отвертеться теперь, Иван Сергеевич, даже друг-прокурор от него отступился, сдал на горсовете, представляете?

— И что?

— Пока он даже на работу ходит, но поговаривают, спета его песенка! Вернетесь тогда к нам?

— Не думаю, Света, этот выкрутится, — сказал он холодно.

— Он только за счет прокурора и держался, теперь точно его закроют. Возвращайтесь, мы же вас все любим, — она игриво закатила глазки.

— Ты на базар?

— Конечно!

— Ну так и беги, а то всё раскупят.

— Ага, я побегу! — Она мотнула головой и побежала вверх по лестнице не оборачиваясь.

Про Нину словом не обмолвилась, подумал Мальцов. Спустился с лестницы, перешел площадь. Дом стоял, как корабль в сухом доке, выпирая из высокого берега: гранитный фундамент — ватерлиния, желтые стены — корпус, в больших черные окнах отражалась белая полоса замерзшей реки, испещренная черными точками собачьих следов.

Он не стал заходить в камералку к Димке, поднялся на второй этаж, позвонил в дверь. Нина открыла сразу, она была в теплом халате, в вязаной кофте, живот выпирал из халата громадным арбузом.

— Привет, как дела? Димка сказал, ты хотела меня видеть?

Он неприлично долго смотрел на огромный живот, потом так же долго, изучающе оглядел ее всю, как осматривают статую в музее, отметил, что Нина изменилась, утратила свою привлекательность и уже не походила на задорного мальчишку. Та же короткая стрижка, выпирающие плечи, длинные пальцы, впившиеся в подол кофты, но лицо бледное, как побелка, губы стянуло в ниточку. Мальцов почувствовал ее напряжение, и оно тут же передалось ему.

— Ты хотела меня видеть, я приехал. Всё идет по плану, как ты?

Вежливый, сухой ответ, никаких эмоций на лице, тон деланно-равнодушный.

— Приехал на базар, наряжал елку, старые лампочки не годятся — перегорели.

— Купил?

— Конечно.

Он вдруг заметил, что дверь в кухню, обычно открытая, сейчас была притворена. Прислушался, но ничего подозрительного на кухне не расслышал.

— Пойдем, тебе надо расписаться в зарплатных ведомостях. — Раздеться не предложила. Мальцов бросил взгляд на вешалку — куртки Калюжного на ней не было. Не снимая ботинок, прошел в большую комнату. На отцовском еще письменном столе лежали три ведомости. Показала, где ставить подпись. Он подмахнул не глядя.

— Пять тысяч — зарплата, — Нина протянула ему новую купюру, Мальцов взял, сунул в карман. — Тебе причитается пятнадцать, но десять я взяла на врачей и роды, ты не возражаешь?

— Конечно. Хочешь, возьми всё? — предложил он.

— Не надо, нам хватит, — она ответила слишком резко и, чтобы смягчить свой тон, похлопала себя по животу, намекая на будущего ребенка. Уголки ее губ чуть дрогнули. Это была даже не улыбка, а лишь намек на нее. Почему-то именно это его задело, показалось издевкой, он не выдержал, спросил, уже не в силах скрывать обиду, руки как-то сами сжались в кулаки:

— Нина, а ребенок-то мой?

— Ты сомневаешься? — Зрачки сразу сузились, глаза впились в него, как две иголки.

— Я — нет, твоя маманя сомневается.

— Это наше с тобой дело, ты ее больше слушай.

— Я и не слушаю, но какого хрена...

Она резко его оборвала, сказала холодно и деловито:

— Подпиши здесь, документы на развод, твое присутствие не потребуется.

Ноги предательски задрожали, он разжал кулаки, судорожно сцепил пальцы и кое-как унял дрожь.

— Когда суд? — спросил скорее чтобы отвлечь внимание от побелевших костяшек пальцев, но она заметила, и опять губы ее мстительно дрогнули.

— Сразу после Нового года, надо успеть перед родами.

— Круто.

— Я старалась...

И тут понял наконец: то, что он принял за мстительную улыбку, есть сидящий в ней страх, уловил повисшую в воздухе обреченность, скрываемую за резкостью и напускным холодом, и ему сразу же захотелось сказать ей что-то хорошее и обнадеживающее, лишь бы исчезло это незнакомое прежде выражение на ее лице-маске.

— Мальчик или девочка, ты делала УЗИ? Я его, конечно, призна́ю, Нина. Пойми...

— Не делала и не хочу. Ребенок родится, можешь не переживать, — в голосе проскользнули язвительные нотки.

— Дело в том, что я переживаю, понимаешь? Я же не чужой.

— После всего, что ты наделал? Иван, жить вместе мы не можем и не станем, — теперь она уже его обвиняла.

— Что я такого сделал?

— Хватит, Иван, объяснять бесполезно, прими просто как есть. На наших рабочих отношениях это никак не должно отразиться.

— Где расписаться?

Она показала, он опять поставил подпись.

— Говорят, на Маничкина завели дело?

— Знаешь уже? Да, завели, копают, может, и докопаются.

— Что будешь делать, если его снимут?

— Рожать, Иван, это сейчас самое важное. ОАО работает, отчет мы сдадим, получим новый открытый лист, заявки на следующий год есть, будут и еще. Быть хозяином себе самому лучше, а там посмотрим.

— Тебе видней. Или теперь вам видней? — спросил, намекая на Калюжного.

Но она сделала вид, что не услышала. Собрала документы, сложила в файл с кнопочкой, закрыла его со щелчком, поставила на полку, сделала шаг к нему, тесня к двери.

— Кстати, ты в курсе, мне жить теперь негде.

— Ты, кажется, мечтал жить в деревне? Вот и живи! Я тебя предупреждала! Ты же у нас честный и независимый, настоящий ученый, не то что мы!

Она вдруг рассмеялась, и смех раскатился по комнате, жесткий, злой, едкий — ему стало не по себе, он не ожидал, что Нина так вот в лицо ему рассмеется. Мальцов как-то сразу поник и помрачнел, вступать с ней в перебранку не было ни сил, ни желания. Но Нина уже сорвалась и не могла остановиться, закричала, наступая:

— Один из документов, что ты подписал, кстати, отказ в мою пользу от этой квартиры! Нам тоже надо жить, понимаешь? Жить, а не витать в облаках!

— Как же так?

Она глубоко вдохнула воздух, словно намеревалась заглушить клокотавшую в ней ненависть, и выпалила:

— Ты всё сотворил своими руками, сам! И так будет лучше! Ты не пропадешь! Ты всегда только о себе и думал, вот и получил, что заслужил! И мы не пропадем! Не пропадем, не сомневайся! — Короткие фразы, она бросала их в лицо, упиваясь своей победой.

— Но это неправда, — только и смог выдавить он, и ему сразу же стало противно за свое унижение, за то, что так мямлит, за свою слабость.

Дверь на кухню чуть-чуть приоткрылась, Мальцов вдруг услышал, как скворчит на сковородке лук, и понял: Калюжный там, слушает, готовый, если надо, прийти на помощь, а заодно жарит лук на его кухне, готовит обед. Доли секунды понадобились, чтобы осознать это. И тут опять по ушам ударили ее слова, резкие, хлещущие, как удары хлыста.

— Правда! Это правда, Иван!

— Ты злая, Нина, я не знал, какая ты злая, — проговорил он дрожащим голосом, повернулся к двери, рюкзак ведь так и не снял с плеч, взял только оставленную в углу сумку с яйцами. В дверях задержался, окинул через плечо комнату, отметил фотографию в рамке, ту, с кладом, что ей подарил. Хотел было что-то сказать, но понял, что не может выговорить ни слова. Не прощаясь шагнул через порог. Дверь захлопнулась с громким стуком, замок щелкнул вдогон — похоже, Нина прыгнула к двери, как кошка. Он прислонился к стене. Постоял, прижимаясь щекой к холодной штукатурке, потом сообразил, что она, может быть, разглядывает его в глазок, с силой оттолкнулся от стены, спустился по лестнице на первый этаж.

На двери Танечкиной квартиры красовалась милицейская печать, а вот коты, которых она привечала, скорей всего, никуда не делись: в подъезде сильно пахло кошачьей мочой. Вспомнилось почему-то Танечкино гадание: она предостерегала его опасаться сварливой женщины. Где теперь мотает срок Танечка, где теперь ее дети? Осталась только кошачья вонь и запечатанная квартира. Танечка еще говорила, что сердце у него доброе, но не понято. Она много чего плела, ласкаясь к нему, а потом сперла всё мясо. Нормальный ход, и то и другое сделала бы еще и еще раз, ей было не привыкать, а нагадать такое мог бы любой, кто хоть немного был посвящен в историю его отношений с Ниной. С ней тогда было уютно. А потом она и Николай, безразличная ко всему, пьяная, и это тоже было нормально, просто изменились обстоятельства, как говорится, ничего личного. Танечка, сбежавший втируша Николай — зачем он впустил их в свою жизнь? Из слабости? Из жалости? К ним или к себе? Мальцов вышел на мощеный двор, свернул в подворотню на улицу, в камералку к Димке так и не заглянул.

На автостанции сел в автобус и через два часа был уже в Котове. На остановке мужик из тех, с кем он вместе тушил пожар, встречал жену с базара. Тетка, выходившая за ним, застряла с сумками в дверях, Мальцов помог ей выгрузиться.

— Спасибо, старик, — поблагодарил мужик, подхватил сумки и поделился новостью: — Ночью Валерика грабанули, трое не наших, в масках. Связали, вынесли всё пойло, деньги из-под матраса заныкали и укатили, никто их не видел. Так что похмеляться теперь после праздника будет нечем. Менты сейчас составляют протокол, а толку-то?

— Та́к он и сознался, про водку не расскажет, — встряла жена, — третий раз его грабят, а всё ему мало. Один живет, думает, с собой в могилу все деньги утащит?

— Валерик с утра как очухался, концерт учудил, по всей деревне бегал, искал веревку, чтобы повеситься. Вопит: «За что мне такая жизнь?»

— Надо было веревку-то подать!

— Брось, Тома, ты что, хорошо еще припадок не начался.

Они подхватили сумки, кивнули Мальцову на прощанье, пошли к деревне, баба что-то сказала, и Мальцов услышал, как мужик ей возразил:

— Хоть и сука, а человек, так вот бобылем прожить — не позавидуешь.

— ...всех жалко, — донеслось до него.

— Стой! Я ж забыл! Ты пиво мне купила? — завопил вдруг мужик истошным голосом, бросил сумки в снег и встал как вкопанный.

— О-о, блядь! Этого ты не забудешь! — баба с ходу перешла на крик. — Нажрешься еще, тащи всё домой!

— Погоди, — взмолился мужик, — я ж тебя с утра жду, горит всё, у Валерика теперь пусто, не разживешься! — Он принялся лихорадочно копаться в сумке.

— Догонишь! — бросила баба через плечо и пошла, глубоко вспарывая снежную целину остроносыми сапогами, как тяжелыми лемехами пашню.

Мальцов свернул на аллею, встал на протоптанную им утром тропку. Кое-где его следы перекрывали свежие отпечатки стальковских валенок, рядом тянулся мелкий собачий след. Сталёк прошел в Котово за водкой, не зная еще об ограблении, обратного следа на пустой дороге не было.

Он представил себе Валерика, бегающего по деревне в поисках веревки, запыхавшегося, измочаленного, утратившего остатки разума, каким видел его на пожаре, ищущего не быстрой погибели, но просто доброго слова, и людей, поглядывавших на него из окошек. Здешние были привычны к истерикам и пьяным безысходным воплям. Они всё замечали. Переждав комедию, шли к соседям на лавочку, грызли семечки и судачили о случившемся, мешая сегодняшний случай с давешними и давнишними, благо было с чем сравнивать и что вспомнить. Жестокость жизни была здесь нормой, ее переживали, как проживали очередной зимний день, тусклый и короткий, прожевывали и выплевывали, как ненужную шелуху. Выговорившись и пожалев очередного бедолагу, качали головами и расходились по домам. Жалость вошла у них в привычку, спасала сердца от чрезмерного огрубления и больше всего походила на стандартные переживания плохих актеров в сериалах, жалость вмещала в себя как впитанное с молоком матери сострадание, так и ей же завещанное чуть презрительное принятие неменяющихся, бесхитростных законов этой сучьей жизни. Жалея кого-то, всегда и в первую очередь жалели самих себя, что было заменой ласки, утерянной, оставшейся в далеком, безвозвратно ушедшем детстве.

Мальцов шагал и следил, чтобы сумка с яйцами не раскачивалась и не била по коленям, пытался думать о Лениных пирогах, о том, как огни гирлянд оживят елочку и любимые игрушки на ней, но в памяти всё всплывал Нинин смех, жесткий, безжалостный смех победителя. Тут же встала перед глазами ее презрительная улыбочка. Она намеренно нанесла ему оскорбление. Не просто обманула — вытерла об него ноги. Но ведь он видел и чувствовал, чего это ей стоило, или так только показалось? В какой-то момент чуть было не сорвался, чуть не набросился на нее с кулаками, но сдержался и даже не наорал, что часто позволял себе раньше. Почему сегодня он выбрал не гнев, готовый выплеснуться через край, — то, что она позволила себе, — но вялость? Инстинктивно, чтобы не выглядеть такой, как она? Или просто сдался окончательно? Быть может, здесь, в Василёве, передумав сотни раз, устав винить себя, ее, судьбу, понял, что следует сдерживать гнев, — спокойствие всегда уберегает от первого и необдуманного побуждения к действию. Но тогда права ли она, назвав его тряпкой? Его место здесь, в глуши, в снегах, а не в городе, где есть жизнь? «Ты всегда хотел жить в деревне!» Хотел? Хотел и получил, какие тогда претензии? Претензий не было совсем, и это его даже удивляло. Выманив квартиру простым обманом, как наперсточник вытягивает из несчастного лоха поверх выигранных денег обручальное кольцо, Нина дала ему счастливый шанс освободиться от нее. Но штука заключалась в том, что сейчас он не чувствовал внутри себя ни злости, ни презрения — ни к ней, ни к себе. Она выпотрошила его, ее одержимость местью не оставила внутри ничего, только голова начала раскалываться и перед глазами заплясали красные точки, было даже тяжело вдохнуть в полную силу. Почему одни люди несчастны, другие одержимы? — в который раз задавался он вопросом. Кто больше достоин жалости? Достойны ли вообще люди жалости?

Каждый шаг отдавался в голове, Мальцов понял, что просто не может идти дальше. Давно, в студенческие годы, в среднеазиатской экспедиции обезвоживание организма родило похожую адскую головную боль. Она прошла неожиданно и резко после первой же рюмки водки за столом, просто исчезла, обруч, сжимавший виски, спал, и он навсегда запомнил то упоительное чувство чистоты, словно боль смыли сильным напором воды, как грязь с асфальта. Он остановился прямо посреди леса, снял рюкзак, достал бутылку, свинтил пробку и хлебнул прямо из горла. Выдохнул, хлебнул еще раз, завинтил пробку и спрятал бутылку в рюкзак. Лекарство сработало, сразу стало легче, боль отступила, зато голова превратилась в огромный пустой кувшин — постучи по ней кулаком, и она отзовется гулким и протяжным гудом. Исчезли и красные точки перед глазами, никакого опьянения не почувствовал, только прилив сил. Поднял глаза, огляделся кругом. Узловатые и кривые ели, мрачные, старые и темные, и негодные в дело высоченные осины с растопырившимися кронами, тяжеловесные и неподвижные, проступали сквозь мелкий лесной подшерсток, забивший пространство старинной вырубки так, что между нагромождениями ветвей ни человеку, ни большому зверю было не протолкнуться, не протиснуться. Только нитка забитой сугробами дороги, начинающая чуть подниматься на взгорок, с едва заметными следами, тянулась сквозь это припорошенное снегом мертвое царство. Ни звука, всё кругом утонуло под белым, еще не слежавшимся как следует покровом. Тишина лечила, он стоял, впитывая ее, наслаждался ею. Тонкие олешины, наросшие по краям дороги, согнулись под тяжестью снега и сплелись в опушенную белоснежную арку, идти под ней следовало осторожно, вся эта красота могла в любой момент сорваться и напáдать за шиворот. Надел на плечи рюкзак. Солнце давно затянуло тучами, с неба падали мелкие и колючие снежинки. Он вздохнул всей грудью, чистый кислород ворвался в мозг, прочистил его и наполнил свежестью, Мальцов сделал шаг, другой и поспешил вперед и скоро вышел на поле.

Здесь зима была другой, здесь задувал прохватывающий до костей ветер, мела поземка, и снег тут был назойливым и злым. Глаза сразу заслезились от холодного ветра. Вспомнил с досадой, что собирался купить бумажных носовых платков, но забыл, не купил.

— Буду жить без носовых платков, — сказал себе тихо, под нос и прибавил шагу. Затем вдруг остановился и заорал, задрав голову к низкому небу: — Буду жить без носовых платков, Нина, твою же мать!

Эхо покатилось по полю: «Ина-ина! ать-ать-ать!» и истаяло в березняке. И тут, как негласный ответ, он получил в лицо хлесткий заряд снега, ужаливший щеки и залепивший рот и глаза. Он утерся рукавицей, поднял запоздало воротник и, отворачивая лицо, побежал почти вслепую к дому. Тропинку перемело, Мальцов часто проваливался по щиколотку, набрал полные ботинки снега и промочил носки. Взбежал на крыльцо и с минуту отдыхивался, раскрасневшийся и довольный, что добрался наконец, что всё осталось позади, предвкушая тепло и горячий суп, томящийся в чугунке в русской печи. Пальцы ходили ходуном, ключ никак не хотел попадать в замочную скважину, но он справился и с этим, отворил дверь и закричал с порога:

— Рей, черт драный, ты где, я вернулся!

28

Сталёк пришел назад поздно, в кромешной темноте, постучался в дверь. Пришлось впустить.

— Я тоже о празднике думаю, не сомневайся, — он выставил на стол полуторалитровую бутыль. — Чистоган, не Валериково пойло. Хватит или еще? У меня есть, я запасливый парень. Гульнем на Новый год?

— Откуда? — изумился Мальцов.

— Места знать надо, — хвастливо заявил Сталёк. — Я с электриками в Спас сгонял, подогнал им две бухты провода, еще летом в лесу спрятал. Смотри, — он отвернул полу ватника: в нагрудных карманах торчали две полиэтиленовые полторашки.

— Не доживешь ты до Нового года, куда тебе столько, Сталёк?

— Спирта много не бывает, — изрек Сталёк со значением, вытащил из кармана бутылку, поставил рядом с первой. — Припрячь, а то и впрямь не доживу.

Пристроился было у печки, закурил вонючую сигаретину, запах которой, как серьезно уверял Сталёк, прогоняет клопов из дома куда надежней засушенных пучков клопогона, которые покойная Таисия рассовала в избе под всеми кроватями и шкафами. Долго терпеть Сталька Мальцов не стал, дал докурить, а потом вежливо указал на дверь.

— Давай спать, завтра весь день готовить, поможешь?

— Готовить я люблю, а что будем делать?

— Салат, можно свеклу с чесноком.

— Свекла есть, картошка, морковь тоже, я завтра всё принесу, бывай!

Сталёк простился с порога и ушел, не сильно его и шатало. Мальцов проводил соседа оценивающим взглядом, знал, что тот не остановится, всю ночь будет пить и к Новому году распухнет, посинеет и вряд ли доползет до стола.

Но он сильно ошибся. Утром чуть свет Сталёк ввалился в избу, с грохотом сгрузил обещанные вчера овощи на пол и заорал: «Вставай, Иван, я пришел!»

И действительно помогал: чистил картошку, растопил печи, наносил воды. Спирт он разбавил еще дома, прихватил с собой поллитровку и тянул из нее потихоньку, догонялся и к середине дня догнался основательно, угреб к себе в берлогу и выполз из дома только к предновогоднему вечеру, слегка пьяный, побрившийся, в чистой белой рубашке и городских джинсах, весь как на шарнирах взвинченный и дерганый от предвкушения праздника.

Лена и Мальцов расстарались, стол, как и положено, ломился и был накрыт уже к семи. Сталёк травил на кухне бесконечные истории и помаленьку отпивал из спасительной бутылки, Лена, как водится, покорно его слушала. Бубнеж соседа выносил мозг. Мальцов сбежал к себе, без дела послонялся по избе, пробовал поспать, но, как всегда в преддверии Нового года, не вышло. Вернулся назад к Лене и мыкался там и, не найдя себе занятия, сел на стул и уставился на освещенную всеми фонарями улицу, на тихо падающий снег, на застывшую под окном стальковскую Ветку, укоризненно глядевшую на него, ожидавшую обещанную подачку. Псина так умильно вертела задом и виляла хвостом, что он не выдержал, собрал в поганом чугунке обрезки, жилы, две подгоревшие картофелины, вынес ей. Вернулся к окну. Заглотив дачку, Ветка немедленно заняла исходную позицию, взгляд ее был столь же умоляющим, как и до кормежки.

До десяти дотянули с трудом. Сели в Лениной горнице у елочки, Мальцов пожертвовал по такому случаю одну гирлянду с базара. Вторую, починенную, как и обещал, принес Сталёк. По телевизору шел концерт, и Мальцову стоило большого труда уговорить приглушить звук. Лена, как патриарх деревни, произнесла первый тост:

— Пусть все горести останутся в старом году!

Чокнулась, пригубила из рюмки, Мальцов со Стальком выпили до дна. В избе было тепло, в телевизоре пела какая-то дива, пахло свежей хвоей и дрожжевой закваской, салат оливье удался. Сталёк пустился теперь в воспоминания о детстве. Как-то они с пацанами справили незабываемый Новый год, утащив с птицефермы целый мешок кур, купили два ящика портвейна и устроили в баньке некоего Саги Коншина шашлыки.

— Мяса было, я больше в жизни столько за раз не видел! На свежем воздухе, прикинь, упились в дым, весело! Сагина собака объелась и икала, вот мы от нее тащились!

На лице Сталька застыла счастливая улыбка.

— Иван, скажи, хорошо мы умели гулять, правда?

— И сейчас умеем!

Он сказал это честно: праздничный стол, Лена в красной блузке и белом пуховом платке и пьянеющий с невероятной скоростью Сталёк вызывали у него сейчас теплые чувства.

Новый год встречали уже вдвоем, Сталёк не рассчитал сил, заснул на кухне, на продавленном диванчике, куда уполз тихонько, не забыв утащить с собой бутыль с разбавленным спиртом. Пошел покурить, да и отключился, храпел с открытым ртом, откатив нижнюю губу, что делало его лицо похожим на медвежье рыло. Белую рубашку он сразу же умудрился запачкать пеплом и посадил жирное пятно под сердцем, мотню на джинсах забыл застегнуть, вернув таким образом себе привычный облик богодула. Точка невозврата была пройдена, он сорвался-таки в запой, к которому стремилась алчущая водки душа.

Президентскую речь Мальцов не слушал принципиально. Лена было робко возразила:

— Вдруг скажет что-то важное?

— Что он скажет такого, Лена, о чем ты не знала? Самое важное — ты тут, рядом, даже Сталёк почти дотянул, я был уверен, что он из дома не выйдет со своим запасом.

— Как же, Новый год, — пропела Лена, — главный праздник, я его всегда ждала. Время идет себе месяц за месяцем, всего бывает, а в Новый год по-особенному, все кругом светятся и горя нет.

— Потом быстро нажрутся и давай столы крушить, чтоб, значит, карась не дремал?

— И такое бывало, а всё же праздник! Ты разве не рад?

— Ага, рад.

— Моя, значит, правда.

Наконец на экране появились часы, Мальцов увеличил звук. С двенадцатым ударом чокнулись и пожелали друг другу счастья. Выпили до дна. Лена подошла к нему, обняла и трижды поцеловала в губы и сразу всплакнула и уткнулась ему в плечо. Он погладил ее по голове, как маленькую девочку. Лена подняла раскрасневшееся лицо, смахнула слезинки и снова расплылась в тихой улыбке, вздохнула тяжело:

— Не чаяла тебя на праздник увидеть, честно скажу, думала, сбежал к своим. Новый год одной встречать грустно, но я приготовилась.

— Я же обещал, как можно?

— Всё можно, видать, не к кому было бежать.

— И это правда, Лена.

Он вдруг начал говорить о Нине и, почувствовав поддержку, ничего не утаил — Лена сопереживала его несчастье как свое собственное, вся превратившись в слух. Выговорившись, ощутил облегчение, махнул рюмку водки, припечатал ею стол, словно поставил точку.

— Вот такие дела, жизнь моя кончена, факт! — подвел он горький итог.

Лена понимающе кивнула, словно приняла к сведению его заявление, просто подвинула поближе к нему тарелку с пирогами:

— Закуси, пока дают, счастье не выгорюешь. Погоди, родит она, может, образумится.

— Не уверен, напролом пошла.

— Сильно ее поколачивал? — без всякого укора спросила она.

— Что ты, — Мальцов рассмеялся, — пальцем ни разу не тронул. Кричал на нее, случалось, мы, Мальцовы, все вспыльчивые. Не в этом дело — в деньгах.

— Деньги всем нужны. Простишь ее?

Мальцов не ответил, выпил еще водки, вяло куснул кусочек пирога.

— Неужто здесь станешь жить? Конец нашему аулу настает. Не сдюжишь, Иван, тут привычка нужна и дело. Вон видишь, Сталёк: спился в край, ни богу свечка ни черту кочерга. Или будешь книжки писать?

— Чего тут не жить, свобода!

— Свобода, говоришь? — Лена поджала губы, словно услышала что-то обидное, на лбу собрались параллельные морщины, она впилась в него прищуренными, изучающими глазами. — Это какое такое чувство, свобода? Ведь так о нем говорят, как о чувстве, но почему я-то никакой свободы не чувствую и не могу почувствовать. Я такое слово часто слышала, но я его не понимаю. Кричат по телевизору — свобода, свобода! В школе нам о нем говорили, ну, когда крестьян освободили при царе. Я могу такое понять, но ведь свобода всегда от чего-то бывает. У тебя-то от чего свобода? Тебя никто в цепях не держит. По мне, что свобода, что лень — всё едино: лег на спинку и лапы кверху, а картошка сама в рот запрыгнет? А жизнь, смерть где — нет их? Кто ту свободу в руках подержал?

— Ты всё упрощаешь, Лена. Одно дело — народ дурить по телевизору, народ всегда дурят, другое — думать о настоящей свободе, о некоем состоянии духа. Философы сколько книг о ней написали, это как счастье, в руках ее не подержишь, это ты верно подметила.

— Счастье — мне это понятно, счастье я чувствую или вспоминаю, когда взгрустнется. Больше всё детство вспоминаю, бабушку, подруг ее, в нашей деревне люди добрые жили. Счастье — оно либо есть, либо его нет, либо завелось, да сбежало к другой. От свободы-то какой прок? Я думаю, если ты свободен, выходит, ты от всего свободен, значит, мы рождаемся, живем и страдаем понапрасну?

— При чем тут страдание, Лена?

— При том. Жизнь нам дана от родителей, ее получаешь и всё, слов лишних не надо. Мы все жизнь проживаем страдая, каждый по-своему, всем достается, ни одного не встречала, чтобы жизнь в масле прокатался, если только не идиот — те вечно лыбятся, а сказать не могут. Они, что ли, свободные? Несчастные люди, с детства в могилу запечатаны. Смиряться надо, прилаживаться к жизни, мне так еще бабушка говорила, когда мама померла, а на твою свободу времени нет. Кто в облаках не витает, у того вся жизнь — работа, без нее — вон на тюфяке храпит свободный человек. В лесу живет, а дров на ползимы не хватит, о чем он думает? Выпил и от мира откупился, а от смерти не откупишься.

— Нет, Лена, Сталёк не свободный, он — безответственный, изломанный горемыка, бесхребетный человек, большей кабалы, чем пьянка, еще поискать — верная дорога к смерти, он ее кличет, забил на жизнь. Пьянство, Лена, болезнь, по-хорошему — ее лечить надо, долго и внимательно, но кто же станет?

— Слов ты наговорил много. А я так скажу: для него что жизнь, что смерть — всё едино, прожил и не заметил. Еще и лечить за это, ну уж извините!

— А ты что заметила, жизнь прожив?

— Ничего за так не дается, только через труд и смирение.

— И только-то? Интересное кино!

— Херовое твое домино, а у меня все дубли! Сиди вот и думай, время не пали, другого не выдадут, не паспорт.

— Ишь как завернула! Чем я тебя обидел?

— Не обидел, Иван, просто знаю вас, городских, — одни слова. У нас так говорили: умирая умирай, но рожь сей.

— Кому теперь рожь сдалась! Твои, смотрю, тебя не навестили, в деревню калачом не заманишь? Решила заодно на всех городских обидеться?

— Похмелятся завтра, послезавтра, может, и заедут. Тут жизнь не задалась, а в городе вода горячая из-под крана течет. Я их не виню, не они первые, не они и последние, и правильно, что сбежали, нечего теперь тут делать, работы нету, один огород.

— Что ж они в городе лодыря гоняют?

— Город другим временем живет, фабричным, там даже воздух тяжелый.

— Кому что нравится.

— Мне не нравится, там подумать не получается, от звонка до звонка жизнь проходит.

Она устало зевнула, не прикрыв рот, потом помахала пятерней, прогоняя зевоту.

— Ладно, — Мальцов поднялся, — пойду, меня тоже в сон потянуло, спасибо за праздник.

— Завтра заходи, я тут приберу. Доедать будем неделю, авось справимся, кормить больше некого. Наврала я тебе, дочка ведь так и не позвонила.

Помолчала недолго и добавила почти шепотом, словно решилась-таки сказать то, о чем, похоже, думала весь праздник, держала в голове, не желая признаваться:

— Нет, Иван, твоя жизнь еще не кончена, моя вот кончается, это правда.

Она медленно опустила подбородок на кулак, взгляд ее сразу отяжелел и налился свинцом, отчего лицо превратилось в маску безысходной скорби. Он поскорее отвернулся, не в силах вынести этот изменившийся взгляд, и предательски сбежал — понимал, что помочь ей сейчас не в силах.

Холод на улице взбодрил. Мальцов немного постоял на крыльце, любуясь падающим снегом и странным освещением — бархатисто-желтым и таинственным, залившим всё пространство светом полной луны. Даже Стальковы фонари не могли его побороть, в лунном сиянии электрические пятна на смоленых столбах выглядели инородными и неживыми вкраплениями. Луна привнесла в овладевшую им было грусть долю романтики, вновь напомнила о празднике, что еще не прошел и владел пока миром до самого утра.

В избе моргали новогодние лампочки на елке, сонно поскрипывали половицы под ногами, на подстилке ворочался Рей — розовое в темных пятнышках пузо было набито, как барабан. Желтая, как монета, луна освещала и избу своим волшебным светом. Он вспомнил детскую новогоднюю игру, в которую всегда играл, когда взрослые отправляли его в кровать: провел пятерней перед глазами, переключая зрение. Знакомые предметы обстановки, не менявшейся десятилетиями, тут же преобразились, в них проснулась затаенная энергия, присущая давно построенным и сжившимся вещам. Крашенный суриком филенчатый платяной шкаф, продолжая линию печки, разделял избу на две неравные части, он стоял как влитой, но это был уже и не шкаф вовсе, а будка кордегардии с затворенными дверьми. Сейчас из нее выйдет усатый инвалид с саблей у пояса, попросит подорожную и лишь потом, сверив подпись и печать, позволит пройти в узкую спальню, где на двухматрасной кровати теперь, по праву хозяина, Мальцов спал. Выцветшие полотняные занавески, давно сменившие темно-синий изначальный цвет на цвет морской волны, колыхнулись от его шагов, словно отправились в плавание вместе со старым кораблем, каким представлялся ему этот дом в детстве. Он тогда переворачивал вверх ногами две табуретки и журнальный столик, привязывал к его ножке швабру, накрывал столик пледом, сооружая кубрик, а рулил кораблем с мостика, с передней табуретки, крутя эмалированную кастрюльную крышку-штурвал. Дедов стол с пузатыми ногами, заканчивающимися львиными лапами, кресло со спинкой в виде лиры, полка с книгами ничуть не изменились, но оставались на своих местах не случайно — оказывается, они составляли продуманный интерьер, который ранее Мальцов не замечал, и сейчас вели безмолвный разговор о свободе с прилипшей к окошкам толстощекой луной, купаясь в ее свете. Хозяин же просто отошел, и память услужливо вернула его. Дед вышел из тьмы, снял с полки толстенную Минею в кожаном переплете, сел в кресло и принялся читать житие на грядущий день — историю страстей константинопольской девочки Софьи, зверски замученной язычниками, но не предавшей Христа и дарованную им свободу. Старый священник готовил очередную проповедь, но отвлекся от книги, уставился в окно, словно силился разглядеть: что́ там во мраке, за тусклым стеклом. Погруженный в себя, он долго блуждал по закоулкам памяти, большой, бородатый, утонувший в черном длиннополом одеянии, бессильно опустивший руки, повисший на подлокотниках, как деревянная фигурка местночтимого столпника, жившая всегда на краю его письменного стола. Но стоило случайно моргнуть, как деда не стало. Только луна-язычница, стол с креслом и книги продолжали, как прежде, вести бесславный бой — не на жизнь, а на смерть.

Но игра продолжалась, и, как всегда бывает, рядом с высоким примостилось низкое: ореховая угловая витринка с рюмками и стаканами мутно-зеленого стекла, по которым пробегали разноцветные отсветы от гирлянды, с толстыми бедрами и узкой талией (в ней хранились тарелки) и приметно выдвинутой вперед грудью (отделением для ножей и вилок) смахивала на удалую девку из трактира. Захотелось лихо свистнуть, махнуть ей рукой, подзывая, и заказать легкий закусон и шкалик водки. Она бы мгновенно сервировала заказ на столике у кровати и отошла бы назад в свой угол ждать дальнейших приказаний, оставив его наедине с елочкой — главной виновницей торжества. Елка блестела и переливалась, оживляя старые игрушки, санки на ее ветвях неслись с горы словно в вихре снега — так мерцал и искрился старый бисер, мельница готова была закрутить крыльями, а старик-звездочет выкинул вперед руку, тщетно пытаясь словить трубящего в стеклянную трубу хрупкого ангела. Еловый настой очистил воздух и перебил застоявшиеся запахи избы: прель от подсыхающих осиновых дров, тонкую струю нафталина из большого сундука, даже пыль, постоянно просыпа́вшаяся с забученного чердака, танцевала теперь в разноцветном воздухе и не сушила по обыкновению горло и слизистую в носу и пахла резким и живым смоляным запахом, а не слежавшейся глиной и пересохшим мхом.

Мальцов на цыпочках пробрался к кровати, распахнул ватное одеяло, разделся и нырнул в объятия чистых простыней. Какое-то время он еще наслаждался волшебной трансмутацией вещей, но чудо не могло длиться вечно: вероятно, луна сменила наклон, вещи на глазах скучнели, и, чтобы не видеть окончательного развоплощения, он не стал даже проводить рукой перед глазами, отменяя игру, — просто повернулся к стенке и принялся думать о сказанном Леной.

Она, надо отдать ей должное, была прирожденным философом: сначала произносила слово, затем пыталась истолковать его, искала смысл, обкатывая словосочетания. Мальцова не удивило, что отвлеченное понятие, типа «свобода», было ей непонятно, не укладывалось в голове, а значит, записывалось в разряд враждебных и отвергалось за ненадобностью. Жизнь ее тянулась картофельной бороздой, четко спланированной, прямо вспаханной, в ней всё было расписано и всё повторялось многократно от начала до конца; не разбросать по осени навоз на пашне, вовремя не окучить гряды и не опрыскать их от жука означало одно — голодную смерть. Заполненное работой, выношенное поколениями уравнение принимало случай лишь как исключение и сметало его с дорожки, подобно напáдавшей листве, досадной помехе, грязи, мешающей ежедневной ходьбе. Ее жесткий деревенский рационализм с неприятием иного и пассивным смирением Мальцова не устраивал, разлагаться по собственной воле он не хотел. Он не раз убеждался, что жизнью правит именно случай. Смирись он и не поссорься тогда с Маничкиным, не произошла бы череда последующих событий, изменивших его жизнь в корне, перевернув устоявшийся уклад с ног на голову. Последняя встреча с Ниной только цинично расставила по местам приоритеты, стало совершенно понятно, что возврата назад нет. Перестрадать остаток жизни и сдохнуть, как предлагала соседка? Он сложил из кулака фигу, ткнул ею в сторону веселенькой елочки и выдернул штепсель гирлянды из розетки.

От выпитой водки в горле начался сушняк, он схватил бутылку с водой и, жадно припав к горлышку, выпил почти половину. На лбу сразу выступили соленые капельки, пот заструился по спине, он откинул ненужное и тяжелое одеяло. Жар от лежанки поднимался к потолку, отражаясь от отшлифованных временем досок, накрывал и обволакивал, как мамина колыбельная. В избе, казалось, происходил особый процесс выпаривания, изгоняющий из тела вместе с по́том все вредные флюиды, что так долго в нем копились. Голова, до этого лениво обкатывавшая мысли, заработала четко, и сформулированный сухой остаток привел его в такой восторг, что Мальцов выкрикнул его, как заклинание:

— Я свободен!

Два слова произвели целительный эффект, он физически ощутил, как с души спал камень, дав долгожданную волю, избавив от обязательств, от чувства вины, от всех страданий, что кабалили и лишали покоя. Будильник на столе тикал в такт с умиротворенным сердцем, наполняя пустоту жизни глубоким смыслом. Смысл этот состоял в том, что жизнь, повинуясь двум произнесенным вслух словам, мгновенно преобразилась, стала чиста, подобно пергаментному листу, с которого отскребли старые буквы, посы́пали песком и хорошенько продрали грубой, чуть мокрой пемзой. Затем еще прошлись мелкозернистым камешком, загладили костяным лощилом до блеска и высушили положенный срок в тени под гнетом. Старый кусок свиной кожи обрел новую ипостась, сошла желтизна, разгладились морщины и трещины, слетела въевшаяся пыль, даже от продавленных линий графьи, меж которых писали буквы, остался лишь едва заметный след. Обновленная страница приготовилась вместить новую историю, дело стало только за писцом.

Веки незаметно отяжелели, глаза закрылись сами собой, народился новый год, прошлое прошло и не пинало больше в спину, и что будет в сонном безвременье впереди? Весь кайф нахлынувшей грезы заключался в том, что будущее еще не наступило.

29

С первых дней января завернули холода, окна покрылись ледяными узорами, и свет проходил теперь сквозь них с неохотой. Лампочка под потолком и прикроватный светильник горели от подъема до отбоя. Печи приходилось топить дважды в день, но дров, слава богу, хватало. Колодец замерз, приходилось каждый раз колоть прорубь пешней, хорошо хоть вода стояла высоко и пока не уходила, полутораметровая пешня доставала до схватившегося зеркала. Тропинка, по которой он носил воду, покрылась ледяной коркой, ноги скользили на ней, вода выплескивалась из ведер. Он оступался, сбивался с мерного шага, донести до дома полные ведра на коромысле никак не удавалось. Лена посыпáла тропинку золой, но это не сильно упрощало дело, походы на колодец Мальцов оттягивал до последнего, когда в ведрах уже совсем не оставалось воды. Бывало, по три дня не выходил на улицу, сидел, затворившись в избе, варил разом чугунок пшенной каши с тыквой для себя и кастрюлю макарон для Рея, их хватало на три-четыре дня. Днем работал за столом, читал, валялся на кровати и, обленившись вконец, перестал даже заглядывать к соседке на чай. Сталёк после праздника вошел в запой, тропинку к его дому замело, и лишь один раз в сгустившихся сумерках он заметил в оттаявшем уголке окна тень, больше похожую на привидение, чем на живого человека.

Иногда в темноте перед сном ему казалось, что на теле вырастает шерсть, а изба превращается в берлогу. Мальцов опять впал в меланхолию. Труху от дров перед печкой нехотя сгребал совком и кидал в огонь, причем половина просыпалась на пол, прилипала к подошвам и растаскивалась по всей избе. Мести половики он перестал, потому что всегда обладал стойкой ненавистью к уборке, мать и Нина приучили его считать это занятием не мужским, веник и тряпка, казалось, покушались на его свободу, унижая его достоинство сверх меры. Жизнь свелась к простым потребностям организма — еда, вода, свет, тепло. Словно в оправдание его лени, налетевший под старый новый год ветер порвал где-то в лесу провода, оставив деревню без электричества. Лена достала старую лампу. Мальцов с детства, когда еду еще подогревали на керосинках, терпеть не мог сладкую вонь и копоть, растекавшуюся по дому из кухни. Порылся в комоде, там, на счастье, сыскалась нетронутая упаковка стеариновых свечей, обернутая в желтую просаленную бумагу. Пространство в избе съежилось, углы занырнули в липкую темень, оранжевые огоньки освещали теперь только маленькие островки на кухне и около кровати. Работа за компьютером, понятное дело, встала, чтение не спасало от тоски, он давился надоевшей кашей, запивал ее сладким чаем с сушкой, глядел в горящий в печи огонь до боли в глазах. Лена позвонила электрикам в Спасское, те пообещали приехать, но всё не ехали. Отрезанные от мира, обесточенные, они прожили девять дней, показавшихся вечностью. Телефон не звонил, Мальцов выключил его, экономя батарейку. Звуки плывущего в мертвой белизне дома, все его скрипы и стуки на чердаке, свист и завывания ветра, шорох пробежавшей по плинтусу мыши, скулеж сонного Рея — он вслушивался в звуки скорее по привычке слушать, чем устав от тишины, и как-то поймал себя на том, что научился, затаив дыхание, ловить стук сердца в висках, замедленный, как замороженное время, полное сводящего с ума безделья.

На десятый день лампочка под потолком неожиданно вспыхнула, моргнула, погасла и загорелась — и уже не гасла. Это случилось где-то посередине дня, и он сперва обрадовался вернувшемуся электрическому свету, даже встал с кровати, сделал круг по избе, подумал было поставить чайник на плитку, но до кухни так и не дошел, лег опять на кровать, укрылся одеялом и замер. В тепле, в належанном гнездышке было уже привычно, и ничего не хотелось менять. Только к вечеру, отлежав бока, заставил себя встать, принес дров, затопил печи, сел к столу, перечитал написанное и вдруг включился, принялся работать за компьютером с усердием оголодавшего и погасил экран в третьем часу ночи. На следующий день пробился к бане, вскипятил котел, смыл с себя наросшую грязь, переоделся в чистое и опять углубился в работу. Под вечер прервался, сварил суп на куриных шейках и съел две тарелки, заедая его сухарем вприкуску с едким и вкусным чесноком, отчего организм взбодрился и запел, так явно не хватало ему горячей и сытной еды и витаминов. Затем вымыл начисто тарелку, убрал кастрюлю с супом в холодный коридор и опять, ощущая блаженную сытость в животе, сел к столу.

Сонное оцепенение прошло само собой, даже поход за водой не доставлял прежних неудобств; он вешал на плечо коромысло с ведрами, брал пешню, шел к колодцу и доставал воду, приносил домой и даже наловчился почти ее не расплескивать. Однажды утром поймал себя на мысли, что стосковался по свежему воздуху. Встал на лыжи и прошел весь путь до Котова и назад, не встретив на пути ни одной живой души, кроме пары местных сорок, развеселивших его своим неугомонным треском.

На улице заметно потеплело. Погода менялась, пришел очередной циклон, небо покрылось облаками, повалил густой снег. Он шел всю ночь, день и ночь, и еще два дня и две ночи. Сугробы выросли почти в человеческий рост, и после окончания снегопада Мальцов полдня пробивал тропинки к колодцу и бане, взмок и чуть не простудился. Работа с книгой опять не клеилась, случился затык, следовать намеченному плану не получалось, он что-то важное упустил, но никак не мог понять — что. Горло саднило, Мальцов решил заглушить начавшийся кашель крепким чаем с медом, пил чашку за чашкой, грея спину у лежанки, прижавшись к горячему кирпичу. Переборщил с заваркой, от горечи сводило скулы, даже мед не помогал, сердце колотилось, вяжущий привкус чифиря во рту вызывал тошноту. Он стоял у кирпичной стенки и думал о том, что свобода бывает невыносимо скучной.

30

Телефон зазвонил лишь двадцатого февраля. Димка сообщил, что Нину отвезли в больницу и ночью сделали кесарево. Она родила девочку. Выписать ее должны были через четыре-пять дней. Мальцов заметался: ехать — не ехать? Ночевать в городе было негде, но и не поехать нельзя. К вечеру третьего дня решился. Димка предупредил, Нину выписывают завтра в одиннадцать, подумал, что сможет обернуться одним днем. Чуть свет поднялся, вышел на трассу, словил попутную и к половине десятого был уже в городе. Зашел в старый универмаг на площади, купил большую упаковку памперсов и долго раздумывал — покупать цветы или нет. Постоял около теток на базаре, прицелился, пять тысяч лежали в кошельке — выданную зарплату он так и не тронул, но не в деньгах было дело. Не хотелось покупать Нине цветы, он чувствовал всю фальшивость этого жеста, но и идти с одной упаковкой памперсов было как-то глупо и стыдно. Зашел снова в универмаг, выбрал большую махровую простыню с капюшоном за шестьсот двадцать рублей.

— Вам в подарочную бумажку завернуть, бантик синий или розовый? — угодливо спросила продавщица.

— Не надо в подарочную, спасибо, как-нибудь без бантиков обойдемся, — буркнул Мальцов, сгреб простыню, сунул ее к памперсам в большой пакет.

Времени оставалось много — целый час. Больницу построили на излете советского времени на самой окраине. Он пошел пешком через весь город. По Большой Ямской, по Водовозной, на которой стояло здание музея — бывшая городская гимназия. У входа висел плакат с пузатой купчихой у самовара, посетителей зазывали на открытие выставки «Русская масленица». Что они туда спешно натолкали? Зная фонды, Мальцов понимал, что выставка — обман, сродни ряженым казакам и телевизионным шоу: городской костюм и так был представлен в соответствующих залах. Рюмочки-стаканчики, самовар и соусники? Наверняка соорудили убранство городского трактира или комнату «простого горожанина», на что еще могло хватить их скудной фантазии? Маничкин, слепив выставку, показывал властям, что музей работает, идет в ногу со временем, отмечая возвращенные народу старинные праздники. С досады Мальцов перешел на другую сторону улицы, отвернулся, чтобы случайно не заметили бывшие сослуживцы.

Водовозная поднялась в гору, где начинались уже ранние советские кварталы с коробками желтых сталинских пятиэтажек со сдвоенными колонками у входов, с крепкими двустворчатыми дверями и выделенными кладкой наличниками на окнах — рудиментарными остатками дореволюционного имперского стиля. Здесь начиналось царство Пролетарских улиц с первой по седьмую, втекающих в основную — улицу Урицкого, что продолжала линию Водовозной (ранее — Энгельса). Тротуары тут совсем не убирались, по проезжей части утром проехал грейдер, но вскоре машины снова перемесили снег, промяли колдобины и ехали не сильно быстрее пешеходов, оберегая подвеску: асфальт в Деревске меняли редко, да и то только у горсовета и на выезде-въезде на Московский тракт.

В какой-то незримый момент город еще раз изменился: остался за спиной красный кирпич, потянулись силикатные хрущевские пятиэтажки, грязные и бомжеватые, с мелкими окошками и избитыми ногами картонными дверями, порой замененными на вскладчину купленными железными китайскими с кодовыми замками. Крыши этих коробок были утыканы дореформенными, покосившимися в разные стороны телевизионными антеннами, напоминая прическу «я у мамы дурочка», как говаривали они еще в школе. Балконы пятиэтажек уже при новой власти увесили тарелками «Триколора», фасады походили на хаотический лес из сюрреалистических ушей, прислушивающихся по вечерам к отблескам недоступной заграничной жизни с ее стрелялками, дешевыми сериалами и рассказами о дикой природе,

населенной причудливыми бородавочниками, кита-
ми, гориллами и трогательно заботящимися о своем потомстве сурикатами. Стены со стороны улицы
в этих жилых ульях традиционно мазали гудроном
в местах соединения бетонных плит — Мальцову
всегда казалось, что строй хрущевок одет в стандартные отстиранные наматрасники, как в некий камуф-
ляж, дабы уравнять их перед обязательной ночной
поверкой. Кое-где в линии домов попадались старые
деревянные домики с печным отоплением и остатками резных наличников на окнах — выстоявшие чудом
кусочки поглощенной городом деревни. Новая элита
здесь не селилась: на горе большую часть года гуля-
ли злые ветры. Советская слобода затаилась, замер-
зшая и неприбранная, как куча отбросов во дворе,
похоронившая давно не чищенные зеленые баки.
По этой куче, не успевшей еще превратиться в культурный слой, важно расхаживали вороны, метя пух-
лый ночной снежок цепочками следов, похожих на
перевернутые хипповские значки. Ларьки и редкие
продуктовые магазинчики — всё было серое или темно-зеленое, даже вывески на них подсвечивались не
броским, как в центре, неоном, а шестидесятиватт-
ными лампочками, соответствующими скромному
стилю здешней жизни.

Около одного из ларьков стоял задумчивый маль-
чуган лет пяти в кроличьей шубке и сосал чупа-чупс.
Увидев Мальцова, он вынул леденец изо рта и сурово
поинтересовался:

— Куда идешь, дядь?

— В больницу.

— Ты что, заболел?

— Нет, иду проведать больного.

— Я вот заболел, бабушка в садик не пускает, видишь, гуляю.

— Молодец, не боишься один?

449

— Ты что, я ж богатырь! — Он вдруг резко развернулся и побежал от Мальцова к ближайшему дому, смешно семеня ногами, — видимо, всё-таки в последний момент испугался.

Удивительно, но кроме мальчишки с чупа-чупсом, пройдя километра четыре, он почти не встретил людей; единичные прохожие брели, утопая в снегу, и сосредоточенно смотрели под ноги, так что лиц было не разглядеть. Зато на улице бегало много собак — больших, ободранных, в ошейниках и без, кучерявых и каких-то совсем уж кабыздохов; те, наоборот, были деловиты, трусили по своим делам и Мальцова вовсе не замечали.

Дома́ сменились колониями гаражей. На одном кто-то начертал красной краской из баллончика: «Голосуй за КПСС!», озорной оппонент перечеркнул воззвание жирной черной чертой и намалевал еще более крупными буквами: «Голосуй за писю!» За линией гаражей доживал век автобусный парк, за ним — тарный цех № 1, далее по ходу показались навеки распахнутые железные ворота без вывески, за ними в глубине сгрудились закрытые складские ангары. Людей в промзоне тоже не было, лишь кое-где вились дымки из труб бытовок — значит, они всё-таки тут присутствовали, но почему-то прятались, наверное, от мороза, решил Мальцов.

Улица закончилась автобусным кругом. Мальцов вышел на простор. Когда-то, еще лет двадцать назад, здесь начинались поля пригородного совхоза. Хозяйство давно разорилось, поговаривали, что Бортников скупил его земли за бесценок. Поля почивали под снегом, в разные стороны от города тянулись лыжни и скрывались в чахлом лесочке: школьников приводили сюда заниматься физкультурой. Остановка на кругу была разрисована граффити, мусорная урна забита под завязку алюминиевыми банками и бумажно-целлофановым хламом. Дальше начиналась аллея, обсаженная кремлевскими елочками, — подъездная дорога к корпусу ЦРБ. Здесь, наоборот, было людно, около здания стояли машины, водители, сбившись в кучки, курили, рядом с ними терлись больные в серых распахнутых пальтишках, накинутых прямо на застиранные пижамы, стреляли сигаретки, травили анекдоты, выпивали наспех доставленные корешами фанфурики, в затоптанном снегу валялось множество опустошенных аптечных пузырьков с перечной настойкой. Мальцов прошел сквозь это гомонящее полчище к главному входу, протиснулся сквозь стаю молодых гогочущих парней с повязками под вправленными носами, таких называли здесь «буратинами», обогнул сходку мужиков постарше с заплывшими глазами и загипсованными руками, особо стараясь не задеть костыльных, машущих руками или просто стоящих одиноко от общей толпы и отрешенно взирающих на небеса. Эти постояльцы травматологии были тут не впервой, чувствовали себя как рыба в воде, стоически сносили побои и увечья, терпели боль и неудобства, зная, что заживет, пройдет, забудется, а там хоть трава не расти. В холле тоже было оживленно. Толкались в общем потоке пенсионеры, сидели со скорбными лицами тетеньки и старушки, ожидая очередь в приемный покой, охали скрюченные от боли или развалившиеся в креслах пострадавшие с белыми обескровленными лицами, кемарили поджидающие выписывающихся с шубами на коленях мужья, с обязательными цветами или со сложенными в трубку газетами, что успели прочитать от корки до корки. Воздух тут был спертый, со специфической примесью едких больничных запахов, задерживаться в этом отстойнике не хотелось.

Мальцов принялся выискивать глазами санитарку, чтобы спросить, где здесь родильное отделение, но не успел, к нему подлетел Димка.

— Иван Сергеевич, я вас дожидаюсь. Тут такое дело, Нину выписали немного раньше, они полчаса как уехали домой. Я сказал, что вы приедете встречать, но они ждать не смогли, сами понимаете, такое дело.

Мальцов кашлянул в кулак, посмотрел Димке в глаза.

— Спасибо, что дождался. Я понимаю, ребенка надо поскорей отвезти домой. Ты вот передай, — протянул ему пакет, — там памперсы, пригодятся.

— Конечно, Иван Сергеевич, но, может, всё-таки сами зайдете? Девочка такая малюсенькая, Павлой назвали!

— Павлой... мы вроде договаривались назвать Лизой, если будет девочка.

— Так Нина сказала, по святцам вышла Павла.

— Не замечал раньше, чтобы Нина святцы в руки брала. Имя, конечно, красивое, почти Паола, модное, не знаешь? Нет, сегодня не зайду, у меня дела, надо успеть всё сделать, в другой раз зайду.

Понимая, что выглядит полным идиотом, развернулся и пошел к выходу и очень был благодарен парню, что тот не стал его догонять. Сел на кругу на автолайн, доехал до центра. Автобус в деревню отправлялся через три с половиной часа. Чтобы убить время, перешел мост, завернул по набережной к бортниковской гостинице, там в баре всегда наливали. Взял сто грамм и салат оливье, но чуял, одной дозой дело не ограничится. Спас его неожиданно возникший рядом со столиком бортниковский заместитель Николай.

— Иван Сергеевич, вот удача! Мне шеф приказал вас найти, на ловца и зверь бежит. — Присел рядом.

Мгновенно оценил заказ и не смог сдержать усмешку: — Поправляетесь?

— Праздную. Дочь родилась, Павлой назвали.

— Вот здорово! Надо бы отметить! Едем к шефу, он сейчас на комбинате и как раз свободен.

— Чего я ему потребовался, не знаешь? — Мальцов выпил водку разом, выдохнул.

— Салатиком закусите, Иван Сергеевич, — жалобно проворковал Николай.

— Не лезет, сыт.

— Отлично понимаю, Иван Сергеевич, тогда вперед, машина у черного входа, мы через кухню, — затараторил Николай. — Я заходил насчет банкета, депутат из Москвы приезжает, вечером надо принять по-нашенски, ну, понимаете?

— Пал Палыч?

— Нет, другой, человек новый — силовик, мы с ним не так еще тесно знакомы, нельзя ударить в грязь лицом.

— Слушай, а Бортников нальет? — нагло спросил Мальцов. — Мне эта доза ненадолго.

— Сами знаете, у нас за этим дело не станет, — произнес Николай и поглядел на него с каким-то нескрываемым восхищением, как прапорщик на загулявшего генерала.

31

Разъездной бортниковский «мерседес» плыл по деревским улицам, разбитая в хлам дорога в салоне почти не ощущалась. В окошке качалось затуманенное небо, ряды занесенных снегом крыш под горой чуть пульсировали сквозь сетку голых ветвей деревьев, которыми были обсажены газоны по бокам главного проспекта. Улицы и тут были пустынны, в городском автобусе сидели одинокие пассажиры, лишь двое школьников на задней площадке прилипли к стеклу, провожая белый пятисотый, известный всему городу, на их лицах застыло нескрываемое восхищение. «мерседес» заурчал, идя на обгон, быстро обошел тяжелый автобус и рванул к мосту через реку. Мальцов поежился, накатившая печаль давила на плечи, заставив сползти поглубже на кожаном диване, забиться в самый угол огромного салона. Затемненные стекла надежно защищали от чужих глаз, но чувство неловкости не покидало его. Он с горечью подумал: «Попался...»

Промелькнула бензоколонка на выезде, машина резко прибавила скорости, и они понеслись по заснеженной трассе. Мальцов смотрел на искрящиеся под косым солнцем пустые поля за окном, кое-где попадались рули перегнившей соломы — черные пешки на отыгранной доске, забытые и унылые, на черные ветрозащитные щиты, поставленные домиком в скучную линию, затонувшие в снегах, словно вросли в них давным-давно, этакие остатки колхозной линии обороны, брошенной при хаотичном отступлении и забытой навсегда в здешнем безлюдье.

Снова и снова прокручивал в голове состоявшийся разговор с Бортниковым. Во время игры на миг родилось между ними теплое человеческое чувство, столь редкое для закрытого и властного вершителя судеб, каким Бортников всегда был на людях. Или и это тоже входило в его план вербовки, он ведь никогда не тратил время и эмоции попусту?

Степан Анатольевич, как всегда, был бодр, крепко пожал руку, указал на диван, давая понять, что беседа будет неофициальной. Секретарша принесла кофе и коньяк, бутерброды с ветчиной и вазочку с маслинами. Мальцов бесцеремонно налил себе на два пальца. Дав ему выпить и закусить и тут же подлив еще, Степан Анатольевич вдруг предложил сыграть в шахматы, напомнил, что они договаривались еще на охоте. Мальцов разошелся, коньяк взбодрил его, он кивнул:

— Давайте сыграем, только денег у меня нет, играем на интерес, идет?

Мальцову выпало играть белыми.

Играл Бортников сильно, Мальцов, признаться, не ожидал. Почувствовав класс, собрался и слегка сбавил темп, но Бортников ломил, и, к своему изумлению, первую партию Мальцов проиграл.

— Из трех, из трех партий, Степан Анатольевич, дайте возможность отыграться, — взмолился Мальцов.

Соперник мягко улыбнулся и опять расставил фигуры. Они не разговаривали — игра полностью поглотила их. Мальцов отставил коньяк в сторону, прихлебывал теперь кофеек и вторую партию вытянул. А потом и третью.

— Какой у вас разряд, Иван Сергеевич? — спросил Бортников. Странно, но он, всегда умевший настоять на своем, не принимавший никаких возражений, легко перенес поражение на доске.

— Был когда-то мастером спорта, но давно. А у вас?

— И я когда-то был мастером, потом забросил, не до игры стало, да и не с кем играть. Победа чистая, в первой партии только слегка махнули. А потом, я даже не ожидал, нам с вами, Иван Сергеевич, в Деревске соперников нет.

Теперь, на правах победителя, можно было опять выпить коньячку, что Мальцов и сделал, затем поудобней откинулся на спинку дивана и спросил в лоб:

— Вы ж меня не в шахматы звали играть, Степан Анатольевич, говорите, что задумали.

Бортников серьезно поглядел ему в глаза.

— Именно что в шахматы сыграть, Иван Сергеевич, — сказал он, не скрывая своего расположения. — Проверял то, о чем слышал. Проверку вы прошли. Предлагаю вам открыть шахматную школу — хорошее дело, мальчишки, думаю, придут. В советское время в городе было две школы, на каждой стороне, вы в какой учились?

— У Ануширвана Фириевича Кофьяна на Посадской.

— А трофименковские?

— Мы их обычно били, хотя там был парень, Жора Нехорошев, их чемпион, тоже мастерский разряд подтвердил, но он давно где-то в Москве работает. Вы серьезно насчет школы?

— У вас вроде пока другой работы не предвидится, как вам такое предложение?

Школу Бортников хотел открыть не в городе, а в Крепости, в старом домике, который, оказывается, тоже состоял на балансе его организации. Домик к весне обещал отреставрировать. Там было три комнаты и зал, где когда-то располагалась музейная экспозиция.

— Домик я у Маничкина сменял два года назад, вещи, что там хранились, переданы в музей, всё законно, бумаги есть. А теперь он вдруг попросил его вернуть. Это у него никак не получится, но, если честно, не в домике дело. Маничкин шибко на Крепость зарится, в январе, как я узнал, заказал проект реконструкции памятника с приспособлением его под туристический центр. Ваша позиция в этом вопросе, Иван Сергеевич, мне известна, и я ее теперь целиком поддерживаю, Крепость трогать нельзя.

— Сами же хотели туристический центр построить, небось и домик выменивали не просто так?

— Ситуация изменилась, изменились и мои взгляды, — жестко сказал Бортников.

— Правда, что Маничкин под следствием и даже друг прокурор его сдал?

— Прокурор сдал, зато Москва поддерживает, у него там сильная рука, а может быть, и несколько. С чего бы ему сейчас заказывать проект? На что-то надеется, правильно я думаю?

— Тогда и школа в Крепости ему будет не помеха.

— Положим, тут мы решим вопрос, создадим спортивную зону, решим всё законно и на местном уровне. Вы беретесь защитить памятник? И жить будет где — три комнаты, свежий воздух, дрова обеспечим, о зарплате договоримся. Решайтесь, Иван Сергеевич.

— Чтобы учить, нужны книжки. Кое-что у меня осталось на старой квартире, но мало, надо в библиотеке посмотреть, вдова Кофьяна его книги туда отдала.

— У меня своя библиотечка есть, поделюсь, дочка не играет, стоят без дела. Возьметесь?

— Даже в мыслях такого не было, всё гадал, зачем я вам понадобился. Чудеса, да и только. Берусь!

Бортников плеснул ему коньяку, пододвинул тарелку с бутербродами:

— За школу?

Чокнулся бокалом с нарзаном, скрепил договор и сразу заскучал. Видно было по глазам: Бортников решил задачку, Мальцов был ему уже сегодня не нужен.

Мальцов дал согласие не раздумывая, но ясно понимал, что лезет в ярмо не менее опасное, чем музейное. Раз что-то решив, Бортников не отступался от задуманного, Крепость он мысленно давно себе присвоил и отдавать ее музею не собирался. На что рассчитывал владелец «Стройтехники», захватывая памятник федерального значения, Мальцов не понимал, одно знал точно: Маничкин

Крепость испоганит, и тут их интересы с Бортниковым совпадали. Подкупило, признаться и личное отношение Бортникова к шахматам — игру Степан Анатольевич любил и не скрывал этого. Будь что будет, решил Мальцов, а там, глядишь, рассосется, растянется на годы, а школа останется, и Крепость удастся отстоять. Как разбираться потом с самим Бортниковым, подскажет время, думал он, давая согласие.

Договорились встретиться в начале апреля, раньше строители не успеют навести в домике марафет, да и Маничкин, если пойдет на штурм, то не ранее мая-июня, когда солнце подсушит стены и почву. Бортников распорядился, чтобы Мальцова отвезли в деревню.

— Я еще отыграюсь, — сказал на прощание серьезно, нисколько не сомневаясь в своих словах.

— Конечно, Степан Анатольевич, а потом я опять вас разобью в пух и прах, мне теперь заниматься и заниматься, вспоминать азы, мышцы наращивать, — ответил радостно Мальцов. Коньяк растекся по телу и согревал, все страхи оставили.

Без подарков его, понятно, не отпустили. Николай вручил тяжеленную сумку и конверт с десятитысячным авансом.

— Как у нас водится, Иван Сергеевич, — отметил подобострастно, чуть склонив голову.

Сумку Мальцов взял и от аванса не отказался: Бортников обиделся бы, не прими он дачку, и, разбушевавшись, мог отменить свое решение из простого самодурства, оно в городе всем было известно.

Одно страшило по-настоящему: надо было заехать домой и вывезти шахматную библиотечку. Но и тут фортуна улыбнулась: в дом его пустили, даже теща, естественно, приехавшая встречать Нину в роддом и оставшаяся на ночь, поздоровалась сквозь зубы, правда, не поздравила с дочкой, что его только повеселило. Он подошел к колыбельке, маленькая Павла спала. Мальцов смотрел на нее, понимая, что не испытывает к новорожденной никаких положенных чувств, кроме жалости.

Вдвоем с шофером они быстро покидали книги во взятые загодя в супермаркете пакеты. С Ниной он обмолвился двумя-тремя ничего не значащими словами, интерес к книгам объяснил тем, что хочет вспомнить былое увлечение, чтобы совсем не оскотиниться в деревне. Надо отдать ей должное, она была корректна, поблагодарила за памперсы и простыню. Простились оба с явным облегчением. Всё-таки ангелы были сегодня на его стороне, подумалось ему.

Но стоило отъехать от дома, эйфория прошла. Шофер знал дорогу и был приучен молчать. Начиналась новая жизнь, о которой он не смел и мечтать, похоже, она могла стать весьма сносной, но могла и подвести под монастырь. Ярмо, которое Мальцов надел не раздумывая, — он ощущал его, оно уже натирало шею, давило на нее непривычно и настойчиво. Знала бы Нина, пронеслось в голове. Выходило, что он обманул всех, продался за сумку с продуктами и аванс? Но не позволил себе поддаться паническому настроению, «всё будет: коньяк и цыгане, и девки в ажурных чулках», — вспомнились слова студенческой песни, что пели у костра в экспедиции. И нахрена тебе всё это? — спросил его внутренний голос.

— Да пошел ты! — ответил Мальцов так громко, что тут же заметил испуганный взгляд шофера, брошенный в зеркальце заднего вида. — Всё нормально! У меня всё нормально! — сказал ему Мальцов вальяжно, и тут же смутился и уткнул глаза в пол. Личный водитель Бортникова не проронил ни слова.

32

В начале марта словно прорвало небесные скрепы, ночные ветры разбушевались не на шутку — давали последний бой со всем безрассудством и свирепостью, свойственными обреченным на неминуемую смерть. Днем на несколько часов из туч выныривало солнце, ветер стихал, и тогда снег, летевший всю ночь из поднебесья, начинал искриться и таять на глазах, но к вечеру холодало и влажный наст запечатывало крепкой бронированной глазурью. Провода покрылись ледяной оболочкой. При ярком солнце понурые мазутные столбы на поле, казалось, были соединены двумя напряженными огненными струнами, ночью ветер вытягивал из них одну нескончаемую печальную ноту. Началось полнолуние, в отраженных лучах луны наст светился потусторонним светом, как кафель в пустой операционной, в которой включили кварцевую лампу. Ветви на деревьях и кустах превратились в причудливые сосульки, снег налипал на них огромными комами, морозными ночами ветви не выдерживали лишнего веса и ломались с громким хлопком, похожим на выстрел. Вьюга сдувала с наста колючую заметь, заваливала расчищенные дорожки.

Утром и вечером приходилось работать большой фанерной лопатой, и всё для того, чтобы следующим утром снова выходить на работу. Сталёк засел дома, как делал всегда, когда кончался запой. Он сутками лежал на кровати, уставившись в потолок, выхаживался, ему было не до сугробов. К колодцу не ходил, набивал снег в пластиковую ванну, в которой мать стирала одежду. Снег в комнате таял, и он черпал воду чайником и тянул ее, студеную и мутную, из носика — поднести ко рту трясущимися руками стакан чаю было для него непосильной задачей. Мальцов с Леной убирали снег, причем соседка ни в чем ему не уступала. Лопата у нее была вполовину меньше, зато трудилась она размеренно и безостановочно до тех пор, пока дорожки вокруг дома не были расчищены до обледенелой земли. Она никогда не жаловалась на боли в скрюченной спине, хотя Мальцов знал, спина у нее болела постоянно: в молодости Лена сломала позвоночник, неудачно спрыгнув со стога на землю. Он часто останавливался передохнуть, смахивал со лба пот и с восхищением смотрел на снующую, как челнок ткацкого стана, Ленину лопату.

— Ты совсем не устаешь?

— Очень даже устаю, только мою работу за меня никто не сделает.

Рей носился вокруг по блестящему насту, не оставляя следов, поскальзываясь, падал на брюхо и катился по инерции, как на санках, заваливался на бок, лаял и веселился вовсю — ему всё было нипочем. Он отъелся, округлился, подрос и уже не поскуливал во сне.

Деревню окончательно отрезало от внешнего мира.

Сталёк «болел» пять дней, потом не выдержал, сбегал на лыжах в Котово и, вернувшись, матерился на чем свет.

— Думал, ноги поломаю, сплошной каток, три раза падал, но ни одной бутылки не разбил, веришь?

— Мастерство не пропьешь.

— Гадаю вот, как Валерик сено будет вывозить. Я четко сказал: вывозить не подписываюсь, нахрена мне эта мука.

— Какое такое сено?

— Летом деревню окашивал, у меня стожок в сарае припрятан. Всего-то делов, а деньги! У него сено вышло, сам мало косит, больше покупает. Вот и настал мой черед.

— Значит, сено продал и гуляешь?

— В деревне можно жить, Иван, знай только, где взять и когда продать.

«Сенной» водки хватило ненадолго. Вскоре Сталёк снова сорвался в поход. Вернулся с прибытком, бросил при встрече, что подписался-таки вывозить.

— Валерик фитилёк запалил, переждал чутка, теперь на твоей спине сено и вывезет, — со смехом сказала услышавшая стальково признание Лена.

— Сталёк работы не боится, — забубнил свою мантру сосед. Мальцов ушел в дом, лишь бы не слушать пьяный лепет, злость переполняла его.

«Не лезь в их жизнь, не твоя, сами разберутся», — шептал себе и оттого только больше распалялся. Метод воздействия у кровососа Валерика был один, но наивернейший, и работал безотказно.

На следующий день чуть свет появился новый хозяин сена. Пришел пешком, притащив за собой на вожжах здоровенный короб, поставленный на охотничьи лыжи. Навалили в короб с верхом, увязали веревкой, Сталёк впрягся спереди, Валерик, воткнув вилы в кладь сена, толкал сзади. Тронулись, потащили. Рей, возбужденно тявкая, бросился за ними, Валерик пнул его валенком, щенок покатился кубарем по насту, вскочил, отряхнулся и встал в сторонке, провожал их уже молча, наученный горьким опытом.

— Силу взял, а в голове пока пусто, — прокомментировала Лена.

Мальцов свистнул песику, постучал ложкой по миске. Рей тут же кинулся в дом, этот сигнал он усвоил одним из первых. Дрожал от нетерпения, пока Мальцов накладывал остуженный суп с макаронами, но нос в миску не совал, знал, что можно и ложкой по носу получить, затвердил предыдущие уроки. Поев, тут же запросился на волю, скреб дверь, скулил, пришлось выпустить его на улицу.

В детстве Мальцов вот так же прибегал на обед, быстро споласкивал руки под умывальником, спешил к столу. Но мать всегда проверяла ладони.

— С мылом мыл?

— Угу.

— Понятно. Теперь пойди и вымой *с мылом*, — говорила она очень строгим голосом.

Приходилось возвращаться к рукомойнику, тщательно мыть руки уже с мылом, зная, что после будет еще одна контрольная проверка. Быстро съедал обед и опять уносился гулять, удержать его дома было невозможно. Мать всегда ворчала, отец, если оказывался рядом, ее успокаивал:

— Мальчишка, что с него взять? Вырастет — образумится.

Вырос и образумился. Теперь вот воспитывал Рея, потому что собственную дочь воспитывать вряд ли дадут. Скорее сел к столу, работа прогоняла дурные мысли.

Через какое-то время заглянула Лена.

— Сталёк назад прихромал, ногу он как бы подвернул, палочку сломил, чисто инвалид, идет — ойкает. Нет, не станет Сталёк горбатиться, выходит, он Валерика обставил.

— Может, правда подвернул?

— Как же, жди, не в первый раз такой фортель выкидывает.

— И что Валерик?

— Добрал остатнее, чуть меньше, чем первый воз, вышло, сам попер, он жилистый. Корова без сена сдохнет.

— Ну и Сталёк! Обставил, значит?

— Не радуйся особо, Валерик трижды отыграется, так у них и идет, в привычку уже вошло.

— Извини, Лена, слышать о них не хочу.

— Я что, повеселить зашла.

Повеселила. Уставился в окно, в набирающее черноту небо, на глазурованное поле с едва промятой тропкой посредине. Ветер гнал по насту снежную крупу, следы от лыж на улице почти замело. Мальцов представил себе, как Валерик один тащит воз сена сквозь метель, ползет в горушку, пробивается сквозь наметенные сугробы. Адский, нечеловеческий труд, зачастую на пределе человеческих сил — вот на чем держалось это отмирающее сообщество людей, немедленно вернувшихся к старинному образу жизни: купить бэушный трактор или грузовик было им не по зубам или по извечной скупости не приходило в голову. Ему противостоял другой взгляд на мир — полный пофигизм, как у Всеволи или Сталька. Первые боролись с жизнью, вторые со смертью, конец в результате был одинаков — погост принимал всех без разбора.

Небо за окном слилось с землей, старый дом скрипел, принимая удары шквалов деревянной грудью. Затопил лежанку и тут только вспомнил, что не запускал щенка с улицы назад. Нацепил ватник, шапку, накрутил шарф, надел рукавицы, валенки, взял фонарь. Выскочил на улицу.

Ветер валил с ног, голос тонул в его вое. Поначалу надеялся, что песик спрятался на крыльце, но там было пусто. Пробился к бане, увязая по пояс в снегу: Рей, бывало, пристраивался на открытой терраске, но не нашел и там. Рванул на улицу, прошел метров триста по заметенной дороге — никаких следов, исчезла даже лыжня, от сугроба к сугробу змеились холодные языки снега. Заглянул к Стальку — тот спал на кровати в валенках и ватнике, пьяный в дым, телевизор орал на полную громкость. В собачьей будке, свернувшись клубком, дремала Ветка. Она приоткрыла глаза, посмотрела на него с изумлением: только сумасшедший мог сейчас шататься по улице. Зашел к Лене — та тоже не видела Рея с утра.

— Уляжется непогода, завтра пойдешь искать. Может, увязался за санями в Котово, с него станется.

Рыская на холодном ветру, Мальцов сильно вспотел. Вернулся домой, стянул мокрую одежду, переделся, выпил горячего чаю с медом, забрался в кровать. Голова раскалывалась. Одеяло не согревало, его знобило, пришлось укрыться вторым, похоже таки, его здорово просквозило.

Утром понял, что заболел, в горле будто кошки скреблись, голова была тяжелой и плохо соображала. Растворил фурацилин, прополоскал горло, заставил себя выпить стакан сладкого чаю, тепло оделся и вышел на улицу: надо было искать щенка. Ветер прекратился, снежная глазурь сияла на солнце так, что приходилось щурить глаза. Он прошел метров триста вчерашним путем, оглянулся назад: из трех василёвских труб в небо поднимались вертикальные столбы дыма, похожие на кошачьи хвосты. Прошел еще немного по полю и увидал темный комок недалеко от тропы. Песик лежал на боку, с наветренной стороны его почти замело снегом. Шагнул на наст, провалился выше колена, с трудом выдернул ногу, дошел, ломая наст телом. Меховой оторочкой перчатки осторожно смахнул снег с закоченевшей головы, он ссыпа́лся на поле с легким шорохом, сухой, как песок, сметаемый кисточкой с голого черепа при расчистке древнего захоронения. Запекшийся сгусток крови запечатал правый глаз, левый, стеклянный и неподвижный, смотрел в высокое небо. Лоб был наискось рассечен топором. Вспомнил тут же офицерский ремень, пущенный поверх Валерикового полушубка: сбоку, чтобы не мешался при ходьбе, был заткнут топорик на длинной рукоятке.

Откопал тело, взял на руки Рея, маленького и жутко холодного, донес до дому. Положил на крыльцо, укрыл старым половичком, на котором тот спал. Взял в коридоре фанерную лопату. Около бани расчистил снег до прошлогодней травы, натаскал березовых поленьев из дровяника, запалил жаркий костер. Сел на чурбак, смотрел на лес; знакомые сороки летали над деревьями, радовались окончанию снежной бури. Сырой воздух драл распухшее горло, стало больно сглатывать слюну, но он сидел неподвижно, греясь около костра, выжидая, пока прогорят дрова. Затем принес из сарая кирку и совковую лопату, принялся копать оттаявшую землю. Не заметил, как подошла Лена, — увидела дым. Молча кивнул в сторону Рея.

— Ну надо же, вот, значит, как! — вскричала она. — Это всё Валерик окаянный, у Сталька и топора с собой не было. Видно, помешал ему Рей воз тянуть, под ноги лез, вот и саданул, зверюга. Хочешь, водки налью, легче будет?

— Не хочу, Лена, — просипел придушенным голосом, подавился, словно вдохнул битого стекла, и зашелся надсадным сухим кашлем; слезы выступили из глаз, он долго не мог продохнуть, лишь мотал головой и махал перед лицом руками.

— Да ты совсем разболелся! Ну ничего, я тебя вылечу.

Ушла, оставив его одного со своим горем. Он с трудом отдышался, в груди всё клокотало, руки тряслись. Но заставил себя докопать могилу, выстелил ее половичком, положил на него Рея и присыпал землей. Затем утоптал холмик, воткнул в него железный

штырь, чтобы по весне найти место, постоял минутку для приличия, побрел домой. Ломило в висках, кашель стал лающим, сотрясал всё тело и рвал грудь.
Померил температуру — тридцать восемь и пять. Лег
на кровать и очнулся оттого, что Лена трясла его за
плечо.

— Поешь бульона, я сварила.

Хотел поблагодарить, но голос куда-то пропал, он
смог лишь прошептать:

— Не могу, горячий, глотать больно.

Но она заставила его выпить полчашки, затем
натерла на терке свеклу, отжала через марлю сок,
добавила в стакан немного уксуса — приготовила по-
лоскание. Затем прокрутила через мясорубку репча-
тый лук, выложила на блюдце. Он дышал над луко-
вой кашицей, накинув на голову полотенце, в горле
запершило, едкий запах ударил в носоглотку, из глаз
потекли слезы. Опять начался приступ кашля, от
которого Мальцов совсем обессилел. Закружилась
голова, он скинул полотенце, машинально протер
им глаза и взвыл от досады: луковый сок попал на
слизистую, пришлось бежать к рукомойнику. Холодная вода остудила лицо, как ни странно, стало
полегче. Принял две таблетки парацетамола, запил
их горячим чаем с медом и малиной. Пот на время
прогнал температуру, он опять заснул и очнулся уже
в темноте, часов в восемь вечера. Лена сидела в кресле около гудящей печки, сторожила его сон. Опять
повторились все процедуры: бульон, свекольный
сок, луковая кашица... Перед чаем она дала ему кусочек прополиса, и он жевал его, ощущая во рту не-
сильное жжение, от которого слегка онемел кончик
языка.

Температура держалась шесть дней, сухой кашель
сменился влажным, с мокротой выходила болезнь,

как пояснила Лена. Что удивительно, два раза в день, утром и вечером, появлялся Сталёк, тихо ступал в валенках по половицам, боясь его потревожить, приносил дрова, растапливал печи и так же тихо исчезал. Раз даже притащил на коромысле два ведра свежей воды. Лена заходила через каждые два часа, кипятила воду, теперь к свекольному соку и прополису прибавились еще чайные полоскания — в горячий и крепкий чай она добавляла ложку соли, капала из пипетки каплю йода. Еще запарила в русской печке ромашку, подорожник и какие-то травы и заставляла его пить по полстакана настоя в каждый свой приход. И вылечила — через неделю Мальцов встал на ноги и с удовольствием съел кусок вареной курицы и немного картофельного пюре; горло почти не болело, отек спал, и голос вернулся.

— Не вздумай Валерику мстить! Как надо у тебя не получится, а до добра это не доведет. Пообещай мне, — сказала вдруг Лена, видя, что он собирается выйти на улицу подышать.

— Как надо, Лена?

Лицо ее напряглось, под глазами залегли складки, она смотрела на него пристально, обжигая взглядом, словно выплескивала из глубин души поселившуюся там застарелую боль, но ничего не сказала.

Мальцов смутился, промямлил примирительно:

— Не стоит он того, у меня было время подумать. Рея всё равно не вернуть.

Но она продолжала молчать, словно вытягивала взглядом главное признание. Он решился, сказал, не скрывая нахлынувшей тоски:

— Уеду я отсюда, Лена, не могу тут жить.

— Это правильно ты решил, я всё ждала, когда ты сам поймешь, — и добавила твердо: — Тебе тут не место.

— Правда, давно поняла?

Она стояла вполоборота к нему, а тут вдруг резко повернулась и посмотрела прямо ему в глаза и сказала с нескрываемой горечью:

— Очень даже хорошо я это поняла, как только ты объявился. Твое место в городе, и не сомневайся.

После секундной заминки Мальцов отвел глаза. Лена повернулась и ушла. Входная дверь ойкнула в петлях и с грохотом захлопнулась. Такой он соседку никогда еще не видел — безжалостной и суровой. Мальцову так хотелось, чтобы она осталась, посидела с ним, но постеснялся об этом попросить. Сама собой всплыла в памяти история с теткой Паней Чернокнижной, то, как Лена отстояла свою любовь, отравила поросенка и сожгла дотла Панин дом. Так поступить он точно не смог бы, Лена была права.

Вжался в кресло около раскаленной печки, но обожгла его не печка, а опалившая сердце мысль: он вдруг понял, что никогда не поймет здешних жителей до конца, они были другими людьми, наученными принимать мир таким, каким он принимать его наотрез отказывался. Сердце заныло, он ощутил внутри пустоту и полную безысходность своего одиночества. Под ногами на пыльном полу выделялся темный прямоугольник — место, где лежал Реев половичок. Где-то на столе тикал будильник. Забота, которой окружила его Лена во время болезни, была сродни давно забытой материнской: мама с таким же теплом и настойчивостью лечила его простуду, когда в каникулы он заболел здесь, в Василёво, поила с ложечки горячим молоком с боржоми, а он кочевряжился и отказывался пить молоко с пенками, которые называл «тряпочками». Когда-то, во время его последнего запоя, тогда Нина еще любила его, жена сама научилась ставить капельницу, гладила по руке, терпеливо снося капризы его отвратительного характера. Всё дело в характере, в чертовски раздутом самолюбии, почему, почему, думая о других, он всегда сворачивает на себя любимого?

— Я просто боюсь возвращаться в город, — признался вслух, пытаясь успокоиться.

Но дурацкие мысли не оставляли, неотступно пролезали в голову, стало страшно и жалко себя одновременно. Кружок, шахматы, кому он там нужен? Мгновенно представил себе, как умрет в городе, позабытый и позаброшенный, зажмурился, сморгнул навернувшиеся слёзы — пришлось вытирать глаза рукавом рубашки, носовых платков ведь так и не купил. Сложил кукиш и ткнул им в сторону темного окна.

— Как же, не дождетесь! — прошептал в темноту, встал и вышел на крыльцо. Ночной ветер остудил его и быстро прочистил зачумленную в перетопленной избе голову.

33

На следующее утро взял себя в руки и сел к столу, постановив первую половину дня работать над книгой, а по вечерам решать шахматные задачки, штудируя учебники Ласкера, Капабланки и Авербаха. За неделю перечитал любимые книги: «Систему» Нимцовича, «Шахматные лекции» Алехина, «Избранные партии» Смыслова, учебник по композиции Каспаряна, «Эпизоды шахматных баталий» Ботвинника. Дед и отец любили шахматы, играть начали один — в лагерях, другой — на войне. Они постигали игру по наитию, не учились записывать партию по памяти, просто передвигали фигуры, играя, как говаривал дед, «со своим удовольствием». Мальцов оказался способным учеником, очень скоро стал их обыгрывать, и тогда отец отвел его в кружок.

В доме нашлись две шахматные доски — обычная и дорожная, Мальцов расставлял на них комбинации. Завел тетрадь, записал в нее конспекты первых двадцати уроков и простенькие партии, что должны были пригодиться при работе с начинающими.

Стоило только вновь прикоснуться к игре, как память ожила, игра снова перекроила его сознание, как было, когда он занимался в кружке, но восстанавливать забытое оказалось непросто — ему не хватало суток, пришлось пока отложить работу над книгой. Привычная жизнь разом изменилась, бескрайняя Вселенная вымысла укрыла его от повседневных забот, и он выныривал из нее с явной неохотой, прерывая занятия на еду, сон и короткие прогулки. Мальцов разбирал этюды, всевозможные дебюты, сложные размены фигур, лишь на первый взгляд рискованные ходы. Риск оказывался на поверку всегда просчитанным и оправданным, как и незаметно построенная оборона, втягивающая противника в коварную ловушку. Стоило в нее попасть, и противник незамедлительно переходил в сокрушительную атаку. Вариантов развития одной партии было слишком много, чтобы он смог удержать их в голове, для этого требовался высший, гроссмейстерский уровень, но разум ликовал от скитаний по хитрым лабиринтам умопостроений, и озарения, подсказывающие удачный выход из неминуемого тупика, приносили неописуемый кайф. Умственная работа способствовала активации нейронов головного мозга, включила уснувшие за время бездействия и лени связи, очистившаяся от застоявшейся шелухи голова заработала четко и настойчиво требовала теперь постоянных упражнений. Казалось, сама душа воспаряла, отправляясь в путешествия по маршрутам великих предшественников, проделавших эти трипы задолго до него. Если бы его попросили охарактеризовать свои чувства одним словом, он бы произнес слово «счастье».

Впрочем, как и любая творческая работа ума, игра не только дарила энергию, но и буквально сжирала ее. Устав от нервного напряжения, он отрывался от доски, закрывал глаза и грезил. Косые перелеты слонов представлялись стремительными фланговыми атаками конницы, спешные рокировки преображались в сдвоенные ряды повозок, выстроенных в цепь вокруг шатров ставки. Ощетинившееся смертоносными иглами стрел, это древнейшее оборонительное сооружение защищало сердце битвы подобно свернувшемуся в клубок огромному ежу. Тяжеловесные ладьи, приняв горизонтальное положение, мгновенно обрастали лафетами и колесами, становясь чугунными бомбардами; выкаченные на редуты, они простреливали целые сектора, грозя наступающей вражеской пехоте всепожирающим прицельным огнем. Строй вставших клином пешек перерождался в идущих локоть к локтю пеших воев, острые наконечники копий протыкали пространство, шаг за шагом наращивая отвоеванное тактическое преимущество. В такие минуты он снова проживал наступление Тимурова войска, завершающую атаку левофланговой конницы, хаотичное бегство отрядов Тохтамыша. Очевидные сравнения игры с жизнью напрашивались сами собой, сравнения с поганой жизнью, в которой законы диктовались пещерным насилием — основополагающим принципом ее устройства. В жизни наступательные ходы повторялись от раза к разу — топориком по беззащитному лбу, когда никто не видит, ударом исподтишка, плетением закулисных интриг, выстрелом из кустов — дебютным ходом, предшествующим беспощадному рейдерскому захвату. Шахматное поле было территорией свободы, что достигается только на уровне индивидуального сознания. На этом ристалище тоже допускались и приветствовались любые уловки, но победа и полный разгром противника были бескровны, ничто не мешало проигравшему расставить фигуры по новой и начать следующую партию за преимущество, которое нельзя было взвесить на весах, измерить в принятых миром эквивалентах богатства и власти. Чистая игра ума. Мальцов задумался: главное слово здесь было «чистая» или всё же «игра»? Так он отдыхал, чтобы снова вернуться к доске, начать поиск оптимальных решений, переживая и сражаясь за обоих противников одновременно.

Мальцов теперь не зашторивал окна, просыпался с солнцем, быстро завтракал, садился к столу и вставал из-за него, когда чувствовал, что начинает витать в облаках, теряя нить рассуждений. Выходил на улицу продышаться, но дальше крыльца не ступал — кругом текли ручьи, клочья грязного снега лежали то тут, то там, а оживающая от спячки земля стала жирной и топкой, отмывать резиновые галоши после прогулки было лень. Лес утратил зимнюю суровость, почки на тополе около дома набухли, готовые вот-вот раскрыться и осыпать округу чешуйками с желтым липучим соком. Птицы на разные голоса перекликались в тополиных ветвях, обживая скворечники и строя гнезда. Где-то на Ленином участке барабанил по сухому стволу большой дятел желна. Пение талой воды — постоянная последовательность весело журчащих нот — вплеталось фоном в сольные птичьи партии, звучало бэк-вокалом, вытягивающим на заднем плане музыкальную идею этого животворящего произведения. Мальцов прочищал легкие чистым воздухом, предвкушая, как станет рассказывать об игре начинающим, вкладывая в слова всю силу собственных эмоций, сладко зевал от переизбытка кислорода и с радостью покидал улицу, спеша затвориться в тишине, склонившись над клетчатой доской.

Телефон всё не звонил, но теперь, вооруженному мечтой, ему всё было нипочем: игра была неисчерпаема, энергия партий-схваток яростна и неумолима, как восходы солнца, как сила воды, сметающей на своем пути остатки зимы. Ручеек несся по уличной колее вниз, в оживающее болото, туда, где скоро должна была зародиться новая жизнь, — у него на столе она рождалась каждый раз, стоило только расставить фигуры и продвинуть первую фигуру.

Лена и Сталёк остались в прошлом. Он попытался заинтересовать Сталька, показав ему самые простые комбинации, но услышал в ответ: «Я б лучше сыграл в петуха или в секу, там хоть поржать можно». Лена приняла его новое увлечение, как принимала всё вокруг, если это не меняло привычного ей распорядка жизни. Он теперь здоровался с ними на улице, но в гости больше не заходил, отделился окончательно. Они тоже перестали заходить к нему в избу.

В один из дней в Василёво занесло Валерика. Убивец притопал в деревню собственной персоной, лично принес Стальку водки, чтобы завести только что выходившегося бедолагу: пора было строить заново сгоревший при пожаре дровяной сарай. Бутлегер прошел мимо стоявшего на крыльце Мальцова, поздоровался как ни в чем не бывало, Мальцов посмотрел сквозь него веселым и беспощадным взглядом. Рожа у Валерика сразу же перекосилась от злости, но Мальцов сделал вид, что не заметил его реакции, хотя втайне почувствовал странное удовлетворение. На следующий день Сталёк потащился в Котово с рюкзаком, набитым инструментами, столкнулся с Мальцовым, несущим на коромысле воду. Сказал сам, как извинения попросил, хотя никто его за язык не тянул:

— Валерик — инвалид, один не справится, в деревне живем, надо помогать. — Мальцов пропустил его слова мимо ушей. Сталёк сразу как-то сгорбился, отвернулся, пошел месить глину на дороге, а Мальцов долго провожал взглядом его черную шатающуюся фигуру, пока она не скрылась из глаз.

Уазик пришел неожиданно, Николай позвонил за час до прибытия. Мальцов наспех собрался, покидал пожитки и оставшуюся провизию в кабину, обнял Лену. Сталёк пропадал в Котове на строительстве.

— Спасибо, Лена, за всё, не поминай лихом.

— Ты нас не забывай, Иван Сергеевич, приезжай, без тебя тут теперь пустыня.

— Приеду, если смогу.

Сел в машину, помахал рукой, зная, что вряд ли отважится вернуться.

Въехали на горку, он попросил водителя остановиться, пояснил:

— Тут всегда останавливались, когда в армию провожали или гроб везли на погост, прощались с деревней. Место такое... специальное.

Приспустил окно, смотрел на три черных дома, на сужавшееся на глазах пространство жизни, поглощаемое наступающим лесом. Окинул глазом округу: тонконогие березы и заросли олешника на полях начинали зеленеть, листья были еще совсем маленькие и клейкие, с копейку. В больших лужах отражались плывущие по небу облака. Еще раз взглянул на дедов дом, словно постарался получше запомнить, потом закрыл окно и сказал нарочито громко: «Поехали!»

Часть третья

Крепость

1

К концу апреля шахматная школа уже вовсю работала. Одиннадцать школьников и преданный Димка, немедленно изъявивший желание учиться игре, исправно посещали вечерние занятия. По субботам и воскресеньям ребята приходили помочь Мальцову: вместе выкрасили новые стены и побелили потолки, убрали грязь и строительный мусор, оставленные бортниковскими рабочими — те лишь подлатали дом и отремонтировали разрушенные печки во всех трех комнатах. Одна комната стала кухней, большая «зала» — зимним классом, она пока стояла пустая, в маленькой, выходящей двумя окнами прямо на цементную вазу-цветник, Мальцов оборудовал спальню-кабинет. Занимались на большой веранде, отапливаемой электрическими батареями.

Ребята хотели заниматься, а потому всё как-то правильно устроилось. Совместная работа по дому быстро всех сдружила, руководить и незаметно направлять их помогал богатый опыт экспедиций и накопленная в Василёво и не растраченная пока энергия. В результате каждый получал то, к чему стремился. Первое, чему он научил их, — проигрыш обсуждался после игры обоими игроками, а наиболее интересные партии выносились на общее обсуждение. В классе много смеялись, и соперничество не перерастало в серьезные обиды.

Бортников открывал шахматную школу с присущей ему помпой, для пущего эффекта нарядился в шахматного короля в фиолетовой мантии с кистями и в короне, подозрительно напоминавшей архиерейскую митру с венчающим ее хрустальным крестом. Ученики школы — белые пешки в остроконечных картонных шлемах — взяли на караул по команде офицера Мальцова, которому Димка выдал на церемонию свой реконструкторский меч и склепанный из железных пластин шишак. Степан Анатольевич решительно двинул белую пешку на большой настенной доске, пойдя е2 — е4, что по сценарию заменило традиционное разрезание ленточки. Приглашенное городское начальство, чиновники из области и представители прессы разразились бурными аплодисментами. Небрежным королевским жестом скинув с плеч на пол ненужную больше мантию, Бортников захватил микрофон и поздравил всех с добрым начинанием, затем вспомнил, как сам после школы занимался в таком же кружке, а в конце речи особо подчеркнул, что Крепость не только культурный заповедник, но теперь еще и объект досуга школьников — первый в России заповедник спорта, что закреплено в специально прописанных документах решением городских властей. Чтó это значило на деле, никто не понял, но специальный статус осененного мантией и короной пространства оценили: в ответных здравицах здоровое начинание главы «Стройтехники» поддержали все выступающие, для чего и были приглашены.

После речей начался фуршет с шампанским.

— Доволен? — спросил Мальцова сияющий Бортников, чокаясь со своим протеже фужером с неизменным нарзаном.

— Работаем, Степан Анатольевич, — ответил тот бодро. И, как и планировал, тут же пересказал сведения, добытые Димкой: Маничкин серьезно готовится провести планировку в Крепости, спешит застолбить территорию для строительства.

— Твое предложение? — мгновенно среагировал Бортников.

— Надо блокировать его действия и провести летом раскопки. Я давно собирался обследовать участок около Никольской башни, самое интересное место с точки зрения археологии памятника. Поговорил тут с ребятами — на каникулах все готовы покопать, заодно заработают немного.

— Во время раскопок, я так понимаю, планировка земли под строительство неуместна?

— У стен большие завалы, я б начинал планировку с них, Маничкин метит в тот же самый угол. Без археологов земляные работы на памятнике невозможны. Нужно подать заявку на открытый лист в институт археологии, у Калюжного пока листа на Крепость нет, я специально всё выяснил, сыграем на опережение: два листа на одну площадь не дают. К июню получим разрешение.

— Сколько это будет стоить?

— Тысяч триста на месяц работ.

— Срочно готовь смету, передай через Николая. Территория Крепости закреплена за школой, ничего у них не выйдет, но ты прав, подстраховаться не мешает, действуй.

В первый же день Димка признался: Нина собирается копать в Крепости на грант министерства культуры, который сейчас выбивает музей. Сначала Мальцов не хотел верить, но Димка поклялся: он не раз слышал, как Калюжный ее уговаривал.

— И уговорил, Иван Сергеевич, Нина свое согласие дала.

— То есть легла под Маничкина?

— Нет, всё подается иначе: проект реставрации требует специалистов. Субподряд не есть кабала, заказ поможет им пережить год, а то и два, и так далее.

— Типа — свобода наша, деньги — чужие.

— И деньги большие — проект долгосрочный, Иван Сергеевич. Пока всё на уровне согласований, но Маничкин, говорят, из Москвы не вылазит.

Сидеть у реки и ждать, пока по ней проплывет труп врага? Подпустить Маничкина к Крепости, сделать из нее туристскую клюкву, а памятник уничтожить? Он вступил в войну, понимая, что объявляет ее еще и Калюжному с Ниной...

Необходимый пакет документов собрали за два дня, Мальцов съездил в Москву, подал заявку и получил документ с датой; в полевом комитете официально подтвердили: ОАО Калюжного заявку на раскопки в Крепости еще не подавало. Шатаясь по коридорам института археологии, он встретил давнего знакомого Валю Нилова. Валя занимался монголами и копал в Поволжье. Мальцов похвастался, что заканчивает книгу. Валя тут же потребовал текст, он знал нужного издателя и пообещал выпустить книгу в следующем году.

— Поспеши, сектор план недобирает. Главное, обсудить текст на редсовете, получить одобрение и включить в план. Такая возможность есть, давай, Иван, я в тебя верю. Поклянись, что не подведешь.

Мальцов молча кивнул и скрепил договор рукопожатием. Вернувшись в Деревск, на следующее же утро разложил записи и продолжил работу.

2

Вообще всё складывалось как-то слишком удачно, в пору было поплевать через левое плечо. Обещания Нилова стали мощным стимулом, василёвская депрессия сменилась лихорадочным приливом сил, голова ожила, и он уже видел конец, решил описать в последней главе смерть Мамая так, как она привиделась ему, образно и без академического занудства. Работа опять овладела им, съедала всё лишнее время, не оставляя времени для хандры.

Нина, конечно, знала, что он вернулся и живет в Крепости, но на открытие школы не пришла, хотя их с Калюжным звали специально, о чем доложил Мальцову Николай. Формально Мальцов еще числился сотрудником ОАО. Он написал заявление об увольнении, приложив записку: просил вернуть ему трудовую книжку, чтобы оформиться на новую работу. На следующий день Димка принес трудовую и последнюю зарплату — пять тысяч рублей.

— Нина сказала что-нибудь?

— Ни слова. Забрала заявление, а перед концом рабочего дня отдала мне книжку.

Мальцов хмыкнул и радостно потер руки: открытый лист обещали выдать в июне, раскопки можно было начинать сразу после летних экзаменов. Он утаил пока эту информацию от Димки, которого рассчитывал переманить к себе: с началом работ Бортников обещал выделить ставку лаборанта. В город не ходил, продукты закупал в лавочке в соседней с Крепостью деревне и лишь два раза добрался на Димкином велосипеде до большого супермаркета на окраине и забил огромный холодильник «Bosch» — щедрый подарок от «Стройтехники», собиравшей холодильники по лицензии.

Однажды за завтраком увидел через окно Любовь Олеговну. Старушка самозабвенно окапывала клумбу, подготавливая землю к посадкам цветов. Он подошел, предложил свою помощь и за час перекопал то, на что у нее ушел бы целый день. Физическая работа взбодрила, после нее и сидячая работа пошла успешнее. На следующий день он опять помогал Любови Олеговне, обреза́л ветки на яблонях. С той поры каждое утро час-два работал волонтером, выполняя ее поручения: копал, чистил граблями начинающую пробиваться траву от зимнего мусора, вывозил его на тачке на помойку за крепостную стену.

Крепость была маленькая, продвигаясь от центра к Никольской башне-колокольне, очень скоро они подобрались к церковной ограде. Любовь Олеговна ухаживала и за церковными цветниками. Мальцов оставил ее работать на цветниках, а сам начал сгребать пожухлую траву и старые листья у стен и, пока сгребал кучи, прикидывал, где удобнее заложить раскоп.

В дальних укромных углах всегда традиционно устраиваются помойки; угол стены и основание башни были завалены разным хламом — он вывел кружок на субботник, и ребята быстро расчистили территорию. Каменная кладка была теперь присыпана только большими кучами задернованной земли, когда-то ее специально сгребли к основанию стены, завалив и цоколь фундамента башни. Давно умерший пономарь рассказывал Любови Олеговне, что земляные работы велись здесь вскоре после войны, но помнить, кто и что тут делал, она не могла: в то время еще и в школу не ходила. В деревенский дом к деду с бакой семья перебралась в сорок втором, да так в нем и осталась, их городской домик на улице Кирова сгорел от попадания фугасной бомбы.

Серьезных реставрационных работ с необходимыми исследованиями в Крепости не велось, все силы реставрационной мастерской в советское время были брошены на сильно пострадавший от немецкой авиации город. Дата постройки Крепости была взята из летописи, пятиглавый Никольский храм и чудная колоколенка на башне датировались по архитектурному убранству и замерам кирпича семнадцатым веком.

Никольская башня с колокольней была необычна во всех отношениях — ничего подобного русское оборонительное зодчество не знало. Крепостная стена обходила башню с напольной стороны, оставляя само строение как бы внутри каменной ограды. Перед войной архитектор Маркштейфель обмерил крепость, но довести исследовательские работы до конца не успел: обрусевшего немца сгноили в ГУЛАГе. В своем отчете ученый высказал тогда предположение, что Никольская башня древнее самой крепости, и называл ее донжоном — первоначальной башней-крепостью, но никакого подтверждения эта смелая теория не получила. Летопись упоминала о строении каменного города на новом месте, отдельно стоящую башню летописец не упомянул, камни, из которых были возведены стены и башни, включая Никольскую, были идентичны, их брали из одного карьера неподалеку. В конце восемнадцатого века выработки известняка в нем забросили, в старых шахтах скрывались входы в глубокие, многоуровневые карстовые пещеры — любимое место тренировок спелеологов.

За две недели с Любовью Олеговной он привык к утренней разминке. Старушка по-прежнему неустанно копалась в грядках, но теперь справлялась сама. К середине мая на клумбах и основной дорожке, идущей от разрушенных Святых ворот к церкви, распустились тюльпаны и нарциссы, у стен в диких зарослях кустов начала пробиваться сирень. Весенние запахи всегда возбуждали Мальцова, порождали особый зуд, хорошо знакомый всем полевым исследователям, соскучившимся на зимних камеральных работах по экспедиционной свободе. Он не удержался и заложил тридцатиметровую траншею, идущую углом в обвод от башни, в том месте, где кладка стены рассекалась выходящей из земли хорошо заметной трещиной, замазанной на скорую руку цементным раствором. Часть траншеи продолжалась по кладке стены: важно было посмотреть место стыковки стены и оборонительного сооружения. Можно было предположить, что каменный раскат, не рассчитанный изначально нести принудительный груз колокольни, не выдержал ее веса, но трещина была лишь одна — выходит, в этом месте что-то было не так с фундаментом. Подобные башни в пятнадцатом столетии, если не задумывались как проездные ворота, строили глухими, никакого входа с земли не существовало, на верхние боевые этажи попадали прямо со стены. Если допустить, что Никольская башня когда-то была донжоном, возвышавшимся над речным обрывом, а полукругом его обнимал деревянный замок, в башне должен был быть вход снизу, скрытый теперь наросшим за века культурным слоем. В любом случае его траншея была оправданна: трещина угрожала сооружению, исследовать причины ее возникновения было правильно во всех отношениях.

В самом конце мая он дописал книгу и послал ее Нилову, дать тексту отлежаться и пройтись еще раз редакторским глазом не было никаких сил. Он знал текст почти наизусть, глаз замылился, возьмись он править по написанному — только наломал бы дров, да и, честно сказать, ему не терпелось узнать мнение коллеги-специалиста.

Утра освободились окончательно, ребята приходили к пяти и занимались два-три часа. Втихомолку Мальцов начал копать, открытый лист вот-вот должен был прийти по почте. На деле он, конечно, нарушал закон, на практике же многие экспедиции, получив устное одобрение представителя полевого комитета, нередко начинали работы без разрешительного документа, зная, что разрешение обязательно придет. Ему надо было чем-то занять себя, заполнить образовавшуюся пустоту. Он копал четыре утренних часа, потом отмывался, передыхал с час, обедал и поджидал ребят. Словно из суеверия никому о траншее не сказал, даже верному Димке. Медленно снимал верхний балластный слой, выматывая себя, лишь бы не думать о Нилове. Тот подтвердил получение текста и замолчал, хотя, по прикидкам Мальцова, за неделю мог бы уже и прочитать книгу.

3

Новый город поставили на мощных выходах известняковых плит на самом краю высокого берега Деревы. Крепость представляла собой прямоугольник: два длинных прясла стен, северное и южное, шли от речного обрыва в сторону поля, на них возвышалось по три башни — две по углам и по одной в середине. Восточное прясло тянулось по краю неприступного обрыва над рекой и было ниже на два метра трех остальных, защищающих напольные стороны. Только Никольская угловая башня на северо-востоке не нависала над водой, оказавшись внутри опоясавшей ее стены. Остальные башни выпирали на половину корпуса из линии прясел, что давало возможность простреливать из луков слепое пространство у подножия. К углу крепости около Никольской башни подходил широкий овраг — русло давно пересохшего ручья; этот естественный мыс был самым неудобным местом для приступа. Такой рельеф местности всегда выбирали для строительства городищ еще в домонгольское время. Западное прясло, глядящее через поле на старый Деревск, усилили посередине Святыми воротами, рухнувшими в восемнадцатом веке. Теперь там зиял провал — главный и единственный вход-въезд внутрь Крепости.

Петр Алешковский. *Крепость*

Каждый день Мальцов проходил от дома, стоявшего неподалеку от провала, до раскопа и назад, пересекая Крепость по диагонали, и каждый раз засев-
шая в голове мысль не давала покоя: идея переноса
Деревска на новое место выглядела странной, необъ-
яснимой авантюрой. Эти стены не могли спрятать от
врага разросшееся население города и близлежащих
деревень, в пятнадцатом веке деревчан должно было
быть уже более пяти тысяч человек. Поверить в то,
что новгородцы решились выбросить огромные
деньги на ветер, он не мог, знал: северная республика всегда умела считать свои капиталы, дорожила
ими, на том держалась и процветала. Перенос города был связан с какой-то загадкой, разгадать которую
Мальцов пока был не в силах.

В пятнадцатом веке Орда сильно ослабела, запрет
на строительство каменных крепостей ушел в прошлое, новгородцы поспешили обезопасить свои ру-
бежи; понятно, что каменный страж на порубежье
усиливал позиции дома Святой Софии, но чутье
подсказывало, что на решение посадников повлияло
что-то еще, важное, не нашедшее объяснения в ску-
пых летописных строках. Чутье — важнейшая спо-
собность исследователя, Мальцов верил в него, как
фаталисты верят в Фортуну, оно его никогда не под-
водило. Где-то в мозгу прорастали новые связи, нако-
пленный в памяти материал, лежавший нетронутым
балластом, перестраивался, мозг начинал посылать
особые импульсы — новые мысли, вырабатывали
другую систему координат. Этот загадочный и по-
трясающий процесс и назывался чутьем, наводящим
исследователя на еще неясно брезжущую, но вполне
конкретную цель. Предельная концентрация, внимание, доля удачи — и результат мог быть достигнут.
Верная интерпретация добытых сведений — только
она одна и имела смысл.

— Движение — всё, конечная цель — ничто, — бормотал он под нос любимое высказывание Эдуарда Бернштейна, бросая совковой лопатой балластную землю на отвал.

Отвалы у его траншеи — черная работа археологов — неизменно росли, в начале и конце смены он обязательно «вставал на отвал» — двигал перекопанную землю прочь от раскопа, продумывая по ходу, как станет справляться в одиночку, когда углубится на полтора-два метра. Он прирезал еще десять метров по пряслу — расширил вскрываемую площадь, подготавливая фронт работ для экспедиции. Когда придут ребята, дело пойдет веселее, он сможет отложить лопату, начнет вести полевой дневник и зарисовывать профиля.

Мальцов удалил дерн, наросший на послевоенных завалах, и начал снимать слежавшуюся землю, копая в два штыка, углубляясь пластами по двадцать сантиметров, затем зачищал поверхность, как полагалось по методике, подготавливая площадь к новой штыковой копке. Ничего интересного в балласте не нашлось: землю варварски сгребали к стенам бульдозером, засыпáли каменную кладку, непонятно только зачем — нивелировали убогое пространство за Никольской церковью, собирались что-то построить? Вряд ли в забытом углу можно было возвести серьезное строение, даже для нормального складского помещения места тут явно не хватало. Если бы хотели просто срéзать культурный слой у подножия кладки, его бы стали отгребать, увозя балласт, а не толкали бы к стенам, наваливая крутые увалы. И всё же поздние наслоения тоже были результатом жизнедеятельности, своеобразным культурным слоем. Послевоенная археология советского пространства волновала Мальцова меньше всего на свете, но, привычно начав работу, он старался не упустить ничего, земля сохраняла информацию, он был обучен ее читать и упустить даже такую мелочь, как советские земляные работы на памятнике, не имел права. Он махал лопатой — балластный слой был мешаным, забитым валунами и осколками кирпича, как советского, так и дореволюционного, кусками чугунных труб, проржавевшими листами кровельного железа — обычный состав строительной помойки, перемолотой безжалостным бульдозерным ножом.

Тридцатого мая на последнем собрании кружка он признался ребятам, что начал раскоп у подножия Никольской башни. Веранда взорвалась дикими воплями, шахматисты выразили единодушное желание участвовать в раскопках. Лишь Димка застыл в изумлении и молча сверлил его глазами, Мальцов улыбнулся ему, шепнул:

— С тобой поговорю отдельно, задержись на полчаса, это важно.

Выдал домашнее задание на все летние каникулы, понятно, что в июне ребятам было не до него: старшеклассники готовились к экзаменам. Договорились начинать раскопки в июле.

— Я пока подготовлю траншеи к работе, надо же чем-то занять себя, пока вы сдаете экзамены.

Когда остались с Димкой вдвоем, честно обрисовал сложившуюся ситуацию.

— Бортников обещает ставку лаборанта, она твоя по праву. Ты со мной? — задал он самый главный вопрос.

— Иван Сергеевич... ставка... она надолго? Мне надо зарабатывать, маму кормить, и ребят бросать нечестно... — парень явно смутился и не договорил фразу.

Почему-то Мальцов был уверен: Димка сразу же примкнет к нему. Он наморщил лоб, размышляя, выдерживая паузу, наконец сказал:

— Понимаю. Ты серьезно подумай. Вне зависимости от твоего решения я не в обиде. Ты прав, гарантий дать не могу, знаю одно — Бортников человек амбициозный, это и его идея тоже.

— Он хочет реставрировать Крепость? Отсюда этот непонятный статус «объект досуга школьников»? Калюжный, как услышал, сразу почуял подвох. А как же мы, Иван Сергеевич, — Нина, экспедиция?

— Я не воюю с экспедицией. Я воюю с реконструкцией, о ней речи быть не может. На Маничкина у Бортникова зуб, почему — я не знаю и знать не хочу, но тут мы с ним совпадаем. Маничкина в Крепость не пущу. Точка. Я отдал Нине мой город, или она у меня его отобрала, и нате-здрасьте, ты мне сам рассказывал — она уже заодно с музеем! За что боролись? Нет, я очень серьезно, ты меня знаешь, наша траншея только начало. В Крепость сегодняшний музей въедет лишь через мой труп.

— Надо было договариваться, Иван Сергеевич, а вы так... Наши — это не только Калюжный, Маничкин и Нина, ребята вас не поймут, они вас любят, верят еще, что вы вернетесь.

Мальцов начал убеждать, быстро, как всегда, накаляясь, в результате сорвался и наорал на парня, обозвал мальчишкой и всё испортил. Димка едва сдерживался, чтобы не зареветь, молча хлопал глазами, затем резко повернулся и убежал.

— Ну что ж, — выдавил сквозь сжатые губы Мальцов, — война, значит война, сами этого хотели.

4

На глубине метр двадцать стена чуть расширилась: начался фундаментный цоколь — ряд больших белокаменных блоков. Примыкающий к камню серый балласт сменила сухая черная земля с характерными

фрагментами керамики, датирующей слой пятнадцатым веком — временем начала строительства. Около
башни, прямо под уходящей в землю трещиной, слой
был разрушен строительной ямой, что было объяснимо: трещину заделали цементом, понятно, в советское время. В противоположном от башни углу траншеи серый балласт сменил речной песок — похоже,
его привезли и ссыпали в специально отрытую яму,
которую потом завалили бульдозером. Культурный
слой сохранился нетронутым только посередине
раскопа — тот, что шел у подножия стены. Мальцов
решил оставить башню, как самое интересное, на
потом, принялся копать в дальнем конце траншеи.
В слое песка нашел водочную бутылку зеленого стекла и граненый стограммовый шкалик — работяги
отметили окончание работы. Действуя по принятой
методике, начал вычищать яму, оставив непотревоженную середку траншеи рабочим, слой следовало
копать не спеша, перебирая его руками в поисках находок. Отвал навис сверху, кидать через него землю стало невозможно, Мальцов начал углубляться
уступами, заполняя песком отрытую часть, а потом
выкидывал ее на поверхность, и за два дня опустился еще на метр. Фундаментные камни обычно не
отесывали тщательно, полируя боковины мокрым
песком на полировочном круге, строители никогда не делали лишнюю работу, а здесь странно было:
под цоколем камни были отполированы так же, как
и на уличной кладке. Похоже, он ошибся: этот отрезок стены видел изначально дневной свет. Выходит,
просто отрыл еще один, засыпанный позднее кусок
подножия? Но выступ в кладке — цоколь? Расширение снизу создавало площадку, на которой держалась
вся многотонная громада стены. В земляном профиле траншеи песчаная подсыпка продолжалась, уходя вниз. Значит, во времена строительства тут было

естественное понижение. Еще метр сорок, и начал прорисовываться край древнего оврага, засыпанного песком, — траншея захватила лишь самый хвостик понижающегося грунта. Всё встало на свои места, когда показался материк — верхнемеловая известковая плита. В пятнадцатом веке она покоилась под наросшим дерном: кладку стены, срезав дернину, положили прямо на плиту — лучшей опоры и придумать было трудно.

Для подтверждения такого вывода пришлось продлить траншею еще на четыре метра, проследить, что понижение — начало оврага, а не вырытая позднее хозяйственная яма. Три дня Мальцов двигал отвал, снимал балласт, затем песчаную подсыпку, и не зря старался — в известняковом массиве, прямо под отесанными камнями, открылась широкая природная щель, ее края были обработаны каменотесами, сознательно расширившими вход внутрь и выбившими для удобства две входные ступени. Расчищая их, он наткнулся на слой старой строительной извести, в ней попадались мелкие отесанные камни, пятидесятисантиметровая известковая прослойка лежала на погребенном дерне — понижающемся дне оврага. Постепенно он разобрался в наслоениях: щель была заделана скорее всего в пятнадцатом веке при большом строительстве Крепости, но позднее, в советское время, вход открыли, а потом засыпали песком, выровняли площадку, скрыв проход в подземелье и уничтожив овраг.

Двухметровая щель походила на сужавшееся кверху тулово бутыли с наполовину отбитым горлышком. Песок и строительный мусор завалили проход лишь на полтора метра вглубь, он вычистил коридор за день, подмел пол, выровненный каменотесами так, чтобы по нему было удобно ходить. Девять метров в толще породы — и нога ощутила край, впереди зияла черная пустота. Дневной свет рассеивался у входа, Мальцов крикнул, эхо подхватило возглас, разложило его на гулкие осколки, отраженные невидимыми стенами. Внутри начинался другой мир, веющий влажной прохладой, — в карстовых пещерах всегда было много воды, проточившей в податливом известняке системы сообщающихся гротов, щелей и провалов. На пограничье света и тьмы Мальцов зажег спичку. Пламя качнулось, его потянуло внутрь: в открывшейся полости существовал свой, подземный ток воздуха.

О пещерах в Крепости он никогда не слышал, зато с детства знал расхожую легенду о подземном ходе, что проходил под рекой и заканчивался на другом берегу. Каждый приличный монастырь на Руси, и уж конечно крепости, строившиеся, чтобы выдержать долгую осаду, должны были, по мнению обывателей, иметь сложную систему спасительных подземных туннелей — такие легенды придавали древним строениям вес и таинственность. Мальцов всегда иронически хмыкал, слушая подобные байки. И вот, похоже, нашел — не подземный ход, конечно, но вход в естественную карстовую пещеру. Щелью пользовались до строительства Крепости: кто-то же расширил вход и выровнял пол в туннеле.

Спичка догорела, но он не зашел внутрь, закрыл проход куском толстой фанеры, оседлал велосипед и помчался в хозяйственный магазин. Купил две пачки стеариновых свечей, два фонаря и два десятка батареек. День подходил к концу, пришлось отложить вылазку до утра. Никому не сказал о своем открытии, намереваясь сначала обследовать всё самостоятельно.

Специального опыта подземных путешествий у него не было. Как все мальчишки Деревска, он лазил в каменоломни, но дальше третьего зала, из которого расходились штреки старых выработок, не ходил. В третьем зале, в восьмидесяти метрах от входа, ребята, по заведенной традиции, распивали бутылку портвейна, пустив ее по кругу, усаживались в кружок, освещая высокие своды фонариками, и заводили страшные истории о Таинственном Монахе, Черной Деве, Одноглазой, Обрубленных Пальцах Душителя, Темных Мертвецах и всякой подобной жути, от которой в детстве кровь стыла в жилах. Долго под землей не задерживались, зато, выйдя на воздух, не скрывали счастья, дурачились и смеялись громко, не боясь, что подземельное эхо вызовет камнепад, как пугали их старшие пацаны, вовсю продолжали корчить рожи, уже не казавшиеся страшными на свету — здесь дрожащее пламя от подставленной к подбородку свечи не преображало их лица в маски чудовищных умертвий. Дальше и глубже по штрекам отваживались ходить только туристы-спелеологи, оснащенные строительными касками, шахтерскими фонариками, компасами, веревками и цветными мелками, которыми метили пройденный путь. Его никогда не тянуло в глубину, она не манила — пугала, и в третий-то зал Мальцов спускался лишь дважды, чтобы не прослыть трусом в их лихой компании.

Но теперь всё изменилось, чутье подсказывало, что пещера как-то связана со стеной, с самой Крепостью. Если полость имеет ходы, проточенные водой, он не пойдет далеко, важно было понять, почему замуровали вход в пятнадцатом веке, зачем в советское время его открыли и что так тщательно прятали от людей в послевоенных работах, о которых не сохранилось ни отчетов, ни воспоминаний очевидцев. Как исследователь-археолог, Мальцов был обязан изучить обжитое человеком пространство.

Утром положил в рюкзачок термос со сладким чаем, компас, оба фонаря и упаковку свечей, спички и несколько толстых разноцветных маркеров. Отодвинул фанеру, которой закрывал щель, написал на ней: «Я внизу. Мальцов» и поставил щит так, чтобы надпись можно было прочитать сверху, с отвала. Прошел в сером сумеречном свете, касаясь руками стены, девятиметровый коридор, не включая фонарь, давая глазам время привыкнуть к смене освещения. Коридор закончился, и он шагнул внутрь подземного зала.

Кожа на лице мгновенно отреагировала на смену температуры, по ней пробежали мурашки, он явственно ощутил, как тело натолкнулось на невидимую, висящую в воздухе завесу. Осторожный шаг — и она разошлась в стороны, пропуская его внутрь, и вновь сомкнулась за спиной, отсекла как от верхнего света, так и от верхнего мира. Ощупывая подошвой каждый камешек под ногой, Мальцов сделал несколько шагов. От прикосновения к темноте стало не по себе, он наконец включил мощный фонарь и стал водить фонарем направо и налево, ощупывая лучом расходящиеся от входа стены. Их специально отесали, придав стене вертикаль, на камне остались четкие борозды — следы срубки, убравшей природные неровности известняка. Противоположная стена, не тронутая зубилом, покато поднималась вверх, создавая огромный свод, и смыкалась в вышине со стеной, сквозь которую он сюда попал. Желтый электрический луч метался туда-сюда, схватывая и обрисовывая основные линии и конструкцию, определяя геометрию зала.

Пещера, как Мальцов уяснил, напоминала половину краюхи, мякоть в которой аккуратно выели мыши. Покатый свод в самой высшей точке достигал метров трех или чуть больше и весь был разбит косыми трещинами, но нависающих в вышине, готовых оторваться блоков он не заметил. Пол был чистый, без следов обвалов, весь в натеках спрессованной, слежавшейся глины. Темно-коричневые плиты не вызывали опасения, залегшие давным-давно морщины породы добавляли покойную суровость огромной полости, как добавляют суровости и уважения морщины на лице пожившего старика. Проточенный водой зал казался прочным, сработанным на века, человек лишь попытался приспособить вечное место для своих нужд, но, похоже, смиренно отступил или просто отказался от него за ненадобностью. В скачущем свете фонаря капли, зависшие на своде, вспыхивали и пульсировали, как далекие огоньки, — на мгновение почудилось, что он смотрит на звездное небо.

В пещере жила глубокая, устоявшаяся тишина. Воздух был пропитан влагой, но никакого ветерка, даже слабого дуновения он не ощутил. Сделал глубокий вдох, задержал воздух в легких насколько смог, будто хотел напиться им, влажная чистота тут же освежила и взбодрила. И не смог сдержать восторга, испытал вдруг нечто схожее с благоговением, словно вступил в сакральное пространство, — так необычно облекло и подчинило его тихое величие места, в котором он оказался. Сердце затрепетало от заполонившего радостного чувства, и померещилось, что нервная усталость и волнение стекли с него на землю, как старая омертвевшая кожа со змеи. Хотелось стоять так вечно, вслушиваясь в мерную капель, срывавшуюся в двух местах с самой верхотуры. Тикающие звуки разбивающихся капель не разрушали, но окрашивали тишину, придавая ей особый оттенок отрешенности, рождая в душе сопричастность бесконечному и безначальному космическому времени, задуманному не для людей. Свод ронял капли воды, и она продолбила в плите пола углубления, эдакие импровизированные ванночки, как бы специально приготовленные для питья тем, кто пожелал бы затвориться в пещере, уйти из суетного мира. Две ванночки соединял узкий желоб, он продолжался и дальше, по покатому полу лишняя влага стекала в горизонтальную щель в стене. Такие щели спелеологи называли «шкурники» — в узкие норы можно было протиснуться только ползком, обдирая и спину, и живот, ход мог либо привести в новый зал, либо не пустить посетителя далеко. Шкурник служил водоотводом из большой пещеры, указывал на то, что открытая Мальцовым пещера могла быть частью подземного комплекса и, скорее всего, имела связь с каменными выработками в девяти километрах к северу, в которые он лазил в детстве. Но лезть в щель не было его задачей, он продолжил осматривать пещеру и вскоре обнаружил на сводах следы копоти. Те, кто побывал здесь до него, пользовались явно не электрическим светом.

Мальцов читал, что в подземных полостях бывают скопления углекислого газа — следы факелов убедили, что такой опасности тут нет. Неподалеку от входа он нашел следы кострища, обложенного по кругу камнями, а рядом с ним сколоченную из горбыля лежанку с хорошо сохранившимся продавленным сеном. По обе стороны от входа, с отступом в десять шагов, вплотную к стенам тянулись широкие стеллажи, сделанные из того же горбыля, что и лежанка. Полки стеллажей скрепили катаными советскими гвоздями, обыкновенной соткой. Вскоре он обнаружил обрывки промасленной ветоши, клочки упаковочной бумаги, а под нарами на земле — разбитый патронный ящик. Мальцов пошел параллельно стеллажам и в самом дальнем углу пещеры набрел на россыпь патронов от трехлинейки. Рядом валялся забытый топор и брошенная в спешке гимнастерка из легкой хлопчатобумажной ткани с аккуратно пришитым белым подворотничком. Малиновые петлицы с четырьмя эмалевыми красными треугольниками, называемые в просторечье пилой, и петличная эмблема в виде двух скрещенных винтовок на белом эмалевом кружке указывали на то, что гимнастерку оставил старшина пехоты или погранвойск НКВД, то есть представитель младшего командного состава, которому, похоже, было поручено освободить хранившийся в пещере оружейный склад.

Сразу же всплыли в памяти рассказы о военно-продовольственных запасах, заготовленных органами для партизан на случай подпольной борьбы на территории врага. Такой склад, а точнее следы от него, он и нашел. Песок и бульдозер уничтожили всё, как думалось, навек. Работы, понятно, проводили сотрудники НКВД, придававшие любой операции сверхсекретность, поэтому о пещере и не сохранилось воспоминаний современников.

Первоначальное восхищение давно прошло. Изучая останки схрона, он порядком устал, а потому вылез на поверхность, расстелил на молодой травке около раскопа экспедиционный плащ, улегся на него и подставил лицо пригревающему ласковому солнцу. Тут легче думалось. Пимен Каллистов, основатель деревского музея, рассказывал как-то, что в тридцатые годы органы сперва положили глаз на Крепость, собираясь устроить в ней пересыльный лагерь. Это было б удобно: не в городе, зато совсем рядом, но, видно посчитав затраты, решили, что выгоднее и проще воспользоваться территорией лучше сохранившегося Борисоглебского монастыря. Пересылка просуществовала там какое-то время, а после войны монастырь превратился в колонию для малолеток, прожившую в крепких стенах до самого начала девяностых, когда монастырь окончательно отошел к церкви.

Маркштейфель, обмерявший Крепость за два года до войны, о пещере не упомянул ни слова скорее всего потому, что она была присыпана предусмотрительными органами, вспомнившими о ней в сорок первом, когда возникла необходимость.

Разомлев на солнце, Мальцов не заметил, как
уснул. Проснулся через четверть часа, перевернулся
на живот, сорвал травинку и, жуя ее, принялся вспоминать свои ощущения от первых минут под землей.
Нереальный мир отделяли от привычного всего-то
девять шагов, сделанных в толще дикого известняка.
Ему было хорошо тут и сейчас, первое восхищение
от сделанного открытия прошло, и он понял, что
возвращаться назад пока не хочет.

Он не замерз в пещере; там, внизу устоялся свой
микроклимат, стабильный и неизменный, сохраня-
ющий, например, цветы в вазе, мумифицирующий
лепестки так, что они не осыпались, если к ним не
прикасались специально. Знаменитое нетление мо-
щей усопшей братии Псково-Печерского монастыря
было напрямую связано со стабильным тепловлаж-
ностным режимом, существующим во многих карстовых пещерах. Мальцов не тронул ни одной находки,
оставив всё как есть: их следует сфотографировать,
описать, и лишь потом можно будет вынести артефакты на солнечный свет. Итак, вторичное использо-
вание пещеры он разгадал. Куда интересней было то,
как и зачем использовали пещеру в пятнадцатом веке.
Нужны были более детальные исследования. Ведь
стесали же зачем-то одну из стен, вероятно приспоса-
бливая ее для житья, хранения какого-то товара?

В дальнем углу, смотрящем на Никольскую башню, где он обнаружил гимнастерку, Мальцов заметил небольшую прямоугольную нишу в стене, тоже
рукотворную, в луче фонаря он рассмотрел следы
зубила на стенах. Ниша походила бы на специально
устроенный ход — метр сорок в ширину, два в высоту,
если б не обрывалась как-то вдруг, словно нечто начали делать и по какой-то причине забросили. Это место он пометил в памяти, там следовало покопаться
основательней. В пещеру надо было протянуть элек-

трический провод, развесить лампочки, что, увы, разрушит сложившуюся таинственность подземелья. Электриков мог привести в крепость только Николай. Пора звонить Бортникову, решил Мальцов: Николай как-то признался ему, что Бортников собирает советскую эмблематику, находка старшинской гимнастерки и партизанского схрона, безусловно, должна была бы ему понравиться.

5

— Раскопки затеяли, Иван Сергеевич? — полный ехидства голос Калюжного вывел его из оцепенения. Мальцов не услышал, как к нему подкрались сзади. Резко перевернулся на спину: Калюжный с Ниной стояли совсем близко. Нина держалась за ручку синей коляски.

— Хорошо смотритесь вдвоем. Вышли на прогулку? — парировал ехидство Калюжного Мальцов.

— Мы здесь представляем региональное общество охраны памятников, ты не забыл, мы в нем внештатные сотрудники? — сказала Нина официальным голосом, смотря при этом на него с нескрываемым высокомерием, как инспектор на нарушителя закона. — Нам просигналили, что в Крепости начаты несанкционированные раскопки. Может, пояснишь, что ты тут делаешь?

Мальцов медленно поднялся с плаща, театральными щелчками стряхнул с джинсов невидимые пылинки, картинно потянулся.

— На солнышке разнежился, заснул.

— Вот как? Значит, мы твой сон потревожили? Ну извини, пора просыпаться! — Нина пошла в атаку и, как он знал, в таких случаях уже не отступала. — Что это? — она ткнула пальцем в горы отвалов.

— Всё просто, господа. Недавно образовавшееся Общество деревских древностей начало исследование территории Крепости. Первый охранный раскоп заложен у подножия Никольской башни, — сымпровизировал на месте Мальцов.

Он встал вполоборота, заложив левую руку за спину, а правую выставив вперед, как указку, принялся объяснять на специфическом научном языке, прикрываясь им, как щитом, от грубого наезда:

— Наш раскоп вызван необходимостью исследовать трещину в подножии оборонительного сооружения. Возможно обрушение памятника архитектуры восемнадцатого века — Никольской колокольни. Трещина в теле башни весьма опасная. Я принял решение...

— Погоди-погоди, — хамски прервал его Калюжный, — на каком основании начаты работы? У тебя есть открытый лист? Ты его отметил в соответствующей местной инстанции? Уведомил надлежащие органы охраны? Или это — твое любительское предприятие? Как я знаю, открытого листа ты не получал, Иван Сергеевич.

Кровь бросилась Мальцову в голову, спускать Калюжному его обычное хамство он был не намерен.

— Пошел ты, Калюжный, открытый лист мне выписан. Всё, что полагается по закону, я сделаю, а тебе вот листа на Крепость не видать. Это, надеюсь, ясно? Если бы вы не действовали за моей спиной, если бы не спелись с Маничкиным-прохвостом, если б ты был ученым, а не дельцом, которого интересуют исключительно деньги, я б с тобой имел дело, а так — проваливай и о Крепости даже не мечтай!

Мальцов рассвирепел, подхватил с земли лопату, выставил ее штыком вперед и сделал предупреждающий шаг навстречу.

— Никита Карацупа на охране госграницы, эффектно! Охолони, Сергеич, — дело подсудное, и брось лопату, ты против женщины с ребенком вооружился? А где же верный пес Ингус? — Калюжный дурачился, сознательно выводя Мальцова из себя.

— Бывшую жену и дочь я не трону, а вот тебя как пса поганого погоню! Для этого овчарка мне не понадобится! Думаешь, непонятно, чего ты тут кочевряжишься? Мечтаешь присосаться к многолетнему договору, который Маничкин затевает с министерством... С тобой давно всё понятно. Но, Нина, объясни мне, как он тебя в свою веру перекрестил, ведь ты ж под Маничкина ложишься, на всех парах несешься в его ссученные объятья? Как же разговоры о свободе и независимости? Всё прахом?

Она бросила ручку коляски, выскочила из-за нее, непроизвольно вскинула руки, словно готовилась вцепиться ему в лицо ногтями, и сразу заорала, некрасиво и истерично:

— Это я под кого-то ложусь? Меня ты обвиняешь? Наше ОАО независимо, мы станем работать на субподряде, мы не выполняем, как ты, приказы Бортникова, это ты под него лег, продался со всеми потрохами! Ты думаешь, он простой такой, выдумал спортивную зону, чтоб только нас подвинуть, из любви к Деревску? Как же, Пал Палыч за ним стоит, ты это лучше меня знаешь! Сам спелся с ними, сам нас обманул, сам пролез в комитет за открытым листом поверх наших голов. А я-то, дура, тебя уволила, думала, успокоился, шахматную школу открыл! А это всё только прикрытие! Общество создал? И кто в нем — московские толстосумы? Только не ври, Иван, не ври, лист еще не подписан, и не будет подписан никогда, министерство культуры не даст, и тебе теперь крышка, Мальцов! Слышишь, крышка! Копать тут будем мы. И не строй из себя праведника и мученика от науки, мир крутится, либо поспевай, либо не выживешь! Кого ты обмануть собрался? Мое ОАО — единственная легитимная археологическая организация на территории Деревска. За нами губернатор!

— Скажи еще, что и «Молодая гвардия», и «Единая Россия».

— Да-да, надо будет, и их призовем! И всех нормальных людей поднимем, протухшие морализаторы вроде тебя отдыхают!

Визгливый голос бил по ушам. Непроизвольно Мальцов вжал голову в плечи, сжал кулаки и сказал ей очень тихо, но она услышала:

— Господи, и ты была моей женой. Ты — мать моей дочери. В кого ты превратилась, Нина, опомнись.

— Значит, так. — Нина отодвинула готового выступить на ее защиту Калюжного, сделала еще один решительный шаг навстречу: — Уясни раз и навсегда: дочь не твоя и твоей не будет, ты от нее отказался, хотел лишить ее жилплощади. Это признает любой суд, и я добьюсь такого признания! Мы скоро распишемся, и он ее удочерит, понял? Тебе ее не видать! Не видать, заруби себе на носу! Ничего тебе не видать, понял ты, лузер... — Тут она словно подавилась, замотала головой, будто хотела вытрясти из горла новые слова, но вместо этого вдруг заревела в голос. Ее колотило, пальцы заплясали в воздухе, и она прижала руки к груди, чтобы унять бьющую ее дрожь, но голову не опустила, казалось, миг, и она прыгнет на Мальцова и разорвет его на части. Калюжный, которого Нина в запале даже не назвала по имени, неловко попытался обнять ее за плечи, но она вынырнула из его объятий, в исступлении прокричала: «Уйди-уйди-уйди!» Калюжный в испуге отпрянул от нее и заговорил заискивающим тоном:

— Пойдем, Ниночка, он скоро сам всё поймет, мы всё ему сказали, что должны были. Пойдем, ну его, в самом-то деле.

Она неохотно подчинилась, дала наконец себя обнять. Калюжный взялся за ручку коляски, развернул и ее и Нину. Мальцов уперся взглядом во вздрагивающие Нинины плечи, понимал, каково ей, гордячке, потерять лицо перед бывшим мужем. Инспектирующие даже не заглянули в траншею — не за тем приходили, они уже брели прочь, рука Калюжного ласково гладила Нинины волосы, он что-то ободряющее шепнул ей на ушко. Нина снова вскинула плечи, сбросила его руку, повернула голову назад и посмотрела на Мальцова долгим мстительным взглядом; слёзы непроизвольно катились по лицу, губы подрагивали, словно она насылала смертельное заклятие, в воспаленных глазах плескалась звериная ярость.

— Ты, ты — предатель... Запомни, я тебя уничтожу, мокрого места от тебя не останется, шут гороховый, — прошипела она, сомкнула усилием воли губы в нитку, отвернулась и пошла, неестественно выпрямив спину и вскинув голову.

Мальцов стоял, как вылитый из цемента, каждый мускул тела напряжен; он выдержал ее взгляд, а тут не стерпел, бросил ей в спину:

— Ни дочь, ни Крепость я вам не отдам.

Нина как-то странно дернулась, словно схватила плечом стрелу, но не повернулась и не ответила. Пошла быстрым спортивным шагом, гневно размахивая руками, всем своим видом напоминая напуганную цаплю, готовящуюся к стремительному взлету. Калюжный поспешил за ней, толкая коляску, в которой безмятежно спала дочь Мальцова. Мальцов не увидел ее — не сложилось, слишком яростной и быстрой получилась эта отвратительная стычка.

Понятно, что стало не до работы. Он наскоро собрался, покидал шанцевый инструмент в раскоп, закрыл щель листом фанеры. Думал о том, что принял сейчас черную метку, теперь оставалось только одно — действовать на опережение. Дома позвонил в полевой комитет, поинтересовался насчет открытого листа. Председателя на месте не застал, но молодая аспирантка подтвердила: лист выписан, на днях его отошлют по почте.

— Погодите, — взмолился Мальцов, — завтра буду в Москве, сам заберу.

На следующий день первым автобусом выехал в Москву.

— Что у вас там случилось? — спросил председатель полевого комитета в ответ на приветствие.

— Что вы имеете в виду?

— Иван Сергеевич, сегодня позвонили из министерства культуры, просили не выдавать вам открытый лист.

— И?..

— Я сказал, что лист подписан и выслан вчера по почте, о чем имеется запись в регистрационном журнале. Так что случилось, Иван Сергеевич?

Бессменного председателя полевого комитета Антона Павловича Шерлова, уважаемого всеми ученого-античника, Мальцов знал все двадцать с лишним лет, что занимался раскопками.

— Интриги музея, Антон Павлович, — не вдаваясь в детали, сказал Мальцов.

— Ну-ну, обычное дело. Наслышан о ваших битвах, сочувствую. К вам претензий у полевого комитета нет. Министерство еще на нас руку не наложило, но вы наверняка слышали, они мечтают нас курировать, и, боюсь, наша песенка спета. Так что из фрондерских соображений я им соврал.

— Похоже, скоро на всех на нас руку наложат, Антон Павлович, а мы не сдадимся, нельзя нам, — поддержал его Мальцов.

— Вы знаете, я Деревск люблю, так что всё от меня зависящее, пока от меня что-то зависит... — Антон Павлович посмотрел на него печальными глазами.

— Спасибо, огромное спасибо, вы даже не представляете, что сделали. У меня там открытие назревает, а мне палки в колёса...

— Понимаю, Иван Сергеевич, копайте себе спокойно.

Весь последний год ходили упорные слухи, что власть начнет наступление на научное сообщество. Разрешительные функции института, выдача открытых листов — первое, на что бы стали покушаться. Фронда Антона Павловича была Мальцову абсолютно понятна, будь он на его месте, и сам поступил бы точно так же.

От Антона Павловича зашел в сектор к Нилову, но тот неожиданно уехал в Астрахань: при строительных работах разворотили скифский курган, в погребальной камере обнаружили золото — Валя помчался спасать памятник. Про книгу никто ничего не знал, возможно, Нилов и прочитать-то ее не успел. Молчание коллеги, таким образом, было вполне оправданно.

Мальцов ехал назад в автобусе, и ликование, что успел, что маленькая подлянка министерству сработала, быстро прошло. Ведь пытались опередить, чуть не закрыли раскопки, не рассчитали только одно: ученая солидарность пока еще была сильнее их указа. Пока еще была... вспомнил печальные глаза Антона Павловича. Попытался заснуть, но сон не шел. Сидел глядел в окно на бесконечные деревни, тянущиеся одна за одной после Клина. Деревни, как и в радищевские времена, по старинке лепились к тракту. На растяжках перед домами висел нехитрый товар — махровые полотенца со стодолларовой купюрой или с жеманными красавицами, спартаковские шарфы, на грубо сколоченных полках теснились ряды одинаковых плюшевых медведей и оранжевых львов, Микки-Маусы и обезьяны, мешки с кукурузными хлопьями, в нижних рядах стояли банки с соленьями. Самодельные фанерные палатки предлагали привозную копченую рыбу: «Любая рыба на любой вкус!», унты и шкурки черно-бурых лис из местного зверосовхоза. Ветерок трепал повешенные за хвост шкуры, раскачивал сухих щук и судаков. Унылое однообразие — товаров, вывесок, расцветок — наводило вязкую тоску, от нее не было избавления, как ни крутись на узком автобусном кресле.

Тогда он стал думать о предстоящем разговоре с Бортниковым. Такой разговор назревал, как фурункул под мышкой, чем скорее вскрыть нарыв, тем... Что, что могло измениться? Что он мог изменить? Решил спросить откровенно о связи с Пал Палычем, в которой обвиняла Бортникова, а значит, и его, Нина. А если такая связь и правда существует, если всё затеяно ради тех же денег, ради реконструкции, крупного госзаказа?.. Он боялся этого разговора. Мир крутится, как заметила Нина, поспевай или не выживешь. Но он никуда не собрался спешить, не жил и не будет жить по блатной логике: умри ты сегодня, а я завтра. Неужели Нина с Калюжным правы, и он попал в водоворот, в заколдованный круг, из которого уже не выбраться?

Мысли в голове стали чугунными, как в запутанном сне, казалось, он упустил что-то важное, случившееся в самом начале, когда еще в его силах было исправить ошибку. И как бывает в сюжетном сне, всплывали и гасли в сознании слова: «Министерство культуры не даст», «За нами губернатор!», «Бортников не прост». Не прост, кто бы спорил, простаки в его мире не выживают. Но неужели, неужели, сверлила мысль, попался на крючок, заглотил наживку? Ощущение удачи, победы, посетившее в кабинете Антона Павловича, испарилось совсем.

Над дорогой зависли кучевые облака, похожие на наковальни со вздымающимися краями и плоской

нижней частью, они закупорили небесное пространство, вяло текли по небу навстречу движению авто-
буса, копя электрические заряды, набирая грозную
силу, пока не готовую вырваться наружу. Звонок из
министерства, приказ не выдавать ему открытый
лист — что еще надо было ему узнать, чтобы поверить: подковерная схватка уже началась, идет полным ходом, и он в игре? Раскоп — первый ход, заступ
на территорию противника. Звонок из министерства — ответ, пешка, выдвинувшаяся навстречу, прелю-
дия крупной и неминуемой атаки.

— И мокрого места не останется, — прошептал он,
плюнул три раза через левое плечо, но не полегчало
ни капельки.

В Деревске прямо с автобусной станции отправился в комитет по охране памятников к Оксане —
давнишней знакомой. Когда-то она работала с ним
в музее, а потом ушла на вакантную должность, на
чуть бо́льшую зарплату. Оксана встретила его настороженно, не предложила обычного чаю, провела
в кабинет, закрыла за собой дверь.

— Что случилось, Иван Сергеевич? Вчера прибегал Калюжный, сказал, что вы в Крепости заложили
несанкционированный раскоп. Мы завтра собирались вас навестить. Это правда?

— Раскоп заложил, правда. Будем копать силами
шахматного кружка, я только начал сам от скуки. Но
вы Калюжному не верьте.

Он достал из портфеля открытый лист, положил
его на ксерокс, снял копию.

— Всё по правилам — вот сам документ, вот вам
копия. Сделайте отметку. Калюжный интригует, как
водится.

— Как же ОАО, Иван Сергеевич? Они с вами?

— Мы тут разбежались, Оксана, вы наверняка слышали. Субсидирует работы «Стройтехника», будем

искать первоначальную башню, под Никольской, я давно хотел проверить идею Маркштейфеля. Заодно проверим, там трещина по кладке ползет — что-то неладно с фундаментом, одним выстрелом двух зайцев убьем. Вы, конечно, можете приходить в гости, но погодите, начнем работы по-настоящему, я сам вас позову, хвалиться пока рано, нечем.

Оксана осмотрела лист, радостно вздохнула.

— Всё правильно, Иван Сергеевич, не первый год вас знаю, вы бы на самовол не пошли. Еще, может, помиритесь, для города ваша ссора — беда, и большая.

— С Маничкиным — ни за что, а с ОАО я особо ссориться не собираюсь, мне незачем. Только они, я слышал, хотят теперь с музеем сотрудничать...

Он многозначительно замолчал.

— Иван Сергеевич, и не говорите, я так переживала, когда узнала, что вы из музея ушли.

— Точнее, меня ушли, будем честными.

— Ну да, ну да, я это и хотела сказать. Но вы работайте, я на вашей стороне. Уф, прямо гора с плеч, нам только скандала не хватало.

— Скандал, понятное дело, будет, Маничкин так просто не отступится, но мы с ним повоюем и город наш не отдадим на разорение, так ведь?

— Конечно, Иван Сергеевич, конечно, я так за вас рада! Мне говорили, вы в деревне зимовали?

— Написал книгу, сдал в печать, теперь на свободе — могу и покопать в свое удовольствие.

Оксану он успокоил, и это было важно, теперь она в Крепость не придет, будет ждать специального приглашения. Удалось усыпить ее бдительность, оставалось только надеяться, что Калюжный раньше времени в раскоп не полезет и пещеру не обнаружит. Значит, следовало изучить ее как можно скорее.

Мальцов успел зайти в хозяйственный, купил большой удлинитель на двести метров и дополнительный на сто, два тройника и три переноски — если подключиться к просвирне, маленькому домику за церковью, провода должно было хватить с избытком. Решил завтра же провести под землю свет. И пока отложил разговор с Бортниковым. Еще успеется, успокоил себя, партизанский схрон — не самый козырный ход, чутье говорило, что под землей при тщательном изучении найдется и кое-что поважнее.

6

Еще с вечера Мальцов легко договорился со священником — получил разрешение протянуть от просвирни на раскоп провод. Отец Павел лишних вопросов не задавал: Мальцов наплел ему, что свет нужен для расчистки кладки. Пока что удавалось сохранить свою пещеру в тайне. Он уже присвоил ее себе и так и думал о ней, как о «своей пещере», никого не хотел пускать внутрь раньше срока.

Утром, едва забрезжил рассвет, он быстро протянул провод от просвирни внутрь пещеры, развесил лампочки по верхам полок. Свет разлился по всему пространству, промытый в известняке грот стал выглядеть куда более внушительным, а главное, обрел цвета. Слежавшаяся глина, покрывавшая пол, была темно-зеленого цвета, известняк, в основном серо-синий, разделяли красно-коричневые и зеленые прожилки, как на праздничном торте. Кое-где поблескивали капельки воды и вспыхивали и гасли впаянные в известняк кусочки кварца, а кляксы просочившейся изнутри свода влаги своими удивительными очертаниями напоминали облака, их можно было разглядывать часами. Глаз следовал за трещинами над головой, упивался изощренной графикой сплетенных узоров, сложная стратиграфия отложившихся пород хранила историю сдавливания, борьбы каменных пластов за место упокоения на дне океана, когда главную роль в споре играли масса и удельный вес частиц оседающего вещества. Эта своеобразная летопись давно неживых процессов придавала пещере одновременно и мощь, и красоту.

В стесанной стене Мальцов углядел при электрическом свете вырубленные прямоугольные углубления-ниши и сразу понял их назначение: такие же делали в средневековье на дверных откосах, в них ставили подсвечник со свечой, чтобы, освободив руки, было удобно открывать дверной замок. Здесь ниши выполняли роль ламп — он насчитал двенадцать углублений и даже обнаружил следы старой копоти, подтвердившие его догадку: двенадцать светильников, расположенных на высоте полутора метров от плотно утрамбованного пола, когда-то разгоняли тут природный мрак. Под ними легко было представить ряд лежаков — двенадцать насельников в пещере? Или линия светильников освещала некий путь? Последнее углубление в прямоугольном проеме в самом углу пещеры походило на брошенный, недоделанный проход, ведший куда-то вглубь. Перевесил лампу ближе к проему и при ярком свете обнаружил, что проход действительно существовал, но был попросту заложен и наспех замазан зеленой глиной с пола. Отколупнул глиняную обмазку ножом — за ней скрывалась кирпичная кладка. Размеры кирпичей датировали закладную стенку пятнадцатым веком.

Известковый раствор отсырел и крошился. Мальцов вооружился молотком каменщика, долотом и за час разобрал верхнюю часть стенки. За ней зияла пустота — проход продолжался. В некогда естественной щели расширили боковые стенки, оставив потолок нетронутым, лишь в одном месте над входом долото каменщика стесало первоначальные отложения на своде, вырубив как бы полочку. На ней, Мальцов отчетливо это увидел, был вырезан процветший крест на Голгофе — изображение, встречающееся на домонгольских украшениях и на новгородских печатях. Кто-то сознательно заложил проход, соединяющий пещеру с более древней частью подземной системы.

Сердце отчаянно заколотилось: неизведанная часть, похоже, скрывала еще одно обжитое подземное пространство. Мальцов решительно перелез через остатки кладки и начал продвигаться вглубь, считая шаги и разгоняя мрак впереди фонарем. Ход шел прямо, чуть-чуть под уклон, на стенах через каждые пять метров темнели свечные ниши. Он насчитал двадцать семь шагов, когда луч фонаря уперся в стену, — ход поворачивал налево. За поворотом открылся подземный зал — второе помещение, много меньшее, чем первая пещера. Зал был почти круглый и абсолютно пустой. Водя фонарем справа налево, он обнаружил еще одну замурованную дверь. Подошел ближе и едва не выронил фонарь от восторга: старый дверной проем был заложен не кирпичом, а плинфой — тонкими плитками из обожженной глины, из нее строили церкви на Руси в домонгольское время. Своеобразный портал обрамляли вытесанные из известняка колонки, к ним вели две ступеньки, поднимающиеся от пола. В домонгольское время здесь существовала дверь, от нее осталась мощная рубленая колода. Мальцов прикоснулся к холодной плинфе щекой, голова шла кругом: столь древних построек в Деревске еще не находили. К этому камню запросто мог прикасаться сам Ефрем Угрин. Мальцов осветил верх колоды и тут же увидел: горизонтальную верхнюю плиту над ней пропорола старая трещина. Входить здесь стало опасно, и проход замуровали.

Второй зал он почему-то сразу окрестил «тамбуром».

Голова заработала четко: проход, соединяющий первое помещение со вторым, шел прямо под стеной пятнадцатого века, значит... трещина, уходящая куда-то вверх, могла бы быть трещиной в Никольской башне. Не ее ли тяжесть продавила потолок? Но Никольская башня построена в пятнадцатом столетии, а вход в тамбур заложен в одиннадцатом? Нужно было срочно копать с улицы, у подножия башни. Какая тяжесть грозила проходу обрушением? Вывод напрашивался сам собой: Никольскую башню поставили на остатки более древнего сооружения, прав был Маркштейфель! Его-то вес и угрожал завалить вход в тамбур. Дверь замуровали и стали пользоваться переходом из первого помещения, растесав природный лаз, соединяющий пещеры.

— Я нашел каменную церковь Ефрема! — вскричал Мальцов и тут же вздрогнул от неожиданности: звук его голоса отскочил от стен тамбура, преломился и поскакал по стенам.

Он невольно втянул голову в плечи, словно хотел уберечься не от летящих звуков, а от осколков стекла или обломков бетона: эхо было мощным, как взрыв бомбы, и долго не могло утихомириться, осыпая его сверху обрывками помянутого имени — «фрема-рема-рема-рема».

— Черт! — Мальцов тихо выругался и от волнения приложил ладони к вискам, стараясь унять бешено стучавший пульс. Затем скомандовал себе уже шепотом: — Спокойно, Иван, спокойно, всё по порядку, никакой церкви быть не может, просто пещеры, просто пещеры, просто пещеры.

Постоял, восстанавливая дыхание, и только когда в висках прекратилась пульсация, принялся методично светить по стенам — и нашел: в противоположной стороне увидел проход дальше, в третье помещение. Быстрыми шагами пересек тамбур, шесть шагов по соединительному ходу — и он замер на пороге, не в силах сдержать восхищения: маленькая подземная церковь разместилась в уютном, чуть вытянутом зале.

Природа постаралась и разукрасила подземный храм: по стенам стекали застывшие коричневатые натеки, со свода свисали сталактиты, а два сталагната — солевые колонны, соединяющие пол с потолком, — отсекали малую часть от большей, начинавшейся прямо от входа, разделяя пространство как бы на трапезную и алтарь. Еще они напоминали два священных столпа — Боаз и Яхин, стоявшие когда-то в притворе Храма Соломона, в преддверии Святая Святых. Удивительно, но, вопреки всем правилам, им дали имена собственные, подчеркивая, что медные столпы были не простыми колоннами, а живой незримой чертой, разделяющей профанное и сакральное. «Врата для посвящаемого, выход к свету для ищущего», — выплыли из памяти возвышенные слова Библии. На иконах их изображали увенчанными лилиями, причем каждый столп был овит семью цепями. Бугристая поверхность солевых колонн подчеркивала их богатырское могущество, словно они не натекли из пор свода и застыли в немотствующем величии, а вознеслись из темного низа, чтобы поддерживать весомую тяжесть укрытия до скончания времен. За колоннами, ровно посредине, был сложен плинфяной престол. Свод пещеры чуть понижался от входа к алтарю, соединяясь с алтарной стеной на высоте двух с половиной — трех метров. По низу в алтарной стене была вырублена простая скамейка, посредине которой устроили каменное кресло с подлокотниками, над ним на отполированном круге был глубоко врезан в камень процветший крест на Голгофе, такой же, как при выходе из первой пещеры. Простые скамейки шли и по боковым стенам,

Мальцов прикинул: единовременно здесь могли бы молиться не более двадцати — тридцати человек. Но самое удивительное — церковь имела связь с наземным миром. В алтаре над каменным крестом в пласте известняка тянулась наружу узкая природная щель, ее слегка растесали — получилось оконце, в которое затекал солнечный свет. Косой луч попадал прямо на престол, освещая лишь небольшое пространство вокруг. Мальцов выключил фонарь, стены справа и слева тут же стали едва различимы во мраке. Озаренный догадкой, он взглянул на часы: семь тридцать, солнце еще не поднялось высоко и било прямо к щель над престолом. Выходило, что пещера словно провидением предназначалась для устроительства церкви: алтарь глядел прямо на восход, а окно располагалось на высоком речном обрыве, — запрятанное в складках породы, оно всегда оставалось незамеченным как снизу от уреза воды, так и с противоположного берега Деревы. Мальцов стоял как громом пораженный, не решаясь переступить порог.

7

Зачарованный невероятным открытием, он стоял долго, ощупывая глазами полумрак, словно мысленно свыкался с произошедшим, затем вдруг решился, сделал шаг и вошел внутрь, отчетливо сознавая, что оказался в особом месте, куда с пятнадцатого века не ступала нога человека. Воздух тут был устоявшийся, но совсем не спертый, как и в других пещерах, густой, с явным привкусом влаги. Чуть косая оконная щель если и впускала уличный кислород, то так немного, что его присутствие не ощущалось, ширина стены, похоже, препятствовала попаданию внутрь ветра, гуляющего в вышине у речного обрыва. И опять, как и в первой пещере, ему показалось, что лицо словно проткнуло некую плотную завесу. Абсолютная ли тишина так колдовала, но так было: он не просто вошел в новое помещение — словно незримая завеса расступилась на миг, объяла его и сомкнулась за спиной.

Маленькая церковь-молельня приняла его и укрыла, а тихая-тихая капель где-то в темном углу задала некий мерный ритм иного времени, текущего в пустотах среди уснувшего камня. Мальцов будто провалился в покой, упал, как сом на дно омута, и тут же где-то в глубине живота проснулось внутреннее чутье, древнее, оставшееся, видимо, еще от доисторических рыб. Он ощутил слабые колеблющиеся токи, исходящие из камня, и померещилось на миг, что он медленно плывет куда-то вместе с церковью, подхваченный тугими волнами подземной энергии, скопившейся здесь за века.

Человек, пришедший сюда первым, ничего не нарушил, а лишь слегка дополнил и подчеркнул замысел природного строения — так выделяет и притягивает взор к лику нимб святого, так придает завершенность композиции на иконе выступающий по краям ковчег. Скупость и простота молельни мгновенно создавали настрой — хотелось преклонить голову, передвигаться тихо и мерно, не размахивать руками, но опустить их по швам. Медленно продвигаясь к алтарю, Мальцов всё глубже погружался в пограничное эйфорическое состояние, похожее на полосу пробуждения между сном и явью, когда все реакции томны и замедленны, а голова еще не обрела ясность, зато полна посетивших ее напоследок видений, колышущихся, расплывчатых и эфемерных, как едва различимые очертания боковых стен. Поток эйфории омыл его, подобный теплому душу. Окутанный этим потоком, он словно оказался заключенным в мамин конвертик из одеяла, в особенное, детское тепло и, понятно, совсем не спешил покидать его, хотелось подольше сохранить спасительное бездумье, изгоняющее из головы всё ненужное и наносное. Мальцов пересек трапезную, встал между соляными колоннами, дотронулся до левой, приятно прохладной, бархатистой на ощупь, как кожа молодой женщины. Рот сам собой расплылся в дурацкой счастливой улыбке, когда на ум пришло такое сравнение, чуть вычурное, но точное, потому что он так ощутил: застывшие соляные струи, соединившие пол с потолком, бугристые, как тугие мускулы конского плеча, на ощупь были нежными и чуть только влажными, словно успели уже обсохнуть от недавнего купания. В полумраке лишь престол выделялся солнечным лучом, плоская плинфяная поверхность светилась розовым, что рождало в голове ассоциации с девичьим румянцем. И этот пламенеющий розовый, почти византийский пурпур, и бархат, и тишина, и особенный, успокаивающий воздух — всё, всё это было наполнено дружелюбием, счастьем и тихой красотой, о них он не мог и мечтать, понимая, что такое возможно только во сне, от которого так не хотелось пробуждаться.

Но пришлось — рука, машинально оглаживавшая колонну, вдруг в самой середине ее, обращенной ко входу, нащупала обработанную полированную поверхность, совсем небольшой прямоугольный кусочек, сделанный намеренно, человеческими руками. Палец наткнулся на углубленную линию — похоже, там было прорезано какое-то изображение. Включил фонарь. На стесанной поверхности длиной чуть больше ладони резец прочертил фигуру стоящего человека в длинном плаще, ниспадающем с плеч и укрывающем его до колен, на голове была надета высокая боярская меховая шапка. На ногах — остроносые сапоги. Человек стоял столбушком, правой рукой опираясь на меч. Композиция рисунка была до боли знакомой; зная, где искать, Мальцов тут же нашел буквы, они шли по-над головой, поверх характерной шапки. «О Аос», прочитал он сокращение, так как над буквами имелся значок титла, что ставился только над особо священными словами. Такое слово читалось как «О Агиос», что в переводе с греческого на русский означало «святой». Далее буквы сложились в имя — Роман. «О Агиос Роман — святой Роман», — повторил он с ликованием прочитанное.

Тут же глаз метнулся на левую колонну — там было такое же подготовленное для изображения, чуть углубленное в камень место. Осветил его, уже зная и всё еще не веря до конца в то, что увидит и прочтет. Сходное изображение святого-воителя: высокая боярская шапка, меч, плащ, ниспадающий с плеч. Чуть по-другому изукрашенная перевязь меча. Такие же остроносые сапоги. И надпись-идентификация — «О Агиос Давид».

На колоннах, отделяющих алтарь от тела церкви по принятому в Византии канону, древний резчик изобразил двух святых воинов — Романа и Давида. Это были известные каждому историку крестильные, христианские имена убиенных князей Бориса и Глеба.

Канонизация их состоялась довольно скоро после гибели братьев. Великий исследователь летописей Шахматов считал, что Бориса и Глеба сопричли к лику святых сразу же после перенесения тела Глеба с берегов реки Смядыни в Вышгород, где и захоронили рядом с братом в церкви Святого Василия в одна тысяча двадцатом году. Ефрем, как гласит предание, пришел в Верхневолжье сразу после гибели князей. Плинфа одиннадцатого века, сам тип пещерного храма, наподобие киевских пещер, где принял постриг его брат Моисей, а главное, надписи «Агиос» над христианскими именами Глеба и Бориса — всё указывало, что Мальцов нашел одну из самых ранних борисоглебских церквей, еще романодавидовскую, основать которую мог только очевидец кровавой княжеской междоусобицы Ефрем Угрин.

Осознание совершённого открытия привело Мальцова в такой восторг, что он несколько раз крутанулся вокруг своей оси в диком подобии танца, прихлопывая себя по бедрам и вскидывая в такт голову. Адреналин, бушующий в крови, не позволял стоять на месте, Мальцов раскинул руки крестом, как пляшущий дервиш, и закрутился всё быстрее и быстрее, пока не поплыла голова. Словно пьяный, качаясь, еле удерживая себя на ногах, он сделал шаг в сторону, его утянуло вправо, бросило к стене за столбом, в то место, где в церкви всегда располагается дьяконник. Он упал всем телом на каменную скамейку, примощенную к стене, вжался лицом в белый, припорошенный вековой пылью камень и в исступлении принялся целовать его, плохо соображая, зачем это делает. Затем захохотал счастливым смехом, и смеялся долго, впав в истерику, и с трудом остановился только когда понял, что сейчас надорвет живот. Шумно отдыхивался, сдувая со скамейки пыль, и вдруг, как током пронзило, вскочил и мгновенно понял, что принимает за идущую по низам церкви скамейку стоящий почти впритык к стене большой каменный саркофаг. Включил фонарь, бросился растирать полой куртки плиту и вскоре прочел врезанную в известняк, слегка корявую надпись — «раб божий Ефрем» и рассмотрел маленький равноконечный крест под ней. Поджилки затряслись, ноги заходили ходуном; опираясь на стену алтаря, дошел до каменного кресла в самой средине, рухнул в него. Силы совсем его оставили.

Веки отяжелели, глаза закрылись, он погрузился в пограничье между сном и явью. Мысли мешались в голове: Ефрем, голова его брата, каменный саркофаг, который, по свидетельству жития, святой вырубил себе сам, Роман и Давид, названные святыми на столбах-сталагнатах в церкви, трещина в двери под Никольской башней и догадка Маркштейфеля о прабашне, что построили над пещерным храмом — первой домонгольской Борисоглебской церковью на Руси... Понятно, что теперь ни о какой реставрации крепостных стен не могло быть и речи, — в первую очередь следовало провести раскопки у башни, подготовить документацию, вызвать столичных архитекторов, составить план, как сохранить и законсервировать подземный храм... Захочет ли Бортников принимать в этом участие?

Он открыл глаза, попытался встать с каменного кресла, но понял, что еще не готов, кресло крепко держало его, словно сковало по рукам и ногам. Луч света, проходящий сквозь оконце, растратил весь пурпур, на глазах золотисто тускнел, солнце подбиралось к зениту, и над потемневшей тумбой алтаря лениво танцевала поднятая пыль. Подземельную тишину нарушала только безустанная, мерная капель, так-так-так отсчитывали каменное время срывающиеся с потолка капли, успокаивали нервы, убаюкивали. Мальцов с радостью подчинился расслабляющему воздействию пещерного метронома и опять закрыл глаза. Почему-то вспомнил теперь Нилова, так и не успевшего прочитать его книгу, подумал, что интересно было бы узнать, что сталось с Туган-Шоной после его прихода на Русь. Эта мысль поселилась в голове и стала преследовать его. Поверилось, что он смог бы всё додумать, нет, что-то надо было обязательно додумать, то, что в спешке пропустил, и он принялся думать сосредоточенно и неспешно, и воображение заработало. Как в кинозале, явилась перед глазами картинка, изображение ожило, и он понял, что спит и видит сон во сне, такой реальный, живой и красочный, что не оторвется, пока не досмотрит до конца.

8

Туган-Шона, во святом крещении Тимофей Туганович, принятый на службу братом великого князя
Василия Юрием Дмитриевичем и получивший во
владение земли под Рузой — целую низку из сорока деревень, верою и правдою служивший Юрию
и брату его Василию добрых два десятка лет, — был
отпущен в свое поместье после того, как упал на
великокняжеском пиру. Кровь ударила в голову,
он захрипел и рухнул наземь, припечатав лбом каменный пол пиршественной палаты. Татарского
воеводу унесли в опочивальню, пустили темную
кровь из вены, приложили к вискам лед и ставили
пиявиц на спину и на виски ежедневно, в течение
всей седьмицы, пока он не окреп настолько, что
смог выдержать путь до своей вотчины. Гуд в ушах
и огненные мушки перед взором прошли, но левая
рука потеряла прошлую силу, рот скривило накось,
а губы, утратив былую чувствительность, стали как
не свои. Речь вернулась к нему на седьмой день, но
слова теперь часто слипались в один нераздельный
ком, а потому он стал изъясняться короткими рубле-
ными фразами.

Туган-Шона просиживал теплые весенние день-
ки у жаркого костра на берегу рыбного прудка в бе-
резовой роще за усадьбой. Шелест листвы и темное
зеркало воды, в котором отражались облака, лечили
подраненную душу. Он сидел, ровно держа спину, об-
локотившись на специально приставленный с правого бока чурбак, поджав по обычаю ноги под себя.
На коленях лежал тяжелый меч, с которым теперь,
к страху домочадцев, отставной воевода не расставался ни на мгновение. Преданный монгол Яшка, по-
добранный лет десять назад в походе и крещенный
в Рузе в церкви, выполнял роль слуги на все руки,

следил, чтобы костер горел ровно и хорошо согревал вечно зябнувшего господина. Тут же в походном чугунке варил омерзительно пахнувший чай с кобыльим молоком и бараньим жиром, отгонял мух и, заметив, что хозяина клонит ко сну, укрывал ему плечи широкой лисьей полостью. Ночевали на воздухе вдвоем, а когда начинались извечные русские дожди, переходили в растянутый рядом походный шатер, Яшка переносил туда жаровню с пламенеющими углями и устилал землю овчинными шкурами. В избе старый ветеран задыхался и чувствовал себя неуютно, предпочитая звездное небо соломенной крыше над головой.

Все дела по управлению землями отошли к Полиферии Тугановой, жене воеводы, на ней же повис и дом с пятью детьми, не достигшими еще зрелого возраста. Воевода женился поздно, всего-то девять лет назад, ратная служба и постоянные походы долго мешали ему завести семью, как полагалось приличному христианину. Дети, трое сыновей — Старшой, Малец и Баранчик, как ласково звали их в домашнем обиходе, или Николай, Георгий и Иван, как нарекли их при крещении, и две младшие дочки — Марфа и Прасковья, которых отец после падения на пиру почти перестал замечать, а до болезни тетехался с ними и души в них не чаял, — уяснили, что тятя сильно болен, и, не держа на него зла, научились не попадаться ему на глаза. Домочадцы старались обходить стороной тронувшегося умом отставного воеводу и втайне молились, чтобы Господь поскорее прибрал его к себе, ибо наблюдать за враз обессилевшим воином было мучительно больно.

Но он, похоже, не спешил ложиться в сырую землю. Замкнувшийся в своих думах, он проводил время на берегу прудка, сидел, уставившись в затканную ряской темную воду, слушал вечерние спевки лягушачьего хора или швырял в пруд специально отобранные камешки, припасенные верным Яшкой, и наблюдал, как от упавшего камешка по поверхности расходятся ровные круги. Он не страдал болями, по крайней мере не жаловался на них, но в самые плохие свои дни сидел, замерев, как статуя Христа в темнице, опершись локтем на чурбак и положив на здоровую ладонь подбородок, левой ладонью, почти утратившей чувствительность, задумчиво проводя по полированной рукоятке меча, словно пытался заново приучить ее к умению владеть любимым Уйгурцем. Когда солнце грело сильно, а костер, добавляя жару, погружал в теплоту, к которой привыкла его сухая, несгибаемая спина, у него выдавались удачные денечки. Тогда Туган-Шона начинал тянуть монгольскую песню, длинную и тоскливую, вгонявшую в трепет дворовую девку, что полоскала с мостков холсты. Девка застывала, как кол в трясине, и, отвернув лицо, принималась суеверно крестить рот мелкими стежками, чтобы запечатать уста и укрыть вой-подголосок, рвущийся помимо ее желания наружу из утробы. Кончив песнь, воевода валился на спину, устремлял взор в небо и принимался разглядывать синеву, что виднелась в проемах меж облаков. В умопомрачительной вышине цвет ее сгущался, насыщенный и сильный особой силой, становясь бездонным. Где-то там и начиналось непостижимое умом бесконечное пространство, в котором нет и не может быть тревог и волнений.

На деле же, что знал и понимал, быть может, один Яшка, Туган-Шона вовсе не двинулся рассудком. Он вспоминал, и воспоминания прожитого отнимали все его силы, на остальное их просто не хватало.

Зеленая ряска пруда переносила его в далекую степь, напоминала о зеленой, плотно сотканной завесе, что распахнулась перед ним — послом князя

Василия, когда он переступил порог большой юрты в Орде.

— Самбайну[1], Хасан-Шомали, Туган-Шона или как тебя зовут теперь? — радостно скаля зубы, сказал Идигу-Мангыт, обращаясь в нему одному, выбрав его для беседы из всех десятерых данников, распростершихся ниц перед восседавшим на возвышении ханом.

Ставленник Тимура на золотоордынском троне сильно постарел, но спина его была прямая, как приличествует всаднику, а руки еще в силах были натянуть тяжелый лук. Давно случившееся предательство перед битвой при Кондурче, первом серьезном поражении Тохтамыша, было оставлено в прошлом, но, называя его имена, Идигу давал понять, что не забыл своего бывшего сотника.

Судьба еще раз свела их на поле битвы. Вскоре после того, как князь Василий даровал Туган-Шоне земли под Рузой, Идигу, или Едигей, как звали его на Руси, столкнулся с литовским воинством князя Витовта на реке Ворскле. Василий Дмитриевич, женатый на дочери Витовта Софье, поддержал тестя войсками. Туган-Шона вел в бой сотню разведчиков.

Сеча получилась кровавой. В ней полегли многие известные герои битвы с Мамаем при Непрядве — Дмитрий Михайлович Боброк-Волынский, Андрей и Дмитрий Ольгердовичи, но жальче всех Туган-Шоне было Николая.

Боевой соратник и друг рубился своим топором в самых передних рядах галицкого ополчения: в галицких землях он получил за службу великому князю большой земельный надел. Туган-Шона послан был к нему на помощь, но не успел, Николая обступили со всех сторон и пригвоздили к земле сразу четырьмя копьями. Галичан посекли всех. Потом ордынцы

---

[1] Здравствуй (*монг.*).

проломили литовско-русские полки в середине и на правом фланге, и этот маневр решил исход битвы — Витовт бежал. Туган-Шона оказался в числе немногих удачливых, что спасли тогда свои жизни.

Победив литовцев, Едигей не пошел на Русь, дела ордынские отозвали его в степь. Зато отношения родственников — Витовта и Василия — всё следующее десятилетие менялись, как неустойчивая погода. Литва набирала силу, Василий сопротивлялся давлению тестя, уступая ему старинные земли, но подбирая по ходу другие взамен. В какой-то момент Василий Дмитриевич даже отказался платить дань в Орду, но так не могло продолжаться бесконечно. Едигей наконец выступил на Москву. Одолеть приступом город не сумел, зато разорил и пожег много городов помельче — Переяславль-Залесский, Дмитров, Ростов. Пришлось спешно заключать великий и вечный мир с Литвой, защищая тылы.

Мир был заключен ценой значительных уступок литовцам. Туган-Шона участвовал во всех переговорах великого князя. Как знающего ордынские нравы, его обязательно включали в посольства: переговоры тех лет всегда велись с оглядкой на то, что замышляла или могла замыслить степная сила.

Нашествие на Москву чудом обошло стороной его рузские уделы, никто из домочадцев не пострадал, монгольское войско не спалило его деревеньки, пока он находился в Костроме вместе со сбежавшим в далекие леса князем Василием. Но урок был преподан великий, Москва решила возобновить уплату дани. Туган-Шону назначили в посольство вторым воеводой.

Идигу-Мангыт обратился к нему первому, словно не замечая князя Юрия Ивановича, возглавлявшего посольство.

— Как тебя зовут теперь? — переспросил Идигу.

— На Руси я — Тимофей Туганович, — ответил Ту-ган-Шона.

— Русский дом лучше монгольской юрты? Как же Кичиг-Магомет, вспоминаешь ли ты своего первого господина? — Презрительная усмешка растеклась по губам, скулы затвердели, глаза полыхнули нехорошим огнем.

— Синее Небо повсюду одно, оно распорядилось так, я теперь служу русскому князю. Я воин, великий хан, но хороший кумыс и просторы степи снятся мне каждую ночь, и мой друг и повелитель Мамай, которого мне не дано было уберечь, тоже. Это — моя ноша, и я понесу ее до тех пор, пока мне суждено ходить по земле. Кто я такой, чтобы спорить с велением Неба?

— Тоскуешь по кумысу? — Лицо Идигу мигом оттаяло, он оценил смелость и прямоту нижестоящего. — Что же, князь, — хан теперь обращался к князю Юрию, — ты тоже любишь кумыс, как твой воевода?

— Никогда не отказывался от доброй чарки, — весело ответил Юрий Дмитриевич.

Идигу замолчал, и молчал долго. Русское посольство стояло на коленях перед ним, а хан всё молчал, наслаждаясь унижением данников. Держа их коленопреклоненными, он показывал свое всесилие соплеменникам, сидевшим по правую и левую стороны от него. Наконец хан встал, спустился с тронного возвышения к расставленным сундукам с подарками, взял наугад связку соболей, погладил мех и бросил связку назад.

— Встаньте, дары приняты, прошу отведать наше угощение и кумыс. Кумыса у нас много! — И, не дожидаясь, пока русские поднимутся с колен, вышел из юрты.

На пиру хан выказывал князю свое расположение, сам поднес баранью голову, а после пустился в воспоминания, рассказал в деталях о самой большой облавной охоте, в которой участвовал вместе со всем Тимуровым войском. В тот день Идигу настрелял двенадцать косуль и сорок зайцев.

— Твой сотник может подтвердить правоту моих слов, — Идигу кивнул в сторону Туган-Шоны.

— Хотел бы я побывать на такой охоте, — сказал Юрий Дмитриевич с восхищением. Он был заядлый охотник, похоже, Идигу донесли о его главной страсти. — Если бы мои стрелы так же поражали моих врагов, их давно бы не осталось, верно я говорю, Туган-Шона?

Тому ничего не оставалось, как согласиться.

На третий день после пира их приняли в юрте хана, чтобы установить размер дани. И тут-то Туган-Шоне пришлось пустить в ход всю свою изворотливость, найти нужные слова, чтобы обрисовать плачевное состояние княжества, недавно разоренного кровавым налетом Едигеевых войск. Князь Юрий лишь кивал, подтверждая сказанное своим толмачом-воеводой. Торговались долго. Но всем было понятно: очередное принятие Ясы совершилось. Москвичам удалось снизить выплаты на пять лет, и это было хорошо: отправляя их в путь, великий князь четко обозначил предел, за который нельзя было переступать. Они сумели выполнить его волю. Пятилетний мир был куплен дорогой ценой — уступки литовцам и пуды серебра в Орду давали необходимую передышку.

9

Русский дом или монгольская юрта? Вопрос Идигу не оставлял его. Порой эти слова жгли душу, как беспощадное солнце пустыни, в которой ему не суждено было умереть, а порой погружали в счастливые воспоминания, и тогда Солхатская долина всплывала в грезах, залитая темной зеленью, дарующей спасительную тень. По зеленому фону, как на ковре, рассыпались цветочные узоры — кипящее буйство белого и нежно-розового: цветущие яблони, абрикосы и миндаль, под сенью которых тянулись непроходимые изгороди из кустов дикой розы, красные лепестки ее тлели в синей тени, как угли засыпающего костра. Источник, вытекающий из скалы, поил всю долину, студеная и чистая вода возвращала силу, охлаждала разгоряченное после дикого гона охоты тело. И надо всем словно ссыпáлся с деревьев, подобно белым лепесткам по ущелью, веселый и беззаботный смех Мамая, пропускающего его вперед к источнику:

— Э-э, Туган-бек, тебе первому пить, ты настрелял больше дичи, иди-иди, я потерплю.

Вспыхивали и гасли в голове обрывки слов, лица, отдельные предметы, запахи. Насыщенный и пряный запах разрезанной дыни, например, — он сразу разливался над пирующими, как морской прилив, затопляя благовонный вечер, и был столь силен, что, казалось, мог долететь до первой, уже появившейся на небосводе звезды. Только тонкая струйка полыни, эдакая оторвавшаяся от горлышка флейты всепроникающая нотка, застряла в дынном аромате, как заноза в пальце, горько-терпкая, без нее другие воздухи мира, которые он вдыхал и запомнил, казались чуть пресными и неполноценными, как бедный плов, приготовленный без продолговатых зернышек зиры. Или вдруг, словно по приказу красной звезды, брошенные из невидимого рукава небесного скомороха, рассыпáлись над солхатской долиной горошины-звёзды. Над ними царил отрешенно-надменный лик Луны, отлитый из священного серебра, поселяя в сердце благоговейный трепет. Луна пропадала, хоп! — и ее сменяла розовая и нежная пятка Сарнай-цэцэг, которую он так любил пощекотать украдкой.

Как разглядывает человек диковинный камень или неведомые письмена, так он мог подолгу разглядывать радость и молодость, разлитые повсюду: на облаках, в стрекоте цикад на закате, в диких скалах, отгородивших счастливую долину от нависающих забот складчатыми горами и лысыми перевалами. На пограничных вершинах ветер выдувал из души сомнения и страхи. Сидя в седле, возвышаясь над раскинувшимся под ним миром, Туган-Шона разводил руки в стороны, закрывал глаза, воображая, что сейчас ветер подхватит их вместе с конем и они взлетят в поднебесье подобно вольным орлам. А то вдруг являлась ему горячая лепешка белого теста, посыпанная кунжутным семенем, ее предлагали руки доброго грека — лепешку и кусок соленого овечьего сыра, обернутого в пучок пахучей огородной травы.

Запахи приходили неожиданно и так же неожиданно исчезали, и каждый был окрашен в свой цвет: сосны, взбирающиеся на неприступные кручи осыпей, сцепленных напрочь мощными корнями, доносили струи смолистого желтого фимиама; дикий чеснок — ни с чем не спутать, ноздри различали его темно-зеленые флюиды, что включались в воздушную смесь робко, в отличие от резкого удара надкушенного огородного зубка, вызывающего целительные слезы и прочищающего дыхание. Родной до боли конский пот был прочно связан с закатным фиолетовым небом — наверное, потому, что многие путешествия начинались с заходом солнца, когда спадала дневная жара. Нестерпимая вонь горного козла, потершегося боком о мшистый камень, на который случилось приклонить голову, виделась коричневой, и он не мог разгадать почему. Зато пряный запах скошенного сена был серым, как перезимовавший стог, а вот сушившая ноздри зола на рассвете, когда случайно вдохнул ее, пытаясь раздуть потухший ночью костер, была мертвенно-белой, схожей окрасом с заячьей шкуркой, целую вечность провисевшей в пыльном чулане. Наваристый запашок бараньей похлебки, красный, словно огонь под котлом, знакомый любому монголу с детства, долетал до него с горяченным паром, пробуждая голод, а сладко-терпкий аромат розовых кустов, тягучий, будто сваренный в меду, самый яркий из всех запахов мира, казался янтарным, он усиливал чувственность, снимал переутомление и пробуждал в чреслах страстное желание. Тяжелый дух и тонкий аромат, непристойная вонища и густой фимиам, благоухание и смрад — густые и легкокрылые ноты запахов мешались, как и разнообразие оттенков цвета, и всё всегда кончалось одинаково: цвета сливались в одно непротыкаемое черное пятно, и из него, из самой его середины, раздавался и давил на уши твердый голос друга-командира, произносивший одно прощальное слово: «Прости».

Он вскрикивал от ужаса и просыпался. Верный Яшка был тут как тут, вытирал со лба холодный пот, подносил плошку с чаем, возвращая его дух из запутанных странствий по глубинам памяти на бренную землю.

Они научились понимать друг друга без слов, и так провели конец весны, лето и осень. Каждый день Яшка докладывал о том, что произошло в округе, Туган-Шона слушал с интересом и доклады его никогда не обрывал. Мирная жизнь разнежила людей, серьезных происшествий не случалось: любимая корова Полиферии сломала ногу на водопое; от детской шалости сгорел в Евстафьевом логу овин; крестьяне поймали в реке огромного сома, его хвост не помещался в телеге и чуть-чуть не доставал до земли; в округе объявилась волчья стая, звери зарезали двух яловых овец и придушили ягненка, стаю дважды обкладывали, но так и не смогли отловить — вот и все новости, повторявшиеся в спокойные годы с завидным постоянством.

Завернувшие холода и дожди не заставили больного перейти в дом, как ни настаивала жена. Как-то раз Полиферия привела к его шатру попа, и, подчиняясь ее просьбе, он по-воински вынес исповедь, кивал головой, укрытой епитрахилью, подтверждая перечисляемые священником грехи, но не проронил ни слова. Поп произнес молитву, испросил для него христианской кончины, непостыдной и мирной, снял с головы епитрахиль и начертал на лбу масляный крест. Полиферия радостно вздохнула и перекрестилась, и Туган-Шона повторил жест за ней, как всегда делал в церкви, где приходилось ему стоять на службах после принятия крещения.

— Готов теперь, — сказал он Яшке, когда тот стер масло с его лба, и улыбнулся, еще больше скривив пораженный недугом рот.

— Зато матушка спокойна, всё правильно, Туган-бек. — Яшка скромно улыбнулся. — Ягнятины вареной или яблок в меду?

Воевода отрицательно покачал головой и вскоре заснул.

Проснулся он глубокой ночью. Сильно похолодало, мокрую от дождей землю сковало тонким ледком. Яшка спал рядом как убитый. Он подбросил в тлеющие угли несколько березовых поленьев, чуть откинул входной полог, дав проход дыму, подсел к разгорающемуся огню. Укутался в мех и, как всегда, стал думать о судьбе, забросившей его на далекую окраину монгольского мира, в холодную полунощную страну, что набирала потихоньку силы, готовясь скинуть с себя тяжелый хомут, надетый на ее шею великим Чингиз-ханом. Предал ли он закон Ясы, спасая свою шкуру? И тут можно б было ответить утвердительно, но было одно «но»... Идигу не зря спросил о Мамае, в его вопросе отчетливо прозвучали укор и презрение, понятные всем, кто тогда сидел в юрте. Маленький воин был первым и оттого подлинным господином Туган-Шоны, остальные в счет не шли. Потеряв с ним связь, он оставался один на один с миром, осиротел, и никто больше не мог заменить его. Он не нарушил бы присягу Тимуру, как воин, дорожащий своей честью, но, честно признаться, воспринимал владетеля Самарканда военным союзником, а никак не сюзереном. Коварство Идигу освободило его от клятвы Хромцу. Найдя пристанище на Москве, он всегда выполнял волю русского князя, подчинившись судьбе, но главная часть его души умерла навсегда вместе с маленьким воином на берегу водного потока. Удар на пиру унес еще одну часть души, оставив ему незначительную частичку и толику времени, чтобы разобраться во всём окончательно. Но зачем? Мог ли он развязать узлы нити, сплетенной на небесах?

Небеса молчали и не посылали знамений, приходилось искать ответы в прожитом, в своих поступках. Он вспоминал их и судил себя строго, но тщетно: разгадать предначертания Великого Неба, вероятно, смог бы сильный шаман, но уж никак не рузский поп — утешитель вдов и сирот, любитель крыжовенного варенья и моченых рыжиков, за которые, как сам говаривал за столом, готов был отдать бессмертную душу.

Туган-Шона нс боялся смерти. Она столько раз обходила его стороной, что он свыкся с ней. Смириться же с выпавшей долей было сложнее. Орда нарушила Великий Закон и рассыпáлась на глазах, жадность и зло победили наказ основателя. Все части Ясы жили схоже: смуты, войны, распадающиеся и вновь возникающие союзы со вчерашними врагами. Чем русские или литовцы хуже или лучше сегодняшних правителей Орды? Они впитали знания, что показались им нужными, как в свое время Яса научилась знаниям у Китая и уйгуров, и теперь точили клинки и выжидали момент, чтобы нанести смертельный удар. Жестокость и сострадание, добро и зло — слова, пустые слова. Дела или слова правят миром? Как коренной монгол, он должен был бы презирать покоренных, но вот наплодил детишек от русской бабы и скоро умрет, а корень его приживется здесь. Старый воин завещал Яшке рассказать сыновьям историю своей кости, но расскажет ли, поймут ли они? Крови и боли в его жизни было больше, чем радости и счастья, а дарованный под конец покой утомил сильнее самого тяжелого боевого похода...

Внезапный волчий вой оторвал от раздумий. Неподалеку завыла самка, ей откликнулись: сперва из одного угла — матерый, затем из другого — поскуливая, затянули песнь первогодки. Волчица была где-то совсем рядом, наверное, сидела на заросшем сосенками кургане, неподалеку на песчаном взгорье их было много, около сотни насыпей. Лисы и барсуки рыли на их склонах норы, а местные боялись старых могил, туда не ходили даже днем, рассказывая всякие небылицы о нехорошем месте, о подземных звонах и встающих мертвецах. Вой доносился с той стороны. Туган-Шона посмотрел на легкий лук, что висел на специальном костыле в углу шатра, сокрушенно покачал головой: левая рука не могла оттянуть тетиву, этой радости болезнь лишила его навсегда.

Вой прекратился так же неожиданно, как и начался, — спевка закончилась. Он встал, стараясь не шуметь, чтобы не разбудить Яшку, вышел на улицу. Высоко в небе плыла в облаках полная луна, лед блестел на земле, отражая ее свет. По такому насту любой звук должен был разноситься далеко. Туган-Шо-

на начал вслушиваться и сперва ничего не уловил.
Но вот различил слабый хруст, зверь, осторожно ступая, приближался как раз с той стороны, откуда он
ожидал. Туган-Шона спрятался за полог, напряженно
вглядываясь в ночь, охотничье терпение было у него
в крови. Хруст прекратился, волчица тоже замерла,
нюхала воздух. Холод подбирался к телу, заползая
под складки меха, но не шевельнулся, дышал размеренно и неслышно и опять различил тонкий треск
ледышек — хруп-хруп-хруп, совсем уже близко. И вот
она вышла из-под большой березы, и кровь застыла
в его жилах: волчица была вся белая, как когда-то давным-давно в степи. Она повела носом, два желтых
глаза не мигая уставились в черную дырку в шатре,
прямо туда, где он стоял ни живой и ни мертвый.
И тогда он шагнул ей навстречу, чуть склонив голову, как и полагалось при встрече с предком. Волчица
чуть попятилась и тихонько зарычала.

Он хотел только поздороваться, только покло-
ниться Шона-беки, но не успел — знакомый до боли
свист срывающейся с тетивы стрелы пропорол воздух. Волчица поймала правым глазом стрелу, дернулась, рухнула наземь и засучила лапами. Яшка, оказывается, всё это время простоял сзади с готовым к бою
луком, выцелил ее и мгновенно выстрелил из-за его
плеча.

Туган-Шона резко повернулся к нему, гневно вскинул правую руку — и тут в глазах полыхнула мощная
красная искра и жаркое пламя разлилось по голове,
щекам, шее, а в висках застучал огромный полковой
барабан, выбивающий приказ к отступлению. Он за-
шатался и грузно осел на землю.

Второй удар совсем обездвижил воеводу. Яшка
разбудил домашних, господина внесли в избу, положили к печке, бросились растирать тело яблочным
укусом. Послали за попом. Тот прискакал верхами

рано утром и успел соборовать обездвиженного раба Божия Тимофея. Полиферия склонилась над умирающим и после клялась, будто расслышала едва различимые слова, что шептали онемевшие губы, повторяя и повторяя: «Прости-прости-прости». Она ахнула, перекрестилась и пала на колени.

Затем он принялся дышать быстро-быстро, с хрипом втягивая и выталкивая наружу воздух, словно спешил надышаться напоследок. Зажгли свечу, начали молебен о здравии. Когда свеча прогорела, он замолчал и тихо отошел в иной мир.

При погребении присутствовал присланный князем сокольничий. Вдова Туганова рассказала ему о чудесной христианской кончине супруга и о его последних словах.

— На всё воля Божья, — сказал сокольничий сочувственным голосом, ничуть ей при этом не поверив. Он хорошо знал былого боевого товарища, уважал его бесстрашие и воинскую отвагу, но особого христианского смирения за ним никогда не замечал.

10

Пробуждение было медленным. Сон уже отлетел, но остались и витали в голове обрывки — образы пещерного Крыма, который он прошел вдоль и поперек в студенческие годы со студенческим товарищем. Чуфут-Кале, Качи-Кальон, Кыз-Кермен, Эски-Кермен, грот Староселье с огромным навесом, спасшим их от ливня, вдруг хлынувшего с небес, археолог Формозов раскопал тут знаменитую на весь мир палеолитическую стоянку. Высоченный Мангуп, выстроенный на плоской поверхности горы, столица недолго просуществовавшего княжества Феодоро, — они взбирались на самый верх полчаса по тонкой и витой тропке, и мелкие каменные оползни рождались прямо под ногами, шурша ссыпались вниз, оставляя в зеленой траве мутные белые языки. Остатки некогда величественных стен и отвесный обрыв над пропастью, который незачем было защищать от неприятеля, и ветер, вдувающий свою энергию прямо в лицо. Посадки грецкого ореха на высокогорных лугах, прямоугольники рощ, где под ногами хрустела старая шелуха, а свежая ореховая кожура красила пальцы и ладони в черно-синий, долго не смываемый цвет. Розовые восходы, нежные и безветренные, и появившиеся первые солнечные лучи на утреннем холодке, бьющие прямо в лицо и озаряющие пещерную келью средневекового монастыря, в которой они ночевали около маленького костерка, как и сотни туристов, расписавших стены глупыми и непотребными надписями. Заброшенные кошары с землей, ископыченной в терку овцами, лесники в зеленой форме и фуражках с кокардами, проверявшие их рюкзаки на предмет покражи орехов, тракторист Валентин, напоивший самодельным вином прямо из десятилитровой канистры, в благодарность за папиросу, Бахчисарайский фонтан, роняющий драгоценную слезу, и пересохшие русла ручьев, выстланные потрескавшейся на солнце глиной. Скáлы в море, облепленные зелеными прядями водорослей у подножия генуэзской крепости на диком пляже, и щедрое застолье в музейчике при крепости, где их так тепло встречали коллеги-археологи.

Туган-Шона, привидевшаяся его кончина — не те ли воспоминания студенческого путешествия породили его сон? Мальцов потянулся, потер глаза, опустил руки и, ощутив холодные подлокотники каменного кресла, проснулся окончательно, понял, что отрубился в подземной церкви, которую сам же и открыл. Он встал со своего каменного трона бодрый, отлично выспавшийся. Глубокий сон восстановил силы, привел взбудораженную нервную систему в порядок. Свет в окошке стал серым, выходит, он проспал долго — похоже, приближалась ночь.

Провел рукой по волосам, приглаживая всклокоченные вихры, — прямо на темечке ладонь нащупала странную, быстро застывающую клейкую корку. Включил фонарь: на ладонь налипла какая-то противная маслянистая субстанция, темно-коричневая, похожая на древесную смолу. Он осветил свод, под которым проспал несколько часов: из трещины в камне сочилась и на глазах застывала, образуя огромный натек, та самая странная смола не смола. Темный ком ее нависал сверху, похожий на огромное, разросшееся осиное гнездо, странно, что он сразу его не заметил. Редкая капля, не успев прилепиться к нависавшей грозди, сорвалась и упала в небольшую щель в полу, небольшую, но не мелкую, протянувшуюся прямо перед каменным креслом. Во время сна его склоненная голова случайно попала под сочившуюся с потолка медленную капель. Он почесал слипшиеся волосы на макушке, подумал, что первым делом дома надо будет отмыть их и хорошенько вычесать клейкий каменный сок, обнюхал перепачканные руки — они пахли затхлостью, как обычно пахнет плесень. Почему-то пришли на память мироточащие иконы в старой церкви в Абхазии: вещество, наплывающее на них, выходящее из каменной стены, было таким же клейко-коричневым, противным, лишенным явного запаха.

— По мощам и елей, — сказал Мальцов, усмехнувшись, сел на корточки и принялся оттирать ладони, возя ими по пыльному полу. Наконец это ему удалось. Ладони только стали грязнее, чем были. Грязь земельная никогда не казалась ему противной, он любил перетирать пальцами комочки земли или супеси из стенки раскопа, определяя консистенцию, перед

тем как занести в полевой дневник описание прослойки.

Затем он встал во весь рост, еще раз оглядел церковное пространство, словно инвентаризировал
глазом обнаруженные детали, вздохнул с сожалени-
ем и отправился уже знакомым ходом назад. Постоял
еще недолго в первой пещере, прощаясь ли с подзе-
мельем до завтра, приготовляя ли глаза к улично-
му свету, машинально огладил срубленную зубилом
стену прохода и вышел на свежий воздух. В траншее
подтащил лист фанеры, тщательно закрыл от посторонних глаз входную щель, чуть присыпал лист
снизу, чтоб не свалило ветром. Взобрался на отвал
и, уже не оборачиваясь, поспешил домой: следовало
записать в полевой дневник открытия сегодняшне-
го дня.

Дома быстро доел утреннюю гречку, выпил чашку чая, снес грязную посуду в раковину умывальника
и отправился в душ. Вспомнилось, как мать выстри-
гала ему волосы, перепачканные в варе, большими
и тупыми ножницами: Мальцов с приятелями играли в пиратов на крыше строящегося дома, измаза-
лись с ног до головы растаявшим на солнце варом,
которым проливали рубероид, положенный поверх
бетона. Отец тогда посмеялся над его искромсанной
шевелюрой и отругал мать, сказал, что надо было
оттирать вар керосином. Керосина у него не было,
Мальцов даже не знал, продают ли его теперь, а брить
голову наголо очень не хотелось. Он намылил голову
и врубил горячую воду так, что едва смог терпеть. Каменная смола оказалась не столь стойкой, как строительный вар, поддалась-таки едкой щелочи хозяйст-
венного мыла и зубьям расчески, пенно-коричневая
грязь стекла в сливное отверстие, и он, облегченно
вздохнув, встал под холодный душ. Растерся махро-
вым полотенцем и ощутил себя заново родившимся.

Поскорей вернулся к столу, расчистил его и принялся чертить в толстой амбарной тетради схемы, сверяясь со сделанными под землей замерами. План первой пещеры был нарисован ранее, теперь он присоединил к нему проход в тамбур, отметил полочку с крестом, изобразил проход с нишами-светильниками, очертил почти круглый тамбур с заложенной дверью и, наконец, присоединил к общему плану молельню с саркофагом в дьяконнике, выделив штрихом скамейки по стенам и жирной линией — столбы с изображениями святых Романа и Давида. В легенде к получившейся схеме отметил надписи на церковнославянском и приложил зарисовки двух процветших крестов. В схеме тамбура описал дверной проем, размеры плинфы, трещину, добавив со знаком вопроса замечания: «Прав Маркштейфель? Первоначальная башня? Копать снаружи, под разломом кладки!»

Вопросы, возникшие по ходу подземной разведки, он бы никогда не забыл, они неотступно крутились в мозгу, но научная дисциплина требовала фиксации открытого на бумаге. Закончил работу за полночь и уже в кровати в который раз перечитал «Житие святого Ефрема», недавно изданное Борисоглебским монастырем, подчеркнул место, где говорилось о том, что святой загодя перед кончиной сам вырубил себе «гроб каменный». Поставил на полях восклицательный знак и выключил прикроватную лампу.

Оттягивать разговор с Бортниковым больше не имело смысла, он решил с утра нанести визит в «Стройтехнику». Степан Анатольевич, если находился в Деревске, раннее утро всегда начинал на рабочем месте. Поставил будильник на шесть и заснул мгновенно, как в яму провалился, и спал спокойно и без снов, пока будильник не разбудил его.

11

Для официального визита пришлось надевать костюм, белую рубашку и галстук. Город привык вставать засветло. Люди спешили на работу, у торговых рядов разгружались «Газели», нанимавшиеся на день бомжи выгружали мешки с картошкой и репчатым луком на тележки. Из-за угла на центральную площадь выкатила старая ментовская «шестерка», медленно проехала половину круга, взвизгнула приводным ремнем и укатила по направлению к горбольнице. Мальцов перешел площадь, прошагал старый чугунный мост через Дереву и начал взбираться по брусчатке на холм с Петропавловским храмом посередине — самой высокой точкой города. Отсюда до конторского здания «Стройтехники» оставалось два километра. В восемь прошел через проходную, показав выданный Николаем пропуск, и через пять минут предстал перед секретаршей Бортникова — Лидией Ивановной.

Секретарша сняла трубку, доложила о его приходе, и тут же, словно поджидал за дверями, в приемную вылетел сам начальник: свежевыбритый подбородок, чистый костюм из чуть поблескивающей материи, красный шелковый галстук с желтыми ромбами, внушительного размера золотые часы на запястье.

— Иван Сергеевич, дорогой, очень рад, — радостно завопил он, — а я хотел вас искать, тут важное дело намечается. Ко мне, ко мне, заходи. — Пропустил перед собой и плотно закрыл дверь. — Как в Крепости, обжились? Не надо ли чего?

— Спасибо, Степан Анатольевич, всё отлично.

Мальцов, опешивший от такого любезного приема, решил сначала послушать Бортникова и лишь потом рапортовать об открытии.

Лидия Ивановна внесла кофе с конфетами и удалилась. Мальцов пригубил кофе и принялся методично размешивать сахар ложечкой, выдерживая
паузу.

Бортников тоже отхлебнул кофе, как-то слишком
лихо припечатал чашечкой блюдце и заговорил со
всей свойственной ему энергией.

— Иван Сергеевич, очень нужен ваш совет. Наш
уважаемый Пал Палыч выяснил наконец, кто там
в Москве под нас копает. И разрулил, разрулил — Пал
Палыч великий мастер, я-то знаю. Представьте себе,
оказалось, это сам Ройтбург, человек из ближнего
круга, непробиваемая, недостижимая высота! Оказывается, он просто очень любит Деревск. Для его строительной империи наш город мелочь, дело тут в личной привязанности. Проезжал мимо, остановился,
побродил, всё увидал — глаз наметанный, оценил, что
на трассе стоим, и решился, очень тут ему пришлось,
всё пришлось: дома, церкви... «Чудесный у вас городишко, чудесный и перспективный» — именно так
Пал Палыч мне и передал его слова. А у таких слова
с делами не расходятся, включил админресурс — раз!
и министерство культуры — теперь нет смысла скрывать — по его просьбе заказало проект реконструкции, куда попадает путевой дворец, дом губернатора
и наша старая Крепость. Пал Палыч сумел в последний момент встроиться в дело, как специалист, так
сказать, умеющий ориентироваться на местности.
Ну и «Стройтехнику» не обошли, не обошли нас, нас
попробуй обойти. Да... Так что теперь и мы, вы и я, —
частицы общего проекта. Не хмурьте лоб, не хмурьте
лоб, Иван Сергеевич, всё будет проведено согласно
выработанному плану, то есть серьезное обследование, научные специалисты, и кому-кому, как не вам,
следует возглавить весь комплекс научных работ.
Ваша фамилия прозвучала на московском собрании

акционеров, человек от министерства подтвердил, что вы уже получили открытый лист на проведение раскопок, так что, если и были у кого сомнения, считайте, что они испарились. ОАО «Вепрь» будет придано вам как боевая единица. Работы следует начинать незамедлительно, заложенные суммы огромны, вам такие раскопки и не снились. Готовы?

— То есть вы сумели спеться с Ройтбургом и министерством и собираетесь-таки отстраивать Крепость? Возведете новодел, понаставите в нем ларьки с сувенирами, а и хуже того, еще и гостиницу откроете для наезжающих туристов, я прав?

— Конечно, конечно, Иван Сергеевич, правы. Поймите наконец, новые времена требуют новых подходов, вложенные деньги должны отбиться и принести прибыль, в том числе и в городскую казну. А как иначе? Государство может чуть-чуть помочь, но проект тяжелый, не простой — много смежников, а расхлебывать всё инвесторам, тем, кто деньги вкладывает.

— Маничкина тоже привлечете?

— Иван Сергеевич, разве можно обойти городской музей стороной? Нет, никак нельзя. Он сделает часть работы, проведет планировку территории, расчистит завалы у стен для ваших раскопок, подключится потом, когда в Крепости откроется филиал музея. Он теперь поставлен на нужное место и не рыпнется, вы — глава научного совета. Пора забыть разногласия, время внесло коррективы, теперь надо действовать, и действовать сообща, и Маничкин это понимает. Одному мне никак не справиться с объемами, «Стройтехника», как вы знаете, занята производством, реставрация памятников, так сказать, побочный бизнес. — Степан Анатольевич хохотнул. — Я, если честно, не успеваю их считать, растут бизнесы, понимаете, как грибы, но надо, надо! Сидеть сложа руки? Не в моем это стиле. История — не камни прошлого, история — это то, что творим мы! Кто сказал?

— Не знаю, кто сказал такой трюизм, — буркнул Мальцов.

— Генри Форд сказал! Не знали? Подумайте — хорошее высказывание, верное! Я так живу, и я прав! Давно пора навести в городе порядок, но казна у меня не резиновая. А вот с помощью со стороны это становится возможным. Вы против? Вы еще сомневаетесь? В чем, Иван Сергеевич? Если Бортников дает слово, оно нерушимо, надеюсь, это ясно?

— Выходит, вы всё время знали, искали подходы, готовили слияние, мне говорили одно, другим — другое?

Бортников схватил со стола карандаш, повертел его и вдруг сломал и отшвырнул в сторону.

— Иван Сергеевич, не забывайтесь, я вас слишком уважаю, чтобы такое выслушивать. Я вам предлагал, с самого начала предлагал участие в общем бизнесе, и сейчас предлагаю, еще предлагаю. Напомнить наш разговор на охоте? Вы не понимаете в бизнесе, хорошо, хотите вести научную работу — да бога ради, вот и ведите ее, нам это нужно, мы и не отказываемся, флаг в руки, как говорится.

— Вы видели проект?

— Конечно, и очень красивый, и архитектор весьма уважаемый человек, забыл сейчас фамилию.

— Башни достроить, стену доложить, проездную башню восстановить, как часовню Иверской Богоматери на Красной площади?

— Что в этом плохого? Что плохого? Если на Красной площади в самом центре Москвы отстроили, почему мы не можем?

— Реконструкция Манежной площади и Иверская часовня закрыли доступ протестующим демонстрантам — это так, на всякий случай, для размышления. Да, это история, которую творим мы и сейчас! Но вы собираетесь строить большой пасхальный кулич, казино еще там откройте, очень романтично! Ни обмеров, ни даже представления, как выглядела Крепость, у нас толком нет. Против реставрации путевого дворца и дома губернатора я не возражаю, если всё пойдет правильно, их возможно восстановить в пристойном виде. А вот клюкву строить не дам! Каков общий срок работ?

— Года два, а при чем тут срок? Долгострой — дело дорогое, никто ковыряться не позволит, Ройтбург, знаете, шутить не любит.

— За это время можно только доложить и поновить, Степан Анатольевич, о научной реставрации тут и речи быть не может, а вы о ней говорите, напираете даже — всё, как укажут ученые! Поймите, полистайте книжки, съездите с Италию, наконец: весь мир старается консервировать памятники и руины, а не достраивать, лепя леденцы. В любом случае я должен сперва изучить проект, можете мне его предоставить?

Степан Анатольевич нажал на столе кнопку переговорного устройства, рявкнул в него: «Николая сюда!»

— Сейчас явится Николай, общайтесь с ним напрямую. Всё, что нужно, он предоставит. Кстати, как вам оклад в шестьдесят тысяч в месяц? Оформим задним числом, так что можете получить за май месяц.

Николай вошел в кабинет, пожал обоим руки и замер по стойке «смирно», глядя преданными глазами на шефа.

— Коля, проводи Ивана Сергеевича в бухгалтерию, пусть распишется в ведомости и получит шестьдесят тысяч рублей за май, господин Мальцов теперь у нас научный руководитель ЗАО «Деревскреставрация».

— Вы уже и общество успели зарегистрировать? — ошеломленно спросил Мальцов.

— Как же, всё по закону, Иван Сергеевич, всё по закону. Ну, идите с богом, всё будет хорошо и даже отлично, я вам обещаю.

— Нет-нет, Степан Анатольевич, — жестко остановил его Мальцов, — я не возьму от вас ни копейки, пока во всём не разберусь. Сперва — документы, деньги — потом, идет?

— О-о-о, узнаю несгибаемый характер Мальцова! Хорошо, изучайте, думайте, изложите соображения на бумаге. У вас два дня. Отказываетесь — обойдемся без вас. — Бортников не протянул ему руку, лишь кивнул головой в сторону двери.

Николай вышел за Мальцовым в приемную.

— Ну вы даете, Иван Сергеевич, вы, наверное, единственный, кто умеет спорить с Бортниковым, Степан Анатольевич это, поверьте, очень ценит.

— А толку, Николай, толку-то? Проект где?

— Проект, признаюсь вам, еще в министерстве, но я постараюсь раздобыть кое-что, пришлют по почте, и сегодня, крайний срок — завтра утром завезу. Но не тяните, пожалуйста, шеф загорелся, он теперь напролом пойдет, вы нам очень нужны, Иван Сергеевич, правда. И еще — Бортников своих не бросает, его обманывают, он — нет, за слова отвечаю.

— Ладно, — Мальцов сокрушенно покачал головой. — Цапались-царапались с Москвой и вдруг помирились. Черт знает что творится! Бескультурье, страной правят необразованные и алчные люди... Как им объяснить, что новодел — гроб, от него мертвечиной несет за версту? Вкуса, да-да, вкуса никакого, да и откуда бы он взялся, спрашивается.

— Зачем так, мы к вам со всем уважением, — затянул Николай.

— Короче, — оборвал его Мальцов, — поживем — увидим, договорились? Вы всё равно не поймете. Несите проект!

Выскочил на улицу из конторы, и крутилось в голове: предали, опять обвели вокруг пальца, спелись, поделили — и что, что делать? Лихачев умер, к кому бежать за подмогой? Изменило бы что-то, если б рассказал о подземном храме? Приостановило б их рейдерский пыл? Может быть, на год, а может, наоборот, подняли бы как знамя — смотрите, что у нас в Крепости есть, урра! Нет, слава богу, что не сказал, сначала проект, всё обдумать, и только бы не сорваться, только бы не сорваться... Маничкина, значит, привлекли, волки позорные, сперва подстрелили, теперь — милый друг!

И вдруг встала перед глазами пустая прослойка культурного слоя в Василёве — восемьдесят лет жизни страны после грознинского разорения Великого Новгорода. Безлюдная пустота, три исчезнувших поколения, три поколения! И как озарение свыше, пронзила мысль: а сейчас, что сейчас? Та же пустота. Сколько-нибудь значимые люди остались в ГУЛАГе, полегли в беспощадных мясорубках прошедшего века в родную землю, и их безмолвные кости покрылись дерниной навек, навсегда. Маничкины, бортниковы, пал палычи — дети и внуки выживших. Их отцов и дедов лепили из библейской глины рябые сталинские пальцы, добиваясь покорности, единообразия, выдавливая из глиняного теста всё лишнее, веками откладывавшееся в морену. Кремлевский Гончар был мастер своего дела, смесь получилась обезжиренной и крепкой, а обжиг сделал ее прочной и жизнестойкой. Изделия, лишенные замысловатых орнаментов, рожденных в древности мастерами-художниками, встали на базарные полки — ряды изделий, разбитых на простейшие типы: кувшины, миски, кружки, тарелки, удобные в употреблении, одинаковые, исполненные по одному лекалу. Красоту и изящество сменила суровость, восторжествовавший повсюду штамп исключил бытовавшую прежде многоликость.

— Пустая прослойка, пустая прослойка, — бормотал он, — и с этими людьми, Мальцов, ты думал договориться? О чем? Они же и говорят теперь на другом языке. Все люди остались под землей! А-а-а! — скрежетнул зубами.

Увидал вывеску нового водочного магазина, дернулся было: так подмывало залить горе, и пошли они все! Ну куда, куда деться? Купить автомат и всех от пуза — не выход, нет, не выход, патронов не хватит. Водки, и в койку... но удержался, прошел мимо стеклянной двери с золотыми ангелочками, спустился с горы, перешел мост и быстрым шагом направился к Крепости. У последнего магазина на окраине вспомнил, что дома кончился хлеб, купил батон и круглый черный, упаковку спичек, триста граммов сыру, кило пряников и полкило печенья к чаю.

12

Крепость открылась, когда он взобрался на Лысый холм, здесь до революции устраивали масленичные гулянья, заливали горки, ставили столы с самоварами и пирогами. Пять лет назад Маничкин попытался возродить традицию, но людям теперь стало лень тащиться в даль, на самую окраину города, и начинание с треском провалилась. Воспоминание об этой затее только прибавило злости. Мальцов глядел на встающую перед ним Крепость, прекрасную в своем вольном, полудиком состоянии, и шептал под нос: «Смотри, Ваня, смотри, скоро такой красоты не увидишь, закатают в бетон и станут хороводы на масленицу водить!»

В таком отвратительном настроении подошел к пролому. На размокшей от ночного дождя дороге четко отпечатались следы гусеничного трактора, они вели в Крепость. Трактора в Крепость просто так не заезжали, тем более гусеничные бульдозеры. Мальцов прибавил шагу, почти побежал. Как был, в парадном костюме, целлофановый пакет с покупками в руке, рванул по следам, что вели на задний двор, в Никольский угол, к раскопу. У клумбы, как всегда, возилась Любовь Олеговна.

— Любовь Олеговна, откуда тут бульдозер? — спросил на бегу.

— Иван Сергеевич, они там всё перемесят, слышите — работает уже, трактор из музея, сам директор приехал, руководит. Я сказала, чтобы вас дождались, а он отмахнулся и пошел.

— Беда! — Мальцов побежал что есть сил, краем глаза заметив, что бабка бросила тяпку и поспешила за ним.

Успел вовремя. Огромный желтый бульдозер «Б-10», мощная махина с широченным ножом, уже срезал завалы у стены и приближался к раскопу. До траншеи ему оставалось метров сто. Бульдозер подъезжал к стене с поднятым ножом, затем опускал его и оттаскивал захваченную землю, освобождая кладку. Гусеницы уничтожили травяной газон, превратив заброшенный уголок в сплошное месиво. Чуть в стороне от работающей машины стоял себе Маничкин, наблюдая за всем этим варварством, сам пришел, нарочно, чтобы проследить за началом работ. Странно только, что он был один, обычно ходил везде окруженный шестерками.

— Стой! Стой, идиот, ты же в тюрьму пойдешь, гадина! — закричал Мальцов издалека.

Маничкин обернулся, увидел его, призывно махнул рукой.

— На работу как на праздник, в белой рубахе и костюме, с галстуком, уважаю, Иван Сергеевич! — опередил его, запыхавшегося, на миг потерявшего дар речи.

— Ты что творишь, паскуда? — толком не отдышавшись, попер на него Мальцов.

— Тише, тише, начальник, я начинаю работы согласно постановлению министерства культуры по реставрации памятника. Есть еще вопросы?

— Какие работы, проект еще не согласован! Какое постановление? Не вешай мне лапшу на уши и заглуши бульдозер, немедленно!

— Без документов я б сюда не сунулся, Иван Сергеевич, знаю тебя как облупленного, спишь и видишь, как меня пристрелить во второй раз. — Маничкин говорил нарочно тихо и спокойно, из-за работавшего мотора Мальцов с трудом разбирал его слова.

— Я в тебя не стрелял, идиот. Неужели еще не понял, ты — просто пешка в большой игре?

Мальцов в несколько прыжков доскочил до бульдозера, размахивая свободной от пакета рукой, вопя истошно: «Стой! Стой, кому говорят!»

Музейный таджик-бульдозерист Фарход, заметив и узнав его, сбавил обороты и, потянув рычаг, опустил нож, врыв его в землю.

Но пока Фарход открывал дверь, спускался с верхотуры по лесенке, подходил к нему, пока они здоровались, Маничкин незаметно пробрался к бульдозеру с другой стороны, влез в кабину, поддал газу и поднял нож. Он тронул желтое чудовище с места и попер, попер, прямиком на траншею. Лицо его покрылось пятнами — так бывало всегда, когда он слетал с катушек и истерически орал на подчиненных, теряя остатки разума.

Мальцов бросился наперерез, взлетел на отвал, встал на нем, раскинув руки в стороны. Фарход, хорошо зная нрав своего начальника, вдруг побелел, упал на колени и закрыл голову руками — наверное, представил, что будет, когда тяжеленный нож раздавит Мальцова, впечатав его в каменную стену.

— Давай, дави, сука! — завопил, глядя прямо в глаза врага, Мальцов.

Бульдозер чуть сбавил ход, но продолжал надвигаться, нож упрямо срезал дерн, как масло, заворачивая его в толстый рулон. Стоя на верху отвала, Мальцов оказался на одном уровне с сидящим в кабине. Ему не раз доводилось видеть разгневанные лица, но с такой неистовой, клокочущей яростью, перекосившей лицо Маничкина, он сталкивался, пожалуй, впервые. Дергая за рычаги, директор музея истерически отмахивался левой рукой, словно отбивался от жалящих пчел, подавая ему команду немедленно уходить с дороги. Мальцов издевательски выкинул в ответ средний палец. Мутные глаза Маничкина, лишенные всякого разума, — последнее, что он успел хорошо рассмотреть. Мотор взревел, из трубы выскочило облако сизого дыма, три громадные буквы «ЧТЗ», расположенные над радиатором между двумя фонарями, дернулись и рванули на приступ.

Мальцов бросил моментальный взгляд через плечо: фанера прикрывала щель, как он ее оставил, этот идиот даже не заглянул в раскоп, не поинтересовался, он преследовал одну цель — унизить врага, потому и пришел сам, чтобы проследить за исполнением мести.

Время вдруг сгустилось и замедлило бег: вот он стоит на отвале, а трактор всё прет и прет, и Маничкин уже не машет рукой, а исступленно колотит кулаком по приборной доске, словно вгоняет гвозди в доски его гроба, подстегивает себя. Лязгают гусеницы, урчит, набирая обороты, дизель, бьет из трубы дым, откинув круглую заслонку почти перпендикулярно трубе, и упрямо наступает железная сволочь, и не думает останавливаться. И уже некуда деваться, хоть прыгай в раскоп, так ведь закопает, похоронит в нем, это не человек за рычагами, а демон, губы скачут, он кричит, кричит беззвучно, и тянет на себя рычаг отвальника, чуть поднимая его, и он уже в метре от насыпи, и вот уже подхватил ее, перекопанную, легкую, как пух, для такой машины это не преграда! И Мальцов вдруг поверил: не свернет, зароет, он просто не соображает, что творит, ублюдок, ворюга, подлец! И голова ли отдала приказ ногам, или ноги сами приняли решение — в один прыжок ухнул на дно, отвалил щит, спрятался в проеме щели, внизу, недоступный взору бульдозериста. Теперь-то Маничкин застопорит машину, выйдет посмотреть, тогда будет шанс поговорить. Черт с ним, покажет ему храм, и Маничкин поймет: тут открытие, мировое открытие, только это и может теперь его остановить и заставит пойти на переговоры.

Но как бы не так — нож пропарывает землю: страшный, тяжелый, неживой, полированная тупая чугунина, и вот сыплется отрытая земля, и погребает траншею и его, и запечатывает щель, Мальцов едва успевает отпрыгнуть внутрь. Уголок света вверху становится всё меньше, пыль забивается в ноздри, и наступает темнота, и приглушенный рев дизеля теперь доносится издалека, сладострастно урчащий рев железного чудища, и заползает в подземелье и растекается по нему вместе со сладким запахом солярки и машинного масла, впитавшегося в землю и смешавшегося с ее пыльным запахом.

— Завалил, сука, и даже не остановился, — еле выговорил дрожащим шепотом Мальцов, упал на слежавшееся сено, свернулся клубочком около давно погасшего энкавэдэшного кострища и заплакал навзрыд от бессилия и страха. Он не знал, как поступить, никак не мог контролировать ситуацию: всё произошло мгновенно, его воля ничего не решала — всё совершил бульдозер, ведомый спятившим Маничкиным. Раз! — и захлопнулась мышеловка, и ничего предпринять он не мог, как бы ни пытался. Один, отрезанный от мира, который и не подозревал, что он тут законопачен, засыпан рыхлой землей, и остается только выть и готовиться к худшему. Готовиться? За что? За что? — не находил ответа.

13

Сколько времени он пролежал на сене, борясь со страхом, осознавая, что же на самом деле произошло? Минуты? Полчаса? Час? Мышцы, еще недавно выполнявшие молниеносные приказы мозга, задеревенели, словно их свело судорогой. Темнота прибавляла страху, страх сковывал тело, леденил кровь, вызывая боль в животе и тошноту, вытягивая из души оставшуюся силу. Паника накатывала волнами, накрывала с головой, по телу разбегались мурашки, и самопроизвольно начинали клацать зубы. Противный лязгающий звук поселялся в ушах, казалось, стены пещеры усиливали его. Звук возвращался, ссыпа́лся с потолка, выскакивал из темных закоулков, дробный, костяной, как будто очнулись спавшие до поры алчные мертвецы и вот — подбираются к нему, хохочут над его бессилием. Он еще сильнее сжимался, почти доставая коленями подбородка, и затыкал ладонями уши. Погребен! Запечатан! — эти крики ужаса звучали только в его голове, из пересохшего горла не вырывалось ни звука, ему казалось, что он сходит с ума.

Но постепенно безумие отступило, мышцы расслабились, боль ушла из живота. Он смог пошевелить

ногами и руками и понял, что цел и невредим. Отер
со лба пот, ощупал плечи, распрямил ноги, растянулся на спине, с радостью ощущая, как силы возвраща-
ются к нему. Глаза уже привыкли к темноте, он начал
различать смутные очертания пещеры. Наконец заставил себя сесть, стряхнул с пиджака пыль, похлопал себя по застывшим щекам, восстанавливая кро-
вообращение. Сильнее всего в проигранной схватке
пострадала одежда — единственный приличный костюм и рубашка теперь никуда не годились, правая
брючина порвалась на колене, но он был жив, жив!

— Черт, ну кто бы мог подумать, что этот вот решится на такое? — прошептал сиплым голосом. Глотка пересохла, Мальцов понял, что очень хочет пить.

Жажда заставила его встать. Привалился к дере-
вянному стеллажу — ноги еще предательски дрожали, — пошарил рукой, нащупал оставленный большой фонарь. Включил свет, стало заметно веселее.
Первым делом ввинтил в переноску лампочку, но она
не загорелась — видимо, гусеницы перебили провод.
Вспомнил, где положил пакет со свечами, нашел и
зажег одну свечу — теплый оранжевый свет озарил
небольшой пятачок вокруг него, такой спасительный, такой необходимый, и он обрадовался живому
огоньку, как младенец, и радостно потер руки. Выключил фонарь из экономии, объясняя себе, что спасательные работы начнутся не сразу и фонарь еще
понадобится. Держа свечу перед собой, подошел
к ванночкам со студеной водой, встал на колени и
пил жадно до тех пор, пока не свело зубы. В темном
зеркале воды увидал свое отражение — осунувшаяся
физиономия, блестящие, как у зверя, глаза. Подмигнул сам себе, намочил ладонь и зализал упавшую на
глаза челку.

Затем ощупал карманы, достал телефон, но, увы,
связь в пещере отсутствовала. Окно! Церковное

окно! — мелькнула спасительная мысль, и вот он уже пробирался по переходам к храму, держа свечу перед собой, как средневековый монах, спешащий на службу. Водрузил свечу на алтарь, проверил связь, но камень глушил сигнал. Взглянул на часы: двенадцать двадцать восемь — полпервого, обеденное время, вспомнил, что оставил на сене пакет с покупками, и порадовался — по крайней мере не помрет с голоду. Прикинул расстояние до окна — два с половиной метра, не меньше.

Отроют, отроют, подгонят экскаватор — час работы! А Маничкин, небось, там волосы на себе рвет... Погоди, погоди, дай только выбраться на волю!

Неужели струсит и сбежит, ведь должен же он прийти в себя? Должен. И Фарход — свидетель, не даст директору сбежать, не оставит Мальцова под землей. Но откуда им знать, что он жив, если они не видели пещеры? Господи, неужели Маничкин так просто и хладнокровно его закопал? И уйдет и ничего не предпримет? Нет, в голове не укладывалось.

— Спокойно, спокойно, Ваня, думай, — твердил он себе, успокаивая, прогоняя страх. — Ты всё придумаешь. Придумаешь.

Хлопнул себя по лбу, поспешил назад, в первую пещеру. Принялся отрывать доски от стеллажа. Идея казалась удачной, если только всё получится — он спасен! Подобрал брошенный энкавэдэшниками топор, расставил в трех ближайших нишах свечки, чтоб было удобнее работать. Свечей было много — целая пачка!

— Погоди-погоди, дай только связаться, выведу тебя на чистую воду, — он как бы разговаривал с похоронившим его Маничкиным.

Отрывал доски, складывая их в штабель, собирал освободившиеся гвозди, выправлял их на входной ступеньке. Набрал тридцать две штуки — прикинул, что хватит. Принялся перетаскивать доски в церковь, ставил их там стойма к стене в алтаре прямо под окном. Затем сколотил простую прямоугольную туру, соединив боковые доски откосами. Пошатал конструкцию — должна была выдержать, аккуратно забрался наверх, прямо под окном достал телефон. Внутри связи не было, но у окна-то будет! Взмолился про себя, нажал вызов. Ни одного деления! Припал к щели, протянул руку, вжался в камень лицом, просунул аппарат как можно дальше. Щель была косая и длинная, рука утонула в ней вся до плеча, но так и не вышла наружу. Набрал телефон Николая, нажал кнопку вызова, развернув телефон на себя. Сигнал не проходил, только с легким посвистом врывался в оконце уличный ветер. Все мучения были напрасны. И тут же задрожали ноги, и он чуть не развалил всю хлипкую конструкцию, тура заходила под ним ходуном. Не хватало еще сверзиться и сломать ногу или руку. Тихонько, нащупывая ногами опору, спустился на пол, первым делом затушил свечу — теперь их надо было экономить, — добрался до каменной скамейки у стены, залез на нее весь, растянулся и принялся думать.

— Спокойно, Ваня, спокойно, — как мантру, твердил он шепотом, но спокойствие не приходило.

Взглянул на часы: стрелка подползала к четырем. Лучик света кое-как освещал алтарь, но противоположная стена с входной нишей терялась в полумраке. Опять зажег свечу, вернулся в первую пещеру, подобрал фонарь, топор, пакет с пряниками и сыром, вернулся в церковь — у живого света из окна было всё же веселее. Он проголодался, а потому умял целый батон и полквадратика сыра. Затем пришлось снова совершить поход к ванночке с водой. Запил еду, с шумом выдохнул, похлопал себя по сытому животу.

Он уже настолько привык к подземным ходам, что мог бы передвигаться без свечи, но, озаряемый ее теплым светом, чувствовал себя не так одиноко. Подобрался к заваленному проходу, замер и принялся вслушиваться. Урчание трактора умолкло, ни звука не пробивалось снаружи, только действовала на нервы неустанная капель с потолка. У выхода еще витал едва различимый запах солярки. Он вдыхал его жадно, сладкая нотка, пробивающаяся сквозь заполнившую выход землю, уже не раздражала, напоминая о близкой, но пока недостижимой свободе.

Оставалось одно — ждать подмоги и как-то обустраивать свое временное жилье. От земли тянуло холодом; он еще раз напился, освободил мочевой пузырь, пописав прямо на стенку пещеры, подальше от чистой воды, перебрался в церковь, ставшую для него на какое-то время домом.

Растянулся на спине вдоль узкой каменной скамьи, положил голову на пакет с буханкой черного и закрыл глаза. Не хотелось ни думать, ни двигаться. Скамейка была жесткой, но не холодной. Он привык к здешней температуре и похоже что начинал привыкать к положению заключенного. Выход? Он подумает о нем чуть позже. Организм всё еще отходил от чудовищного стресса, Мальцов лежал, уставившись в окно, и по ассоциации вспомнил одну старую историю.

14

В начале девяностых он прошел пешей археологической разведкой всю область вдоль и поперек. Вдвоем с коллегой, Васькой Аникишиным, они медленно путешествовали по карте, следуя руслу мелких речушек, выявляли археологические памятники. Находили селище или мезолитическую стоянку, собирали подъемный материал — обломки керамики, вымытую паводком бусину или шиферное пряслице, кремневые отщепы, наконечники от стрел, пластинки каменных ножей. Забивали шурф два на два метра для определения мощности слоя, чертили профиля, а после и снимали планы памятников теодолитом: один глядел в глазок, другой бегал с развернутой рейкой. Они работали над сводом археологических памятников области — управление культуры тогда неплохо платило за эту работу.

Ночевали в деревнях, но, если было лень идти до жилья, спали в пустых сараях или при случае растягивали крохотную палатку, заводили костер, варили кашу или суп-шулюм. Васька брал в разведку ружье и никогда не упускал случая подстрелить выпорхнувшего из-под ног рябчика или зазевавшуюся утку.

На одном из притоков Деревы, в самых его верховьях, в непроходимом болотном крае, среди дикой природы и нетронутых мелких озер наткнулись на мезолитический рай. В каменном веке человек жил тут плотно: на озерках, тянувшихся вереницей по четыре-пять, одно за другим, случалось находить по пятнадцать–двадцать стоянок за раз, а на каждом мелком, одиночном, уж две-три стоянки находились как пить дать.

Теодолит тут был не нужен, границы памятника определяли на глазок, планы скорее были привязками на местности, зато подъемного материала — мелких кремневых чешуек и сработанных нуклеусов — кусков кремня, с которого стесывали тонкие полоски, чтобы выделать из них необходимые орудия, — находили много. Бродили, уставив глаза в обрывы у воды, или чапали босиком по мелководью, обследуя береговую линию: прибрежные волны и ежегодные паводки вымывали из слоя кремневые орудия. Стоял жаркий июль, прохладная вода доставляла наслаждение.

Здесь можно было работать и по раздельности; чтобы ускорить процесс, они разошлись, оставив весь скарб у палатки на берегу вытянутого двухкилометрового лесного озера. Васька со своим ружьем пошел вокруг водоема, надеясь по ходу настрелять на ужин уток, а Мальцов решил забраться южнее, оглядеть несколько озерок, расположенных как бы особым кустом. На карте вокруг них были обозначены сплошные болота. Договорились, что, если Мальцов к вечеру не выходит к костру, Васька стреляет в воздух в десять, одиннадцать и двенадцать — по выстрелу в час, чтобы заблудившийся смог сориентироваться по звуку.

Отправился в путь рано, еще до рассвета, с легким рюкзачком за спиной, в нем топорик, манерка, банка тушенки, пачка чаю, пакетик с сухарями и десять кусков сахару — на перекус. Нож на поясе, компас в кармане, планшет с картой на бедре. Срубил палку и пошел.

К первому озерку, маленькому, похожему на круглое блюдечко, удалось подобраться лишь с юга по заросшему клюквой кочкарнику, с других сторон было одно непроходимое болото с трясиной, с водяными оконцами, затянутыми ряской. На берегу сразу же нашел костяную проколку и горсть кремневых чешуек. Почесал в затылке и назвал стоянку Блюдечко-1. Придумывать названия безымянным урочищам стало для них чем-то вроде игры: вечером, обсуждая названия, потешались друг над другом, каждый старался как мог перещеголять соперника.

Через два часа он подошел к Блюдечку-2, но подобраться к берегу не сумел, потыкал палкой в топкую дернину, попрыгал на месте, с радостным замиранием сердца наблюдая, как колышется трясина. Сверился с картой и продолжил маршрут.

Втянувшись, пропустил полдень, а следовательно, и перекус, — приходилось много сворачивать с намеченной прямой, обходить лесные завалы и бесконечные болотца. Шел и шел, упрямо и ходко, сверялся временами с картой, а после уже и перестал, держал ее в памяти — и просчитался. Занесло его куда-то в сторону, в самую глухомань, где не встретить было не только следов человека, но даже квартального столбика — казалось, на этот гиблый край люди махнули рукой, оставив зверью на расплод. Третье Блюдечко должно было б давно показаться впереди, но всё никак не показывалось.

Смешанный лес сменился просторным сосновым бором. Он шел по мягкому мху, среди зарослей черники, оставляя за собой ниточку четких следов. Пряный настой ягоды мешался с едким запахом глухариного помета, и Мальцов несколько раз вспугнул кормившихся на земле птиц. Глухари взлетали с таким грохотом, что он невольно замирал и, провожая глазами огромных черных петухов, нарушивших напряженную жаркую тишину, мысленно просил у них прощения за прерванный обед. Сосновый бор пошел под уклон, кончился, сменившись непролазными зарослями мелких березок, бузины и ивняка — верного признака близкого болота. Он продирался сквозь непролазные дебри, но всё никак не находил искомого болота, хотя по расчетам оно было где-то совсем рядом. В этой чащобе его закружило, и опять вышел в бор, потом опять боролся с дурнолесьем, потом опять попал на черничник. Дважды он проходил по следам своих сапог. В какой-то момент остановился, сел на пенек, прикинул в уме, где мог сбиться с пути, подкорректировал направление, свернул чуть левее, показалось, что так он сузит границы поиска. Но тщетно — Блюдечко-3 никак не давалось ему, словно сгинуло.

Тогда на каком-то песчаном бугре он присел на палое дерево, достал карту, но понял лишь одно: обозначения боров и смешанного леса никак не вязались с тем, что он видел своими глазами. Часы показывали шесть, он проголодался и явно опаздывал к ужину. Пришлось развести костерок, набрать из чистой лужи воды, вскипятить чаю. Пока вода закипала, нарубил лапника и под высокой раскидистой елкой устроил лежанку. Съел тушенку и половину сухарного запаса.

От усталости его разморило. Вынул из рюкзака плащ-серебрянку, завернулся в него, решив, что поспит полчасика и восстановит силы, но ухнул в сон глубоко и проснулся затемно. Небо затянуло облаками, собирался дождь. Ветер раскачивал деревья, он понял, что надо переждать непогоду тут, под защитой еловых веток. Приготовился ночевать в лесу, нарубил дров, подкатил две сухие сосенки, сложил над огнем друг к дружке, устроив сибирскую нодью, что будет гореть долго и жарко всю ночь, устроился поудобнее и принялся смотреть в завораживающий и согревающий огонь. Ни в десять, ни в одиннадцать никакого выстрела не услышал. Понял, что ушел далеко, и приготовился досыпать остаток ночи, но в двенадцать ухо уловило далекий, приглушенный хлопок. Вынул компас, засек направленье выстрела, натянул капюшон плаща на глаза и спокойно заснул.

На следующий день решил не пытать судьбу: оставив Блюдечко-3 другим поколениям исследователей, бодро отправился по компасу. И... всё повторилось: боры, глухари, вспархивающие их-под ног выводки глупых рябчиков, дурнолесье, цепляющее за карманы, хлещущее тонкими ветвями по лицу, чуть только зазеваешься, болотца, не переходящие в болото.

И опять он напарывался на свои следы: понимал, что никто иной не мог пройти тут сегодня, людским духом здесь и не пахло. В какой-то момент ясно понял, что заблудился окончательно и компас ему не подмога. Попытался вспомнить все повороты, но отбросил эту затею, так можно было запутаться еще больше. Он устал, тело ломило, ноги ныли, — ночью он не снимал сапог и не сушил портянок, — каждый шаг давался всё труднее, но он знал, что останавливаться нельзя. Шел и шел, порой ему казалось просто чтобы не упасть, и каково же было его изумление, когда к шести часам вечера опять вышел на место своей ночной лежанки. Неведомым образом он нареза́л круг за кругом, таскаясь в одном заколдованном пространстве. Рухнул на лапник, отлежался. Заставил себя встать, наготовил дров и, пока вода закипала, просушил на рогульках портянки и поставил сапоги голенищами к жа́ру, дав роздых натруженным ногам. Затем заварил чай, доел хлеб, оставив шесть кусков сахара как НЗ.

Погода вконец испортилась, к ночи зарядил сильный дождь, пришлось натягивать еще волглые сапоги. Вмиг отяжелевшие ноги гудели, тело ломило, пролежанный лапник впивался в бока. Еловые ветви над головой и верный походный плащ спасали от ливня, костер шипел, но не гас, Мальцов кормил его постоянно, но теперь, усталый, полусонный, потерявшийся где-то неведомо где, он сник, и нехорошие страхи стали заползать в душу. Огонь, спрятавшийся в норку под большими поленьями, уже не радовал, как вчера, алый жар резал воспаленные глаза, а стоило отвернуться от едкого дыма в хлюпающую темноту — как перед глазами вставали огненные круги, за которыми ничего нельзя было разглядеть, и долго не проходили. Огромное пространство дикого леса сжалось до маленькой норки, и он чувствовал себя незащищенным, настороженно вслушивался во всхлипы и завывания ветра, вздрагивал от неожиданных скрипов и непонятных звуков, окружавших его со всех сторон. Постоянно мерещилась всякая чертовщина — казалось, выхода нет и не будет, он здесь умрет и косточки его растащит лесное зверье. В десять, одиннадцать и в двенадцать, как ни напрягал слух, Васькиных выстрелов не услышал. Забывался сном, просыпался, подкидывал дрова в ненасытный костер и опять засыпал. Окончательно проснулся в десять утра. Солнце било сквозь остро пахнущие смолой еловые ветви — на небе ни облачка, от мокрой земли поднимались влажные испарения. Наскоро вскипятил чаю, выпил его вприкуску с двумя кусочками сахара, встал и пошел, держа компас перед собой, и шел пять часов, упорно и четко по стрелке, и вышел к их длинному озеру. Сверился на берегу с картой и вскоре нашел палатку, а около нее хмурого, перепуганного товарища, успевшего уже похоронить его в своих худших думах.

— Твою ж мать! — закричал Васька, увидав его, подходящего к лагерю. — Спрашивать не стану, давай, — протянул ему котелок с супом, отрезал здоровый кусок хлеба. Молча сидел, курил, потягивая терпкий переварившийся черный чай из алюминиевой кружки, пока Мальцов жадно хлебал диетический бульон из рябчика.

— Леший меня водил, Вася, я всё круги нареза́л, в одном месте толкался.

— Как же, леший! Ложись спать, только сапоги сними, дюндель. Выход всегда есть, рыпаться не надо, надо думать, а не паниковать. Спи уже!

«Выход всегда есть», — повторил он сейчас Васькины слова, глянул на луч света из окна: тот утратил яркость и серел на глазах. Две мрачные тени застывших навеки Романа и Давида тянулись от столбов-сталагнатов в трапезную и где-то посередине церкви сливались со сгущавшейся на глазах чернотой.

15

Спал он мало, урывками и, пробуждаясь, долго глядел на пятнышко света в окне. На свободе стоял июнь, время белых ночей, когда от полуночи до четырех природа, погрузившаяся в спячку, затихает. Видимые предметы теряют в сером полумраке очертания, а во́ды в реке лишаются блеска, наливаются свинцом и приобретают плотность глиняного потока, что скрепляет два берега, как раствор скрепляет два кирпича. Тишина подземелья и тишина верхнего мира достигли к середине ночи полного соответствия; ворочаясь на жестком каменном ложе, он слышал лишь шорох одежды, а замерев, ловил звуки дыхания и гулкие биения сердца — единственные свидетельства живой жизни, пульсирующей здесь в мире вечного безмолвия.

Когда серое пятно в окошке начало потихоньку светлеть, он заставил себя подняться и сделал зарядку — кровь побежала по жилам быстрее, упражнения избавили залежавшиеся мышцы от вялости. Ночью он понял, что толком не знает своей тюрьмы, в лихорадке поиска он следовал по ходам, проделанным человеком, тогда как сами пещеры остались неизученными. Что, если существовал естественный ход, соединяющий пещеры Ефрема с древними выработками известняка? Поверху Крепость и катакомбы отделяло километров девять-десять, и, как довелось слышать от спелеологов, многие ходы под землей оставались не пройденными до конца. Сидеть и ждать спасения извне и потихоньку сходить с ума? Нет, он должен был попытаться что-то сделать.

Взял из пакета четыре пряника, фонарь, топор, прогоревшую наполовину свечу и вторую, новую, про запас, перешел в первую пещеру. Зажег свечи в нишах, оставленные там с разборки стеллажа, — теперь он кое-как мог видеть всю пещеру, из конца в конец. Начал с того, что привел себя в порядок. Умылся, сидя на корточках, из первой ванночки, более глубокой, чем вытекающая из нее вторая. Затем медленно прожевал четыре пряника, запил водой, подсчитал, что в таком режиме экономии ему хватит еды на семь-восемь дней.

Шкурник в северо-восточном углу, в который утекала вода, уже видел раньше, он присвоил ему название «Мокрый-1». Действовал, как в разведке, где любой объект исследования всегда получал имя и порядковый номер. От него и начал обход по кругу, освещая стену метр за метром. В тридцати шагах на северо-запад обнаружил еще одну перспективную трещину — широкую, но невысокую, в нее можно было залезть только на коленях, зато пол был сухой. Посветил фонарем: ход уходил прямо на север, луч света не доставал до стены. Этот ход получил название «Сухой-1». Натаскал камней с пола, сложил подобие пирамидки у стены, чтобы можно было легко найти дыру. Больше в первой пещере лазов не обнаружил и перешел в тамбур. Напротив заложенной двери буквально наткнулся на узкую щель, попробовал ввинтиться в нее и понял, что это в принципе возможно. Продирался в жуткой тесноте метров десять, пока лаз не расширился и стало можно встать на колени. Свет фонаря высветил неровный извилистый ход, что уходил дальше в сплошную темноту. Воды на полу не было — лаз получил название «Сухой-2». Последний шкурник обнаружился в церкви, в самом темном северо-северо-восточном углу, вползти в него можно было только по-пластунски, но и здесь всё казалось не столь безнадежным: лаз тянулся далеко вперед и, так как воды в нем не было, получил название «Сухой-3».

Он сознательно не продвигался глубже десяти–двадцати метров: находки следовало осмыслить. Вернулся в первую пещеру, зажег свечки в нишах, лезвием топора начертил на глиняном полу схематический чертеж всего изученного пространства. Наложил на схему план Крепости, нарисовал реку, примыкающий к ней овраг и пунктиром показал предполагаемое направление четырех обнаруженных ходов. Они тянули на север, северо-восток, параллельно линии реки, приблизительно туда, где находились известковые каменоломни. За работой он совершенно забыл про время: поиски, первичные обследования, изучение чертежа вселили надежду, всё указывало на то, что маленький шанс у него всё же есть.

Теперь предстояло решиться и лезть в теснины, пробиваться под землей — то, чего всегда так боялся. Даже в сегодняшних неглубоких обследованиях, извиваясь по-змеиному на животе и задевая макушкой низкий потолок, он испытывал внезапные приливы страха, а что будет, когда удалится от пещеры далеко? Он оторвался от чертежа и принялся прислушиваться: показалось, что ухо уловило скрежет металла снаружи. Неужели начали отрывать вручную? Весь превратился в слух, но ничего больше не услышал — похоже, ему примерещилось.

Мальцов устал, где-то в раже набил шишку на голове и сорвал кожу на указательном и среднем пальцах правой руки, и теперь, обнаружив кровь, принялся зализывать саднящие ранки, как пес в конуре, вычищающий языком порезанную о ледышки лапу. Положил руку на колено, чтобы ранки подсохли, опять принялся слушать тишину. Он настолько слился с безмолвием пещеры, что вскоре впал в подобие транса: прямая спина, напряженная шея, отрешенный взгляд, руки, лежащие на коленях, тихое, равномерное дыхание. Так он сидел в бортниковской засидке на кабана, один среди медленно засыпающего леса, только здесь не было ни качающихся ветвей, ни скрипа елок, ни свиста ветерка, ничего, кроме различных оттенков черного, которые научился распознавать глаз, и мерной капели с потолка, к которой он привык и перестал обращать на нее внимание. И всё казалось ему, что вот сейчас, сейчас раздадутся спасительные звуки снаружи, и не надо будет лезть в проклятые щели, одна мысль о которых вызывала у него приступы клаустрофобии. Сидел, тянул время и очнулся, только когда понял, что от прямого сидения затекла спина и шея. Посветил на часы — стрелка подбиралась к пяти! Весь день, по сути, ушел на поиски и составление чертежа, а казалось, еще недавно он проснулся в церкви и встал со своей каменной кровати.

Лезть под землю уже не имело смысла. Начинать любое дело надо с утра. Подумал так и устыдился своего малодушия: здесь череда дня и ночи не имела никакого значения. Ленивое оцепенение, овладевшее им, не проходило, Мальцов машинально загасил огарки в нишах, вернулся в церковь, отрезал лезвием топора от буханки три ломтя, затем вернулся к воде и неспешно, смакуя каждый кусочек, съел пайку, мечтая хотя бы о щепотке крупной соли. Потом опять посторожил у засыпанного входа до семи, когда, понятно, никто б уже не стал затевать спасательные работы. Встал с сена, тяжело вздохнул, мысленно готовясь к завтрашним спелеологическим приключениям, побрел в церковь, посидел какое-то время в каменном кресле, пытаясь вообразить, как сидел на нем сам Ефрем, но это скоро ему прискучило. Несколько жирных капель каменной смолы пролетели прямо перед носом и с громким чмоком впечатались в пол. Мысли всё время возвращались к уходящим в пласт темным дырам, и он гнал прочь страх, но сделать это до конца не получалось. Ему вдруг так захотелось, чтобы всё закончилось хорошо, и вслед за этими жалостливыми мыслями вспомнилась мать, читающая ему на сон грядущий адаптированное издание «Робинзона Крузо». Но он-то был заточен не на вольном острове, всё было хуже, куда как хуже.

Прошел первый день заключения, и, похоже, никто и не собирался его откапывать. Мальцов терялся в догадках и не мог придумать причину, по которой его не начинали искать. Фарход, Фарход-бульдозерист... Когда Мальцов работал в музее, у них с таджиком установились хорошие, почтительные отношения, что пошло не так? Почему его до сих пор никто не хватился? Николай должен был сегодня принести документы. Если он приходил, то обязательно заметил бы: дом не закрыт, хозяина нету, неужели это его не насторожило? Любовь Олеговна видела, как он бежал к Никольской башне, она-то точно знала о работавшем там бульдозере, она не могла промолчать. Успокаивая себя, придумывал различные версии, но пользы от них не было никакой.

На следующий день решил подождать: вдруг всё-таки начнут копать? Просидел на сене у заваленного входа до семи вечера, вслушивался до умопомрачения в каждый шорох, иной раз грезилось, что ловит обрывки человеческой речи там, наверху, но вскоре понимал, что голоса́, раздающиеся в голове, были просто слуховыми галлюцинациями. Пытка тишиной оказалась куда мучительнее, чем он ожидал. Буханка черного уменьшилась до половины, вечером он съел еще четыре пряника и подсчитал оставшиеся запасы — восемь пряников, полбуханки черного и нетронутые тридцать два сладких квадратика печенья и маленький кусочек сыра. Мысленно уре́зал пайку, положив в день съедать по два пряника и по два куска хлеба и тоненькой дольке сыра, и снова долго и сложно высчитывал, на сколько дней ему хватит еды, потом вдруг плюнул на эту затею, от нее можно было запросто сойти с ума, он запретил себе пока думать об этом.

Вторую ночь проспал кое-как, ворочался на скамейке, пялился на свет в окошке. В результате проснулся разбитый, даже зарядка не сильно взбодрила. Пошел к воде, позавтракал, оправился и решил начать поиски с первого сухого лаза.

Около пирамидки из камней включил фонарь, встал на колени, три раза плюнул через левое плечо — эту суеверную привычку перенял от отца, тот со смехом говорил, что на войне нехитрый обычай не раз спасал ему жизнь, чуть пригнул голову и полез внутрь.

Здесь не было глиняного пола, как в большой пещере, колени сразу же ощутили мелкие камешки и неровности известнякового пола, напоминавшего огромную персиковую косточку. Преодоленные промежутки пути нечем было измерить: рулетка, веревка — всё осталось дома в полевой сумке, расстояние приходилось прикидывать на глаз, но вскоре Мальцов понял, что разная скорость пройденных участков не позволяет определить их длину. Хорошо хоть взглянул на часы: он начал путешествие в восемь тридцать две. Ориентироваться оставалось только по времени. Каменная нора, которую он упрямо штурмовал, шла сперва четко на север, то немного расширяясь, то чуть сужаясь, но никаких опасных трещин, завалов или нависающих с потолка камней он не заметил. Настроил себя загодя: не поддаваться панике, тщательно осматривать путь впереди и лишь потом идти дальше, но здесь кругом был однородный бурый известняк, лаз в нем будто прогрыз некий доисторический жук размером с упитанного кабана — одна монотонная, уводящая в неведомое дыра. Устав, садился на попу, отдыхал, обязательно смотрел на часы, растирал саднящие колени, стертые, похоже, до волдырей. Он находился в глубине чуть более часа, а казалось-то — очень и очень давно, когда ход вдруг начал расширяться, и вскоре он смог уже идти, сильно согнувшись. В девять пятьдесят семь фонарь уткнулся в темноту — впереди открылся новый подземный зал. Невысокий, только-только встать и расправить спину — Мальцов почти доставал до потолка головой, — но всё же это был зал или подземная полость, где он почувствовал себя уверенней, где можно было вздохнуть полной грудью. Осветил его — те же структуры на потолке, что и в первой пещере: известняк и прожилки красно-коричневого и зеленого, тонкие, иногда сходящие на нет прямо наверху. Вытянутая полость продолжала линию основного хода, но через пятнадцать шагов сворачивала направо, забирая восточнее. Вспомнил карту, прикинул, что и река в километре от Крепости делала поворот на северо-восток — получалось, что ход шел в глубине пласта, повторяя изгибы реки? Но прошел ли он километр? Никакого опыта в подземной ориентации у него не было, поэтому решил, что все попытки привязаться к надземному ландшафту только запутают, и в очередной раз приказал себе просто продвигаться вперед. Перешел косой зал, завернул за угол, пространство там сужалось, образуя отнорок вроде увеличенной барсучьей норы, который заканчивался большим завалом. Мальцов принялся вылизывать стены светом, но не нашел ни одного выхода, кроме того, по которому сюда приполз. «Сухой-1» завел его в тупик. Снова, буквально сантиметр за сантиметром, осмотрел подземную камеру — ничего. Сухо, тихо, ни звука, отчего стало не по себе, даже хуже, чем в стиснутом стенами ходе. Подступающее смятение заставило его быстро развернуться и лихорадочно ползти назад. К одиннадцати часам он вынырнул из стены и рухнул на пол около сложенной пирамидки.

— И нахрена было ее складывать? — сказал громко и, не сдержавшись, заорал в полный голос: — Нахрена? Тупик! Тупик, Ваня, тупик! — И эхо обрушилось сверху так мощно, что он вжал голову в плечи, а потом, очухавшись, расхохотался нервным, лающим смехом.

Подобрался к воде, напился, вымыл лицо и перепачканные руки. Дошел до лежанки у входа, растянулся на сене; от обиды щипало в глазах, и сильно саднило в побитых о камни коленях. Тут, на привычном уже месте, долго приходил в себя, развалившись на спине, раскинув крестом руки, счастливый, что вернулся живым. Отлежавшись, через силу заставил себя встать и с упрямством насекомого полез в «Мокрый-1», решил отстрелять первый зал, чтобы потом перебираться в тамбур.

Здесь он намаялся по-настоящему. Ход был узкий, несколько раз Мальцов застревал так, что, казалось, не пошевелить ни рукой, ни ногой, но отдыхивался, вжимал живот и ввинчивался вперед, отталкиваясь локтями и мысками ботинок. Он весь вымок и перепачкался в вязкой и клейкой глине, скользя на животе, как угорь, но вскоре перестал реагировать на мокроту и холод. Сдавливаемый со всех сторон неумолимым камнем, понимая, что жизнь сейчас зависит только от его настойчивости, он потерял счет времени, продвигаясь на ощупь, иногда в полной тьме, отключая драгоценный фонарь. И опять ход расширился, и Мальцов смог сперва встать на карачки, а потом даже разогнуться и продвигаться в полный рост. Первое время чапал по мокрому полу, дважды провалился по щиколотку в студеный ручеек, но в какой-то момент вдруг понял, что вода исчезла, он просто пропустил щель, в которую она утекла. Ботинки меж тем безнадежно промокли, он присел на выступ в стене, отжал носки и растер ступни, пятки и пальцы, отчего идти стало чуть легче. Трижды ход резко поворачивал — налево, налево и направо, один раз он заметил в стене ответвление — сунулся в него и почти тут же напоролся на опасный завал. Крупные камни лежали друг на друге, едва сохраняя шаткое равновесие: потолок просел, здесь когда-то обвалился целый пласт известняка, и над головой Мальцов разглядел широкую и опасную трещину. Он поспешно попятился назад и вздохнул облегченно только когда понял, что счастливо унес ноги. Перевел дыхание, продолжил движение вперед, и еще долго вспоминал нависавшую сверху каменную плиту, лежавшую на обрушившихся камнях, — вдруг бы он нечаянно задел один из них? Наконец его усердие было вознаграждено, ход стал расширяться, и вот он уже вошел в огромную пещеру, где луч фонаря не добивал до противоположной стены.

Неожиданно распахнувшееся пространство вселило в него неописуемый восторг. Он осветил фонарем потолок, и, как в первый раз в первой пещере, электрический огонь заискрился в водяных каплях, и он разглядел огромные сталактиты, свисающие сверху подобно фантастическим люстрам. Весь пол пещеры был утыкан мелкими и большими иглами и колонками сталагмитов, целая армия теней, затейливо пересекаясь и сплетая невообразимые узоры, убегала от света фонаря, сливаясь с густым мраком. Восхитительное зрелище было наградой за часы отчаяния, тесноты и холода, хотелось кричать от несказанной легкости, что испытало вмиг освобожденное тело, огромные размеры нисколько не пугали, наоборот, тут он ощутил властный призыв тишины, влекущий дальше от вконец задолбавшей тесной норы. Бурлящий в крови адреналин призывал к немедленному действию, он начал продвигаться по стене, держась левой стороны. Чем дальше, тем сильней изгибалась стена, потолок парил высоко, метрах в четырех-пяти, он аккуратно обходил застывшие натекшие колонки, словно боялся задеть и сломать выставленные на обозрение драгоценные музейные экспонаты. Даже такая медленная ходьба согрела его, кровь прилила к мышцам. Вот бы так идти и идти, и прийти в конце маршрута к спасительному выходу... Мальцов размечтался и на самый малый миг почувствовал себя абсолютно счастливым. Хотя воздух был насыщен влагой, пол в пещере на удивление оставался сухим, мокрые ботинки поначалу оставляли на нем темные отпечатки, но вскоре подошвы забило пылью и следы оборвались. Однако это его не напугало, около входа отчетливо запомнил высокую колонну — сталагмит, напоминающий бутылочное дерево с раздутым основанием; столь оригинальную подземную скульптуру было сложно спутать или пропустить.

Наконец в одном из естественных углублений в стене, в подобии скального грота, нашел, что так рьяно искал, — новый вход, по которому пополз не раздумывая, заряженный энергией большого зала, твердя под нос, что чем дальше от ефремовских пещер, тем ближе к каменоломням, к свободе. Но прилив сил почему-то сменился слабостью, он прополз на коленях всего несколько метров, как вдруг ощутил, что руки начали дрожать, в ушах появился звон, заломило в висках. Настроение резко сменилось, он уже чувствовал себя подавленным и обессиленным. Закружилась голова, стало тяжело дышать. Страшная мысль сверкнула в голове: скопление углекислого газа — он читал об этом, под землей встречались отравленные штреки, несшие смертельную опасность для спелеологов. Он зажег спичку и с ужасом увидел, что она едва горит: пламя было не желтым, а синим! Запаниковав, Мальцов немедленно развернулся и дал деру. Вырвавшись из смертельной западни, свалился без сил, в голове замелькали мультики — цветные картинки, которые он не успевал разглядеть. Так, в полуобморочном состоянии, пролежал долго, пока не вернулось нормальное дыхание и не очистились легкие и помутненная голова.

Силы вернулись не полностью: похоже, последний рывок здорово подорвал ресурс остававшейся энергии, но заставил себя встать и продолжить обход. Теперь он брел, потеряв веру в успех, по огромной пещере, обнаружил по ходу три частично заваленных входа, затем был еще один, куда он полез автоматически, двигаясь как полусонный, понимая, что стоит ему остановиться — и он останется там навсегда. Ход, на его счастье, оказался тупиковым, он еле-еле протолкался назад в пещеру, прислонился к стене, положил под голову правую руку и отключился.

16

Мальцов очнулся и первое, что вспомнил, — вчерашний ужас, обуявший в лазе с углекислым газом. Голова еще плохо соображала, ломило в висках, и сильно болел живот, он решил, что тянущая боль — следствие отравления, аккуратно ощупал ребра, затем нажал посильнее, подавил на пресс, но рези внутри не прекращались, и он вдруг догадался, что живот просто сводит от голода. Он сознательно не взял с собой даже пряника: в мокром лазе сохранить его сухим не было никакой возможности, и теперь сильно пожалел о своем решении. Зажег свечу — свет шестибатареечного фонаря начал слабеть еще вчера, и он решил поберечь фонарь на крайний случай. Теперь Мальцов мечтал только об одном — убраться отсюда как можно скорее, сконцентрировался на этой мысли, гоня прочь неуверенность и тревогу, и ужас отступил, он снова был готов к действию.

Встал, продолжил движение по стенке и очень скоро наткнулся на сталагмит в виде бутылочного дерева и на черную дыру, из которой попал в свою новую темницу. Оказалось, что почти обошел ее всю еще вчера, сил не хватило-то совсем немного. Горло пересохло, ближайшая вода была где-то на полпути назад, пришлось осторожно слизывать капли прямо с влажной стенки, так хоть немного утолил жажду. Рот наполнился меловым привкусом известняка, зато перестало ломить в висках и голова очистилась от сонного дурмана. Правда, пришлось долго отплевываться, освобождая язык от мела, и он плевался, пока слюна не исчезла и горло снова не пересохло, а язык стал шершавым, снова требуя влаги. Ничего другого не оставалось, как повторить нехитрую процедуру. Теперь он лизал стену жадно и бездумно, как зверь, дорвавшийся до солонца, и делал это так долго, как того требовал обезвоженный организм.

Вероятно, что-то и пропустил в огромной пещере, ведь обошел ее только по периметру, дыры и провалы могли скрываться и в середине, но не было ни сил, ни желания продолжать поиски. Он чувствовал, что если не предпримет отчаянной попытки вернуться назад, то тут и умрет. Вошел в знакомый ход и бесконечно долго пробивался к дому. Опять полз в студеной воде, трясясь от холода, и одно было хорошо: что наконец напился вдоволь и чуть приглушил терзавший голод. Пальцы скользили по склизкой глине, лицо, грудь, живот и колени покрылись ею и почти утратили чувствительность. Но странное дело, в самые жуткие моменты, когда, казалось, он не может уже пошевелить ни рукой, ни ногой, откуда-то появлялись силы и спокойствие, мозг подавал сигнал, как поступить, и он еще и еще подтягивался вперед, еще и еще проталкивал тело, отвоевывая пространство буквально по сантиметру.

В пять часов вечера Мальцов вырвался на свободу из мокрого шкурника, доковылял до воды, и тянул ее губами потихоньку, смакуя каждый глоток, затем отмылся во второй ванночке, как смог, хватило ума не мутить воду там, где пил ежедневно. Грязный, продрогший и голодный, дорвался до пакета с хлебом и медленно, боясь обронить даже кроху, сжевал пайку черного и оставшийся кусочек сыра. Потом не утерпел и съел пряник, потянулся за вторым, но отдернул руку, сжал пальцы в кулак и отодвинулся на скамейке подальше от манящего пакета с провизией. Сидел, обхватив себя за плечи руками, стараясь унять дрожь, и как-то незаметно занырнул в глубокий и целительный сон, необходимый измученному организму.

Следующие дни провалялся в церкви, сил хватило только совершать короткие вылазки к воде. Странным образом он не простудился после своего купания, вспомнил рассказы отца о войне, когда бойцы неделями сидели по пузо в ледяной воде и никто из солдат не простудился, нервное напряжение не позволило скатиться в болезнь. Глина на лохмотьях, в которые превратилась его одежда, подсохла, но не стал ни счищать ее, ни тем более выколачивать пиджак и брюки. Ему стало вообще всё равно — выпав из времени, он лежал или сидел, как глубокий старик, уронив голову на грудь, иногда почесывая перепачканную голову или вздрагивая от судороги, сводящей икроножные мышцы.

Как-то с рассветом подобрался к выходу и ждал, ждал, но снаружи не раздавалось ни звука. Тогда только окончательно понял, что про него забыли, и, к собственному удивлению, не испытал ни зла, ни досады. Доел последний кусочек хлеба и один пряник, чуть только заглушив преследующую теперь постоянно боль в животе, и заставил себя лезть в ход в тамбуре. Он превратился в подземное животное, в этакого крота, цель которого движение вперед, с той только разительной разницей, что в своих вылазках не добывал съестное, просто тупо и упрямо шагал, полз, протискивался, автоматически ощупывая глазами освещенный кусочек норы, выявляя затаившиеся подвохи. Вылазка длилась долго, пока он не уткнулся в завал, мысленно поставил еще один крест на плане и повернул назад.

И опять потянулось нечто, что и временем-то нельзя было назвать. Он перестал смотреть на часы, измеряя теперь отрезки дней и ночей по тающим на глазах припасам — осталось два пряника и шестнадцать печений. И непроходящая боль в животе, и тремор, поселившийся в пальцах, как у алкоголика, выходящего из запоя.

Последний шкурник он штурмовал в полубессознательном состоянии, подолгу залегал в темноте, слушал ее, растворялся в ней, неведомым образом черпая из нее силы. Опять проник в небольшую подземную полость, обследовал два выхода, закончившиеся тупиками, в какой-то момент едва не потерял ход назад, но всё-таки нашел и вернулся к своей каменной койке и понял, что больше не может лежать, всё тело болело от прикосновения к камню. Перебрался в кресло в алтаре, развалился в нем, широко расставив ноги и откинув голову назад, спал-просыпался, спал-просыпался, иногда вставал и вышагивал — тридцать два шага до западной стены и тридцать два шага назад, — разминая затекшие, навсегда уставшие ноги. Видения разных кушаний, запахи еды, всплывавшие в мозгу в начале заточения, теперь его не беспокоили, они исчезли, как исчезло почти всё. Свеча или еле-еле светящий фонарь были уже не нужны, Мальцов научился передвигаться по памяти, ноги сами несли его к воде, сами же и возвращали в кресло.

Боль в теле как-то тоже прошла сама собой, все чувства притупились настолько, что он словно оказался под действием местной анестезии, когда человек всё видит, всё понимает, но почти ничего чувствует. Маничкин, Бортников, Нина — верхний мир перестал интересовать его, и он с изумлением осознал, что происходящая трансформация принесла огромное облегчение. Горевать о потерянных возможностях, страдать или не страдать о предательстве бывших друзей, упиваться своей неудачей, как делал в Василёве, казнить кого-то или себя самого — все эти причины и вопросы, попытки самоуничижения и самоуспокоения казались теперь мелочными, не имеющими никакого отношения к тому главному, основному, о чем он думал теперь спокойно. Теперь он впитывал мысли, как чистый подземный воздух, почти не связанный с прожитой ранее жизнью, если не считать малюсенького оконца.

Она, та самая жизнь, явилась еще раз, когда ради развлечения, как он себя уверил, принялся реконструировать в уме историю Ефрема Угрина. Профессиональная память не отказала, летописные тексты всплыли сами собой, а с ними и выводы историков, пытавшихся разгадать тот давний, кровавый детектив. Летопись приписывала убийство Бориса и Глеба Святополку, их брату, но были и другие свидетельства их гибели, записанные в «Саге об Эймунде». Варяжский эпос убийцей братьев называл конунга Ярислейфа, то есть еще одного брата, князя Ярослава. В годы его правления монахи-хронисты от излишнего усердия или по личному приказу князя просто переписали историю, как это и полагается победителям, но не подчистили всё до конца. Летописи свидетельствовали: Борис и Глеб поддержали брата Святополка в его притязаниях на киевский престол, вопреки чаяниям Ярослава, тоже рвавшегося к верховной власти, отчего желание Святополка казнить своих важнейших союзников и родичей никак нельзя было объяснить с точки зрения нормальной человеческой логики. Смута продолжалась долго, жертвенная смерть Бориса и Глеба случилась в самом ее начале, зато потом поляки, варяги и русские без конца воевали. Ежегодные битвы шли с переменным успехом, но в конце концов Ярослав победил и остался в памяти как Мудрый, тогда как проигравшему Святополку традиция присвоила прозвище Окаянного.

Но здесь, в первой и единственной на Руси Романодавидовской церкви, Мальцов думал не о баталиях первой четверти одиннадцатого века. Здесь, в тишине и покое, защищенный необоримыми сводами пещеры, он понял причину стремительного бегства монаха-боярина в дальние лесные пределы, на окраину новгородской земли, о которой не додумался ни составитель жития, написанного по истершейся за века памяти, ни один позднейший историк.

Ефрем спасался от преследований братоубийцы.

Пустынножительство было выбрано не случайно. Тайком пробравшись на место на реке Альте, где убили князя Бориса, и обретя там голову брата-дружинника — свою личную, семейную реликвию, он тихо скрылся на край мира, убрался подальше от опасного Киева. Шел, неся в заплечной суме священное свидетельство кривды, пока не добрался до малозаселенных берегов Деревы. Его старший брат Моисей Угрин затворился в Киевских пещерах, младший нашел пещеру здесь, а быть может, он даже и знал о ее существовании, шел к ней сознательно и основал обитель в стороне от жилья, но и не слишком далеко от него. Отшельники с самых первых времен христианства, даже синайские пустынножители, всегда селились около воды и неподалеку от людей: ведь кто-то же должен был кормить трудящихся во славу Всевышнего.

Гибель Бориса и Глеба разрушила честолюбивые мечты венгерских бояр: воинов, потерявших сюзерена и отказавшихся присягнуть на верность победителю, ждала верная смерть, и уберечь от нее мог только монастырь. Став иными, уйдя из мира и приняв постриг, Ефрем с братом теперь искали не спасения от мечей, но спасения душ, причем не только своих собственных, но и душ тех, кого любили и не смогли уберечь. Мертвая голова — свидетель содеянного кощунства, присутствуя на литургиях по убиенным братьям как драгоценная святыня, утверждала истинную святость этих непорочных агнцев среди немногочисленных насельников обители. Монахи, отмаливая души усопших изо дня в день, из года в год, потаенно сохраняли правду, пока устное предание не прервалось и истина не оказалась запечатанной под стенами отстроенной Крепости. Возможно, ее и поставили, чтобы охранить тайну и гроб того, кто под конец жизни окончательно принял волю Провидения и завещал перенести монастырь на другое место, а пещеру смиренно просил запечатать, дабы не смущать последующие поколения вольнодумцев. Новгородские посадники, возведшие Крепость на этом месте, были как-то связаны с Деревском — факт, известный науке; возможно, их праотцы вышли когда-то из городской знати и переселились под крыло Святой Софии в Великий Новгород. Но что мы знаем об устной памяти? Она могла жить в семьях посадников, и, погребая пещерную церковь вместе с телом ее основателя, быть может, они исполняли обет, данный их прадедами монаху-угрину, а не просто укрепляли фундамент под будущей башней и крепостной стеной?

Выстроив в уме такую картину, представив и пережив горе Ефрема как свое собственное, здесь, в алтарном кресле столько веков безголосой молельни, уже легко было принять и свою судьбу. Мальцову казалось теперь, что кресло вознесло его на некую вершину, с которой он мог смотреть вниз как бы из другого измерения. Немощность тела больше не страшила, она просто ничего не значила в сравнении с невероятной крепостью духа, принявшего самое важное решение в жизни. Обыденные вещи, за которые он всё время цеплялся, как за цепь, ведущую к глубоко утопленному якорю, перестали казаться важными. Отпустив ненужную цепь, Мальцов обрел иной смысл — смысл самой жизни, в который в равной доле были включены жизнь, страдания и смерть, и это и только это казалось ему сейчас правильным и приемлемым. И стоило только так понять происходящее с ним, как он ощутил невероятную легкость, словно и правда парил в воздухе, а не сидел на жестком камне, в глубокой задумчивости поглаживая шершавый подлокотник.

Вынужденные походы к воде давались теперь с трудом, всё сложнее стало брести впотьмах по ходам из церкви в первую пещеру. Он подолгу стоял, прислонившись к стене, восстанавливая равновесие, его шатало из стороны в сторону, как лист на ветру, и лишь добравшись назад, он обретал покой и легкость, словно здесь было его истинное место. Видения, цветные картинки, нарисованные воображением, обрывки летописных статей всё больше вытесняли из памяти образы реальной жизни, они были нужны ему теперь, как ребенку сказка на сон грядущий. Голова всё чаще склонялась на грудь, почему-то тянула всё тело вперед, к коленям, а черная и густая каменная смола падала и падала с потолка, и он не обращал на нее уже никакого внимания. Смола покрыла его голову и плечи, стекала на грудь и густела, превращая его в живой сталагмит, в подобие трилобита, чей хитиновый экзоскелет застыл в известняке, став его микроскопической частью с тех пор, когда вся земля в здешних широтах еще была теплым морем. Скрюченный наподобие эмбриона, он не испытывал ни холода, ни голода, и нет-нет да вспыхивали перед глазами непонятные искры, и ему казалось тогда, что он сидит около костра, и лицо начинало ощущать ласкающий его жар.

Потом наступила полная темнота, неожиданно и тяжело навалилась на плечи, сжала сердце, отчего оно заколыхалось в испуге, сбиваясь с уверенного ритма, и забилось медленней. Затем в глазах вспыхнул красный огонь, и яркие кольца света начали отдаляться, отдаляться, пока не затерялись где-то вдалеке уже насовсем.

Эпилог

Догадался обо всём Димка. Услыхав как-то в середине июня разговор начальников о готовящейся совместной с Мальцовым экспедиции, он на радостях бросился в Крепость, считая, что разногласия улажены и всё возвращается на круги своя. В пустом, открытом доме Ивана Сергеевича не нашел, зато обнаружил полевой дневник с записями. Димка сумел оценить значимость открытия и поверил в него, но около Никольской башни ничего не обнаружил, кроме прибитых дождями варварских следов бульдозера. Поговорил с Любовью Олеговной: с того дня она Мальцова не видела, хотя до этого встречала каждый день. Получалось, что археолог как сквозь землю провалился. Почуяв неладное, Димка рванул в «Стройтехнику», вывалил на бортниковский стол дневник Мальцова и убедил Степана Анатольевича послать в Крепость экскаватор и начать поиски пропавшего ученого под землей.

Мальцова нашли и спешно похоронили в семейной могиле на котовском погосте. Бортников дал грузовик и автобус, но сам на погребение не поехал, отрядив вместо себя Николая. Сталёк выкопал могилу, Лена положила на холмик пучок живых цветов, Нилов, приехавший из Москвы, пообещал немногим собравшимся, что вскоре издаст книгу Ивана Сергеевича, назвал ее очень талантливой, открывающей новые горизонты в науке. На этих словах Нина вдруг разрыдалась и убежала в кусты сирени, Калюжный пошел за ней, но вернулся один, подавленный стоял в стороне и курил сигареты, одну за одной, а потом напился на скудных кладбищенских поминках и всю обратную дорогу громко храпел.

Проект реконструкции на время отложили: министерству пока не удалось окончательно согласовать его с охранными структурами. Полиция завела уголовное дело, но почему-то свидетельские показания Любови Олеговны в нем отсутствовали. Маничкин вышел сухим из воды, свалив всё на таджика, получившего на следующий день после проведения работ в Крепости строгий выговор и расчет. Фарход, смекнув, к чему клонится дело, собрал манатки и улетел в родной Таджикистан, и больше в Деревске его не видели.

Вскоре начались крымские события — деньги, заготовленные на реставрацию Крепости, уреза́ли, уреза́ли, пока не уре́зали совсем.

«Стройтехника» выделила средства, и под руководством Нины и Калюжного провели раскопки, уровень культурного слоя у стены понизили до первоначального. Обнаружились и остатки старинной кладки в основании Никольской башни. Ученые заспорили: одни называли ее останками зимней церкви, другие «предбашней», что, впрочем, не сильно меняло суть дела. В пещерный лабиринт и в церковь провели электрический свет, кое-что подлатали, повесили на входе железную дверь, а ключ от нее передали епархии, взявшей управление церковно-туристическим объектом в свои руки.

Через год при большом стечении представителей министерства, публики, прессы, духовенства и ученых Степан Анатольевич Бортников открыл мемориальную доску на стене Никольской башни. На белой известняковой плите блестели золотые буквы: «Здесь в 2013 году известным археологом и ученым-краеведом города Деревска Иваном Сергеевичем Мальцовым была обнаружена первая на Руси Романодавидовская церковь первой половины XI века, построенная и освященная святым Ефремом».

Сам митрополит отслужил торжественный молебен, после чего всё общество перебралось в бортниковский ресторан при гостинице «Дерева», где среди прочих речей неоднократно поминали и прославляли героически усопшего ученого.

Димка, присутствовавший на банкете, подслушал разговор двух крупных церковных чинов.

— Правда ли, отче, что ученого нашли с ног до головы умащенного миром?

— Дорогой мой, рыжиком, рыжиком закуси, у Степана Анатольевича рыжики на всю Тверскую область славятся, а голову-то не забивай. Ну сам посуди, где миро и где тот археолог?

2009 – 2015

СОДЕРЖАНИЕ

Литературно-художественное издание

Алешковский Петр Маркович

КРЕПОСТЬ

Роман

Главный редактор *Елена Шубина*
Литературный редактор *Галина Беляева*
Ответственный редактор *Алексей Портнов*
Технический редактор *Надежда Духанина*
Компьютерная верстка *Анна Пучкова*
Корректор *Тамара Остроумова*

ООО «Издательство АСТ»
129085, г. Москва, Звездный бульвар, д. 21, строение 3, комната 5
Наш электронный адрес: **www.ast.ru**
E-mail: **astpub@aha.ru**

«Баспа Аста» деген ООО
129085, г. Мәскеу, жұлдызды гүлзар, д. 21, 3 құрылым, 5 бөлме
Біздің электрондық мекенжайымыз: www.ast.ru
E-mail: astpub@aha.ru

Қазақстан Республикасында дистрибьютор
және өнім бойынша арыз-талаптарды қабылдаушының
өкілі «РДЦ-Алматы» ЖШС, Алматы қ., Домбровский көш., 3«а», литер Б, офис 1.
Тел.: 8(727) 2 51 59 89,90,91,92
Факс: 8 (727) 251 58 12, вн. 107; E-mail: RDC-Almaty@eksmo.kz
Өнімнің жарамдылық мерзімі шектелмеген.

Өндірген мемлекет: Ресей
Сертификация қарастырылмаған

http://facebook.com/shubinabooks

http://vk.com/shubinabooks

Содержит нецензурную брань

Подписано в печать 05.12.2016.
Формат 84x108 $^1/_{32}$. Гарнитура «NewBaskervilleCTT».
Печать офсетная. Усл. печ. л. 31,08.
Доп. тираж 7000 экз. Заказ 9522

Отпечатано с готовых файлов заказчика
в АО «Первая Образцовая типография»,
филиал **«УЛЬЯНОВСКИЙ ДОМ ПЕЧАТИ»**
432980, г. Ульяновск, ул. Гончарова, 14

ИНТЕРНЕТ-МАГАЗИН
shop.ast.ru

shop.ast.ru

А С Т

ISBN 978-5-17-092687-9

9 785170 926879 >

18+

Алексей Иванов

ТОБОЛ
Много званых

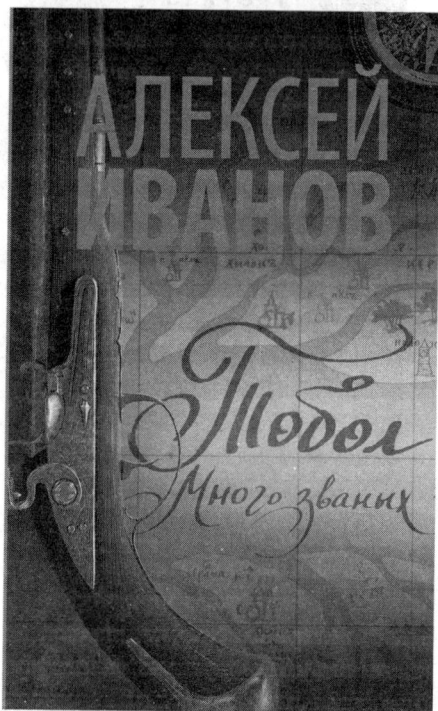

В эпоху великих реформ Петра I «Россия молодая» закипела даже в дремучей Сибири. Нарождающаяся империя крушила в тайге воеводское средневековье. Народы и веры перемешались. Пленные шведы, бухарские купцы, офицеры и чиновники, каторжники, инородцы, летописцы и зодчие, китайские контрабандисты, беглые раскольники, шаманы, православные миссионеры и воинственные степняки джунгары — все они вместе, враждуя между собой или спасая друг друга, творили судьбу российской Азии. Эти обжигающие сюжеты Алексей Иванов сложил в роман-пеплум «Тобол».

«Тобол. Много званых» — первая книга романа.

Леонид Юзефович

Зимняя дорога

Леонид Юзефович — известный писатель, историк, автор романов «Казароза», «Журавли и карлики» и др., биографии барона Р.Ф.Унгерн-Штернберга «Самодержец пустыни», а также сценария фильма «Гибель империи». Лауреат премий «Национальный бестселлер» и «Большая книга».

Новая книга Леонида Юзефовича рассказывает о малоизвестном эпизоде Гражданской войны в России — героическом походе Сибирской добровольческой дружины из Владивостока в Якутию в 1922–1923 годах. Книга основана на архивных источниках, которые автор собирал много лет, но написана в форме документального романа. Главные герои этого захватывающего повествования — две неординарные исторические фигуры: белый генерал, правдоискатель и поэт Анатолий Пепеляев и красный командир, анархист, будущий писатель Иван Строд. В центре книги их трагическое противостояние среди якутских снегов, история их жизни, любви и смерти.

Евгений Водолазкин

ЛАВР

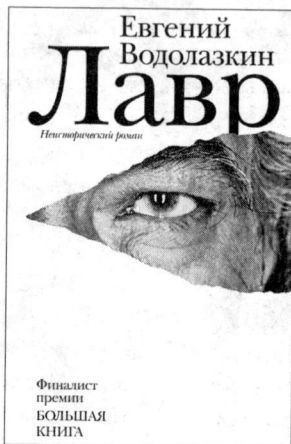

Евгений Водолазкин — автор романа «Соловьев и Ларионов» (шорт-лист «Большой книги») и сборника эссе «Инструмент языка». Филолог, специалист по древнерусской литературе, он не любит исторических романов, «их навязчивого этнографизма — кокошников, повойников, портов, зипунов» и прочую унылую стилизацию. Используя интонации древнерусских текстов, Водолазкин причудливо смешивает разные эпохи и языковые стихии, даря читателю не гербарий, но живой букет.

Герой нового романа «Лавр» — средневековый врач. Обладая даром исцеления, он тем не менее не может спасти свою возлюбленную и принимает решение пройти земной путь вместо нее. Так жизнь превращается в житие. Он выхаживает чумных и раненых, убогих и немощных, и чем больше жертвует собой, тем очевиднее крепнет его дар.

Есть то, о чем легче говорить в древнерусском контексте. Например, о Боге. Мне кажется, связи с Ним раньше были прямее. Важно уже то, что они просто были. Сейчас вопрос этих связей занимает немногих, что озадачивает. Неужели со времен Средневековья мы узнали что-то радикально новое, что позволяет расслабиться?

Евгений Водолазкин